湖南省新文科建设项目

湖南省教育厅重点项目（20A456）

邵阳学院教学成果奖培育项目

小说新论
——以微篇小说为重点
（修订版）

龙钢华◎著

XIAO SHUO XIN LUN
YI WEI PIAN XIAO SHUO WEI ZHONG DIAN

光明日报出版社

图书在版编目（CIP）数据

小说新论：以微篇小说为重点：修订版 / 龙钢华著．－－北京：光明日报出版社，2022.11
ISBN 978－7－5194－6928－3

Ⅰ.①小… Ⅱ.①龙… Ⅲ.①小小说—文学研究—中国—当代 Ⅳ.①I207.427

中国版本图书馆 CIP 数据核字（2022）第 216865 号

小说新论：以微篇小说为重点（修订版）
XIAOSHUO XINLUN：YI WEI PIAN XIAOSHUO WEI ZHONGDIAN（XIUDING BAN）

著　　者：龙钢华	
责任编辑：王　娟	责任校对：阮书平
封面设计：中联华文	责任印制：曹　净

出版发行：光明日报出版社
地　　址：北京市西城区永安路 106 号，100050
电　　话：010－63169890（咨询），010－63131930（邮购）
传　　真：010－63131930
网　　址：http：//book.gmw.cn
E － mail：gmrbcbs@ gmw.cn
法律顾问：北京市兰台律师事务所龚柳方律师
印　　刷：三河市华东印刷有限公司
装　　订：三河市华东印刷有限公司
本书如有破损、缺页、装订错误，请与本社联系调换，电话：010-63131930

开　　本：170mm×240mm	
字　　数：401 千字	印　张：23
版　　次：2023 年 1 月第 1 版	印　次：2023 年 1 月第 1 次印刷
书　　号：ISBN 978－7－5194－6928－3	
定　　价：95.00 元	

版权所有　　翻印必究

序

陈平原（北京大学）

两年前的这个时候，春暖花开，邵阳学院副教授龙钢华申请到北大随我进修"小说学"。读了他的课题报告，我一时兴起，答应日后新书完成时，为他写一则小序。转眼间，厚厚一叠书稿校样，懒洋洋地躺在我朝阳的书桌上——我当然明白，兑现诺言的时候到了。

北大一年，龙君真的是争分夺秒，不时跑来打招呼说，"又写了一章"；而我呢，不希望他写得太快，生怕糟蹋了这好题目。因此，老是回答："别着急！"面对这个"带艺投师"、认真而又执着的"湖南蛮子"，我的任务不是快马加鞭，而是泼冷水，让他稍微歇歇，多琢磨琢磨。如此"拖"字诀相当见效，眼看着龙君书稿日渐成型，我颇为得意。

就像书名所表达的，龙君的"小说新论"是"以微篇小说为重点"的。选择这一论述策略，部分缘于我的建议。当初，读了此书若干章节的初稿，我感兴趣的正是其中关于"微篇小说"的部分。于是我极力主张龙君舍弃那些面面俱到的描述，主攻"微篇小说"。现在看来，这个"战略转移"大体上是成功的。

龙君所论述的"微篇小说"（或称"小小说""超短篇""微型小说"），其引人注目，大概是最近十年的事。随着生活节奏的加快，以及现代传媒的发达，此类篇幅很短（每则不过一两千字）、结构及趣味别有洞天的"微篇小说"，与我们所熟悉的"短篇小说"渐行渐远，甚至开始"分庭抗礼"起来。据说，目前全国有千多家报刊在为"微篇小说"提供发表园地，而专收"微篇小说"的《小小说选刊》《微型小说选刊》《小

1

小说月刊》《精选小小说》等，每期的发行量都在60万份以上。说实话，最初读到这些材料，我大吃一惊。面对如此"文学现象"，学界不可能也不应该长期保持沉默。正是在这个意义上，我鼓励龙君继续沉潜把玩此特殊文类。

龙著从整个中国小说史的发展，来论述"微篇小说"的流变，并着力描述其美学特征、叙事艺术以及创作技巧，所有这些，我没有专门研究，不好胡乱评说。我格外关注的是，这些点到即止、寸铁杀人的"小小说"与传统中国笔记的联系。

今人所熟悉的以虚构、叙事为特征的"小说"概念，其实是晚清文人在接受西学的过程中，逐渐组合起来的。编撰"中国小说史"时，我们往往将文言系统的笔记小说与白话系统的章回小说捏合在一起。而实际上，这两者在传统中国渊源不同，在现代中国更是出路迥异。经由五四新文化人的积极提倡，借鉴西方榜样建立起来的"现代小说"一路凯歌，至于"章回小说"，虽说被挤到了文坛的边缘，但还能借张恨水的"社会言情"以及金庸的"武侠世界"，为大众所津津乐道。最惨的是文言系统的笔记小说，或流入散文，或转为史著，似乎从此金盆洗手，退出江湖。直到最近十几年，因"微篇小说"的迅速崛起，我们方才恍然大悟，中国人并没有完全抛弃那延续千年的"世说"与"搜神"——文体变了，但趣味及精神依旧。

与那些动辄百数十万言、需要长期经营的长篇小说相反，只求灵光一现、别有会心的微篇小说，似乎特别适合"业余"作者。就在这"来也匆匆、去也匆匆"的高速公路旁，隐身于"你也歌唱、我也歌唱"的网络空间，此类"业余爱好的"（amateur）写作，是否真能成燎原之势，就像春天里漫山遍野燃烧着的红杜鹃，这点，我不敢断言，只是饶有兴致地"拭目以待"。

2006年4月16日于京西圆明园花园

（序言作者系国际著名学者、北京大学教授、博导、博士后导师，曾任北大中文系主任、美国哈佛大学客座教授）

目 录
CONTENTS

上编　小说观念与基本要素论

第一章　小说观念论 …………………………………………………… 3
第一节　小说含义的嬗变 ………………………………………… 3
第二节　小说地位的嬗变 ………………………………………… 7

第二章　小说人物论 …………………………………………………… 13
第一节　人物与形象 ……………………………………………… 13
第二节　人物的古今变化例析 …………………………………… 21

第三章　小说情节论 …………………………………………………… 67
第一节　情节与故事 ……………………………………………… 67
第二节　对小说情节的多维解读 ………………………………… 68

第四章　小说环境论 …………………………………………………… 98
第一节　环境与环境描写 ………………………………………… 98
第二节　环境描写的功用 ………………………………………… 99
第三节　对环境描写的多维解读 ………………………………… 106

中编　微篇小说特征与源流论

第五章　微篇小说的文体特征 ··· **131**

第一节　微篇小说的文体名称 ··· **131**

第二节　微篇小说的字数标准 ··· **133**

第三节　微篇小说的文体类别 ··· **137**

第六章　微篇小说的美学特征 ··· **139**

第一节　微篇小说美学特征概说 ······································· **139**

第二节　微篇小说人物特征——冰山型人物 ··························· **147**

第三节　微篇小说情节特征——滴水折光 ····························· **152**

第四节　微篇小说环境特征——以精取胜 ····························· **159**

第七章　中国微篇小说流变摭谈 ··· **168**

第一节　神话传说　先秦寓言与微篇小说 ····························· **168**

第二节　志怪志人小说与微篇小说 ····································· **176**

第三节　笔记小说与微篇小说 ··· **184**

第四节　中国现代微篇小说管窥 ······································· **198**

下编　微篇小说创作论

第八章　人物创作论 ··· **209**

第一节　微篇小说的人物类型 ··· **209**

第二节　微篇小说人物的文本构成与表达要求 ························· **214**

第三节　人物的表达技法 ·· **224**

第九章　情节创作论 · 247

第一节　微篇小说的情节类型 · 247

第二节　微篇小说情节的文本构成与表达要求 · 251

第三节　微篇小说情节的表达技巧 · 258

第十章　叙事艺术论 · 292

第一节　叙事视角 · 292

第二节　强度　速度与节奏 · 304

余论　文学大众化的奇观 · 319

附录

附录1　傻眼看世界

——谈长篇小说《尘埃落定》的独特视角 · 329

附录2　艺事　人事　天下事

——长篇历史小说《盂兰变》解读 · 335

附录3　贼眼看人　人眼看贼

——谈《女贼》的叙述张力 · 339

参考文献 · 341

后记一 · 346

后记二 · 348

上编　小说观念与基本要素论

第一章 小说观念论

第一节 小说含义的嬗变

先秦两汉时代有关典籍中提到"小说"之名的大致有五处。即《庄子·外物》中说:"饰小说以干县令。"《吕氏春秋·慎行·疑似》中说:"贤者有小恶以致大恶,褒姒之败,乃令幽王好小说以致大败。"张衡的《西京赋》中说:"匪为好玩,乃有秘术。小说九百,本自虞初。"桓谭的《新论》中说:"若其小说家,合丛残小语,近取譬论,以作短书,治身理家,有可观之辞。"班固的《汉书·艺文志》中说:"小说家者流,盖出于稗官,街谈巷语,道听途说者之所造也。孔子曰:'虽小道,必有可观者焉,致远恐泥,是以君子勿为也。'"这五种说法界定了"小说"文体的基本特征:从内容来说,"小说"是一种源于民间、道听途说的"街谈巷语";从形式来说,"小说"是无关于道术的琐屑之言;从价值来说,对"治身理家"有一定的教化功能,"有可观之辞",但仍属于"小道"。辨其文体外延,该时期的"小说"体制混杂,是一种最有包容性的古代文体,大凡不能进入经、史一类经典著作的杂说短记、礼教民俗、方术秘籍等,且又以"短书"形式出现的,皆以"小说"称之。从整体而言,该时期的"小说"地位低微,受到歧视,其观念一直影响到明清时期。

南朝开始,"小说"的含义一分为二。[①] 其一,指有别于正史的野史、传说。南朝梁时出现的《殷芸小说》,是中国最早用"小说"一词作为书名的

[①] 谭帆."小说学"论纲——兼谈20世纪中国古代小说理论批评研究[J]. 中国社会科学,2001(4):146-156.

书籍。唐代刘知己所言的"是知偏记小说,自成一家,而能与正史参行"①,将"偏记小说"与"正史"分而言之。宋代欧阳修明言"小说不足以累正史"②,也将"小说"与"正史"相对。宋人笔记中大量出现的有关"小说"的记载,其内容大多是指有别于正史的野史笔记。到了明代,更演化为"小说者,正史之余也"③的观念。其二,指一种由民间发展起来的"说话"艺术。南朝宋裴松之注《三国志》时所引《魏略》的一段文字中提到的曹植"诵俳优小说数千言"④,其中"俳优小说"指的是一种"说话"技艺。到了宋元,说话艺术兴盛,"小说"成了"说话"艺术的四大门类("小说""说铁骑儿""说经""讲史书")之一。

与我们今天的"小说"含义一致的"小说"概念,始于唐宋,成熟于明代,即指虚构的有关人物故事的特殊文体。文学史上,观念的成熟往往落后于文体的成熟。唐代小说文体已经成熟,唐代传奇是文人"意识之创造"⑤,"具有自觉虚构的性质","是我国最早的近代意义的小说作品"⑥,但缺乏成熟的理论总结。宋初李昉等奉旨编纂宋以前小说总集《太平广记》,其编纂理念就是以故事性为收录的先决条件,以甄别以往芜杂的"小说"之类,但仍未脱离"记事"准则。宋元"说话"艺术勃兴之后,便于作者进行创造想象的虚构性准则逐渐取代了近于实录的"记事"准则。明代嘉靖年间洪楩编刊的《六十家小说》(又名《青平山堂话本》)是迄今我们知道的第一部小说选集。其所收的"小说"指的是"在以往传奇小说和民间'说话'的基础上发展而成的叙事性的散文文体"⑦。明代万历时期的文学批评家谢肇淛对于叙事文学的"小说"概念的理论界定已经完全成熟了。他在《五杂俎》(卷十五)中说:"凡为小说及杂剧戏文,须是虚实相半,方为游戏三昧之笔。亦要情景造极而止,不必问其有无也。"⑧明确道出了小说戏曲的基本特质:都是

---

① 刘知己. 史通·杂述 [M] //黄霖,韩同文,选注. 中国历代小说论著选(上)[M]. 南昌:江西人民出版社,2000:37.
② 欧阳修. 与尹师鲁第二书 [M] //李建龙. 唐宋八大家. 卷二. 北京:中国言实出版社,2002:411.
③ 笑花主人. 今古奇观序 [M] //黄霖,韩同文,选注. 中国历代小说论著选(上)[M]. 南昌:江西人民出版社,2000:270.
④ 石昌渝. 中国小说源流论 [M]. 北京:生活·读书·新知三联书店,1994:8.
⑤ 鲁迅. 中国小说史略 [M]. 上海:上海古籍出版社,1998:44.
⑥ 马振方. 小说艺术论 [M]. 北京:北京大学出版社,1999:5.
⑦ 石昌渝. 中国小说源流论 [M]. 北京:生活·读书·新知三联书店,1994:9.
⑧ 黄霖,韩同文. 中国历代小说论著选(上)[M]. 南昌:江西人民出版社,2000:167.

虚构杜撰之词，以设情造景为己任。从而彻底划清了小说与史传的界限，在小说理论发展史上具有里程碑的作用。谢肇淛的这一观点与英语 fiction（小说，虚构的叙事文学）的含义是相近的。

西方文学中的"小说"，渊源于古代神话。"神话"一词，英语中为 myth，源于希腊语中的 mythos，后者的含义是"想象的故事"。在古代神话的基础上产生了古代神幻故事，这一过程经历了从不自觉的加工到自觉的虚构和"创作"的显著变化，具有丰富的文学史意义。神话之后的史诗向小说前进了一大步，即有故事，有叙述者，有接受者。

进入 12 世纪以后，在西欧发展起来的一种叙述体文学形式"传奇"，即 romance，被称为"欧洲小说之父"。romance 包含着奇迹、怪闻、夸张及虚构等含义。早期传奇是用各种不同诗体的韵文写成的，后期则出现了散文传奇。散文传奇直接孕育了西方近代小说。[①]

从文体含义来说，西方文学中的"小说"，在 18 世纪中期以前是用 fiction（散文虚构故事）来称谓的。18 世纪后期才正式定名 novel（小说）。英文 novel 一词源于意大利语 novella，用以指称短篇故事。18 世纪后期逐渐蜕变，仅指《帕米拉》一类具有相当长度的描写日常生活的拟实小说，用当时法国作家里夫的话说："小说是真实生活和风俗世态的一幅图画，是产生小说的那个时代的一幅图画。"[②] 这里所讲的"短篇故事"和"生活图画"，都是指狭义的"小说"。现代广义的 novel，是指与诗歌、戏剧、散文并立的四大文学体裁之一的"小说"。

其实，西方的 novel 与中国传统意义上的"小说"，包括典型的明清章回体长篇小说，其文化功能并不完全等同。19 世纪西学东渐以来，翻译家严复和林纾这一代人，经过苦心"格义"，把 novel 译成"小说"。这在当时是一种不得已的权宜之计。约定俗成以后，人们也就习惯把 novel 当成"小说"的同义词。我们平常说的"巴尔扎克的小说""狄更斯的小说"，严格地来说，巴尔扎克和狄更斯只写过 novel，而从未写过"小说"。因此，美国著名的汉学家浦安迪教授将中国的"小说"译成 xiao-shuo 或者 prose-fiction（散文虚构性叙事文体）。[③]

[①] 龚翰熊. 欧洲小说史 [M]. 成都：四川大学出版社，1997：1-16.
[②] 韦勒克，沃伦. 文学理论 [M]. 刘象愚，译. 北京：生活·读书·新知三联书店，1984：241.
[③] [美] 浦安迪. 中国叙事学 [M]. 北京：北京大学出版社，1996：25-26.

当然，进入 19 世纪以后，中西方的小说观念差异越来越小，逐渐趋于一致。清代罗浮居士在《蜃楼志序》中这样写道：

> 小说者何？别乎大言言之也。一言乎"小"，则凡天经地义，治国化民，与夫汉儒之羽翼经传，宋儒之正诚心意，概勿讲焉。一言乎"说"，则凡迁、固之瑰玮博丽，子云、相如之异曲同工，与夫艳富、辨裁、清婉之殊科，宗经、原道、辨骚之异制，概勿道焉。其事为家人父子日用饮食往来酬酢之细故，是以谓之小；其辞为一方一隅男女琐碎之闲谈，是以谓之说。①

这段话极其中肯地道出了小说的精髓所在，完全是现代意义上的小说观念。法国的巴尔扎克认为小说是一种"庄严的谎话"②。日本的文艺理论家坪内逍遥说："小说的主旨，说到底，在于写人情世态。使用新奇的构思这条线巧妙地织出人的情感，并根据无穷无尽、隐妙不可思议的原因，十分美妙地编织出千姿百态的结果，描绘出恍如洞见这人世因果奥秘的画面，使那些隐微难见的事物显现出来——这就是小说的本分。"③ 美国著名的文学理论家韦勒克和沃伦在合著的《文学理论》中指出："想象性的文学就是'小说'（fiction），也就是谎言""一部小说表现的现实，即它的对现实的幻觉""伟大的小说家们都有一个自己的世界，人们可以从中看出这一世界和经验世界的部分重合"。④ 当代中国作家王安忆很赞同俄国作家纳波科夫"好小说都是好神话"的观点，并将小说命名为"心灵世界"，认为"小说绝对由一个人、一个独立的人他自己创造的，是他一个人的心灵景象"⑤。

那么，整合古今中外学者和作家们对于"小说"的观点，我们可以这样来理解"小说"：小说是通过虚构叙述故事塑造形象来创造性地反映社会人生的一种散体的语言艺术。

---

① 黄霖，韩同文．中国历代小说论著选（上）[M]．南昌：江西人民出版社，2000：532．
② 王秋荣．巴尔扎克论文学 [M]．北京：中国社会科学出版社，1986：68．
③ [日] 坪内逍遥．小说神髓 [M]．刘振瀛，译．北京：人民文学出版社，1991：26．
④ [美] 韦勒克，沃伦．文学理论 [M]．刘象愚，译．北京：生活·读书·新知三联书店1984：237-238．
⑤ 王安忆．心灵世界——王安忆小说讲稿 [M]．上海：复旦大学出版社，1997：10，12．

第二节　小说地位的嬗变

小说的地位是与小说的发展和人们对小说的认识紧密联系在一起的，而且，小说在中外历史上的地位也有着类似的遭遇。

先看中国。"小说"一词最早见于《庄子·外物》，"饰小说以干县令，其于大达亦远矣"。意思是，修饰浅识小语以求高名，那和明达大智的距离就很远了。在这里"小说"只是一个词组，指浅识琐屑之言，与后世"小说"作为文体的含义可以说是风马牛不相及。但是，"小说"这一源头上的含义在潜意识里多少会使人们产生一种先入为主的看法，影响人们对小说的评价，从而"埋下后世长期轻视小说的文学观念"[①]。因此，胡怀琛先生这样分析"小说"成为一种文体的文化含义："小就是不重要的意思。'说'字，在那个时候，和'悦'字是分不开的。所以有时候'说'字等于'悦'字。用在此处，'说'字至少涵有'悦'字的意思。'小说'就是讲些无关紧要的话，或者讲些笑话，供给听者的娱乐，给听者消遣无聊的光阴，或者讨听者的喜欢。这就叫作小说。当时不称为'小语'不称为'小言'，不称为'小记'，而称为'小说'，就是这个意思。"[②] 这种顾名思义的推论用历史上小说地位卑微的实际情形来印证的话，确实是中肯之言。

中国长期以来强调的是"文以载道"，因而只有经史子集一类直接为"载道"服务的作品才被视为文学的正宗，才有地位。曹丕特别强调："盖文章，经国之大业，不朽之盛事。"[③] 这里的"文章"是指奏议、书论、铭诔、诗赋一类的文体，至于小说是不属其中的。小说是属于"丛残小语""街谈巷语"，连它的正式名称及文体含义人们也懒得去认真清理，就像穷乡僻壤贫贱人家的子弟，刚出生时，随便取个"牛儿""狗儿"唤唤即可，等长大有出息了，才有正式名字。小说更不是用来载道资政，主要是用来娱乐消遣的，因此，小说和戏曲一样，属于不登大雅之堂的"小道""末技"。班固在《汉

[①] 刘安海. 小说"小说"[M]. 武汉：华中师范大学出版社，1999：12.
[②] 胡怀琛. 中国小说概论[M]. 上海：世界书局，1944：3.
[③] 曹丕. 典论·论文[M]//郭绍虞. 中国历代文论选（一卷本）. 上海：上海古籍出版社，1979：61.

书》里列出了诸子十家，他肯定了前九家，唯独将"小说家"排除在"可观者"之外。《汉书》之后的史籍里，虽然有不少人将宋元以前的小说目录也列入了"艺文志"或"经籍志"；但都被排斥在"可观者"之外，既不能与诗歌、散文等一视同仁，更不能与经史等相提并论。宋元以后的大多数史官，对于白话通俗小说更不敢有片言只语的记载，唯恐招致非议。历代撰写的儒林史中记载了很多骚人墨客，难见有小说家。史书"文苑传"之类的书籍中，也从未记载过因小说成就而入选的文人。

除了史家对小说及小说家采取轻视的态度以外，包括文人在内的其他人对小说的价值评判也同样不公正。魏晋时期的著名文艺理论家刘勰在其影响深远的理论巨著《文心雕龙》中，列专篇论述了21种文体，但没有小说，只是在论述笑话这种文体时，提到了小说，"然文辞之有谐隐，譬九流之有小说，盖稗官所采，以广视听"①。对小说很不放在眼里。唐宋时期的文人则视小说为游戏文字，可资娱乐。韩愈写了《毛颖传》这样类似寓言小说的文章，柳宗元就在《读韩愈所著〈毛颖传〉后题》一文中写到《毛颖传》见笑于人，同时柳宗元也认为这种小说类的文章只是给"六艺"之类的圣贤经传起调味补充作用，可以使人"息焉游焉"。宋代出现了一种"笑林"型的笔记小说，颇为兴盛，如《艾子杂说》（相传为苏轼所作）、《群居解颐》（高怿）、《善谑录》（天和子）等。明代小说理论家胡应麟就认为小说作者的创作动机主要是游戏猎奇："小说者流，或骚人墨客，游戏笔端；或奇士洽人，搜罗宇外。"② 明代参加过纂修《永乐大典》的李昌祺，因创作小说《剪灯余话》，死后名字被家族革除学宫，不予社祭。③ 晚清著名小说家刘鹗创作《老残游记》的目的并不是为了什么名声事业，纯粹是以游戏笔墨写此书以接济友人，因而草拟了这部小说稿赠送友人卖给书馆赚点稿酬以供养老母。此书出名后，作者连自己的姓名也不愿公布。当后来别人了解真相后，作者的儿子也要求读者以"消遣""闲话"的态度对待此书。小说在他们心中不值什么，更谈不上有地位。④ 虽然小说到明清时期产生了许多横空出世的鸿篇巨制，但小说

---

① 刘勰. 文心雕龙注释 [M]. 周振甫，著. 北京：人民文学出版社，1981：160.
② 胡应麟. 九流绪论 [M] //黄霖，等. 中国小说研究史. 杭州：浙江古籍出版社，2002（7）：57.
③ 钱谦益. 《列朝诗集小传》乙集"李布政祯"[M] //石昌渝. 中国小说源流论. 北京：生活·读书·新知三联书店，1994：17.
④ 蒋逸雪. 刘鹗年谱 [M]. 济南：齐鲁书社，1980：42.

的地位并不高,甚至"明清人士更以写小说为耻辱"①。所以,近人黄摩西这样总结小说在中国历史上的地位:"昔之于小说也,博弈视之,俳优视之,甚至鸩毒视之,妖孽视之;言不齿于缙绅,名不列于四部。"② 小说不是正常的东西,不是正常人所看,看小说的也不是正常人。小说地位的卑陋低贱简直无与伦比了。

不过,话又说回来,辩证地看,小说虽然在古代总体上没有地位,但在特定时期,人们对它的态度也不是绝对地一概歧视。三国时期的曹植就把"诵俳优小说数千言"③ 作为显示才学的一个方面。唐代风气开明,文化环境比较宽松,传奇小说成为贵族士大夫客厅里的"沙龙文学",又由于其"文备众体",可以训练参加科举考试的才能,因而"涉足撰作乃是士人的雅事"④,像沈既济、白行简、元稹等很有知名度和社会地位的士大夫都写过传奇小说。明代的胡应麟则大胆地提升小说的地位,他在《九流绪论》中"更定九流",明确地认定小说为"九流"之一,并排名第七,置于道、释两家之上。明清两代也出现了一批很有身份的文人参与了白话小说的编辑或创作,如冯梦龙、凌蒙初、吴敬梓、曹雪芹等。

从根本上改变中国人小说观念,并且彻底提升小说地位,是从戊戌维新开始的。康有为、梁启超等人从维新改良的目的出发,根据小说功能上的优势,大力倡导小说。梁启超说:

> 欲新一国之民,不可不先新一国之小说。故欲新道德,必新小说;欲新宗教,必新小说;欲新政治,必新小说;欲新风俗,必新小说;欲新学艺,必新小说;乃至欲新人心,欲新人格,必新小说。何以故?小说有不可思议之力支配人道故。⑤

由于他们的声望和影响,一时应者云集,声势浩荡,小说的地位空前提

---

① 吴组湘. 我国古代小说的发展及其规律 [M] //中国小说研究论集. 北京:北京大学出版社,1998:99.
② 黄霖,韩同文. 中国历代小说论著选(下)[M]. 南昌:江西人民出版社,2000:250.
③ 石昌渝. 中国小说源流论 [M]. 北京:生活·读书·新知三联书店,1994:8.
④ 石昌渝. 中国小说源流论 [M]. 北京:生活·读书·新知三联书店,1994:14-16.
⑤ 梁启超. 论小说与群治之关系 [M] //郭绍虞. 中国历代文论选(一卷本). 上海:上海古籍出版社,1979:408.

高，乃至被奉为"文学之最上乘"①"正史之根""国民之魂"②。这些观点，现在看来有点张皇其事，但它是对小说长期以来遭受不公正评价的一种超越，为小说争得了地位，有利于小说的发展和文学的繁荣。虽然当时没有取得立竿见影的创作实绩，但它对五四运动以后中国现代小说的全面丰收所起的价值导向作用却是不可低估的。

进入20世纪以后，小说应时而起，以其不可阻遏之势迅速发展起来，虽然在不同阶段的创作有起伏变化，但也名副其实地成为各种文学体裁中的龙头。在中国现代文学史上，小说以其辉煌的成绩，取代了传统文学中诗歌的霸主地位，成为名副其实的"文学之最上乘"。在20世纪五六十年代，小说顺应天翻地覆的巨变和火热的生活，既服务于政治，又服务于生活，取得了巨大的成绩，倍受人们的青睐。到了"文革"时期，小说同其他艺术一样被迫成为政治的工具，缺乏活力。进入20世纪80年代以后，随着思想解放运动的兴起，文艺焕发了生机，小说更以其独特的文体优势极大地展现了文学的启蒙魅力，大有冲出亚洲、走向世界之势。

但是，热潮过后，冷却思考，人们对小说地位和观念的认识也更趋于客观、理智和成熟。孙犁早就深刻地指出："由于盲目推崇，广告宣扬，把小说的作用，吹得神乎其神，使一些作者，自我膨胀，飘飘然起来了。""但也还不能说，小说来了一次革命，就变得多么了不起，作用又如何大了。它还是小说，不是大说。"③小说不管是为政治服务，还是为人生服务，不管被冷落，还是被神化，其本质仍是一种艺术。作为一种艺术，表现形态当然是丰富多彩的，从20世纪80年代以高雅文学为主流，承担精英使命，到20世纪90年代后向大众化转向，力求满足普通公众的日常文化消费；从伤痕文学、改革文学、寻根文学到为人生的文学、通俗文学、先锋文学等。小说在不断的实践探索中，进一步确认了自身的生存底线和审美归宿。从审美出发，小说在潮起潮落的变革中，适时地调适自己的最佳位置，寻求新的生长点，不断地向前发展。

如果说小说在中国的地位经历了一个"长期受轻视—重视—正视"的嬗变过程的话，那么西方小说在其发展史上的遭遇大致比中国也好不了多少，

---

① 梁启超．论小说与群治之关系［M］//郭绍虞．中国历代文论选（一卷本）．上海：上海古籍出版社，1979：409.

② 黄霖，韩同文．中国历代小说论著选（下）［M］．南昌：江西人民出版社，2000：5，27.

③ 孙犁．尺泽集·小说的作用［M］．天津：百花文艺出版社，1982：91.

只是时间和程度有点不同而已。

伊恩·瓦特（Ian Watt）在他的名著《小说的兴起》（*The Rise of the Novel*）中指出，西方小说的发展，经历了一个"epic—romance—novel"（史诗—传奇故事—小说）的文类演进过程。① 从英语对"小说"的定名来看，如前所述，西方文学中的"小说"在18世纪以前是用 fiction 来称谓的，而 fiction 的要义是"虚构、杜撰、捏造"，用以指文体，即"虚构的散文体故事"。fiction 的词义中仍然残留有古代柏拉图派对文学的控诉，即控诉小说为欺骗的意思。后来将小说正式定名为 novel，novel 的古义为谎言或假话，表明小说是不存在的、不可信的东西。那么在从 romance 到 novel 的变化过程中，中间又有一个被称为 fiction 的阶段。从 fiction 到 novel，语词的含义明显地体现了人们对小说这一文体的看法，其轻视之义不言而喻。

事实也是如此。法兰西学院作为法国最高的研究机构，它既研究戏剧，也研究诗歌，就是不研究小说。在英国，曾经把小说当成"邪恶"的东西，福音教派更是敌视小说。② 英国小说家萨克雷就因为自己是写小说的，干的似乎是娱乐公众的行业，常把自己比为小丑。俄国作家屠格涅夫最初写小说时，其母写信要他不要去干这种无聊的、为贱民制造娱乐的事情。虽然，18世纪以后小说在欧美迅猛地发展起来，并逐渐成为各类文学体裁中的主角，但是，直到19世纪末，美国的名教授菲尔泊斯因为在大学里开设了一个小说研究的讲座而仍然惹起大家的议论，美国各地的报纸也竞相加以攻击。③

另一方面，随着社会的发展，小说在西方受轻视的局面得到了彻底改变，而且这种改变比中国要早。由于工业革命带来的生产力的发展和社会的巨大变革，给小说创作提供了丰富的素材；中产阶级读者的大量涌现，他们的文化程度和欣赏趣味，催生了小说的发展；而18世纪哲学上的现实主义、个人主义和清教主义的影响，则为小说的发展提供了理论土壤。因此，许多有识之士要求正确地对待小说。19世纪的英国小说家兼批评家瓦尔特·皮赞特呼吁：小说理应得到当时仅仅为音乐、诗歌、绘画、建筑方面的成功行业所保留着的一切荣誉和报酬；人们应该把小说当成艺术性极强的作品。同时代的美国著名小说家兼文学批评家亨利·詹姆斯积极呼应，盛赞皮赞特的观点

---

① ［美］浦安迪. 中国叙事学［M］. 北京：北京大学出版社，1996：26.
② ［美］亨利·詹姆斯. 小说的艺术［M］. 朱雯，等译. 上海：上海译文出版社，2001：5.
③ 刘安海. 小说"小说"［M］. 武汉：华中师范大学出版社，1999：20-21.

"真是妙极了"。① 俄国民主主义文学批评家别林斯基在1835年发表了著名的长篇论文《论俄国中篇小说和果戈理君的中篇小说》，并极力推崇小说。

当然，让小说真正站起来的最直接、最主要的原因，还是一代又一代的小说家以他们天才的创作，征服了世界，证明了小说的价值和地位。因此，在1880年，法国作家左拉就做了这样的宣言："现今，时代之文学的王子是小说家。若17世纪是戏剧的世纪，那么19世纪便是小说的世纪了。"②

时至今日，无论中外，小说虽然没有上两个世纪那么辉煌，但依然经久不衰，在各类文学体裁的创作中起着举足轻重的作用。

---

① ［美］亨利·詹姆斯. 小说的艺术［M］. 朱雯，等译. 上海：上海译文出版社，2001：7.
② 李何林. 小说概论［M］. 北平：北平文化社，1932：227.

第二章 小说人物论

第一节 人物与形象

一、人物与形象之名称的由来

人物形象是构成小说内容的基本要素之一。无论是传统小说还是现代小说,也无论采取何种创作方法,除了极少数的纯寓意之作把人物作为意念的纯粹附着体以外,都把人物形象的塑造作为基本的艺术使命之一。人物形象塑造的成功与否在很大程度上直接决定小说作品的成败。我们阅读小说时最忘不了的是那些活灵活现的人物形象:诸葛亮、张飞、武松、李逵、孙悟空、猪八戒、林黛玉、阿Q、堂吉诃德、葛朗台,等等。但是,这些人物形象既有现实状态型的,也有像孙悟空这样超现实型的。人们在对其进行界说的时候,既称之为小说形象,又称之为小说人物。到底形象和人物是从何而来的,我们该怎样规范其名称呢?

我国古代把客观事物的"形象"称为"象",把在想象、情感和理解等心理要素共同作用下所产生的"象",称为"意象"。刘勰说:"文之思也,其神远矣。故寂然凝虑,思接千载;悄焉动容,视通万里。……故思理为妙,神与物游。……独照之匠,窥意象而运斤。此盖驭文之首术,谋篇之大端。"[①]以后,"意象"便逐渐成为中国文论中一个常用的概念。

现代意义上的"形象"始于俄国。20世纪三四十年代,俄国的别林斯基最早把"形象"一词用于文学艺术领域。后传入我国,并在20世纪50年代

[①] 刘勰. 文心雕龙注释·神思 [M]. 周振甫,注. 北京:人民文学出版社,1981:295.

展开了大讨论。① 一般认为，文学形象就是指文学作品所描绘的饱含强烈情感色彩，并能诉诸人的感官的生活图景。由于人物是文学作品叙写的核心，所以文学形象常常称为人物形象。

那为什么小说中的形象又简称为"人物"呢？这恐怕要归因于福斯特。20世纪20年代，福斯特在英国剑桥大学三一学院做了题为"小说面面观"的讲演，他的讲稿以同名文集出版后，影响深远。他说："在故事中，通常角色指的是人。为了方便起见，我们就把小说的这一面称作人物。诚然也会出现其他动物的情况，但作用不大，因为我们对动物的心理活动知之甚微。……因此我们现在姑且说，小说的角色是人。"②

现在谈到小说中的形象时艺术形象、文学形象、人物形象、人物这几个概念都有可能出现，但常用的还是人物形象和人物这两个，而人物这一概念用起来最简便。

二、人物的内涵与外延

小说中的人物这一概念的内涵和外延应怎么理解呢？

人物是小说中所描绘的主要对象，是作家在对社会生活审美认识的基础上，通过对纷繁芜杂的人生现象进行概括、集中、提炼、改造后所创造出来的具有强烈感情色彩和一定的审美价值的人物图画。小说中的人物是形与神的结合，是个别性与概括性、客观性与主观性的统一。这就是人物概念的基本内涵。

小说人物的外延范围很广，我们可以从不同的角度对其进行分类。

从美学角度来分，英国的福斯特将既往的小说人物分为扁平人物和圆形人物两种。所谓扁平人物，"就是按照一个简单的意念或特性而被创造出来"的，"可以用一个句子表达出来的"的"类型人物或漫画人物"③，其长处是"容易辨认"并"容易为读者所记忆"④。圆形人物是"不能用一句话加以概

---

① 傅道彬，于茀. 文学是什么[M]. 北京：北京大学出版社，2002：159-163.
② [英]爱德华·摩根·福斯特. 小说面面观[M]. 苏炳文，译. 广州：花城出版社，1985：38.
③ [英]爱德华·摩根·福斯特. 小说面面观[M]. 苏炳文，译. 广州：花城出版社，1985：59.
④ [英]爱德华·摩根·福斯特. 小说面面观[M]. 苏炳文，译. 广州：花城出版社，1985：60.

括的，而要经过深入的观察"①，"宛如真人那般复杂多面"②，同时"务必给人以新奇感，必须令人信服"③ 的人物。我国北京大学（以下简称"北大"）的马振方先生认为福斯特的分法过于简单，不能科学地包容一些非扁非圆的人物，因而提出将小说人物的形态分为三种：扁形人物、尖形人物和圆形人物。他对福斯特关于扁形人物和圆形人物概念含义的阐述还是基本赞同的。他提出的尖形人物，是指"具有某种超常性"特征，"因而带有不同程度的漫画化色彩和类型性特点"④ 的人物。比如极端主观主义的堂吉诃德、吝啬鬼葛朗台、智慧的化身诸葛亮、鲁莽好汉李逵、降妖大圣孙悟空，等等，都是尖形人物的典型例子。⑤

现在，一般认为将传统小说中的人物分为三类，即扁平人物、圆形人物和典型人物。对扁平人物和圆形人物的界定，基本上沿用福斯特的观点。从事例来看，《三国演义》中的曹操、关羽，《水浒传》中的戴宗、李鬼，《红楼梦》中的焦大、刘姥姥之类的人物都属于扁平人物，因为他们往往是根据一个简单的意念或性格元素而被创造出来的，而且他们的性格从登场到退场几乎没有什么发展变化，具有固定的类型化特征。而像林冲、宋江、王熙凤、薛宝钗等就是十分典型的圆形人物，因为他们是充满了变化和多种性格的人物。无论是扁平人物还是圆形人物，他们只是人物身上性格因素不同而形态不一，其实就其审美价值来说很难比高低，常常是各有千秋。只要刻画得好，火候到堂，都可以达到典型的高度。比如张飞、贾宝玉、林黛玉，他们都是性格单一缺少变化的扁平人物，但都是很成功的典型人物。典型人物是指既有鲜明独特的个性，又能揭示社会生活的某些本质和规律，具有高度思想意义和审美价值的人物形象。比如说阿Q，他的相貌、举止、言谈、心理，尤其是他的精神胜利法，他的那种自轻自贱又异常自尊，常遭凌辱却又有自嘲自解的阿Q个性，在世界文学史上再也找不到第二个。但是，他的性格却又十分深刻地从道德、心理、思想等方面概括了中国国民普遍存在的精神弱点。因为作者通过阿Q这一形象画出了国民的魂灵，所以小说刚一发表，就使许

---

① [英] 爱德华·摩根·福斯特. 小说面面观 [M]. 苏炳文，译. 广州：花城出版社，1985：63.
② [英] 爱德华·摩根·福斯特. 小说面面观 [M]. 苏炳文，译. 广州：花城出版社，1985：61.
③ [英] 爱德华·摩根·福斯特. 小说面面观 [M]. 苏炳文，译. 广州：花城出版社，1985：68.
④ 马振方. 小说艺术论 [M]. 北京：北京大学出版社，1999：35.
⑤ 马振方. 小说艺术论 [M]. 北京：北京大学出版社，1999：27-43.

多人惴惴不安，以为是用来骂他们、揭他们短处的。像阿Q这样具有一种独特的能统摄其生命的总特征，并能表现丰富的人生内涵和深广的社会历史内容，从而富于艺术魅力的形象，就是成功的典型人物。

不过，从美学角度来对人物进行分类也是相对的，迄今为止，没有统一的标准，因为"人物形象的分类，历来都是文学原理中一个颇费周折的问题"①。

从人物在作品中的地位和作用来分，可以划分为主要人物和次要人物。

主要人物，也称主人公或主角，是作者着力刻画，在作品中起决定作用，而又体现作者创作意图的人物。贾宝玉、林黛玉是《红楼梦》中的主要人物，作品就是以宝、黛爱情为中心，通过封建贵族青年贾宝玉、林黛玉、薛宝钗之间的爱情悲剧，真实再现了封建末世的生活面貌和时代特征，展示出其渐趋崩溃的必然规律。同时还通过对以贾宝玉、林黛玉为代表的一类封建叛逆者的同情和歌颂，反映了个性解放的要求和人权平等的思想。一般来说，作品主要人物设置的多少与作品篇幅容量的大小有直接关系，长篇小说设置的多一些，像《三国演义》《儒林外史》等。但也有不少长篇小说的主人公只有一个，如《骆驼祥子》《青春之歌》《斯巴达克斯》《堂吉诃德》等。中篇、短篇、微篇小说的主人公往往只有一个。

主人公在作品中总是处于显要位置，从头至尾贯穿始终，但也有些小说的主人公并不是出场最多的。比如法国作家梅里美的《马铁奥·法尔格尼》，写的是马铁奥因小儿子为一块金表向官兵出卖了一个逃犯，而亲手把自己的独生子处死的故事。主人公马铁奥在作品前半部没太出场，相反，他的儿子则显得很突出，几乎成了叙述的中心，但儿子后面隐藏着的是父亲，故事的基本面貌和主题显示也主要是通过写他的父亲来实现的，所以，从全篇来看，作品的主人公还是马铁奥。

次要人物，是指在作品中的地位、作用不如主要人物，但又与主要人物发生不同关系、起着不同作用的人物。根据次要人物在作品中的不同功能，又可分为陪衬人物、线索人物和条件人物等。

陪衬人物，即为了映衬主要人物的性格作用而安排的一些次要人物。如《阿Q正传》中的赵太爷、钱太爷、假洋鬼子、王胡、小D、小尼姑等都是为描写衬托阿Q这一形象服务的。线索人物是指在作品中起叙述见证作用，有时也兼作品角色的人物。比如《孔乙己》中的小伙计"我"和《百合花》中

---

① 董学文，张永刚. 文学原理 [M]. 北京：北京大学出版社，2001：169.

的女文工团员"我"。条件人物是根据创作意图的需要，为刻画主要人物或推动情节发展而临时出场的人物。如《红楼梦》中的石呆子和张华分别为表现贾赦和王熙凤两个人物的横行霸道、贪赃枉法、草菅人命创造条件，《金瓶梅》中的应伯爵在情节发展需要的时候，作者通过他的嘴来抨击西门庆，点出某些作者希望读者知悉的东西，而他们的角色任务一完成，就退场了。

根据作品中人物品性的伦理价值及作者对他们的褒贬态度来划分，可以分为正面人物和反面人物。

正面人物，是作者持赞颂、肯定或者理解、同情、体谅的态度所塑造的人物形象。正面人物是与反面人物相比较而存在的，包括英雄人物、先进人物、中间人物及落后人物等。《三国演义》里的诸葛亮、关羽，《水浒传》里的武松、林冲，《西游记》里的孙悟空，《创业史》中的梁生宝，《林海雪原》中的杨子荣，《斯巴达克斯》中的斯巴达克斯，《鲁滨孙漂流记》中的鲁滨孙，《母亲》中的巴威尔、尼洛芙娜，《钢铁是怎样炼成的》中的保尔等，都是光彩照人的正面典型。他们的言行风范代表了历史进步的要求和人性的价值取向。但是在实际生活中，十分优秀的人物就像金字塔的塔尖一样，毕竟占的比例很小，大多数正面人物处于中间状态，甚至落后状态，带有这样或那样的缺点，作者在塑造这些人物形象的时候，在尊重生活真实，并承认其存在的现实性的前提下，根据创作意图的需要，以一种包容的态度，或欣赏，或认同，或体恤，或怜悯，或哀其不幸，怒其不争。比如说猪八戒，一方面他有很多优点，善于劳动，吃苦耐劳，累活脏活他都干，战妖魔时很勇敢，而且天真憨直富有乐观精神；另一方面，他也自私，爱占小便宜，贪吃贪睡又好色，有时还撒谎进谗言。作者对他的缺点，当然是嘲笑批评的，但是充满善意的。他的全部性格正好使他成为一个活生生的有血有肉的形象，让人感到真实、亲切、生动又可爱。这样的形象应该是正面形象。

即使像阿Q，像《小二黑结婚》中的二诸葛、三仙姑这一类人物，他们的思想那么落后，缺点那么多，但他们并不是故意作恶的人，他们的性格遭遇让人感到可悲又可怜，他们还有着勤劳善良的本性，作者塑造这些人物的动机也不是为了全盘否定他们，不是当成敌我矛盾来看待的，而是为了引人注意，救治他们。所以，他们也属于正面人物之列。

反面人物，是作者所否定、揭露、鞭挞的人物，他们往往具有反人性、反道德、反民主、反进步、反科学的性格特征，代表一定时期的反动、邪恶和倒退势力的利益或思想。《水浒传》里的西门庆、潘金莲，《西游记》里的白骨精，《封神演义》里的殷纣王、妲己，《红楼梦》里的贾赦、薛蟠，《太阳照在桑干河上》的钱文贵，《林海雪原》中的座山雕，《高老头》中的拉斯蒂涅，《死魂灵》中的乞乞科夫，《变色龙》中的奥楚蔑洛夫等，都是十足的反面人物。而有些反面人物的性格很复杂，既有其反动可恶的一面，又有其难得的闪光的一面。《红楼梦》中的贾政从总体上来讲是维护封建制度和礼教的反面典型，但他对贾宝玉爱之切而责之苛，虽然方式不一定得当，其为人父的爱子之心却是不容置疑的，是高尚而美好的父爱之举。《高老头》中的高老头是个爱财如命的剥削者、暴发户，但他对女儿的爱却是真诚的。《三国演义》里的曹操，作者是把他当成奸诈、多疑的反面典型来塑造的，但他的雄才大略又确实难能可贵。

　　准确地说，将小说中的人物分为正面人物和反面人物也只能是大体而言，因为生活是复杂多变的，人作为社会关系的总和，人的性格也是复杂的统一体。再高明的小说家也难以穷形尽相地写出人性的复杂和微妙。小说史上，早期作品中的正面人物和反面人物，或者说好人和坏人，往往性格分明，很容易辨认出来，越发展到后来，小说中的人物越复杂化，而且评价的标准也会变化，所以很难做出简单的正反判断，我们也没有必要按正反标准去贴标签，关键是能从实际出发，做出实事求是的评析。

　　从人物性格在情节发展中的动静状态而言，小说中的人物又可分为静态人物和动态人物。

　　静态人物，是指那种一出场性格就已基本定型而且比较单一，直到情节结束，性格也没有什么变化的人物。这类人物的特点是性格的相对稳定性，容易辨析。

　　静态人物在长中篇小说中比较少见，当然有，但多为次要人物，他们出场的机会不多，作品也难以充分地展开他们性格的发展变化，他们的上场也主要是为了表现主题、衬托其他人物或连缀情节，比如《红楼梦》中性格执拗的石呆子，《包法利夫人》中险恶刻薄的商人勒乐、虚伪卑鄙的律师居由曼等。

　　静态人物多见于微篇、短篇小说，由于篇幅限制，微篇、短篇小说往往只能刻画人物性格的一个侧面或一个性格点，因而其人物性格往往是单一的、定型的。鲁迅在《一件小事》中并没有写出车夫的品行形成的轨迹，只写了他关心倒地的老女人并搀扶她去巡警所连车资也顾不得要了的一个简短的情节场面，就凸显出了车夫的高尚品格。欧·亨利的《麦琪的礼物》并没有写吉姆和德拉这一对夫妻恋爱的经过和真诚相爱的缘由，只写了双方为了在圣诞节给对方赠送礼物而竭尽所能的故事，来表现他们真挚的爱情。在对待爱情这一点上，人物一出场，性格就是稳定而呈静态的。

静态人物是就作品中人物性格的恒一稳定而言的。从哲学上来说，静是运动的一种特殊表现形式，静态也只是相对的。静态人物在作品中表现出的相对稳定的性格，既是人物以前动的结果，连接着过去，也是人物以后动的前提，预示着未来。静中显动，小中见大，瞬间中见证着永恒，这正是静态人物得以存在的学理基础。只要刻画得好，静态人物照样可以圆实鲜活、生动感人。

动态人物，是指那种性格随着情节的发展而不断变化的人物。运动是万物的根本属性，人所生存的环境总在不断地变化着，人的品行性格也是随着动态的人生历练而形成的。能够准确而生动地写出人物性格的动态发展，是小说塑造形象的重要任务之一。不过，在具体作品中，这种动态之变有大有小、有浅有深、有量变质变之别。一切视具体情况而言。一般来说，长中篇小说写动态人物多一些。林冲由安于现状、委曲求全、逆来顺受，到忍无可忍、手刃仇人、走上梁山，是大变质变。这种变化，既是林冲生存的环境使然，也是血气方刚的豹子头林冲本性合乎情理的发展结果。通过这种变化，小说写活了一个有血有肉、忍辱负重的英雄形象。《水浒传》也正是通过林冲这类人物被逼上梁山的动态变化，形象而深刻地表明了"官逼民反"的思想。《复活》中的主人公聂赫留朵夫的性格一直处在一种嬗变的动态中，大学时代的他单纯正直，与姑姑家的女仆喀秋莎·玛丝洛娃产生了纯洁真挚的爱情；入伍后的他被腐化而堕落，将玛丝洛娃诱奸后又将她抛弃，此后一直放荡不羁；玛丝洛娃被弃后沦落为娼，又涉案蒙冤被判重罚的事实震撼了他的灵魂，他良心发现，为赎清自己的罪孽，他四处奔走设法营救她，并准备与她结婚；看清了社会黑暗后的他，毅然与贵族阶级决裂，舍弃豪华舒适的上流生活，甘愿陪着玛丝洛娃前往西伯利亚流放地；最后，他虽然没有和玛丝洛娃结婚，但他的精神得到复活，过上了一种全新的精神生活。可以说，《复活》的整个思想主题，主要是通过主人公聂赫留朵夫的性格的动态变化来显示的。

短篇、微篇小说也可以写动态人物。《祝福》几乎写了祥林嫂大半生的坎坷命运。作为一个勤劳善良而又本分的劳动妇女，她为了逃避想把她卖掉的婆婆，隐瞒新寡的身份，逃到鲁镇帮佣，她的勤劳能干赢得了人们的赞许，这时的她找回了做人的自信而感到满足；不久，她又被婆婆转卖到深山，与贺老六成家生子，后来却夫死子亡，沉重的打击使她的精神变得呆滞；第二次来到鲁家帮佣的她被视为伤风败俗的女人，不许染指祭祀大典和捐过门槛后仍受歧视的现实，使她的精神崩溃而变得麻木；最后沦为乞丐，在痛苦与迷惑中倒毙于风雪交加的街头。祥林嫂由安分能干、受人称赞，到神情呆滞，再到精神崩溃，最后到死亡，每一次性格命运的变化，都是环境的影响与她本人具有的传统观念互动相契的结果，她的动荡多舛的一生浓缩了千百年来旧制度下劳动妇女的悲惨命运，作者对封建宗法社会的控诉也包含在这种对人物动态遭际的叙写中。契诃夫的《胖子和瘦子》虽然只写了胖子和瘦子这一对多年未见的老朋友在火车站巧遇的一个简短场面，但是写出了人物的动态性格。瘦子在不知道胖子的身份之前，与他拥抱、亲吻，激动得眼含泪水，说话也无所顾忌，并且得意地向胖子介绍自己的妻子、儿子及自己的八等文官职位，显得坦诚而满足；但当得知胖子已是三等文官后，立即脸色变白，耸肩弯腰，说话也结结巴巴，显得诚惶诚恐，一副阿谀谄媚的奴才相。瘦子性格的前后明显变化，除了显示其性格的复杂性以外，也折射出了当时俄国官场等级的森严及官场规则对人性人情的扭曲。当然，这种动态之变只是小变，但自有其生动深刻之所在。

  动态人物与静态人物的区分，有的很明显，有的则很难简单界定，只是相对而言，但我们从动静角度去看人物，有利于把握人物性格的变化和复杂性，更好地理解作品的思想意蕴。

  从人物的生命状态分，又可分为正常型人物和非正常型人物。

  正常型人物，是指作品所写的，从外到内有着与我们生活中的正常人一样的姿容笑貌、服饰打扮、言行举止、思想情感及生老病死的人物形象。这类人物不论男女老幼，也不分古今中外，我们一眼就能看出，他们是和我们一样的人，比如武松、林冲、贾宝玉、阿Q、鲁滨孙、于连、桑提亚哥等。要说区别的话，只不过他们生活在作品中，我们生活在现实中而已。在古今中外的小说人物中，这类人物所占的比例最大，在此不多加阐述。

  非正常型人物，是指那种超越人的自然属性，或者以另类事物作为主角的形象。这类人物可以是神仙妖魔、狐仙鬼怪，也可以是动物性与人性兼而有之的变异形象。《西游记》《封神演义》《聊斋志异》等神怪小说及童话小说、寓言小说和一些现代派小说中存在着大量的这类形象。像孙悟空既有猴性，又有神性，更有人性。《聊斋》中的狐仙青凤是狐性、仙性、人性三位一体的。卡夫卡的《变形记》中的格里高尔·萨姆沙也是人虫一体的非正常人物，他虽然变成了一只大甲虫，但思维情感和人一样。以动物作为作品主角的，如《聊斋》中的《太行狼》写的是一只有仁义通人性的狼，美国作家杰克·伦敦的《荒野的呼唤》和苏联作家加夫里尔·特罗耶波尔斯基的《白比姆黑耳朵》，都是以狗作为主角的名作。日本夏目漱石的《我是猫》则是以一只带有一些人性的猫为主人公。还有一些现代派小说则出现了消解人物而让物进入作品成为形象的情况,如法国新小说派作家罗伯·格里耶的《咖啡壶》,以对咖啡壶的精叙细描代替了对人物的塑造。卡夫卡的《城堡》中的城堡也成为作品中一个费解的形象。

这些非正常型的人物形象虽然不是完全写人或直接写人,但都是人的世界、人的思想情感的反映,是人的意志的投射,写来写去都是为了写人。《太行狼》中的狼既能为生疮的同伴请来医生,又能将医生护送回家,后来医生涉案蒙冤,它想办法衔来真凶的鞋子"委道上,官过之,狼又衔履奔前置于道",终于使医生洗清了冤案。这只太行狼,对同类友爱相助,对医生知恩图报,为医生雪冤聪明机智。作者表面写的是狼,实际上是写他所期待的一种理想的人格模式。《荒野的呼唤》中名叫"布克"的狗,本来十分温驯乖巧,后来被卖给狗贩子,落入淘金者之手,布克逃入原始森林。面对血腥的拼杀,布克曾一度不适应,但是求生的逼迫,使它恢复了祖先的野性,而将文明世界带来的那些东西抛弃殆尽。在一次大拼杀中,它咬死了原先的野狗首领而成为新的头目,而后完全融入了野性动物行列之中。作者通过写狗,表达了他对狗性、人性和文明世界的看法,尤其是对于生存规则的深度思考,写的是狗的生活,折射的是人的世界。

第二节 人物的古今变化例析

作为叙事文学代表的小说,其所叙之事是由人的活动构成的,因此,"人物是小说的主脑、核心和台柱",人物在小说[①]中具有不可替代的地位。人物在小说中的地位及其表现形态,从微观角度,从一时一地来看,变化不够明显;而从宏观角度,从历史长河来看,古今中外是有很大区别的。为了防止片面化和想当然式的以偏概全,我们将对古今一些有代表性的小说中的主要人物进行简要的梳理分析,以使得出的结论具有科学考据意义上的严谨性和包容力。[②]

---

① 马振方. 小说艺术论 [M]. 北京:北京大学出版社,1999:27.
② 饶芃子,等. 中西小说比较 [M]. 合肥:安徽教育出版社,1994:1-206.

一、从"人随事转"型的人物到"事随人转"型的人物

"人随事转"型的人物,是指在以故事情节为主、人物形象为辅的总的叙事模式下出现的人物形象。基本特点是人物形象较抽象模糊,缺少个性特征,即使塑造了突出的人物形象,也是以情节作为出发点和落脚点的。

中国古代小说源于神话传说。在被《四库全书总目》认为"核实定名,实则小说之最古者尔"①的《山海经》里,有不少神话传说故事,如女娲补天、精卫填海、刑天舞干戚、夸父逐日、君子国、黄帝擒蚩尤、鲧禹治水,以及关于西王母的记载等,所写的人和事虽然神奇,但既没有完整的情节,也没有清晰的人物形象。被胡应麟认为是"小说滥觞"的《穆天子传》,前五卷记周穆王驾八骏西征事,后一卷载穆王美人盛姬卒于途中而返葬事。整个都是以叙事为主,文中出现的穆天子与西王母的形象很模糊。

六朝的志怪志人小说,在人物、情节及想象方面具有了很多小说的成分,但是篇幅短小,叙述简略,重在故事情节。志怪小说是在秦汉以来巫风盛行、又受印度佛教思想传入的影响以及鬼怪神异之类的杂谈盛行的基础上产生的。其内容涉及鬼怪神异、佛法灵验、地理博物三大方面,其中小说意味浓的作品,也以演绎故事情节为主,极少数的作品,如《搜神记》中的《干将莫邪》出现了为父报仇的赤比、仗义献身的山中客及残暴的楚王等人物,但其叙述的基调和吸引读者的主要内容还是那种离奇怪异的情节。志人小说产生的社会基础是魏晋品评人物的"清谈"风尚,故作品多记录人物的言行轶事,但它不是以刻画人物性格为目的,没有作为现代意义上的小说所要求的那种自觉虚构意识,所涉及的人物也只是录载他们的逸闻趣事,带有录此备忘的性质。从那些逸闻趣事中所透露出来的人物性格,虽然有其生动的一面,但还不是完整的人物形象,更类似于微篇小说的"冰山型人物"。比如,作为志人小说代表作的《世说新语》中的《尤悔》篇有一则记载曹丕毒死亲弟弟曹彰,又欲杀害亲弟曹植之事:

> 魏文帝(曹丕)忌帝任城王(曹彰)骁壮,因在下太后阁共围棋,并啖枣;文帝以毒置诸枣蒂中,自选可食者而进。王弗悟,遂杂进之。既中毒,太后索水救之。帝预敕左右毁瓶罐,太后徒跣趋井无以汲。须臾遂卒。复欲害东阿(曹植),太后曰:"汝已杀我任城,不得复杀我

---

① 王立言,卢济恩,赵祖谟. 小说通典[M]. 北京:解放军文艺出版社,1999:1.

东阿。"

这里所写的魏文帝曹丕的狠毒性格是令人发指的,但作者的目的主要还是为了将这一历史事件记载下来,人物的言行很简略,更看不出其音容笑貌。所以,从总体上说,魏晋志怪志人小说的基本特点是情节大于人物。不过,志人小说已开始打破人随事转的叙事模式,为人物性格型小说的出现做了前期艺术经验的积累。

唐代传奇在中国小说史上具有里程碑的作用,小说发展到唐代,已开始作为一种独立的文体出现在文坛上。鲁迅在分析唐代传奇时说:"小说亦如诗,至唐代而一变,虽尚不离于搜奇记逸,然叙述宛转,文辞华艳,与六朝之粗陈梗概者较,演进之迹甚明,而尤显著乃在是时则始有意为小说。"[1] 在这里,鲁迅特别肯定了三点:一是叙述宛转;二是文辞华艳;三是始有意为小说。这说明,叙事的曲折宛转是唐传奇的主要特点之一。鲁迅没有特意指出唐传奇在人物形象塑造方面的特点是有原因的,因为唐代传奇性的奇人奇事,其基本的叙事模式还是人为事设。当然,落实到具体作品,是否注意对人物形象的刻画还是有区别的。现存的100多种单篇传奇小说和40多种作品集中的传奇小说,按其取名大略可分为"记""传"两大类。以"记"(含"志""录"等)为名的,如王度的《古镜记》、张说的《梁四公记》、陈玄祐的《离魂记》、沈既济的《枕中记》、牛僧孺的《玄怪录》等。这类传奇直承志怪小说的写法且更加发扬光大,选材奇异,构思奇特,情节奇幻,重在故事层面的奇谲曲折,不注重人物形象的刻画。《古镜记》叙王度兄弟持一面古镜降妖避邪的故事。王度从侯生处获一面古镜宦游各地,先后降狐妖、灭蛇怪、为陕东百姓禳灾除疾,不久,其弟王绩亦携此镜出游,虽几番历险,却凭古镜杀鬼诛怪,脱灾免难。归来后将古镜还给王度,不久失镜。《梁四公记》是传奇小说集,此书以搜奇猎异为特点,带有浓厚的神异色彩。如其中《震泽洞》一文,载洞庭山南洞穴深万余尺,有人误堕洞中,"旁行升降五十余里,至一龙宫",守门小龙拒其入宫。其人在洞中百余日,便以青泥为食,味若粳米。出洞后告之武帝,武帝遣人探穴,龙女赠明珠以酬答。《离魂记》叙述的是倩娘与表兄王宙生死相恋的爱情故事。倩娘与王宙从小相爱,成年后倩娘被另许他人,因此抑郁成病。王宙也托故去长安,与倩娘告别后,半夜时倩娘追来上船,一起出走蜀地,同居五年,生有一子。后倩娘思念父母,与王宙一起回家探亲。王宙先到家,在闺中病卧数年的倩娘起而相迎。此时

---

[1] 鲁迅.中国小说史略[M].上海:上海古籍出版社,1998:44.

王宙方知与自己私奔的是倩娘的离魂。两个倩娘相会，即合为一体。于是，全家团圆。《枕中记》讲述的是，失意士子卢生于客店中睡在道士给他的一个瓷枕上，梦见自己飞黄腾达，娶美女，中进士，建功立业，位高望重，贵宠无比，而又善始善终，梦醒时，店主所蒸黄粱还未熟。《玄怪录》作为一部传奇小说集，其中内容大都涉及神仙道术、定命再生、鬼妖怪物等。如《刘枫》一篇写的是鬼怪。刘枫夜宿空馆，见一女郎命侍婢召来数妇人，众人歌咏谈谑，各具声口。天明，不见其人，仅拾得翠钗数只而已。以上这些具有代表性的"记"一类的传奇小说，都是以刻意追求奇异的故事为旨归，其中的人物不是作者匠心经营的核心。

另一类以"传"为名的传奇小说，如郭湜的《高力士传》、沈既济的《住氏传》、白行简的《李娃传》、李朝威的《柳毅传》、李公佐的《南柯太守传》、元稹的《莺莺传》、蒋防的《霍小玉传》等，这类作品受史传文学的影响较大，既注意构造曲折离奇的故事情节，又重视塑造人物形象。以其中思想艺术成就最高的《霍小玉传》为例。该作叙名妓霍小玉与才子李益的恋情悲剧故事。李益初与小玉一见倾心，小玉以身相许，同居欢爱。小玉自知地位卑下，欢情难久，求李益许以八年内暂不婚娶，与她同享青春年少的欢乐。李益不胜感愧，发誓不变心，并与小玉约为婚姻。但益得官后，即与小玉断绝往来，并依母命与望族卢氏女成婚。小玉日夜思念成疾，后得知李益负约，怨愤益深，病卧长愁。一黄衫豪侠出于义愤将李益挟持至小玉家中，小玉强撑病体，当众痛诉自己的悲苦和李益的负心，言身死之后必为厉鬼，使李益妻妾不宁，随即挽李益手，长恸号哭数声而亡。小玉死后，在冥冥中捉弄李益，使其猜忌妻妾，成了狂疾，杀妾休妻，终无宁日。这篇传奇小说所写的"痴心女子负心汉"的恋情悲剧曲折动人，富有感染力。同时，还成功地塑造了霍小玉这一美丽纯情、对爱情执着追求而又明智刚烈的女性形象。

当然，对"记""传"两类传奇小说在构造情节和刻画人物两方面的区别分析也只是相对的，目的是在根据实际、总结规律的基础上化繁为简，便于说明问题，具体到每一部作品又各有其特点。不过，总观唐代传奇，传的是奇人奇事，以曲折奇幻的情节吸引人，是其基本特色。

西方早期小说在对待人物塑造方面，与中国相比，既有区别又有相同之处。其区别主要体现在两个方面：一是在小说观念方面，中国早期小说并没有以人物为小说中心的认识，而西方小说从一开始就将人物作为表现的重要内容；二是从小说作品来看，中国早期的小说很明显的是重情节轻人物，西方的小说从开始就既重情节，又重人物。相同之处是，从小说的创作艺术来说，西方早期的小说和中国的一样，更以故事情节取胜，因而塑造出的人物不如安排的情节那么出色。比如，开欧洲近代短篇小说先河的薄伽丘的《十日谈》，写的是十个青年男女，为逃避鼠疫，一起到乡村别墅避难，每人每天讲一个故事，讲了一百个故事。这些故事中出现了从国王到农夫，从僧侣到骑士的社会各阶层人物的形象，但是较之于作品所具有的那种"把情节形式类似的故事用多姿多彩、变换无穷的叙述结构表现出来"①的艺术成就来说，人物的塑造是居于次要的。文艺复兴时期最早出现的长篇小说《巨人传》，塑造了巨人高康大和他的儿子庞大固埃的形象，他们体型超常，食量惊人，智慧超群，力量强大，富有强烈的冒险和进取精神。但是人物塑造有类型化的倾向，对人物的描写也是粗线条的，有明显的口头文学的痕迹，而且人物性格的变化并没有贯通全书的发展脉络，因此，较之于作品那种"一个接一个的充满动感的情节"②所构成的传奇故事来说，人物塑造艺术上的不足是明显的。

中西方早期小说所出现的这种"人随事转"型的人物是有其存在的必然性的，因为从人类发展的规律来说，人类的早期生存更体现为直接的集体行动，而构成故事的事件和事实是这种行动的必然结果，人们需要从这些故事中去了解自然和社会，去观照自身。同时，从艺术的发展规律来说，小说的产生源于神话传说、史传寓言及史诗传奇等叙事类文体，这些叙事文体首先偏重的是叙述事实，小说受其影响，由叙事到写人，由"人随事转"到"事随人转"，从低级到高级，符合规律的正常发展。

"事随人转"型的人物，是指在以刻画人物性格为重点，情节围绕刻画性格的需要而展开的叙事模式下出现的人物形象。其特点是人物形象鲜明突出，具有典型意义。

中国小说从神话传说、史传文学、志人小说到唐代以"传"为名的传奇小说，人物在作品中的地位越来越突出，塑造人物的艺术也越来越成熟，到了宋元白话体小说，人物已处于中心地位，情节设置的技巧也越来越高，人物与事件情节之间基本上是事为人设。比如《碾玉观音》中的秀秀，是作品内容的中心，整个小说的情节是围绕这一人物而展开的。秀秀是装裱匠的女儿，被咸安郡王买入府中做奴婢。她看中了朴实能干的碾玉匠崔宁，便主动求婚，而且大胆得惊人：

---

① 龚翰熊.欧洲小说史[M].成都：四川大学出版社，1997：39.
② 龚翰熊.欧洲小说史[M].成都：四川大学出版社，1997：49.

秀秀道:"你记得当时在月台上赏月,把我许你,你兀自拜谢。你记得也不记得?"崔宁叉着手,只应得诺。秀秀道:"当日众人都替你喝彩:'好对夫妻!'你怎地倒忘了?"崔宁又则应得诺。秀秀道:"比似只管等待,何不今夜我和你先做夫妻?不知你意下何如?"崔宁道:"岂敢!"秀秀道:"你知道不敢,我叫将起来,教坏了你,你却如何将我到家中?我明日府里去说!"崔宁道:"告小娘子:要和崔宁做夫妻,不妨;只一件,这里住不得了。要好趁这个遗漏,人乱时,今夜就走开去,方才使得。"秀秀道:"我既和你做夫妻,凭你行。"当夜做了夫妻。

这样的描写主要是为了表现人物的性格。秀秀的泼辣坦诚、毫无忸怩之态和封建道德负担,在这里表露无遗。后来秀秀和崔宁逃往潭州做夫妻,被郡王抓回打死后,她的鬼魂又跑回来和崔宁再做夫妻,这些情节都是为展现她的性格服务的。《快嘴李翠莲记》围绕李翠莲这一人物,突出其天生嘴快和倔强不屈的性格,先写她出嫁当天,将媒婆等人骂得狗血淋头;入了洞房,又一顿连珠炮,将丈夫吓得一夜不敢说话;次日清晨,又将婆婆抢白一顿;后来连大伯和小叔子也被她叫骂。最后,夫家忍受不了,将其休回娘家以后,家中父母兄嫂责怪她,她干脆一不做二不休,出家做尼姑去了。李翠莲这一形象始终是作品的中心。

后来的中长篇小说,尤其是长篇,人物形象更为丰富多彩。在小说史的不同阶段,"事随人转"型的人物各有其特点,大致可分为三种情况。

第一种,强化行动性的典型人物。主要是让人物在故事中行动,强调通过人物的客观行动来体现其性格特征。以古典名著为例。《三国演义》写了三百多个人物,形象鲜明的就有几十个。小说很善于把人物放在风起云涌的尖锐矛盾冲突中去展现。全书共写了四十多次战役,上百个战斗场面,每一次都将注意重心放在人物身上。例如"赤壁之战",既写出了诸葛亮、周瑜的胆识才略,又刻画出鲁肃的忠厚、黄盖的赤诚、阚泽的胆大机敏和蒋干的愚蠢无能。对于具体人物的塑造,也是通过他自身的行动来实现。在刻画"千古之义绝"关羽这一人物时,作品通过"挂印封金""千里走单骑""灞桥挑袍""古城会"以及"华容道义释曹操"等一系列行为,来突出他知恩图报、义薄云天的一面。又通过"温酒斩华雄""三英战吕布""延津斩文丑""过五关斩六将""单刀赴会"等一系列情节,来表现他的勇武双全。关羽的有些行为,是令人叹为观止的。如五十回写他刮骨疗毒:

关公归寨,拔出臂箭,原来箭头有药,毒已入骨,右臂青肿,不能运动……关公本是臂疼，恐慢军心，正与马良弈棋；闻有医者至，即召入……佗曰："某自有治法……当于静处立一标柱，上钉大环……吾用尖刀割开皮肉，直至于骨，刮去骨上箭毒，用药敷之，以线逢其口方可无事。"……佗乃下刀，割开皮肉，直至于骨，骨上已青；佗用刀刮骨，悉悉有声……关公饮酒食肉，谈笑弈棋，全无痛苦之色。须臾，血流盈盈。佗……以线缝之，公大笑而起，向众将曰："此臂伸舒如故，并无痛矣。"……

这种笑对生死攸关的毒伤的举止豪情，有力凸显了关羽坚韧刚毅的人格魅力和英雄气概。关羽形象中除了这些光彩夺目的性格元素以外，还有其"刚而自矜"的性格缺陷，作品也是通过大意失荆州、败走麦城及最后导致杀身之祸等情节来表现的，从而使关羽这一典型形象显得生动、完整而丰满。

《水浒传》同样是在行动中刻画人物性格。为了揭示"官逼民反，民不得不反"这一主题，作品先塑造了高俅这一形象。高俅本是一个泼皮无赖式的小混混，一个偶然的机会因毽技出色受到端王赏识，后发迹做了太尉，执掌朝政大权后，胡作非为，害王进，逼林冲，卖官鬻爵，压榨百姓。作品通过高俅的所作所为，刻画出了一个阴险毒辣、荒淫无耻的反面典型的形象。而通过高俅这一形象，正好揭示了"乱自上作"的道理和"官逼民反"的根源。接着描写了不同身份地位的各路英雄纷纷被逼奔向梁山的真实过程，写出了由自发的个人反抗逐渐汇聚成有组织的梁山起义大军的壮丽画卷。在这一过程中，塑造了一系列起义英雄的光辉形象。正像金圣叹所说的"《水浒传》一百八人性格，真是一百八样"。[①] 为了塑造这些形象，作者特意把人物置于矛盾斗争的激烈旋涡中，甚至将人物置于生死关头，通过人物独特的言行来体现他们独特的性格。比如写武松，景阳冈赤手空拳打死吊睛白额大虫，使他一举成名，显示了作为一个英雄的勇武和实力；杀死潘金莲，打死西门庆而又自首县衙，显示了作为一个成熟的英雄的精细、冷静而又敢作敢当；醉打蒋门神、血溅鸳鸯楼，更体现了一个真英雄所具有的除暴安良、扶弱济贫的侠义品质。这一连串的行为，从另一个角度来理解，武松是先除山中猛虎，次除家中淫虎，再除社会恶虎，这样就很有层次地把一个顶天立地的英雄写活了。再比如写石秀，他去大名府打探卢俊义的消息，正逢卢被押往法场处斩，在万分紧急的情况下，"楼上石秀只就那一声和里，掣着腰刀在手，应声大叫：'梁山伯好汉全伙在此！'……石秀从楼上跳将下来，手举钢刀，

[①] 黄霖，韩同文. 中国历代小说论著选（上）[M]. 南昌：江西人民出版社，2000：292.

杀人似砍瓜切菜。走不迭的，杀翻十数个。一只手拖住卢俊义，投南便走。"石秀那种胆大果敢的"拼命三郎"的性格，在生死关头跳楼劫法场的这一行动中表现得淋漓尽致。

　　对于同类型人物的性格差别，除了通过他们各自独立的行为过程来表现以外，往往也抓住关键时刻他们对于同一问题的不同的言行方式来加以对比描绘。武松、李逵、鲁智深都是勇猛豪爽的英雄，但是又各有个性特点。在"菊花会"上反对招安时，他们的表现是这样的："只见武松叫道：'今日也要招安，明日也要招安去，冷了弟兄们的心！'黑旋风便睁圆怪眼，大叫道：'招安，招安？招甚鸟安？'只一脚，把桌子踢起，颠做粉碎。……鲁智深便道：'只今满朝文武，俱是奸邪，蒙蔽圣聪，就比俺的直裰染做皂了，洗杀怎得干净。招安不济事？便拜辞了，明日一个个各去寻趁罢。'"他们三人都坚决反对招安，但武松显得比较清醒，说话有深度；鲁智深显得性急鲁莽而无所顾忌；鲁智深既能看清问题的实质，又具有出家人的那种超脱随意。

　　西方古典小说名著也很擅长描写人物的行动，并且通过行动来刻画典型人物。与中国该类小说不同的是，中国小说，如《三国演义》《水浒传》所强化的行动性的典型人物都以重大的集体性事件为背景；而西方小说，如《堂吉诃德》和《鲁滨孙漂流记》所塑造的行动性的典型人物则缺乏重大的事件背景，个性色彩更浓。

　　《堂吉诃德》是文艺复兴时期西班牙作家塞万提斯创作的一部长篇小说，其最突出的成就是塑造了堂吉诃德这样一个外表像古代骑士，内心则充满人文精神，行为荒唐滑稽，动机却高尚可敬的不朽的人物形象。全书以堂吉诃德的行动经历为线索来展开故事，他走到哪里故事就发展到哪里，他的性格也就随着他的行踪和所作所为而不断地得以展现。堂吉诃德本是原名叫吉哈达的一名破落乡绅，终日沉溺于骑士小说的阅读而走火入魔，于是改名为高贵的堂吉诃德，要去做正义的游侠骑士。他找到一匹骨瘦如柴的白马，披挂上一副用锈铁和硬纸板拼凑而成的盔甲，手握一柄长矛，独身出门游侠，结果在外面屡屡碰壁而带伤回家。他不甘罢休，找来一个侍从，再次出门，行如疯子。在他眼中，到处是等待他这样的骑士来解决的问题，于是，他把风车当作巨人，把客栈当成城堡，把羊群看成军队，把送葬的教士当作妖怪，把抬着圣母求雨的人们看作抢劫美女的强盗等，他又不听从侍从的劝告，不顾一切地横冲直杀，结果不但没有解决问题，反而负伤累累，被送回家。第三次出门，也是被打伤送回来的。不久，便逝世。临终前，他才醒悟，骑士小说是害人的东西。

三次游侠活动,三次冒险经历,三次乘兴而去,三次狼狈而归,一个接一个荒唐可笑的行动,成为作品描述的重点,而小说正是通过描写堂吉诃德这一系列违反常理的行为,将一个可笑而又可敬、可叹而又可悲的典型人物活画了出来。

启蒙时期,英国作家笛福的《鲁滨孙漂流记》中所刻画的鲁滨孙的形象更是一个行动的典型人物。鲁滨孙是西方文学史上第一个资产阶级正面人物形象。他的性格特点就是永不安于现状,勤奋有为,不断地行动追求,不断地创造。鲁滨孙本可在家过富裕安稳的生活,但他要漂洋过海去冒险经商。从欧洲到非洲、美洲,来回贩运,屡遭危险,从不放弃。后被海盗劫为奴隶,逃到巴西有了种植园,本可过安居发财的生活,他又去非洲贩运黑奴,途遇风暴,船沉众溺,他只身一人流落到荒岛。他没有悲观绝望,而是立即行动,他整天不停地劳动,修建住所,制作器皿,猎取食物,播种稻麦,养殖山羊。最后他有船用,有面包吃,有陶器,有种植园,有牧场,有两处住所等。他把荒岛建成了丰衣足食的乐园。后来他还解救了一个土人并将其调养成自己的忠实奴仆,取名为礼拜五。整整28年,他总是在不停地劳动。28年后,他帮助过路的船长制伏水手叛乱并搭船回到英国,成为受人仰慕的创业英雄和富翁。不久,他又重回荒岛,分配土地,制定法律,并到世界各地冒险。

对于鲁滨孙这一形象,正如作品中鲁滨孙所认为的"一个人只是呆呆地坐着,空想自己所得不到的东西,是没有用的",这就是"绝对真理"。作者也就抓住他的特点,在一连串具体的行动中,在动态的生活斗争过程中刻画人物,成功地塑造出一个靠勤劳、智慧和掠夺、征服以发财致富的资产阶级创业英雄的典型形象。

第二种,强化主观性的典型人物。其特征是在创作理念上注目人类的主观世界,在创作内容上注重表现作者理想中的境界或人物的主观情感,在创作手法上崇尚想象夸张或重视人物心理描写,整个作品具有浓厚的主观意识。

这类典型人物在中西方小说作品中的具体表现又有所区别。在中国,主要出现在以描写人物主观幻想中的神话世界为基本内容的神魔小说中。被鲁迅称之为"神魔小说"的是指以《西游记》《封神演义》为代表的一类作品。这类作品具有浓厚的浪漫主义色彩,作者往往通过人化的神魔妖怪及其奇幻的经历,或者是幻化的历史人物及其神化的业绩,来曲折地表达自己对社会人生的态度和人们的理想愿望。

孙悟空就是这类作品中人物形象的典型代表。他破石而出,海外拜师,学得七十二般变化、十万八千里筋斗云,成为神通广大的美猴王。他的性格特点首先表现为追求自由、反抗强暴、富有叛逆精神，胆大包天、敢作敢为、蔑视一切艰难险阻。为了自由，他闹三界，把冥王、龙王、玉帝都吓得闻风丧胆。从大闹龙宫，向龙王索要兵器披挂，闯入地府强令阎王勾销生死簿，到两度大闹天宫，无不体现了他那种天不怕地不怕的英雄气概。在去西天取经的路上，为了铲除妖魔，他三打白骨精、三调芭蕉扇、力斗"三大王"，从不退缩，而且越战越勇。即使被红孩儿的三昧真火烧得几乎丧生，仍然抖擞精神，强行索战。最后，连神佛世界也服了他，承认他为"斗战胜佛"。其次，神通广大、勇敢机智而又积极乐观。孙悟空的七十二般变化及一个筋斗十万八千里的本领再加上他的火眼金睛，使他几乎所向无敌。即使碰到暂时收拾不了的强敌或解决不了的困难，他也会借助其他途径、利用各种关系和力量来妥善地处理。而且他把降妖除魔、排除万难当成自己的使命，他的所作所为，都是主动为之，乐意为之。驼老庄李老者请他除妖，他不但不讲价钱，反而唱个喏道："承照顾了。"猪八戒评价他："听说拿妖，就是他外公也不这般亲热。"唐僧评价得更中肯，对乌鸡国国王说："我徒弟干别的事不济，但听说降妖捉怪，正合他宜。"孙悟空更认为要降妖降怪"分明是照顾老孙一场生意"，没有比这更让他高兴的了。孙悟空正是凭着一身冲天的胆气、十分了得的本领和高昂的战斗热情，经历九九八十一难，克服千难万险，护送唐僧到西天取得真经，终于功德圆满。

　　孙悟空的形象很显然是作者主观想象的产物，在现实中不可能有这样上天下地无所顾忌的人。但是在孙悟空身上所体现的那种崇尚自由、傲视权贵、反抗压迫、疾恶如仇、洞察是非、大局为重的品质，为追求理想而排除万难、愈挫愈勇的乐观顽强的精神，以及神通广大的本领和高超的斗争智慧，使他成为人们理想的英雄和人格的化身，富有强烈的主观色彩。《西游记》中其他人物，从天上的仙佛、仙童玉女到阴间的鬼王鬼使、水中的龙王虾卒，从各处的魔头妖王、走卒怪将到人间的帝王将相、僧道百工等，如猪八戒、二郎神、白骨精之类的形象，虽然典型程度不一，但都深深地打上了作者主观的烙印。

　　《封神演义》叙写的是周武王讨伐商纣王的神话传说故事。小说中的人神界线已经被打破，人物活动的主要环境都已变成神魔出没的地方，人世间的生活已经退居次要地位，人间朝代的更替实际上成为各派宗教之间的较量。因而，虽然作品依托的本事有着历史的影子，但小说中的人物、情节、环境都已超越了现实，带有强烈的主观幻想成分，其中的人物便成为作者主观想象的产物。如集封建时代最高统治者的一切恶德败行于一身的暴君典型殷纣王；口蜜腹剑、挑拨离间、无耻至极的狐狸精妲己；一心灭殷助周，"兴义师，伐无道"，受尽劫磨，而又百折不挠，终于获得胜利的姜子牙；脚踏风火轮，能幻化出三头六臂，而又顽劣异常，到处招惹是非的哪吒；能在地底下行走的土行孙；长着两只肉翅可以在天空中自由飞翔的雷震子等人物形象，都明显带有作者主观幻想、加工改造的成分，在小说人物形象画廊里具有其应有的位置。

在西方，这类强化主观性的典型人物先后出现在感伤主义和浪漫主义小说中。

产生于18世纪后期的感伤主义文学的特征是"对情感的崇尚和一种心灵上的敏感性，用以取代对理性的崇拜"①。感伤主义强调小说转向主观和内心世界，推崇人的自然感情，"追求的是表现人的内心的真实，对琐屑、微妙而又倏忽变幻的情感心理的活动加以细致刻画"②。其代表作品有英国理查生的书信体小说《帕米拉》和《克莱丽莎·哈罗》、斯泰恩的《穿越法兰西和意大利的感伤旅行》，法国卢梭的《新爱洛绮丝》和德国歌德的《少年维特之烦恼》等。

《帕米拉》以通信和日记的形式，通过大量的人物心理活动，叙写了女仆帕米拉在女主人去世后抵御其儿子B先生的非礼企图，让B先生正式娶她为妻并以自己的品貌赢得丈夫及亲友敬重的故事，刻画了一个自珍自爱并具有一定反叛精神的平民阶层的正面女主人公形象。《克拉丽莎·哈罗》则塑造了一个在爱情婚姻问题上虽有美德却以悲剧而告终的青年女性克拉丽莎的形象，对人物的心理描写相当深入，人物的心路历程细腻而跌宕起伏，因而引人入胜，作品很受欢迎。

《穿越法兰西和意大利的感伤旅行》是感伤主义小说的代表作。主人公是一个叫约里克的多愁善感的教士。小说的内容就是约里克自述旅行的经历，基本上是约里克心理情感的记录，而他也确实对一切都投放自己的感情，如他为僧侣的粗暴而内疚，为乡人哀悼死驴而深受感动，为玛丽失恋而痛苦等，总之，他是一个用情感和仁爱代替理性作为批判工具的教士形象。

《新爱洛绮丝》是一部书信体小说，写的是贵族小姐朱丽与家庭教师圣普乐相爱，遭到家庭反对，被迫嫁给富有而出身高贵的沃尔玛先生，婚后家庭生活很幸福。沃尔玛得知朱丽的初恋经过后，不但不忌妒，还邀请圣普乐来

---

① 龚翰熊. 欧洲小说史 [M]. 成都：四川大学出版社，1997：222.
② 龚翰熊. 欧洲小说史 [M]. 成都：四川大学出版社，1997：224.

家中做客。一对旧情人见面后感慨万端，面对胸怀坦荡的沃尔玛先生，二人竭力控制情感，恪守道德规范。最后，朱丽病死前还是写信表达了在另一个世界里对圣普乐的期待。小说中的主人公都是一些道德高尚的人，他们是作者理想中美好情感的化身，是作者主张爱情自由、号召感情解放的形象载体，天性至诚几乎尽善尽美，令人怦然心动。

《少年维特之烦恼》中的维特是一个反对封建习俗而深受压抑，渴望回归纯朴生活和大自然而又不可得，尤其是追求心爱的姑娘更遭摧残打击而失恋自杀的平民青年形象。维特的追求，正是文艺复兴和启蒙运动以后整个欧洲年轻的一代要求个性自由、个性解放和改变政治上无权地位的强烈愿望；维特的烦恼，也是他们面对暂时还比较强大的封建势力而深感软弱无力的反映。维特的遭遇就是当时千千万万个维特式青年的命运。小说以近百封书信，运用大量的如泣如诉的心理描写，将主人公那颗柔弱而敏感的心袒露无遗，塑造出了一个情感饱满而又魅力永存的少年维特的形象。

较之于感伤主义，18世纪至19世纪上半叶兴起的浪漫主义小说更加注重从主观意愿出发，运用奇特的想象、大胆的夸张和饱含激情的语言，塑造出情感鲜明的人物形象，以反映生活、表达理想。在众多的浪漫主义小说中，最有代表性的是法国雨果的《巴黎圣母院》。

《巴黎圣母院》叙写的是美貌善良的吉卜赛女郎爱斯梅哈达被虚伪残忍的副主教克罗德设计猎取迫害，得到敲钟人卡西莫多的舍命相救，最后三人都以毁灭而告终的悲剧故事。作者在这三位主人公身上倾注了强烈的情感。爱斯梅哈达是作者理想的人性美的典型，集真善美于一身，天生丽质而又纯情圣洁，富有仁爱精神。挺身救落魄诗人格兰古瓦，坦然给绑在烈日下暴晒的卡西莫多送水，都是她善良品性的自然流露；宁肯选择刽子手的绞架，也不上教士的床笫，更体现了她的坚贞完美。爱斯梅哈达的被陷害致死，是邪恶的教会势力和残酷的封建制度造成的罪孽。外表道貌岸然而内心冷酷残暴的克罗德，是中世纪宗教制度及其神职人员罪恶的缩影。卡西莫多是一个外表丑陋无比而内心纯朴善良的小人物。作者通过这三个主要人物形象的塑造，表达了对宗教罪恶的控诉和封建暴政的揭露，也表达了对人道主义仁爱精神的高度礼赞。

作者在刻画这些人物时，以火一般的激情，强烈的美丑对照原则，运用瑰丽的想象，营构了一系列离奇的环境和情节，使得整个作品显得激情澎湃、诗意盎然，塑造出来的人物具有浓烈的主观色彩和艺术感染力，是小说史上强化主观性典型人物的经典范例。

如果我们的视野范围更开阔一些，把视线由古代移向现代的话，我们就会发现，强化主观性的典型人物的写法虽然在文学史上的不同时期表现程度不一，但是影响深远。在西方，兴起于19世纪末，兴盛于20世纪20—40年代的意识流小说，出现了像法国普鲁斯特的《追忆逝水年华》、爱尔兰乔伊斯的《尤利西斯》，英国伍尔夫·弗吉尼亚的《到灯塔去》，美国福克纳的《喧嚣与骚动》等优秀作品，强调描写人物的主观生活之流，塑造了如马塞尔（《追忆逝水年华》），布鲁姆、莫莉、斯蒂芬（《尤利西斯》），拉姆齐（《到灯塔去》），杰生、凯蒂、昆丁、康普生太太（《喧嚣与骚动》）等一批成功的典型人物。

在中国，现代文学史上的新浪漫派、新感觉派小说也很注重人物的心理世界，刘呐鸥、施蛰存、穆时英等作品中的人物具有强烈的主观色彩。当代文学史上，王蒙借鉴意识流的写法，塑造了钟亦成、张思远、缪可言、曹千里等人物典型。

第三种，强化客观写实的典型人物。这是指在忠实于现实生活的基础上，按照社会和人生的本来面目，采取冷静客观的态度，综合运用典型环境、典型细节和心理描写等手法塑造出来的人物形象。

这类典型人物在中外现实主义小说作品中表现得最为突出，我们试以不同阶段一些有代表性的作品中人物形象的塑造来进行分析。

被《美国大百科全书》称为中国第一部伟大的现实主义小说的《金瓶梅》，首先将立意取材的目光对准了平凡琐细的日常生活，塑造人物时不是偏执于某一种单向性格，而是从生活真实出发，注意写出人物性格的多样性、复杂性。全书写到的人物二百多，性格鲜明的有二三十个，在对两个主要人物西门庆、潘金莲的塑造上，其客观写实的方法运用得很成功，塑造出来的人物显得真实典型。其一，动态地写出了人物性格命运的发展史。西门庆由在书中出场时一个27岁的市井小流氓发展到33岁暴毙时集恶霸、富商、官僚于一体的典型，潘金莲由一个自幼丧父的可怜姑娘发展到一个淫荡无耻、凶狠毒辣的坏女人，既有他们自身的因素，也是环境染化的结果。西门庆从小就是一个浮浪子弟，所以与社会的阴暗环境一拍即合，交通官吏、骗取钱财、贿赂权贵、淫人妻女、贪赃枉法，无恶不作，而又如鱼得水，为所欲为，一步一步走向贪财好色的顶峰。潘金莲从小就被卖来卖去，卖到张大户家里，18岁时遭主人奸污，又被追嫁给了奇丑而又愚钝的武大，还继续与张大户往来。到了西门庆家后，那种畸形恶劣的生存环境更把她训练成为寡廉鲜耻的淫毒之人。潘金莲的性格命运更多的是腐败的社会环境蹂躏扭曲的结果。其二，多角度地描绘人物。对于西门庆，作者除了写他坏透的一面之外，对他其他方面的优势及值得认可的做法并没有歪曲否定，而是如实写来。比如写他相貌堂堂、资财雄厚而又出手不菲，这些对女性当然会产生诱惑力。他一方面对女性只想粗暴地占有，另一方面他对真正地痴情于他的李瓶儿也动了感情，在李瓶儿死后不嫌死人的血污与恶相而抚尸痛恸，办丧事坚持要提高规格，说明他也是性情中人。他一方面贪婪心狠，另一方面他对朋友也很大方，"仗义疏财，救人贫难"。尤其是他面对方方面面的人和事，都能一手摆平，作者对他的精明干练是极为赞赏的。对于潘金莲，作者除写尽了她的种种罪恶以外，对她的美貌、聪明和多才多艺，善弹琵琶会写小曲，也不吝惜赞赏的笔墨。这样，《金瓶梅》就打破了以往某些文学作品塑造人物时"恶则无往不恶，美则无一不美"的传统写法，所刻画的人物更显得真实可信。

现代文学史上，老舍的《骆驼祥子》是描写城市贫民生活最为成功的一部长篇现实主义小说。祥子这一典型人物的客观写实性，具体表现在以下几个方面。其一，紧扣人物生存的典型环境来刻画其性格命运。《骆驼祥子》的故事发生在20世纪二三十年代的老北京，正是半殖民地半封建的社会，其时军阀混战，民不聊生，祥子的命运与此息息相关。祥子从乡间来到城里，最大的愿望就是买一辆属于自己的车，做一个独立的车夫，他拼命拉车攒足了一百块钱买了一辆新车，拉了半年，车就被军阀混战中溃逃的散兵连人带车抢走了。第二次辛辛苦苦攒下准备买车的钱又被孙侦探敲诈去了。祥子不明真相："我招谁惹谁了？"他没有招惹谁，是战乱的动荡、政府的黑暗，还有像刘四、夏家姨太太、陈二奶奶这些社会的恶毒势力在摧残他，也就是说，他所生存的时代环境不能让他过上正常人的生活，他无法好好地活下去。其二，紧扣人物的性格思想和畸形婚姻来刻画典型形象。祥子来自农村，他的性格优势是勤劳、诚实、善良，有着良好的生活习惯，"他不吃烟，不喝酒，不赌钱，没有任何嗜好"。正是凭着这一点，再加上他的年轻，所以，他能吃别人不能吃的苦，挣比一般车夫更多的钱，丢了车后又能继续为买新车而干活挣钱，同时他也能得到虎妞、小福子等人的喜欢。但是他也有自身的性格弱势，他见识短浅，自私狭隘，保守落后，因此，他不能正视现实，而把自己的理想建立在一人拼命拉车的个人奋斗模式上，为了赚钱，不顾一切地抢生意，得罪了同行。他喜欢小福子，但一看到小福子的醉鬼父亲和要负担的弟弟就决定离开她，他的自私自利加速了小福子的死亡，也加速了自己的绝望和堕落。他不喜欢虎妞，但念及虎妞在经济上帮了他许多就又想通了。而实际上和虎妞的婚姻无异于是祥子的一场灾难，他的理想、道德意识、生活方式和对爱情的要求不同于虎妞，但又无可奈何，只好在屈从中一步步地堕落下去。祥子就这样在内外挤压逼迫下，由刚上城时一个上进正派的年轻小伙蜕变成吃喝嫖赌样样俱全的"个人主义的末路鬼"。祥子的悲剧，既是老北京人力车夫命运的写照，也是那个时代下层人民悲惨生活的集中体现，作者着眼于祥子生存的典型环境和他自身的性格元素来塑造人物，平凡中更显真实。

在西方，司汤达的长篇小说《红与黑》被誉为批判现实主义的奠基之作，主人公于连是作者实践其现实主义文学主张而成功地塑造出来的一个不朽的现实主义典型人物。首先，于连的经历是悲剧时代个人奋斗者的命运写照。于连出身于小资产者家庭，天资聪慧，一表人才，抱负远大，崇拜拿破仑，幻想穿上"红色"军服靠个人拼搏而出人头地。但他生不逢时，由于王朝复辟，森严的封建等级制剥夺了他这一出身卑微的小青年在社会中上升的机会。他只得另择他路，进入修道院，披上"黑色"道袍，争取将来做一名权势显赫的大主教。凭着能将拉丁文版的《圣经》倒背如流的功夫，于连被推荐到维里埃尔市长家做家庭教师，不久同市长夫人发生暧昧关系，私情败露后被迫去贝尚松神学院，以实现当主教的梦想。又由于神学院内部的矛盾，于连被迫离开并被举荐到巴黎，做宫廷大臣德·拉莫尔侯爵的私人秘书。他把对贵族的蔑视与仇恨藏在心里，伪装忠诚，准备把以前在军界、宗教界实现不了的个人理想转向政界发展。凭着自己的机敏和城府，他成了侯爵的心腹，并得到侯爵女儿的爱情。当他有了财产、贵族头衔和军衔并为成功而志得意满之时，市长夫人的一封揭发信使侯爵取消了婚约，他失去了一切，于连苦心经营的前程都付之东流。美梦破灭的于连开枪打伤市长夫人，并拒绝上诉，最后被送上断头台。于连这一形象的真实典型在于：一方面，他是当时法国千千万万平民青年的代表。正如作者所认为的，当时"在法国有二十万个于连·索雷尔"。他们的理想和追求、才情和智慧、品德与手腕、烦恼与痛苦，或者说他们整个的命运遭遇都在于连身上得到了集中的体现。另一方面，作者在刻画于连这一形象的同时，真实地反映了法国七月革命前夕的阶级矛盾和冲突。贵族僧侣阶级的腐朽没落，教会势力的丑恶行径，资产阶级日益强大的现实等，都在作品中得到了体现。这样就使于连这一形象具有更深广层面上的真实客观性。

其次，真实地再现典型环境下人物的真实面貌。司汤达认为，人物是环境的产儿。因此，他很注意环境的营造。在《红与黑》中，作者为人物的活动设置了三个典型环境：维里埃尔市、贝尚松神学院和巴黎拉莫尔侯爵府第。

在充满唯利是图气氛的维里埃尔市，贵族和僧侣地位极高，出身低微的于连深受刺激，滋生了反抗心理，并准备去当教士发财，不顾一切地往上爬。在充满了伪善和欺诈的贝尚松神学院，于连看透了教会和僧侣的丑恶面目，并懂得了生存的游戏规则，学会了虚伪。在阴谋与权力中心的巴黎侯爵府，他在妥协周旋中一步一步地向上爬，另一方面他在身不由己的堕落中也变得更为清醒，最后被判处死刑后，他以决不上诉、坦然面对死亡来表达对这个丑恶社会的反抗。这些特定的典型环境与人物性格的形成和发展融为一体，使人物的所作所为显得合情合理而真实自然。同时，作者在刻画人物时严格遵守"写实"的创作原则，不喜欢用带有主观色彩的夸张之类的手法，因而强调描写的逼真。作者尤其擅长描写人物心理，直指人物心灵，而且对人物其他方面的描写与对人物内心世界的观照紧紧地联系起来，这样对于刻画人物性格，既省笔墨，又准确传神。比如，于连听说要被聘去市长家当家庭教师，他首先表示的是"我不愿意当佣人"，他提出的第一个问题是到市长家"跟谁同桌吃饭"，而真的去市长家供职时，他却又"不敢举起手来拉门铃"。这就很形象地写出了于连自负而又自卑的矛盾心理。他出于对上流社会、对市长的报复，也出于对市长的夫人的爱慕而与市长夫人恋爱并取得成功以后，他为这种"从最大的危险里打出来的"胜利而窃喜自豪。小说第十章末尾写他登上一块最大的岩石，"他看见在自己的脚底下展开20里遥远的田野，他还瞧见几只老鹰，从他头顶上的绝壁间飞出，他望着它们在天空中静悄悄地画了无数的大圆圈。于连的眼睛机械地随着鸷鹰转动。这猛禽飞翔起来，那种有力的安闲谧静的活动，在于连心里留下深刻的印象。他羡慕这种力量，他羡慕这种孤独"。这既是借于连的视角在写景，更是写于连的心理，写他那种待机而动以出人头地的勃勃野心。小说就是这样，通过多种艺术手段，将于连这个欧洲小说史上第一个出色的个人反抗社会的典型形象刻画得真实饱满，栩栩如生。

　　司汤达这种遵循客观写实的原则，塑造典型环境中典型人物的方法，不但成功地刻画出了令人难忘的典型人物，而且开启了一个现实主义小说的新时代。以后的小说创作中，从法国的巴尔扎克、福楼拜、莫泊桑，英国的狄更斯、夏洛蒂·勃朗特、哈代，俄国的果戈理、托尔斯泰、契诃夫，美国的马克·吐温、斯里诺，意大利的乔万尼奥里以及社会主义现实主义作家苏联的高尔基、法捷耶夫、肖洛霍夫等，到我国的鲁迅、叶圣陶、茅盾、老舍、姚雪垠、柳青等许多作家的笔下，出现了一批又一批光彩夺目的现实主义人物典型，并以其无法替代的艺术魅力感动了一代又一代读者，成为人类一笔巨大的精神财富。

小说人物从"人随事转"型发展到"事随人转"型,到了"事随人转"型后,又体现为强化行动性、强化主观性和强化客观写实性等不同的阶段特性,这种变化的区分是就其大致趋势相对而言的。尽管在浩如烟海的古今小说中人物表现形态例外的情况多的是,而且在动态交错中不断发展变化着,但是从小说中人物与故事情节互动这一角度来说,这种区分反映了人物变化的基本规律。而每一阶段的变化,都是和社会发展的整体要求、各种思想文化的影响,尤其是文学艺术内部的承传规律紧紧联系在一起的。反过来,对小说人物特性的不断认识,也有助于我们更好地把握小说这种艺术,更好地理解社会人生。

二、从超人、奇人、强人到凡人、畸人、怪人

美国作家、文学评论家塞米利安在谈到小说的人物时,特别强调:"不朽的小说作品的条件之一就是要创造出令人难忘的新人物形象,创造出新的堂吉诃德,新的哈姆雷特,新的巴扎罗夫,新的K甚至新的巴比特。"[①] 确实,要创造出令人难忘的新的人物形象,是一件十分不容易的事,古今的小说家总是绞尽脑汁以图标新立异来实现这一目标,这已经成为艺术的一条规律。事实上,中外小说中出现的人物也体现了这一点。从人物自身的能量大小、人格特征和人们对其评价来看,古今小说中的人物呈现出明显的从超人、奇人、强人到凡人、畸人、怪人的变化规律。

作为小说渊源的神话传说和史诗,其中的人物自然不同凡俗。如女娲可以抟黄土造人,天塌地陷了,她可以炼五色石以补苍天,断鳌足以立四极,治洪水,杀猛兽,改造自然,拯救人类。天大的事,她三两下就收拾好了。盘古于混沌中可以开天辟地,日长一丈,经一万八千岁,他身上的各个部分分别变成了日月星辰、山川草木。夸父敢于和太阳赛跑,口渴时一口气就把黄河、渭河的水都喝干了。共工与颛顼争天下,失败后怒触不周山,使得天塌地陷,日月移位。西方荷马史诗《伊利亚特》中的阿喀琉斯,不但武艺高强,而且除脚后跟外全身刀枪不入。《奥德赛》中的奥德修斯,英勇善战,足智多谋,既能在战场上用木马计攻破特洛伊城,取得战争的胜利,又能在返回家园、漂泊海上十年的途中,战胜吃人的独眼巨人、用歌声迷人的女妖、能把人变成猪的女巫以及狂风、恶浪、暴雨、雷电等,并能化装成乞丐返乡,

---

[①] [美] 塞米利安. 现代小说美学 [M]. 宋协立, 译. 西安: 陕西人民出版社, 1987: 141.

设计比武射杀了聚集在他宫中向他妻子逼婚的众多贵族，最后全家团圆。这些人物身上神性与人性共存，他们那种超越现实的能量和作为，常常令人匪夷所思，只能想象，不能企望。

这类神话史诗中的人物形象反映了人类要求认识自然、征服自然、张扬自我的一种愿望，在现实中不可能存在，但是作为人类理想的一种投射、一种追求，在以后小说的人物形象塑造中得到了更为具体的表现。

他们往往具有伟大的理想、崇高的追求、优秀的品德、非凡的才能或高强的武艺，建立了卓越的功业或者做出了惊世骇俗之举；或者他们具有奇异的性情和独特的遭遇。总之，他们给人的常常是震撼、惊异或向往。

这种人不管是源自神灵怪异，还是来自生活中的普通人，他们在浪漫主义小说中常常表现为超人或奇人。

《西游记》中的人物约有七百五十人，近三分之二是能够腾云驾雾的神仙或妖魔，都有人不可企及的本领。孙悟空凭着火眼金睛、七十二般变化、十八万千里筋斗云，外加一条如意金箍棒，除了紧箍咒对他有点制约外，他降妖除魔，上天入地，来去自由。孙悟空是个神性十足的超人。猪八戒虽然凡心不死，贪财好色，但他也有三十六般变化，功夫很不错，取经路上屡建奇功，也是一个超人。《封神演义》中的姜子牙80岁时在渭水边垂钓，被文王访得，拜为丞相，而后助周伐纣，他施展各种神奇的计谋和法术，完成了灭纣兴周大业，最后还奉命发榜封神。姜子牙是一个奇人。

像在《西游记》《封神演义》这类具有浓厚的浪漫主义色彩的神魔小说中出现的人物，基本上不是超人就是奇人，只是有刻画的成功与否及典型程度的强弱之别而已。而作为以奇情异事为重要题材内容的唐代传奇、宋元话本及《聊斋志异》之类的小说，其中塑造的人物多为不同常态的奇人。

《无双传》中由于知恩图报，在给恩人办了事之后为了事后不泄密而自刎的侠士古押衙；《任氏传》中本为狐妖所化，来到人间与一见钟情的贫穷青年郑六相爱，成家后又能运用自己的智谋为郑六赚来大量钱财的任氏；《红线》中才智超人、能文能武，在主人危难之际挺身而出，一夜往返七百里，事成后又飘然离去的侍婢红线；《虬髯客传》中虽出身家妓，却有着超人的见识，助李靖成就大业的红拂和胸怀大志、豪爽、慷慨而又能识时务的虬髯客；《霍小玉传》中痴情而又刚烈的娼门女子霍小玉；《柳毅传》中坦荡无私、侠义儒雅的真君子柳毅等，他们都是唐传奇中出现的有着奇情奇性和奇事的奇人。宋元话本中有代表性的作品也多属此类。《碾玉观音》中为了爱情而私奔，被打死之后鬼魂也要和心上人做夫妻的璩秀秀；《快嘴李翠莲》中心直口快、蔑视礼教、性格刚强，宁肯皈依佛门也不屈服的李翠莲等，也是这类奇人。

《聊斋志异》更是融汇了传奇和志怪小说的特点，以写奇人奇事而著名。《席方平》中为父申冤，赴阴司告状，历经死难，最后其魂魄也将冥府上上下下贪官污吏告倒的席方平，《狐联》中美丽洒脱、才华横溢的妙联狐女，《林四娘》中时时不忘故国、处处怀着亡国之痛的女鬼胡四娘，《婴宁》中狐母生、鬼母养，以"笑"而显个性的婴宁，或如《耳中人》中"长三寸许"的小人儿，《绿衣服》中"腰细殆不盈菊""声细如蝇"的蜂女精，《葛巾》中"异香竟体"的紫牡丹精，《司文郎》中能以鼻嗅出文章好坏的瞎和尚，等等，莫不事奇人也奇，非常人常事所能比。

在西方，从文艺复兴时期《巨人传》中所塑造的无论在体格、体力还是创造力等方面都惊人的巨人父子形象，《堂吉诃德》中塑造的虽然脱离实际、举止可笑，但是胸怀大志，敢于"冒大险，成大业，立大功"的堂吉诃德，到浪漫主义时期《巴黎圣母院》中刻画的美的化身吉卜赛少女爱斯梅哈达，和外形奇丑而内心美好的敲钟人卡西莫多，他们都不同于现实中的普通人，他们身上都有一定的超人或奇人的性格成分。《基督山伯爵》中的主人公爱德蒙无辜蒙冤被打入死牢，在狱中苦熬十四年，经过艰苦卓绝的磨难逃出监狱以后，凭着超人的胆识和金钱的魔力主持正义，惩恶扬善，他是一位爱憎分明的复仇英雄，也是一位大难不死而能实现自己理想的奇人。

除了以上具有浪漫主义色彩的作品中的人物具有明显的超人或奇人的性格色彩以外，在从古至今具有现实主义倾向及其他创作风格的中西长篇小说中出现的可以称之为超人、奇人或强人的人物，虽然不是那种凭主观想象出来具有神异色彩的形象，但是他们根植于客观现实而又经提炼加工后高于现实的性格中，也往往具有程度不一的超人、奇人或强人的性格元素。

先看中国。中国第一部长篇章回体小说《三国演义》塑造了众多的人物，其中尤以"千古第一贤相"诸葛亮、"千古第一名将"关羽和"千古第一奸雄"曹操堪称"千古奇人"。比如诸葛亮，他是集崇高的品格、过人的胆识、非凡的才能和卓越的功业于一体的忠臣的榜样、贤相的典范、智慧的化身和美德的楷模。他出场就非同凡俗："身长八尺，面如冠玉，头戴纶巾，身披鸿氅，飘飘然有神仙之概。"他精通天文、地理、奇门、阴阳、军图、兵势，善神机妙算。未出茅庐，已知天下三分之势。当时年仅27岁。初出茅庐，他就连烧三把火（火烧博望坡、火烧新野、火烧赤壁），充分显示了他运筹帷幄之中、决胜千里之外的远见卓识和雄才大略。而后三国鼎立，他任蜀相，将蜀国治理得"夜不闭户，路不拾遗"。他不安于现状，为了不负先帝重托，他两次上奏《出师表》，六出祁山，在北定中原的征战中，再次显示了他超凡的胆识才干，最后积劳成疾，殉职五丈原。临死前还安排好了身后的事业，忠谏后主"清心寡欲，约己爱民"，并公开了自己的家产。真的是鞠躬尽瘁，死而后已。同时，他还在整个治军治国及为人处世中，既严以律己，又宽以待人；既执法严明，又体恤下属，关心百姓，具有杰出政治家的风范修养。

《水浒传》作为一部英雄传奇小说，塑造了造反起义的英雄群体中的各类奇人。宋江号称及时雨，仗义疏财，善交天下豪杰，而又"替天行道""宁可朝廷负我，我忠义不负朝廷"，是成就梁山起义事业的领袖，又是葬送梁山义军前程的罪人，是一个矛盾复杂的奇人。李逵满头乱发，满脸髭须，打起仗来，赤膊上阵，抡起两把板斧，不分青红皂白，"一斧一个，排头儿砍将去"；做起事来，只是"前打后商量"，头脑简单，连接送老娘上山的事也做不成，本来一片孝心，想接老娘上山"快活几时也好"，但是考虑不周，撇下老娘去寻水，结果老娘被虎吃了。李逵是一个草莽英雄中的奇人。鲁智深使一把六十五斤重的禅杖，能倒拔垂杨柳、棒打赤松树，"赤条条来去无牵挂"，侠肝义胆。"禅杖打开危险路，戒刀杀尽不平人"是他的性格追求，"杀人须见血，救人须救彻"是他的生活信条。拳打镇关西，大闹桃花村，可见其疾恶如仇；野猪林救林冲，更显其义薄云天。所以金圣叹感慨道："写鲁达为人处一片热血直喷出来，令人读之深愧虚生世上不曾为人出力。"[①] 鲁智深真乃豪侠中的奇人。此外，其他类型的，如开黑店下蒙汗药、号称母夜叉的孙二娘；飞檐走壁、能偷善窃的鼓上蚤时迁；可在水底潜伏三五夜的浪里白条张顺；能日行八万里、屡立奇功的神行太保戴宗，等等，莫不是些奇人，或者从另一个角度来说，他们也是些强人。

《红楼梦》中的贾宝玉被脂砚斋认为是"今古未有之一人"，他生来就"行为偏僻性乖张"，喜欢和女孩子在一起厮混，喜欢吃她们嘴上的口红，不爱读书，无意仕进；林黛玉更是把同贾宝玉建立在思想感情和人生道路一致基础上的爱情当成生命的寄托和人生的支柱。他们是情种、情痴一类的奇人。不过，这类奇人身上已带有更多的凡俗成分。

往后发展，小说中的人物种类更加复杂化。在现代文学史上，具有超人、奇人或强人性格成分的小说人物的表现形态更为多样化。

中国现代小说的开山之作《狂人日记》中的狂人是一个反对封建礼教的斗士，他外表疯狂，头脑清醒，能够看透写满"仁义道德"的历史实际上都

[①] 黄霖，韩同文.中国古代小说论著选（上）[M].南昌：江西人民出版社，2000：298.

写着"吃人"两个字，他是中国现代小说中第一代知识分子的叛逆者和先驱者，是一个划时代的精神上的"超人"。《子夜》中的吴荪甫虽然由于自身和历史的局限，其发展自己企业帝国的计划最终没有成功，但他是一个雄心勃勃的民族工业资本家的强人形象。《家》中的觉慧作为一个幼稚而大胆的叛逆者，他的身上体现了"五四"时期青年一代敢于冲破封建牢笼，热烈追求革命的反抗精神，具有"超人"的思想气质。《太阳照在桑干河上》中的张裕民、程仁，《暴风骤雨》中的赵玉林、郭全海，他们属于那个时代占人口绝大多数的翻身农民的杰出代表，是新式农民中的英雄强人形象。《新儿女英雄传》中的牛天水和《八月的乡村》中的陈柱，都是抗日英雄，他们是在民族解放战争中成长起来的强人。

进入当代文学，新的时代呼唤着新的强人、新的英雄。于是，强人和英雄的形象在不同的作品中以不同的面貌表现出来。

其一，战争岁月的英雄型强人。《保卫延安》中的周大勇是一个13岁便参加红军，在严酷的战斗中磨炼出来，集勇敢、机智、顽强于一身的军人英雄。《铁道游击队》中的刘洪、李正是带领游击队扒铁轨、撞兵车、抢军火，常常打得敌人措手不及，直至取得胜利的抗日英雄。《红日》中的沈振新、梁波、石东根是我军指战员的英雄形象。《红旗谱》中的朱老巩、朱老忠、江涛等是民主革命时期前仆后继进行奋斗的中国农民中的三代英雄代表。《苦菜花》中的"母亲"是一个把全家都献给了革命的母亲英雄。《青春之歌》中的林道静是一代青年知识分子在民族危亡中逐渐觉醒，从个人抗争成长为自觉的无产阶级先锋战士的英雄代表。《一代风流》中的周炳是在曲折多变的生活流程中不断校正自己的人生航向，在民族民主革命的漫长斗争中千锤百炼而成的出色革命者，一个用自己的一生证明奋斗者总能开拓出活路的英雄强人。尤其是《林海雪原》中的杨子荣和《红岩》中的许云峰、江姐更是传奇式的英雄。杨子荣在东北剿匪中，乔装打扮成匪徒，只身打入匪穴威虎山，凭着过人的胆识，战胜了各种困难，最后保证了智取威虎山战斗的全胜。杨子荣是一个超凡的侦察英雄。许云峰是个成熟的地下工作领导者，视党的利益高于一切，即使在牢狱中也能战胜敌人的威逼利诱，还能团结同志和难友对敌斗争，是个大智大勇的职业革命家的英雄形象。江姐是一个具有崇高的党性原则和精神境界，"为了免除下一代的苦难，我们愿——把这牢底坐穿"的气吞山河的女共产党员的英雄形象。

以历史为题材，反映明末农民战争的《李自成》，塑造的是顺时而起，才干超群，业绩卓著，最后也不可避免地走向历史性悲剧的李自成这样一个封建时代杰出的农民领袖英雄。以新时期南疆战争为题材的《高山下的花环》中的梁三喜，是一个在血与火的战场上奉献了生命，"位卑未敢忘忧国"的大写的英雄。

其二，和平年代事业型强人。《百炼成钢》中的秦德贵是一个优秀的炼钢工人，他是社会主义新时代工业建设的工人阶级的代表，是一个"真正能够担任起创造新生活的大任"的创业强人。《创业史》中的梁生宝是我国50年代初期互助合作化时代先进农民的代表，他以自己的人格和党性，以自己的志向和奉献，诠释了什么是新时代的农民创业英雄。《李双双小传》中的李双双是一个敢作敢为、公正无私的农民女强人的形象。《乔厂长上任记》中的乔光朴是顺应改革开放潮流而产生的风云人物，他以科学的精神和超人的胆魄，使一个混乱落后的工厂起死回生。他无疑是站在时代潮头的改革强人。而《人到中年》中的陆文婷是一位以高尚的医德、精湛的医术而闻名全国的一流医院的眼科大夫，她是构成我们社会中坚的知识精英、科技强人。

其三，其他类强人。《黄河东流去》中的徐秋斋是一个虽流落异乡，但是具有坚韧的品性和达观的生存智慧，时刻擎着民族道德火把，不仅照着自己，还总想用其照亮他人的普通人中的强人。而在改革开放以来腐败丛生的背景下，则出现了一批反腐小说或称官场小说，作品中塑造了一个个具有时代特色的反腐英雄，如《抉择》中的李高成、《苍天在上》中的黄江北、《大雪无痕》中的廖红宇、《省委书记》中的贡开宸等。他们对于真理和正义的追求，对于理想和事业的执着，对于祖国和人民的挚爱，对于腐败邪恶的深恶痛绝和坚决斗争，使得这一类强人的性格中熔铸着凛然正气和鲜明的时代精神。

再看西方。从译介为中文的西方18世纪以来比较有名的小说来看，我们虽然没有做过详细准确的统计，但是大致有这样一个印象，西方小说中的超人、奇人或强人形象，若分国别而论，除苏联外，其他各国都不如中国相应时期小说中的同类人物多。这是一个很有趣而探讨起来又很复杂的现象。其原因可能与中国文化更加强调性情，中国文学是主情的文学，崇尚理想，而西方的文化和文学更加强调理性，以及文学内部的承传规律等多方面的因素有关。

当然，从创作实际来看，西方小说中也塑造了不少著名的超人、奇人或强人，他们既有其相同的精神气度，也有各自不同的性格特征。早在18世纪启蒙时期，《鲁滨孙漂流记》中的鲁滨孙就是西方文学史中出现的第一个资产阶级创业英雄的形象。他困于荒岛与世隔绝二十八年，不但克服了难以想象的困难生存下来，而且最后创造并拥有了令人不可思议的财富。他是超人，也是奇人，更是强人。

19世纪以后，现实主义作家们塑造了一批富有超人、奇人或强人性格的人物形象。

法国作家司汤达的《红与黑》塑造了于连这一小资产阶级个人奋斗的典型，虽然于连最后以悲剧命运而告终，但就其个人的智慧才干和奋斗过程来说，他是一个强人。巴尔扎克笔下的拉斯蒂涅则是符合资产阶级价值道德观念的超级强人。拉斯蒂涅从外省来到巴黎上大学，纯朴而勤奋，希望通过苦读来获取功名与前程，以改变家庭的命运。但是，巴黎上流社会的豪华奢靡生活强烈地刺激了他"对于权位的欲望和出人头地的志愿"，点燃了他的炎炎欲火。他受到的人生三课教育更是彻底教育了他、改变了他。第一课，他的远房表姐鲍赛昂夫人训诲他："你越没有心肝，就越高升得快，你毫不留情地打击人家，人家就怕你。只能把男男女女当作驿马，把他们骑得筋疲力尽，到了站马上丢下来，这样你就能达到欲望的高峰。"后来，高贵美丽的鲍赛昂夫人也因情人贪恋他人的二十万利息的陪嫁而被抛弃，只得退隐乡间。第二课，同公寓的越狱犯伏脱冷告诉他："人生就是这么回事，跟厨房一样腥臭。要捞油水不能怕弄脏手，只要事后洗干净。"并给他提出了一个谋财害命的计划。伏脱冷也是为钱而杀人，后来又因钱而被房客出卖被捕。第三课，亲眼目睹爱女如命的高老头在被女儿榨干了金钱以后孤零零地死在伏盖公寓，而高老头含泪瞑目之日，正是她的女儿打扮得花枝招展在外翩翩起舞之时。高老头死后，两个女儿不愿出钱料理丧事，是拉斯蒂涅用卖表的钱将他草草埋葬。这人生三课，亲身经历的鲍赛昂夫人被弃、伏脱冷被出卖和高老头惨死的三幕人间悲剧，让他彻底明白并全盘接受了资产阶级利己主义的人生信条。在埋葬高老头的同时，也"埋葬了他青年人的最后一滴眼泪"，他站在公寓高处，向着上流社会所在地的圣·日耳曼区宣战："现在咱们俩来拼一拼吧！"从此以后，拉斯蒂涅把良心踩在脚下，不顾一切地向金钱社会发起疯狂的进攻，最后，他的个人野心全部实现，不但掠取了大批钱财，而且当上了部长，获得了伯爵头衔。拉斯蒂涅由白手起家，在人生的竞技场上赌拼，最后赢得了个人欲望的大满贯，他无疑是超人式的资产阶级英雄。

英国女作家夏洛蒂·勃朗特的《简·爱》中的女主人公简·爱，虽然出身卑微，其貌不扬，但她自尊自爱、自强不息，从一名孤儿到成为一名家庭教师，以其美好的品德、突出的才华、闪光的人格和不凡的气度赢得了真挚的爱情和他人的敬重。她是那种平凡的女性在自我造就中不断超越、不断完善的人格型的女强人。而伏尼契的《牛虻》中所塑造的主人公亚瑟（后来的牛虻）是一个在争取民族独立的斗争中，坚决反对教会统治，饱经磨难仍勇往直前的志士强人。

意大利作家乔万尼奥里的《斯巴达克思》是一部以古罗马奴隶起义为题材的历史小说，主人公斯巴达克思是一个文武兼备，性格坚毅，思想深刻，学识渊博，具有卓越的军事才能的超人式的奴隶起义领袖。

到了20世纪，苏联作家的笔下出现了一批英雄式的强人。普希金的《上尉的女儿》中的农民起义领袖普加乔夫，屠格涅夫的《前夜》中投身社会活动的勇敢女性叶莲娜，车尔尼雪夫斯基的《怎么办》中的职业革命家拉赫美托夫，高尔基的《母亲》中的工人领袖巴威尔和母亲尼洛芙娜，法捷耶夫的《毁灭》中的共产党员莱奋生，《青年近卫军》中的近卫军英雄奥列格、邬丽亚等，瓦西里耶夫的《这里的黎明静悄悄》中的瓦斯科夫和五名女兵，他们都是为了自由和解放而勇于献身的英雄。尤其是奥斯特洛夫斯基的《钢铁是怎样炼成的》中的保尔，更是一个超人式的无产阶级英雄。保尔出身穷苦，从小处处受欺凌，但他坚强不屈，爱憎分明，为救革命者而被抓入狱，经受了严刑拷打，宁死不屈。投奔红军后，在党的教育下，经过战火的洗礼与和平建设时期的无数考验，成长为一名优秀的无产阶级战士，从战场拼杀、清剿土匪、打击奸商到修筑铁路，他都不怕牺牲、忘我地投入。在全身瘫痪、双目失明后，还以超凡的毅力开始文学创作。同时，他对待爱情和友谊也是那么的真诚无私。他用一生的行动实践了他的人生信念："我把整个的生命和全部的精力，都献给了世界上最壮丽的事业——为全人类的解放而斗争。"保尔是一个集精神上的超人、经历上的奇人和行动上的强人于一身的青年楷模，成为世界各国青年学习的榜样。

法国作家罗曼·罗兰是一位深受尼采超人哲学影响的作家，他的《约翰·克利斯朵夫》以贝多芬为原型，塑造了一个反抗社会不平、求索人间真理的音乐天才的形象，主人公约翰·克利斯朵夫那种过人的天赋、高尚的品德、奋斗的精神和行动的热情，无疑具有超人的特色。

美国作家海明威在他的小说中，塑造了一系列强人形象，他们或者是反法西斯战士，或者是拳击手，或者是斗牛士，他们通常被称为"海明威式的英雄"。而其中最出色的是《老人与海》中的"硬汉子"桑提亚哥。桑提亚哥是位头发花白的古巴渔民，在连续八十四天没有捕到一条鱼后仍没有丧失信心，第八十五天他划向远海，终于有一条比船还长两尺的大鱼上了钩，大鱼将船拖入深海，他与大鱼搏斗了两昼夜，经历了饥渴、寒冷、困倦、右手划破、左手抽筋、腰背酸痛……但他终于杀死了大鱼。而当他筋疲力尽地拉着大鱼返航时，成群的鲨鱼赶来争食那条大鱼，他又与鲨鱼展开殊死搏斗，虽然回岸时大鱼被咬得只剩一副骨架，但他杀死了一条又一条凶狠的鲨鱼。桑提亚哥老人用他的勇气、智慧和意志昭示了人的不可战胜性。

除了以上一般纯文学意义上中外小说中出现的各种各样的超人、奇人或强人外，在通俗小说领域，这类人物更加不受约束，有着更为广阔的生存空间。

广义的通俗小说的范围很广，且其外延也处于变动之中，和当今的纯文学小说概念有交错重叠的现象。比如《红楼梦》，按照传统的观点，将其列为世情类通俗小说的代表作之一①，而现在，毫无疑问，它是属纯文学范围内的。我们这里仅以英雄侠义、言情及侦探类等典型的通俗小说为例。限于篇幅，只略举几部为广大读者所熟知的小说中的人物来加以说明。

《杨家将演义》中的佘太君、穆桂英是巾帼英雄。佘太君德高望重，深明大义，精通韬略，在丈夫及七子一孙皆为国殉难以后，当敌人入侵，朝中无良将可用之时，她以百岁高龄挂帅亲征，并全歼入侵之敌。穆桂英本是寨主之女，有勇有谋，精于骑射，百发百中，性格豪爽、坦诚，在阵前看中了杨宗保就自招为婿。并随夫归宋，在以后的战斗中屡战屡胜。破七十二座天门阵，她接连破阵斩敌，立下奇功。丈夫死于沙场后，为抗西夏入侵，在十二孀妇西征中，她年已五十，仍挂先锋印，深入险地，获取全胜，成为真正的常胜女将军。佘太君、穆桂英不愧为女中奇杰。

《说岳全传》中的岳飞从小就受到严师慈母的良好教育，长大后一心"精忠报国"。他胸怀韬略，武艺绝伦。在金兵入侵、民族危亡之际，他应募从军，屡立奇功。爱华山大战，大胜金兀术，被提升为五省大元帅。接着又在黄天荡、牛头山、汴水河、朱仙镇屡战屡捷，使得金兀术六十万大军，伤亡殆尽。在即将直捣黄龙、恢复中原之时，被秦桧矫诏发十二道金牌班师而回，致使抗金事业半途而废，岳飞也被秦桧以"莫须有"的罪名杀害于风波亭。岳飞是一个精忠报国、抗敌御侮的神圣而悲壮的民族英雄的形象。

《儿女英雄传》中的十三妹是一个集英雄气与儿女情于一身的奇女子。她为报父仇，习练武艺，浪迹天涯。在能仁寺见盗贼欲图财谋害安公子，便挺身相救，不但凭其神出鬼没的武功杀尽了强贼，还极力将其救下的安公子和民女张金凤撮合成姻缘。后闻知仇人已死，决意出家，经人力劝，也嫁与安

---

① 吴同瑞，王文宝，段宝林. 中国俗文学概论 [M]. 北京：北京大学出版社，1997：267-268；王立言，卢济恩，赵祖谟. 小说通典 [M]. 北京：解放军文艺出版社，1999：207.

公子，过上了夫荣妻贵、书香不断的美满生活。十三妹是一个趋向生活化、世俗化的女中奇杰。

《三侠五义》中的包公是一个清正廉明、坚持正义、刚正不阿、铁面无私、不畏权贵、除暴安良、秉公执法、精明干练、善断疑案、为民申冤的清官形象，号称包青天。正像其姓名中"包拯"中的"拯"字所寓意的一样，是拯民于水火之中的理国治世的奇人。

以金庸、梁羽生、古龙、温瑞安为代表的新派武侠小说家，在他们创造的令人眼花缭乱的武侠世界中，塑造了众多的奇侠怪杰的形象。尤其是金庸笔下的英雄侠客，如郭靖、杨过、张无忌、乔峰、令狐冲之类的人物，都是一些或武艺超凡，或功业骄人，或经历奇特，或情场浪漫，或数种兼而有之的超人或奇人。靖哥哥可以一手抱着蓉儿，一手抵挡丐帮排山倒海般的麻袋阵的进攻；还可以利用内功爬到人迹难以到达的冰封山顶，再下到城中，杀掉守兵，为攻城的成吉思汗大军打开城门。这些行为，借用金庸的武侠小说中很喜欢用的一句话来说"当真是匪夷所思"，其超人的特征很明显。

言情类小说中的人物，如琼瑶笔下的一些痴男情女，都具有"至爱"和"至情"的特征，虽历经磨难甚至九死一生，但不变的仍是"我心如初"。《青青河边草》中的农村姑娘青青爱上了北大毕业生世纬，不管世纬怎样，她都要跟定他，照顾他，疼爱他。世纬被蛇咬了，青青用嘴为他吸脓、消毒。世纬也爱青青，不管有多大的压力，也不管其他女性如何有诱惑力。有了爱就有了一切，他们所来到的傅家庄，也因为有了真挚纯洁的男女之爱、无私的友爱和深沉的亲情之爱而变成了爱的世外桃源，人人都成为爱的使者、爱的圣徒，他们是爱的奇人。

西方通俗小说，以英国阿瑟·柯南道尔的侦探小说《福尔摩斯探案全集》在我国影响最大。作者笔下的福尔摩斯是个身材瘦削、有着鹰钩鼻、头戴猎帽、肩披风衣、口衔烟斗的侦探。他冷静而聪明的头脑、渊博的学识、一丝不苟的态度、锲而不舍的作风、济弱扶贫而又尊重法理的侠义精神和所向披靡、无案不破的神奇业绩，无疑是一位超人式的神探。

中西小说中的这类超人、奇人或强人由于出自不同作家的笔下，更由于人物所处的具体时空条件不同，所以，他们的遗传出身、理想信仰、性情气质、人生阅历、功业大小、命运结局各有不同。并且，他们也可能存在这样或那样的缺陷。但是，他们总有其异于常人之处，或思想超前、或品德高尚、或性情殊俗、或行为卓异、或能力超凡、或遭遇奇特、或业绩显赫。他们的形象实际上是人类本质力量的对象化。人们内心中都或多或少地希望品性崇高；志向宏远；聪明慧达，才干超群；事业有成，不同凡俗，能够实现人生的价值。也渴望美妙的爱情，真诚的友谊，能够享受美好的人生。当遇到危难时，希望有人挺身而出，仗义相助；当遇到不平时，希望有人主持公道，除暴安良；当碰到疑难时，希望能探明真相，解决问题，等等。而这一切不是人人都可为的。社会的不合理，制度的不完善，科学发展的不尽如人意，生产力的各种局限，以及人自身条件的不足，使理想与现实总隔着那么大的距离。于是，人们通过小说之类的各种艺术来表达他们的情感与愿望。

但是，当社会发展到一定阶段之后，一方面，人们有了相对自由的个体天地，不必为有了独立的思想而谨慎小心，更不必为自由恋爱而东躲西藏；另一方面，则常产生失去群体认同后的孤独或者情爱稀释后的平淡无味。科技的发展，生产力的提高，一方面让人们在自然面前可以获得暂时的扬眉吐气和力量延伸后的自豪满足；另一方面又使人们在物质化技术化的成果面前产生作茧自缚的压抑和无力回天的哀叹。于是，历史在不断地迈步中，从英雄时代走向了泛英雄的平民时代。人们发现，人类是如此的平凡，人生是如此的乏味，生活中有这么多的丑陋。同时，真善美与假恶丑、崇高与卑下、伟大与渺小本来在生活中就是相比较而存在的，再加上社会的失常与人的劣根性交相作用，更容易滋生丑恶与变态。当这一切反映到文学作品中的时候，各种各样的凡人、畸人、怪人便不断出现。限于篇幅，我们只简要举例说明。

作为中国第一部以日常家庭生活为主要题材的长篇小说《金瓶梅》，写的是畸形社会里的畸形生活，书中的人物基本上是些畸形人物，四个主要人物西门庆、潘金莲、李瓶儿、庞春梅都是畸形人。西门庆是酒色财气俱全的淫恶之人，潘金莲是淫毒之人，李瓶儿是淫愚之人，庞春梅是淫浪之人。尤其潘金莲，是一个灵魂扭曲，集淫荡、忌妒、贪婪、阴险、狠毒于一身的恶女人之典型。为了淫欲，合谋杀害武大郎，害死宋惠莲，吓死官哥儿，逼死李瓶儿，最后她也恶有恶报，死在武松刀下。《金瓶梅》被称为明末清初四大奇书之一，是与其成功地塑造了这些畸形人物形象密不可分的。

《儒林外史》所写的儒林文士，大部分是被封建科举制度毒害了的畸人。作品中第一个出场的迂儒周进，苦读了几十年，六十多岁了还没考中秀才，又没有其他谋生能力，经亲戚介绍，去跟商人管账。一次在省城见到贡院号板，不觉心里一阵酸楚，"一头撞在号板上，直僵僵不省人事"，醒来后还满地打滚，直哭到口里吐出鲜血。范进更是一个愚蠢无知的腐儒，从二十岁开始考，考到五十四岁还是个老童生。由于考官可怜他，才将其取为秀才。后来考中了举人，得知自己中举的消息时，竟高兴得"往后一跤跌倒，牙关咬紧，不省人事"，醒来后便疯了，被胡屠户打了一巴掌才清醒过来。以后他仕途亨通，中了进士，但实际上不学无术，连苏轼、刘基是何人也不知，而且变得矫情伪饰，贪婪丑恶。严监生则是一个吝啬变态的畸形人。家有十多万银子，平日连猪肉也舍不得买一斤，小儿要吃时，"在熟切店内买四个钱的哄他就是了"。妻子病得面黄肌瘦时，他心中也只盘算着钱。他自己病重时，还在想着怎样保住家财。临死时，看到油灯多点了根灯芯，不肯咽气，挑熄了一根后，才咽了气。

近代四大谴责小说《官场现形记》《二十年目睹之怪现状》《老残游记》和《孽海花》以黑暗腐败的晚清社会为背景，描绘了清末官场、洋场、商场及封建家族内部等方方面面的丑恶现象，塑造了一大批畸形人物。《官场现形记》里的刁迈彭是一个极会钻营、惯于两面三刀，而又忘恩负义的贪官典型；文制台是一个媚外卖国的奴才官僚形象。《二十年目睹之怪现状》中的苟才为了升官发财，竟然献上刚孀居的儿媳妇以巴结上司，是个集一切卑鄙龌龊于一身的腐败官吏。《老残游记》中的玉贤号称清官，实际是个"急于想做大官"，不惜杀人邀功而逼良为盗，不到一年就用站笼站死两千多人的酷吏典型。《孽海花》中的主人公金雯青表面是个状元，做过出国使节，实际上在政治上昏聩无能，曾用重金购买并刻印伪造的《中俄交界图》而断送八百里江山；在生活上荒淫无度，为母服孝期间也寻花问柳，满脑子却又是封建思想，是个表里不一的伪君子。

现当代小说中出现了大量的凡人、畸人、怪人，他们都是普通人，按他们的性格特征和生存状态，大致可分为三类。

其一，默默无闻，在生存线上挣扎，或者安于现状的凡人。这一类人物最多。鲁迅笔下的闰土、子君、涓生，叶圣陶笔下的倪焕之、金佩章，茅盾笔下的林先生、老通宝，巴金笔下的觉新，老舍笔下的祥子，郁达夫笔下的陈二妹，丁玲笔下的莎菲，赵树理笔下的糊涂涂，柳青笔下的梁三老汉，梁斌笔下的严志和，路遥笔下的高加林，高晓声笔下的陈奂生，周克芹笔下的许茂、许秀云，古华笔下的胡玉音，刘震云笔下的小林和他老婆，池莉笔下的印家厚等，这些人物一般谈不上有多大作为，人格正常或基本正常，没有很大的扭曲或变态，就么平平凡凡地活着，但自有其凡人的个性。比如说"陈奂生系列"小说《"漏斗户"主》《陈奂生上城》等作品中的陈奂生，他是一个难得的当代普通农民的典型。他忠厚质朴、勤劳肯干，干起活来"像青鱼一样尾巴一扇向前直穿，连碰破头都不管"。但是由于当年农村推行极"左"路线，陈奂生年年缺粮，被称为"漏斗户"主，人也变得自卑沉默。

1978年农村实行了新的政策以后，他不愁吃穿了，希望能够改变"矮人半头"的卑下地位，引起别人的注意，得到别人的尊重。一次他上城卖油绳生病的时候，坐过县委书记的汽车，住过高级招待所，村里人从此对他刮目相看，他的命运后来也有了喜剧性的变化。陈奂生的形象是一般农民性格的缩影——既勤劳善良、谦卑忍辱，又目光短浅、狭隘自贱，还具有某种阿Q精神胜利法的陈迹，因而显得平凡而真实。写普通工人的，如《烦恼人生》中的印家厚。小说写了他一天的生活。从清早起床、上厕所、上班挤车、坐轮渡、评奖金、婉拒女徒弟的爱慕、吃饭吃出青虫子、操作机械手表演、凑份子、筹备联欢会、下班乘车、晚饭，一直到半夜老婆哭着告诉他住房要拆的消息等琐琐碎碎的事情都一一写来，塑造了印家厚这样一个面对生活的诸多无奈能够不存幻想正视现实的普通市民形象，虽然平凡，但很有代表性。

其二，由于自身原因，或受到严重损害扭曲而出现反常性格的畸人。鲁迅笔下的孔乙己、阿Q、祥林嫂，钱钟书笔下的苏文纨，张天翼笔下的华威先生，刘心武笔下的谢惠敏，邓友梅笔下的那五，都属于这种人。比如孔乙己，他是封建科举制度的牺牲品，在封建教育奴役下养成了迂腐、软弱且好喝懒做的性格，又不会营生，一心向往科举仕途，但是"连半个秀才也捞不到"，常受人欺凌耻笑。更可悲的是，他毫不怨恨封建教育对他的毒害，不以没有生存能力为耻，只以没有进学为憾，他的思想灵魂已经被科举制度扭曲得麻木到辨别不出是非了。《围城》中的苏文纨则是中西文化的畸形产物。她外表美丽大方，有国外的博士学位，但内质上心胸狭窄，刻薄好妒，剽窃他人学术成果，爱争风吃醋，又做投机生意，可以说，中西文化的优良传统在她身上荡然无存，而中西文化的糟粕却几乎都集中于她一身。《华威先生》中的主人公华威先生是一个混进抗日文化阵营中，整天喊"忙"，什么事都想包揽，而实际上又包而不办，且虚伪骄横的国民党官僚和变态的文化流氓的形象。《班主任》中的女中学生、团支部书记谢惠敏，看到女同学穿花衣服，她批评人家资产阶级思想严重，发现同学传阅《青春之歌》，就把它当"黄书"没收。她是一个受极"左"教育毒害很深的畸形学生。《那五》中的那五是没落的清朝八旗子弟之后，从小娇生惯养，身无一技之长，在清朝覆灭、家产荡尽之后，只能过着穷困潦倒的生活，是畸形的成长环境下产生的一个废人。

其三，性格不合常规逻辑，难以用常理解读的怪人。韩少功的《爸爸爸》中的主人公叫丙崽，是个永远也长不大的白痴，只会说两句话，高兴了叫"爸爸爸"，不高兴了骂"×妈妈"。他所在的湘西高山中的鸡头寨村民要炸掉

49

不祥的鸡头寨，由此引起与鸡尾寨的武斗，失败之后，老弱病残集体服毒自尽，青壮男女举族逃迁。鸡头寨人本想杀他祭天，不料天上一声雷响，大伙立刻把他当作神物，让他打活卦指点出路。搬迁时他也服了毒药，却神奇地活了下来。丙崽就是那个愚顽的环境下长出的一个怪胎，他的行为很令人费解，只能作为一种文化生态的象征。阿来的《尘埃落定》中的主人公傻子同样很怪异。傻子本是酒后所生，先天不足，长大后思维怪异、不合常理，说的话常令人哭笑不得，他常与现实世界格格不入。早上醒来，他常常弄不清自己在哪里，也搞不清自己是谁。父亲问他"爱是什么"，他说"就是骨头里满是泡泡"。仇人来杀他时，他看出了意图却不逃脱，说出的话反而激起了对方的仇恨，加速了自己的灭亡。另一方面，他又超前预示，颖悟过人。凡是给家族带来财富权势和兴旺荣耀的几件大事，如不种罂粟种粮食、免除百姓赋税、开辟市场和对付女土司等，都是按照他傻子的思路做成的。傻子似傻非傻、似愚非愚的性格，我们是不能将其作为常人来看待的。像丙崽和傻子这一类人物，是作者汲取了西方现代派的某些手法，打破了生与死、智与愚、常态与荒诞等方面的既有界限而创作出来的形象，已经超越了形而下的层面，带有形而上的思辨意义。

西方小说的凡人、畸人和怪人形象，从近代小说到现当代小说的作品中层出不穷，尤其是畸人和怪人，越到后来越明显。

凡人形象更接近生活层面的真实人物，他们的性格没有过分地被夸大或变形，他们的生存状态和七情六欲更具有形而下的真实感。

西班牙作家塞万提斯的《堂吉诃德》中的桑丘，本是一个穷帮工，后答应给堂吉诃德当侍从。他纯朴、善良、机智，注重实际，贪图实惠，讲话也直来直去，满口俗言俚语，是当时很平凡的西班牙农民的典型。英国作家菲尔丁的《弃婴托姆·琼斯的故事》中的主人公托姆·琼斯，是作家按照其"世无完人，正面人物也有劣迹"的美学观点塑造出来的人物：一个善良正直、豪爽助人，却容易冲动，不时地做些诸如与其他女性发生暧昧关系之类的傻事，事后又悔恨不已的普通青年形象。法国作家伏尔泰的中篇哲理小说《老实人》中的老实人，是一个笃信"一切皆善"，但是经历坎坷，最后认识到"还是种我们的园地要紧"的平凡而实在的人物形象。其他如卢梭《新爱洛绮丝》中的男主人公平民知识分子圣普乐和女主人公贵族男爵家的小姐朱丽，莫泊桑的《羊脂球》中的虽沦为妓女但具有助人品质和民族气节的下层妇女羊脂球，左拉的《萌芽》中的主人公——青年工人艾蒂安，普鲁斯特的《追忆逝水年华》中富有才华但是体弱多病的青年马尔赛勒，等等，都是在生活中可见可遇的平凡之人。

德国文豪歌德的《少年维特之烦恼》中的主人公维特是一个富有才智但又孤僻软弱的平民青年。俄国作家陀思妥耶夫斯基的《罪与罚》中的主人公拉斯科尔尼科夫是一个从犯罪到受罚的过程中感到灵魂得救了的普通大学生。列夫·托尔斯泰的《安娜·卡列尼娜》塑造的主要人物安娜·卡列尼娜是一个勇于追求个性解放,但同时又为贵族偏见所束缚的普通贵族妇女形象。《复活》中的男主人公聂赫留朵夫是一个完成了道德自我完善实现平民化的"忏悔的贵族"的形象,女主人公玛丝洛娃是一个被侮辱、被损害而又经过曲折的道路走上新生活的下层妇女形象。苏联作家肖洛霍夫的《静静的顿河》中的主人公葛利高里则是一个性格复杂,既纯朴勇敢、热爱自由、富有荣誉感,又思想狭隘,对沙皇愚忠的普通哥萨克形象。

其他如美国作家斯托夫人的《汤姆叔叔的小屋》中虔诚老实、逆来顺受而又遭遇悲惨的黑人奴隶汤姆,马克·吐温的《哈克贝利·费恩历险记》中天真纯朴的白人少年哈克贝利,海明威的《永别了,武器》中命途多舛的志愿兵亨利,等等,也是生活中的平凡之人。凡人的形象反映了生活的本色和自身的逻辑,各有其自身的典型意义。

畸人形象由于性格的偏执或变态而与整个常态的社会标尺不一致,因而显得异常而突出。

英国作家狄更斯的《艰难时世》中的主人公葛雷梗是一个变态的功利主义富商,他认为人与人的关系完全是现金买卖关系,因而为人处世只讲实际利益。他的口袋里经常装着尺子、天平和乘法表,以便随时准确地计算出"人性任何部分"的分量和数量,确定它在交易中的价值。他根据功利主义哲学和现金交易的人生原则,只用所谓的"事实"知识如数字、概念、科学标本等灌输给孩子,把五个孩子关在牢房般的教室里,不许他们有看童话或唱歌跳舞之类的爱好。他还迫使女儿露易莎从财产和地位的事实出发,嫁给一个比她大三十岁的资本家,女儿后来又被资本家抛弃。他的儿子汤姆也因为盗窃银行而畏罪潜逃至国外,死于他乡。葛雷梗畸形的人格和功利哲学导致了家庭畸形的悲惨结局。乔伊斯的《尤利西斯》中的三个人物,即庸碌猥琐的广告经纪人布鲁姆、纵欲淫荡的布鲁姆之妻莫莉、虚无颓废的青年艺术家斯蒂芬,都是病态人格的畸形人。

法国作家狄德罗的对话体中篇小说《拉摩的侄儿》中的主人公拉摩的侄儿,是一个自甘堕落的音乐家,他极端自私,为了钱,什么卑鄙的事都愿意干,甚至可以帮人诱拐少女。他还明确表示,要用最蛮横无耻的流氓方式去对付社会。其性格是资本主义社会发展过程中某些畸形心态的典型表现。巴尔扎克的《欧也妮·葛朗台》中的主人公葛朗台则是一个吝啬的、变态的畸人,《高老头》中的高老头是一个因溺爱女儿耗尽资财后被女儿遗弃孤独惨死的畸形父爱典型。《包法利夫人》中的爱玛由单纯的农家少女逐渐地堕落,到最后服毒自杀,是淫靡的社会环境与其自身的享乐主义共同造成的一个畸形的小资产阶级女性形象。

俄国的小说中出现了许多畸人形象。普希金的《叶甫盖尼·奥涅金》中的男主角奥涅金是一个出身贵族,怀疑一切,渴望新生活,但没有实际工作能力,患了时代"忧郁症",最后成为百无一用的"多余人",是畸形的农奴制下产生的一个废人。莱蒙托夫的《当代英雄》中的毕巧林也是一个虽有才华,但是悲观厌世,怀疑一切,否定一切,最后成为无所作为的"多余人"。屠格涅夫的《罗亭》中的主人公罗亭则是一个"言语的巨人,行动的矮子",最后也是一事无成的"多余人"。其他像果戈理的《死魂灵》中以金钱为立命之本,最后竟倒卖死农奴的乞乞科夫和极端吝啬贪婪、家中财物堆积如山却过着乞丐般生活,在大路上拾破烂甚至偷拿别人东西的守财奴泼留希金;冈察洛夫的《奥勃洛摩夫》中的虽然向往理想生活,但是懒惰成性,整天躺在床上消磨时光,毫无作为,最后默默地在床上死去的奥勃洛摩夫;契诃夫的《变色龙》中奴性十足、趋炎附势、媚上欺下、随风而变的巡官奥楚蔑洛夫;《套中人》中顽固守旧,把自己的一切都装在有形无形的套子里的别里科夫,等等,都是性格残缺变态的畸人。

美国作家德莱塞的《美国的悲剧》中的主人公克莱德,由出身穷苦的普通青年,堕落成极端利己主义的杀人犯,是一个畸形的美国"发财梦牺牲者"的典型。福克纳的《喧哗与骚动》中的杰生,作为康普生家族中最后一代家长,表面上颇有见识,实际上他除了钱以外,什么都不爱,是个内心充满仇恨与绝望的复仇狂、虐待狂与偏执狂,是个背弃了正常的人生价值观、人格被扭曲了的畸人。海勒的《第二十二条军规》中的尤索林,本是一个飞行轰炸手,因看到战争的种种罪恶和军队的种种丑象,而对周围的一切产生了怀疑,他认为世界都疯了。同样,别人也视他为疯子,最后在无法解脱的情况下,他当了逃兵。尤索林是在荒诞的年代里被第二十二条军规扭曲了的畸形人物。这类畸形人物常常由于主体的人格分裂、行为的逾越常规及在社会评价上难以获得认同而成为人们反思的对象。

怪人形象的不合逻辑甚至荒诞,往往让人觉得不可思议,但也往往具有形而上的思辨色彩。

法国作家萨特的《恶心》的主人公洛根丁是个落魄的青年知识分子。他为了证实自身的价值而去研究18世纪法国的一个冒险家的生平，他逐渐感到周围的一切都令他"恶心"，包括自己在内的一切存在物都失去了存在的理由，连以前的女朋友也让他大失所望。所以他认为世界是荒谬的，人生是虚无的，为了确定自己存在的本质，他决定进行新的选择。小说中的洛根丁不像形而下的有血有肉、有情感的人物，而成为作者哲学思想的一个附着体。加缪的《局外人》中的主人公默尔索正如小说的题目所揭示的一样，是一个超然脱世的局外人形象。其母去世，他表现得麻木不仁；与女友恋爱，也漫不经心，女友说要和他结婚，他说假使她一定要结就结，女友又问假使其他女人提出和他结婚会怎样，他说当然会答应；他稀里糊涂地用枪打死了人，被判死刑，他也漠然处之。他对一切都无所谓，因为他认为世界是荒诞的，所以他就采取超越荒诞的态度。默尔索的所作所为让人感到奇怪而好笑，他这种存在主义的人生哲学只不过是一种自我欺骗、逃避现实的遁世主义。这类怪人形象大都出现在现代派小说中，他们的形象所体现出来的人格特征不像畸形人物一样让人可怜可悲或可憎可怕，而更多的是让人难以理解，带给人的是一种形而上的困惑和追问，或者是启示和顿悟。

从以上中西小说中的人物由超人、奇人、强人到凡人、畸人、怪人的嬗变中，我们可以获得一些规律性的认识。

第一，超人、奇人、强人和凡人、畸人、怪人的形象特征是相比较而言的，并不是静止不变的，除了评判的标准有异及概念本身具有的相对意义以外，也会随着社会的发展而有所变化。孙悟空的形象，从人民性的角度来看是一个正面超人，但是从少数专制统治者的角度来看，可能是大逆不道的畸人、反贼。而我们只要把握三个界定标准就可以了，一是人物主观自身所具有的思想人格和才干能量；二是人物客观上干出的事业或其行为的意义；三是按历史的正常标准对人物的评价。当然，这些界定也是就一般情况相对而言的，概念有一定的弹性反而更具兼容力，有个别交叉或例外的情况也算正常。

第二，超人、奇人和强人形象在反映人类社会上升阶段的作品中出现较多。当原始社会人们有着强烈的认识自然、征服自然的愿望的时候，出现了女娲、大禹等形象；当封建社会到了鼎盛时期，如唐宋时代，人们在衣食丰足之后进一步追求理想爱情的时候，出现了霍小玉、莺莺、璩秀秀等形象；当资本主义兴起，需要开拓冒险、积聚财富、自我奋斗的时候，出现了鲁滨孙、于连、拉斯蒂涅等形象；当社会主义革命和建设一浪接一浪，需要天下为公、自我奉献、勇于牺牲、敢于奋斗的时候，出现了保尔、梁生宝、乔光朴等形象。另一种情况是人生遭遇不测或天下大乱、民族危难的时候，会产生英雄豪杰、志士仁人，如武松、穆桂英、李自成、斯巴达克斯等。

凡人、畸人和怪人形象虽然每个时代都可能有，但是畸人和怪人大都出现在社会发展到一定时期，各种社会形态的缺陷得以暴露，矛盾得以集中，人的劣性得以发作或人在这些矛盾面前显得迷惘和无可奈何的时候。作家们便以经过时间检验的传统价值伦理标准对这些现象进行观照透视，或从生活出发对一些令人费解的存在进行形而上的思索，塑造出各种各样的畸人或怪人形象，如西门庆、阿Q、葛朗台、奥楚蔑洛夫、默尔索等。

第三，超人、奇人、强人或凡人、畸人、怪人形象虽然是经过作家加工创造出来的，但都是对现实人生客观的或曲折的反映，而且不论是超人、奇人、强人，还是凡人、畸人、怪人，他们对社会的发展、人类的进步各有其不可替代的作用。超人之类的人物可以使人类在看准了目标以后以加速度的效率前进，畸人类的人物则可以时时提醒人们在奔向目标的时候少走弯路，不断完善自身。比如诸葛亮的形象让人们看到了人的潜能和伟大，而阿Q的形象则提醒人们不要误入歧途、迷失自我。从辩证发展的角度来看，他们都是一种存在，具有各自的功用，而人类就是在彼此参照取舍中不断完善自身、走向文明的。在今后的小说创作中，这些类型的人物形象还会以新的面目不断出现，因为这是必然的规律。

三、从模糊类型化人物到完整性格型人物，再到心态人物、符号化人物

这是根据小说史上人物变化的轨迹，从人物形象的构成特征及其清晰程度来探讨人物的古今变化。

早期小说处于萌芽状态或雏形阶段，人物还没有被自觉地作为虚构塑造的重心，艺术上也缺乏前期经验可资借鉴，因而作品中的人物缺乏丰满而鲜明的个性和灵动的生命活力，人物形象显得比较模糊，或者即使性格突出，也往往是类型化人物。其表现为人物常常是作为某种理念或情感的化身，而作为生活中个体存在特征的人物的状貌言行和内心活动，没有明确地描绘或完整系统地表现出来；读者从中获取的常常是处于混沌残缺状态或高度抽象化的意念形象，难以在审美再创造中形成一个形而下的活生生的个体人的形象。

上编　小说观念与基本要素论

　　史前神话传说是我国小说的萌芽期，神话传说中的人物大都是神性和人性混为一体。比如，三国吴人徐整的《三五历纪》描写开天辟地的盘古："天地混沌如鸡子，盘古在其中。万八千岁，天地开辟，阳清为天，阴浊为地。盘古在其中，一日九变，神于天，圣于地。天日高一丈，地日厚一丈，盘古日长一丈。如此万八千岁，天数极高，地数极深，盘古极长。"① 盘古完全是个神的形象。写人类的始祖女娲："宇宙初开之时，有女娲兄妹二人，在昆仑山，而天下未有人民。议以为夫妻，又自羞耻。兄即与其妹上昆仑山，咒曰：'天若遣我二人为夫妻，而烟即合。若不，使烟散。'于烟即合。其妹即来就兄，乃结草为扇，以障其面。"② 女娲的形象很笼统，不过已经有了性别定位、言语思维及人性人情中最基本的男女之间的羞耻观念并采取了结扇障面的行为。其他如逐日的夸父、填海的精卫、舞干戚的刑天和治水的大禹等，他们虽然具备了人性中的英雄气，但作为人物形象的其他方面则很模糊。

　　前文提到过的被明代文论家胡应麟认定为"小说滥觞"，也被现代小说理论家北大的马振方先生确定为小说艺术中"大气磅礴开山祖"③ 的先秦传记小说《穆天子传》，现存的文本有六千余字，通篇是写周穆王驾八骏、率六师巡游天下的人事活动，作者只是将他"作为一位心念黎庶、协和万邦而广受拥戴的仁明天子和英雄天子加以表现、歌颂的"④。周穆王是作者心目中理想天子的图解。从小说创作刻画人物的角度来看，有两处很精彩，一处是周穆王谒见西王母并与之对歌的描写："西王母为天子谣：'白云在天，山陵自出。道里悠远，山川间之。将子无死，尚能复来。'天子答之，曰：'予归东土，和治诸夏。万平平均，吾顾见汝。比及三年，将复尔野。'" 显示了周穆王作为天子的气魄和胸怀；另一处是周穆王对夭逝的盛姬"永念伤心"，体现了周穆王富有人情味的一面。但是从整体来看，周穆王的形象是很粗糙的。

　　魏晋南北朝的志怪小说中的人物形象有一些塑造得很成功，如《搜神记》中的李寄、韩凭妻、紫玉等，但这类人物只占极少的比例。从大部分作品看，人物形象只是故事情节的承担者，而故事情节又是为体现某种思想观念服务的。如《搜神记》中的《东海孝妇》，重点是写孝妇被冤处死时的血往上流

---

① 艺文类聚·卷一［M］//啸马. 中国古典小说人物审美论. 上海：华东师范大学出版社，1990：13.
② 孟昭连，宁宗一. 中国小说艺术史［M］. 杭州：浙江古籍出版社，2003：4-5.
③ 马振方. 大气磅礴开山祖——《穆天子传》的小说品格及小说史地位［J］. 北京大学学报，2003，40（1）：83-88.
④ 马振方. 大气磅礴开山祖——《穆天子传》的小说品格及小说史地位［J］. 北京大学学报，2003，40（1）：83-88.

55

和当地枯旱三年的情节，而孝妇的形象反而很模糊，因为作者主要是为了通过情节以东海孝妇这个人物作为载体来宣扬因果报应的思想，至于人物形象刻画得如何则不是创作关注的重点。同时，从篇幅看，主要是片段式的叙写，也难以刻画出完整的人物形象。这一点，在以《世说新语》为代表的志人小说中体现得更为突出。志人小说虽曰志人，但都是蜻蜓点水式地写人物。如果我们只从微篇小说的角度来分析，一些作品写人物某一方面的特征风貌，三言两语，点到为止，确实很精彩。如《世说新语·容止》写嵇康："嵇康身长七尺八寸，风姿特秀，见者叹曰：'肃肃肃肃，爽朗清举。'或云：'肃肃如松下风，高而徐引。'山公曰：'嵇叔夜之为人也，岩岩若孤松之独立；其醉也，傀俄若玉山之将崩。'"除了交代了嵇康的身高以外，其他方面根本未正面描写，而是以虚写实，这样当然有一种空灵隽美的效果，但是从另一个角度看，则太模糊了。如果我们进一步来看，志怪志人小说中的人物形象在整体上远未达到丰满鲜明的程度。

西方小说的"远祖"是神话，"近祖"是史诗，"父亲"是传奇，成熟意义上的小说正式诞生于文艺复兴时期。与中国小说不同的是，西方小说从源头上就将人物作为表现的重要内容，从史诗到传奇，都是将人物作为小说主角，文艺复兴以后，人物更是成为小说表现的主体。但是，小说中的人物形象并不是从一开始就刻画得十分完整生动的，而是有一逐渐发展成熟的过程。古希腊神话中的宙斯、赫拉、雅典娜和古罗马神话中的丘比特、尤诺等形象，只不过是人们用以认识世界、解释世界的一种概念的化身。史诗《伊利亚特》中的阿喀琉斯、赫克托尔，《奥德赛》中的奥德修斯，英国传奇《亚瑟王之死》中的亚瑟王，一直到文艺复兴时期《巨人传》中的高康大、庞大固埃，《堂吉诃德》中的堂吉诃德等，虽然性格鲜明甚至具有很高的典型程度，但是他们基本上是作者按照头脑中已有的观念模式创作出来的类型化人物，而不是血肉丰满的完整的性格型人物。其鲜明性也不是一种逼近人性真实的鲜明，而是一种夸饰放大的张扬。比如高康大，他是乐天、达观的巨人精神的化身，高大强壮、食量惊人、力大无比，他敢在神圣的巴黎圣母院钟楼上朝下撒尿，一泡尿就冲死了二十六万零四百一十八人，摘下圣母院的大钟当马铃铛，蔑视神圣，豪迈无比。他聪明过人，五岁时便出口成章，后来学文习武，德才兼备，成为全智全能的新人。他热爱祖国，爱护百姓，英勇善战，治国有方，赢得了人民的爱戴。很显然，高康大不是性格人物，而是作者人文主义理想的形象化图解。

带有模糊性或类型化特征是早期小说人物的共同属性，共同产生的原因，从宏观上来说，人类对于世界的认识还处于初级阶段，对于自身的认识也比较肤浅，难以进行由表及里、由浅入深的观照剖析，因此，对人的把握整体上还是比较笼统粗糙的。从微观上，从小说自身的发展规律来看，小说出身低微，地位不高，乃"街谈巷语，道听途说者之所造也"[①]，没有引起足够的重视，早期的文学家们不可能把主要的精力用来创作、研究它，因而积累的创作经验十分有限。这样，处于摸索阶段的小说中的人物形象显得稚拙粗陋是很正常的。人物塑造有待于进一步发展。

完整性格型人物，是指在小说已经成为一种成熟的艺术样式并被自觉创作的前提下，在充分认识到人物对于小说的重要性的基础上，通过系统的描写所塑造出来的人物形象。其特点是作者根据人物性格发展的逻辑，运用多种方法在动态中刻画人物，既注重描绘人物个体的肖像、语言、行为、心理和出身经历，又注重交代人物的社会关系或生存环境，使描绘出来的人物有血有肉，显得真实丰满、鲜明生动，既是独特的"这一个"，又具有高度的概括性。读者在进行审美创造时也易于再造出活生生的人物形象来。

完整性格型人物在理论外延上涵括了现实主义典型环境中的典型人物和浪漫主义典型的性格人物。它与模糊类型化人物的区别主要有三点：一是创作指导思想不同，模糊类型化人物基本上是从概念出发，或从固有的模式出发来塑造人物，而完整性格型人物是从人性出发，从人物性格的自身逻辑出发来刻画人物；二是创作方法不同，模糊类型化人物的性格从一开始就基本定型了，而完整性格型人物是在情节的不断发展中才展示出其性格的各个方面；三是效果不同，模糊类型化人物由于艺术表现上的粗糙和过多地受主观化的蒸馏而失去了生活的许多水分或原汁原味，因而不如从生活出发、从人物个性出发所塑造出来的完整性格型人物那么具体真切、丰厚生动。

中国小说从整体上来说虽然到宋元话本时才将人物作为小说的中心，但在小说刚刚成熟的唐代传奇中就已经有了栩栩如生的完整性格型人物。《李娃传》中的李娃即是这种人物。小说写的是荥阳世族公子郑生与妓女李娃之间曲折动人的爱情故事。作者刻画李娃这一形象不仅仅是从男女之爱的角度来描绘人物，而是将其放在深广的社会生活背景上来展示人物多方面的意蕴。小说的情节发展经历了"院遇""计逐""鞭弃""护读""圆满"五个阶段。每一阶段都体现了李娃性格的不同侧面。李娃本是长安城里的名妓，来京赶

---

① 班固.汉书·艺文志［M］//黄霖，韩同文，选注.中国历代小说论著选（上）.南昌：江西人民出版社，2000：3.

考的郑生路过时看见宅院中的她"妖姿要妙,绝代未有",便"停骖久之,徘徊不能去"。李娃看到英俊风流的郑生,也"回眸凝睇,情甚相慕"。这说明李娃和郑生的第一次偶然见面就一见钟情,而且这种情是建立在男女间互相欣赏的基础上的本真性情,不存在任何金钱世俗的考虑。后来郑生来追求她,不是以狎客的心态,而是以一个涉世未深的爱慕者诚心来追求她的。李娃动心的正是这一点。她渴望的是真正的爱情。但是美好的爱情并不容易得到。当郑生的资财荡尽之后,按妓院只看金钱不管感情的生存规则,郑生被鸨母设计甩掉了,身在妓院中的李娃即使内心不情愿也只得屈从。这很符合李娃当时的处境。后来,郑生沦为挽歌郎,父亲得知后认为有辱家门而将他鞭打得半死弃之不要,郑生又沦为乞丐在风雪中哀号。一日大雪,他乞食恰到李娃处,李娃听声辨音得知是郑生时,立即从阁中"连步而出",不顾郑生污秽不堪的"枯瘠疥厉",脱下身上的绣襦,拥扶郑生回到自己的房里,并且在因此与鸨母发生的矛盾中坚决站在郑生一边,最后果断地提出了赎身以照护郑生的要求,而且搬出去后竭尽所能来治疗郑生因为爱情而造成的身心创伤,并陪护他刻苦攻读。这一系列行为反映了李娃参与"计逐"郑生之后的思念、忏悔、内疚,尤其是她的善良及不为贫贱所移的爱情观。而当郑生金榜题名,荣华富贵即将滚滚而来时,李娃又不想沾光,她忍痛割爱,冷静地提出与郑生分手。她的这种施恩不图报的德行,与郑生之父在得知郑生功成名就之后立即来表示要与郑生"父子如初"的行为又形成了强烈的对比,更显示了她感情的纯度和难得。结局当然是圆满的。郑生再三请求,将李娃明媒正娶过来,李娃则"妇道甚修,治家严整"。这个结局当然不符合后来一些评论家所要求的理想状态,以为她要么离家出走,削发为尼,要么屈死变鬼,疯狂报复,诸如此类悲剧性的结局才显示其对爱情的真挚追求和对封建礼教的抗争,才使人过瘾,这其实是一种偏执和幸灾乐祸式的审美期待。我们只要平心静气地想一想,以李娃那种理智的性格和郑生的家庭背景,尤其是当时的社会环境,这种结局是最经得起琢磨的。这样,随着情节的一步步发展,一个美丽、善良、虽沦落风尘但追求真挚爱情、中途因不谙世事受骗而错弃意中人,发现意中人落难后又不顾一切进行救护,侠义心肠,不慕名利,处事有度,行止有方的女性形象逐渐丰满鲜活起来,显得完整而真实。

完整性格型人物是小说人物类型中最有魅力的一种人物形象,这类人物不论在现实主义小说,还是浪漫主义小说中,都有许多不朽的典型。像李娃这样,从刚处于小说成熟期的唐代传奇中塑造出来的完整性格型人物就有如此的感染力,那么随着创作经验的不断积累,人物塑造水平的提高,到《水浒传》《红楼梦》等这一时期小说中的主要人物已经达到了形神毕肖、呼之欲出的程度。

我们仅以《红楼梦》第三回写王熙凤出场时的几句肖像描写为例稍加分析，就可看出其刻画完整性格型人物所达到的高度。其时林黛玉刚进贾府，正和众人在贾母房中说话，忽然王熙凤边笑边语走来了，"一双丹凤三角眼，两弯柳叶吊梢眉，身量苗条，体格风骚，粉面含春威不露，丹唇未启笑先闻。"先从眼睛写起，眼角微往上翘的丹凤眼是很漂亮的，标准的中国式美人眼睛，但是呈三角状态就使人想起同样是三角眼的毒蛇，令人恐怖。次写眉毛，柳叶眉是美人眉，但末梢呈吊梢状态，就使人想起了扫帚眉、扫帚星，乃不祥之像。再写身材，苗条婀娜当然美，但"体格风骚"则非安分守己之辈。后写面容，"粉面含春"当然有亲和力，但"威不露"则暗藏城府和杀机。最后写嘴，丹红的嘴唇让人看起来舒服，但未开口先有笑声，正暗示了她笑面虎的性格，这一副看起来漂亮的嘴脸，却并非善良之相。仅三十六个字的肖像描绘既生动地状写了王熙凤的容貌，又传神地浓缩了她的性格，形神合一，含蕴丰厚，令人叹为观止。如果我们再联系王熙凤的出身教养及她后来的一系列行为，如"毒设相思局"害死贾瑞；"协理宁国府"作威作福；"弄权铁槛寺"贪污舞弊，害死张金哥未婚夫妇；"机关算尽"逼死尤二姐；设计"调包计"破坏宝黛婚姻，逼死林黛玉，等等，我们就不得不为作者所塑造的这个"嘴甜心苦，两面三刀；上头一脸笑，脚下使绊子；明是一盆火，暗是一把刀"的完整性格型人物而拍案叫绝了。

小说艺术经过千百年的发展积累，既确认了人物在小说中的主体地位，又让人们发现完整性格型人物是最能发挥小说这种文体优势的人物塑造范式或境界，并且在创作实践中取得了辉煌的成就。小说因此而成为最受人们欢迎的艺术形式之一，小说的地位得到了空前的提高，一跃而成为超越诗歌、散文、戏剧等文学样式的龙头老大。人们谈文学总离不开小说，谈小说总忘不了那些不朽的完整性格型人物，如林冲、曹操、孙悟空、贾宝玉、林黛玉、阿Q、爱斯梅哈达、高老头、于连、安娜·卡列尼娜、保尔等，这些人物在一定程度上成为人类生活的性格历史和精神坐标。

但是，随着时间的推移，现代作家们已对社会、对艺术、对小说及其人物塑造方式的认识发生了很大的变化。从社会宏观的角度来看，进入20世纪以来，人类在经历两次大战的巨劫后，新的危机又不断发生，人们的心灵受到了极大的震动，对世界的看法也日趋复杂和迷惘。人类的科技水平和生产力的发展已今非昔比，为何要自相残杀？为何不用来更好地享受生活？以前的一切理论都难以做出圆满的解释，难以预测并避免人类这么多的悲剧。而这一切又都是人类自己造成的，人的行动又是由思想意识支配的。于是，有人类灵魂工程师之称的作家们便转而从形而上来关注人类的内心世界，关注精神健康与否，这也是时代使然。而从艺术层面来看，本来完整性格型人物在现实主义小说中塑造得最为成功。可是，西方现代派作家认为现实主义只善于表现外在的物质生活，而不善于描绘人们内在的精神及其心灵世界。伍尔夫就认为现实主义作家都是"物质主义者"，他们把精力和技巧浪费在人们的物质生活这种琐屑、暂时的东西上，从而把心灵这种真正的生活放跑了。俄国的未来主义作家甚至宣称要从当代的轮船上把普希金、陀思妥耶夫斯基、托尔斯泰之流抛进大海，并从摩天大楼的高处俯视他们的渺小。[①]

中国的学者、作家则从对人物性格这一概念的深入剖析上来探讨小说人物形态"向内转"的必然性。刘再复认为："所谓性格，就是人的个性特征的重要方面，它包括两方面的内容：一是现实的行为，一是行为的动机。前者更多地表现为人的实践，后者更多地表现为人的心理，而后者更深刻地显示出性格的特征。"[②] 刘再复在这里强调了表现人物心理比表现人物的现实行为更能揭示人物的性格，等于在理论上承认了心理人物出现的必然性。王蒙表达得更具体："在写人物的问题上。文学要写人。这是不成问题的。但人是否就等于人物？人物是否就等于性格？不见得。我们可以着重写人的命运、遭遇——故事；也可以着重写人的感情、心理；可以写人的幻想、奇想；还可以着重写人生存于其中的自然环境——风景；可以写人的环境氛围、生活节奏；也可以着重写人物——性格。"并且更进一步联系实际说："近几年的作品更多地探索人的内心活动、精神世界。这并没有什么不好。通过细节刻画人物性格，这很好，它为文学的画廊提供了一幅幅栩栩如生的人物造像。略过外在的细节写心理、写感情、写联想和想象、写意识流活动，也没有什么不好。后者提供的不是图画，而更像乐曲。它能探索人的心灵的奥秘，它提供的是旋律和节奏。"[③]

因此，基于这样一种艺术背景和理论逻辑，我们可以把现当代小说史上继完整性格型人物之后产生的新的人物类型称之为心态人物和符号化人物。

心态人物，又称为心理人物、情感人物，是指以直接表现人物心理活动、

---

① 苏宏斌. 现代小说的伟大传统 [M]. 杭州：浙江文艺出版社，2004：1-4.
② 刘再复. 性格组合论 [M]. 上海：上海文艺出版社，1986：385.
③ 王蒙. 文学表现手法探索笔谈：对一些文学观念的探讨 [J]. 文艺报，1980（9）：48.

情感变化或精神状态为主要内容的一种人物形象。其特点是内心活动明晰而外在特征模糊。

传统小说刻画人物主要是通过人物的外在特征，如肖像、语言和行为描写来进行表现，但也不能忽视心理描写，尤其是西方小说在运用心理描写刻画人物性格这一点上比中国小说更为突出。从18世纪的感伤主义小说到19世纪的浪漫主义和批判现实主义小说，心理描写在斯特恩、卢梭、歌德、雨果、司汤达、列夫·托尔斯泰等作家们的笔下被运用得炉火纯青。比如，在《红与黑》中，作者特别擅长心灵观察和分析，惟妙惟肖地描绘出人物行为的动机和情感的细微变化。其中写于连发誓要征服玛特尔小姐的整个心理起伏变化的过程就用了一百多页篇幅，不厌其烦，入木三分。但是，总的来说，这类小说更重视人物外在行为的描写，还不是真正意义上的心态人物小说；不过，它为心理人物小说的产生积累了丰富的艺术经验。

现代派小说产生以后，在其中的表现主义和意识流小说中，心态人物正式登台亮相。

表现主义认为主观自我是宇宙的永恒中心和真实的永恒源泉，因此主张表现"深藏在内部的灵魂"，要求直接表现作者的主观自我。表现主义文学大师卡夫卡就以深刻地表现现代人的心理困惑而名世。比如他的短篇小说《地洞》，就描写了一个不知名的小动物为了保存自己想尽办法，精心营造了一个可以四通八达的地洞，洞口伪装得极为巧妙，但是即使躲藏在如此安全的保护壳中，它也紧张兮兮，寝食不安，时刻处于高度戒备状态。这个小动物的危机心理实际上反映的是现代社会悲惨的小人物的危机心理、恐怖心理，小动物的形象实际上也是现代社会某种人的心态形象。

心态人物在意识流小说中出现得更多。意识流小说把创作中作家的主观感受看成是艺术活动的中心，强调以人的自觉的意识特别是非自觉的潜意识或下意识来代替客观现实；在表现技巧上主要采用"内心独白""内心分析""感官印象"等方法。根据这种创作理念和方法写出来的小说，表现的主要是人物的心态。比如普鲁斯特的《追忆逝水年华》，全书长达三百多万字，都是通过叙述者"我"的回忆将许多不连贯的片段串连起来的，"我"的细微敏锐的感情和瞬息万变的内心世界得到了充分的展示。"我"最后明白了，自己作为一个作家可以利用文学作品把如水般流逝的时间挽留住。小说的叙述者"我"就是一个典型的心态人物。伍尔夫的《墙上的斑点》被认为是将意识流的技巧和形式运用得相当娴熟和成功的经典短篇。小说以意识流惯用的第一人称手法，写"我"在一个冬日里，看到对面的墙壁上有一个圆形的暗黑色斑点,"我"很想搞清楚它究竟是什么,并不断地进行推测、质疑、联想、议论,直到最后,有人来告诉"我",那个斑点是一只蜗牛。小说的重点完全集中在人物的意识活动上,外在的行动则几乎没有。我们不妨来欣赏一段原文:"但是,我还是弄不清那个斑点到底是什么;我又想,它不像是钉子留下的痕迹。它太大、太圆了。我本来可以站起来,但是,即使我站起身来瞧瞧它,十之八九我也说不出它到底是什么;因为一旦一件事发生以后,就没有人能知道它是怎么发生的了。唉!天哪,生命是多么神秘;思想是多么不准确!人类是多么无知!为了证明我们对自己的私有物品是多么无法加以控制——和我们的文明相比,人的生活带有多少偶然性啊——我只要列举少数几件我们一生中遗失的物件就够了。……要是拿什么来和生活相比的话,就只能比做一个人以一小时五十英里的速度被射出地下铁道,从地道口出来的时候头发上一根发针也不剩。光着身子被射到上帝脚下!"文中的"我"是一个思维敏捷,但也具有多愁善感和虚无倾向的心态人物。

意识流人物影响到中国以后,王蒙、张承志等作家进行了有益的尝试,并写出了像《春之声》《风筝飘带》《北方的河》等一些成功之作。张承志《北方的河》中的"他"是作为抒情主人公去体验、感受北方六大河流的博大与深沉、雄浑与神秘。"他"是个比较典型的意识流人物。而王蒙的意识流则带有杂交的味道,更具有自身特色。比如他的《风筝飘带》写两位主人公素素与佳佳的心理世界,既按"意识流"的叙述结构而"流"了起来,又有很合逻辑秩序的理性意识,这种心理人物独立性不是很强,受作者的控制比较明显。不过,王蒙自有他的创作理念:"我们搞一点'意识流',不是为了发神经,不是为了发泄世纪末的悲哀,而是为了塑造一种更深沉更美丽,更丰实也更文明的灵魂。我们写心理、感觉、意识的时候并没有忘记它们的社会意义,只不过我们希望能写得'独具慧眼',更有深度,更有特色,更有'味儿'。因此,我们的'意识流'不是一种叫人们逃避现实走向内心的意识流,而是一种叫人们既面向客观世界也面向主观世界,既爱生活也爱人的心灵的健康而充实的自我感觉。"[①] 这样看来,王蒙笔下的意识流人物是具有中国特色的意识流心态人物。

符号化人物,主要是指在现代派小说中,作家为了表达某种形而上的创作理念而在作品中设置的带有更多抽象意味的人物形象。与前几种人物相比,其特征很明显。一是淡化人物的实指性标志,符号化人物常常身世不明,来

[①] 王蒙. 关于"意识流"的通信 [J]. 鸭绿江, 1980 (2): 70.

去无踪,性格怪异甚至模糊不清,与现实人物缺乏同形同构的相似性,更谈不上活生生的"这一个"。二是强化人物形而上的概括性或者说高度的理性和观念性。

卡夫卡的《城堡》中的主人公就叫K,小说写的是K想进入城堡办事,但是想尽了办法也进不去。作者的目的不是为了如何塑造好K这个人物形象,而是为了借K所遭遇的事来表现现代世界中人和世界的双重异化,K代表了由于精神家园的丧失而异化的漂泊者,这种人只能在非理性的迷宫中徒劳地四处游荡。① K在作品中只是作为一种符号以传达作者的创作理念。又如,"因为他的重要文学创作以明确的认真态度阐明我们同时代人的意识问题"。而于1957年获诺贝尔文学奖的法国作家加缪,其小说《局外人》就直接而深刻地触及了现代人的伤痛,主人公默尔索作为一个荒诞的怪人就是承载"20世纪世纪病"的符号载体,更直接地说,"默尔索的性格特征和精神气质实际上都出自加缪的'荒谬哲学',或者说就是这种哲学思想的文学化表达"②。

这种符号化人物在中国当代小说中也不乏其例。韩少功的《爸爸爸》中的白痴丙崽,王安忆的《小鲍庄》中凝聚了传统的仁义道德,不到十岁就为救人而献身的捞渣,其形而上的意义远远超过其具象实指。同样值得关注的是,在当代微篇小说创作中,也出现了不少符号化人物。滕刚就是一位深受现代主义文学思潮影响的作家,他的作品融合了意识流、黑色幽默和魔幻现实主义等多种文学表现理念。他不少作品中的人物取名叫张三、李四、王五、异乡人或用英文字母代替,带有明显的符号标签性质。比如《婚姻情况》中的主人公就叫张三,小说写的是张三想离婚而又离不开妻子的故事。张三结婚十年后突然全身疼痛,医生查不出病因更治不了,并断言张三一个月内将痛死。妻子将他拉回家后按医嘱在给他喷止痛剂前先按摩,奇迹发生了,妻子手到之处他的疼痛就立刻消失,大家都感到不可思议。之后张三的疼痛一发作,只要妻子按摩,就能手到痛除。但是张三在发病的第二年却提出要和妻子离婚,因为他从根本上不能忍受婚姻,而一想到那要命的疼痛他又犹豫不决。最后在他疼痛空前发作,妻子大汗淋漓地为他按摩一个小时后倒在他身边睡着了的时候,他泪流满面地审视妻子那双既能帮他解除疼痛而又无法摆脱婚姻的手,不知奥妙在何处。小说中张三的相貌年龄如何,职业经历怎样,整体性格是什么,作者根本不提,而仅仅就婚姻情爱关系这一话题来写

---

① 苏宏斌. 现代小说的伟大传统 [M]. 杭州:浙江文艺出版社,2004:56-57.
② 苏宏斌. 现代小说的伟大传统 [M]. 杭州:浙江文艺出版社,2004:233.

张三的故事。在这里，张三的处境已经虚化上升为现代人在婚姻状况上普遍的遭遇和心态，张三只是作为作者对这一问题进行形象化思辨的符号载体。

从模糊类型化人物，到完整性格型人物，再到心态人物、符号化人物，反映了小说从萌芽阶段到现在为止在人物塑造方式及人物形态特征方面的基本嬗变轨迹。不过，这种划分只是着眼于特定的角度而且不可避免地具有相对性，不同历史时期，小说人物的风格虽各有侧重，但也不是绝对的。同一时期，不同作家的创作理念和表现手法不同，塑造出来的人物必然千差万别。即使同一作家也可能采用不同的笔法塑造不同的人物类型。比如王蒙，既能用现实主义手法塑造完整性格型人物，又能用意识流手法写心态人物。而就当前我国小说的创作实际来说，无论是作者还是读者，更多的是看重完整性格型人物，只是在那些具有明显的实验性、探索性、先锋性的小说中，才出现心态人物和符号化人物。

这四种人物类型，究竟哪一种更适合小说特性、更有利于小说发展呢？从形而上的层面来说，它们都是一种存在，各有其存在的合理性，各种人物类型的出现都是社会生活与作者、读者及小说艺术内部规律多向互动的结果。从常识来说，事物的发展不外乎两种选择，一是完善自身，推陈出新，走向兴旺发达；二是抱残守缺，逐渐僵化，走向衰亡。显然小说应该做第一种选择。那么，落实到具体层面，小说应该善于把握自己的生存密码。在人类世界，既然人是万物的尺度。在某种意义上，人物也就是小说的最重要的尺度，人物塑造的成功与否，能否受到读者的欢迎，就是决定小说能否发展的最直接的因素。从整个小说发展的角度来看，完整性格型人物是最经得起检验的一种小说人物创造范式。为什么呢？模糊类型化人物当然带有先天的稚嫩，它的使命早已完成。心态人物、符号化人物虽然有其表现力方面的独特之处，但是，它们过于强调形而上，失落了文学最根本的形象性和个性。如果要体会形而上的思辨何不看哲学、伦理学或宗教之类的著作，在这些著作里，对一些形而上的问题剖析得更具体清晰，获得的信息更理性，而看那些晦涩而号称深刻的现代派作品，则既难以获得文学意义上的美感享受，又进入一种没有答案的云里雾里的世界，结果什么收获也没有。虽然，现代派大师米兰·昆德拉说，"小说的意义就在于让人发现事物的模糊性"[1]。但读者常常什么也发现不了，连一般的大学教授也读不了，只好采取拒绝的态度。而完

---

[1] 中国社会科学院外国文学研究所《世界文论》编辑委员会. 小说的艺术——小说创作论述[M]. 北京：社会科学文献出版社，1995：56.

整性格型人物至少具有以下优势。其一，对"人"的全息反映。完整意义上的人既包含了外在的体貌举止，又具有内在的思维意识，并且各具个性。完整性格型人物的塑造正好体现了这种特性，而且注重从人与自然、人与社会的大环境中去认识人、观察人、表现人，因此所刻画出来的人物虽然经过了艺术加工，但是与人生存的整体真实更加逼近。较之于表现主义、意识流等现代派小说只注重表现人物心灵所塑造出来的人物更加形神兼备、具有人的立体综合性。其二，契合读者的接受需要。完整性格型人物身上所浓缩的关于人生、社会及环境的综合信息，正好契合了人们对于认知对象整体把握的心理欲望。作者在刻画性格型人物时所进行的加工改造，从宽泛的意义上来说，符合人类在进行物质生产劳动和精神生产劳动时对所有的劳动对象都要加上自己主观意志的一般规律；从具体的接受效果来说，既符合读者希望看到源于生活而又不停留在自然状态的性格型人物的要求，也能满足不同读者在阅读这些人物时，获得关于表与里、形与心、灵与肉、实与虚等方面多层次的审美需要，从而做到雅俗共赏、各取所需。而小说本来就是源自民间、面向大众的。如果脱离了民众，等于失去了生存的根基。现代派小说强调尊重人物心灵，真实地把笔触伸向人物的意识以及潜意识世界，有意忽视作为客观存在的人的形体特征，这样写出来的人物常常支离破碎，给人以凌乱、晦涩之感，难以赢得读者的认同和欢迎。其三，易于和其他艺术样式联姻组合，进行再创作，以刻画人物性格为主的小说，比较容易改编成戏剧、电影、电视等作品，与这些艺术样式具有更多的共性。而现代派小说则很难改编成被观众喜爱的影视作品，同样是小说，其艺术上交融相生的能力明显要差一些。其四，经受了千百年实践的检验。中国小说从成熟的唐代传奇中有了以完整性格型人物为中心的作品算起，至今已有上千年的历史。西方小说的正式诞生比中国要晚四五百年，但以刻画完整性格型人物为主的小说也盛行了几百年。这类小说塑造了无数成功的完整性格型人物形象，涌现了一批又一批文学名著，对人类的精神生活和整个文明进步产生了无法估量的影响。不少作品从诞生之日起就备受欢迎，甚至出现了手抄传阅、争睹为快的情况。至今为止，在小说领域，占领广大市场的除了既往的以刻画完整性格型人物为主的小说以外，当今文坛上创作出来的小说大部分也是这种类型，虽然不如以前火爆，但确实经得起时间的考验。而现代派小说在产生之初，读者刚接触的时候会给人以新鲜的阅读冲击，但经过一个多世纪的检验，不但没有出现洛阳纸贵的情况，而且在毁誉交杂的比较甄别中逐渐淡出一般读者的阅读范围。我们同样又可以用米兰·昆德拉关于"市场成了美学价值的最高评判者"[①]的观点来帮助论证,得出结论:以刻画完整性格型人物为中心的小说是最经得起实践检验、最有生命力的一种小说范式,并没有过时,其他创作范式各有其历史生成的必然性和艺术探索上的合理性,而小说不管如何发展,最重要的是别忘了以人为本、以真为本。

[①] 米兰·昆德拉. 小说的艺术[M]. 董强,译. 上海:上海译文出版社,2004:170.

第三章　小说情节论

第一节　情节与故事

一提到情节，我们马上就会想到故事，因为在叙事类作品中，故事情节常常是连在一起讲的。其实，故事与情节不是一个概念。早在20世纪20年代，英国著名的小说理论家爱德华·摩根·福斯特在他的名著《小说面面观》中就对故事与情节做过很形象的比较分析：

> 我们曾给故事下过这样的定义：它是按时间顺序来叙述事件的。情节同样要叙述事件，只不过特别强调因果关系罢了。如"国王死了，不久王后也死去"便是故事；而"国王死了，不久王后因伤心而死"则是情节。虽然情节中也有时间顺序，但却被因果关系所掩盖。又例如："王后死了，原因不详，后来才发现她是因国王去世而悲伤过度致死的。"这也是情节，不过带点神秘色彩而已。这种形式还可再加以发展。这句话不仅没涉及时间顺序，而且尽量不同故事连在一起。对于王后已死这件事，如果我们再问："以后呢？"便是故事，要是问："什么原因？"则是情节。这就是小说中故事与情节的基本区别。①

在这里，福斯特对于故事的界定特别强调"时间顺序"这一关键词，对于情节的界定特别强调"因果关系"这一关键词。

那么，现在对故事与情节的基本看法是什么呢？我们不妨看看富有权威性的《辞海》的解释。《辞海》对"故事"的解释有两种：其一，故事是指

---

① [英]爱德华·摩根·福斯特. 小说面面观[M]. 苏炳文, 译. 广州: 花城出版社, 1984: 75-76.

"叙事性文学中一系列为表现人物性格和展示主题服务的有因果联系的生活事件，由于它循序发展，环环相扣，成为有吸引力的情节，故又称故事情节"①。其二，故事是指"文学体裁的一种。侧重于事件过程的描述，强调情节生动性和连贯性，较适于口头讲述"②。而对"情节"，《辞海》是这样解释的："叙事性文艺作品中人物的生活和斗争的演变过程。由一组以上能显示的事件和矛盾冲突所构成，用以展示人物性格和表现主题。它以现实生活中的矛盾斗争为根据，经作家、艺术家的集中、概括并加以组织、结构而成。一般包括开端、发展、高潮、结局等组成部分。"③

从以上的比较解释中，我们可以看出，"故事"与"情节"是两个既有联系又有区别的概念。就联系而言，故事的构成离不开情节，无论是叙事作品中的故事，还是单独作为一种文体的故事，都与情节紧密相连；情节总是通过故事的形式在具体的作品中体现出来。正因为这样，故事情节常常连在一起讲。就区别而言，一是叙述事件的方式不同，故事侧重于按时间顺序来叙述，情节强调按事件内部之间的因果逻辑关系来叙述；二是外在的表现形态不同，按时间顺序来叙述的故事，外在连贯性明显，而按逻辑关系来叙述的情节，其连贯性是内在的，其完整性也往往是相对的。

比如鲁迅的《一件小事》，故事层面是：我所雇的人力车夫不听我的劝诫，自找麻烦，将被车把带倒在地其实并没有受伤的老女人搀到巡警所。车夫的行为使我惭愧自新，深受教育。围绕这一故事，写车夫怎么让道，老女人怎么倒地，我怎么劝阻，车夫又怎么把女人扶起来，巡警怎么对我说，我又怎么抓出一大把铜圆要巡警转交给车夫，等等，这些都是情节，与故事有机地结合在一起，构成了小说的主要内容。

第二节 对小说情节的多维解读

一、小说情节的构成

传统的看法一般认为，完整的情节包括序幕、开端、发展、高潮、结局、

---

① 辞海[M]. 上海：上海辞书出版社，1979：1467.
② 辞海[M]. 上海：上海辞书出版社，1979：1467.
③ 辞海[M]. 上海：上海辞书出版社，1979：870.

尾声六个环节或部分，而通常强调的是中间四个环节。

序幕，是矛盾冲突展开前对有关人物、事件和背景所做的必要的交代或说明。

开端，是情节的起点，也就是作品中所揭示的矛盾冲突的起因，它能预示矛盾发展的性质和方向，初步显露人物性格，为情节的进一步发展准备条件。

发展，是矛盾冲突的不断展示与深化的过程。在这一部分中，矛盾从多方面发展并渐趋尖锐，人物性格从多方面展示并渐趋丰满。情节发展得是否合理充分，直接影响到高潮能否形成。因此，这一部分在作品中所占的篇幅最多，情节的展示也最曲折、生动、复杂，它是情节的主要部分，为后面高潮的到来做好铺垫。

高潮，是情节发展的顶峰，是矛盾冲突最紧张、尖锐之处，是矛盾冲突到了彻底解决而尚未解决的关键时刻。在这一部分，人物性格和作品的主题表现得最鲜明、最集中，也最有力。

结局，是情节发展到终结的部分。在这部分里，作品中主要矛盾得到最后解决或暂时平息，人物命运及事件都有了一定的结果，情节也随之结束。

尾声，是指情节结束后，作者意犹未尽，对于人物未来的命运或事件发展的前景所做的补充性的简要说明或交代。

这种"序幕—开端—发展—高潮—结局—尾声"的情节模式，是一种完整的闭合式的结构模式，在传统小说的写法中得到了广泛的运用。当然，在具体作品的写作中，各个环节的先后顺序会根据表达的需要而进行灵活的增减调整，但万变不离其宗，变来变去仍然是在这个基本模式内。

为了理解得更加具体，我们试以冯骥才的微篇小说《绝盗》来加以说明。

《绝盗》写的是一次奇特的盗窃案件的前后经过。开头写天津卫最野的地界是老城区和租界之间那块地，人头极杂，邪事横生。——交代了故事发生的背景，这是情节的序幕。20年代，一对青年男女来此处租房结婚，办了很多新婚用具，婚后第二天便出门做事上班，邻居谁也不认识他们。——这是情节的开端。事过三天，小两口去上班不久，一老头蹬来一辆拉货的平板三轮车，车板上蹲着两个十七八岁的小子，神色很凶。一来到小两口的门前，老头就大骂小两口如何不孝，撇下生病的娘跑来这里享福，边骂边指挥两个小子砸开门，将里边的新婚用品搬到车上拉走，抬不动的就全砸坏。邻居都信以为真，以为是小两口的爹带人来处罚不孝儿媳；既然是人家家事，就不便管，还等着小两口下班回来有戏看哩。——这是情节的发展。小两口下班回家一看，蒙了，邻居一解释，新郎更蒙，失声大叫他父母早就去世；也根本没有兄弟。邻居还不相信。——这是情节的高潮。小两口赶紧去局子报案，但案子足足往下查了十年，也没找到他们那个"爹"。——这是情节的结局。最后补充说明这是天津卫最奇的一桩盗案，偷盗的居然做了人家的"爹"；被盗的损失财物不说，反当了"儿子"，而且还叫人哑巴吃黄连，有苦说不出。——交代情节的尾声。

这是一篇按照完整的情节模式创作出来的小说，跌宕起伏，很吸引人。至于长中短篇小说，尤其是传统的长篇，如《三国演义》《水浒传》《西游记》《悲惨世界》《鲁滨孙漂流记》《钢铁是怎样炼成的》等，其情节的完整和曲折，更为突出。而许多微篇小说的情节并不是各个环节皆备，同样很精彩。蒋子龙的《看护》没有序幕，也没有尾声，直接写孤高清傲的庄教授很气愤，因为他住院时儿女不在身边，只有老伴送饭，所在单位也只能半个月派人来探望一次，而住在对面床上的高干王经理每天都有人来慰问守护。但是，当王经理病危无救时，所有的人都撇下他走了。庄教授庆幸自己是"高知"不是"高干"，知识和钢笔到死也不会背叛他。这一相对完整的情节足以显示人心的势利、世态的炎凉，主题表达得很充分。王蒙的《雄辩症》重点写了一个片段，一个患有雄辩症的病人对医生要他"请坐""喝水"及谈天气之类的每一句话都进行毫无根据的反驳，而且逻辑混乱，用语刻薄。这篇小说没有层次分明、曲折完整的情节，但并不影响创作意图的表达，且别有一种艺术风味。

这就说明，小说情节的构成是多种多样、不拘一格的。

二、小说情节的古今变化

1. 由追奇求异转向平淡真实

追求新奇是人类的天性之一，早期的小说等叙事类作品无论是情节的内容，还是情节的安排，都尚奇尚异，求险求趣。中国小说的发展史就很好地说明了这一点。从尚处于小说萌芽状态的先秦神话传说和诸子寓言，到刚具备小说雏形的魏晋志怪志人小说，莫不如此。小说发展到成熟阶段，即被鲁迅称为"始有意为小说"的唐朝时期，那时的小说就称为"传奇"，传天下之奇闻、奇事、奇情、奇趣。宋元话本小说、明清笔记小说和长篇小说尽管内容异常丰富，但不管是写帝王将相、神魔鬼怪，还是凡夫俗子、江湖人士，其情节的主要特点都体现了一个"奇"字。明代的四大著名长篇小说《三国演义》《水浒传》《西游记》和《金瓶梅》，被称为"四大奇书"，也是与情节的"奇"分不开的。明代两部著名的话本小说选集《今古传奇》和《今古奇观》，都离不开一个"奇"字。所以，清代著名的戏曲兼小说理论家李渔在谈到小说戏曲创作中奇与常的辩证关系时，认为新奇才能美：

  人惟求旧，物惟求新。新也者，天下事物之美称也。而文章一道，较之他物，尤加倍焉。①

  非奇不传。新，即奇之别名也。②

  有奇事方有奇文，未有命题不佳而能出其锦心，扬为绣口者也。③

李渔关于"新奇"的观点既带有总结性又带有导向性，尤其是"非奇不传"四个字概括得非常精辟，且影响深远。这种写法直到以现实社会及家庭生活为题材，着重描写市井间世俗情态的《金瓶梅》的出现才被打破，到了《红楼梦》的问世才有根本转变。但是，"奇"作为小说情节的一种风格、一种追求，依然有其魅力和市场。

西方的小说渊源于古代神话。英语中"神话"一词为 myth，源于希腊语中的 mythos，意为"想象的故事"，既然是想象的故事，必然有不同寻常或奇特的含义在里面。事实上，古希腊神话就充满了神奇怪异。而作为近代欧洲小说之父的 romance（传奇），其词义就包含着奇迹、怪闻的意思，大量的中世纪传奇作品更是满纸奇异。文艺复兴时期的著名小说，如薄伽丘的《十日谈》、塞万提斯的《堂吉诃德》、拉伯雷的《巨人传》，以及后来的许多浪漫主义小说，其情节都新奇变幻，并成为经典。

而某些以情节见长的小说，如中国的公案小说、武侠小说，西方的侦探小说，更是奇幻莫测、以奇取胜。

奇特不凡的故事情节为什么具有这么强的生命力？一方面天地万物、人生社会本来就是千姿百态、变化无穷的，人类自身在其文明进化过程中，在与天斗与地斗的矛盾冲突中，更加关注那些不同凡俗的人和事，帝王的伟业、英雄的风采、豪杰的壮举、智者的聪慧、愚者的无知、君子的气度、小人的无耻以及各种五花八门的奇情异闻更容易走入人们的视野；另一方面，艺术讲究源于生活而又高于生活，讲究提炼加工，那些本来就异于常人常态的人和事被作者采集，再经过选择改造、集中提炼，自然更是奇上加奇、异中显

---

① ［清］李渔. 闲情偶记·词曲部［M］. 长春：时代文艺出版社，2001：17.
② ［清］李渔. 闲情偶记·词曲部［M］. 长春：时代文艺出版社，2001：17.
③ ［清］李渔. 闲情偶记·词曲部［M］. 长春：时代文艺出版社，2001：4.

异了。小说创作的历史也证明,奇幻巧妙的故事情节,以其特有的信息量确实能够显示鲜明突出的人物形象,透视社会生活的本质,也更能刺激读者的审美神经,让他们爱不释手,因而雅俗共赏,具有很高的审美价值。

不过,辩证地看,奇异的情节在生活中发生的概率太少,甚至没有,虽然它经过作者的处理符合生活的逻辑,但也会使人感到做作和远离现实。因此,随着生活和人们的思维情感越来越现实化、精细化,一些作家就不满足于追奇求异而转向平淡真实。对此,很多学者早就认识到了。明代的李贽提倡自然顺性,主张"顺其性而不拂其能"①,强调文艺的自然美,反对人为的娇饰。清代的李渔一方面总结出了小说戏剧等"非奇不传"的规律,另一方面他又进一步提出奇与常的辩证关系,不应该片面地追求奇,反对说神道鬼及其他荒唐怪异的奇,提倡从日常的平凡生活取材。他说:"世间奇事无多,常事为多;物理易尽,人情难尽。"②清代的纪昀在创作《阅微草堂笔记》时就崇尚质朴简淡,而认为蒲松龄的《聊斋志异》叙他人隐秘之事曲尽细微是违反了真实性原则。

现实主义作家的态度更加明朗,巴尔扎克认为小说家是同时代人们的秘书,必须忠于现实,"以当时的真实事实"作为艺术创作的基础,而无权粉饰现实。左拉则认为小说家最高的品格是真实感,即如实地感受自然,如实地表现自然,以描绘自己的时代;如果缺乏真实感,那么他的作品便毫无价值可言。巴尔扎克甚至要求小说的细节也必须真实,否则的话小说就毫无可取之处了。

现代派作家们对故事情节的处理又有了新的变化。现代小说为了容纳更多的精神世界,包括有意识的、无意识的各种心理活动,而采用非情节化的叙述,这样,那种奇异生动的故事情节自然被冷落甚至消解了。

当然了,现代派小说中也不乏夸诞变形的情节,这一点说明了艺术是有共性的,古今传统有其一脉相承之处,对此,我们应该全面客观地看待。

2. 由完整圆合到多向开放

相对而言,成熟的传统小说,其情节讲究有头有尾、有始有终,显得完备圆满。这是一种具有圆形特征的情节安排模式。就中国来说,古代比较完整的叙事作品的深层,大多运行着一种圆形思维。比如唐代传奇小说《柳毅传》,写落第书生柳毅出于道义,为受虐待的龙女传书雪冤,柳毅在龙府受到

---

① 王汝梅,张羽. 中国小说理论史 [M]. 浙江古籍出版社,2001:52.
② [清] 李渔. 闲情偶记·词曲部 [M]. 长春:时代文艺出版社,2001:25.

热忱款待。龙女之叔钱塘君令柳毅娶龙女为妇，遭柳毅严正拒绝。后柳毅连娶两妻，皆相继亡故，最后娶的范阳卢氏乃先前的龙女。二人于是相依终生，幸福美满。这是一种很典型的圆形结构，其价值观念也契合民族群体潜意识中的人伦期望。因此这类题材的作品总在不断地强化着这种情节思维模式，而且古今相承，非常明显。从"私订终身后花园，落难公子中状元"的解决方案，到"两情相托，死后成双"的无奈之举，终究都构成了一个圆——无论是显性的还是隐性的。其他题材的传统小说，其深层叙事理念中也常能感受到"圆"的情节痕迹，即便中国20世纪的小说也如此。被誉为"伟大的东方叙事诗"的小说《故乡》，其作者鲁迅是相信进化论，痛恨传统叙事的团圆主义的情节模式的，但作品的最后还是寄希望于那轮朦胧的海边碧绿沙地上金黄的圆月。① 可见，圆形思维在传统小说中的影响之深。

西方的传统小说，其情节虽然有别于中国传统小说中圆形思维的影响，但它十分注重时间上的延续性与事件前后的因果联系，讲究系统性、逻辑性和完整性。亚里斯德早就指出情节写的"只限于一个完整的行动，里面的事件要有紧密的组织，任何一部分一经挪动或删削，就会使整体松动脱节"②。这种写法从小说发展史上的以故事情节为中心的第一阶段，到以人物性格刻画为中心的第二阶段，都是一种很经典的叙事法。薄伽丘的《十日谈》、拉伯雷的《巨人传》、塞万提斯的《堂吉诃德》、乔叟的《坎特伯雷故事集》，以及巴尔扎克、狄更斯、托尔斯泰、高尔基等许多小说大师的作品莫不如此。

确实，这种完整圆合的情节模式长期以来一直为作者所追求，为读者所激赏。但是，任何一种模式一旦被确立，久而久之就会形成一种思维的惰性，变得单一僵化，不利于小说从更广阔的范围内去揭示世界的多样性，也不利于激发读者的丰富想象。因为在这种情节模式中，一切都被充分预设了，读者只能处于被动聆听的位置，按相对单一的模式去进行审美期待。这样，高明的读者便不满足了，他们在欣赏故事的同时，还希望积极地参与，并获得更多的想象空间，得到更多的启迪。

现代小说的发展，打破了传统的叙事模式，故事的走向不再拘泥于时间上的前后延续和事件的因果承接。现代派作家一般摒弃了情节的完整性和戏剧性（一些供消遣用的作品如侦探或惊险小说之类的畅销书等除外），力求再

---

① 杨义. 中国古典小说史论 [M]. 北京：中国社会科学出版社，2004：684-690.
② [希腊] 亚里士多德. 诗学 [M] // 伍蠡甫，胡经之. 西方文艺理论名著选编（上卷）. 北京：北京大学出版社，1985：60-61.

现日常生活中的偶然性，侧重于感觉的真实，用展示性的情节替代了传统的有一个以结局为目的的基于因果关系之上的完整演变过程的结局性情节，呈现出一种更加自由开放的气象。

被西方文学界视为"现代的经典作家"的福克纳，其代表作《声音与疯狂》（又名《喧哗与骚动》）就迥异于传统的情节叙事方式。《声音与疯狂》取自莎士比亚悲剧《麦克白》的台词："人生就像一个白痴讲的故事，充满了疯狂的声音。"小说的书名就暗示了作品的叙事风格。小说写的是杰弗逊镇望族康普生家庭的没落及其成员的遭遇与精神状态。在叙事方式上大部分采用意识流、梦呓、潜意识及内心独白手法，故事片段之间不是靠线性时间和因果关系来串联，而是充满了跳跃性，靠人物的感觉去沟通。

我国的王蒙、张洁、张抗抗、韩少功等不少当代作家在小说创作的情节开放性方面做了有益的尝试。王蒙的《蝴蝶》写的是在1979年刚上任不久的国务院某部副部长张思远重访"文革"中他劳动过的山村，去寻找自己的"魂"，返京途中睹物生情，意识流动，展现建国三十年来他本人的生活变迁，反思当代中国的经验教训。作品虽然不是用典型的西方现代派小说的叙事方法，但是以人物的明确意识为主，同时采用自由联想、内心分析、幻觉、感觉、独白等手法构成了既有明确的指向又灵动缥缈的故事，取得了相当的成功，在文坛上引起了热烈的反响。

时至今日，小说的情节模式越来越多，作家们总在不断地进行尝试，传统的完整闭合式的情节模式也在不断地推陈出新，与现代开放式的情节模式结合互动，不断创新。

3. 由再现生活到表现心态

中外小说的发展，大体上经历了三大阶段：生活故事化的展示阶段，人物性格化的阶段和以人物内心世界审美化为主要特征的多元化展示阶段。[①] 而从小说情节的内容取向来分，前两个阶段的小说，主要是通过各种直接或间接的手段来反映社会生活；后一个阶段的小说主要是表现人的内心世界。也就是说，小说的情节大致经历了由再现生活到表现心态的变化。

传统小说的故事情节基本上是再现型的，其特点是以动作性很强的故事情节或典型人物性格为中心，在尊重生活规律的前提下，再借助各种叙述视角和艺术表现方式，力求将社会生活的方方面面乃至自然景物都呈现于作品之中，而且强调逼真典型。其目的是要营造生动曲折、引人入胜的故事情节

---

① 刘再复. 性格组合论 [M]. 上海：上海文艺出版社，1986：32-33.

或栩栩如生地描绘出典型环境中的典型人物，让读者在接受的时候如临其境，如见其人，如闻其声。这种具有再现功能的小说，它源于生活又高于生活，包含了丰富的信息，而这种信息又主要是通过"故事情节"来承担。

《三国演义》描写了汉灵帝中平元年（公元184年）至晋武帝太康元年（公元280年）近百年间的历史事件，重点反映魏、蜀、吴三国的兴衰过程，反映了当时广阔的社会生活，塑造了如刘备、关羽、张飞、诸葛亮、曹操、周瑜等一大批鲜明生动的人物形象，从而体现了作者希望国泰民安等方面的创作意图。这些内容主要是通过如"三顾茅庐""草船借箭""单刀赴会""六出祁山"等一系列情节来承载的。《红楼梦》不像《三国演义》那样惊心动魄，但它是作者根据"半世亲见亲闻来创作"，从社会日常生活内部发掘题材。其博大精深的内容，也是借封建贵族青年贾宝玉、林黛玉、薛宝钗之间的爱情故事为中心来展现的。西方19世纪的小说大师们，正是通过故事的再现功能，使小说成为一种几乎无所不包的文学样式。巴尔扎克的《人间喜剧》内容浩繁，史诗般描述了19世纪上半叶法国贵族阶级的没落衰败和资产阶级的上升发展，提供了社会各个领域无比丰富的生动细节和形象化的历史材料，被恩格斯称赞为"甚至在经济的细节方面（如革命以后动产和不动产的重新分配），我学到的东西也要比从当时所有职业历史学家、经济学家和统计学家那里学到的全部东西还要多"[1]。恩格斯的这段话从一定意义上说是对小说再现功能的最好解释。

某些传统的反映超常生活形态的小说，如《西游记》《聊斋志异》《一千零一夜》等，作者采用超越自然性和社会性的方式来编造故事，其实质也是为了曲折地反映现实，是小说再现生活的另一种表现形式。

人类进入20世纪以后，一方面，两次世界大战给人们的精神以莫大的震动，在西方世界里，原来被他们奉为圭臬的科学、理性、正义、道德、宗教、国家、自由、平等、博爱等传统的价值观念似乎都失效了，丧失了精神支柱之后的人们无路可走，转而反对传统、怀疑理性，在内心里苦苦地探询、思索；另一方面，随着科技的发展，电影、电视等现代化的艺术形式，较之于小说家直接诉诸笔墨的文字符号，在展现外部环境、描述人物动作等方面更加直观可感、形象生动，小说家们力图扬长避短，发挥文学可以表现人的内心世界的优势，由外到内，叙写"内心电影"。这样，小说很自然地进入了表

---

[1] 恩格斯．致玛格丽特·哈克奈斯[M]//马克思恩格斯全集·第三十七卷．北京：人民出版社，1971：42.

现心态的阶段。

这种心态小说的特点是，人物心态成为作品中的主要内容，人的意识的各个层次在作品里都得到展现而且显得异常复杂，人物的心态成为作品结构的主要依据。在小说创作中，从欧美的意识流作家普鲁斯特、弗尼吉亚·沃尔夫、乔伊思和福克纳等人到新小说派的罗伯·格里耶、萨洛特、布托尔和西蒙等代表人物，从奥地利作家卡夫卡的《城堡》到哥伦比亚作家马尔克斯的《百年孤独》，他们不以再现生活为目的，而以表现心态为己任，这种倾向一直影响至今。我国作家王蒙、戴厚英等人也曾用意识流方法进行创作，不过不同于西方的意识流。王蒙说："我希望更深入更立体地展现人的内心感受，而不是用线性的因果链来写人的情感。另一点，就是我感到中国小说的空间太窄小了。……我希望通过我的创作对中国的小说有所开拓。"①

从辩证发展的角度来看，"再现生活"和"表现心态"在小说创作中各有所长，在小说发展的不同阶段也各有侧重，但它们都统一于创作的复杂心理过程之中，完全可以取长补短，交融发展。

三、情节的虚与实

情节的虚与实，即指情节的虚构性与真实性，这是小说必须正确面对的问题。

先说虚构性。

虚构，是作者在小说创作过程中，为了提炼生活、构造情节、塑造形象以实现创作意图而采取的艺术手段。在虚构中，作者往往借助已有的直接或间接的经验，运用丰富的想象，对人物、事件的不足之处进行合理的补充、重组和完善，从而创造出源于生活而又高于生活的典型情节和典型形象。

阿·托尔斯泰说："没有虚构，就不能进行写作。整个文学都是虚构出来的。"② 作为文学之一种的小说，其本质特征也是虚构。中外小说的发展史也证明了这一点。先秦神话传说中就有了非自觉的虚构，诸子寓言中已有了自觉虚构手法，即使魏晋时期"非有意作小说"的志怪志人小说，也有虚实相生的表现手法，而到了"始有意为小说"的唐代传奇和宋元话本，其虚实相生的创作方法中已经讲究自觉的虚构了。明清以来小说全面繁荣，无论是作家还是理论家，对小说的虚构已经形成了共识，并已全面地付诸小说创作的

---

① 王蒙. 王蒙谈小说 [M]. 南昌：江西高校出版社，2003：13-14.
② [苏] 阿·托尔斯泰. 阿·托尔斯泰论文学 [M]. 北京：人民文学出版社，1980：252.

实践。外国的小说渊源于神话传说，其文体演变大致经过了"myth"（神话）、"romance"（传奇）、"fiction（散文虚构故事）""novel"（小说）等几个阶段，从词义的角度来考察，这几个词均含有"虚构"或"想象"的意思在里面。西方最早给小说下定义的是法国的于埃神甫。他于1670年说："凡小说均为虚构的、情节曲折的爱情故事。"① 在这里，"虚构"被当成小说的第一要素来看待。后来法国批评家阿比尔·谢括利将小说定义为："小说是用散文写成的具有某种长度的虚构故事。"这一定义被英国小说家爱德华·摩根·福斯特认同，并且在他那本被誉为"20世纪分析小说艺术的经典之作"的名著《小说面面观》一书里引述和大加赞赏。② 这一定义里同样强调了"虚构"。理论定义不是凭空产生的，它是对实践的一种总结和概括，这一定义也正好反映了西方小说创作的实际状况。

时至今日，中外作家、学者们对小说虚构特性的认识，再也不像小说产生的早期一样那么躲躲闪闪不敢承认，而是早已理直气壮且更加全面深刻了。

张天翼说："一个作者要是只限于写真人真事，那是自己拘束了自己。"③

王蒙说："一定要有虚构，要有一种对于艺术乌托邦的向往和追求，要有能力去建构一个艺术的世界。……这种虚构实际上是向读者提供一个文学的乌托邦，使读者得到一个在现实生活中不一定能得到的东西。"④

被称为"20世纪最伟大的小说大师"的米兰·昆德拉坦然承认："我所说的一切都是假设的。我是小说家，而小说家不喜欢太肯定的态度。"⑤

法国意识流小说大师普鲁斯特居然告诉人们，在整本书中，"没有一件事不是虚构的"⑥。

对于小说虚构的认识，由不敢正视到全面认定，经过了一个长期曲折的过程，让人们改变认识的，既不是行政命令，也不是心血来潮，而是虚构对于小说，对于文学艺术，对于人类社会有其不可替代的功用。那么，如何理解虚构的作用呢？

其一，对创作来说，虚构可以填补现实空缺，优化组合情节，以实现写

---

① ［西德］沃尔夫干·凯瑟. 小说是谁在叙述故事［J］. 文艺理论研究，1987（5）：75.
② ［英］爱德华·摩根·福斯特. 小说面面观［M］. 苏炳文，译. 广州：花城出版社，1985：3.
③ 张天翼. 张天翼论创作［M］. 上海：上海文艺出版社，1982：251.
④ 王蒙. 王蒙谈小说［M］. 南昌：江西高校出版社，2003：12.
⑤ ［捷克］米兰·昆得拉. 小说是让人发现事物的模糊性［M］//《世界文论》编辑委员会. 小说的艺术. 北京：社会科学文献出版社，1995：66.
⑥ ［法］自让·伊夫·塔迪埃. 普鲁斯特和小说——论《追忆逝水年华》中的小说形式与技巧［M］. 桂裕芳，王森，译. 上海：上海译文出版社，1992：345.

作意图。

现实总是平凡、琐碎，甚至残缺不全的。这种平凡的生活在一定环境下总是按惯性运转着，让人习以为常，不惊不喜，见怪不怪。即使有动人的人和事，也往往被一些表面现象和细枝末节所掩盖，显得比较粗糙和晦暗，再加上作者的教育、经历、精力及所处环境等各种主客观条件的限制，不可能事事经过，了然于胸，更不可能驾驭万物，随心所欲。但是人又总想洞彻一切、主宰一切，科技的发展也不能达到立竿见影的功效。因此需要借助虚构，小说的虚构可以笔补造化。小说从一开始萌芽就具备了这个功能，虚构的神话传说给予人类无限的遐想和精神能源。

而从小说创作这一角度来说，作家们正是借助虚构，才得以放开手脚去发掘素材、优化情节、演绎故事。果戈理写作《外套》就对情节进行了虚构处理。写之前，果戈理听到过一个故事。一个贫穷的小官吏喜欢打猎，但无钱买猎枪，于是他省吃俭用积攒起二百卢布买了一支好猎枪。但是在他兴高采烈第一次打猎时就不小心把枪掉落水里去了，回家后忧伤成疾，几乎病死。朋友们凑钱给他重买了一支猎枪，他才得以起死回生。果戈理受其启发，将这个纯粹生活中偶然性的事件进行虚构改造，变成了一个具有广泛社会意义的故事。小官吏阿卡基耶维奇因为太穷，总穿着一件破烂得连裁缝都拒绝修补的旧外套，因此他生存唯一的乐趣就是渴望攒一点钱做一件新外套，等买了外套以后他穿上的第一天，强盗就把他的新外套抢走了。陷入极度悲伤的他去向上司将军申诉，反被嘲笑训斥。小官吏最后含恨死去。小说的情节较之于原来的故事至少在四个大的方面进行了虚构改造：一是猎枪改成了外套；二是外套不是掉落水里，而是被强盗抢走了；三是上司将军训斥小官吏；四是小官吏的结局不是活着，而是死掉。这样一改有什么意义呢？外套代替了猎枪，外套是属于衣食住行这一生存基本需要的范畴，连一件外套也很难买起，这仅仅是小官吏本人的责任吗？外套不是像猎枪一样不慎落水丢失的，而是被强盗抢走的，强盗为什么如此猖獗？小官吏失去了视若生命的外套，不但不被同情理解，反而被将军嘲笑呵斥，这样冷酷的人怎么能做将军呢？小官吏无法解脱，忧伤而死，责任在谁呢？小说借助这些虚构的情节，形象地表现了"小人物"在沙皇专制制度下的悲惨命运，揭露了沙皇专制制度的冷酷残暴，控诉了沙皇专制制度下的黑暗现实，从而激起人们对小人物命运的同情和对沙皇专制制度的愤恨。这样，作者的创作意图就得以实现了。

其二，对接受者来说，虚构可以超越现实局限，再造可然世界。

现实总是难尽如人意，"人生不如意事十八九"的警世格言正道出了人生的万方多难与无可奈何。但是每个人都有憧憬美好生活的权利,都有化解痛苦、超越现实、活得更好的愿望,而这一切在现实中常常难以满足。于是,人们要寻找各种各样的途径。宗教以其虚幻的来世幸福征服了亿万信徒,文学更能以其立足现实的笔墨为我们再造一个可以自由徜徉的"可然世界"①,这就必须借助虚构。虚构的文学世界可以抚慰烦躁的心灵,可以滋润寂寞的灵魂,可以启迪顽冥的心智。自小说产生以来,多少人为之欢欣鼓舞,多少人为之动情恸哭,又有多少人的灵魂为之震撼!鲁迅在分析不同读者阅读《红楼梦》而产生不同的接受效果的时候,说道:"《红楼梦》是中国许多人所知道,至少,是知道这名目的书。谁是作者和续者姑且勿论,单是命意,就因读者的眼光而有种种:经学家看见《易》,道学家看见淫,才子看见缠绵,革命家看见排满,流言家看见宫闱秘事。"② 鲁迅的这段论述和接受美学上所讲的"一千个读者就有一千个哈姆莱特"的观点是一致的,说明了审美接受的个体差异性,文本的意蕴就像一个发散体一样,具有多种解读的可能性。但是请注意,这种可能性是建立在文本本身和接受者双方所具有的虚构性这一基础之上的。

其三,培养想象力,增强创造力。

达尔文认为,想象力是人类所拥有的最高特权之一。想象是指人们在已有的感性经验和材料的基础上,经过联想、分析、综合、推理和改造,再重新在内心中创造出新表象的一种心理活动。想象具有两个特点:形象性和虚构性。从艺术想象的角度来说,正是有了虚构性,艺术创作才可以不受时空限制,超越个体经验的狭窄范围,"观古今于须臾,抚四海于一瞬"。作为以虚构为本质特征的小说,作者在创作时,无论是立意选材,还是提炼情节、塑造形象,都要借助虚构才能完成。读者阅读小说,也必须借助虚构,才能调动自己的人生经验、知识积累,积极参与第二次创作,从而更好地理解作品的意蕴,取得满意的阅读效果。而不管是对于创作者,还是接受者,虚构的训练又促进了想象力的发展,这是一种良性的互动。

想象力对于创造力来说又特别重要,马克思认为想象力是十分强烈地促进人类发展的伟大天赋。一个人想象能力的强弱和他的创造能力的大小是成正比的。爱因斯坦甚至认为想象力比知识更重要,因为知识是有限的,而想

---

① [美]戴卫·赫尔曼. 新叙事学[M]. 马海良,译. 北京:北京大学出版社,2002:183.
② 鲁迅. 集外集拾遗补编·《绛洞花主》小引[M]//鲁迅全集·第八卷. 北京:人民文学出版社,1981:145.

象力概括着世界上的一切，推动着进步，并且是知识进化的源泉。从这一层面去综合认识，那么小说的虚构性既是人类想象力的展现，也促进了人类想象力的发展。保持和提高人类的想象力，就是为了维护和提升人类的创造力。在这一点上，小说功不可没。

尽管这样，有些学者和作家对虚构却有不同的看法。

美国小说家兼评论家亨利·詹姆斯对虚构不满。他说："在小说提供给我们的东西中，我们越是看到那'未经'重新安排的生活，我们就越感到自己在接触真理；我们越是看到'已经'重新安排的生活，我们就越感到自己正被一种代用品、一种妥协的契约所敷衍。"①

法国的左拉以自然主义理论来指导创作，主张以科学控制文学，使文学回到自然；要求以科学的态度记录事实，对现实不加变化和增减，没有想象和夸张，实行"照相式"的反映生活，用科学实验的方法进行写作。② 这些观点离小说的虚构特质就更远了。

当然，亨利·詹姆斯和左拉等人的观点并不代表小说的主流理论，但是，却有助于我们加深对小说虚构性的认识。

虚构的途径主要是想象、联想和必要的夸张。《三国演义》是一部历史小说，章学诚说它是"七分实事，三分虚构"。书中凡是精彩丰富的故事、生龙活虎的人物，都离不开虚构。如诸葛亮在赤壁之战、三气周瑜、七擒孟获等事件中料事如神的智慧，关羽在温酒斩华雄、单刀赴会中威风凛凛的英雄气概，以及张飞喝退百万曹兵，赵云单骑救主等情节，主要是通过想象夸张在已有事迹传说的基础上加工提炼而成的。《西游记》所描写的幻想世界和神话人物，基本上是借助想象和夸张来完成的。茅盾写《春蚕》源于他看到的一则消息：浙东今年蚕茧丰收，蚕农却相继破产。由此他联想到其他地方农民的相似遭遇，于是虚构出老通宝一家养蚕丰收成灾的故事，反映了帝国主义的经济侵略对民族工业毁灭性的打击这一主题。

而对于虚构的方式，西方式的形象表述是这样的："一个孩子从尼安德特峡谷里跑出来大叫'狼来了'，而背后果然跟着一只大灰狼——这不成其为文学；孩子大叫'狼来了'，而背后并没有狼——这才是文学。那个可怜的小家伙因为撒谎次数太多，最后真的被狼吃掉了纯属偶然，而重要的是下面这一点：在丛生的野草中的狼和夸张的故事中的狼之间有一个五光十色的过滤片，

---

① ［美］布斯. 小说修辞学［M］. 华明，等译. 北京：北京大学出版社，1987：25.
② 马新国. 西方文论史［M］. 北京：高等教育出版社，2002：268-271.

一副棱镜，这就是文学的艺术手段。……我们也可以这样说：艺术的魔力在于孩子有意捏造出来的那只狼身上，也就是他对狼的幻觉；于是他的恶作剧就构成了一篇成功的故事。他终于被狼吃了，从此，坐在篝火旁边讲这个故事，就带上了一层警世危言的色彩。但那个孩子是小魔法师，是发明家。"①

现代小说对虚构的解读又有了新的变化。与古典小说家强调"现实"相反，现代小说家强调的是"虚构"，因为他们认为"小说"与"虚构"是同义词。具体来说，现代小说理论认为实存的表面真实实际上是很稀松的，实存的表面真实与实存的底部真实可能是不一致的，我们已有的许多思维成规将我们堵在了真实的大门之外。尤其是现代哲学关于存在即虚构的理论对小说家影响很大。"现实的东西比想象的东西更古怪，因为想象的东西来自我们，而现实的东西却来自无限的想象，来自上帝。……在现实的世界上，我们不知所向，我们会觉得它是一座迷宫，是一团混乱。"② 所以为了维护小说之灵——虚构，现代小说的情节出现了颠覆性的状况：反逻辑，反说教，反解释，反清晰；偏爱写梦，梦既成了他们的创作动机，又成为他们的创作形式与内容；甚至于为了营造虚构感，对小说本身也加以怀疑，"世上有小说这样一件东西吗？""小说是什么？""难道小说本身也就是小说吗？"③ 将小说的虚构性推向了极端。

让我们收回思路，回头想一想，小说的虚构性是存在的一个方面，那么小说存在的另一个方面必然是真实性。

真实性是指小说世界所反映的人生、社会和自然的本质规律所达到的真实与深刻的程度。它强调的是作品所反映的生活与我们所理解认同的生活本质上的一致性。

文学历来强调，"千古文章，传真不传伪"④。文学的根本目的是为了弘扬真善美，贬抑假恶丑。一旦失去了真、善和美就失去了存在的底线。在艺术情节的诸多条件中，真实性是第一位，是作品价值存在的基础。中外作家、理论家对真实性的论述比对虚构性的论述更全面、更彻底。

---

① [美] 弗·纳博科夫, 范伟丽. 优秀读者与优秀作家 [J]. 世界文学, 1987 (5): 85-91.
② [阿根廷] 豪·路·博尔赫斯. 我这样写我的短篇小说 [M] //中国社会科学院外国文学研究所《世界文论》编辑委员会. 小说的艺术. 北京: 社会科学文献出版社, 1995: 232.
③ 曹文轩. 小说门 [M]. 北京: 作家出版社, 2003: 105-115.
④ 袁枚. 答蕺园论诗书 [M] //郭绍虞. 中国历代文论选·第3册. 上海: 上海古籍出版社, 2001: 474.

刘勰指出，文学创作要"酌奇而不失其真，玩华而不堕其实"①。

鲁迅说："因为真实，所以也有力。"②

周扬指出："真实是艺术的生命。离开了真实，也就谈不上作品的思想性和艺术性。"③

巴尔扎克说："当我们在看书时，每碰到一个不正确的细节，真实感就向我们叫着'这是不能相信的！'如果这种感觉叫的次数太多，并且向大家叫，那么这本书现在与将来都不会有任何价值了。获得全世界闻名的不朽的成功的秘密在于真实。"④

杜勃罗留波夫则认为："承认文学主要意义是解释生活现象之后，我们还要求文学具有一个因素，缺了这种因素，文学就没有什么价值，这就是真实。"⑤

高尔基指出："文学是以其真实而才伟大的一种事业，所以关于文学必须得讲真实。"⑥

从以上观点中，我们发现一个有趣的规律，强调真实的都是传统主义者。那么，传统过时了吗？没有。为了更好地理解这一点，我们有必要放眼历史。当然，在小说发展史上，人们对于小说真实性的认识有一个曲折的发展过程。

汉朝时，班固的《汉书·艺文志》所列的十五家小说书目中，其中就有史官记事的偏于史实的记录。魏晋六朝时的文学家郭璞以崇实疾虚的史家小说观来评价《山海经》，把神话传说当作事实的记录，认为《山海经》所写的信而有征。以编撰志怪小说集《搜神记》而闻名的干宝也持同样的观点，立足于"实"与"信"，他相信那些鬼怪神异是实有其事，因而将其记录下来。直到唐初，刘知己仍以史学家的观点来要求小说，认为《语林》《世说新语》《幽明录》《搜神记》这类作品"违理"和"损实"。到了明代，在对待历史演义小说真实性的问题上，有的仍然信守史传的"实录"原则，有的提出了"虚实相半"的观点，有的则要求采取"实者虚之，虚者实之"的方法。在对待现实日常生活的真实性问题上，凌濛初、笑花主人等人提出了"真奇出于庸常""幻而能真"的命题。清代以后，虽然有像纪昀这样的人仍

---

① 刘勰. 文心雕龙·辨骚 [M] //周振甫, 注. 文心雕龙注释. 北京：人民文学出版社, 1981：37.
② 鲁迅论文学与艺术（下册）[M]. 北京：人民文学出版社, 1980：805.
③ 周扬. 继往开来, 繁荣社会主义新时期的文艺 [J]. 文艺报, 1979 (11/12)：16-17.
④ 外国文学参考资料（19世纪部分）[M]. 北京：高等教育出版社, 1958：557.
⑤ 杜勃罗留波夫选集·第二卷 [M]. 上海：上海文艺出版社, 1959：362.
⑥ 高尔基. 文学书籍（上）[M]. 北京：人民文学出版社, 1962：243.

顽强地坚持史家的实录小说观,片面地理解小说真实性问题,但无论是理论上,还是创作实践上,大部分人已能正确地看待并处理小说创作中真实性与虚构性的关系。脂砚斋在评点《红楼梦》时,充分肯定了其写实的创作原则,并总结出了作者以生活经历为素材,按照生活情理进行创作,注重细节描写的真实,服务于典型环境、典型人物的描写塑造,实现了高度的艺术真实。①

在西方,情况与中国不同。只有在早期,神话传说有相当一部分散杂在古代历史、哲学典籍中,韵文的传奇也是纪实性的。到了后来,除了左拉的自然主义理论以外,西方的小说创作及理论界没有中国古代的那种史家的实录小说观,一直强调的是虚构。

时至今日,人们对小说情节真实性的内涵认识得更加全面深刻,而且真实性的表现形式也更加丰富多彩。

小说情节的真实性包括事理真实和本质真实两个方面。事理真实是一种合情合理的真实,具有现实的同一性。即使是超验形态的作品,也是现实的一种折射。人生在世,衣食住行,生老病死,七情六欲,人伦物理,各有其真实的形态;万物变化,天地运行,社会发展,各有其存在的规律。情节的真实性也就是对这些主客观世界的反映。事理真实侧重的是情节更合乎人的自然性和社会性,以及个人的性格特点和他所处的具体环境。② 本质真实是指情节既要联系着一定的感性内容,又要反映出一定历史环境的社会关系。因为正如列宁所说的:"规律就是关系""本质的关系或本质之间的关系"③。我们试以一篇古代的微篇小说来进行剖析。

韩凭夫妇

宋康王舍人韩凭,娶妻何氏,美,康王夺之。凭怨,王囚之,论为城旦。妻密遗凭书,缪其辞曰:"其雨淫淫,河大水深,日出当心。"既而王得其书,以示左右,左右莫解其意。臣苏贺对曰:"其雨淫淫,言愁且思也;河大水深,不得往来也;日出当心,心有死志也。"俄而凭遂自杀。

其妻乃阴腐其衣,王与之登台,妻遂自投台下。左右揽之,衣不中手而死。遗书于带曰:"王利其生,妾利其死,愿以尸骨赐凭而合葬。"

王怒,弗听,使里人埋之,冢相望也。王曰:"尔夫妇相爱不已,若能使

---

① 王汝梅,张羽. 中国小说理论史 [M]. 杭州:浙江古籍出版社,2001:1-162.
② 马振方. 小说艺术论 [M]. 北京:北京大学出版社,1999:112-113.
③ 列宁全集·38卷 [M]. 北京:人民出版社,1959:161.

冢合，则吾弗阻也。"

宿昔之间，便有大梓木生于二冢之端，旬日而大盈抱。屈体相就，根交于下，枝错于上。又有鸳鸯，雌雄各一，恒栖树上，晨夕不去，交颈悲鸣，音声感人。宋人哀之，遂号其木曰"相思树"。

今睢阳有韩凭城。其歌谣至今犹存。（干宝《搜神记》）

《韩凭夫妇》的情节可分为写实和幻想两大部分，前部分写实，叙宋康王强夺韩凭之妻何氏及韩凭夫妇殉情的经过；后部分为幻想的情节，写韩凭夫妇虽然死后不能合葬，但二家之间很快长出了相思树，夫妇的精魂化成了一对鸳鸯在树中栖息悲鸣。整个情节符合艺术真实性的要求。宋康王乃战国末年宋国的暴君，色胆包天，夺人之妻，而作为舍人的韩凭无权无势，只能任由暴君夺妻，这样的事发生在当时的社会环境里，很正常，也很真实，此其一。爱妻被夺，韩凭怨恨，不但得不到同情，反被囚禁起来，处以城旦之罚，白天守卫，夜晚筑城，赔了夫人又受罪，天下哪有这样的公理？但现实就是如此。只许州官放火，不许百姓点灯，自古而然，此其二。夫妻情深，但无缘相见，只能以书传情，诉说衷肠，相约以死明志。作为弱者，韩凭夫妻无法选择更好的反抗方式，只能以死抗争来捍卫真挚的爱情。古今中外，这样的事例并不罕见，此其三。面对死者要求合葬的遗愿，暴君拒不答应，毫无恻隐之心，而使其分而葬之。韩凭夫妇生不能相聚，死也要相聚的爱情真挚得让人感动，暴君的毫无人心甚至可能还有忌妒之心，也不使人觉得有不真之处，此其四。以上情节符合生活逻辑，也符合情理逻辑，而且在现实中完全有可能发生。接下来的情节在现实中是不可能发生的，宿昔之间就在坟上长出了大梓木，过十天就有双手合抱那么粗，显然是违反植物生长规律的。鸳鸯鸟多生活在水边，整天栖息在树上也不大可能。但是艺术是不计较这些的，否则只会显得浅薄荒唐。这是一种幻想浪漫的境界，作者借助夸张的手法，超越现实的层面，形象而醒目地凸显出坚贞执着的爱情不仅能做到富贵不能淫、威武不能屈，而且能做到穿越生死、不可战胜，那郁郁葱葱的相思树和朝夕鸣叫的鸳鸯鸟就是爱的见证和升华。作品所体现的这种至情至性的爱情理念，正是黑暗的专制制度下人们对爱情的渴望与追求，反映了人性本质的真实。

文学正是因其真实而感人，小说虽然离不开虚构，但虚构只是一种手段、一种方式，虚构的终极目标还是为了赢得读者的信任，给人以真实的精神营养，而不是欺骗撒谎误导读者。那么怎样营造虽假犹真的情节，给人以真实的审美感受呢？中外小说的创作实践表明，主要有两种方式：拟实写真和表意写真。

拟实写真是立足于现实的基础上,按照生活的本来面貌,遵循已有的现实逻辑,通过对体现生活本质意义的生活现象的描绘来塑造艺术形象,再现生活的真实。拟实写真常常是在已有事实或司空见惯的现实的基础上进行加工。尹全生的《延安旧事》根据的是历史事实:1937年10月10日,毛泽东亲笔批示,将曾经身经百战、战功卓著的爱将,时任延安抗日军政大学第六队队长的黄克功交由法庭依法判处死刑,因为他失恋开枪打死了陕北公学女生刘茜。作者就事发挥,从毛泽东握笔批示的沉重犹豫,到公诉人与辩护人的针锋相对,黄克功提出战死疆场的请求,法庭的依法判决,黄克功的高呼领袖万岁,老百姓的感动,再到毛泽东的伤心流泪,写得回肠荡气,而又真实感人。事真、理真、法真、情亦真。

更多的拟实写真类的小说是没有具体的事例做蓝本的,依据的是泛化的事实,作者将其浓缩集中起来,塑造成现实中的典型形象。王蒙的《常胜的歌手》通过四段出尔反尔的个性化语言,刻画了一个以自我为中心而又见风使舵的两面派歌手形象。这位歌手演唱没人鼓掌时,她认为掌声没什么价值,观众的欣赏水平要提高;有人鼓掌时,她认为群众的眼睛是雪亮的,要多创作受群众欢迎的歌曲。总之,她永远是正确的,因而是"常胜"的歌手。这种人在现实中有吗?多的是,尤其是在政治风口浪尖的关键时刻,有些人为了自身的名利甚至可以不择手段,哪还有什么操守和原则。所以,常胜歌手的形象很有现实代表性,作者的讽刺意旨也很容易引起共鸣。

表意写真是通过一种超验的形态来折射现实。作者往往采用夸张、变形甚至荒诞的手法,突破生活的常态,违逆现实的逻辑,描绘出超现实的艺术形象或虚幻的意象世界,以反映被现实表象掩盖或被人们的惯性思维忽略的另一种视角下的真实。

《聊斋志异》常常借鬼狐写人生。卷二《狐嫁女》为了突出殷天官有胆略,设置了三步情节。第一步,预设了一个环境并描写了殷天官的初步表现:"邑有故家之第,广数十亩,楼宇连亘。常见怪异,以故废无居人。久之蓬蒿渐满,白昼亦无敢入者。会公与诸生饮,或戏云:'有能寄此一宿者,其醵为筵。'公跃起曰:'是亦何难!'携一席往。众送诸门,戏曰:'吾等暂候之,如有所见,当急号。'公笑云:'有鬼狐当捉证耳。'"面对有怪异出没别人不敢去的地方,殷天官一跃而起。第二步,写殷天官夜入废宅,看见了狐狸嫁女的场面,不但没有惊惧,反而坦然融入其中,"公若为傧,执半主礼",并且在喝酒时暗中将一只酒具金爵藏入袖中带走。其轻松有趣的举止哪还有半点恐惧呢？第三步，写后来殷天官将被狐狸摄走的金爵归还给原来的主人朱世家。卷四《捉鬼射狐》中的李著明，夜宿异地，碰到鬼出来转茗碗、拔香米，他"裸裼下榻"，以鞋击打，鬼仓皇而逃。有一次发现居处有狐鬼着人装而坐，便取弓欲射，狐狸逃走，再也不敢来骚扰。作者虚构的这些人与狐狸打交道的情节无疑在现实中是不存在的，但是正如作者在《捉鬼射狐》末尾借异史氏曰所表明的："予生也晚，未得奉公仗履。然闻之父老，大约慷慨刚毅丈夫也。观此二事，大概可睹。浩然中存，鬼狐何为之哉！"作者所要借以表达的是一种无所畏惧、一往无前的生命豪情，颂扬的是一种藐视鬼神、藐视鄙琐、藐视困难的英雄胆识和积极奋发的人生态度，这正是其魅力永存的真实所在。

现代派小说展示的常常既非异人，也非异地，故事虽然发生在人间，但是人物的言行却显得荒谬滑稽，莫名其妙。而正是这种荒谬的背后隐藏着作者对社会人生的独特思考和真知灼见。卡夫卡的《法官》写"我"先是以证人的身份进入法庭，后来稀里糊涂地成为法官，要"我"在一份判决书上签字，"这是对一个作伪证的人的缺席判决，判决的结果是：罚款和取消为原告或被告做证人的资格。"而更加好笑的是："这人的名字我隐隐约约地觉得眼熟，不会是我的名字吧？不过，现在我是法官，所以就在判决书上签下了我的名字。"法官就是这样产生的，干的就是这样的事。荒唐的情节折射了荒唐的现实：法律是虚伪的，法官是昏庸的，世界就这么荒唐！

总之，小说离不开真实，正如小说离不开虚构一样。如果说按照现代小说的观点，小说的特质是虚构性，那么人们也普遍认同艺术的本质是真实性，真实是艺术的生命，而小说是文学的一种，文学又包含在艺术之内，属语言艺术。小说跳来跳去，无论采取何种表达方式或叙述策略，也跳不出如来佛的掌心，离不开艺术的规律。关键在于如何表现并达到怎样的艺术高度。

四、情节的浓与淡

小说是一种时间的艺术，时间永远处在运动中，运动不是抽象的，必然伴随着具体的人和事，有了人和事就必然会有事件、有故事，这些都是生活。作为反映生活的小说，是离不开故事情节的。但是情节在小说中的分量及其强弱浓淡却有很大区别。

综观小说史，中外小说大致经历了从故事体小说到性格体小说，再到现代心理小说的三大发展阶段。以情节而论，不同阶段各有其特点。前两个阶段,一般称为传统小说阶段。传统小说很注重情节,主要体现在三个方面。

其一,完整性。情节的安排遵循时间的线性流程,情节的发展通常采用"开端—发展—高潮—结局"的结构模式。如果叙述同一时间下不同地点发生的事,往往采用"花开两朵、各表一枝"的方式来进行表述;如果根据主题的需要,情节的发展环节要进行调整,比如结局提前之类的安排,那么各个环节之间必须做好衔接照应。采用传统写法的长、中、短篇小说自不必说,即使微篇小说也有这个特点。干宝《搜神记》中《三王墓》的情节设置就是典型的传统模式。

三王墓

楚干将莫邪为楚王作剑,三年乃成。王怒,欲杀之。剑有雌雄。其妻重身当产。夫语妻曰:"吾为王作剑,三年乃成。王怒,往必杀我。汝若生子是男,大,告之曰:'出户望南山,松生石上,剑在其背。'"于是,即将雌剑往见楚王。王大怒,使相之:剑有二,一雄一雌,雌来雄不来。王怒,即杀之。

莫邪子名赤比,后壮,乃问其母曰:"吾父所在?"母曰:"汝父为楚王作剑,三年乃成,王怒,杀之。去时嘱我语汝:'出户望南山,松生石上,剑在其背。'"子出户南望,不见有山,但睹堂前松柱下,石低之上。即以斧破其背,得剑。日夜思欲报楚王。

王梦见一儿眉间广尺,言欲报仇。王即购之千金。儿闻之亡去,入山行歌。客有逢者谓:"子年少,何哭之甚悲耶?"曰:"吾干将莫邪子也,楚王杀吾父,吾欲报之!"客曰:"闻王购子头千金,将子头与剑来,为子报之。"儿曰:"幸甚!"即自刎,两手捧头及剑奉之,立僵。客曰:"不负子也。"于是尸乃仆。

客持头往见楚王。王大喜。客曰:"此乃勇士头也,当于汤镬煮之。"王如其言煮头,三日三夕不烂。头踔出汤中,瞋目大怒。客曰:"此儿头不烂,愿王自往临视之,是必烂也。"王即临之。客以剑拟王,王头随堕汤中。客亦自拟己头,头复坠汤中。三首俱烂,不可识别,乃分其汤肉葬之,故通名三王墓。今在汝南北宜春县界。

本篇叙写铸剑匠干将莫邪因铸剑误期被楚王杀害,其子赤比在侠客的帮助下为父复仇的故事。开端写楚王怒杀干将莫邪的原因及干将莫邪嘱咐妻子教子报仇,为情节的发展做了充分的铺垫。接着写赤比长大后,其母告知他父亲被害的真相,便日思夜想欲杀楚王报仇。为了让故事顺理成章地往前发展,作者接下来设置了两个巧合的情节,一是楚王从梦中得知赤比要报仇的信息,便悬赏捉拿;二是赤比逃往山中,巧遇慨然相助的侠客,为让侠客有接近楚王的机会,赤比采取了一个惊世骇俗的办法,自刎其头并奉上宝剑,让侠客拿去做面见楚王之礼。这样,情节自然就推向了高潮。侠客得见楚王以后,设法赢得了楚王的信任,让其靠近煮头的大锅,将其头砍下堕入锅中,再自杀。结果当然是"三首俱烂,不可识别"。为了让故事情节更加完整,更加让人信以为真,特意在文末加了一个尾声式的补充交代:"乃分其汤肉葬之,故通名'三王墓'。今在汝南北宜春县界。"

这种强调完整性的情节模式正好满足了人的知情欲——喜欢知根知底,了解事情的来龙去脉,因而一直很受读者的欢迎。当今微篇小说创作中,孙方友的作品大部分具有这个特点,故事情节精巧而完整。《雅盗》写文武双全的落魄文人赵仲的行窃勾当,先概述其落道不落价的雅盗习惯,再具体写其盗窃一幅名画的经过。前后写来,舒徐有致,自然而完整,很能代表其小说情节的组合风格。

当然,情节的完整性主要体现在传统的长、中、短篇小说中,微篇小说虽然也有这一特点,但并不刻意追求,也不占主流地位,其情节特征在后文再详细讨论。

其二,曲折性。情节的发展讲究跌宕起伏,一波未平一波又起。情节的选择着眼于生活中的矛盾冲突,让人物事件在动态中激荡变化,"极摹人情世态之歧,备写悲欢离合之致"[①]。《水浒传》写各路好汉的逼上梁山,《三国演义》写英雄豪杰的传奇故事,《西游记》写西天取经路上的八十一难,《红楼梦》叙"家庭琐事、闺阁闲情"(第一回)中的恩恩怨怨,都十分的曲折传神。而武侠侦探类小说,其情节的曲折离奇、生动刺激,自不必说。传统的微篇小说也极尽"尺水兴波"之能事。《聊斋志异》中的《褚遂良》写狐仙与赵某的故事,曲折而动人。赵某孤身一人,贫病交加,奄奄将死,忽见一美女来到床边,一折也;美女竟然说要给赵某做妻子,令赵某惊讶不已,二折也;美女进一步说要给赵某治病,并且治病不用药,果然手到病除,三折也;美女自称乃狐仙所变,为报赵某前世之恩而来,四折也;赵某家贫如洗,自惭形秽,不愿受此美妻,五折也;美妻一施法,家中一切都发生了变化,应有尽有,六折也;四周乡邻慕名前来拜访,夫妻俩设宴盛情款待,一举人

---

① 笑花主人.《今古奇观》序[M]//黄霖,韩同文,选注.中国历代小说论著选(上).南昌:江西人民出版社,2000:270.

竟萌生淫念，欲图不轨，被美妻惩罚，七折也；登门拜访的人太多，美妻心生厌烦，八折也；端午节夫妻俩宴请宾客正欢的时候，忽有白兔跑来要美妻回去，美妻只好带着赵某和一幼仆登梯上天，九折也；众人回到房中，依然是灰壁破灶，一无所有，去的人后来杳无音讯，十折也。真的是九波十折，波波起浪，折折引人。

这种曲折的情节更有利于反映生活的变数，使作品更富有动态美，更加生动而有吸引力，从而满足读者的好奇心，因而具有长盛不衰的艺术生命力，并为许多小说家所孜孜以求。当代微篇小说作家申平说："我写小小说喜欢讲故事，而且愿意把故事讲得有点传奇色彩。""小小说的情节（故事）往往是作品成败的重要因素。……喜欢读故事是中国人的传统习惯。他们读小说首先注意的不是人物或主题，而是故事，若无情节他们很快就感厌倦。""读者在读小小说时，绝不会因为其篇幅短小而降低对故事性的要求，相反这种要求更高了。这就要看小小说作家的功夫了：能不能以极短的文字向读者描述一个精彩而又复杂的故事。"[①] 申平的《猎神》写省射击队的几个小子请老猎人做向导去远山打猎的故事。对几个青年小子和老猎人各采用不同的写法。写几个青年小子采用欲抑先扬法。先写他们遇到十几只沙鸡，便用随身带来的打飞碟用的双筒连发枪连瞄也不瞄，手不停射，将空中的沙鸡全部打下，直看得老猎人目瞪口呆，惭愧不已；而后看到黑熊时，吓得大叫"妈呀！"转身就跑。写老猎人采用欲扬先抑法，先写他只有老洋枪和生锈的猎刀，看到青年小子神奇的枪法时只有怯生生的叹气的份；但当碰到真正的猛兽黑熊时，只有他敢于首先挺身而出，刀枪并用，带领年轻人将黑熊逼退。最后，几个小子含泪拜老猎人为师。整个故事通过对比叙写，抑扬结合，写得惊心动魄，而又有惊无险，深得曲折之妙。

其三，紧凑性。情节的设置不仅要求波澜起伏，而且讲究一环扣一环，环环相扣。传统小说叙述故事，一般有显示情节发展的线索，线索的安排必须要依照一定的时空秩序；同时，情节的发展特别强调因果关系的表现，因而显得系统而完整、严谨而有序。情节的紧凑性主要体现在前后情节之间的逻辑必然、互相关联和叙事节奏的疏密得体、恰如其分上。传统小说的成功之作都具有这一特点。《聊斋志异》中的《狼》写一屠夫遇狼杀狼的故事，情节安排得无懈可击。屠夫晚归，担子里挑着肉骨头，肯定一路肉香，飘得

---

① 申平. 小小说的故事性及其他［M］//首届中国小小说金麻雀奖获奖作品集（上）. 桂林：漓江出版社，2004：258.

很远，而狼的嗅觉很灵敏，两只狼闻风而来，跟了很远，而不敢贸然下手，很合乎事理。屠夫害怕，是人之常情，只好一边走一边扔肉骨头，以延缓狼的追赶速度，是情急之下的权宜之计。骨头扔完了，二狼照旧跟踪，是事理的必然。屠夫四处张望，发现一个打麦场上有麦垛，便背倚麦垛，握刀与狼相持，说明屠夫的胆气已逐渐壮起来并能有理智地采取对抗措施了，切合屠夫的职业性情，并为下文情节高潮的到来做好了铺垫。狼不敢靠前，一只狼走开了，另一只狼坐在前面显出很闲散的样子。这一细节很精彩，既符合狼性狡猾的一面，又为下文情节埋下了伏笔，同时从叙事节奏来说，它是矛盾爆发之前的宁静表象，使叙事效果显得忙里偷闲，张弛有度。接下来写屠夫果断出击，刀劈一狼，又将另一只在麦垛后面掏洞准备偷袭的狼干掉。这是屠夫性格的集中体现，也是情节发展的必然结果，同时也揭示了事理逻辑的必然规律，说明人的勇敢智慧定能战胜野兽，再狡猾的狼也斗不过机智果敢的屠夫。整个故事情节的安排不枝不蔓，一气呵成。

这种紧凑的情节很适合读者对叙事密度的要求，读来让人觉得味足过瘾。外国的传统小说也很注重这一点。日本星新一的《盯梢》写的故事并不复杂，但从一开始就步步为营，不断地设置悬念，把读者的好奇心吊起来了。私人侦探埃诺独自经营一家事务所，一天来了一个顾主。这个顾主戴着墨镜，"猛然推门闯了进来"。开头就创造了一种神秘而紧张的气氛。顾主不愿透露自己的身份，只是要求埃诺给他监视一个人，而且要监视这个人一周内的一举一动，同时拿出远远超过一周应得报酬的钱预付给埃诺。这就更加令读者好奇，急于想知道被盯梢的到底是一个什么人，等到顾主拿出一张少女的照片给埃诺以后，不但没有释却读者心中的悬念，反而更加奇怪为何这样一个平平常常的少女值得重金聘人监视。接下来自然是写这个少女在后来一周内的所作所为以及埃诺是如何监视她的。读者也期待会有什么令人刺激的事情发生。然而情节的发展很令人意外，这个少女只是去登山游玩，白天在外面写生，晚上住在客栈里，从不和别人接触，没有任何越轨行为。这一切连作为侦探的埃诺也不明白监视有什么意义，他从少女口中得知是一个戴墨镜的好人资助她来旅游度假的。疑虑还是没有解开，侦探也是满腹狐疑，读者更加百思难解：戴墨镜的人为何要两边花钱玩弄这样一个把戏呢？最后当埃诺回到已离开一周的事务所，发现屋里被搞得乱七八糟，保险柜也被撬开了以后，一切都明白了。情节出乎意料，而又合乎情理，环环相扣。

马来西亚作家野蔓子的《六次敲门》，选材既不惊险，也不刺激，写平平常常的敲门找人，每一次敲门所发生的细节之间也没有什么关系，但是作者将其放在小贩群集的居住处这一特定的环境下来写,"6次敲门,6个反应,一个比一个恐怖"构成了一组连续发生的情节画面。去敲门的人希望能找对人,敲了一家又一家,是情理之中的事;门内的人未搞清敲门者的真相就乱答一气,令人哭笑不得,也不难理解。这一组误会中所发生的敲门情节又和下文敲门人听到脚步声就多疑防范的心理,构成了必然的联系,共同体现了作品的写作意图:对现代人,尤其是现代成年人的缺乏信任、猜疑多虑以及由此造成的自我封闭和人人自危进行不动声色的嘲弄和深刻的反思。平常的情节,通过匠心的组合,显得集中而凝练,有机又生动。

强化情节的小说,以其生动曲折、完整紧凑的故事,反映生活的矛盾冲突,塑造鲜明生动的典型形象,造成波澜跌宕、引人入胜的艺术效果,让读者在激情起伏的阅读过程中获得快感和满足,因而千百年来一直深受读者的喜爱。

但是,传统小说的情节太强调因果关系,没有必然因果关系的便通过"巧合"来解决,所谓"无巧不成书"说的就是这种情况。比如上文列举过的《三王墓》中的赤比要为父报仇去杀楚王,赤比没有告知楚王,楚王也没有派密探搜集情报,那楚王怎么得知这一消息呢?作者便设置了一个巧合,让楚王做了一个梦,在梦中又恰巧梦见了赤比要来谋杀他报仇,于是楚王根据梦中所得悬赏捉拿赤比。而更巧的是在后面,赤比被悬赏之后,无路可走,只好逃往山中,这样一个一无权二无势三无其他实力的莽小子怎么可以和权倾一国的楚王抗衡并实施报仇计划呢?作者便让他巧遇了一个慷慨好义的侠客来替他报仇。如果没有这些巧合,情节是发展不下去的。即使发展下去也会很勉强,甚至漏洞百出,不可能这么方便流畅。欧·亨利的《二十年以后》是一篇名作,其情节构思的根基也是建立在巧合上的。警察吉米·维尔斯是一个忠诚于友谊的可以信赖的朋友,他和朋友鲍勃20年前相约:20年后的同一日期、同一时间到同一地点再次相会。当两人都如约而至的时候,吉米·维尔斯首先认出了鲍勃竟是芝加哥警方通缉的在逃犯。怎么办?是做一名好警察还是做一个好朋友?鲍勃选择了一个既未玩忽职守又不必忍心亲自逮捕老朋友而出现难堪的见面情景的办法,让另一个便衣警察来执行这一任务。这个故事是一连串的巧合。吉米·维尔斯长大后不从事其他职业,恰巧做警察;鲍勃长大后本来混得不错,恰巧成为在逃犯;二人20年后相会时,恰巧是吉米·维尔斯先认出了鲍勃,而鲍勃又恰巧未认出吉米·维尔斯来;吉米·维尔斯要另一个比他个子高许多的便衣警察冒充他来诱捕鲍勃时,鲍勃恰好又没有认出来而乖乖地就范。而作者为了让这些巧合显得真实,没有做其他的铺垫说明，仅仅点明故事发生在夜间 10 点左右和昏暗的灯光下这一时空环境。

这样的例子还可以举很多，强化情节的小说几乎都有"无巧不成书"的情况。而这种"巧合"的概率在实际生活中常常是很小的，并没有多少强大的逻辑必然性，因而情节链之间显得脆弱的地方较多，经不起寻根究底的推敲。同时，过于强调一种巧合性的偶发性情节关系，必将忽略很多实际存在的必然性，大量的生活内容进入不了情节之内，这样写出的故事有"失真"的可能。

当然，曲折而紧凑的情节确实有紧紧抓住读者的功效，但是读者常处于一种被快乐地强制灌输的状态，被作者牵着鼻子走而听任摆布，读者的主动参与及创造潜能的开发受到了密不透风的情节的压抑。这也是强化情节的小说在展现优势的时候所带来的缺陷。

正因为这样，一些作家不满传统小说的情节模式，而另辟蹊径。随着社会生活的巨变和各种文艺思想的影响，小说家们对创作主体、客体和小说艺术形式本身的认识发生了变化。认为创作主体应该更好地表现自我，显示个性，"在塑造人物的同时，塑造出自己"①；创作客体不应该局限于政治学和传统价值观念下的人和事，而应该从更广泛深入的意义上去立体地展现生活；小说的功能不仅仅是善的教化作用，更主要的是真善美的辩证统一。在此背景下，以散文化小说和心理小说为代表的一批情节淡化的小说应运而生。这种小说要求写出生活的本真，自然、清淡、平凡、朴实，主张散文化、抒情化、诗化，正如著名作家汪曾祺说的："我也不喜欢太像小说的小说，即故事性很强的小说。故事性太强了，我觉得就不大真实。""有人说我的小说跟散文很难区别，是的。我年轻时曾想打破小说、散文和诗的界限……我的小说的另一个特点是：散。这倒是有意为之。我不喜欢布局严谨的小说，主张信马由缰，为文无法。"②

仅以微篇小说为例，情节淡化的情况主要有以下几种。

第一，选材上不局限于情节完整的故事，而以一种开放的态度选取各种点上的生活现象进行加工。这种生活现象不一定具有因果关系的情节链，而往往是生活流程中一个有特色的横断面，或一个细节、一丝感触、一种情调，

---

① 冯骥才. 我心中的文学［M］. 上海：上海文艺出版社，1986：45.
② 汪曾祺. 汪曾祺短篇小说选·自序［M］//汪靖洋. 当代小说理论与技巧. 南京：江苏教育出版社，1989：361.

等等。这种题材本身的情节性就不强。作者创作时也不是从情节上进行加工扩展，而是从其他方面进行开掘发挥。王蒙的《小小小小小……》仅二百来字，以一种平实的语气先指出 H 省的地方戏"H 剧"近年来日益衰落。然后介绍大约一百年前，这里出现了一位天才演员，艺名"香又红"，唱、念、做、打，无一不精，风靡一时。接班的大弟子叫"小香又红"，不仅在功艺上与香又红惟妙惟肖，而且连长相、嗜好、习惯，也与香又红极似。以后占领舞台的弟子分别是"小小香又红""小小小香又红""小小小小香又红"。最后指出："按照微积分的原理，如此小小小小小小下去，是趋向于零了。"这篇小说谈不上有什么生动有趣的情节，倒像一篇简短的情况介绍，但是作者抓住了"香又红"几代师徒不仅艺名相似，而且其他方面也极相似这一点，昭示了古今中外艺术上的一条基本规律，也就是齐白石大师所说的"学我者生，似我者死"，艺术如果不能创新，就只有死路一条。新加坡作家周粲的《梯子》，写的是父子二人在一起玩耍时父亲要儿子从梯子上跳下来时的一场对话，通过父亲的口，道出了为人处世的教训与经验，"我要给你一个教训，连你爸爸的话都靠不住，别人的话，更不用说了。""爸爸要让你知道，即使是别人的话，有时也是可以信任的。"与人交往，必须是防范与信任并存。这样的小说，情节仅仅是一点依托，在作品中处于很次要的地位，但它传达出的人生哲理却很经得起推敲。

第二，跳跃省略、计白当黑的表现手法超越了密密实实的情节网，把读者的思绪延伸到了文本之外，使作品的意义胜过情节。我们试看下面作品。

鞋　架

——魏金树

床似乎太高，于是床下摆了个鞋架。鞋架是用几块木板钉成的，极简陋。

春：鞋架上，摆着一双大号解放鞋，鞋上有破洞，散发着难闻的臭味儿。

夏：鞋架上并排摆着两双鞋，一双是大号解放鞋，一双是红色高跟鞋。解放鞋打了补丁，也不再那么臭；高跟鞋几乎没有什么异味儿。

秋：鞋架上，并排摆着两双鞋，一双是红色高跟鞋，一双是中号黑皮鞋。高跟鞋很整洁，似乎还有股香水味儿；黑皮鞋油光锃亮，属于挺时髦的那种。

冬：鞋架上，摆着一双大号解放鞋，鞋上有破洞，散发着难闻的臭味儿。

《鞋架》写的是第三者插足，酿成家庭悲剧的故事。文中省略的情节远远多于字面上的意思，每字每句都含有极其丰富的潜台词。第一、二节通过极简陋的床和有破洞而且散发着难闻的臭味的解放鞋，透露了男主人公的家境和不修边幅的个性。第三节说明男主公成了家,"解放鞋打了补丁,也不再那么臭",毕竟成家让他的生活有了一点起色。但是好景不长,到了秋天,嫌贫爱富、图慕虚荣的妻子就勾引上了有钱的第三者。最后,男主人公又回到了从前单身的日子。作品以床和鞋作为透露故事信息的载体,通过跳跃式的叙述来展示关键细节,让读者在猜谜式的解读中调动已有知识经验,去补缀情节、领悟意义,可谓别具一格。

结尾省略情节,也是情节淡化的一种表现。按照完整的情节模式,一般有开端、发展、高潮、结局等几个环节,有的故事在前后还分别有序幕或尾声,那就更完备了。但是在创作实际中却不一定这样,有些作品由于表达的需要,不宜写出结局或故意不写结局,留下空白,让读者去进行再创造。汪曾祺的《尾巴》写的是人事顾问老黄在厂里研究是否提拔一位工程师的会上发言的故事。对于是否提拔那位工程师,领导层有赞成的和反对的两种意见。反对的认为那位工程师还有4条"尾巴":家庭出身不好,有海外关系,反右时有右派言论,群众关系不太好。党委书记要老黄发表意见时,老黄只讲了《艾子杂说》中的一个寓言故事,说的是龙王要杀掉有尾巴的水族,蛤蟆也吓得哭起来了,艾子对没有尾巴的蛤蟆也哭感到奇怪,蛤蟆说:"我怕龙王要追查起我当蝌蚪时候的事儿呀!"作品到此结束,没有写老黄的直接表态,也没有写党委书记是否同意老黄的意见,更没有写那位工程师最后是否被提拔了。总之,结果不得而知。这样的作品初看起来,让人感到不完整、不满足,但这正是作者的匠心所在。作者的目的不仅仅是讲述那位工程师在提拔问题上的遭遇,更主要的是以此为引子,引起人们对于什么是人才以及极"左"思潮是如何扼杀人才的等一系列问题的反思。如果这篇小说写出了很具体的结局,结构上似乎显得很完整,读者也得到了某种程度的满足,但实际上是束缚了读者的思维,削弱了作品的激发力。因此这种作品的情节省略、情节淡化可以说省得精当,淡得有味。

第三,叙写中穿插的非情节因素,如议论、说明、抒情及写景状物等,冲淡了小说的情节,呈现出一种文体杂交、兼容散淡的审美效应。以色列作家盖利赫·萨赫诺维奇的《我青年中年老年的征婚广告》几乎没什么情节,作品以第一人称心理独白的方式,将人生三个阶段对于自我的评价及对于婚姻的要求通过广告的形式表述出来。每一次都幻想太高,每一次都错过了机缘,最后只能站在婚姻的门槛边。在对自我情况的介绍中充满了浪漫的情调和理性的思辨,同时也带有几分潜在的辛酸和无奈。

刘荣书的《情歌》写一位失恋的城市青年满怀心事,来到乡村的河边,看山看水看乡村老人割草，被平凡而美好的乡村生活和勤劳朴实而自得其乐的割草老人所感动，走出了阴影，开始了新的生活。作者以诗一般的语言写乡村的环境和老人的劳动生活。"河水很浅，露出河床上的沙砾。世界也很静，只有鸟的叫声，有河滩上老人割草的嚓嚓声。""割累了，老人就歇一会儿，手拄在光滑的镰把上，眼睛微眯，仰望远天的鹰。"老人饿了，就坐到草垛边的阴凉里，有滋有味地吃玉米饼；渴了，就用旧草帽"打一帽壳水上来，很甜地喝下去"。更精彩的是接下来的一段：

  吃饱喝足的老人，对着满河滩的空寂，对着河边呆坐的城里人，抖一抖沾湿的抿裆裤，扯开嗓子，唱出一首很动听的情歌。
  园子里长的是绿韭菜，不要割，
  你叫它绿绿地长着；
  哥是阳坡嘛，妹是水，不要断。
  你叫它清清地淌着。
  ……

老人唱着唱着，年轻人被感动得泪流满面，第二年带着女伴故地重游，带来了女伴咯咯的笑声。

像《情歌》这样的小说，情节已经淡化得成为一个骨架。洋溢在作品中的是美好的景物、人物和他的生活方式所构成的诗情画意，作品的魅力也主要来自这种醉人的情趣及由此带来的哲理启迪。

这样看来，情节淡化的小说不仅表现形式多样，而且具有独特的审美功效。同时，尊重生活的自然形态的写作观念，及"天然去雕饰"式处理情节的方式，增强了作品的真实感，让人感到不做作，显得自然、可信。

但是，情节淡化的小说出现了一段时间以后，经过实践的检验，也发现了很多问题。

从小说的特性来说，小说既是一种时间艺术，也是一种叙事艺术。时间艺术的特点主要体现在情节发展的因果关系和逻辑顺序上。同时，小说作为叙事艺术，所叙之事也必定发生在一定的时空中，时空不是凌乱不堪的，而是有其自身存在的规律。这样从宏观上看来，无论是传统的现实主义、浪漫主义小说，还是现代派的意识流、魔幻派之类的小说，都要遵循时空规律，有一定的叙事规则。至于这种规则如何确立，当然可以丰富多彩，但不能凌空蹈虚，毫无依据，否则反时空的艺术是经不起检验的。而情节淡化小说所主张的信马由缰，故意打乱时空顺序，很难把握操作的维度，容易导致作品的松散乏味，失掉小说固有的以故事情节为内核来吸引读者的优势，出现因为反感脏水，连盆子带孩子一起倒掉的尴尬结局。退一步讲，主张情节淡化的人认为传统小说中过于强化情节，会导致节律快慢的失真，平行性和多样性的失落。实际上，小说是不可能反映一个全息世界的，有所不为才能有所为，"小说必须依赖故事"①，"故事与小说的这种关系是无法解除的，是一种生死之恋"②。小说能够发展到今天，是与其能够讲故事、善于讲故事密不可分的。小说今后要想继续发展兴旺，能够离得开故事、离得开情节吗？

从读者的阅读取向来看，小说吸引读者的首先是故事情节，无论何种层次的读者都喜欢精妙的情节、动人的故事。据说，数学大师华罗庚生前很爱看武侠小说，而武侠小说特别讲究奇妙的情节。我所知道的北大中文系一些大师级的学者，像严家炎、陈平原等先生，不但喜欢武侠小说，而且花了功夫去专门研究，对武侠小说中的情节设计评价特别高。我们再放眼看一下周围的文学爱好者，然后实事求是地做个调查，必然会发现，那些故事情节写得好的小说，即使不是名著，也很受欢迎。而情节淡化的现代派小说，除了搞研究的和搞文学创作的人以外，一般的读者是很少去问津。连鲁迅也认为，20世纪以来的未来主义、表现主义，都是些"看不懂的东西，但看不懂也并非一定是看着知识太浅，实在是它根本就看不懂""假若你看不懂就自恨浅薄，那就是上当"③。这话我们不一定迷信，但也是有理有据的。

从创作实际来看，情节淡化的小说虽然在中外都有人认同，但并没有让作家们迷失了视野。王蒙说："所谓没有情节的小说，实际上是用一些小的情节来代替总的情节，绝对没有情节的小说是不可能的。"④ 1983年8月4日，在《文学报》中，蒋子龙结合自己的创作经验说："我去年春天写了一个不要故事的短篇小说，写完以后连我自己都看不懂。我不要故事的目的是要把生活全包进来，想按照生活的广阔而丰富多彩的面目表现它，恢复生活的波澜起伏。可是当我不要故事以后，我什么也表现不了；有了故事以后，确实把生活圈死了，但不要故事反而什么也不能表现了。"

这样说来，既讲强化情节，又讲淡化情节，而且各有利弊，到底该如何选择呢？其实，强化或淡化情节都不是目的，只是一种手段、一种表现方式而已。关键是两点，一是如何将小说这种文体形式的功能潜力加以充分地挖

---

① 曹文轩. 小说门 [M]. 北京：作家出版社，2003：30.
② 曹文轩. 小说门 [M]. 北京：作家出版社，2003：31.
③ 鲁迅全集·第7卷 [M]. 北京：人民文学出版社，1981：386.
④ 王蒙. 王蒙谈小说 [M]. 南昌：江西高校出版社，2003：145.

掘，使其不断地显示出强劲的生命力；二是如何契合读者的需要，赢得读者的认同，因为作品能否在历史上站住脚，最终还是读者说了算。在这些方面都处理得好，而且很能说明问题的是汪曾祺。一方面他倡导小说的散文化、情节淡化，并且在这些方面有成功之作；另一方面，他的许多传世的微篇小说名篇，都有精心构造、隽永耐读的故事情节。如《陈小手》《窥浴》《水蛇腰》等。像《陈小手》叙一男性接生员陈小手帮一难产的军官太太接生成功以后反被军官打死的故事，《窥浴》写乐团一位乐手偷窥女人洗澡被打而又被一女教师保护并让他看见自己的故事，不但选材富有传奇色彩，而且叙述得张弛有度，引人入胜。

第四章 小说环境论

第一节 环境与环境描写

　　世界上的一切事物都存在于一定的时空之中。古人认为，上下四方叫宇，古往今来叫宙，包容了无限时空的宇宙就是万物赖以存在的大环境。人，本来就是环境的产物，虽然是大自然的精灵，但从环境的角度来说，人与其他存在物互为主客体。不过，我们讲的环境，强调的是以人为中心，指环绕在人周围的一切外部条件的总和。这种外部条件，笼统而言，是指一定的时空；具体而言，是指自然环境和以人与人之间的关系为主所构成的各种社会环境。

　　小说中的环境描写就是指对人物生存、活动和事件发生、发展的自然环境和社会环境所作的形象描绘。它和其他文体中的环境描写相比，除了具有一般意义上的描景状物、绘声绘色、绘形绘神等审美共性以上，还具有自身的小说特性。其一，小说中的环境描写主要是为刻画人物服务的。散文诗歌可以为写景而写景，作品中可以不出现具体的人物。小说中则不管是状自然之景还是写社会环境，写来写去都是为了写人物。其二，小说中的环境描写具有更大的灵活性。因为小说创作是建立在虚构基础上的，具有无拘无束的想象天地；小说的创作方法兼容并包，可以充分施展作者的才情；小说的篇幅可长可短，给环境描写提供了更多的选择空间。所以，从总的来说，小说中的环境描写具有其他文体无法取代的优势。

　　小说中环境描写涉及的外延很广，但要对它进行精确的界定分类至今也没有一个统一的固定标准。大致说来，按描写的内容或对象分，可以分为自然环境、社会环境和常常为一般人所忽视的时间；按表现形态分，可以分为写实性环境、虚幻性环境和虚实相间的环境；按描写的信息含量的多少分，可以分为场面环境描写和细节环境描写等。不过，我们一般注目的是自然环境和社会环境。

第二节　环境描写的功用

黑格尔说："人要有现实客观存在，就必有一个周围的世界，正如神像不能没有一座庙宇来安顿一样。"① 可见，周围的世界，也就是环境，对于人的意义。环境描写的基本功用是给人物事件提供存在的背景，以便更好地实现作者的创作意图，而要细加推究，我们可以从以下几方面去理解。

一、直接表现作品主题

环境描写的根本目的都是为表现主题服务的，但是，由于作者创作风格的不同或者表达内容的需要，环境描写服务于主题的方式和效果则各有千秋。有些小说中的环境描写是以直接的方式来表现主题的。比如老舍的《骆驼祥子》写盛夏烈日下旧北京城里的车夫们生存的环境：

　　六月十五那天，天热得发了狂。太阳刚一出来，地上已像下了火。一些似云非云，似雾非雾的灰气低低地浮在空中，使人觉得憋气。
　　……
　　街上的柳树，像病了似的，叶子挂着层灰土在枝上打着卷；枝条一动也懒得动的，无精打采的低垂着。马路上一个水点也没有，干巴巴的发着些白光。便道上尘土飞起多高，与天上的灰气连接起来，结成一片毒恶的灰沙阵，烫着行人的脸。处处干燥，处处烫手，处处憋闷，整个的老城像烧透的砖窑，使人喘不出气。狗趴在地上吐出红舌头，骡马的鼻孔张得特别的大，小贩们不敢吆喝，柏油路化开；甚至于铺户门前的铜牌也好像要被晒化。②

这里，作者抓住柳树、马路、尘土、趴儿狗和骡马的特征，进行细致的描摹，形象地展示了那种令人不堪忍受的自然环境，而像祥子这样的车夫们

---

① ［德］黑格尔.美学·第一卷［M］.朱光潜，译.北京：商务印书馆，1979：12.
② 老舍.骆驼祥子［M］.北京：人民文学出版社，1979：164-165.

就是在这种连牲畜也生存艰难的境况下还不得不为生计而奔波,以致有的车夫和驴马们同在水槽里灌水吃,"还有的,因为中了暑,或是发痧,走着走着,一头栽在地上,永不起来"。这种环境实际上就是当时无法让人存活下去的黑暗社会环境的缩影,作者通过对环境的描写来体现其对社会的批判和对劳苦民众的同情。在这里,环境的描写和主题的彰显是同步进行的。

雨果的《悲惨世界》中,主人公让·瓦让因偷了一块面包而被判了5年苦役,逃出监狱后茫然地走在荒野上,一整天没有吃饭。他无意中又吓走了一个小孩小热韦尔,他高声叫喊寻找,但是没有回答。接着写道:

旷野荒凉阴沉。他被广阔的原野包围,四周什么也没有,只有望不穿的黑暗、吼不破的寂静。

凛冽的北风呼啸着,使得周围的一切生气萧索。灌木猛烈摇动细弱的胳膊,仿佛在威胁和追逐着一个人。①

在不正常的社会中,善良纯朴的人们注定要处于受欺骗、受凌辱的境地,在他们面前"什么也没有,只有望不穿的黑暗、吼不破的寂静"。这荒凉阴沉的旷野,正是他们身处其中的悲惨世界的写照,正好体现了作品的主题。

二、为刻画人物服务

环境与人物是相依相生的。成功的环境描写可以交代人物身份,透露人物心理,衬托人物性格。《红楼梦》中的薛宝钗是一个稳重而不图张扬的人,她的居处环境是这样的:

说着已到了花溆的萝港之下,觉得阴森透骨,两滩上衰草残菱,更助秋兴。贾母因见岸上的清厦旷朗,便问:"这是薛姑娘的屋子不是?"众人道:"是。"贾母忙命拢岸,顺着云步石梯上去,一同进了蘅芜院,只觉异香扑鼻。那些奇草仙藤,愈冷愈苍翠,郁结了实,似珊瑚豆子一般,累垂可爱。及进了房屋,雪洞一般,一色的玩器全无。案上只有一个土定瓶,瓶中供着数枝菊花,并两部书,茶奁、茶杯而已,床上只吊着青纱帐幔,衾褥也十分朴素。②

薛宝钗所住的蘅芜院位于"阴森透骨"的萝港之下,屋外是"愈冷愈苍

---

① 雨果. 悲惨世界 [M]. 潘丽珍,译. 南京:译林出版社,2001:118.
② 曹雪芹. 红楼梦 [M]. 北京:人民文学出版社,1979:494.

翠"的"奇草仙藤",屋内则"一色的玩器全无"。屋外环境显得阴冷而又深不可测,屋内陈设过于朴素,不像出身皇商大家又正值青春妙龄的少女所居之处,但这种环境却正好衬托了薛宝钗工于心计、城府极深、装愚守拙的性格特征。

《安娜·卡列尼娜》中,近卫军军官渥伦斯奇应约去会见和他有暧昧关系的安娜,在他眼里,一路所见的景致深深地打上了心情的烙印:

> 他从马车窗口所眺望到的一切,在那寒冷的清澈的空气里的一切,照在落日的苍白的光线里,像他自己一样的清新、快乐和壮健。在落日的余晖里闪烁着的家家户户的屋顶,围墙和屋角的鲜明的轮廓,偶尔遇见的行人和马车的姿影,树木和草的一片静止的碧绿,种着马铃薯的畦沟匀整的田亩,以及房子、树木、丛林甚至马铃薯田塍投下的倾斜的阴影——这一切都是明朗的,像一幅刚刚画好,涂上油漆的美丽的风景画一样。①

渥伦斯奇要去和情人约会,心中自然是激动而甜蜜的,沿途所见的一切也就景因情异,虽然是在寒冷的空气里,但"就像他自己一样的清新、快乐和壮健"。从屋顶到围墙和屋角,从行人、马车到田亩,甚至落日投下的阴影,都显得明朗而美丽了。这些景物描写不仅烘托了人物的心情,而且表现了渥伦斯奇性格中浪漫多情、富于幻想的一面。

三、渲染气氛

气氛是一定环境所反映出来的状态情景,往往给人以某种强烈的感觉。小说中的环境描写可以强化某种气氛,更好地为展开故事、塑造人物服务。

《水浒传》中写武松打虎在环境气氛的渲染上非常经典。武松在上景阳冈之前,一连喝了十五碗透瓶香,酒家告诫他不要单身过冈,以免被虎伤害。武松既不信也不怕。接着写道"这武松提了哨棒,大着步,自过景阳冈来。约行四五里路,来到冈子下,见一大树,刮去了皮,一片白,上写两行字。……""武松看了,……横拖着哨棒,便上冈子来。""那时已有申牌时分,这轮红日,厌厌地相傍下山。……走不到半里多路,见一个败落的山神庙。行到庙前,见这庙门上贴着一张印信榜文"。武松这才相信真的山上有虎,但是天已晚了,"回头看这日色时,渐渐地坠下去了。此时正是十月间天

---

① 列夫·托尔斯泰. 安娜·卡列尼娜 [M]. 北京:人民文学出版社,1956:456.

气,日短夜长,容易得晚"。武松走了一阵,"酒力发作,焦热起来。一只手提着哨棒,一只手把胸膛前袒开,踉踉跄跄,直奔过乱树林来。见一块光挞挞大青石,把那哨棒倚在一边,放翻身体,却待要睡,只见发起一阵狂风来,……那一阵风过处,只听得乱树背后扑地一声响,跳出一只吊睛白额大虫来"①。

　　作者为了营造好老虎出现的环境,从酒家的劝告、大树上的提醒文字、落山的太阳、败落的山神庙、庙门上的印信榜文,到阴森森的乱树林、光挞挞的大青石、呼呼的狂风,进行了多角度、多层次的描写,渲染了一种荒凉、肃杀、令人恐怖的气氛,为老虎的出现提供了可能性。而武松在这种令一般人毛骨悚然的环境下赤手空拳打死老虎,更显得胆大艺高,难能可贵。如果缺乏这种环境气氛的描写,老虎的出现就失去了真实性前提,武松打虎的故事也不会有那么精彩绝伦的效果。

　　环境描写在渲染时代气氛、凸显时代背景方面,同样具有独特的功用。阿·托尔斯泰创作的反映俄国十月革命和国内战争的《苦难的历程》,一开篇就写道:

　　　　顺着笔直、雾蒙蒙的大街溜达,走过那窗户黑洞的、门口立着睡意蒙眬的看门人的阴暗的房子,长久地眺望那涅瓦河的满满的、暗沉沉的一大片河水,眺望河面上横着的一条条灰蓝带儿似的桥梁,不待天黑那些桥灯就都点亮了,河边矗立着正面带有柱廊的、愁眉苦脸的宫廷;仰望那全不像是俄罗斯式的、高得叫人眼花的彼得保罗大教堂,俯视那破旧不堪的小艇,在黑乎乎的水面上起伏颠动,无数只载满湿木柴的驳船,一溜儿挨挨挤挤,靠在花岗石堤边;冷眼瞅一下过往行人的脸,一个个都满面愁云,毫无血色,那一双双眼睛也跟他的城市一样,黯淡无光。②

　　这里所写的阴暗的房子、暗沉沉的河水、灰蓝带儿似的桥梁、愁眉苦脸的宫廷、破旧不堪的小艇、黑乎乎的水面以及满面愁云的行人,等等,一切都笼罩着阴冷、暗淡、凄凉、沉闷的气氛,正是第一次世界大战前夕俄国社会的缩影。作者通过带有强烈主观色彩的环境描写,将氛围的渲染和时代背景的介绍有机地交融在一起。

---

　　① 施耐庵.水浒传[M].长沙:岳麓书社,1988:178-179.
　　② 阿·托尔斯泰.苦难的历程·第一部[M].王士燮,译.北京:人民文学出版社,1997:1.

四、推动情节发展

情节的发展总是在一定的时空环境中进行的，环境描写与情节发展往往是相互依存、相互生发的。

《水浒传》中有两处著名的环境描写成功地推动了情节的发展。一处是第十回"林教头风雪山神庙"中对于风雪的描写："正是严冬天气，彤云密布，朔风渐起，却早纷纷扬扬卷下一天大雪来。那雪早下得密了。但见：凛凛严凝雾气昏，空中祥瑞降纷纷。须臾四野难分路，顷刻千山不见痕。银世界，玉乾坤，望中隐隐接昆仑。若还不到三更后，仿佛填平玉帝门。"后面又提到了"那雪正下得紧""那雪越下得猛"[1]。对于风雪的描写着墨不是很多，但确实给人以"风大雪紧"的感觉；更重要的是，由于风雪的到来而推动了情节一步步向前发展。正因为风雪寒冷，林冲才想喝酒御寒出去沽酒，才会在沽酒途中见到山神庙；正因为风大雪紧，草厅被雪压倒，林冲才被迫到山神庙安身；正因为风大雪紧，林冲进了山神庙，才用巨石顶住庙门；正因为风大雪紧，陆谦等人火烧了草料场以后才直奔庙里来避风雪，推不开庙门便在庙檐下得意忘形地各自表功，林冲才能在暗中听知他们整个的阴谋过程，从而杀敌复仇，走上反抗的道路。

另一处是第十六回"吴用智取生辰纲"中对天气炎热的描写。从杨志一伙人开始上路起，一直到杨志自己也喝酒解渴止，前前后后直接、间接描写天热的有一二十处之多，不过都写得比较简略，比如，"此时正是五月半天气，虽是晴明得好，只是酷热难行。""正是六月初四日时节，天气未及晌午，一轮红日当天，没半点云彩，其日十分大热。……四下里无半点云彩，其时那热不可挡。……看看日色当午，那石头热了，脚疼走不动。"[2] 对天热的描写与情节的发展密切相关。正因为天热难当，挑着重担的厢禁军想趁早晚天凉时赶路，中午天热时休憩，见到树林，便要去歇息；而负责押送的杨志怕中强人算计，要求正好相反，于是和挑担的产生了矛盾。正因为天热难当，口渴难耐，挑担的要买酒解渴，杨志阻止不了，后来自己也熬不住口渴，跟着喝了酒，结果都被蒙汗药麻翻在地。这样，吴用等人的智取生辰纲才得以成功实施，情节的展开就更显得顺理成章。

屠格涅夫的《前夜》中，主人公俄国贵族少女叶琳娜和保加利亚爱国青

---

[1] 施耐庵．水浒传［M］．长沙：岳麓书社，1988：79—82．
[2] 施耐庵．水浒传［M］．长沙：岳麓书社，1988：118—120．

年英沙罗夫相爱,叶琳娜听说英沙罗夫将要返回自己祖国的消息后,怀着再见他一面的急切心情,赶往他的寓所。这时,一场铺天盖地的暴风雨把叶琳娜阻在途中。作品写道:

> 叶琳娜低垂着头,眼睛毅然直视,向前走着。她什么也不害怕,什么也不顾忌;她只要再见英沙罗夫一面。她向前走着,没有注意到太阳早已隐入了浓黑的云端,风在树间阵阵怒吼,扯乱了她的衣衫,尘阵也突然飞扬了起来,在路上回旋滚动。……大滴的雨点落着了,她也没有注意;可是,雨来得更骤、更猛,天空扯着闪,响着雷。叶琳娜停止下来,环顾了四周。……幸而在离开暴风雨袭击了她的地方不远,一口荒废的井旁,有着一座年久倾败的小教堂。叶琳娜向着教堂奔去,避在那低矮的檐下。大雨洪流般倾泻着;整个天宇完全暗淡。以无言的绝望,叶琳娜凝睇着那急雨的密网。和英沙罗夫再见一面的最后希望,在她的心头消逝了。
>
> ……
>
> 雨渐渐稀了,停了,太阳一时也从云端里显露了出来。叶琳娜正要离开自己的避雨处……忽然,在离开教堂十来步远近的地方,她看见了英沙罗夫。他裹在一件外衣里,正在叶琳娜走过来的路上走着;好像是在赶回家去。
>
> 她不能支持了,用手抓住了那阶台上的腐旧的栏杆,她要呼唤他,可是,不能叫出声来。……英沙罗夫头也不抬,已经走过去了。……
>
> "狄米特里·尼卡诺罗维奇!"她终于叫了。
>
> 英沙罗夫猝然停止,转眼四顾。……在这第一个刹那,他并没有认出叶琳娜来,可是,马上就朝着她的身边走了过去。[①]

这一场大雨,既打消了叶琳娜再见恋人一面的希望,也使叶琳娜在避雨的小教堂里意外地遇见了已经外出又在此避雨的恋人英沙罗夫。雨景的描写,促进了故事情节的发展。

五、展现地域风貌

对地域风貌的描写,是环境描写的重要内容之一,既能显示地方特色,又能为人物活动和故事情节的展开提供一个舞台或基地。在写法上,往往呈

---

① 屠格涅夫. 前夜 [M]. 丽尼, 译. 北京: 人民文学出版社, 1955: 111-113.

现出具体、直观、静态的特征。姜戎的《狼图腾》，写蒙古原始草原，独具特色。

> 陈阵终于看清了这片边境草原美丽的处女地，这可能是中国最后一片处女草原了，美得让他几乎窒息……
>
> 眼前是一大片人迹未至、方圆几十里的碧绿大盆地。盆地的东方是重重叠叠、一层一波的山浪，一直向大兴安岭的余脉涌去。绿山青山、褐山赭山、蓝山紫山，推着青绿褐赭蓝紫色的彩波向茫茫的远山泛去，与粉红色的天际云海相汇。盆地的北西南三面，是浅碟状的宽广大缓坡，从三面的山梁缓缓而下。草坡像是被腾格里修剪过的草毯，整齐的草毯上还有一条条一片片蓝色、白色、黄色、粉色的山花图案，色条之间散点着其他各色野花，将大片色块色条，衔接过渡得浑然天成。
>
> 一条标准的蒙古草原小河，从盆地东南山谷里流出。……泉河清清，水面上流淌着朵朵白云。
>
> 盆地中央竟是陈阵在梦中都没有见过的天鹅湖。……天鹅四周是成百上千的大雁、野鸭和各种不知名的水鸟。五六只大天鹅忽地飞起来，带起了大群水鸟，在湖与河的上空低低盘旋欢叫，好像隆重的迎新彩队乐团。泉湖静静，湖面上漂浮着朵朵白羽。
>
> 在天鹅湖的西北边还有一个天然出口，将湖中满溢的泉水，输引到远处上万亩密密的苇塘湿地里去了。
>
> 这也许是中国最后一个从未受人惊扰过的原始天鹅湖，也是中国北部草原边境最后一处原始美景了。①

作者描绘了这块蒙古原始草原上重重叠叠的山浪、宽广而整齐的草坡、各色野花、草原小河及天鹅湖的美景，为我们展现了一幅别具一格、令人神往的草原风光图。

大仲马的《基度山伯爵》中对罗马的狂欢节是这样描写的：

> 试想那一条宽阔华丽的高碌街，从头到尾都耸立着巍巍的大厦，阳台上悬挂着花毯，窗口上飘扬着旗子，在这些阳台上和窗口里，有三十万看客——罗马人、意大利人，还有从世界各地来的外国人，都是出身高贵，又有钱、又聪明的三位一体的贵族。可爱的女人们也被这种场面感动得忘了形，或倚着阳台，或靠着窗口，向经过的马车抛撒彩纸，马

---

① 姜戎. 狼图腾 [M]. 武汉：长江文艺出版社，2004：153.

车里的人则以花球作回报。整个天空似乎都被落下来的彩纸和抛上去的花朵给遮住了。街上挤满了生气勃勃的人群,大家都穿着奇形怪状的服装——硕大无比的大头鬼大摇大摆地走着,牛的头从人的肩胛后面伸过来嘶吼,狗被挤得直立起来用两条后腿趟路。

在这种纷乱嘈杂之中,一只假面具向上揭了一下,而像卡洛的《圣安东尼之诱惑》里所做的那样,露出了一个可爱的面孔,你本来很想盯梢上去的,但忽然一队魔鬼过来把你和她冲散了。上述的一切可以使你对于罗马的狂欢节有一个大概的了解。①

作者以宽阔华丽的高碌街为中心,重点描绘了巍巍大厦中的阳台上和窗口里的三十万看客,尤其是其中的女人们的忘形表现,以及满街生气勃勃人群的欢闹场面,将闻名于世的罗马狂欢节传神地勾画了出来。

以上只是从几个主要的方面分析了环境描写的功用。此外,环境描写在显示时代背景、增强故事的真实性方面的作用也是很明显的,在此不再一一举例分析。我们还应该清楚的是,在具体的作品中,环境描写的功用常常是综合性的,只不过在某些方面有些侧重。比如,"林教头风雪山神庙"中的风雪描写,除了推动情节发展外,还渲染了一种冷酷、肃杀、阴鸷的气氛,为人物性格的质变做了充分的铺垫,其作用是多方面的。我们在理解时,应该实事求是,辩证分析,以免顾此失彼,有失偏颇。

第三节　对环境描写的多维解读

一、自然环境描写的多样性

自然环境,是指人物所处的和故事发生的空间。具体而言,日月星辰、云雨阴晴、风雪雷电、山川水域、花草果木、鸟兽虫鱼、城镇村庄、大路小巷等,都是自然环境描写的对象,其范围非常广泛。而当这些客体对象进入小说家的视野以后,由于创作理念、表现意图及风格趣味的差异,作品中呈现出来的自然环境更加丰富多彩,从小说史来看,大致有以下三种类型。

---

① ［法］大仲马. 基度山伯爵［M］. 范超,译. 呼和浩特:内蒙古人民出版社,2002:282-283.

1. 逼近真实

人离不开环境，人和环境都是真实的存在，因此在反映这种存在时就必须将其真实地反映出来，以现实主义为代表的小说家们就是抱着这样一种基本意念去进行创作的。正像黑格尔所指出的："总的说来，伟大艺术家都有一个特征，就是在写外在自然环境时都是真实的，完全明确的。因为自然不只是泛泛的天和地，人也不是悬在虚空中，而是在小溪、河流、湖海、山峰、平原、森林、峡谷之类某一定的地点感觉着和行动着。"①

王愿坚在他的著名短篇《七根火柴》的开头，就集中描写了人物所处的草地的自然环境：

> 天亮的时候，雨停了。
>
> 草地的气候就是怪，明明是月朗星稀的好天气，忽然一阵冷风吹来，浓云像从平地冒出来的，霎时把天遮得严严的，接着就有一场暴雨，夹杂着栗子般的冰雹，不分点地倾泻下来。卢进勇从树丛里探出头，四下里望了望，整个草地都沉浸在一片迷蒙蒙的雨雾里，看不见人影，听不到人声；被暴雨洗过的荒草，像用梳子梳理过似的，光滑地躺倒在烂泥里，连路也看不清了。天还是阴沉沉的，偶尔有几粒冰雹洒落下来，打在那浑浊的绿色的水面上，溅起一撮撮的小浪花。

在这里，作者对草地的环境进行了准确而清晰的描绘。先交代时间——天亮的时候；再写天气变化的原因——冷风吹来乌云；接着写天气变化的情形——暴雨夹杂着冰雹；然后再通过卢进勇这一特定人物的视角去写雨雾中的草地。整个过程交代得一清二楚，对景物的描绘符合客观真实，让人读后有身临其境之感。

为了逼近真实，小说家们在描写自然环境方面进行了不懈的探索，积累了不少经验，并取得了巨大的成就。契诃夫说："描写风景的时候，应该抓住琐碎的细节，把它们组织起来，让人看完以后，一闭上眼睛，就可以看见那个画面。"②

我们且看风景大师屠格涅夫笔下春天傍晚时树林里的景致：

> 夕阳下去了，可林子里还是亮堂的；空气清洁而明澈；鸟儿在饶舌地啁啾着；嫩草闪着绿宝石般的欢快亮泽……您就等着好了。林子里渐

---

① [德]黑格尔．美学·第一卷[M]．朱光潜，译．北京：商务印书馆，1979：323．
② 契诃夫论文学[M]．汝龙译．北京：人民文学出版社，1958：27．

渐昏暗下来；晚霞的红光缓缓地滑过树根和树干，越升越高，从几乎光秃的树枝移向发愣的、沉沉欲睡的树梢头……接着树梢也暗下来了；红通通的天空渐渐地变蓝了。林子的气息也渐渐浓烈起来，微微地散发着暖洋洋的潮气；吹进来的风一到您近旁便停住了。鸟儿们就要入睡——不是一下全部睡去，而是分批分类地睡去：最先安静下来的是燕雀，过一会儿是知更鸟，接着是鹡白鸟。林子里越来越黑了。树木连成了黑压压的一片；蓝蓝的天上羞答答地出现了第一批星辰。各种鸟儿全都进入了梦乡。唯有赤尾鸟和小啄木鸟仍在困倦地啼喊……过不多一会儿它们也沉默下来了。在您的头上又一次响起了柳莺清脆的歌喉；黄鹂在一处悲悲切切地叫喊，夜莺初次啼啭了。您正等得心烦，突然——但只有猎人才明白我的意思——突然在沉寂中响起一种奇特的嘎嘎声和沙沙声，听得到一阵急促而富于节奏的鼓翼声——一只山鹬姿势优雅地侧着长长的嘴，从容不迫地从黑洞洞的白桦树后飞了出来，迎着您的射击。①

读完以上文字，我们不得不惊叹作者观察的细致和描写的细腻。夕阳、树林、空气、鸟儿、嫩草、晚霞、树枝、树梢、林子里的潮气、燕雀、知更鸟、鹡白鸟、星辰、赤尾鸟、小啄木鸟、柳莺、黄鹂、夜莺、山鹬等，作者不厌其烦而又有条不紊地写来，几乎是穷形尽相地将俄国春天傍晚时小树林里的景物展现了出来。清晰和实在是不言而喻的。屠格涅夫明确地表示自己是一个现实主义作家，他把"准确而有力地再现真实"视为自己的"莫大幸福"。托尔斯泰也称赞屠格涅夫创作的最主要特点就是它的"真实性"。② 从《猎人笔记》对自然环境的描写中就可见一斑。

2. 渗透情感

尽管小说家，尤其是现实主义小说家们强调以再现真实为己任，而且达到了很高的水准，但实际上也只是作为一种目标、一种追求相对而言，要想完全原汁原味地再现生活既没有必要，也不可能，因为小说家们在观察生活、选择生活、反映生活时，总有一定的意图，总会或多或少地打上主观的烙印，而且生活中的一切，也是与人的情感变化息息相关的。所以，不管是现实主义，还是浪漫主义，小说家们笔下的自然环境常常是充满情感的。

我们还是先看看现实主义作家屠格涅夫的《猎人笔记》中另外一篇小说《幽会》中对自然环境的描写。《幽会》写的是纯真少女阿库丽娜与情郎在树

---

① 屠格涅夫. 叶尔莫莱和磨坊老板娘 [M] //猎人笔记. 南京：译林出版社, 1997：14.
② 屠格涅夫. 猎人笔记·译序 [M]. 张耳, 译. 南京：译林出版社, 1997：11.

林幽会的故事。当阿库丽娜怀着激动而欣喜的心情在树林中等待情郎前来幽会的时候,作者是这样写的:

> 树林里到处洒满阳光,透过那欢腾喧闹的树叶,看得见浅蓝色的天空,它仿佛在闪闪发亮;云被风儿驱散了,消失了;天气格外清朗,你可感到空气中弥漫着一种特殊的干爽的新鲜气息,令你心旷神怡,精神焕发。①

这无疑是恋爱中的少女阿库丽娜当时那种欢快之情的投射。而当薄情郎冷冷地抛她而去时,伴随着少女突如其来的撕肝裂肺的号哭,周围的景物也变了:

> 太阳低悬在亮白的天空,它的光线似乎也变淡了,变冷了:它们没有辉耀,只是洒下平静的、几近无色的光。离黄昏不过半个来小时,而晚霞还刚刚出现。一阵阵的风穿过枯黄的麦茬向我飞扑而来;在这些麦茬前,蜷曲的小树叶急匆匆地飞腾起来,从旁边穿过道路,沿着林边空地飞卷而去;……不久将至的冬天的凄凉可怕景象似乎已在悄然逼近了。②

在这里,作者的观察和描写仍然是细致入微的,与生活真实相贴近,但作者并不是以一种中性客观的眼光来看待环境,而是随着小说情节的发展和人物情感的变化来描绘景物的:太阳没有温暖,"变淡了""变冷了",晚霞也没什么亮丽的色彩,阵阵晚风、枯黄的麦茬、蜷曲的小树叶,呈现于眼前的是一种凄凉可怕的景象,与被弃少女的悲痛绝望相一致,客观之景与主观之情达到了情景交融的境界。

如果说现实主义在描绘自然环境时不管是客观再现,还是渗透情感,总是自觉或不自觉地遵循着"自然是不可更改"的这一基本原则,强调自然环境的物质感及这些物质之间原有的关系,强调细节的真实及其在作品中的实际功用的话;那么,浪漫主义更崇尚美,更强调主观色彩与抒情性,浪漫主义小说家们总是以一双多情的目光来看待自然环境。比如《少年维特的烦恼》中,维特眼中的春天早晨及其周围的环境是这样的:

> 一种奇妙无比的欢畅沁透我的整个灵魂,正如我全心全意欣赏的这甘美的春晨一样。我在这儿独享生命的欢乐,这个地方正是为我这样的

---

① 屠格涅夫. 猎人笔记·译序 [M]. 张耳,译. 南京:译林出版社,1997:254.
② 屠格涅夫. 猎人笔记·译序 [M]. 张耳,译. 南京:译林出版社,1997:261.

灵魂创造的。……当雾霭自秀丽的山谷冉冉升腾，高悬的太阳照耀浓荫密布的森林，只有几缕阳光潜入林荫深处时，我便躺在涓涓溪流旁，倒卧在深草里，贴近地面，观赏千姿百态、形状迥异的细草；我感到我的心更贴近草丛间熙熙攘攘的小天地，贴近无数形态各异的虫蚁蚊蚋，这时，我便感觉到全能的上帝的存在，……哦，在我心中活动的景物是如此丰满，如此温暖……我慑服在这些景物的壮丽的神威之下。[①]

这段文字，与其说是在写景，不如说是在抒情，作者叙写的角度不是以客观的景物为中心，而是以主观的"我"为重点，写我的所见所闻、所思所想，作者笔下的景物不是无情之物，而是能够与人息息相通、冷暖相知的生命存在，景物已经为情所化、为我所用、完全服从于主观审美的需要了。

当然，情感的渗透有浓淡之分，情感的内涵更为丰富细腻，情感浸润下的景物也就显得千姿百态了，可以是林教头周围充满肃杀之气的漫天飞雪，也可以是阿Q眼前尼姑庵里虽然"郁郁葱葱"但又令人失望不能马上就吃的竹笋油菜，可以是英俊少年维特眼中令人陶醉的迷人春色，也可以是多情痴女林黛玉面对的"花谢花飞飞满天""愁绪满怀无着处"的伤心之景。而不管情和景是如何千变万化，其基本要求是：与作品的风格相协调，能够增加作品的感染力。

3. 象征意蕴

如果说在诗人眼中，"落红不是无情物"，那么在小说家的笔下，同样是山水有灵，草木有魂。大自然看似缄默无语，但实际上它以自己的方式存在着，冥冥之中，天籁之音，造化之功，既神秘莫测，又令人怦然心动。正因为大自然可以包容一切，没有先入为主的固定含义，所以它为人类提供了充分发挥的主观能动性，对它进行各种解读的可能性。从小说来说，其存在的重要理由也是对包括自然和人类社会在内的大千世界进行解读，而这种解读常常带有某种探索性或模糊性，不可过于明确、过于具体。象征手法的运用，正好在似与不似之间、精确与模糊之间架起了一座沟通的桥梁，成为小说家们认知世界、表达特定的主题意蕴的一种行之有效的方法。

孙犁的《荷花淀》写到水生嫂和几个年轻的妇女在寻找丈夫未果的归途中，遭日寇兵船追击，遂奋力划船，避进荷花淀，小说写道："她们奔着那不知道有几亩大小的荷花淀去，那一望无边挤得密密层层的大荷叶迎着阳光舒

---

① 歌德. 少年维特的烦恼 [M]. 侯浚吉，译. 上海：上海译文出版社，1982：3.

展开，就像铜墙铁壁一样。粉色荷花箭高高挺出来，是监视白洋淀的哨兵吧。"① 大荷叶本来是青翠欲滴、妩媚动人的，柔嫩易脆，并不坚硬，与铜墙铁壁更是风马牛不相及；荷花箭也是按照自然规律生长，对人不存在喜怒情感，更不知道承担哨兵的角色。但是，我们将其放在抗日烽火这一大环境下，从中华民族与山河共存亡的全民抗战，从根据地人民同仇敌忾的男女老少齐上阵打击日寇这一层面去理解，作者在这一段自然环境的描写中借助比喻、拟人手法所体现出来的象征意义，不仅恰如其分，而且新颖别致，富有创意。

《红岩》中写到狱中的成岗和刘思扬在黑夜中正借助昏黄的灯光研读黄以声送来的载有"共军横渡长江"的报纸，接着就写道：

窗外，突然一阵闪电，接着就是一声震耳欲聋的巨雷。黑牢，在雷声中不住地抖颤……又是一声春雷，紧接着耀眼的闪电。粗大的，豪放的雨点，清脆地洒在屋瓦上，发出铿锵的金属般的声音。这声音铮铮地拨动着心弦，发出强烈的共鸣……

"狂风暴雨啊，快点来吧！"
"震撼世界的春雷啊，快点来呀！"②

这里的闪电、春雷既是写一种自然现象，更是明显地象征着席卷全国的革命风暴已经到来，蒋家王朝行将覆没。其象征意义和作品的主题是完全一致的。老舍认为："景物与人物的相关，是一种心理的、与哲理的解析。"③实际上是对自然象征意蕴的另一种表述。可以和以上事例相印证。

在具有很强的现代意识，或者说受现代主义影响的小说中，自然环境的描写和作品的其他内容常常构成一种整体的象征。张承志的《老桥》写的不仅仅是一座古老的木桥，而是把老桥作为一种象征，一种连接过去和现在并通向未来的象征，是联系山和水，联系两个时代的桥，是愚昧走向文明，旧的生活方式转向新的生活方式的必经之桥。海明威的《老人与海》中，除了人物以外，还浓墨重彩地描写了大海、海上的太阳、马林鱼、鲨鱼。尽管海明威明确表示，没有什么象征主义，海就是海，老人就是老人，孩子就是孩子，鱼就是鱼，鲨鱼就是鲨鱼，不好也不坏。但实际上，任何一部真正的艺术作品都散发出象征和寓言的意味，大海、太阳、马林鱼、鲨鱼已经不是纯自然意义上的景物，而是在淡化了时空限制的条件下，凝聚了海明威的精神

---

① 孙犁.荷花淀［M］//高中语文·第一册.北京：人民教育出版社，1979：185.
② 罗广斌，杨益言.红岩［M］.北京：中国青年出版社，2000：401.
③ 老舍.老舍论创作［M］.上海：上海文艺出版社，1982：76.

或审美思想的一种选择、一种存在，其艺术抽象程度很高。作品问世以来，人们对其进行的各种见仁见智的解读就很好地说明了这一点。

二、人化的社会环境

社会环境是指小说中情节的发生和人物活动的社会历史条件，人与人之间的各种社会关系。具体而言，则指一定历史时期的社会结构、政治制度、经济形态、文化传统、风尚习俗及各种人伦关系等。社会环境是由于人的活动才形成的，所以一切带有人为的因素，是一种人化了的社会环境；而正如马克思所认为的，人的本质在其现实性上是一切社会关系的总和，所以社会环境的核心是人和人之间所结成的关系。

社会环境是小说中事件展开、情节发展和人物性格形成的土壤，是环境描写的主要方面，在具体作品中，其表现方式丰富多彩，大致说来，有以下几种类型。

1. 时代背景

时代背景是一定历史时期的政治、经济、军事、文化等方面的情况在作品中的集中体现或部分显示。杰出的小说，总能提供适合人物生存表现的社会空间，提供人物活动的舞台。在传统小说中，这种情况表现得很突出。比如，《水浒传》中作者为了写好官逼民反的社会根源，开端就写高俅"发迹"和徽宗皇帝宠信他的故事，以表明"乱自上作"。并且以高俅为贯穿全书的一根黑线，将上自朝廷的蔡京、童贯之流，地方州府的慕容彦达、梁中书之徒，以及与他们狼狈为奸的一大批处于社会基层的贪官污吏、土豪恶霸，如张都监、蒋门神、祝朝奉、毛太公和西门庆等，再加上各级官府的差拨、役吏和各种各样的爪牙等，全都串连在一起，对他们进行了全方位的描写，写出了北宋末年政治上极端腐败，官僚、豪绅、恶霸互相勾结所导致的民不聊生的典型的社会环境。轰轰烈烈的农民起义，就是在这样一种时代背景下，风起云涌地展开的。

传统小说中这种重视时代背景的写法，在现实主义小说中体现得很明显，尤其是在恩格斯提出了再现典型环境中的典型人物的理论之后，影响所及，现实主义作家们更加不遗余力地将其作为小说创作的自觉要求。20世纪在中国影响最大的一部外国文学名著，在"感动共和国的五十本书"的群众投票评选活动中名列第一的长篇小说《钢铁是怎样炼成的》，其基本创作思路，就是在俄国从第一次世界大战起，经过十月革命、国内革命到经济恢复时期这一广阔的时代背景下,来展示一个普通工人家庭出身的孩子的成长过程。小说中的人物和情节异常感人,而如果缺乏那种时代背景的铺垫,人物的活动就会显得泛化而难以如此真切动人。

但是,当代小说中又存在着一种故意淡化时代背景的倾向,作者常常以亘古不变的自然背景来取代社会背景。比如张承志的小说中,其基本背景就是草原、戈壁、大河、太阳、黄土梁峁等自然景观,他的《大坂》《黑骏马》《北方的河》《绿夜》等作品,就多少存在这样的情况。作者不将目光集中在传统的以人伦为基本行为准则的社会背景中,而是从更宽泛的意义上去关注人与自然的关系,体现了他另外的一种探索精神。

2. 风俗习惯

风俗习惯是人们长期以来形成的生活方式的载体,体现在人的衣食住行、生老病死等生活的方方面面。它既是一种实实在在的客观物象,又是一种特殊的社会意识形态,既对人的思维具有某种导向性,又在实践中表现为人的行为惯性。它包含了人们对主客观世界的认识态度、价值取向、审美情趣及心理经验等多方面的信息。风俗习惯又具有很强的时代特征和地域色彩。借助于对风土人情的描写,既能反映出一种特殊的社会环境,又能给作品增添一份独特的美感,因此很受小说家的青睐。巴尔扎克明确表示,他写小说就是要写出"许多历史学家忘记了写的那部历史,就是风俗史"[1]。高尔基也告诫说:"不可忘记,除了风景画之外,还有风俗画。"[2] 鲁迅更深有体会:"有地方色彩的,倒容易成为世界的,即为别国所注意。"[3]

事实上,对习俗风尚的成功描写,就是许多小说的特色之一。《红楼梦》中所描绘的清代社会的饮食起居、读书做官、婚丧祭庆乃至市井村野的各种习俗,非常详尽,被誉为清代社会风俗的百科全书。这些风俗的描写不但构成了作品内容的有机部分,为人物活动提供了环境依据,展现了芸芸众生的世态百相,而且展示了东方文化的独特个性,同时也为我们了解当时的社会实况提供了一定的线索。比如私塾教育,作品中第九回"嗔顽童茗烟闹书房"、第八十一回"奉严词两番入家塾"、第八十二回"老学究讲义警顽心"都写到了,而且介绍得比较详细。从中我们可以知道,富贵人家对请来的教

---

[1] 《人间喜剧》前言 [M] //伍蠡甫. 西方文论选(下卷). 上海:上海译文出版社,1979:168.
[2] [苏] 高尔基. 给青年作者 [M]. 以群,等译. 北京:中国青年出版社,1955:33.
[3] 鲁迅. 书信·340419 致陈烟桥 [M] //鲁迅全集·第12卷. 北京:人民文学出版社,1981:391.

书先生很尊敬，教师的地位并不低。贾雨村本为落魄文人，他在林如海盐政衙门内教其女儿林黛玉识字，林如海对他很客气，言必称"吾兄""尊兄"，后来又提供费用，推荐他进京谋官。第九回写贾政要求私塾先生教贾宝玉读书，主要是让宝玉背熟《四书》。还有，大户豪门的家塾是免费提供饮食的，有关系的亲戚侍仆的子弟也来跟着沾光读书。从这些具体习俗的描写中，我们可以看出当时教育状况之一斑。而与此有关的人物的一切活动，均是在此习俗背景上展开的。

当代小说创作中，一些作家很擅长通过风土人情的描写来给作品中的人物营造典型的生活环境，不但增强了作品的真实性，而且使作品充溢着浓浓的地方风味。比如汪曾祺创作的《大淖纪事》《受戒》《异秉》等以其故乡三四十年代风俗民情为素材的小说，就被评论界称为"风俗画"小说，其中展示的中国乡镇市井的人情风物和普通百姓的世俗生活，就如一幅幅古朴生动的风俗画一样。在《大淖纪事》中，作者花了近一半的篇幅去描写大淖的景致风情。大淖中央的沙洲上"长满了茅草和芦荻"，春夏秋冬，碧绿、雪白、枯白，各呈异彩。居住在大淖附近的"两丛人家"各有各的乡风民俗。做小生意的，以和为贵，凡事忍让，相安无事。兴化帮的锡匠们重义气，团结正派，他们靠手艺吃饭。世代居住在草房里的挑夫们勤劳善良，安贫乐道。姑娘一般是自己找人，男女之间相好的标准就是情愿。这些描写，既渲染了一种略带原始韵味的古朴民风，又为后面故事发展中叙述小锡匠跟巧云的爱情纠葛，特别是由此引起的锡匠们自发地顶香请愿反抗保安队的行动，提供了民俗民性的基本社会环境。

3. 人际关系

从宏观来说，人存在于世上，面临的关系主要是两种，一是人与自然的关系，二是人与人之间的关系，而后者往往更复杂、更重要。因为人不是生活在真空中，人是社会中的人，人的生命本质或价值主要体现在一个过程之中，在这个过程中个人的思想行为必然与周围的人发生千丝万缕的关系，并由于这种关系而显示出其存在的意义。

文学既然是人学，自然要抓住人际关系这一关键来反映人的本质存在。在小说创作中，人际关系的无穷奥妙及这种关系的无限可能性，是作家挖掘人性深度、刻画人物性格、反映社会生活的广阔天地。因此，也往往成为构成社会环境的核心。

在具体时空中，人际关系主要体现为人与人之间的心灵距离及行为倾向。

《红楼梦》第三回"托内兄如海荐西宾,接外孙贾母惜孤女"中,通过林黛玉进贾府的情节,既详细描写了贾府里精美的房舍,渲染了贾府的尊贵豪华,又恰到好处地暗示了贾府里复杂的人际关系,从而展示了贾府这一全书的典型环境。其中对于人际关系的描写,不但揭示了有关人物的身份地位和性格特点,而且为人物命运和情节的发展奠定了一定的基础。林黛玉是因丧母"去依傍外祖及舅氏姊妹"才来到贾府的,来了之后,林黛玉先是见了外祖母贾母、大舅母邢夫人、二舅母王夫人、表嫂李纨、表姐妹迎春、探春、惜春等人,作品除了对林黛玉与贾母见面的情景稍做详细的描写外,其余见面过程都一笔带过。但是接着就浓墨重彩地描写了王熙凤的出场及其和周围人物的关系。王熙凤是在"个个皆敛声屏气"的场面中谈笑自如地现身的,说明她在贾府的地位非同一般;她一到来,贾母就开玩笑说她是"凤辣子",说明她深得贾府最高统治者的喜欢;她一见林黛玉,就赞不绝口,忽儿又悲喜交替,接着对林黛玉说,想要什么吃的玩的或者丫头老婆们不好了,"只管告诉我",说明她很会做人,很有心计表现自己;她与王夫人关于月钱与衣料的谈话,说明她办事的精明干练,而王夫人的"一笑,点头不语",说明她也深得王夫人的赞赏。作为贾府实际当家人的王熙凤的性格作风及其和上上下下各种人的关系,代表了贾府的家风。这种人际环境构成了贾府这一典型环境的重要方面,要想在这种家族环境中生活,必须学会循规蹈矩、逢迎权势、八面玲珑,既要会做事,更要会做人,才能左右逢源。事实上,这种环境很快就对林黛玉产生了作用。林黛玉在依次拜见大舅二舅并在贾母处吃了晚饭以后,作品写道:"今黛玉见了这里许多事情不合家中之式,不得不随的,少不得一一改过来。"接着,我们就会发现,上文写贾母问林黛玉"念何书",林黛玉回答:"只刚念了四书。"黛玉又问姊妹们读何书,贾母道:"读的是什么书,不过是认得两个字,不是睁眼的瞎子就罢了!"而到了下文,贾宝玉问林黛玉"妹妹可曾读书"时,黛玉就改说:"不曾读,只上了一年学,些须认得几个字。"到贾府才半天工夫,林黛玉就违心地说起了假话,可见这个环境对人的制约作用。

林黛玉进贾府这一天中最后见到的是贾宝玉,可以说两人是心有灵犀,一见钟情,黛玉一见宝玉,心下想道:"好生奇怪,倒像在那里见过一般,何等眼熟到如此!"宝玉一见黛玉,便忙来作揖,还笑道:"这个妹妹我曾见过的。"这一初次见面的印象,就预示了两人非同一般的关系。

这一回书中,《红楼梦》的主要人物正式出场。他们的出场是通过林黛玉进贾府引出的,而他们一出场就自然地带来了各种各样的人际关系,其中的人物也就在这种特殊的人际环境活动着，他们的喜怒哀乐、兴衰荣辱，无不与此环境息息相关。作者将环境描写融入人物的行动中进行，几乎是不露痕迹地就将以人际关系为主要内容的贾府这一典型环境描绘得如此精当，这正是大师的手笔。

当然，人际关系是呈动态变化的，既带有浓厚的历史传承性和地域色彩，又会随着社会的发展而不断注入新的内容，其复杂性和变异性是单纯的人与自然的关系所无法比拟的。相对于比较定型化而又比较显眼的时代背景和风俗习惯来说，人际关系更显得变幻莫测而容易为人所忽视。实际上，作为构成社会环境的核心部分，人际关系无处不在、无处不有，小说家要想做到正确深刻地反映社会人生，就必须正视并不断地研究这一问题，写出的作品才能经得起推敲。

三、时间与环境

谈到小说环境的构成要素，传统的观点一般认为其包含两个方面，即自然环境和社会环境，一般的文学词典和教材都是这么界定的。这种认识主要体现了从形而下的角度对环境所进行的思考，在一定历史时期就小说创作的一般情况及人们的认知背景而言，有其产生的必然性和合理性。但是，当我们对此进行更深层次的思考，尤其是联系小说艺术嬗变的事实进行客观的分析时，就会发现，谈到小说的环境描写是离不开时间的，或者说，时间是小说环境的构成要素之一。

对这一问题该从何理解呢？

从事物的存在来说，万物都存在于一定的时空之中，离开了时空，一切就无从谈起，人类也早就认识到了这一点。就时间而言，在西方，古希腊时，时间就被尊称为"万有之父"。在东方，被誉为是创造宇宙和人的上帝赐给全人类的信息的《旧约全书》里，就明确指出："凡事都有定期，天下万物都有定时。"[①] 在人类一切价值观念和行为规则中，时间始终是一把基本标尺。正因为这样，在文学领域，中外学者和作家们对于时间在小说中作用的探索一直没有停止过。福斯特尽管不想多谈论时间问题，因为"有些知名的研究形

---

① 旧约全书·传道书·第3章 [M] //曾传辉，等. 圣经故事. 北京：中国社会科学出版社，1994：420.

而上学的学者由于对时间议论不当而弄到声名狼藉"①，但是他明确地说："在小说中对时间的忠诚尤其重要，没有哪部小说是不谈时间的，……倘若小说家在他的小说结构中，不谈时间那是完全不可能的。"② 英国作家伊丽莎白·鲍温在《小说家的技巧》中更加强调指出："时间是小说一个主要组成部分……时间同故事和人物具有同等重要的价值。凡是我能想到的真正懂得，或者本能地懂得小说技巧的作家，很少有人不对时间因素加以戏剧性地利用的。"③ 我国学者曹文轩也认为："从某种意义上讲，小说问题，也可以说是一个时间问题。小说的诸多问题，都是与这个时间问题搅和在一起的。若下这样一个结论——小说是时间的艺术——我以为也未尝不可。"④ 这样看来，时间与小说是不可分割地联系在一起的。更具体一点说，传统的小说环境理论关于自然环境和社会环境的内容范围中，实际上已兼容了时间要素。自然环境方面季节时令的更替变化、白昼黑夜的循环往复、今日明日的延续不断，都是时间的运动；社会环境方面时代背景的变化、历史岁月的风云等，都与时间息息相关。

尽管如此，自古以来人们对时间在小说中作用的认识，既让人觉得其作用无所不在，又让人感到其作用飘忽不定。而当我们从小说的人物、情节、环境这些基本要素去对时间进行宏观的思考定位时，就能明白，时间主要是作为构成环境的一个基本因素去为小说中的人物和情节服务的。因为站在人本的角度，人毕竟是万物的尺度，小说一旦离开了人物和由人物生发的情节，其他方面就无从谈起。即使少数具有艺术探索性的作品将时间作为结构的形式或者表达的主题，但幕后站着的还是人，是按人的思想方式和价值尺度来处理这一切的。所以从根本上说，时间只能理解为存在的环境。在小说史上，作为环境的时间艺术，其嬗变的轨迹大致可以分为两种模式，即追求客观真实的时间环境和注重主观意识的时间环境。下面分别予以阐释。

1. 追求客观真实的时间环境

传统时间观认为时间是一维的、线性的、绝对的、一去不复返的。古代

---

① [英]爱德华·摩根·福斯特. 小说面面观 [M]. 苏炳文，译. 广州：花城出版社，1985：26.
② [英]爱德华·摩根·福斯特. 小说面面观 [M]. 苏炳文，译. 广州：花城出版社，1985：25.
③ [英]伊丽莎白·鲍温. 小说家的技巧 [J]. 世界文学，1979（1）：276-309.
④ 曹文轩. 小说门 [M]. 北京：作家出版社，2003：130.

思想家孔子就曾站在河边感叹："逝者如斯夫，不舍昼夜。"① 唐代诗人李白也深知："逝川与流光，飘忽不相待。"（《古风》十一）这些均包含了对时间的这种传统认识。近代物理学的理论更明确地阐述了这种观点。牛顿指出："绝对的、真实的和数学的时间，又名绵延；相对的、表现的和通常的时间，是可感知和外在的对运动之延续之度量，它常常用来代替真实的时间，如一小时、一天、一个月、一年。"② 强调的是时间的绝对性、真实性和不以人的意志为转移的纯客观性。

与这种时间观相对应，传统小说着力描写营造的是一种客观真实的时间环境。这种情况在现实主义小说，包括一些浪漫主义之作中，表现都很明显。

中国传统小说的时间意识深受史传叙事和民间文学的影响，不但基本采用直线式的连贯叙事，而且常常在作品中明明白白地标明故事发生的时间。白行简的《李娃传》先是交代了故事发生的时间："天宝中，有常州刺史荥阳公者……"然后再按时间顺序叙写故事。元稹的《莺莺传》开篇就是："贞元中，有张生者……"接着按时序展开故事。《三国演义》反映的是东汉灵帝中平元年（公元184年）到西晋武帝太康元年（公元280年）近一个世纪的社会生活，第一回开卷就写道：

> 话说天下大势，分久必合，合久必分。周末七国纷争，并入于秦。及秦灭之后，楚汉纷争，又并入于汉。汉朝自高祖斩白蛇起义，一统天下。后来光武中兴，传至献帝，遂分为三国。

将周末七国至秦汉三国七百年左右的历史按时间顺序宏观叙来，形成了一种纵深的历史感。接着就是："推其致乱之由，殆始于桓、灵二帝……""建宁二年四月望日……""中平元年正月内……"，将叙述的内容按时间先后一一锁定，时间交代准确而明晰。然后引出"宴桃园豪杰三结义，斩黄巾英雄首立功"的情节。《三国演义》的故事在时间的先后顺序中一个接一个地展开了。《水浒传》开篇第一句对时间交代得更加具体："话说大宋仁宗天子在位，嘉祐三年三月三日五更三点，天子驾坐紫宸殿……"《子夜》在开篇不久，就连续出现了三个"一九三零年"的时间交代。

外国传统小说对时间环境的叙写也特别重视。《鲁滨孙漂流记》开篇第一句话就是"我于一六三二年出生于约克城的一个体面人家"。此后，每一个阶

---

① 论语·子罕 [M] //朱熹.四书集注.长沙：岳麓书社，1987：163.
② 塞耶.牛顿自然哲学著作选 [M].全增嘏，等译.上海：上海人民出版社，1974：19.

段都清楚地标出了时间：从他第一次冒险出海的"一六五一年九月一日那个不祥的时辰"，到八年后成为巴西一庄园主时又为贩卖黑奴"在一六五九年九月一日那个不吉利的时辰上了船"；从海上遇险，轮船搁浅，他孤身一人"于一六五九年九月三十日"爬上荒岛，到"一六八六年十二月十九日那天离开这个海岛，一共在岛上住了二十八年二个月零十九天"。时间流程交代得清清楚楚。《巴黎圣母院》第一卷开头就是点明时间："三百四十八年六个月零十九天以前的今天……""然而，一四八二年一月六日在历史上却是平淡无奇的日子"。《悲惨世界》开篇第一句也是："一八一五年……"《战争与和平》共有四卷。前三卷的开头都先点出了时间，分别是"一八零五年七月""一八零六年初""从一八一一年底起"。第四卷开头虽然没点出年月日的全称，但联系上下文就会发现是从一八一二年八月二十六日写起的。

这一连串清晰的时间给人以强烈的现场感、真实感。

这些经典名作都在开篇的第一时间里将第一关注点放在时间的交代上，说明时间在作者创作中的分量。而且，这些作品的"叙事（能指）时间"，即叙述者根据一定意图安排的时间顺序，和"故事（所指）时间"，即故事或事件本身发展固有的自然时序，从宏观上来看，二者的顺序基本上是一致的。

这些作品强调时间环境的目的就是为了充分地利用时间的价值，创造一个让人感到真实可信的艺术世界。作家们的创作理念也是这样认为的。雨果在谈到文学创作时说："不论一个诗人对艺术的整个思想怎样，他们的目的应该首先是象高乃依那样努力追求伟大，像莫里哀那样努力追求真实；或者，还要更超出他们，天才所能攀登的最高峰就是同时达到伟大和真实，像莎士比亚一样，真实之中有伟大，伟大之中有真实。"[1] 托尔斯泰在分析艺术作品的感染力时，特别强调真实真诚，认为"艺术家的真挚的程度对艺术感染力的大小的影响比什么都大"[2]。而突出时间环境的交代，是这些作家们追求客观真实的必然选择。

但是，也有一些小说对时间环境的交代并不明确具体，而且会出现叙事时间和故事时间不一致的情况。比如《红楼梦》，作者在第一回中就借空空道人之口说此书故事"无朝代年纪可考"，又自题该书是"满纸荒唐言"，似在

---

[1] 雨果.《玛丽·都铎》序 [M] //外国作家谈写作. 杭州：杭州大学中文系, 1979：108.
[2] 列夫·托尔斯泰. 什么是艺术 [M] //伍蠡甫. 西方文论选（下卷）. 上海：上海译文出版社, 1979：440.

说明此书的时间背景及其所负载的内容是含含糊糊的。而且，第一回开篇就写的"作者自云"的叙事时间是开始于石头经历红尘之后，"此书从何而起"的叙事时间可远溯到女娲补天的时候，这两种叙事时间与以上所叙虚幻之事发生的故事时间，显然是不一致的。用法国叙事学家热奈特的话来说是一种"时间倒错"。可是，我们联系作者身处的创作时代及全书的整体内容来看，就能发现，作者也是在想方设法地暗示时间环境。作者处在文化专制空前残酷的清朝时期，为了免遭"文字狱"的迫害，在书中第一回就特意表白"亦非伤时骂世之旨"。而实际上，作者不但追求情节内容的真实，"至若离合悲欢，兴衰际遇，则又追踪蹑迹，不敢稍加穿凿，徒为供人之目，而反失其真"（第一回）；而且多处透露了小说所描写的现实性故事情节的具体时代特征。如第五回写宁、荣二公嘱云："吾家自国朝定鼎以来，功名奕世，富贵传流，虽历百年，奈运终数尽，不可挽回者。"又写到金陵十二钗正册探春的判词中有"才自精明志自高，生于末世运偏消"。第十三回秦氏对王熙凤说到的"如今我们家赫赫扬扬，已将百载"。这些都是作者有意地在反复传达一种信息：本书反映的就是封建末世清代的社会生活。

我国传统的浪漫主义小说，虽然强调主观想象，内容超越现实，但也很讲究时间环境的交代。唐传奇《枕中记》的第一句就是："开元七年，道士有吕翁者，得神仙术。"《柳毅传》的首句也是："唐仪凤中……"即唐高宗年间。《西游记》一百回，从写悟空出世到取回真经，宏观的叙事时间和故事时间的顺序是完全一致的。尤其是对唐僧取经往返的时间交代得很具体。第十三回写唐僧起程之时是："却说三藏自贞观十三年九月望前三日，蒙唐王与多官送出长安关外。"第一百回写唐僧取经回国之时，先是写三藏道："途中未曾记数，只知经过了一十四遍寒暑。"接着又写太宗笑道："久劳远涉，今已贞观二十七年矣。"这些时间同样赋予了故事一种似真性。

以上典型的例子已经充分地说明，时间作为小说环境的一个要素，不但备受重视，而且体现于各种风格的小说作品之中。其目的就是为了给人物活动和情节发展营造真实可信的环境，以增强作品的真实度和感染力。

2. 注重主观意识的时间环境

随着科学的发展，到了19世纪末20世纪初，人们的时间观发生了很大的变化。在自然科学领域，1905年，爱因斯坦创建的狭义相对论取代了牛顿的经典力学。狭义相对论的时间观认为，时间是相对量，没有绝对不变的"普适时间"，相对性的时间与观测者的运动情形有关。比如，当物体以每秒二十六万公里的速度运行时，运动体里的时间要比静止坐标里的慢一半；而如果以光速在宇宙里旅行，那么旅行中的一年相当于地球的几十年。这种相对的时间观打破了绝对整一的传统时间观。与此相呼应的，在社会科学领域，法国哲学家柏格森认为，时间是纯粹的不间断性，是内在的、心理的，因而提出了心理时间的概念。柏格森的学说，又成为20世纪现代派非理性美学、意识流理论的基础。[①] 而在心理学界，著名的构造主义心理学家铁钦纳提出了时间有物理时间和心理时间的区别。[②]

这些来自自然科学和社会科学不同领域的时间观念的变化，影响到文学艺术，也带来了小说创作中时间观的变化。这种变化的基本特点是，摆脱自然时间的束缚，寻求并力图创造一种意识状态下的时间环境，以最大限度实现主观心灵表现的自由。

（1）心理时间的泛化

受现代哲学和心理学关于"心理时间"说的影响，小说家们突破了恪守时间一维性，按照自然时间的顺序来思维的叙述方式，而以人的心理变化为依据来处理时间，让过去、现在和将来的时间相互交叉、渗透，甚至颠倒，人物和情节就是在这样一种时间环境下运行，具有这种特点的小说被称为心理时间小说。在具体作品中常常表现为以人物心理过程的线索取代外在可视性、动作性很强的故事情节的发展线索；运用内心独白、心理剖析、梦幻折射、潜意识描写等方法，将时间进行割裂重组，以适应表现跳跃飘忽、诡谲多变的心理世界的需要。

在现代小说中，运用心理时间为人物活动和情节发展营造一种超越形而下，看不见、摸不着，但又实实在在地更加契合人的心灵状态的环境机制，使小说艺术进入了一种新的境界，给人带来了全新的审美冲击，受到现代小说家们，尤其是西方的小说大师，像普鲁斯特、乔伊斯、福克纳、博尔赫斯等的普遍青睐，普鲁斯特的《追忆逝水年华》、乔伊斯的《尤利西斯》、福克纳的《喧哗与骚动》、博尔赫斯的《交叉小径的花园》等，都是这方面的经典之作。

比如《喧哗与骚动》，作者选取了康普生家庭生活中的四天，即1928年4月7日、1910年6月2日、1928年4月6日和1928年4月8日，作为标题，其整体顺序是按照"C、A、B、D"的时序来安排的，而且小说的各个部分，

[①] 汤龙发. 西方美学史纲要 [M]. 北京：中国国际广播出版社，1992：389-390.
[②] 杨清. 现代西方心理学主要派别 [M]. 沈阳：辽宁人民出版社，1980：108.

尤其是前三部分都是根据各个叙述者的意识流动来进行的。第一部分是班吉的呓语，第二部分是即将自杀的昆丁的错乱、不清醒的"意识流"，第三部分是极端自私者杰生的内心独白，第四部分作者用第三人称，透过家仆迪尔赛清晰、正常的眼光，把前面的叙述理出一个头绪来。其中在白痴班吉和神志混乱的昆丁意识中没有过去、现在和未来之分，时间是颠来倒去的，让人晦涩难解。而实际上，作者所要叙述的是一个再简单不过的故事，"他想详细讲述康普生家四个孩子——凯蒂、昆丁、杰生、班吉——创痛巨深、悲惨不幸的生活，并且暗示他们各自的悲剧反映出南方古老的贵族家庭的普遍没落"[①]。那么，作者为什么要把这连续的家庭编年史，分解成一个个不合情节常规、违反年代顺序且又让人费解的心灵独白呢？这正是作者的创作意图所在。正像书名出自莎士比亚的悲剧《麦克白》中的台词所说的那样，"人生是一个白痴讲的故事，充满了喧哗与骚动，却没有任何意义"。小说的主题正在于此，这种革新的最大表现则是时间的变化，主要是心理时间的广泛运用，使人物和情节在一个迥异于传统小说的环境机制下运行，拓宽了小说的表现范围，从而产生了一种新的叙述张力。法国存在主义哲学家萨特在评论福克纳小说的时候，认为"福克纳的哲学是时间的哲学"[②]，也正说明了时间（当然主要是心理时间）在福克纳小说中的重要性和广泛性。

以福克纳等人为代表的意识流小说是用心理时间取代客观时间最主要的实践者，影响遍及全世界。20世纪30年代，意识流小说曾被译介到中国来，当时的海派小说家刘呐鸥、施蛰存、穆时英、张爱玲等都使用过意识流的方法。到了20世纪80年代，西方现代派文学大量进入我国。现代派的一个中心课题就是"时间"，"时间"是现代西方小说的关键词。受此启迪，具有前卫意识的中国作家们立足本土进行了卓有成效的实验，心理时间更是受到作家们的格外关注。王蒙、茹志鹃、宗璞、谌容、莫言、马原、格非、余华、贾平凹等一大批作家，都在这方面进行了成功的探索。王蒙的《春之声》表面所写的自然时间只是主人公坐火车至目的地这3个小时，但是主人公的心理知觉时间却延伸到50年前的童年乃至更加遥远的无限。《蝴蝶》也是根据叙述人心理时间的流程，将主人公30年来前前后后交叉的回忆包容在他从山村回京，下飞机乘车回机关这一短短的时间里。作者正是借助心理时间的自

[①] [英]伊恩·乌斯比.50部美国小说[M].王问生，沈蕾，译.上海：上海译文出版社，1991：321.
[②] 李文俊.福克纳评论集[M].北京：中国社会科学出版社，1980：163.

由机制,将复杂的社会人生内容纳入其中,达到了时间与心灵的交融统一。谌容的《人到中年》一开篇就是陆文婷的内心独白,从第二节开始,意识流叙述和第三人称叙述交叉进行。作者以陆文婷的病床作为现实的支撑点,不断地从陆文婷的意识活动切入她生活的各个时期,从她初进这所医院工作,一直到她重病倒床,心理时间的自由切换使内容的表达更加自如深透。当然,王蒙等人的尝试也多少含有一点现实主义的动机,是想用现代的方法来表现"故园三千里,风云三十年"的现实人生,使之更加丰厚真切。心理时间的广泛运用,使这种选择成为可能,正如王蒙所说的:"我到现在为止能找到的一个方法,就是写情绪,写人的内心活动、人的灵魂。"①

到了20世纪80年代中期以后,一批新成长起来的青年作家以年轻人特有的敏锐和热情,更加全面地接受了意识流的艺术技巧,在心理时间的运用上更加毫无障碍,手法也更加成熟。张承志、刘索拉、莫言、乔良就是这方面的代表作家。比如莫言的《欢乐》,长达八万字的篇幅所写的仅仅是主人公齐文栋在五次高考落榜以后准备自杀前的一段心理活动,他多年来的痛苦、后悔、仇恨、自责等种种复杂的心情交织在一起,面对死亡的考验,在大脑里迸涌而出,思维的碎片借助心理时间的自如变换像天马行空般的来无影、去无踪。

(2)叙事时间的个性化

叙事时间又叫话语时间、文体时间,是指从具体的叙事文本中所体现出来的时间状态。它是创作主体对客观时间进行艺术加工的结果,因而必然带有主观色彩。传统小说的叙事时间,从总体来说,中西方差别很大,"西方小说往往从一人一事一景写起,中国小说则往往首先展示一个广阔的超越的时空结构,神话小说从盘古开天辟地、女娲炼石补天写起,历史小说从三皇五帝、夏商周列朝写起"②。前者体现着一种"个体性的思维",时间表达顺序为"日—月—年";后者体现着一种"时间整体性思维",时间表达顺序为"年—月—日"。③ 在这种基本的时间模式下,尽管小说史上叙事时间与故事时间倒错的情况并不鲜见,但二者一致性的叙事策略仍是小说的主流,尤其在传统的现实主义小说中,"为了追求故事的真实性和现实性,往往把叙事时

---

① 王蒙.关于"意识流"的通信[J].鸭绿江,1980(2):70.
② 杨义.中国叙事学[M].北京:人民出版社,1997:130.
③ 杨义.中国叙事学[M].北京:人民出版社,1997:30-31.

间全部压制到故事时间里，叙事的时间与故事的时间是完全一致的"①。而随着人们对时间观的认识深化，特别是现代叙事学的发展，使叙事时间获得了独立的品质，从受制于客观时间到自如地对它进行掌控。作家可以根据创作的需要随心所欲地将时间进行排列组合或压缩扩展，建立主观性、个性化的时间机制。现代小说家们在这方面尽情地展示着自己的天赋。

萨特在谈到西方小说家对待时间的个性时认为："当代大作家——普鲁斯特、乔伊斯、多斯·帕索斯、福克纳、纪德和弗吉尼亚·伍尔夫——都曾试以自己的方法割裂时间。有的把过去和未来去掉，让时间只剩下是对于片刻的纯粹本能知觉；另有些人，像多斯·帕索斯把时间作为一种局限的机械的记忆，普鲁斯特和福克纳干脆把时间斩了首，他们去掉了时间的未来——也就是自由选择、自由行动的那一面。"② 比如，普鲁斯特的《追忆逝水年华》，长达三百多万字，都是由第一人称叙述者通过回忆的方式将许多不连贯的片段串连起来的，可以说是一种回忆式的叙事时间模式。弗吉尼亚·伍尔夫的《墙上的斑点》，从墙上的一个小斑点出发，展示一个妇女的意识流动，采用的是辐射式的叙事时间模式。前面分析过的福克纳的《喧哗与骚动》，总的来说，四个部分之间采用的是时序倒置的叙事时间模式。

当然，不同作家对时间有不同的理解和处理方式。即使同一作家在不同作品中，其叙事时间也会呈现不同的形态。博尔赫斯小说中的叙事时间就各有特色。在《塔德奥·伊西多斯·克鲁斯的小传》中，主人公的人生境遇重复了四十年前他父亲临终前的梦境。《圆形废墟》中的魔法师用梦创造了自己的孩子之后，在置身于火海的时候才明白，自己也是一个别人梦中的幻影，无法摆脱与梦中孩子相同的命运。人类便是在现实与梦幻中循环延续。这类小说运用的叙事时间是循环时间。在《另一个》中，老年博尔赫斯和青年博尔赫斯在现实中的查尔斯河畔的一条长椅上相遇。其叙事时间是双线并行交叉式的。在著名的《交叉小径的花园》中，交叉小径的花园不仅仅是一个空间意象，一座现实的物质迷宫，它也是时间迷宫。其叙事时间是多线并行交叉式的。而在《秘密奇迹》中，主人公在临刑前几分钟要求上帝给他一年的时间完成剧作。29日上午9时，就在敌人发令开枪到枪声响起的一瞬间，上帝答应了他的要求，时间便停止了。一年间他完成了两幕剧作的写作，当最

---

① 吴秀明.转型期文学叙事现代性的递嬗演进及特征［J］.浙江大学学报：人文社会科学版，2001, 31（1）：5-13.
② 李文俊.福克纳评论集［M］.北京：中国社会科学出版社，1980：163-164.

后一个形容词想出时,他被行刑队开枪打倒了,时间是29日上午9时零2分。在这里,博尔赫斯创造的叙事时间是凝固时间。

受西风东渐影响的中国作家,在结合本土文化的基础上,也创建了具有东方特色和自我个性的叙事时间模式。王蒙、谌容、莫言等人受意识流影响比较明显,他们创作的该类作品中有着共同的特征,即构建心理时间,通过人物意识流活动的展开来写人叙事。《春之声》中岳之峰在回乡途中坐在闷罐子车厢中的怀想,《人到中年》中陆文婷的内心独白,《欢乐》中齐文栋自杀前心里的翻江倒海,都突破了现实时间的局限,深入人物的意识层或潜意识层,在无拘无束的心理时间中探寻意识的隐秘踪迹,展示人生社会的博大深沉。

而以马原、格非、余华等为代表的作家,受博尔赫斯的影响较大,着力创造一种迷宫时间,其特点"主要是通过对时间的扭曲和错位,改变生活的原生态;它常常割裂自然时间,用反逻辑、反常规的方式拼接起来,造成一种扑朔迷离的阅读效果"[①]。马原的《拉萨生活的三种时间》,其中的三种时间是"昨天、今天、明天",而作者却常常站在"今天"写还没有到来的"明天"的事。比如,小说中的"我"于五月二十四日这一天在写小说,首先写到的是五月二十五日零点以后"我"买纪念品的事,而且写得不容置疑,似乎实实在在发生过一样,然后再回过头来,写今天的事,这样把"将来时"发生的事当成"过去时"发生的事来写了。格非的《褐色鸟群》的叙事时间和情节构成了令人迷惘的悖论:多年前一个叫棋的少女来到"我"的公寓,她说与"我"认识多年,"我"给她讲了一段"我"与一个女人的故事;许多年后,棋又来到我的公寓,但她说她从来没见过"我",她说她从十岁起就没进过城。这里的时间和时间是互相否定的。余华的《此文献给少女杨柳》设置的叙事时间则互不相容:小说明明白白地写了杨柳在同一时间,即1988年8月14日的三种死法,一是出车祸后死在手术台上,二是得白血病而死,三是病死家中。很显然,这些叙事时间是不合现实常规的。先锋作家们故意虚化本来可以在自然时间机制下写实的故事,通过对时间的解构颠覆,创造了一种异于常态、令人费解的迷宫时间,基于此种时间环境而生发的情节就变成了无序荒诞的游戏,传统意义上的小说的真实性被大大消解了。作家们用意在对生活的荒谬、偶然作另类的思考,对时间作形而上的探讨,对小说

[①] 张卫中. 新时期中国小说的时间艺术 [J]. 北京:中国社会科学出版社,2003(1):177-189.

形式进行革新实验，尤其是文体的叙事表演。

同时，由于受中国传统文化中"因果律""天命观"的熏染和拉美魔幻现实主义的"宿命时间"的影响，新时期的小说家们也探讨并创造了一种不按现实秩序运行而又无处不在，冥冥中受某种不可测度的力量控制，具有预兆性、因果报应性的神秘时间。在这种时间中，万事万物都在预设之中，"所有的一切（行人、车辆、街道、房屋、树木），都仿佛是舞台上的道具，世界自身的规律左右着它们，如同事先已经确定了的剧情"[1]。余华在这方面进行了独到的思考，并在作品中展示了对神秘时间的探索。余华的《难逃劫数》写的是几个人物受命运的支配一步步走向灾难的故事，其中的七个主要人物，东山被毁容、阉割，最后流放边陲，露珠和男孩被杀，彩蝶自杀，广佛被处决，沙子和森林都因变态行为而受到法律的制裁。他们这种可怕的结局事先就有种种预兆，作者在叙述时对此也着意进行渲染，以营造一种宿命的氛围。比如，第一节写东山在那个阴雨之晨走入小巷，看到竹竿中挑出的"飘扬着百年风骚"的一条女人的肥大的内裤，"就这样，东山走上了命运为他指定的灾难之路"。第二节写东山来追求露珠时，露珠的预感，"露珠始终以忧心忡忡的眼色凄凉地望着东山。东山俊美的形象使她忧心忡忡。在东山最初出现的脸上，她以全部的智慧看到了朝三暮四。而在东山追求的间隙里，她的目光则透过窗外的绵绵阴雨，开始看到她与东山的婚礼。与此同时她也看到了自己被抛弃后的情景，她的目光长久地停留在这情景上面"。诸如此类的像算命先生的预言一样的叙述弥漫着全篇，而且后来人物的命运也一一印证了其正确性。贾平凹受传统文化的影响很深，也很关注神秘时间。他的《烟》中，主人公石祥生活在一种灵魂不灭、轮回转生的神秘时间之中。石祥的前世是一个长相英俊、枪打飞鸟的山大王，被另一个遭其羞辱的胡大王偷袭打死；石祥的现世是一个蹲在南疆的山洞里与敌国对峙的士兵，后被飞进洞里的石头击中脑袋而死；石祥的来世是一名罪犯，因在监狱中为抢烟打死人而被判处死刑。这三世是通过蹲在山洞里的石祥的梦境串联起来的。石祥仿佛有特异功能，知前世，明来世，还只七岁时，随大人过山岭，突然心动，声称古堡石板之下有一烟斗，大人惊奇而寻之，果然应验。石祥不管如何转世，从未改变的嗜好就是抽烟。烟成了他作为个体存在的一个特色标签，而他的灵魂在不同时段的神秘时间中也可以依附再生。作者还在小说的结尾特别强调："作为人是有八个意识的，即口、耳、目、嗅、感、思之外，第七是潜意识，

---

[1] 余华. 虚伪的作品 [M] //余华作品集（第2册）. 北京：中国社会科学出版社，1994：285.

第八就是古赖耶识,而人的躯体死亡,前七识都要俱之而灭,但第八识是不灭的。"而神秘时间是与这种神秘的东西相依相生的,作为一种叙事时间,它又是神秘化得以实现的环境条件和表现方式之一。

当然,不管是追求客观真实的时间环境,还是注重主观意识的时间环境,虽然在小说史上不同时期不同作家的创作中有着明显的区别,但在具体的作家作品中二者结合起来或者有所侧重融为一体的情况也很常见。《西游记》《红楼梦》《阿Q正传》《人到中年》等作品中就不只出现一种时间,阿Q画圈的时间就被拉长了,陆文婷的心理意识时间过后交叉的就是客观时间。这些时间的安排,各体现了作者的匠心。

总之,时间作为万物的载体和存在的一种基本形式,它既是一维的、匀速的、客观的,不以人的主观意志为转移,又在特定的条件下成为多维的、变速的,受人的主观意识的影响而呈现出超常态的复杂性。人类对时间的探索一直没有停止,认识也不会永远停留在一个层面上。文学更有其自身的认识规律和审美的奥妙,古今小说家们在对时间环境的思索把握中表现了对存在的深刻关注,展示了小说艺术的无穷魅力。同样,小说今后的发展也必然与人类对时间的认识深化相得益彰,并会进一步提升小说的表现力。

中编　微篇小说特征与源流论

第五章 微篇小说的文体特征

第一节 微篇小说的文体名称

  微篇小说，作为一种存在，古已有之，只不过以前不称为微篇小说。在中国，它存在于古代神话传说、志人小说、志怪小说、笔记小说、传奇小说或笑话野史之中。但是长期以来，它没有被当作一种自觉的小说文体，更没有一种为人们普遍认可的文体名称。这种情况类似于小说史上其他文体的遭遇。比如，长篇小说，在中国的明清时代已到了创作的鼎盛时代，但那时不称为长篇小说，称作"演义""记"或"传"等；在西方的十八、十九世纪也是长篇小说的黄金时代，但是，"十七和十八世纪的古典主义，不承认长篇小说是一种独立的文学体裁，把它归到了混合型的雄辩体裁中"[①]。后来，才有长篇小说的确立。中篇小说也是到 1795 年歌德将这一文体称谓引入德国文学，中篇小说才成为一种独立的小说样式。

  微篇小说这一文体形式最早被称为"小小说"。"小小说"一词最早见于 1899 年美国小说家法兰西斯·布利特·哈特发表的《"小小说"的出现》一文，英文叫"Short Short Story"。[②] 实际上他本人从事"Short Short Story"的创作，在 1869 年以前就已进行了。在稍后的俄国文学时代，阿·托尔斯泰也称其为"小小说"，并写有《什么是小小说》一文，高尔基则称之为"小小的短篇"。在日本称之为"超短篇"。在匈牙利称为"一分钟小说"。在新加坡和泰国多称之为"微型小说"。在香港、台湾则爱称为"极短篇"。在我国，

[①] 巴赫金. 小说理论 [M]. 白春仁，译. 石家庄：河北教育出版社，1998：461.
[②] 姚朝文. 华文微篇小说学原理与创作 [M]. 北京：中国文联出版社，2002：4.

"左联"时期，出现过"小小的短篇""墙头小说"的名称。20世纪50年代，茅盾、老舍称之为"小小说"。1981年上海的《小说界》首次打出了"微型小说"这一名称。1982年1月，《北京晚报》打出了"一分钟小说"的名称。1995年，广东的姚朝文提出了"微篇小说"的名称。

除以上有代表性的称法以外，还有袖珍小说、精短小说、超短篇、瞬间小说、短中短小说、迷你小说、掌上小说、摄影小说、镜头小说、电报小说、焦点小说、微信息小说、瞳孔小说、口袋小说、拇指小说、花边小说、千字小说、百字小说、一袋烟小说等19种名称。但是，目前在中国影响最大的三种名称是"小小说""微型小说"和"微篇小说"。

那么，究竟哪一种称呼更科学，更经得起推敲呢？实事求是地说，我们认为"微篇小说"的称呼最恰当。理由如下。

第一，从文学传统看，小说按篇幅分类，分为长篇、中篇、短篇，以篇为单位，这是常识。那么，比短篇小说篇幅更小的小说顺理成章地就该称为微篇小说。否则单独称之为"微型小说""小小说""袖珍小说"等，一反小说按篇分类的传统，既不合情理，也没有说服力。

第二，从语词搭配来说，"篇"作为一个量词，用来称量小说的篇幅，称为长（中、短、微）篇小说，搭配很贴切。而用"大小"（如小小说）、"型号"（如微型小说）、"时间多少"（如一分钟小说，一袋烟小说，瞬间小说）等作为量词来称量小说的篇幅，语义搭配不得当。其他用比喻手法来量称的称法，如"袖珍小说""口袋小说""瞳孔小说"等，也经不起理性的推敲。有人也许会说，语言的搭配就是约定俗成，不错，但约定俗成是在没有更好的语言表达的前提下，采取的没有办法的办法。既然"微篇小说"是最经得起推敲的说法，那何乐而不为呢？

第三，从逻辑规律来说，同一律要求在同一思维过程中，每一思想都有确定性，都必须保持自身的同一。因此，同一思维过程中的思想论断要前后一致，不得随意改变；每一概念的内涵和外延必须确定，前后一致，否则，就违反逻辑规律，要犯"混淆概念""偷换论题"等逻辑错误。小说既然按"篇"分类，长篇、中篇、短篇都以"篇"为分类标准，那么小于短篇的小说如果不以"篇"为分类标准，很明显前后标准不统一，概念不一致，偷换了概念，违反了同一律的逻辑要求。

第四，参照其他事物分类方法来看，都遵循同一标准下的规范一致，比如计算机，按其功能性质分为巨型、中型、小型和微型等，统一以"型"为标准分到底，而不是一部分称为巨（中、小）型计算机，另一部分以"块"

为标准，称为微块计算机。再如印刷书籍，统一用"开"来指纸张的大小，如8开、16开、32开，而不是一部分称为8开、16开，另一部分称为32码，那岂不荒唐？小说按篇幅分类必须统一标准。

第五，从有利于小说发展来说，小说分类的名称应该规范。标准规范的名称能够避免混乱和歧义，有利于小说的理论研究和学科建设，有利于读者的接受和微篇小说这种文学样式的普及繁荣。

基于以上理由，我们认为，"微篇小说"这一名称无论从哪个角度来分析，都是最科学、最恰当的。20世纪80年代，"小小说""微型小说""一分钟小说"等名称在中国出现，我们刚接触时觉得有点不妥，但未予深思。后来发现很多有识之士早已发现了这一问题，并且考虑得很专业，同时变成了实际行动。像作家浩歌、韩英等就将自己的该类作品称为微篇小说。尤其是小说理论家姚朝文，从长计议，深思熟虑，从学科建设的高度于1995年提出了"微篇小说"的名称问题，其专题论文《微篇小说的命名及其艺术特质》于1998年3月在《佛山科学技术学院学报》社科版发表后，又获得了国家科委认可的知识创新成果。姚朝文的观点得到了中国微型小说学会会长江曾培、副会长凌焕新，《小小说选刊》及《百花园》杂志主编杨晓敏等权威人士的赞同。[①] 我们相信，全国还有很多方家都同意"微篇小说"这一名称的。

那么，对于"微篇小说"以外的其他许多名称该如何对待呢？我们首先要承认它是一种有其合理性的存在，百花齐放、百家争鸣是正常现象，然后在大家充分认识其优劣的情况下，水到渠成地统一名称。但是，在具有导向作用的教材、词典和权威性的评奖活动中，应该以认真负责的态度，采用规范的名称，不应该采用放任和无所作为的态度，这才是科学、理性而务实的做法。

第二节　微篇小说的字数标准

微篇小说的字数以多少为标准，至今没有定论。古今中外的微篇小说，长短不一。

中国古代的微篇小说可以溯源到远古的神话传说，以《山海经》《淮南

---

① 姚朝文. 华文微篇小说学原理与创作［M］. 北京：中国文联出版社，2002：8-9.

子》为代表。《山海经》和《淮南子》里的作品，篇幅很短，如《精卫填海》《夸父逐日》《女娲补天》《后羿射日》《大禹治水》等名篇，短的只有30多字，长的也只有100字左右。小说作为一种文体进入目录学和正史，是在班固的《汉书·艺文志》里，其中记载过十五种小说。从残存的第一种小说《伊尹说》的片段来看，可以将其视为微篇小说，篇幅只有几百字。① 魏晋南北朝时期，以志怪志人小说为代表的微篇小说得到了很大的发展，其代表作《搜神记》和《世说新语》中作品的篇幅，从几个字到几百字不等。短的译成白话文也只有10个字（见《世说新语·赏誉第八》第一百则："殷浩称王羲之清鉴贵要。"）唐代以后的笔记小说，相当一部分可以归入微篇小说的范畴。从其代表作，如《太平广记》《聊斋志异》和《阅微草堂笔记》的篇幅来看，从几十字到几千字，长短不一。当然，其中一些三、四千字的可作为短篇小说来看待。

　　进入20世纪以后，随着白话文的兴起，白话文取代了文言文。相对而言，白话文不如文言文凝练，现代微篇小说的字数就要多一些。但是精短的也只有几十个字。比如，1915年《礼拜六》第38期刊出的天虚我生所著写情小说《一行书》只有37个字："海丽得情人书，遂赴约，讵为奸所绐，鬻为娼，觅死勿得。后遇情人，卒成眷属。奸人以略诱，受处分。"郭沫若的《他》不过210多个字。鲁迅的《一件小事》有1000字左右。沈从文的《代狗》将近2000字。汪曾祺的《陈小手》1600字左右。孙方友的《雅盗》约2000字，《奇药》有3000字左右。

　　西方微篇小说的字数同中国的差不多，也是有长有短。从渊源看，西方的微篇小说，当肇始于寓言。《伊索寓言》中的三百多则寓言，从几十字到几百字不等，短的如《牝狐和母狮》译成汉语只有24字："牝狐笑母狮一次只生一只，'只一只'，母狮回答说，'却是只狮子'。"

　　在西方影响极大的《圣经》，其中一些精短的故事可视为微篇小说，篇幅从几百字到二、三千字的均有。到了19世纪以后，微篇小说在法、俄、美、日等国兴盛起来了。被称为微篇小说鼻祖的莫泊桑的作品，其篇幅按译成汉语的字数计算（下同），如《一个幸运的贼》有2500字左右，《逗乐》将近1500字，《暗示》则有3400字左右。俄国的微篇小说巨匠契诃夫的名篇《胖

---

① 吕氏春秋·卷十四·伊尹说［M］//杨义.重绘中国文学地图.北京：中国社会科学出版社，2003：14.

子和瘦子》只有1600字左右,《柔弱的人》不足1500字。列夫·托尔斯泰的《穷苦人》有2000字左右。屠格涅夫的《乞丐》则不足500字。美国的微篇小说大师欧·亨利的作品,如《股票商的罗曼史》约2100字,《等着的轿车》约1500字。马克·吐温的《好朋友》则不足400字。

亚洲作家,像日本的微篇小说之王,一生写了近千篇微篇小说的星新一,其作品按译成汉语的字数计算,短的如《黑衣人》不足800字,长的如《渴望的早晨》达8000字左右。

以上带有考证性的列举,是为了让我们对古今中外具有代表性的微篇小说的篇幅,有一个令人心服的大致了解。从中可以看出其篇幅的参差不齐。同时,我们还发现,中外现代微篇小说的篇幅,以2000字以下为宜,而1500字左右最受欢迎。那么,这种字数规模是否适合当今微篇小说的创作实际呢?回答当然是肯定的。除了既往的创作能说明这一观点以外,我们还可以从以下几个方面来进行分析。

从快节奏社会的发展需要来看。通观中外微篇小说发展史,我们会发现一个不争的事实:虽然微篇小说创作的历史已经很久远了,但是这种文体在创作上的大面积涌现是20世纪的事。[①] 并且我们进一步研究比较还会发现一条带有普遍性的规律:世界各国微篇小说的繁荣时期,正是各国社会振兴、经济腾飞,人们的生活节奏加快的时期。比如说,20世纪以后的美国,20世纪60年代以后的日本,20世纪六七十年代以后的东南亚诸国和中国的台湾、香港等地区,80年代以后的中国等,都是这种情况。

社会的快速发展,经济的迅猛增长,使得人们的文化生活有了更多的选择余地;而生活节奏的加快又将个人的时间切割得更加零散,时间的分配更加多样化,大多数人没有整块的时间和耐心去平心静气地阅读大部头的文艺作品。在这种大环境下,微篇小说应时而生,兴旺发达,正是适应时势的结果。如果微篇小说要想继续发展壮大,就不能背叛其生存的前提,即适应快节奏的生活;也不能不珍视自身的优势,即以精短取胜。那么在篇幅上绝不能拉长,否则将失去自我。这是我们从宏观上来认识精短的篇幅对保证微篇小说的存在和发展的重要性。

更进一步,具体到读者的接受层面来说,微篇小说的审美效果就是以"速率刺激"取胜。根据"速率刺激"的原则,客体应该在主体第一关注的

[①] 姚朝文.华文微篇小说学原理与创作[M].北京:中国文联出版社,2002:120.

时间内提供有价值的信息。那么，一般读者阅读作品时第一关注的时间（或第一个紧张期）到底是多长呢？根据科学的研究和我们自己的观察实践，虽然由于年龄和教育程度的差别因人而异，但一般是3~5分钟。而一般人的阅读速度是每分钟300字左右，那么5分钟就是1500字左右，快的也可达2000字。这是一个理想的字数范围。

同时，从作者和读者长期以来对该文体篇幅所形成的默契共识来看，1500左右的字数，正是微篇小说和长、中、短篇小说抗衡的篇幅优势。很多作者和读者选择微篇小说，也是这个原因，并且已经形成了一种文体范式和审美自觉。当然，见仁见智的百家争鸣从来就没停息过。比如，大陆的于尚富、许廷钧，台湾地区渡也（本名陈启佑）主张不超过3000字；台湾地区的《中央日报》"小小说"奖征文，规定字数以2500字到4000字为限；美国的霍尔曼，大陆的江曾培、刘海涛，台湾地区的马森等，主张不超过2000字；中国的姚朝文主张在"1600—2200字左右"；美国的罗伯特·奥佛法斯特和艾文·豪尔，中国的王蒙等，主张以1500字为限；中国四川的李永康将其主编的《微篇文学报》的正文定在1200字以内；中国微型小说学会、新加坡作家协会与泰华作家协会联合举办的"春兰·世界华文微型小说大赛"对征文的字数，限定于1200字；美国的玛仁·爱尔渥德主张在600字以内。[①] 但是，就目前来说，无论是创作者还是读者，对微篇小说的字数，基本上趋向一致。比如，中国影响最大的两家选载微篇小说的刊物，即《小小说选刊》和《微型小说选刊》，所选的文字篇幅大致相同，它们举办征文赛限定的字数范围也差距不大。2003年，《小小说选刊》《百花园》和《小小说俱乐部》举办的"首届全国小小说金奖大赛"要求参赛作品在2000字以内。2004年，《微型小说选刊》举办的"新世纪哲理微型小说全国征文大奖赛"要求参赛作品控制在1500字以内。这些都说明，经过长期的实践检验，人们对微篇小说的篇幅标准终于达成了共识：2000字以下为宜，1500字左右最佳，下限不定，个别作品超过2000字也能接受。

---

① 姚朝文. 华文微篇小说学原理与创作［M］. 北京：中国文联出版社，2002：120-125；［台湾］张春荣. 极短篇的理论与创作［M］. 台北：尔雅出版社，1999：6-9.

第三节　微篇小说的文体类别

微篇小说是根据篇幅标准，从小说大家族中独立出来，并与长、中、短篇小说四足鼎立的一种类型，它既具有小说的共性，又有自身的特色，我们可以根据不同的标准，从不同的角度，对其种类进行划分。

从微篇小说所用的语言形态来分，可以将其分为文言微篇小说、通俗微篇小说和现代微篇小说。

从微篇小说的题材和主题的基本倾向来分，可以将其分为历史小说、公案小说、武侠小说、侦探小说、哲理小说、推理小说、科幻小学、言情小说、乡土小说、军旅小说、财经小说，等等。当然，这种分法难以将所有的题材和主题尽含其中，因为生活是动态发展的，题材和主题的领域也会不断拓宽。同时，这种分法也不十分精确，各类之间的界限也不是非此即彼的，其内容有交叉重叠的情况，因此这只是一种大致按作品内容的分类方法。

从微篇小说的体式分，除了一般散文体的微篇小说外，还有诗体微篇小说、戏剧体微篇小说（如独幕剧）、童话体微篇小说、寓言体微篇小说、日记体微篇小说、书信体微篇小说、广告体微篇小说、传记体微篇小说，及借助其他应用文体式（如启事、通知、聘书、规划、条例、报告、请示、演讲稿等）写的微篇小说，形式多样，不拘一格。

从微篇小说情节的强弱而分，20世纪60年代，美国的摩能·威廉斯提出可以将其分为三种：戏剧性微篇小说（Dramatic Short Short story）、拼图微篇小说（Gigsaw puzzle Short Short story）和抒情微篇小说（Mood Short Short Story）。[1]

从微篇小说的内容和创作方法所呈现的整体艺术形态来分，同长、中、短篇小说一样，其分法是见仁见智的。对于整个小说艺术形态的分类，有的将其分为现实主义和浪漫主义两大类，有的将其分为写实派和幻奇派两类，还有近年小说评论中很流行的三分法：故事型、性格型和心态型。[2] 而最为恰切的是北京大学马振方提出的二分法。他将小说的基本形态分为拟实和表意

---

[1] 张春荣. 极短篇的理论与创作 [M]. 台北：尔雅出版社，19990：33.
[2] 宁宗一. 中国小说学通论 [M]. 合肥：安徽教育出版社，1995：725.

两大类。拟实小说又分为故事型、生活型、心态型和两栖型等四种；表意小说则分为幻异型和变态型（或分为写意型和寓意型）两种。① 这种分法也很切合微篇小说的艺术形态。

在创作实际中，国内一些有影响的微篇小说类刊物，在设置栏目时，不是按照严谨一致的学术规范来分类，而是从办刊的基本原则——市场规律出发，以抢眼、吸引读者为基本要求，因此，同一刊物的栏目设置常常是不同标准杂糅在一起的。比如，《小小说选刊》设置了"时代窗口""人在旅途""都市虹霓""青春之歌""感悟人生""机关轶事""真实记录""酸甜苦辣""乡村故事""往事如风""心灵漪澜""心领神会""边走边谈""军旅之页""校园生活""爱海泛舟""个性跑道""天地之间""打工一族""域外撷英""译海明珠"等栏目。专门刊发微篇小说原创作品的《百花园》杂志，则设置了"当代潮汐""人生短笛""世态异趣""百姓天地""都市之光""涉世之初""田野风情""校园内外""纯情小说""今古传奇""青春变奏""小小说星座""小小说风景线""小小说新高地""微型谐趣园""外国小小说""七生代""精品鉴赏""焦点""成长宝典""笑吧""水晶嘉年""悬念大师""田野风""情爱画廊""奇幻空间""读图""新江湖"等栏目。《微型小说选刊》杂志设置的栏目有"人与人""沉思篇""探索之页""名家新作""人才市场""异域珍闻""人海瞭望""社会大千""都市撷奇""哲理佳品""情爱探幽""街头骗局""乡野风情""家庭内外""人生旅途""辛辣酒家""带刺玫瑰""新新网吧""历史观园""台湾之窗""国外珍品"等。而且，这些栏目的设置分类又是根据社会生活的发展和市场的需要而呈动态变化的。

此外，根据微篇小说的载体分，又可分为以纸质为载体的微篇小说和以网络为载体的微篇小说。

---

① 马振方. 小说艺术论［M］. 北京：北京大学出版社，2000：203-292.

第六章　微篇小说的美学特征

第一节　微篇小说美学特征概说

微型小说的美学特征，体现在文本和读者、内容和形式的各个层面。就其小说特性而言，主要体现在人物、情节和环境等三个方面。为了对此有一个更加全面的理解，我们先从形制、内容和技法风格等层面来初步探讨一下其基本的美学特征。

一、缩龙成寸———顺应快节奏社会的必然产物

老子说："为大于其细。"做大事要从小处入手。微篇小说审美功能的发挥正好体现了这一点。如前文所述，微篇小说形制短小，载体有限。小的几十个字，如美国一篇获奖科幻微型小说："地球上最后一个人独自在房间里，这时忽然听到了敲门声……"仅二十多个字。多的如被评为1997年美国最佳小说的一篇微篇小说《鲁道夫·戈登的调查表》，也不足3000字。我国和东南亚的华文微篇小说一般是1500字左右。当然，形制短小并不代表容量单薄，恰恰相反，微篇小说追求的正是形制短小与内容丰富的矛盾统一，因此，微篇小说是一种"缩龙成寸"的艺术，这种"缩龙成寸"的艺术正好顺应了社会发展的需要。

当今世界，随着经济的高速发展，人们的生存竞争加剧，生活节奏加快，物欲横流，价值多元，几近无所适从。人们在求田问舍之余，觥筹交错之后，恩怨缠绵之际，都想有一方艺术殿堂来放飞自己的思绪，了解世间万象，观照自己的行为，抚慰孤寂的心灵。这一方艺术殿堂不能耗时太多，不能负荷

太重。这种双向选择，确认了微篇小说的价值坐标。当今的一些形制短小的文艺样式，如卡拉OK、MTV，虽然赏心悦目，雅俗共赏，但缺乏作为文本阅读的微篇小说所具有的案头文学的包容性、伸延性、参悟性和传播的简便性；微型小诗、杂感短评，虽然轻灵精悍，但它要求一定的认知高度，一般人难以轻松接受，也就难以大面积地快速发展。因此，从横向比较来看，微篇小说的发展具有其他短小的文艺样式所不可比拟的优势。

从反映生活、贴近生活这一角度来说，微篇小说还具有其他文艺样式所难以具备的长处，即新闻性。能够迅速把握时代脉搏，关注热点、焦点，轻松地转移阵脚，灵活地施展手段，提供世态信息。当中、长篇小说还在酝酿构思时，微篇小说便已捷足先登、遍地开花了。比如写最新科技的《病毒发作的日子》、写环保问题的《出售鸟声》、写下岗问题的《别说你是我爸爸》等。这类作品的题材取向，几乎与社会生活发展同步，因而很受读者欢迎。其原因何在？从深层缘由来讲，其一，中国文学自产生以来，文学的社会性一直很受重视，有时甚至被提到了空前的地位，文学成了社会斗争的"晴雨表"和"风向旗"。这些都在文化积淀中留下了深深的印记。人们在潜意识中有一种要求文学贴近社会生活的情结，而微篇小说的新闻性正契合了人们的这种审美期待。其二，当今微篇小说的兴旺，既说明了社会对文学的急切要求，也表明了文学对于社会人生的慷慨承诺。但微篇小说又不同于新闻，它把即时的生活通过创造性的审美过滤，进行了诗化的表现，具有超功利、超时空的审美关怀，能使不同层次的欣赏者产生一种提升生活、进行审美创造的"高峰经验"，这种高峰经验虽然短暂，但能促进个体去追求高尚的、持久的生命意义，超越平凡的生活。因此，顺应快节奏的生活，人们对微篇小说的情有独钟也就是顺理成章了。

二、心有灵犀——内容丰富而又点到为止

这是从内容的角度而言的。这里所说的内容丰富除了一般意义上的选材广泛、主题多样之外，主要是指与微篇小说外在的形制短小似乎不太相称的整个作品所体现出来的丰富内涵。微篇小说作为小说家族中的一员，我们可以从小说的三个要素——人物、情节、环境来探讨其内容方面的特点。

小说中的人物形象是作者主体的审美情感、审美判断和审美理想的集中体现，因此，作者总是希望自己作品中的人物形象鲜明、突出，成为典型，成为黑格尔所说的"这一个"。为达此目的，中长篇小说总是力求将人物形象

刻画成个性独特、丰满厚实、富有层次感的典型人物，也即英国评论家爱·福斯特所说的"圆形人物"。而微篇小说少有这个能耐，它那小小的篇幅负荷不起，但它也有自己的"杀手锏"，那就是根据立意的需要，截取人物性格的某一点，然后集中笔墨，把某一点写得精光四射，以一当十，在单纯中求丰满，在简洁中求丰富，以充分地体现作者的审美意图。这种人物形象称不上"圆形人物"，但也不是"扁平人物"，我们可以借用海明威的"冰山理论"称之为"冰山型人物"。这一点，我们将在下文重点论述。微篇小说中的人物形象显露的只是人物丰富的性格体系中的一部分。比如顾文显的《精神》，写矿上的一个刚从农村招来的小合同工，看到一个圆圆的铁家伙在地上噗噜噗噜冒白沫，其他人都愣了，他一个箭步冲上去死死压住那个他以为是爆炸物的铁家伙，喊大伙走开。井长来了，发现那是被人不小心打开了的灭火器，小合同工为自己不认识灭火器而脸红了。几天后，井长跟矿长汇报时，要求将小合同工转正。他说："我一定要留住他，就冲这种精神。"这里没有交代小合同工的成长经历，甚至连姓名也没有，但小合同工在危险关头挺身而出的一"压"一"喊"以及有惊无险之后的脸一"红"，就把一个见义勇为、舍生忘死而又质朴无华的英雄形象刀刻斧削般地凸显了出来。这种精神，这一形象，足以让一切明哲保身而又自以为精通世故的猥琐灵魂无地自容。

与微篇小说"冰山型人物"塑造相一致，微篇小说的情节往往缺乏系列性，而由一个或几个简单的情节构成。这种情节不注重传统意义上的有头有尾、有始有终，而强调其表现力度，语不在多，够用就行。因此，有的只有一个单一的情节，如司玉笙的《"书法家"》写书法比赛中高局长仅能写好"同意"二字。有的虽有几个情节，但并不构成前后有机相连的情节系列，如许行的《天职》写了三个情节，一是海尔曼博士为受伤的小偷治好伤，然后又将其送往警察局，二是海尔曼不计前嫌，为因车祸受伤的情敌动手术，三是海尔曼用手术刀杀死慕名前来求医的德寇军官。有的干脆只有几个画面组接在一起，如王青伟的《！一？》用了六个画面，写不同的人对愚蠢的司机有意在半夜长时间揿喇叭的不同反应。还有的通过书信、日记，甚至账单、条文等形式来简化情节，如唐训华的《两地书》，阿成的《写手日记一篇》，蒋子龙的《"文革"马路见闻》等。此外，有的作品淡化情节，而采用散文的笔调，来营造诗意的氛围，让读者在这种氛围的熏染下去品味作品的意蕴。如徐星明的《牧鹅老妇人》，着笔点主要是江南水乡的情韵。总之，微篇小说的各种类型的情节不拘一格，它本身就没有传统的固定模式，正处在发展变

141

化中，其特点是"精"而"活"，其作用就像一块艺术起跳板，一方面把作品的意旨抬起来，一方面启动读者的审美创造，引导读者进行合理的想象，从而拓宽作品的内涵，加大作品的容量，形成自己独特的艺术支撑点，来和长、中、短篇小说竞争。

　　微篇小说中的环境描写不以量取胜，而以质见长。往往三言两语，看似漫不经心，实则用心良苦。有的烘托主题，深化立意。如李本深的《荒村之奠》叙写了十几个日本兵在地瘦人穷的小荒村被悄无声息地消灭之后，城里的日本人赶来没有搜出八路军，文中最后一句是："共产党武工队进荒村，是半年以后的事。"这一时代背景的点化就深化了主题：我们党的队伍植根于群众之中，而人民群众正是依靠党的力量去战胜敌人的。有的反衬主题，引人深思。如姚彩霞的《爱的荒漠》，一开头就勾勒出了"我"家附近那片幽静的小树林，情人爱侣们的绰绰身影，薄云掩月，宿鸟啁啾，喁喁的私语，淡淡的月色。这幽美的环境，在"我"这个还没有"爱"过的少女眼中，简直是一座笼罩着爱慕的"圣殿"。但是，"我"无意中发现里面一对男女亵渎"圣殿"的言行之后，前后形成了强烈的反差：美在哪里？爱是什么？不能不引起读者的思考。有的环境描写则起到推动情节发展的作用，如张林的《夏日的等待》，描写了夏日的炎热，正是因为天热，富有同情心的姑娘才邀请累得满脸淌汗的小伙子上车来坐，两人才有机会相识钟情，又正是因为天热，两人相约来年夏天，虽景物依旧，但人事已非，故事在让人惋惜中结束了。不过，从大量微篇小说创作的实际来看，笔者根据近年来对数千篇作品的粗略阅读分析，发现有相当一部分作品不注重环境描写，尤其是自然环境的描写几乎没有。如沙黾农的《人腿进化成轮子》、陈树勤《爸爸的回信》等。这说明小说三要素的规律对于微篇小说来说只能从宽泛的意义上去理解。有些作品中环境描写虽然在文字上没有出现，或者不够明显，但不影响意旨的表达和形象的塑造，读者在阅读时彼此之间有一种默契，可以"融情于景，无景见景"，形成一种意念上的"环境场"，获得不同层次的审美效果。比如，台湾作家吴文琼的《服妻记》，写夫妻二人加班回家，拌了几句嘴，丈夫说了一句气话，要妻子带走她的东西不要再回来了，妻子一边流泪，一边摊开一条大包袱皮，丈夫不明原因，妻子要丈夫躺在包袱上说要带走属于她的东西。文中没写环境，写了反而显得多余。但对该文的理解，离开了一定的人伦环境就不能到位。只有从夫妻之情的角度去体验，那位做妻子的对丈夫的深爱，那近乎荒唐的举动才让人荡气回肠、唏嘘再三。

142

因此，无论是人物的刻画、情节的提炼，还是环境的点染，微篇小说都不可能穷形尽相地挥洒笔墨，而只能根据立意的需要，寓无限于有限，点到为止，让读者去悟通灵犀，接受作品。对此，我们将在下文展开分析。

三、笑纳百法——独具特色而又雅俗共赏

孔子说过，言之无文，行而不远。席勒在他的《审美教育书简》中也认为，艺术的普遍规律在于审美意识是两个层次的结构，即透过艺术形式而得到的感性的喜悦和透过思想内容而得到的理性的满足。东西方两位大师都强调了艺术审美效果的实现离不开艺术手法的上乘。微篇小说的蓬勃兴旺自然也与其成功而独特的艺术手法分不开。

处在发展、未定型期的微篇小说，是以一种开放的态度来吸纳各种艺术技法的，无论是作者还是读者都不会囿于某种固定的审美期待模式。因此，它不存在偏见，轻装上阵，"不薄今人爱古人"，一切适用的方法都可以拿来为己所用；它才能百花齐放，百家争鸣，在文学日益式微的今天，"风景这边独好"。

从宏观来说，微篇小说大量使用的是现实主义和浪漫主义手法，如冯骥才的《黄球衣》、白小易的《客厅里的爆炸》、刘举的《十五年后》等。此外，有的采用意识流手法，如侯德云的《冬天的葬礼》，通过"我"的思绪流动来回忆那荒唐岁月里给被人们从鼠洞里挖光了粮食之后而集体在树上吊死的老鼠举行的葬礼。有的采用黑色幽默的手法，如杨树的《拐棍儿》写面临下岗的罗小罗在下班回家途中碰到两个歹徒，他一阵吼拚，将歹徒打退，而他绑在自行车梁上准备自卫的武器拐棍儿根本未派上用场。故事有几分沉重，几分欣慰，也给人以几分启迪。有的采用荒诞派的手法，貌似荒唐变形，实则蕴含深意。如金光中的《魔衣》构思新奇，年老有病的韩主任穿上了一件羽绒登山衣之后，病就没了，走路也昂首挺胸，说话做事判若两人，下班回家，妻子称他"小伙子"。有的采用了魔幻现实主义的手法。如新加坡董农政的《水中痴》写一个男子在曾经"热吻过的桥上"发现自己恋爱的已离开他三年的女人。正当旧情萌发、感情难以自制的时候，桥的两头响起双方子女的喊声，于是男子投身水中去寻找失落在桥下的倩影。而有的借鉴了相邻艺术样式的表现手法，如唐世华的《山路弯弯》，写妻子竹带着一肚子牢骚去找在山区任教十多年而不愿调往城里的丈夫岩，在问路、寻路的过程中被山民的热情真诚所感动，她理解了丈夫的事业。这篇小说从文字到意境更像一

篇优美的写人散文。而周晓枫的《燕子·鸡·鸽子》与其说是小说，不如说是寓言。甚至还有不是虚构类文学作品的，如李南的《张老师背我们过河》（见《小小说选刊》1999年第8期）具备了新闻的六要素，完全是写实的，是一篇典型的新闻，有人说此类小说叫"新闻小说"或"纪实小说"。诸如此类，艺术手法繁多，而且还在不断地创新发展。

从微观来说，从具体的技法来看，举凡文学作品中的工笔、白描、定线、伏应、悬念、巧合、穿插、补叙、比兴、映衬、象征、通感，以及辩证手法中的虚与实、疏与密、曲与直、动与静、张与弛、详与略、抑与扬、庄与谐等，在微篇小说的创作实践中运用得相当普遍，不胜枚举。

微篇小说虽然笑纳百法，但是，作为一种独立的文体，它也有其他文学样式所不可替代，或较之于其他文学样式更明显的艺术手法。从中外大量的微篇小说作品中，我们可以发现其醒目的艺术手法主要体现在以下几方面。

其一，以小见大。这是由微篇小说的文体特征所决定的。微篇小说既然是一种"缩龙成寸"的艺术，那么它要实现"尺幅千里""寸铁杀人"的艺术效果，就必须讲究技巧，四两拨千斤，才能以一点尽传精神，以瞬间反映永恒。成功的微篇小说作者深知这一奥妙，因此，无论在人物塑造、情节提炼，还是环境描写上都很注意以小见大，以少胜多。比如韩贺彬的《父亲》，为了塑造一个对儿子有着深沉的爱的父亲形象，作者主要选取了三件小事来写：一是"我"归队前那天，天不亮父亲就起来扫雪，硬是在"足足有半公里"长的路面上扫出一条小道来好让"我"走；二是年迈的父亲在结满薄冰的河上吃力地划船送"我"过河；三是回忆"我"考军校前，父亲为了给"我"送复习资料，走了50里的土路，又坐了一天一夜的火车，赶到部队时吃了两袋方便面就走了，说是怕影响"我"的工作。这些小事胜过千言万语表达父亲对儿子的爱，儿子也就是在对这些小事的解读中体验到了父爱的博大。而荒原的《孝道》只用了一个动作式的细节单元就支撑起了全篇：从前瓦镇公厕蹲位有限，人们清早起来要排队上厕所，大孝子世坤每天天刚亮就站在女厕所门口的队伍里，快到入口时，他"红头涨脸地朝侧旁试出一步，欲去不去间跨出一个大大的弓步，正在这时，世坤眼睛一亮，发一声喊：'妈——轮到你啦！'"在读者忍俊不禁时，大孝子的形象也活了。这种以小见大的方法经济、简洁、信息量足，几乎成为微篇小说立起来的要招之一。

其二，激发式结构。这是从作品结构安排的角度来分析的。系统论有一个观点：结构决定功能。读者对文势的要求，正像清代李渔所说的"文似看山不喜平",为文应力避平淡而求波澜。微篇小说要想"螺蛳壳里做道场",发挥自己的功用,赢得读者的青睐,就必须在结构上做文章。激发式结构就是从许多优秀的微篇小说中总结出来的一种模式。其特点是在符合审美规律的前提下,先积蓄文势,后抖出"包袱",产生艺术冲击力,以激发读者的艺术想象,使作品的容量远远大于它的文本范围,从而实现作品的审美效应。这种结构的关键是激发,蓄积只是手段,激发才是目的。为达此目的,文中的蓄积力求劲足势满,文末的"包袱"总是出人意料。比如澳大利亚作家亨利·劳森的《母亲的伙伴》,先叙写一位善良的绅士,进剧院时没买报童向他兜售的报纸,而买了边上一个妇人的报,正为此感到踌躇。写到这里,文势已蓄积到会引起读者的疑问了,读者也许会问:怎么办呢?作者笔锋一转,让报童微笑着说出一句辛酸得使人掉泪的话来:"没关系,先生!都一样的——她是我母亲!"三百来字的篇幅,由于采用了激发式结构,就渲染出了一种令人揪心的悲剧美,那令人哭笑不得的结局,会激发读者多少感叹!再如韩冬的《贞女》、邢可的《岳工程师的遗言》等都是典型的激发式结构。但是,有些微篇小说并没有采用意外结尾的形式,文末并没有抖包袱,情节发展一如读者所料,行文节奏自然舒缓。比如马贵明的《压岁钱》:我十岁那年冬天随父亲到县城卖了一车火柴,爹拿着所得的二十七块八毛钱采购了一点年货,买了二根五分钱的油条,给我一根,给娘留了一根,他自己一天没吃东西。过年时,爹给我五分压岁钱。文中没有起伏跌宕的情节,叙述的笔调就像贫寒而温馨的农家生活一样质朴,但它的激发点在文本之外,它没有大惊大喜,却能激发读者对于绵绵长长的种种人生况味的咀嚼。这种置激发点于文外以及淡化结构意识(如汪曾祺的一些作品)的微篇小说,我们可以根据接受美学的理论,从读者的再创造这一角度去宽泛地理解其激发式的含义。

其三,含蓄蕴藉。也就是含隐蓄秀,含而不露,隐而不发,让读者在阅读中去领悟、补充、丰富。这种以尽量少的文字表现尽量多的内容的方法是和以小见大的方法相辅相成的。不过,以小见大更侧重于题材的角度艺术,含蓄蕴藉则强调表达的技巧和风格。它所体现的含不尽之意见于言外,给读者留下了艺术想象的空间,是对读者再创造力的尊重,因而具有强盛的艺术生命力。比如韩冬的《贞女》就深得含蓄蕴藉之道:孀妇洁贞很爱刘大民,但又很顾及名声,当刘大民向她表示亲热而被人发现时,她却打了刘大民一耳光,骂他是"流氓",为此,刘大民受了记大过的处分,洁贞的名声更好了，但却病倒了，出院后变成了一把干柴。洁贞为什么爱刘大民又不敢表白？为什么要违心地打刘大民？刘大民既不触犯法律也不悖于道德为什么挨处分？洁贞病愈出院后为什么瘦成一把干柴？等等。这一系列的问题不得不使读者由觉得好笑而陷入深思，由深思而感到沉重：洁贞的双重人格是谁造成的？洁贞的内心煎熬有几人能够读懂？读懂了又怎么样？你能帮助身边的洁贞走上健康的合人道的生活吗？封建体制已被推翻近一个世纪，但封建观念却无时无刻地不在吃人，我们该怎么办？文章笔底藏锋，旨微语婉，其象外之意、弦外之音远大于其七百六十字的文本篇幅。因此，"东坡云：意尽而言止者，天下之至言也。然而言止而意不尽，尤为极致"①。能谙此道的作品也就成了微篇小说一道美丽的风景。

近二十年来，微篇小说由发展而兴旺而成燎原之势，除了以上的特征和优势之外，还与其雅俗共赏的风格及文学界的现状是分不开的。《百花园》和《小小说选刊》的主编杨晓敏说，微篇小说是一种"平民艺术"。可谓一语中的。《小小说选刊》上有一副广告词："千家妙笔抒生活感悟，万千读者品人生真谛。"正是对这一观点的最好注解，也从一个方面概括了微篇小说的审美特征。现在的文学不像以前那样被政治牵着鼻子走，自由度很高，但主见不够，茫然太多。要么躲进自我圈子中，自吟自赏；要么在追逐世俗中失去了自律而云里雾里。结果是，当文学走向自我消解时，读者也消解了文学，即使文学由暗送秋波到硬扯生拉，许多文学爱好者也"轻轻地我走了，正如我轻轻地来"。微篇小说却柳暗花明，它化整为零而又实实在在，保留本色而又搞微笑服务，人见人爱，无处不在。一个刊角，一条报缝，它就可以在那里生根开花；一句笑话，一个眼色，它就可以调制成一个隽永的故事，让你启颜，让你顿悟。只要你愿意，并具备一定的写作基本功，就可以一试身手，尝尝写小说当作家的滋味，以前看起来很高深的人类灵魂工程师所从事的事业，现在的小民百姓也可以摩拳擦掌了，它怎能不兴旺起来呢？

这样看来，微篇小说的兴盛既符合生活的规律，也合乎艺术的规律，它的形制、内容和技法风格方面的基本美学特征就说明了这一点。下面，我们再重点从人物、情节和环境等小说三要素的角度来分别探讨微篇小说的美学特征。

---

① [元]陈秀明. 东坡文谈录[M]//张耀辉. 文学名言录. 长沙：湖南人民出版社，1985：272.

第二节　微篇小说人物特征——冰山型人物

这里所谈的"冰山型人物"不同于恩格斯提出的"典型环境中的典型人物",也有别于英国评论家爱·福斯特所提出的"圆形人物";而是根据海明威的"冰山原理",从微篇小说塑造人物形象的特征出发提出的一种新的人物形象理论。

1932年,海明威在谈到人物描写时指出:"冰山在海里移动很是庄严宏伟,这是因为它只有八分之一露在水面上。"[①] 作为一代文宗,海明威洞悉文学创作的特性,既形象地道出了自己的写作状况,又从一个侧面精辟地揭示了塑造人物形象的一种方法,即以少总多,以个别反映一般,以有限反映无限。这种以特殊反映普遍,以具体反映抽象的方法,本是文学创作的共同规律,但在具体文体中要求不同。就小说来说,又因其形制大小的不同而有别。长篇小说以塑造典型形象为己任,往往头绪纷繁,结构复杂,作者可以从容不迫地描写人物的方方面面,穷形尽相地表现性格的复杂多变,比如曹操的雄才大略与奸诈多疑,王熙凤的笑里藏刀与泼辣能干。中篇小说虽然形制上小于长篇,但也以刻画典型形象为中心,作者可以比较自如地运用多种艺术手段对人物进行分解整合,从而塑造出丰满的典型形象来。如阿Q的自卑自贱与精神胜利,陆文婷的负重奉献与无可奈何等。短篇小说与微篇小说在形制上很接近,但是人物形象在它们各自创作中的地位和特征则有区别。短篇小说的三要素依然是人物、情节和环境,它是通过人物形象的塑造来感染读者,通过艺术具象来打动读者,从而实现写作意图,所以重心还是写"人"。比如茅盾的《春蚕》塑造了勤劳倔强、保守落后的老通宝的形象,莫泊桑的《项链》塑造了追慕虚荣、贪图享受的路瓦栽夫人的形象,并且这些形象的塑造是随着情节的发生、发展、高潮和结局的过程而完成的,环境的描写与交代在其中起着不可或缺的作用。微篇小说的要素除了具备通常小说的三要素之外,另有新的三要素。美国评论家罗伯特·奥佛法斯特将其归纳为:立意新奇,情节完整,结尾出人意料。日本的微篇小说之王星新一把其概括为:

[①] 王宁. 诺贝尔文学奖获奖作家谈创作 [M]. 北京:北京大学出版社,1983:245.

立意新颖，情节严谨，结局新奇。① 两人的观点差不多，且都把立意放在第一位，这说明立意在微篇小说的创作中具有举足轻重的作用。那么，立意和人物哪个更重要呢？从大量的创作实践看，微篇小说中的人物形象只是作为一种手段、一个符号来为实现立意目的服务的，不像短篇小说中的人物形象那样是手段和目的的合二为一。因此，微篇小说在塑造人物时，不求文本形象的丰满圆润，而求立意的通达到位。这种形象，其内涵正和海明威的"冰山原理"吻合，我们不妨称之为"冰山型人物"。

"冰山型人物"的本质特征是作家为了实现写作意图而截取人物性格的某一侧面，以表现一定历史时期社会生活的某些本质和作者的审美取向。从而创造出能给人以认知作用和美感作用的艺术形象。

微篇小说的篇幅一般是 1500 字以内，要在这么短的篇幅中塑造出丰满圆润的典型形象是一种不得体的要求。事实上，微篇小说的最高目的不是为了塑造典型形象，而是为了实现某种立意，用著名微篇小说作家兼评论家邢可的话来说，微篇小说是一种"立意的艺术"②。而每篇微篇小说的立意由于篇幅限制往往是比较单一的，因此其形象的塑造不可能是立体型的，往往是某一契合立意需要的性格侧面。具体说来，这种"冰山型人物"有如下特征。

其一，不求大而全，但求精而尖。

这是从形象的选材要求来说的。一般的典型形象都要求以高度的概括性蕴含巨大而深刻的社会历史内容，读者可以通过这些典型认识一个社会，一个时代。如哈姆莱特、葛朗台、安娜·卡列尼娜、林黛玉、阿 Q 等，不仅个性鲜明突出，而且有极大的概括性。他们概括了特定时代特定人物的特定本质。正如巴尔扎克在《人间喜剧》的前言中所说的："这些人物是从他们时代的五脏六腑中孕育出来的……里面往往掩藏着一套完整的哲学。"③

"冰山型人物"当然也追求高度的概括性，但这种概括性不是指人物形象的丰厚度，而是指借助"冰山型人物"所辐射出来的立意的包容量。因此，只要能体现立意的目的，作者在选材时就不会在乎人物形象的丰满与否，如果那样的话，往往费力不讨好；而会集中精力去选择那些能够体现写作意图的性格侧面（请注意：这里有两个要点，一是能够，够用就行；二是性格侧面，而不是立体性格），选择那些能够充分体现性格侧面的高质量的材料，来

---

① 邢可. 怎样写小小说 [M]. 北京：中国华侨出版社，1996：8.
② 邢可. 怎样写小小说 [M]. 北京：中国华侨出版社，1996：9.
③ 伍蠡甫. 西方文论选（下卷）[M]. 上海：上海译文出版社，1979：167.

塑造艺术形象，实现写作目的。

这种用来构成"冰山型人物"的精尖材料的首要特征就是，其信息的荷载量对于立意的要求来说，正好是恰如其分的。还是让我们来解剖一篇作品。邢可的《看不见的歪脖树》，通过一件小事，塑造了受习惯作用的影响，而不愿面对已经改变了的现实，仍然将错就错的心理群像。其目的是为了挖掘旧的习俗和惯性思维对人们的不良影响，以促人警醒，因此作者在刻画形象的时候只选择两个与立意切合的有表现力的细节：一个是"为了不让自己的脑袋撞到树上带来不必要的痛苦，他们常常不自觉地歪一下脑袋"，"其实他即使不歪脑袋树干离他们的脑袋至少也有十几公分的距离"；另一个是白杨树被锯掉了以后，只留下一个树墩，"他们仍像过去那样绕个弯白白地多走几步。而且他们从拐弯处经过的时候仍然像过去那样不自觉地把脑袋向外边歪一下为的是不碰到那已经不存在的树干上"。而对于与这立意无关的人物的来龙去脉、言行举止却只字未提。这一形象虽然不全面也不丰满，甚至比较模糊，但这一绕道的举止及其折射出来的人物的心理已经实现了立意的目的，何必多费笔墨呢！这种用来塑造"冰山型人物"的精尖材料，不论题材大小，关键是质量要高。其选择的尺度是随立意的需要而定的。立意不同，作者不同，选材不同，塑造出来的"冰山型人物"形象也就各异。要想成功地塑造"冰山型人物"，所选的材料除了信息含量足以外，还必须把握所选的材料有没有"震撼点"，会不会产生"震波"，能否给人以余味，促人去深思。如果回答是肯定的，那么所选的材料才称得上"精尖"，塑造出的形象才是含蕴深厚的"冰山型人物"。《看不见的歪脖树》的震撼点是对准人们盲从因循的思维行为习惯。再如司玉笙的《"书法家"》，先写书法比赛会上，高局长得心应手地写出了令人啧啧惊叹的两个劲秀的大字："同意。"这些题材并没有什么新奇之处，更不会给读者以震撼。但接着就写道，有人请高局长再写几个字，他却面露难色地说："不写了吧——能写好的就数这两个字……"文章的震撼点就在后面这一笔。有了这一笔，高局长这一脱离基层不干实事、高高在上的官僚形象就活了。读者可以根据这一显露的情节去想象生活中的高局长是一个什么样的人，在读者的思索挖掘中，作者的立意目的也就实现了。

其二，以小见大，由微知著。

这是从形象反映生活的方式来说的。微篇小说的形制特征是"小"，但分量并不小。"冰山型人物"虽然难以追求丰满典型的形象描写效果，但也有自己的撒手锏，即攻其一点，不及其余，以小见大，由微知著，从而产生尺幅千里、寸铁杀人的艺术效果。比如乔紫的《锁》就描写了青年画家孔志所干的一件荒唐事，来折射他内心深处极端自私的占有欲。孔志要赴外写生一周，放心不下娇美如花的妻子，便以"现在城市的社会治安不太稳定"为由，劝妻子待在家里，用一把新换的大锁将妻子锁在屋里。他出外七天，也将自己的爱妻锁了七天。当他回来时，妻子便提出离婚。作者的立意是通过塑造一个在婚姻上自私得变态的性格形象，来批判传统文化在我们生活中的负面影响。要实现这一立意，作者不可能在有限的篇幅中对孔志的复杂性格进行全方位的描写，也没有必要把孔志在婚姻上自私的言行举止多加堆砌，而是集中笔力描写孔志与爱妻短暂离别时的表现，来凸显孔志迂腐、自私而怪僻的性格，透过这一显露的性格，我们可以解读隐藏在这外显性格后面的文化含义，明白这一性格所承继的传统文化的某种荒谬性，从而更好地反思我们的生活质量，去寻求美好的人生。

这种以小见大的写法是与追求精尖材料的选材原则相得益彰的，因此作者在塑造"冰山型人物"形象的时候，切口宜小，角度要有特色。即使是大主题大题材，也不能信手就写，而必须找准突破点，找准能够启动读者想象的人物形象身上的耀眼点，才能收到四两拨千斤的艺术效果。比如孙方友的《女匪》，写的是令人恐怖的绑架事件，但留给读者的却是感动；出场人物凡四人，留给读者的也是感动。为什么？因为作者是从人类良知的角度，紧扣女性身上最美好的属性——美丽和母爱来写。

写女匪首出场时，乘一叶小舟，"大红斗篷，迎风招展，于碧绿的青纱帐中，犹如一朵硕大的红牡丹，映衬出眉目的秀丽和端庄"；写她对人情人性的通达，当孩子不愿离开带他的女匪时，她对夫人说："孩子毕竟是孩子，每一个女人向他施舍母爱，他都会得到温暖！尊敬的夫人，这些是用金钱买不到的！常言说：生身没有养身重！你想过没有，当你抱走你儿子的时候，我的这位妹妹将是怎样的心情呢？"写那位装成女仆的女匪在孩子要交回夫人带走时，因舍不得而"伤心地抹眼泪"。写那位夫人因为儿子被绑而肝肠寸断，并勇敢地去和女匪接头，最后又为了儿子而"毅然上了匪首的小舟"。即使被绑走的孩子，也因为和带养他的女匪建立了感情不愿回家而"又哭又号、紧紧地搂抱住女匪的肩头"。这里展现的是人间的至情、至性、至美，这哪里是写令人心惊胆战的绑架，完全是一曲母爱的颂歌，是对女性美的礼赞！那么，我们再深入想一下，如此美丽善良的女性为何会落草为匪呢？人间最动人的母爱为何要遭此不幸呢？逼良为匪的罪魁祸首是谁呢？就是那黑暗的社会制度。这一重大而深刻的立意目的能够在一千来字的篇幅里得以实现，是与作者采用了以小见大的表现方法分不开的。

其三，意蕴大于形象，单纯而不单薄。微篇小说是立意的艺术，立意是它的最终目的，它不同于以塑造典型形象为己任的长中短篇小说，它所塑造的"冰山型人物"形象是为实现立意目的服务的。典型形象的含义常常超越作者的写作意图，如阿Q这一典型形象的成功塑造，不仅实现了作者要画出国民的灵魂，揭出病根以引起疗救者的注意这一意图，而且具有超越民族、超越国界的辐射力；而"冰山型人物"形象的含义很难大于作者的立意，实际上，微篇小说的审美价值不是靠形象的丰满典型取胜，而在于通过艺术的具象上升到抽象的理念以求得生存的价值。因此，借助各种独特的性格支撑点来增强其内在意蕴的扩张力，就是"冰山型人物"形象的成功之道，也是微篇小说成功的奥妙。李溯的《审羊》写少年阿季因父死母病，不得不辍学去牧羊，为了不让老师和同学们看到他而难为情，阿季要头羊改道别从学校经过，而头羊第二天又从旧道上山，经过学校，同学们看到了阿季。阿季很难受，便审问起羊来，表现了对羊的又恨又怨、又爱又痛的复杂感情。作品没有正面去写阿季对读书的渴望，而是通过阿季放羊—审羊—爱羊这条情节线，通过阿季对羊的态度写出上学读书在阿季心中的分量。而写阿季想读书这一性格点正是为了反映贫困地区青少年失学的这种社会问题；阿季最后对羊的表白"我还会去上学的！"正是千千万万失学孩子的心声，其意义不亚于当年鲁迅"救救孩子！"的呼喊。这种意蕴大于形象的特点，以意蕴作为作品灵魂的写法，正好体现了微篇小说对社会人生负责任的态度，也和传统文论中"文以载道"的要求一脉相承。

正因如此，"冰山型人物"形象虽然较单纯，但并不单薄。《看不见的歪脖树》中绕道而走的人们，《"书法家"》中的高局长，《锁》中的画家孔志，《女匪》中的几位女性，《审羊》中的少年阿季，他们的性格都只展现了一个或几个侧面。相对地说，都比较单纯，但因为含蕴丰厚，所以并不单薄。中外的微篇小说都有这个特点。美国作家奥莱尔的《在柏林》，全文只有400字，写在一节车厢里，有一对年老的夫妇，老妇人总是重复数着"一二三"，引起他人的嗤笑。后来，老男人说，他们失去了三个儿子，在轮到他上前线之前，总得把儿子的母亲送进疯人院。毫无疑问，作品中老夫妇的形象是不丰满的，甚至有点模糊，但他们是千千万万在战争中失去儿子的父母形象的缩影。作品通过形象所表现出来的强烈反战思想，完全可以写出一部百万巨著。它引导人们去思考，想想人类历史上还有什么比战争更可怕，进而痛恨战争，拒绝战争，潜涵着如此丰富意蕴的形象还会单薄吗？

"冰山型人物"作为一种独具特色的形象类型，其实早就存在于微篇小说的创作实践中，只是长期以来文艺理论研究者的目光一直未认真地关注它，因而未给予恰当的理论审议和定位。

就像大自然中有高大的乔木也有玲珑的花草一样，对于大自然的生态平衡，谁也少不了谁，其形而上的价值几近等同。在文艺的莽原中，长篇巨著与微篇作品，丰满厚实的典型形象与缩龙成寸的"冰山型人物"各有各的招数和妙用。小说家们预言微篇小说"将会是二十一世纪最重要的文体之一"①，是符合生活和艺术发展规律的。而作为微篇小说要素之一的"冰山型人物"，也会在文艺园地里越来越展示其独特的风采和魅力。但是，对于"冰山型人物"的内涵与外延的界定，它和典型形象的关系，它在中外文学史上的发展轨迹及趋势，如何塑造好"冰山型人物"等，还有许多理论上的空白，需要我们去开拓、去填补、去创造。

第三节　微篇小说情节特征——滴水折光

小说的情节都有基本的共性，即指作品中由人物活动、人与人之间的关系及人与自然的关系等所构成的一系列事件。但是，不同体裁、不同容量、不同篇幅的小说，其情节特征也各有不同。一般而言，长篇小说卷帙浩繁，适合反映波澜壮阔的历史画卷；中篇小说容量较大，适合从容地记录生活长河中的一个大段落；短篇小说体积小，鲁迅说它"仍可借一斑略知全豹，以一目尽传精神"②，从而构成一个独立的特别的艺术世界。那么，微篇小说呢？一方面，它篇幅极短，一般在1500字以内，长的也不过2000-3000字；另一方面，在这么有限的篇幅里，要反映生活，叙写故事，塑造形象，或抒写心灵，传情达意，实现小说的功能。要写好的话实在是一件十分不容易的事。这就对情节提出了特别的要求。这种情节不能繁复，繁复则容纳不下；也不能简陋，简陋则淡而无味，没有意义。它要有事件的粘合力，理性的营养素和情感的滋润性，像一滴饱含了各种成分要素的水一样，能够反映出事物的本质属性，我们可以将其喻之为滴水折光。

滴水折光是指微篇小说所用的情节，形态小，符合"微"的文体篇幅要

---

① 凌鼎年. 小小说杂谈 [M]. 济南：黄河出版社，1998：2.
② 吴子敏. 鲁迅论文与艺术（上册）[M]. 北京：人民文学出版社，1980：329.

求,但是能量不小,含蕴丰富,能够抓住人物、事件最突出的矛盾和特征,展现人物形象,反映事物规律,实现以小见大、一以当十、滴水折光、光芒四射的审美要求。

世界上的事物本来是由无数的"小"组成的。艺术创作的规律也总是以个别显示一般,以部分显示整体。古人对此早就有了深刻的认识。《周易》里说:"其称名也小,其取类也大。"① 南朝梁文学批评家刘勰指出:"以少总多,情貌无遗。"② "乘一总万,举要治繁。"(《文心雕龙·总术》)③ 具体落实到各种文体,又各有其特殊的要求。王蒙在谈到微篇小说的时候说:"微型小说是一种敏感,从一个点、一个面、一个对比、一声赞叹、一瞬间之中,捕捉住了小说——一种智慧、一种美、一个耐人寻味的场景、一种新鲜的思想。"④ 确实是中肯之言。一般而言,微篇小说情节的滴水折光是指情节篇幅的相对短小与其内涵丰厚的矛盾统一,是少与多、小与大、浅与深的对立生成。具体说来,主要表现在以下几个方面。

其一,细节立身。

细节立身就是抓住人物肖像、语言、行为、心理和社会环境、自然景物中某些具有特征的一两个细枝末节,进行细致入微或者强化夸张的描写,以产生见微知著、"瞬间传神"的艺术效果,实现作者的创作意图。我们先看古代的一篇文章。

东方朔饮不死之酒

[西晋]张华

君山有道,与包山潜通,上有美酒数斗,得饮者不死。汉武帝斋七日,遣男女数十人至君山,得酒,欲饮之。东方朔曰:"臣识此酒,请视之。"因一饮至尽。帝欲杀之。朔乃曰:"杀朔若死,此为不验;以其有验,杀亦不死。"乃赦之。

全篇主要是写东方朔饮不死酒时一饮一答的细节。汉武帝好不容易派人从君山取回来的美酒,东方朔先骗至手中,然后一饮而尽。汉武帝要杀他,他却从容地回答,杀我若是死了,说明酒没有效验,如果酒有效验,杀我也不会死。弄得汉武帝只好赦免了他。这一细节很形象地体现了东方朔沉着多

---

① 白话易经 [M]. 南怀瑾,徐芹庭,译注. 长沙:岳麓书社,1988:393.
② 刘勰. 文心雕龙注释 [M]. 周振甫,注. 北京:人民文学出版社,1981:493.
③ 刘勰. 文心雕龙注释 [M]. 周振甫,注. 北京:人民文学出版社,1981:470.
④ 王蒙. 我看微型小说 [M]//王蒙谈小说. 南昌:江西高校出版社,2003:190.

智、善于应变而又诙谐幽默的性格特点。

再看一篇前文提到过的以细节取胜的现代小说的原文。

"书法家"

司玉笙

书法比赛会上，人们围住前来观看的高局长，请他留字。

"写什么呢？"高局长笑眯眯地提起笔，歪着头问。

"写什么都行。写局长最得心应手的好字吧。"

"那我就献丑了。"高局长沉吟片刻，轻抖手腕落下笔去。立刻，两个劲秀的大字从笔端跳到宣纸上："同意。"

人群里发出啧啧的惊叹声。有人大声嚷道"请再写几个！"

高局长循声望去，面露难色地说："不写了吧——能写好的就数这两个字……"

读这篇小说，先是让人产生悬念，然后让人产生期盼，再让人惊喜，最后给人以遗憾失望，甚至滑稽好笑，留给读者的还有深深的思索。这位高局长也太没用了。那他为什么又是局长，且受人奉承呢？这就是中国官僚和民众心态的缩影。作品让人引发的思绪太多了。而这一切不是靠繁复的叙写去完成，而仅仅靠一个传神的细节来体现。你看，"书法比赛会上，人们围住前来观看的高局长，请他留字"，场面多热闹，人们肯定对高局长的书法水平慕名已久，高局长传出去的墨宝也肯定训练多年，非一朝一夕之功。高局长呢，也胸有成竹，"笑眯眯地提起笔，歪着头问"，既有自信的风度，又显得天真可亲。"那我就献丑了。"谦虚的口吻中更显得当仁不让。"沉吟片刻"说明他意在笔先，不浮不躁。"轻抖手腕"何等的潇洒！"劲秀的大家"何等的美妙！"啧啧的惊叹声"更证明高局长下笔惊人，书法水平令人叹为观止。"有人大声嚷道：'请再写几个！'"正符合人们的正常心理。而正当读者热切期盼高局长锦上添花的时候，高局长却"面露难色"，说明他心虚难掩。最后说出来的"不写了吧——能写好的就数这两个字……"令在场的人，也令读者大失所望，而又莫名其妙，思之则恍然大悟。这一高局长表演书法的细节，形神毕肖，境界全出。这一范例说明，在微篇小说中，写出精美的细节，完全可以独当一面。

其二，浓缩情节。

微篇小说也可以写比较复杂的人物或事件，牵涉的人物关系较多或时空跨度较大，仅靠一两个细节又容纳不了。于是，作者将复杂的情节进行浓缩简化，运用巧妙的构思，将其通过相对单纯的情节表现出来，达到以简驭繁的目的。在这方面，绍六的《一个复杂的故事》处理得相当高明。且看原文。

一个复杂的故事

绍六

"张工，看了你的《职工经济状况调查表》，想核实一下你在'其他负担'一栏内填的15元，我们不明白……"

"那是寄给我妹妹的，在房县上畈中学，不信我可以将历年的每月汇款收据……"

"别误会，不是不相信你每月寄去这15元，是想问你为什么要寄这15元。"

"为什么？因为她是我妹妹，在我困难的时候——你知道我有整整7年，每月只拿生活费——她每月寄15元支持我的家庭，直到我平反恢复名誉，还因为我的'问题'影响了她的毕业分配，在山坳坳里待了15年。如今她有困难，我……"

"他们夫妇只一个孩子，农村生活也低，不至于有困难吧！"

"不，他们每月要给妹夫家乡应山县寄15元。"

"你妹夫要供奉双亲？"

"不，妹夫的双亲早亡。"

"那寄钱给谁呢？"

"寄给妹夫服役时的战友罗元凯的家。"

"姓罗的收入低？"

"他在中越边界自卫反击战中牺牲了。"

"啊——当地政府应当照顾这位烈士之家呀！"

"照顾得不错。不过，烈士的父亲每月要寄15元给烈士生前的部队所在地襄阳。"

"寄给谁呢？"

"烈士生前曾救过一位盲人老太婆，并坚持每月照顾老人15元，罗元凯同志牺牲后，烈士的父亲按照儿子的心愿，继续照顾这位老人。"

"原来是这样。不过，你寄钱给你妹妹，妹夫寄钱给应山，应山寄钱给襄阳，这……未免太复杂了。"

"难道有什么简单的办法吗？"

"你若直接寄钱给襄阳，不就省去几道关节和邮费吗？"

"这个……可是，生活并不是数学，人的感情更不是数学呀！"

这篇小说写的其实是一个挺复杂的故事，涉及的人物有：张工、妹妹、妹夫、罗元凯、罗元凯之父、盲人老太婆；讲述的情节是，军人罗元凯曾每月照顾一位盲人老太婆15元钱，罗牺牲后，其父继续寄钱，于是罗的战友便每月帮补罗家15元钱，这位战友是张工的妹夫，曾接济过张工，于是张工也按月资助妹夫同样的15元钱。这么复杂的事情，作者将其化简为一个由核实15元钱的来龙去脉而引发的对话情节，将以上的内容都容纳了进去，最后借张工"生活并不是数学，人的感情更不是数学呀！"的回答来表明作者对这种美好的人情关系的赞美与思考。

这种寓复杂于单纯的方法，还可以和具有复指意义的象征物结合起来，借象征物来浓缩情节，既生动形象，又含意深远。徐光兴的《枪口》表面上的情节很单纯，写省建材局杨局长和李秘书在湖边打猎及打猎的一场对话。但是通过李秘书的谈话，牵扯出了一大堆隐含的情节：王主任为了求杨局长批五十吨建材，投其所好，给杨局长送来了崭新的猎枪，将杨的儿女调到省实验话剧团工作，又给杨调拨了一辆轿车。这一切不正像瞄准杨局长的枪口吗？而且早已射出一连串的"子弹"了。

有些作品则采用点到为止的表达方式，将重要信息进行浓缩，并用关键词句表述出来，给人留下无限的想象余地。在这方面，马克·吐温的《丈夫支出账单中的一页》堪称经典之作。

丈夫支出账单中的一页

马克·吐温

招聘女打字员的广告费……（支出金额）

提前一星期预付给女打字员的薪水……（支出金额）

购买送给女打字员的花束……（支出金额）

同她共进的一顿晚餐……（支出金额）

给夫人买衣服……（一大笔开支）

给岳母买大衣……（一大笔开支）

招聘中年女打字员的广告费……（支出金额）

全篇译成汉语，除去标点，只有99个字，但它却浓缩了一部长篇小说的内容，据说刊发这篇作品的报社答应按照长篇小说支付稿酬。确实这篇小说潜含的情节信息也是够复杂的。一位有妇之夫（很可能是老板一类的）花心太重，挖空心思招聘了一女打字员（肯定年轻漂亮），为了讨其欢心，先是给她提前支付薪水,然后给她送花献殷勤,最后将她请出来共进晚餐,还有不便说出的内容。但是风声走漏,面临后院起火,如何平息呢?只好花一大笔钱给夫人买衣服、给岳母娘买大衣来进行安抚,直到解雇了原先年轻的女打字员,而另聘了中年女打字员,才将事件摆平。读者还可以根据自己的见闻经验,通过想象补充更加丰富的内容。

也有些作品不是采用以上这些巧妙构思的方法来浓缩情节,而是正面叙写。正面叙写如果只写一个两个细节还好办。如果反映的内容比较多,要浓缩好的话就要在全面兼顾的前提下选择好的典型细节,并注意详略安排。王奎山的《母亲》是写母亲一生对父亲的真爱,在实际生活中肯定有无数感人的事迹,而在作品中,作者先用一句"母亲一辈子都是为父亲活着的"总领全文,然后用了"炖豆腐""吃西瓜""祭坟""坟裂缝"及"玉镯事件"等五个细节构成一组总的情节,来表现母亲对于父亲那种带有几分愚昧、几分迷信而又千金难买的至爱深情。细节虽小,但是表达得充分而到位。这种浓缩情节的方法与上文的细节立身有类似之处,都是以细节为主要叙写内容,其区别主要在于构思的侧重点、内容的涵盖面及多少有所不同。

其三,意化情节。

有些微篇小说,作者的创作意图是为了表现一种意境或理趣,情节不是叙写的核心内容或唯一指向,因而呈现出一种淡化或散文化的倾向,但是,其中的情节仍然是体现作品意旨的框架或依据,饱含了意趣之美或哲理之光。我们看以下作品。

月照南窗

邓开善

月儿,玉碟似的,探出蝉翼般的云帘,悄悄然,闪进了古朴的南窗,跌落在倚窗的小桌上。主人的小楷狼毫笔,喷着幽幽的墨香,在雕花的空烟斗上架着。

五只深赭色的荸荠。准确地说,四只半:有一只荸荠,主人咬了一半,那半只,连着蒂儿,竖在小木桌上。素裹着皎皎的月色,俨然似一座纤维的金字塔儿。

一小块人工凿成的方形汉白玉石,圣洁无瑕,犹若一方凝固的月光。石下压着一叠方格稿纸,蝇头小字,一笔不苟,标题是:关于《山乡春秀》(三卷)修改参考意见。

稿纸下盖着一封家书,信纸的折叠纹路,已经断裂了一处呈"V"形的裂纹里，注满了月儿的光波，溶成一柄晶亮的短剑。家书只露出一截儿，字迹清秀，秀里含刚，写的是：

"明月皎皎，星汉西流，从心底里，我慌叹：月圆人不圆！'一夜夫妻百日恩'。在一起，我们生活了十二年哪！生活的旋流，把我和你冲散了，良心，女性的良心，至今折磨着我的灵魂。灵魂在哭泣，在滴血。复婚吧！我只求求你，不要再去当编辑，你半生'为他人作嫁衣裳'，得到了什么呢？十年风寒，一头白霜。听我的话吧！"

信的末尾，还有一行字："恳求你，少吸烟。"信角上，有两粒红色的小药丸，仿佛是两滴溅落的血浆，渗透了信笺。旁边，主人写了一句"读后感"："此情绵绵无绝期！"这行诗，是模仿《长恨歌》中的，主人勾动了一字："恨"成了"情"。

风儿袅袅，似一支小夜曲低吟，潺缓的，水似的，流进注满月光的南窗；从一张墨汁未干的稿纸上淌过，卷落了一茎灰白的发丝，稿纸的号码是第109页。

这篇六百来字的小说很像一篇抒情散文，整体上体现了一种情景交融的意境美。作品先营造了主人公活动的优美环境：玉碟似的圆月从淡如蝉翼般的云层中探出身来，悄悄地照进了南窗，照在倚窗的小桌上，桌上雕花的空烟斗上架着的毛笔，喷着幽幽的墨香。这种带着翰墨香的居室环境，既为展现人物提供了理想的空间，那幽幽的墨香更让人与下文所写的心香一瓣，为他人作嫁衣裳的编辑联想起来，含意隽永。接着，作者将笔墨聚集在四只半荸荠上，尤其是那只被主人咬了一半的，还竖在小木桌上。为什么只咬了一半呢？我们可以想到主人公那种投入工作、废寝忘食的情景。答案很快就出来了，原来主人公是在修改稿件，刚刚写完《关于〈山乡春秀〉（三卷）修改参考意见》。主人公付出的不仅是工作中的热情和心血，同时还要承受着巨大的磨难，他和生活了十二年的妻子被冲散了。妻子来信请求和他复婚，他在信旁写了一句"此情绵绵无绝期"。但到此为止，主人公一直没有出场，他姓甚名谁？音容笑貌怎样？经历如何？妻子是谁？到底为何冲散？最后他们是否复婚？皆不得而知。不过，我们可以从作品藏头露尾的关键细节的叙写中去联想，去缀合，去体味，因为作者的用意不在情节上，所以最后也以微风拂过，卷落发丝的虚化细节结束全文。全文洋溢的是对主公所从事的事业及其美好情操的深深理解和由衷赞美，平凡而散淡的情节也因这种超俗的立意和美妙的意境而得到点化和升华。

曹冠龙的《树皮》体现的是一种理趣美。小说除了简单的环境渲染和心理描写外，仅以一片剥落的树皮为引子，引出了父亲和两个孩子对此的议论。女儿认为衰亡的树皮很崇高，"欣然引退，把空气和阳光无私地让给了那些鲜嫩粉绿的后代"。犟头倔脑的儿子则认为新生的树皮很勇敢，"一旦成熟了，强壮了，它们便又毫无畏惧地一举胀裂那些束缚它们施展青春的僵皮死壳，脱颖而出，崭露头角，让翠绿的生命向着更新的高度，更广的空间挺进"。而他们的父亲，则提出了美好的祝愿："我希望，世上的一切，都像你姐姐所说的那样，那样的崇高；我更希望，世上的一切，都像你弟弟所说的那样，那样的勇敢！"小说没有尖锐激烈的冲突，也没有起伏曲折的故事，但是由简单的情节而引发的思维火花的碰撞则别有一种启迪，情节已被理性之光融化而照亮了。

当然，大千世界，变化无穷，人们认识反映世界的方式也是丰富多彩，不断发展的。以上只是微篇小说情节滴水折光的几个主要表现方面，在实际创作中要复杂得多，需要我们实事求是，灵活把握。但是，不管怎样变化，它首先要受微篇小说文体篇幅规定性的限制，只能在这一前提下去最大限度地实现情节的表现功能，而滴水折光是解决这一问题的基本出发点。

第四节　微篇小说环境特征——以精取胜

身为小说家族中的一员，微篇小说同长、中、短篇一样，其环境描写具有许多共同之处，如前所述，笼统而言，是指一定的时空，具体而言，是指对人物生存、活动和事件发生、发展的自然环境和社会环境所做的形象描绘；在表现主题、刻画人物、渲染气氛、推动情节或展现地域风貌等方面具有不可替代的功用；在写法上，也可虚可实，可长可短，不一而足。但是，微篇小说毕竟篇幅有限，不可能像长中篇一样大量地去描写环境，也很少有在短篇中常见的一段接一段的环境描写。而作为小说，在写人叙事时是离不开环境的。微篇小说在长期的发展过程中形成了自身独特的环境机制，总的来说是以精取胜，体现在具体作品中则又各具特色。基本类型如下。

一、浓缩之境

根据小说创作意图的需要，精心选择一些浓缩了大量有效信息而又与作品的整体内容不可分割地联系在一起的环境，对其进行恰到好处的集中描写，可以取得以少胜多的艺术效果。

刘志学的《长大了俺们都嫁给你》写的是主人公冬来因为坚守在偏僻的鹅脖湾办学教书而耽误了自身美好姻缘的故事。一方面学习出类拔萃但因小儿麻痹症而残了一条腿的冬来上不了大学，便回家乡鹅脖湾办了一所小学，才貌俱佳的同班同学香荷深爱着冬来，与父母挺了三年，父母才同意了他们的婚事，但有一个并不苛刻的条件，要冬来离开黄河滩的鹅脖湾随香荷搬到城里来，香荷便心花怒放地赶到了鹅脖湾。另一方面，鹅脖湾因为地处偏远没有学校，孩子们上学非常艰难，所以那里的人特别渴盼有学校、有老师。为了更好地凸显这一点，作者对鹅脖湾的自然环境和孩子们的求学环境进行了定点集中描写：

> 鹅脖湾因黄河在村南绕了一个很大的像鹅脖一样的弯儿而得名。这个被大堤圈在河滩里的村子只有八十多户人家，四百多口人。汛期一来，河水一漫滩，就成了一个四面环水的孤岛，但地势却很高，从未遭过水患，按他们一脸自豪的说法是：俺村要是被淹了怕是连北京城也保不住哩！这也许就是鹅脖湾人世世代代固守家园的原因吧。老辈子不知道是咋过来的，反正现在的鹅脖湾人巴不得早一天离开那个孤岛，融入外面的世界。别的不说，光孩子们上学就是个大问题。村子太小，没有学校，水一上来，孩子们就得一天两趟让大人划着船接来送去，才能到大堤外的村里去读书。很多不负责任的或无力应付的家长因为这，就眼看着自己的孩子慢慢地变成大字不识一个的"睁眼瞎"。村里的女孩子就别说了，十个有九个不知道学校的大门朝哪儿开。

这一段环境描写先写鹅脖湾得名的由来，地形地势特点及先辈们世代固守家园的原因，再重点叙写现今鹅脖湾的孩子们上学难的处境。要更好地理解这一环境，我们可以将思路放远一点，对于中国人来说，"万般皆下品，唯有读书高"的思想一直在潜移默化地影响着我们的价值取向，而耕读传家、重视教育一直是我们民族的优良传统，尤其到了现代，孩子们的教育成功与否，直接关系到他们的生存力和竞争力，孩子们对于求知的渴望更是他们天生的本领。如果我们从这些角度去深入思考的话，就能更好地理解后面的情节：为什么冬来回村办起了"鹅脖湾小学"以后如久旱逢甘雨般那么地受人欢迎，为什么冬来要随香荷去城里去时乡亲们那么地依依不舍、孩子们那么样地号啕大哭，尤其是十几个女孩子撕心裂肺地喊着"老师，您别跟那个女的走啊——等俺长大了,俺给你当媳妇!""俺们都嫁给你!"最终,冬来硬是被孩子们生生地留住了,到了三十六岁,他仍然固守着鹅脖湾小学的三尺讲台,孤身一人打发着东升西落的日子,常常反反复复地问自己"是不是很傻",整个故事令人感动而又倍觉沉重。而这一切,都离不开上段由环境而生发出来的精当的环境描写。这种集中笔力于一点上的强化描写我们可以称之为特写聚焦式的环境描写。其特点是在突出环境特征的基础上写足写透,浓缩之境,以一当十。

另一种用来描写浓缩之境而又与特写聚焦式相似的写法是白描勾勒。二者的共同点在于都要求抓住环境的特征进行相对集中的描写,不同点主要体现在用笔的浓淡、描写的繁简上。白描勾勒往往只关注环境对象的核心特征,三言两语就将其主要信息传达出来。曹德权的《村情》写家境暴富但平日里张狂吝啬、不结人缘的斗才家失火之后,伤透了心的乡邻们懒得去救火,结果斗才家被烧光之后的惨状,只用了一句话:"斗才的独立院焦黑一片,青烟缕缕,残墙断壁堆里,掺杂着高档家具和电器的残体断肢……"这里仅从火烧的地点和被烧的程度两方面对那场火灾进行粗笔描绘,但是,这一描写可以说恰到好处。其一,交代了斗才家被火烧之后的境况。其二,为下文写善良的乡邻们看到惨境后主动地送来席子、衣服、碗筷之类的生活用品,并赶走前来斗才家催款的人做了铺垫。其三,联系小说的题目《村情》和上下文的内容,会使人想到诸如恶有恶报、有钱能使鬼推磨但推动不了人心、聚财不如聚人、做人当以善为本等方面的问题,这就是村情、人情乃至国情。这一系列引人深思的内涵是与上面一句虽然简略但却骇目惊心的环境描写的触发分不开的。如果缺乏这一环境描写,火灾后的状况就难以具体生动地显示出来,甚至小说前后的情节也不好衔接;而如果浓墨重彩地详细描绘,除了篇幅不允许以外,更主要的是可能造成一种错觉,以为作者是带着一种欣赏的态度故意将这场灾难一一展示出来,这样就会与小说所要表达的赞扬乡邻们心地善良的主题和含蓄凝练的艺术风格相抵触。所以,此处采用白描勾勒是最适合的。

在微篇小说中,作者运用白描手法去描写环境是很常见的,不管是自然环境、社会环境,还是包含了多种成分的场面环境,都可根据特点,淡墨勾描,传其神韵,达到以简驭繁的目的。鲍昌的《桃花三月天》写一位从台湾回来的老人,在桃花三月天回到故乡桃花盛开的庭院,寻找当年的"人面"和"桃花"的内心活动。作者写到庭院桃花时只用了二十几个字:"桃花很盛,庭院很深,整天里没几个人来往,花瓣悠悠落在地上。"一下子就营造出了一种宁静幽雅的氛围，将人带入飘忽缠绵的追思之中。这种白描，较之于繁复详尽的工笔细描，另有一种从容淡雅的艺术魅力。

此外，有些作品需要交代社会环境方面的时代历史特征，因为其时间跨度较大，作者往往采用高度概括的方法，借助形象而凝练的语言来描绘这种浓缩之境。沙叶新的《饱学之士》写到中华人民共和国成立前后不同阶段姑娘们婚恋观的变化，只用了几句通俗形象的话就很好地浓缩了不同时代的特征。中华人民共和国成立前"全凭父母一句话，屎壳郎、癞蛤蟆都要嫁"，说明姑娘没有择偶的自主权；20世纪50年代，姑娘们"不爱金，不爱银，最爱肩上有星星"，婚姻自主了，大家爱找当军官的；"文革"时期，"只要成分好，别的不计较"，工人和贫下中农最容易娶到好姑娘；20世纪80年代初，"姑娘找老公，专找海陆空"，凡是有海外关系的，在中国落实政策补还一大笔钱的，家有空房的，姑娘们都趋之若鹜；后来，尊重知识、尊重人才的社会风气形成以后，姑娘们"只要学问高，就把彩球抛"。不但概括准确，而且妙趣横生。

浓缩之境将富有特色的高质量的环境信息压缩在有限的文字里表达出来，顺应了微篇小说的篇幅要求和文体规范，是其最明显的环境特征之一。

二、暗示之境

有些微篇小说根据构思和表达的需要，不宜直接正面描写环境，于是作者采用间接侧面的描写策略，将环境信息寓含在人物的言行举止和情节的动态发展之中，通过多种方法暗示出环境的特征。

一是借人物之口述说环境特征。生晓清的《喜殡》写万元户张大伯死了，山沟里的小鲍庄充满了节日里的欢乐气氛，大家要将这一丧事当成喜事来办，理由是张大伯有五十高龄了，又是万元户。为什么五十岁就算高龄呢？小说在写到近几年政策对头了，附近几个庄子的人日子好过了寿命却短了的情况时，借丧事场上一对年轻人的嘀咕讨论，揭示了环境的人为恶化所带来的灾难性后果："这几年，咱庄上死了三十几个人，有的三十几岁就死了。飞机年年洒药粉，硅矿越开越大，大量的药粉和砷污染了吃水……""松树和硅矿使小鲍庄越来越富了，可是，咱庄稼人似乎缺点什么。"在这里，作者将小鲍庄生存环境变化的原因及现状，借人物之口传达出来，较之于摆开架式进行正面描写，要节省很多笔墨，让读者在不经意之中就了解了其中的原委，而且对环境特征的交代和作者主题意识的表达是完全一致的。一箭双雕，给人以举重若轻之感。

二是借人物的衣着折射环境的变化。虽然讲"穿衣戴帽，各有所好"，强调个人趣味，但是穿着打扮也是随时代而变化、随环境而更新的，尤其是年轻人，追赶潮流是他们的天性，他们的服饰变化更能迅速地反映出环境的改变，而穿衣打扮又是最常见的现象之一，所以，作家们常常抓住这一点来描人物写环境。孟伟哉的《在远离北京的地方》写"四人帮"倒台不久，县革委会主席赵万古渐渐不舒服了，什么真理标准的讨论、经济体制的改革、干部终身制的废除，还有要解放思想等，都让他反感愤怒，总之，政治气候变了，社会环境不一样了。为了形象地显示这种变化，作者接着就写了一个让赵万古感到炫目的姑娘的装束举止："一个姑娘打花伞，穿红裙，足登绿色高腰雨靴，另一手提着黑色人造革衣箱，正走到他的下面来。"这种装束在现在看来非常普通，但是在刚刚经历了"文革"中"全国人民统一装，男女老少都一样"，女的"不爱红装爱武装"的特殊年代之后，姑娘们敢于穿红戴绿确实来之不易，等于宣告偏执狂热的年代已经过去，思想解放的正常时代已经到来，服饰的变化就是明显的标志，它成为环境变化的形象载体。

三是借人物的行为反映环境特征。人与环境是互动的关系，人的行为可以构成特定的环境，但人也是环境的产物，人的一举一动都与环境有着直接或间接的关系，从人物的所作所为中来传达环境信息，不但能写出环境特征，而且往往能揭示作品的主题。蒋子龙的《找"帽子"》通过写主人公金流为了给自己找回一顶右派分子"帽子"而四处奔波的尴尬经历，反映了不同的时代环境特征。作者在开头第三句话就写道："同村的右派分子一个个全都摘帽改正，落实政策回到城里，只剩下他没人管，没人问。"这一句话包含了丰富的环境信息。其一，叙述同村的摘帽改正的右派分子的数量时用的是"一个个"，说明仅一个村的右派分子就不少，我们可以联想到当年反右扩大化时多少人含冤受屈平白无故地失去了工作被赶回乡下，那是一个什么样的时代。其二，如今要拨乱反正、落实政策，让右派分子摘帽回城了，但是，"只剩下他没人管，没人问"。一方面说明时代变了，另一方面说明在政策的人为操作上还存在严重的问题，同时从构思上又引出下文的情节。金流为什么没人管呢？因为他原来工作的教育局档案中记载右派名单的老册子上并没有他的名字。而他确实是被打成右派赶回农村的，现在如果能找到右派帽子就可以恢复名誉落实政策回城工作，一顶右派帽子现在对他来说太重要了。他好不容易找到当年自己挨整的时候教育局的书记现在又升了官的老隋，求他证明一下。老隋明知金流当时作为右派上报过，上面没有批，后来被当成右派分子对待，送到农村去了，但是老隋却不愿认账，一挥手让金流回去，自己也走了，将金流晾在那里。这些情节通过人物的行为进一步具体地展示了时代环境的特征，荒唐的岁月，荒唐的行为，让人感到荒唐好笑，而当年干荒唐事的隋书记之类的人不但未受处分，反而升迁了，更让人感到荒唐中的悲哀。我们的生存环境并不令人乐观，这也正是作者所要表达的创作意图之一。这种借人物行为写环境的表达方法，既反映了环境特征，又展现了人物性格，同时又体现了主题，可谓一箭三雕。

四是借事态发展反映时代环境的变化。有些以写事为主的作品注重在波澜起伏的叙述中体现故事的意蕴，而意蕴的深浅常常与故事本身所承载的环境信息的多少成正比。因此，作者很重视对环境的观察、提炼和反映，我们从故事的动态变化中就能明显地看出所包含的时代环境特征。孙方友的《满票》虽然写的只是村民表决是否将村小改名这一件事，但反映出了中华人民共和国成立前、初期和现今这三个不同历史阶段的沧桑变化。中华人民共和国成立前，村小原名"毅斋乡小"，因为那是由名叫张毅斋的乡绅出资创办的；中华人民共和国成立后，张毅斋被镇压，校名便为纪念一位为革命献身的烈士而改成了"张广小学"；但不久前张毅斋的儿子从台湾回来，眼见家乡小学房屋破旧、院墙倒塌，决心捐款5万元人民币加以修建，条件是学校修建好之后恢复"毅斋小学"原名。最后，尽管大伙情绪非常低沉，但是在投票表决的时候，几百户人家包括烈士的后代在内，竟满票通过——同意接受捐款和更换校名！真是此一时，彼一时，甚至可以说三十年河东，四十年河西。时代的不同，环境的变化，落差是如此之大，让人感到沉重而又无奈，这种将不同的时代特征融入事态发展的写法，既让时代特色更加具体化、生动化，又使故事的叙述更合乎历史的逻辑，包含更为丰富的历史人文意蕴。

三、泛化之境

有些微篇小说，既不写明显确切的浓缩之境，也没有或隐或现的暗示之境，而是将人物和情节的展开放在一个泛化的环境中去进行，让读者从更为广阔的时空背景上去理解领悟。这种环境，我们可以称之为泛化之境，或无境之境。它常常体现在叙写人情世故，揭示生活哲理，或超现实构思的作品之中。

1. 人情世故之境

人情世故是经过长期积淀形成的，往往通过礼节应酬方面的习俗体现出来，是人际环境的一个重要方面，具有广泛的适应性。陈建功的《娘家人》写李老太太七十三岁寿终正寝以后，七十六岁的娘家哥哥赶来了，一来就大摆娘家人的架子，以为自己的妹子是非正常死亡，提出要开膛验尸，搞得一家人团团转，结果验尸也未发现毒药之类的东西，最后走的时候也是气昂昂的。正像他对前来吊唁的二妹所说的："我可不能让人戳脊梁骨，说你们娘家没人了！"其实，他这样做就是为了给人看的，既是为了给已死的大妹撑面子，又是为活着的二妹提供人气支援，所以二妹很感谢："这回您也见着啦，我的儿女对我都挺好，再说，有您这么一位舅爷在，谁还敢髭毛儿。"这还不够，娘家哥哥还表示，万一二妹有什么三长两短，"只要哥哥我还有一口气，爬我也要爬来为你做主！"

这娘家人确实够威风、够情义！这个故事发生在哪里呢？作品未交代任何时间地点，显性的具体环境一点也看不出来。但是，只要我们联系实际，将作品所写的内容和现实生活进行比照分析，就会发现，这种情况不只在一时一地发生。在我国，尤其在广大农村，作为环境中的人际关系，在很大程度上是建立在血缘关系之上的，基于血缘关系所形成的家族势力是保障人们的生存安全，构成生存环境的一个重要方面。对于妇女来说，碰上生死灾难，娘家人更是靠山和后盾，而按照中国的习惯，"娘亲舅为大"。从这一层面去理解，我们就能发现，作品所写的环境，自古以来，在我国几乎无处不在，无处不有。这种环境泛化的处理，使作品更具有普遍的概括性。

2. 哲理之境

哲理之作之所以富含哲理，是因为它揭示了生活的真谛，反映了客观规律，是个性与共性、特殊性与普遍性的辩证统一，具有形而上的宽泛性和适应范围，因而所写的环境不受一时一地的局限，更具有弹性和包容力。

王德林的《如果》中的主人公 A 君，一次在朋友家喝酒，突然靠在墙上的一块胶合板砸了过来，将一桌酒菜砸成一片狼藉。这一偶然的遭遇使 A 君大受刺激，从此以后就变得疑神疑鬼，脑子里塞满了如果，生怕遭遇不测。上班不敢骑车了，担心如果发生车祸；过桥时扶着栏杆，担心如果桥上的预制板忽然断了；坐在椅子上虚着屁股不敢放松，担心如果椅子散了架会摔成骨折；吃饭时心神不安，担心如果镜框、窗子或吊灯掉下来；做饭不敢用液化气，担心如果万一爆炸，而改为生火做饭；夜里睡觉，他穿得整整齐齐，并劝妻子也穿好衣服，包好孩子，担心如果发生地震好逃跑；A 君终于被如果折磨得形销骨铄，妻子要送他上医院，他死活不去，担心如果医生误了诊打错了针；最后临死前还嘱咐妻子给火化工送礼，担心自己如果死了火化工用钩子捅他的五脏六腑太痛了。A 君将生活中可能发生的概率极为稀少的事都想象成自己必然遭遇到的事，整天提心吊胆，惶惶不可终日，甚至荒唐到担心死后怕痛。作者通过 A 君令人啼笑皆非的故事，形象而深刻地揭示了一条生活的哲理：杞人忧天，只会作茧自缚，自食其果。

那么，A 君是何方人氏？家住哪里？从事什么职业？这些故事又发生在何年何月？这一系列的问题都是模模糊糊的，甚至连 A 君的姓名也无从知晓，只是以一个符号替代。但是，这并不影响故事的叙述和意蕴的表达。因为 A 君这样的人在生活中大有人在，A 君的故事在生活中随时随地都有可能发生。读者在阅读的时候，自然可以调动自身的生活积累，通过记忆加工，将作者省略的环境想象出来，创造出切合自己阅历和理解程度的具体环境，进一步领悟故事蕴含的哲理。如果将环境限制得过于具体，好像写真人真事一样，反而经不起推敲，甚至妨碍哲理的普适性表达。所以，对小说中的一些哲理之作来说，交代环境宜宽不宜窄，宜活泛不宜呆板，无境之境有时胜过有境之境。

3. 超现实之境

有些微篇小说具有浪漫主义色彩，作者往往根据主观表达的需要，创造出一种超现实的环境来。这种环境不受现实时空观的约束，更具有随意性、跳跃性，甚至漫无边际，时空倒流，打破人与鬼、人与物、生与死的界限，而万变不离其宗的则是人世间的情和理。

阮日丽的《玉壶》中的公子庄子恒，对待被当作礼物和一只玉壶一起送来的丫鬟小玉，采取始乱终弃的态度。而当庄子恒家道中落，沦为乞丐的时候，只有小玉将他收留家中，温情款待。原来是小玉在三年前庄子恒娶大户小姐成婚之日即投湖自尽，因魂魄惦念公子，徘徊不去，阎王允她等公子三日。三日过后小玉走了，庄子恒怀中只多了一把玉壶，便将玉壶卖了，筹资经商，赚了钱之后再将其赎回。庄子恒在四十岁寿诞晚上，把玩玉壶，好像听到小玉在喊他，便去追赶。第二天有人发现庄子恒淹死在湖里，手里还紧握着那把玉壶。

《玉壶》所叙故事并不复杂，但是古色古香，带着几分神秘、几分恍惚，透过缠绵忧伤的情节，作品似在幽幽地告诉人们：情不可欺，善恶有报。这一古今不变的道理不只适合一时一地，因此作者未拘囿于将故事的发生锁定在一个具体可考的时空环境中，我们仅从文中出现的"公子""丫鬟""朝中"等词语透露的信息中猜知,作者也只是将这一故事笼统地附会在古代,同时显然又不只局限于古代,因为情节的发展超越时空,超越了生死,小玉能够在投湖而亡之后,魂魄不去,等候公子,又能化为玉壶,捉弄公子。这样,故事的主题就更有穿透力、震撼力,读者也就能从一个更为泛化的时空环境中去领悟其中的含义。

与《玉壶》相类似的,何文玉的《上帝发的答卷》中上帝就"如果再活一次,怎样选择?"这一问题对猫、鼠、猪、牛、鹰、鸡、蛇、蛙及男人、女人所做调查的故事,钟子美的《夜店》中一夫一妻制崩溃以后银河系里夜店中的故事,都发生在超现实的环境之中,充满幻想而又别具一格。

当然,以上微篇小说环境描写的类型,也只是相对而言,在具体作品中往往各有侧重点或出现兼容的情况,关键还得从实际出发,才能理解准确,分析到位。

第七章 中国微篇小说流变摭谈

第一节 神话传说 先秦寓言与微篇小说

我国古代没有"微篇小说"这一名称,但是在丰富多彩的古代典籍中,从神话传说、志人志怪、叙事散文、笔记小说,到寓言故事、小品、笑话、奇闻逸事等,我们只要稍加梳理,就会发现其中相当一部分可以称之为"微篇小说"。

一、神话传说——微篇小说的萌芽

鲁迅在《中国小说史略》里探析小说的本源时说:"探其本根,则亦犹他民族然,在于神话与传说。"[①]

我们今天所能见到的神话资料保存最多的是《山海经》《淮南子》等书。此外,《楚辞》《尚书》《诗经》《易经》《左传》《国语》《庄子》《墨子》《韩非子》《吕氏春秋》等,都有零星记载。

《山海经》是我国第一部古代神话的结集,战国至汉初楚人所作,原本三十二篇,西汉刘歆(后改名刘秀)等校定为十八篇。其中的《山经》叙述各方山水、物产、怪异等,《海经》记载各方异闻奇事等,均保存了丰富的远古神话传说。《淮南子》是西汉淮南王刘安及其门客集体撰写的一部著作,共二十一卷。《淮南子》在阐明哲理时,旁涉奇物异类、鬼神灵怪,所以保存了一部分远古神话材料。我们先看几则原文。

《山海经·北山经》中"精卫填海"写的是女娲化作精卫鸟衔木石填东

---

① 鲁迅.中国小说史略[M].上海:上海古籍出版社,1998:6.

海的故事：

> 发鸠之山，其上多柘木，有鸟焉，其状如乌，文首，白喙，赤足，名曰"精卫"，其鸣自詨。是炎帝之少女，名曰女娃。女娃游于东海，溺而不返，故为精卫。常衔西山之木石，以堙于东海。

《山海经·海外北经》中"夸父逐日"写的是夸父追赶太阳渴死在路上，其手杖丢在地上化为一片桃林的故事：

> 夸父与日逐走，入日。渴，欲得饮，饮于河、渭；河、渭不足，北饮大泽。未至，道渴而死。弃其杖，化为邓林。

《山海经·海外西经》中写刑天与帝争神的一场恶战只用了三十二字：

> 刑天与帝至此争神，帝断其首，葬之常羊之山。乃以乳为目，以脐为口，操干戚以舞。

再如《淮南子·览冥训》中"女娲补天"写的是女娲炼五色石以补苍天的故事：

> 往古之时，四极废，九州裂，天不兼覆，地不周载。火滥炎而不灭，水浩洋而不息。猛兽食颛民，鸷鸟攫老弱。于是女娲炼五色石以补苍天，断鳌足以立四极，杀黑龙以济冀州，积芦灰以止淫水。苍天补，四极正，淫水涸，冀州平，狡虫死，颛民生。

《淮南子·本经训》中"后羿射日"写的是武士后羿奉帝命为抗旱灾而射掉九个太阳的故事：

> 逮至尧之时，十日并出，焦禾稼，杀草木，而民无所食。猰貐、凿齿、九婴、大风、封豨、修蛇，皆为民害。尧乃使羿诛凿齿于畴华之野，杀九婴于凶水之上，缴大风于青邱之泽，上射十日而下杀猰貐，断修蛇于洞庭，禽封豨于桑林。万民皆喜，置尧以为天子。

《淮南子·天文训》中"共工怒触不周山"的故事：

> 昔者共工与颛顼争为帝，怒而触不周之山，天柱折，地维绝。天倾西北，故日月星辰移焉；地不满东南，故水潦尘埃归焉。

这六则神话传说很有代表性，体现了我国古代神话传说的特点。从其总的主题倾向和思维特性来看，正像马克思所说的："任何神话都是用想象和借助想象以征服自然力，支配自然力，把自然力加以形象化。"① 而且，神话思维反映了古代人类的思维。他们把自己的所思所想通过想象的方式展示出来，作为自己的价值目标和认知对象。面对周围的世界，不可知的东西太多了，我们的祖先无法凭理性进行推断，于是灵光一闪，凭感性来思考天地万物，这种建立在感性和想象基础上的思维方式，不但培养了人类的思维力和创造力，留下了宝贵而鲜活的神话故事，而且哺育了一个民族的文学，为后世文学提供了题材和精神的养料之源。从小说这一角度来说，这种神话传说就是一篇篇初具规模的微篇小说。

何以见得呢？我们可以从构成小说的基本要素和神话传说的文本实际来进行比照分析。

现代意义的小说特性，许多中外理论家和小说家都进行过论述。明代的谢肇淛认为小说"须是虚实各半""亦要情景造极而止，不必问其有无也"。② 当代著名的小说理论家，北京大学教授马振方认为小说是"以散体文摹写虚拟人生幻象的自足的文字语言艺术"，并将小说的特性概括为四个方面："叙事性""虚构性""散文性"和"文字语言自足性"。③ 西方小说的含义，以英语为代表，无论是 fiction 还是 novel，其基本含义都是"虚构的叙事文学"。法国的巴尔扎克把小说称作一种"庄严的谎言"④。美国著名的文学理论家韦勒克和沃伦认为"想象性的文学就是'小说'（fiction），也就是谎言""一部小说表现的现实，即它的对现实的幻觉"。⑤ 俄国作家纳波科夫更加明确地指出："事实上好小说都是好神话。"⑥

对于中外达成了共识的小说，我们在第一章中已经界定了其定义：小说是指通过虚构叙述故事塑造形象来创造性地反映社会人生的一种散体的语言艺术。

那么构成小说的基本要素可以根据其决定小说之所以成为小说的重要程度，依次概括为：虚构性、叙事性、形象性和散体语言艺术。

---

① 马克思恩格斯选集·第2卷 [M]. 北京：人民出版社，1972：112.
② 谢肇淛. 五杂俎·卷十五 [M] //黄霖，韩同文，选注. 中国历代小说论著选（上）. 南昌：江西人民出版社，2000：167-168.
③ 马振方. 小说艺术论 [M]. 北京：北京大学出版社，1999：8-11.
④ 王秋荣. 巴尔扎克论文学 [M]. 北京：中国社会科学出版社，1986：68.
⑤ [美] 韦勒克，沃伦. 文学理论 [M]. 刘象愚，等译. 北京：生活·读书·新知三联书店，1984：237-238.
⑥ 王安忆. 心灵世界——王安忆小说讲稿 [M]. 上海：复旦大学出版社，1997：10.

1. 虚构性

内容的虚构性是现代意义的小说的重要规定性，它使小说与其他以内容的真实性为存在前提的文体（如史传及其他各种实用类文体）区别开来。神话的内容很显然是通过想象虚构出来的，无论是神话人物还是故事情节，可以说，没有虚构就没有神话，而且其虚构是一种超越现实的，带有夸诞性的虚构，因而更具有艺术的张力。如"精卫填海""夸父逐日"这种借助夸张性想象虚构出来的故事所体现的人类征服自然的顽强意志和伟大气魄，至今读来仍令人回肠荡气，激动不已。

2. 叙事性

作为叙事文学的小说，区别于抒情文学和戏剧文学的主要特点之一便是叙事性，即通过摹写一定时空中的人生内容，传达人生经验的本质和意义。这种对人生内容，包括常态的和非常态的内容的摹写，必须借助一定的时空和人、事、景的互动才能实现。因而叙事性便成为小说实现其文体意义的一个核心功能。在神话中，古人对于客体自然的迷茫和诠释，对于主体自身的祈盼和张扬，不是直接去揭示本质，而是通过特定的方式——叙事——来实现的。而且其中每一个神话都具备了叙事的基本要素：时间、地点、人物、事件起因、经过和结果。只是其中的时间和地点有时比较笼统泛化。如："共工怒触不周山"：时间——昔者；地点——不周山附近；人物——共工与颛顼；起因——争为帝；经过——共工怒而触不周之山；结果——天柱折，地维绝，天倾西北，地不满东南。因此，叙事是神话的基本表达方式。

3. 形象性

小说是通过塑造形象，包括各种人生幻想，来表达其创作意图的。因此，小说中采取多种多样的表达方式都是为了一个目的——塑造形象，形象塑造的成功与否决定小说的成功与否。神话同样是通过形象说话的。神话中的形象，如精卫、夸父、刑天、后羿、女娲、共工、黄帝等，既是人类早期的一个个精神符号，也是一个个鲜活的形象。神话精神就是通过这些形象来展示的，我们了解神话也是从这些形象入手的。

4. 散体语言艺术

小说采用非韵文、非骈文的自在的散文体语言来叙事和摹写人生，自由而又生活化。同时，小说一切文体功能的实现也是凭借单一的语言文字塑造形象来完成艺术创造的，不依赖任何别的手段。神话的文体特性同小说一样，也是通过散体的语言艺术来实现其文体功能，只不过神话采用的是文言文，现代人接受起来有点困难，但其作为散体语言艺术的特性，都是一致的。

神话与小说除了有以上共同的属性以外，在篇幅字数上与微篇小说也有共性。现代微篇小说的单篇字数一般在1500字以下，少则几百字、几十字。一般神话的单篇字数也在几百字到几十字之间。

根据以上理性的对应分析，我们可以明确地得出结论，我国古代神话传说就是一种具有特殊意义的文言微篇小说，只不过它还不是完全意义上的成熟的微篇小说。主要是因为神话传说作为人类童年时代的一种特殊的精神产品，是在一种不自觉的虚构状态下创造的，艺术上还比较粗糙。体现在两个方面：第一，神话传说的功利主题过于单一直露；第二，神话传说的表达方式比较单调，基本上采用的是概述式的叙事，缺乏综合运用多种表达方式来塑造形象的复合功能。因而，从小说艺术这一角度来定性的话，神话传说可以看作是处于萌芽状态的微篇小说。

二、先秦寓言——微篇小说的雏形

"寓言"一词最早见于《庄子·杂篇》"寓言第二十七"："寓言十九，藉外论之。""寓"就是寄托的意思。

所谓寓言，就是一种带有劝谕性或讽刺性的小故事。常采用夸张、比喻或拟人的手法来叙事写人或绘景状物，使深奥的生活哲理和道德教训，从简单而又明白易懂的故事中体现出来。寓言的篇幅短小，但构思巧妙，情节简单而又生动、自然；主人公形象鲜明，性格突出；语言风趣简约而又个性化。正因为寓言具有与小说相类似的文体特性，所以后来发展成为寓言小说。

寓言起源于民间，最早的寓言是人类的口头创作。先秦时代，天下大动，诸侯争霸，百家争鸣，处士横议，谋臣献策。各家各派为了宣扬自己的主张，使自己的说理更加明白易懂、形象生动，他们非常讲究论辩的技巧。由于寓言本身所具有的短小生动，化抽象为形象，变高深为浅显的表达优势，因而被诸子百家和各国的大臣或游说之士广泛采用。比如韩非子用"守株待兔"的故事讽刺儒家"以先王之政，治当世之民"的政治主张；季梁用"南辕北辙"的故事，劝谏魏王不要发兵攻赵；苏代用"鹬蚌相持"的故事讽喻赵王，要推行"合纵"的政治主张，这些都取得了很好的效果。这样，议论中喜用寓言，成为一个时代的风尚，风气所至，极大促进了寓言的发展。

先秦寓言主要保存在《庄子》《列子》《韩非子》《墨子》《孟子》《吕氏春秋》《战国策》等作品中。当时的寓言还不是独立的文体，只是存在于各种散文文体中的结构单位。为了方便理解，我们单独将其抽出来。它具有自身的特性，和神话相比，主要体现在以下几个方面。

其一，自觉的虚构性质。寓言的来源本来就是无中生有，它不是生活中的实有其人，实有其事，而是艺术上的真实和形而上的合乎情理。如果说神话是人类童年时期的产物，是用一种不自觉的艺术方式加工过的自然和社会形式本身，那么寓言就是人类走向成熟过程中的产物，它已不是不自觉的艺术加工，而是有意地、自觉地进行虚构，通过夸张、比喻、拟人等手法，创造情节，刻画形象，达到一定的表达目的。比如《孟子·公孙丑上》中，孟子为了向公孙丑阐明如何养浩然之气时，先讲要用正义去培养它，一点也不伤害它，要日积月累，时刻记住它，但千万不能操之过急，接着就讲了一个形象的寓言故事：

> 宋人有闵其苗之不长而揠之者，芒芒然归，谓其人曰："今日病矣！予助苗长矣！"其子趋而往视之，苗则槁矣。

宋人揠苗助长的故事很明显是有意编造的，情节不现实，生活中的正常人不可能干出这样荒唐的事，但是作者不在乎现实生活中的存在概率，其虚构的目的在于昭示人们：凡事都要按规律办事，否则欲速则不达。其他寓言，如《守株待兔》《刻舟求剑》《狐假虎威》等，都有这个特点，为说理而故意虚构，虚构的事看似荒唐，但荒唐中存至理。所以，人们很乐意接受寓言这种构思的方式。

其二，取材的丰富性、生活化。寓言的选材没有清规戒律的限制，具有广阔的空间，加上其文体的短小灵活和表达上追求娱悦的效果，使寓言在取材上既丰富多彩，又贴近生活。同神话神圣化、英雄化的取材特点相比，寓言的这种生活化的取材倾向，更能广泛、细致地表现复杂的社会人生，也更接近小说的取材特性。

比如《韩非子》一书共有三百四十多则寓言，内容很丰富，取材大多是就近设喻，以小见大，像《卫人教女》：

> 卫人嫁其子而教之曰："必私积聚，为人妇而出，常也，其成居，幸也。"其子因私积聚，其姑以为多私而出之。其子所以反者倍其所以嫁。其父不自罪于教子非也，而自知其益富。
>
> 今人臣之处官者皆是类也。

写的是家庭教育，家庭生活。当然作者是借此讽刺把私自聚财看得比整体婚姻家庭更为重要的人，从而抨击为官者只知敛财不知为其政的龌龊行径。其他如《亡财疑邻》写的是失财之事，《扁鹊见蔡桓公》写的是医病之事，

173

《和氏之璧》写的是鉴玉之事，《伯乐教相踶马》写的是相马之事，等等，选材均贴近现实。

其他诸子散文中的寓言也有同样的选材特点，如《晏子春秋》中的《社鼠》《猛狗》，《墨子》中的《染丝》《楚王好细腰》，《孟子》中的《校人烹鱼》《学奕》，《列子》中的《两小儿辩日》《纪昌学射》，《吕氏春秋》中的《引婴投江》《相狗》，等等，无不是源自日常生活。即使像《庄子》这样想象奇特，富有浪漫色彩的作品，其中的寓言故事也是从现实生发而来的。如《庖丁解牛》《相濡以沫》《井蛙》《邯郸学步》同样充满了生活的情趣。

其三，主题的多维性。寓言产生的用意不同于神话传说，它的出现不是为了解释自然，而是诸子人物为了说理的需要创造出来的。那么，事理的复杂性也就决定了寓言主题的多维性。有的对为政者的残暴愚蠢进行讽刺或揭露。如《烛邹亡鸟》(《晏子春秋》) 揭露了统治者重鸟轻人的残暴本质。《苛政猛于虎》(《礼记》) 则揭露了阶级压迫、剥削的严重程度。有的寓言主要是赞扬或揭示人民群众在斗争和生活中表现出的聪明才智。如《庖丁解牛》(《庄子》)，赞扬了庖丁顺乎自然、精益求精、得解牛之道的做法，也揭示了按客观规律办事的重要性。《愚公移山》(《列子》) 既赞扬了愚公那种正视困难、坚韧顽强的精神，也昭示了事在人为的真理。而大多数寓言是形象地阐述认识论和方法论上一些精深的哲理。如《傅马栈最难》(《管子》)，借编扎马棚一事来说明用人或做事必须慎始，因为它往往决定事物的成败。《学奕》(《孟子》)，借下围棋来阐明学习之道，虽有良师，但学习是否专心致志，效果是大不一样的。《远水不救近火》(《韩非子》)，说明舍近求远是解决不了紧迫问题的。

这样，寓言创作的用意重在表现创作者的主观精神，主观认识又源于客观事理，主客观的复杂互动使得寓言的主题含蕴更为丰厚。故事不再停留在故事本身，故事是有所寓意的。这种寓言超越了神话主题的一维性和单向性，具有鲜明突出基础上的多维复指性，因而更接近小说。

其四，表达方式的多样化。神话是以概述式的叙事为主。寓言则常把叙述、描写、议论等多种表达方式综合于作品之中，虽然形制短小，语言简约，但是叙事集中，形象突出，往往采用白描和夸张相结合的手法，如同漫画一样，寥寥数笔，形象毕现，并且寓意深永。试看《庄子》中的一则寓言《井蛙》：

埳井之蛙（乎），谓东海之鳖曰："吾乐与！出跳梁乎井干之上，入休乎缺甃之崖；赴水则接腋持颐，蹶泥则没足灭跗，还虷蟹与蝌蚪，莫吾能若也。且夫擅一壑之水，而跨跱埳井之乐，此亦至矣，夫子奚不时来入观乎？"

东海之鳖左足未入，而右膝已絷矣。于是逡巡而却，告之海曰："夫千里之远，不足以举其大；千仞之高，不足以极其深。禹之时十年九潦，而水弗为加益；汤之时八年七旱，而崖不为加损。夫不为顷久推移，不以多少进退者，此亦东海之大乐也。"于是埳井之蛙闻之，适适然惊，规规然自失也。

该篇通过埳井之蛙与东海之鳖的对话，运用对比、拟人、白描、夸张等表现手法，活灵活现地刻画出了井底之蛙始而孤陋寡闻，自鸣得意，后则自卑不安的可笑形象，且针砭讽刺之旨也不言而喻。

具有《井蛙》这种艺术特性的寓言，在先秦诸子散文中大量存在。如《丑人效颦》（《庄子》）、《掩耳盗铃》（《吕氏春秋》），其夸饰、渲染、漫画式的勾勒，都很生动。还有一些寓言，其艺术水准更高、更全面，不仅有多样的表现手法，形象的细节刻画，而且还有完整的故事和情节的展开，可以说是矛盾曲折，波澜起伏，已具备了小说的体制，如《愚公移山》（《列子》）、《郑人买履》（《韩非子》）等，完全称得上是成熟的小说。我们且以《愚公移山》来进行剖析。

愚公移山

太行、王屋二山，方七百里，高万仞。本在冀州之南，河阳之北。（故事发生的背景。）

北山愚公者，年且九十，面山而居惩山北之塞，出入之迂也，聚室而谋曰："吾与汝毕力平险，指通豫南，达于汉阴，可乎？"杂然相许。（故事开端。写愚公全家商议移山。）

其妻献疑曰："以君之力，曾不能损魁父之丘，如太行、王屋何？且焉置土石？"（悬念一，设置矛盾。）

杂曰："投诸渤海之尾，隐士之北。"遂率子孙荷担者三夫，叩石垦壤，箕畚运于渤海之尾。邻人京城氏之孀妻有遗男，始龀，跳往助之。寒暑易节，始一反焉。

河曲智叟笑而止之，曰："甚矣，汝之不惠！以残年余力，曾不能毁山之一毛，其如土石何？"（悬念二，设置矛盾。）

北山愚公长息曰："汝心之固，固不可彻，曾不若孀妻弱子！虽我之死，有子存焉；子又生孙，孙又生子；子又有子，子又有孙。子子孙孙，无穷匮也，而山不加增，何苦而不平？"河曲智叟亡以应。（故事的发展。写移山遇到的矛盾经过。）

操蛇之神闻之，惧其不已也，告之于帝，帝感其诚，命夸娥氏二子负二山，一厝朔东，一厝雍南。自此冀之南，汉之阴，无陇断焉。（故事的高潮和结局。写移山的结果。）

这篇寓言先交代故事发生的环境，再以愚公为中心叙述故事，故事的发展过程中又设置了两处悬念矛盾，随着矛盾的展开，故事的情节显得跌宕起伏。富有浪漫色彩的结尾使矛盾得以圆满解决，也使文章的结构首尾呼应，完整圆合。在塑造形象时，主要通过对话对比来表现人物性格。愚公的伟大气魄和坚强毅力，妻子的多疑担心，智叟的自作聪明与懦弱胆小，都很鲜明。写到邻居一个才到换牙年龄的男儿去帮助愚公移山时，只用了四个字："跳往助之。"这一动作细节非常传神地刻画出了那个男孩的天真活泼，勉力相助与难能可贵。

当然，先秦寓言中达到《愚公移山》这样艺术水准的作品毕竟是少数，且其存在方式是处于各种散文作品之中，尚未独立出来，因而先秦寓言只是微篇小说的雏形。

第二节　志怪志人小说与微篇小说

魏晋南北朝时期历来被认为是中国文学自觉的时代。这个时期的小说开始独立成篇，向自觉意义上的"小说"迈进。

该时期的小说分为两类，即志怪小说与志人小说。"志怪"一词最早见于《庄子·逍遥游》："《齐谐》者，志怪者也。"意思为，《齐谐》这本书，记载的是些奇怪的故事。这里并不是指的文体。到了魏晋南北朝时期，不少人以"志怪"给书取名，如曹毗《志怪》、殖氏《志怪记》、孔氏《志怪》等，再后来就成为此类小说的通称，具有了十分明确的文体意义。志怪小说即是指写神鬼故事或者是写神、鬼、人混杂故事的小说。魏晋南北朝时期出现了很多志怪小说，现在保存下来的有三十多种，具有代表意义的有托名曹丕（一作张华）的《列异传》、干宝的《搜神记》、刘义庆的《幽明录》等。

志人小说与志怪小说基本上同时出现。"志人"一词，是鲁迅在《中国小说的历史的变迁》中才提出来的，以与"志怪"相对，一直沿用至今。志人小说是指记述人物的言行事迹的小说。因为所记之事都是历史上实有人物的逸闻轶事，所以又称为"轶事小说"。魏晋南北朝志人小说很兴盛，具有代表意义的作品有，托名刘歆的《西京杂记》、邯郸淳的《笑林》、刘义庆的《世说新语》、虞通的《妒记》、殷芸的《小说》等。

志怪小说的兴盛与魏晋南北朝时期的巫风、佛教、道教的盛行和当时人视神鬼为实有的态度密切相关。志人小说的繁荣则同当时门阀士族品评人物的清谈风尚及一些作者的显赫地位密不可分。这些促进志怪志人小说兴盛的因素，势必影响到作品的内容及艺术风貌。较之远古神话传说和先秦寓言，志怪志人小说的特色非常明显。

从主体创作理念来说，关于志怪志人小说是否具有自觉的虚构意识，学术界有两种观点。一种认为，志怪小说虽然是说神道鬼，但是作者并不是有意虚构，在他们看来，人鬼都是实有的。关于这一点，鲁迅在《中国小说史略》中讲得很明确："文人之作，虽非如释道二家，意在自神其教，然亦非有意为小说，盖当时以为幽明虽殊途，而人鬼乃皆实有，故其叙述异事，与记载人间常事，自视固无诚妄之别矣。"[①] 志人小说主要是记述士林人物的言行事迹，"俱为人间言动"[②]，更谈不上虚构。就虚构的自觉性这一点来说，志怪志人小说还不如先秦寓言。

另一种观点认为，魏晋时期的小说创作中已经出现了自觉的虚构意识。晋人郭璞在其《山海经叙》中就对那些虚构的东西采取了一种容忍的态度。[③] 最早认识到小说的虚构并加以自觉提倡的当属志怪小说代表作家干宝，他不仅在理论上认识到小说有"虚错"[④] 也即虚构的必然性，而且在创作《搜神记》时自觉贯彻了虚构的原则。同时，魏晋有不少小说家，像萧绮、郭宪、王嘉、张华等确已在实践中自觉地把虚构作为小说创作的基本原则。对魏晋小说的自觉虚构观念，前人也早已认同。如唐代刘知己说该类小说是"全虚构辞"[⑤]。明代胡应麟也说："小说，唐人以前，记述多虚。"[⑥] 因此，考察魏

---

① 鲁迅.中国小说史略[M].上海：上海古籍出版社，1998：24.
② 鲁迅.中国小说史略[M].上海：上海古籍出版社，1998：37.
③ 中国历代小说论著选（上）[M].黄霖，韩同文，选注.南昌：江西人民出版社，2000：7.
④ 中国历代小说论著选（上）[M].黄霖，韩同文，选注.南昌：江西人民出版社，2000：20.
⑤ 中国历代小说论著选（上）[M].黄霖，韩同文，选注.南昌：江西人民出版社，2000：38.
⑥ 中国历代小说论著选（上）[M].黄霖，韩同文，选注.南昌：江西人民出版社，2000：148.

晋时期的小说观念，只要实事求是，深入分析，不人云亦云，不单纯地以数量多寡来定性，而从当时最先进的小说理论认识和主要创作倾向来综合考察，就会发现，作为进入中国文学自觉时代的魏晋南北朝时期的小说，已经出现了自觉的虚构意识。① 我们认为，这种观点更加科学理性。

从客观文本实际来看，志怪志人小说除了形态上独立成篇以外，还有很多属性接近现代微篇小说。其中有一部分已经是很精彩的微篇小说了，并且具有自身的特点。

其一，关注现实人生，凸显人的性情。

魏晋南北朝时期，人们摆脱了两汉"罢黜百家，独尊儒术"的大一统思想的钳制，普遍背离主流的社会意识，寻求富有个性色彩的思想和行为方式，人的价值意义、才学风度及七情六欲成为作品内容的重心。志人小说主要记述士林人物的言行轶事。以《世说新语》为例，该书是在小说形态独立之后，第一部明确以"人"为中心，以人物性格特征为描述对象的作品。《世说新语》现存1100多则，编排36门，现在一般将其合并为德行、言语、政事、文学、雅量、赏鉴、风度、捷悟、规箴及其他十大类，生动地再现了魏晋那样一个动荡不安的时代里，士人们对于精神自由、言行脱俗和气质超逸的追求，也即历史上津津乐道的魏晋风度。如"文学"类中《强口马与决鼻牛》一则：

> 孙安国往殷中军许共论，往反精苦，客主无间。左右进食，冷而复暖者数回。彼我奋掷麈尾，悉脱落满餐饭中。宾主遂至莫忘食。殷乃语孙曰："卿莫作强口马，我当穿卿鼻！"孙曰："卿不见决鼻牛？人当穿卿颊！"

两位名士一旦辩争起来，互不相让，废寝忘食，乃至嬉笑相骂，性情毕现。

不仅志人小说如此，就是志怪小说，即使是叙说怪异，谈神论仙，表现的却是人的情感和欲望。如《搜神记》卷一中《董永》的故事：

> 汉董永，千乘人。少偏孤，与父居。肆力田亩，鹿车载自随。父亡，无以葬，乃自卖为奴，以供丧事。主人知其贤，与钱一万，遣之。永行三年丧毕，欲还主人，供其奴职。道逢一妇人曰："愿为子妻。"遂与之俱。主人谓永曰："以钱与君矣。"永曰："蒙君之惠，父丧收藏。永虽小

---

① 宁宗一. 中国小说学通论 [M]. 合肥：安徽教育出版社，1995：107-114.

人,必欲服勤致力,以报厚德。"主曰:"妇人何能?"永曰"能织"。主曰:"必尔者,但令君妇为我织缣百匹。"于是永妻为主人家织,十日而毕。女出门,谓永曰:"我,天之织女也。缘君至孝,天帝令我助君偿债耳。"语毕,凌空而去,不知所在。

这个故事现在看来体现了男性社会不切实际的幻想,但它宣扬的主题是孝子必有好报,天帝对董永的赞赏以及织女的慷慨相助实际上是故事之外公众的情感和愿望,是人伦价值观念的一种折射。

这种对人本身生存需要的关注,涉及的内容既具体又广泛,从性格才情、癖好操守到饮食男女、日常起居,无论是公开的、大众化的,还是隐秘的、个人化的,都成为小说家感兴趣的内容,也是志怪志人小说有别于以前史传著作的一个明显标志。

其二,片段式的表现形态。

魏晋南北朝时期,小说获得了形态上的独立,这在一定意义上说是对小说创作生产力的解放。但是该时期的小说都是尺寸短书,篇幅短小,字数一般是从几十字到几百字。

在写作上,志人小说不追求叙事的完整和情节故事性,而追求人物描写的瞬间传神。在写人时,不写人物的复杂经历,而是选取人物在特定情况下的神情语态,虽是举手投足或片言只语,但是滴水折光,展现出人物的品貌精神和内在人格。如:

王蓝田性急。尝食鸡子,以箸刺之,不得,便大怒,举以掷地。鸡子于地圆转未止,仍下地以屐齿碾之,又不得。瞋甚,复于地取内口中,啮破即吐之。王右军闻而大笑曰:"使安期有此性,犹当无一豪可论,况蓝田邪!"(《世说新语·忿狷》)

潘岳妙有姿容,好神情。少时挟弹出洛阳道,妇人遇者,莫不连手共萦之。左太冲绝丑,亦复效岳遨游,于是群妪齐共乱唾之,委顿而返。(《世说新语·容止》)

谢公与人围棋,俄而谢玄淮上信至,看书竟,默然无言,徐向局。客问淮上利害,答曰:"小儿辈大破贼。"意色举止,不异于常。(《世说新语·雅量》)

这三篇小说就是三个简短的片段,但是信息含量很高。王蓝田性急得连吃一个鸡蛋也烦躁失常,用筷子夹不住鸡蛋就将它扔在地上,再用木屐齿去踩它,踩不住后又从地上抓起来放进口中咬破吐掉。这一连串带有夸张性的细节将王蓝田急躁的性格刻画得生动而滑稽。写潘岳的美貌和左太冲的奇丑,没有直接描写,而用对比的场面描写,两个细节就间接地写出了潘左二人容貌美丑的差距,隽永有趣。写谢公的镇静大气,旷达超迈,只用了46字,很传神。淝水之战中,面对前秦百万大军,谢公派遣子侄谢石、谢玄只带了八万晋军前去迎战。力量悬殊,情势危急。而晋军以少胜多,击溃敌军,捷报传来,谢公内心的欢欣可想而知,但他只说了六个字"小儿辈大破贼",看似轻描淡写,漫不经心,实则以少胜多,神韵十足。

较之于志人小说,志怪小说大都有完整的故事情节,篇幅也长一些,叙述一般比较简略,但也逐步出现了精彩的细节描写。如《搜神记》卷十九中《李寄》,写越女李寄机智勇敢斩杀巨蛇后,入蛇洞察看,发现了以前被蛇吃掉的九个女孩的头骨,便都拿了出来,悲痛地说:"汝曹怯弱,为蛇所食,甚可哀愍!""于是寄女缓步而归。"李寄的咤叹和悠缓之步,体现了这位小女英雄的成熟和自信。

到了后期的志怪小说,细节描写得到了更大的发展,片段式的叙述中包含了丰富的生活细节。如《幽明录》中的《卖粉儿》:

> 有人家甚富,只有一男,宠恣过常。游市,见一女子美丽,卖胡粉,爱之,无由自达,乃托买粉,日往市,得粉便去,初无所言。积渐久,女深疑之。明日复来,问曰:"君买此粉,将欲何施?"答曰:"意相爱乐,不敢自达。然恒欲相见,故假此以观姿耳。"女怅然有感,遂相许以私,克以明夕。其夜,安寝堂屋,以俟女来。薄暮果到,男不胜其悦,把臂曰:"宿愿始伸于此。"欢跃遂死。女惶惧,不知所以,因遁去,明还粉店。至食时,父母怪男不起,往视,已死矣。当就殡敛。发箧笥中,见百余裹胡粉,大小一积。其母曰:"杀吾儿者,必此粉也。"入市遍买胡粉,次此女,比之,手迹如先,遂执问女曰:"何杀我儿!"女闻呜咽,具以实陈。父母不信,遂以诉官。女曰:"妾岂复吝死?乞一临尸尽哀。"县令许焉。径往抚之恸哭,曰:"不幸致此,若死魂而灵,复何恨哉?"男豁然更生,具说情状,遂为夫妇,子孙繁茂。

这是一个因情而死、因情而生的爱情故事,其中的人物和生活背景都植根于现实的土壤。某男子见美丽的卖粉女子而爱之,"乃托买粉"以接近女子,女受感动,"遂相许以私",男把臂表白,又"欢跃遂死",其父母告官,卖粉女临尸尽哀,"男豁然更生",真相大白,"遂为夫妇"。情节的发展充分生活化、细节化,虽然离奇,但并不违反生活的逻辑,因而真切耐读。

志人志怪小说所成功运用的细节描写，实际上是想象叙事。它推动着小说艺术的自觉，使早期小说在不断地摆脱"粗陈梗概"式的叙事状态时日趋成熟。

其三，限知叙述视角的广泛运用。

作为小说或故事，必须有一定的叙述视角或叙述人。现代西方的小说批评家认为这一要素的地位甚至超过了人物、情节与主题。在中国的正史中，叙述者扮演的是无所不在、无所不知的即全知全能的第三人称叙述者的角色。其优势是能提供历史人物全方位的信息（除了心中所想与"密语"）。志怪小说的作者为了强调故事的真实性，有意放弃这种全知全能的第三人称的叙述角度，而采用限知的第三人称叙述视角，即把所叙之事置于某人或某些人所见所说或所接触的前提之下进行叙述。也就是在作品中提供一个见证人，用"见""闻""遥见""视""听""觉"等知觉性词语引出所要叙述的内容。如《列异传》中的两则：

蔡经与神交，神将去，家人见经谒井上饮水，上马而去。视井上，俱见经皮如蛇蜕，遂不还。

庐山左右，常有野鹅数千为群。长老传言：尝有一狸食，明日，见狸唤于沙州之上，如见系缚。

前一则中的"家人"与蔡经"皮如蛇蜕"，后一则中的"长老"与"狸唤于沙州"这两个"异事"并没有内在联系，"家人"和"长老"主要是起见证人的作用。

但是，许多志怪小说中的"见证人"常常是故事中的主角，与"异事"紧密联系在一起。作品写的就是主角人物的亲见亲闻或亲历亲感。如《搜神记》卷十九《张福》：

荥阳人张福，船行还野水边。夜有一女子，容色甚美，自乘小船来投福，云："日暮畏虎，不敢夜行。"福曰："汝何姓？作此轻行，无笠雨驶，可入船就避雨。"因共相调，遂入就福船寝。以所乘小舟，系福船边。三更许，雨晴月照，福视妇人，乃是一大鼋，枕臂而卧。福惊起，欲执之，遽走入水。向小舟，是一枯槎段，长丈余。

这种限知的第三人称叙事，表示作者和读者只能从"见证人"的角度去获取信息。上文中我们只能随着张福的视角来逐渐得知鼋怪的变化，先变成美女来投靠张福，与之船寝，三更以后，鼋怪现出原形，至此读者才明白真相。而且，作者和读者所知道的信息是一样的，仅仅局限于张福的见证视野之内。这种见证人虽然与"异事"有内在联系,但是与作者没有直接的关系,因而其提供的信息是站在一个公平的立场上叙述的。虽然作者的叙事权利受到了限制,但是增强了故事的可信度。

采用限知的第三人称视角来进行叙事的例子,在志怪小说中不胜枚举。如《幽明录》中写人神恋爱的《黄原》是借黄原的视角来叙述的,《搜神记》中写人不怕鬼的《宋定伯卖鬼》,作者始终以宋定伯的视角来叙述故事。这就说明,现代小说家所推崇的"次知视角"或"有局限的叙述视角"在魏晋南北朝的志怪小说中(志人小说除外)已经得到了广泛的运用,从小说叙事史来说,这是一种进步。

其四,戏谑化的艺术效果。

鲁迅在分析志人小说叙事观念的变化时说:"记人间事者已甚古,列御寇韩非皆有录载,列在用以喻道,韩在储以论政。若为赏心而作,则实萌芽于魏而盛大于晋,虽不免追随俗尚,或供揣摩,然要为远实用而近娱乐矣。"[①]其实,"远实用而近娱乐"不仅切合于志人小说,也适合于志怪小说,只不过志人小说体现得更明显。

先看志人小说。大致可分两种类型。一类是具有强烈的滑稽戏谑性的。如虞通的《妒记》、殷芸的《小说》等。

《妒记》是专记妒妇的小说,原书已佚,鲁迅在《古小说钩沉》中辑有七条佚文,其中所记的妒妇,如谢太傅之刘夫人的妒而机智,武历阳女的妒而愚蠢,皆让人感到滑稽好笑。

《小说》作为中国小说史上第一部以"小说"为书名的作品集,其取材范围比《世说新语》等书更广,而且多为"通史所不取者",叙述者的态度不同于正史作者那么严肃。比如写到孔子的故事:

> 孔子去卫适陈,途中见二女采桑。子曰:"南枝窈窕北枝长。"答曰:"夫子游陈必绝粮。九曲明珠穿不得,着来问我采桑娘。"夫子至陈,大夫发兵围之,令穿九曲珠乃释其厄。夫子不能,使回、赐返问之。其家谬言女出外,以一瓜献二子。子贡曰:"瓜,子在内也。"女乃出,语曰:"用蜜涂珠,丝将系蚁,蚁将系丝。如不肯过,用烟熏之。"孔子依其言,乃能穿之。于是绝粮七日。

孔子本是圣人形象,其一言一行均被神圣化为万世之师表。但是在这里,

---

① 鲁迅.中国小说史略[M].上海:上海古籍出版社,1998:37.

孔子显得无能而狼狈，被一个采桑女教诲得服服帖帖，神圣不可亵渎的孔圣人被世俗化、游戏化了。

另一类是记述名士的逸闻轶事时侧重其有异于常规而又富于喜剧色彩的个性化言行。《世说新语》就具有这一特点，其中相当一部分内容写人物的反常举止或怪癖陋习，叙述者不动声色，而幽默诙谐尽含其中。如：

> 孙子荆以有才，少所推服，唯雅敬王武子。武子丧时，名士无不至者。子荆后来，临尸恸哭，宾客莫不垂涕。哭毕向灵床曰："卿常好我作驴鸣，今我为卿作。"体似真声，宾客皆笑。孙举头曰："使君辈存，令此人死！"（《伤逝》）

> 刘伶恒纵酒放达，或脱衣裸形在屋中。人见讥之，伶曰："我以天地为栋宇，屋室为裈衣，诸君何为入我裈中？"（《任诞》）

作者对孙子荆的"驴鸣送丧"和刘伶的"纵酒裸形"的生动叙写，主要不是为了进行教化导向，而是以一种理解认同的态度，以轻松调侃的笔调，来写名士们的特立行独。当他们的举动标新立异，不合时宜时，戏谑的效果自然就产生了。

再看志怪小说。志怪小说虽然不以"近娱乐"为目的，但谈神话鬼本身就有一种玄乎神秘的色彩，而神秘的东西一旦世俗化之后常常产生一种喜剧化的效果。如《搜神记》卷十六的《宋定伯卖鬼》：

> 南阳宋定伯，年少时，夜行逢鬼，问："谁？"鬼曰："鬼也。"鬼曰："卿复谁？"定伯欺之，言："我亦鬼也。"鬼问："欲至何所？"答曰："欲至宛市。"鬼言："我亦欲至宛市。"遂行数里。鬼言："步行太迟，可共迭相担，何如？"定伯言："大善。"鬼便先担定伯数里。鬼言："卿大重，将非鬼也？"定伯言："我新死，故重耳。"定伯因复担鬼，鬼略无重。如其再三。定伯复言："我新死，不知鬼悉何所畏忌？"鬼曰："唯不喜人唾。"于是共道遇水，定伯因命鬼先渡；听之了无声。定伯自渡，漕漼作声。鬼复言："何以作声？"定伯曰："新死不习渡水耳，勿怪！"行欲至宛市，定伯便担鬼至头上，急持之。鬼大呼，声咋咋然，索下。不复听之。径至宛市中，着地化为一羊。便卖之，恐其变化，乃唾之。得钱千五百，乃去。当时石崇有言："定伯卖鬼，得钱千五百。"

这一故事里的鬼既不是鬼头鬼脑，也不是诡计多端，倒还有几分可爱，坦诚而憨厚，结果被宋定伯算计了。宋定伯则显得狡黠多计，不动声色，把鬼也搞糊涂了，让人感到滑稽而好笑。

此外，有些很简短的志怪故事也很风趣有味。如刘义庆《幽明录》中的《阮德如》，写阮德如在厕所遇到一个鬼，他不但没有惊慌，反而笑着对鬼说："人言鬼可憎，果然！"鬼被他说得无地自容，惭愧地退走了。

志人志怪小说所具有的这种戏谑娱乐属性，渊源深厚，并且契合人性的特点，因而符合读者市场的需要，影响并推动着以后小说的发展繁荣。

那么，总体上我们该怎样评价魏晋南北朝时期的小说呢？按照中国传统的小说观，人物、情节、环境是构成小说的三要素，具备了这三个要素就具备了小说的基本要求。按照西方的小说观念，虚构与人物形象、故事情节构成小说三要素，衡量一部作品是不是小说，只要看它是否完整地或比较完整地具备了这三个要素。我们既要尊重中国的传统，又要借鉴西方的理论，同时更要实事求是地研析魏晋南北朝时期的小说观念和创作的实际，这样就会发现，在小说形体的相对丰满生动和艺术手法的长足发展等方面，该时期的小说相对成熟了；但是，从大面积的创作来说，虚构意识比较淡漠，体制上仍以搜奇记逸的杂记体为基本形式，叙事方式还是以"粗陈梗概"为基本特征，因而，将魏晋南北朝时期的小说放在整个小说发展中来考察，再结合其形制短小的特点，我们就能得出一个比较科学的结论：志人志怪小说基本上是一种成熟的微篇小说。

第三节　笔记小说与微篇小说

隋唐以后，中国小说的分体大致有四种：传奇小说、笔记小说、话本小说和章回小说。从篇幅而言，与微篇小说接近的是笔记小说。

笔记小说承魏晋南北朝时期的志人志怪小说发展而来，仍然保持原有的实录性质和文字体例，但已褪去或淡化了宗教色彩，偏重于记叙故事，更具有文学价值。

到了唐代，我国古代小说已经成熟了。鲁迅说，小说"至唐代而一变""始有意为小说"。[①] 唐代成熟的小说包括传奇小说和笔记小说。传奇小说与笔记小说在篇幅和创作原则上有区别，笔记小说仍保持祖上尺寸短书的文体特点，传奇小说则不受篇幅限制；笔记小说讲究据实而录，传奇小说则任凭

[①] 鲁迅. 中国小说史略 [M]. 上海：上海古籍出版社，1998：44.

想象虚构。关于笔记小说的文体特征，清初张潮论述说：

> 古今小说家言，指不胜偻，大都饾饤人物，补缀欣戚，累牍连篇，非不详赡；然优孟、叔敖，徒得其似，而未使其真。……事奇而核，文隽而工，写照传神，仿摹毕肖。诚所谓古有而今不必无，古无而今不必不有；且有理之所无，竟为事之所有者。读之令人无端而喜，无端而愕，无端而欲歌欲泣。诚得其真，而非仅得其似也。夫岂强笑而不欢，强哭不戚，饾饤补缀之稗官小说可同日语哉！①

在这里，张潮明确地指出了笔记小说，在内容和体例上，"大都饾饤人物，补缀欣戚"；在写人记事上，注重传神撷要，"写照传神，仿摹毕肖"；在艺术效果上，主要是诉诸读者情感，愉悦读者，"读之令人无端而喜，无端而愕，无端而欲歌欲泣"。这些都说明了笔记小说的文学特性。理论上是这么讲，但事实上，笔记小说与传奇小说也没有一条绝对的界限，相当一部分作品处于二者之间，说是笔记小说或传奇小说都可以。

唐代以后的笔记小说很发达，笔记小说作品和野史笔记作品常常糅杂在一起，可以说是浩如烟海。总览唐宋元明清各代的笔记小说，最有代表性的是李昉等编的《太平广记》、蒲松龄的《聊斋志异》和纪昀的《阅微草堂笔记》。

一、《太平广记》中的唐代笔记小说

《太平广记》是北宋李昉等奉宋太宗之命而编的小说总集，因成书于太平兴国年间，故名。全书共五百卷，引用书达四百七十五种，收集自汉代至宋初的作品共约七千则，近三百万字。其中入选的唐代小说，便在千篇以上。

鲁迅在《中国小说史略》中评价《太平广记》"为小说渊薮"，确实是中肯之言。它不仅录存了宋以前的文言笔记小说，而且为以后的小说家提供了一部学习的范本，促进了小说的发展。

《太平广记》按题材分为九十二大类，从篇幅来看，极少有三千字以上的，最短的只有几十字一篇。大部分可并入微篇小说的范畴。从其中千字左右的唐代笔记小说来看，无论是内容还是形式都具有自身特征，在小说发展史上具有明显的进步意义。

---

① [清]张潮. 虞初新志自叙[M]//石昌渝. 中国小说源流论. 北京：生活·读书·新知三联书店，1994：133.

1. 题材范围广阔

唐代笔记小说反映的内容涉及社会生活的方方面面。有的是反映政治、经济题材的。如《裴延龄》记载了一些唐代赋税收入和剥削加重的情况。《贾人妻》中记一个侠女，每天在长安的街市上赢余三百钱，便够夫妻二人的生活费用，反映了当时钱贵物贱的经济情况。《张延赏》写张延赏要平反一件冤案，有人接二连三地递无头帖子打算行贿，叫他不要审理这个案件，他气愤地把帖子扔了。但是，行贿的数目由三万贯增加到十万贯，终于使他说出"钱过十万贯，可通神，吾恐及祸"的话，吓得不敢管了。反映了当时吏治的腐败。《薛盈珍》和《周皓》反映的是宦官专政的故事。《红线》和《胡媚儿》则反映了当时藩镇割据的现实。

有相当数量的作品是描述仙、鬼的。谈神仙、叙鬼怪，本是魏晋南北朝小说的传统，到了唐代又有新的发展，作者常用鬼仙来影射当时的现实。他们笔下的神仙大都是极端自私的反面人物形象。比如《陆生》中修仙的人必须献上一个女子作为拜师的礼物，没有合适的，偷一个来也行。《许老翁》写一个女子偶然穿了一下上元夫人的仙衣，便被罚入无间地狱。《张遵言》中的太乙星精竟乘机调戏另一个犯罪被贬谪的女仙。有权有势有地位的神仙们的形象如此丑恶，实际上是人间那些权贵形象的折射。

有的作品是描写婚姻、爱情和妇女问题的，数量不少。其中富有特色的是写人与鬼、人与仙和人与畜兽及草木之灵相恋的。比如《华州参军》写崔女与柳生之间的坚贞不渝的爱情，三离三合，最后是崔女死后，鬼魂又与柳生相聚一场。本篇对后代文学的影响颇大，宋代的话本小说《碾玉观音》和明代戏剧《牡丹亭》，从选材立意到构思布局都受其影响。《申屠澄》写人与虎女之恋，《焦封》写人与猩猩变成的少女之恋，题材均有特色。

关于科举与仕宦的问题，小说中反映得很普遍，因为这是读书人最关心的两个问题。唐代虽然是政治上最开明的封建朝代，但科举成名与仕途做官毕竟是人生的珍稀元素，且又为广大士子所孜孜以求，因而你争我夺，不择手段，五花八门的问题都暴露出来了。《李生》中写主考官的侄子替叔父兜售本榜进士，千贯钱一个。《杜牧》中写吴武陵为杜牧考进士的录取名次问题，向主考官催偃说情，讨价还价，先是要求取杜牧作状元，崔回答说："状元已经内定有人了。"武陵又说："不然就取他为第三名"。"也有人了。""不得已，那就取他为第五名算了。"崔没有作声，就这样杜牧以第五名及第。《韦丹》中，韦丹救了元长史，他希望得到的报偿却不是别的，只不过是预知一生的官禄。这些都反映了一个时代的风气。

《太平广记》中有相当一部分作品以游侠为题材。其中的侠者或解人困厄，或为亲复仇，或成为侠盗抗击官府，如《义侠》《贾人妻》《潘将军》等。该类作品传奇色彩较重，对后世也产生了不小的影响。

此外，还有一些涉及科学技艺、奇幻猎奇类的作品，内容也很丰富，体现了唐代笔记小说视野开阔、兼容并包的特色。如《宁王》一篇不足三百字，写宁王无意中救了一个被两个和尚关在柜中的少女，又将一头熊关入柜中，宁王将少女献给玄宗。两个和尚将柜子抬入房中欲图谋少女时，结果被熊咬死。故事饶有兴味。

2. 善于通过多种手法塑造鲜明生动的人物形象

唐代笔记小说中的人物形象丰富多彩，从高高在上的西王母、穆天子及各种帝王，到生活在社会基层的平民、"投乞者"和男女奴隶等各种人物，其中不少人物具有比较鲜明的个性特征。特别值得关注的是，一些志怪作品中的女性形象写得卓然骇俗，光彩逼人。如上文提到的《华州参军》中的崔女，她对爱情的真挚、执着、生死不渝，着实令人感动。《郭翰》中的织女则大胆得惊人，她因为"久无主对，而佳期阻旷，幽态盈怀"，身边长时间没有男人，与男人相会的佳期又受阻碍，忧郁满怀，便游乐人间与郭翰共欢。当郭翰问她牛郎何在，怎敢独自出来时。织女说："阴阳变化，关渠何事！且河汉隔绝，无可复知；纵复知之，不足为虑。"何等果敢，何等泼辣，对一切礼教俗规全不放在眼里。而对自己仰慕神契的意中人，织女又很多情，与郭翰临别时悲泣不眠，第二年还派使者前来致书赠诗："朱阁临清汉，琼宫御紫房；佳期情在此，只是断人肠。"一个既刚烈果决，又柔情万种的女性形象呼之欲出。

其他志怪之作，常常将怪异之事与当前的现实社会联系起来，使怪异之事世俗化，怪异之物人格化。比如《江叟》叙二槐树的谈话，小槐树要求大槐树抛却槐王的称号，认为如果槐王早些死了能"做大厦之栋梁"，比多活几年但无益于人世只能放到灶里当柴烧要有意义；而大槐树根本不答应，还想再做一百八十年槐王，并说："雀鼠尚贪生，吾焉能办此事邪！"这棵槐树王的言行正是人间那些虽然老朽但是不愿让位给年轻人的官僚形象的写照。

更为难得的是，有的笔记小说在塑造人物形象时，很善于蓄势，在动态中叙述故事情节，在结尾时画龙点睛，而又点到为止，境界全出，深得微篇小说创作之妙。如《太阴夫人》，全文只有八九百字，但写出了三个个性鲜明的人物形象，太阴夫人的宽厚至诚、麻婆的热情仁慈、卢杞的口是心非，皆栩栩如生。人物的性格都是随着情节的动态发展而完成的。尤其是写卢杞这一形象，开始着墨很少，直到最后一笔才写出人物原形。卢杞年轻时穷居一废宅，卧病月余，邻居麻婆每天给他煎药煮饭。卢杞病愈后在麻婆家发现一绝世美女而动了心，那美女即天上仙女太阴夫人，麻婆热心为他俩牵线搭桥，让他们相会于天宫。太阴夫人费尽心思让卢杞升天，并提出三件事供他选，一是常住水晶宫，二是做地上神仙，三是做中国宰相。卢杞开始选常住水晶宫，太阴夫人很高兴，请来了天帝使者当场询问见证，问来问去，卢杞一声不吭，大家心急如焚，最后在使者的催促之下，卢杞大呼选择当"人间宰相！"至此，一个官迷心窍、背信弃义的形象充分显示出来了。

3. "扩其波澜"，情节跌宕起伏

鲁迅在分析唐代传奇小说的成功之道时说："然施之藻绘，扩其波澜，故所成就乃特异。"① 其实，这不仅说出了那些篇幅较长的作品的特点，也适合那些篇幅较短，可并入微篇小说范畴的传奇小说和笔记小说。所谓"扩其波澜"是指故事结构的安排合理、情节的跌宕起伏、细节的摇曳多姿等方面而言的。比如《崔玄微》，写崔玄微帮助众花精战胜风神的凌虐，获得安定、幸福生活的故事。先交代崔玄微的身份及与十余个女子偶遇的情况——提供故事发生的条件，蓄势待发；封十八姨（即风神）到来，众女皆喜，而封十八姨言词冷冷——气氛不和，预示矛盾产生；众女子歌以言志，介绍身份，十八姨持盏轻佻，翻酒污阿措衣，阿措作色，与之发生口角，不欢而散——矛盾产生，未获解决，留下悬念，为故事的进一步发展埋下伏笔；阿措预料事态，崔玄微应阿措之求立幡为众女避难，十八姨果然作狂风以报复，而"苑中繁花不动"——矛盾发展，悬念解开；众花精感崔玄微相助之恩，赠延寿之礼——故事结局，顺理成章。全文不足九百字，写的也不是很有刺激性的题材，但叙写一波三折，而又一气呵成，充分显示了笔记小说叙事的成熟魅力。

有的作品在结构情节的安排上别具创意，不落俗套。如《许汉阳》写许汉阳与一龙女相见，按照一般的情节模式，会写成人神恋爱的故事，但该篇的重点是为了写龙女热爱诗文，因此，接下来只写了女子设宴款待等一般性的交往礼节，交谈也没有进入私人情感话题，中心情节只是女子请许汉阳在一个册子上抄诗。直到酒宴完毕，许汉阳离开，也没有出现任何谈情说爱的

---

① 鲁迅. 中国小说史略［M］. 上海：上海古籍出版社，1998：44.

场面。这一点好像不合常规，但将全篇联系起来就会发现，作品一开始就有意避开情爱话题，情节的安排、对话的设计，很有分寸。

小说往往离不开描写细节。唐代笔记小说中有很多精彩的细节描写，神韵十足。如《崔护》写"人面桃花"的故事，开头写崔护郊游口渴到一村舍门前敲门找水喝，一姑娘开门后给他端来了水，然后，"独倚小桃斜柯伫立，而意属殊厚，妖姿媚态，绰有余妍。崔以言挑之，不对，目注者久之。崔辞去，送至门，如不胜情而入"。其中两个细节很迷人，一是姑娘倚桃树而立，姑娘与桃花相得益彰，产生了人面桃花相映红的效果，妙不可言；二是姑娘"不胜情而入"，好像控制不住自己感情似的急忙转了回去，写出了姑娘的多情和稳重，写得含蓄而饱满。更为难得的是，这两个细节为下文写崔护因念旧情而于第二年清明去寻觅姑娘和姑娘的痴情而死埋下了伏笔，细节描写起到了推动情节发展的作用。结尾写到姑娘痴情而死后，崔护来了，"崔亦感恸，请入哭之。尚俨然在床。崔举其手，枕其股，哭而祝曰：'某在此，某在此！'须臾开目，半日复活"。有动作、有神态、有声音、有道白，信息含量丰厚而又写得活灵活现、声情并茂。这样的细节描写，其质量可以和任何文学名著的单个细节描写相媲美。《勤自励》中写勤自励晚上去寻找妻子途中，"属暴雨天晦，进退不可。忽遇电明，见道左大树，有旁孔，自励权避雨孔中"。由天气变化而引出勤自励的行为细节"避雨孔中"，这一行为又为下文遇虎、斩虎、团圆等情节的发展提供了前提，细节的设置巧妙自然，很经得起推敲。

4. "施之藻绘"，语言精确传神

鲁迅所说的"施之藻绘"，是指语言的准确、生动、传神，整体效果富有文采。唐代文人，大都自小受过严格的文字训练，能诗善文，以其良好的文笔功夫来写小说，自然出手不凡。

叙事写人，善于用形象描写代替抽象交代。比如，《嘉兴绳技》写一个囚犯凭借绳技上天逃跑：

> 明日，吏领至戏场。诸戏既作，次唤此人，令效绳技。遂捧一团绳，计百余尺，置诸地，将一头，手掷于空中，劲如笔。初抛三二丈，次四五丈，仰直如人牵之，众大惊异。后乃抛高二十余丈，仰空不见端绪。此人随绳手寻，身足离地。抛绳虚空，其势如鸟，旁飞远飏，望空而去。脱身行狴，在此日焉。

将身怀绝技的囚犯表演绳技的过程写得具体而形象，其技艺的纯熟、高超确实令人匪夷所思,语词的运用富有动感,与内容相协调,读来令人畅快。又如《薛淙》中写飞天夜叉的形象是:"遥见一女人,衣绯裙,跣足袒膊,被发而走,其疾如风。"写天帝使者的形象:"忽见一人,乘甲马,衣黄金衣,备弓剑之器。奔跑如电,每步可三十余丈。或在空,或在地,步骤如一。"均是在动态中进行描写,较之于静态的叙写要生动鲜活得多。

写景状物,绘形绘色,具有鲜明的画面感。比如《柳归舜》写作者进入仙境所见之景:

> 忽道旁有一大石,表里洞彻,圆而砥平,周匝六七亩。其外尽生翠竹,圆大如盎,高百余尺。叶曳白云,森罗映天。清风徐吹,戛为丝竹音。石中央又生一树,高百尺,条干偃阴为五色,翠叶如盘,花径尺余,色深碧,蕊深红。异香成烟,著物霏霏。

《许汉阳》中写龙宫之景:

> 见满庭皆大池。池中荷芰芬芳,四岸斐如碧玉,作两道虹桥,以通南北。……其中有奇树高数丈,支干如梧,叶似芭蕉,有红花满树未吐,盎如杯。……每花中有美人长尺余,婉丽之姿,擎曳之服,各称其质。

这些文字宛如优秀的写景散文,想象丰富,描摹准确,语言华丽,意境优美。

对话描写,能生动地展现人物性格。这在唐代笔记小说中已经很普遍了。比如《李辅国》写面对欲加害唐玄宗的奸臣李辅国,高力士"跃马而前,厉声曰:'五十年太平天子。李辅国,汝旧臣,不宜无礼!李辅国下马!'辅国不觉失辔而下",高力士的干练果决可见一斑。李辅国退走以后,唐玄宗拉着高力士的手哭着说:"微将军,阿瞒已为兵死鬼矣!"意思是,没有将军护持,我这个老糊涂早已成为刀下鬼了。昔日至高无上的天子,如今已老迈而退做太上皇的李隆基的软弱无奈由此表露无遗。有的作品,对话描写占了主要篇幅,故事的发展,人物的性格刻画,主要通过对话来完成。比如《刘贯词》一文中三分之二以上的篇幅是人物对白,都很出色。其中写到老龙母想吞吃刘贯词时,龙女劝阻说:"哥哥凭来,宜且礼待;况令消患,不可动摇!"又急掩老龙母的口,说:"哥哥深诚托人,不宜如此!"又转面对还不知自己已身处危境的刘贯词说:"娘年高,风疾发动,祗对不得,兄宜且出。"将周旋于你死我活的双方之间,却又彬彬有礼,善于辞令的龙女的忠厚仁慈与焦虑多智,刻画得相当精彩。

二、《聊斋志异》中的微篇小说

清代蒲松龄的《聊斋志异》，是一部文言体的短篇小说集，也是一部笔记体小说。它通过叙写神仙狐鬼精魅故事来折射人世间的真善美与假恶丑，从而表现作者的"孤愤"之情。全书近五百篇作品，文字长短悬殊。长的四五千字，约有二百篇作品；短的从几十字到一二千字不等，其精短者如《博兴女》一百二十二字，《夏雪》八十五字，《赤字》仅二十五字。从宽泛的意义上来看，半数以上的作品，可当作微篇小说看待。

作为我国古代文言小说发展史上的高峰之作，《聊斋志异》取得了前所未有的成就，大部分作品，"每篇各具局面，排场不一，意境翻新，令读者每至一篇，另长一番精神"①。其中的微篇小说，也具有这些特点，较之于前代作品，更有独到之处。

其一，直面重大社会问题，思想寓意更为深刻。

首先，不少作品将批判的矛头直指封建统治者，揭露了当时政治的黑暗残暴，封建官吏的荒淫无耻和人民的深重苦难。如《促织》，通过写成名一家为了捉一头蟋蟀而经历的悲欢离合，从一个侧面反映了统治者的荒淫和苛政猛于虎的惨状。《席方平》通过富翁羊某买通冥官摧残席氏父子的曲折经过，影射了人世间官豪勾结、贪赃枉法、鱼肉人民的现实；又通过二郎神的判词，对人世官府"钱神当道"，人民有冤莫伸的黑暗进行了痛快淋漓地揭露："金光盖地，因使阎摩殿上尽是阴霾；铜臭熏天，遂教枉死城中全无日月。"对那些横行乡里的土豪劣绅的罪恶行径，作品也进行了揭露，比如《窦氏》写世家之子南三复，诱骗窦氏少女，窦氏生子后，南拒不认纳，窦氏女抱儿直奔南家，被拒之门外，"女倚户悲啼，五更始不复闻。至明视之，女抱儿坐僵矣。"而这种情况遍地皆是，正如作者在《梦狼》中所感叹的："天下之官虎而吏狼者，比比也。即官不为虎，而吏且将为狼，况有猛于虎者耶！"

其次，作品在揭露黑暗现实的同时，颂扬了一些清官的公正廉明和人民的反抗斗争，在一定程度上体现了作者的政治追求。比如《诗谳》中的周元亮，明察果断，昭雪了沉积三年的冤狱。《太原狱》中的孙进士智断通奸案，为孀妇洗冤。他们那种忠于职守、为民请命的做法在黑暗的社会里尤其难能可贵。而那些反抗者的形象，如《席方平》中代父申冤、百折不挠的席方平，《书痴》中敢于衔恨雪耻的郎玉柱，《博兴女》中化为神龙报仇的民女，《商

---

① 冯镇峦. 读聊斋杂说［M］//张俊. 清代小说史. 上海：上海古籍出版社，1997：196.

三官》中年仅十六岁就为父报仇,女扮男装,手刃仇人的商三官,更能激起受压迫者的反抗意识,为他们起来抗争提供了精神榜样。

再次,暴露科举制度的腐朽。在作者笔下,用来选拔人才的科举制度,几乎完全丧失了选录人才的意义。考官昏庸无能,考场变成了金钱的交易所。《三生》中那些落第的士子,在阴司告状,要求将考官挖眼剖心,"以为不识文之报"。同时,受科举制度的毒害,读书人精神卑琐,可怜又可悲。《王子安》中的书生王子安,困于场屋,一日醉后,梦见自己三场过关,高中翰林,便想炫耀于乡里,大呼长班,长班来迟,便骤起扑打,结果倾跌在地,引起子女耻笑。而当时社会的风气,人们的心理也受科举功名的影响,变得势利浇薄了。《胡四娘》中的穷书生程孝思入赘胡家后,因功名未成,"群公子鄙不与同食,婢仆咸揶揄焉"。胡四娘也备受嘲笑;而当程生擢第以后,夫荣妻贵,"申贺者,捉坐者,寒暄者,喧杂满屋。耳有听,听四娘;目有视,视四娘;口有道,道四娘也"。科举对世态炎凉和人情冷暖的影响之大,由此可见一斑。

其二,描写男女情事和婚姻问题的作品较前有新的突破。

首先,有些作品突破了男欢女爱、郎才女貌的传统情爱模式,体现了真诚相爱、知己之爱、自由结合的新的爱情观。比如,《连城》中具有侠肝义胆的书生乔生,在与孝廉之女连城的交往中,得到了连城的赏慕和资助,深叹:"连城我知己也。"但是嫌贫爱富的连城之父却将连城许配给盐商之子。不久,连城病重需一钱男子胸脯上的肉做药,那身为未来女婿的盐商之子不但不肯,反而嘲笑连城的父亲。无奈之下,连城的父亲只得通告众人:谁愿割肉就将连城嫁给谁。乔生割肉救人,连城病愈。盐商家又不允许连城嫁给乔生。连城的父亲没有办法只好向乔生说明难处,想以一千两银子赠予乔生让他放弃与连城结婚。乔生愤然拒收:"仆所以不爱肤肉者,聊以报知己耳,岂货肉哉矣?"后来盐商家逼婚,二人含恨而死,得阴府帮助得以还魂,几经周折,终成眷属。又如《瑞云》所写的杭州名妓瑞云与余杭贺生之间的爱情故事,也很感人。二人建立在知己基础上的爱情超越了财富地位和姿容美丑,正像贺生所说的:"人生所重者知己。"他们的这种知己又是以品德为基础的,因而较之于一般人性意义上的郎才女貌的爱情观更为难得。

其次,反映了父母包办的婚姻制度的不合理,追求理想的家庭婚姻生活。上文提到的《连城》中乔生与连城的爱情,既是为了追求知己之爱,也体现了他们对父母包办婚姻的反抗。《青蛙神》中作者借老叟之口明确表示:"此自百年事,父母止主其半。"《细侯》中的名妓细侯在与满生谈恋爱时就憧憬着未来美好的家庭生活："妾归君后，当常相守。……四十亩聊足自给，十亩可以种黍，织五匹绢，纳太平之税有余矣。闭户相对，君读妾织，暇则诗酒可遣，千户侯何足贵！"所以后来其母逼她嫁给富商时，她拒绝说："满生虽贫，其骨清也；守龌龊商，诚非所愿。"历经磨难，终于如愿。当然，在现实世界中，由于生存的窘迫，夫妻常常难以过上那种自足安宁的家庭生活，于是，作品中就出现了人与非人的仙狐之类结合的情爱故事。《翩翩》中落难的罗子浮遇仙女翩翩，在洞府中过上家居生活，翩翩巧施仙术，剪芭蕉叶作衣，取山叶呼作饼，以叶剪鸡、鱼烹食，生子弄儿为乐，教子功课，自在自为，天伦融融，正像翩翩在家宴上扣钗而歌所言："我有佳儿，不羡贵官。我有佳妇，不羡绮纨。"作者对自主婚姻、美好家庭生活的着意描写，体现了一种尊重人性价值、追求平等、自由、和谐、幸福的爱情婚姻观，也反映了作者对现实的清醒认识和不满，具有超越现状、寻求幸福的进步意义。

其三，艺术上，《聊斋志异》完全称得上是古代文言微篇小说的集大成之作。

首先其立足现实的浪漫气息，鲜明生动的人物形象，委婉曲折的结构情节，灵活多样的表达方式和典雅生动的语言魅力，使其在中国小说史上具有无可替代的地位。而其卓异之处，正像鲁迅所说的："用传奇法，而以志怪。"[1] 小说在写鬼写妖时，注意以人事之伦次、百物之性情去进行叙说，因而，亦幻亦真，不悖人情物理，鬼妖形象更具有人情味，新奇的情节更具有真实感。比如《褚遂良》中的狐仙不仅有美丽的外貌，有治病发财的仙术，而且有美好的情操。她知恩图报，为赵某治好重病，带来美好幸福的生活。当然她也有人之常情，对一年多来登门拜访的人日益增多感到厌烦，最后为躲避周围人的干扰，领丈夫登上月宫。而《雨钱》中的狐仙老头则是一个正直、忠厚、知书达理的学者形象。他和秀才评古论今，很相投契，但对秀才的非分贪婪则愤然拒绝。《鬼哭》中的群贼被扫灭以后成为饿鬼，一到晚上，遍地鬼哭，后来有人设水陆道场，夜抛鬼饭以后，鬼受到了安抚，又吃饱了，便再也不出来哭闹了。

其次，作者在叙说故事、塑造形象时，善于将人的性格和鬼狐等的原身特征融合起来写。正如鲁迅所说的："使花妖狐魅，多具人情，和易可亲，忘为异类，而又偶见鹘突，知复非人。"[2] 比如《狐女》中的狐女，夜来与伊公

---

[1] 鲁迅. 中国小说史略 [M]. 上海：上海古籍出版社, 1998: 147.
[2] 鲁迅. 中国小说史略 [M]. 上海：上海古籍出版社, 1998: 147.

子同寝，而伊父来了以后，她怕乱伦就不敢来了。这是合乎人性之处。但是狐女昼伏夜出，飘忽不定，出没于丛荆老棘中，则又是非人的狐狸天性。《绿衣女》中的女子由绿蜂变化而成，因而其外形特征是"绿衣长裙，婉妙无比""腰细殆不盈掬"；其声音特征是"娇细""声细如绳"，具有明显的蜂性。《阿纤》中的阿纤是鼠精所变，因而很善于积粟聚财，且不喜欢猫。《苗生》中的苗生乃虎之化身，因而高大粗豪，力能荷马，饮有海量。这样，《聊斋志异》中的小说故事虽然荒诞神奇，但是大多数作品植根于现实生活土壤之中，所以荒不悖理，诞而近情，具有自觉浪漫主义的艺术魅力。

再次，作为文言小说，《聊斋志异》更是将文言语言艺术的表现力发挥到了极致，达到了"无事不可述，无物不可状，无人不可肖的艺术极境"①。比如《山神》：

> 益都李会斗，偶山行，值数人籍地饮。见李至，欢然并起，曳入座，竞觞之。视其柈馔，杂陈珍错。移时饮甚欢，但酒味薄澹。忽遥有一人来，面狭长，可二三尺许；冠之高细称是。众惊曰："山神至矣！"即纷纷四去。李亦匿坎窖中；既而起视，则肴酒一无所有，唯有破陶器贮溲浡，瓦片上盛蜥蜴数枚而已。

一件普通的异事，作者借李会斗这一叙述视角，用具体描写代替一般叙事，写得波澜起伏、情致盎然，而且几乎每句话都在创造形象。全文百余字，就用了二十多个动词，给人以强烈的实感。文言语体所具有的传神写意的传统和现代小说崇尚的摹真写实的笔法得到了有机的统一。

三、《阅微草堂笔记》中的微篇小说

纪昀的《阅微草堂笔记》，是清代最有代表性的拟魏晋志怪类小说，也是继《聊斋志异》之后影响最大的一部笔记体小说集。全书二十四卷，计一千一百九十六则。从篇幅来看，每则少则几十字，多则几百字，极少有超过一千字的，因此，均可视为微篇小说。

《阅微草堂笔记》的作者纪昀，是一位名满朝野的大学者，他是在晚年功成名就之后，写作该书的。其著书宗旨很明确：一是有所为而作，作者既是为了消闲遣怀，也是为了教化人心，"小说稗官，知无关于著述；街谈巷议，

---

① 刘上生. 中国古代小说艺术史 [M]. 长沙：湖南师范大学出版社，1993：382.

或有益于劝惩"①。二是表明自己的文学见解，有意识地与《聊斋志异》相抗衡。纪昀认为："《聊斋志异》盛行一时，然才子之笔，非著书者之笔也。……小说既述见闻，即属叙事，不比戏场关目，随意装点。……今燕昵之词、蝶狎之态，细微曲折，摹绘如生。使出自言，似无此理；使出作者代言，则何从而闻见之？又所未解也。"②这说明纪昀把小说分成"才子之笔"和"著书者之笔"，认为小说是属于"述见闻"的叙事体，必须如实记录，不能虚构。

纪昀的经历学养和创作追求，使得《阅微草堂笔记》在内容和艺术上具有独特的风格。

就题材范围看，《阅微草堂笔记》涉及的内容驳杂繁复，宦海风波，风俗民情，典章名物，轶事掌故，城乡见闻，异域风光，鬼怪狐仙，医卜星相，三教九流，等等，均在作者笔录之内。

就思想内容看，纪昀作为一个有良知的学者和封建士大夫，对于民生疾苦、官场黑暗有着清醒的认识。比如卷二第十九则记载明崇祯末年，河南、山东大旱蝗，草根木皮皆尽，于是以人为食，市场上出售妇女幼孩，称作菜人，并具体描写了斩断一女菜人右臂又将其刺死的惨状，令人不寒而栗。卷六第十六则，写明季有宋某卜葬地，于深山岩洞内遇鬼，宋某问鬼为何不在墓地而在此。鬼回答说，在人世时曾担任县令，因厌恶官场中的相互倾轧而弃职归田，死后在阴间担任官职，哪知幽冥之中同样相攘相轧，不胜其烦，所以只好离开墓居群鬼之间而避居于此。作者借鬼之口，写出了官场的腐败，也流露出了自己的好恶。而对于下层人民的美好品德和聪明才智，作者是以一种民主客观的态度来进行表彰的。如卷十七第四十七则写一位十五六岁的灶婢为对付深夜入室盗劫的匪徒，纵火焚柴，向乡邻报信，将群盗擒获。其主人深感灶婢的胆识智慧，娶其为儿媳妇。卷十八第五则写一妓女在米价昂贵的灾荒之年设计让一富户贱价售谷给乡民，平了一方米价。作者超越世俗，誉之为"女侠"。

作品中记载了大量鬼神怪异故事。作者既相信鬼神，认为因果报应，有利于劝善惩恶，但又不一味地迷信鬼神，写了许多不怕鬼的故事。如卷十三第二十一则写一个贫不自存的人调戏一狐仙变成的少妇，结果遭遇报应，反被戏弄，大受拷掠。卷十三第二十八则写一人死后，田屋被兄嫂收去，子女

---

① ［清］纪昀．阅微草堂笔记·卷一［M］．杭州：浙江古籍出版社，1998：1．
② ［清］纪昀．阅微草堂笔记·卷一［M］．杭州：浙江古籍出版社，1998：371-372．

被兄嫂虐待，他的鬼魂夜里出来哭诉，动之以情，晓之以理，其兄嫂愧然感动而善视其子女。而卷十四第四十四则中写一莽卤之人夜行遇鬼，不但没怕，反而将鬼怒斥得呜呜直哭。作者对鬼怪信而不迷的通达态度，由此可见一斑。

对妇女的不幸遭遇，作者深表同情。与《太平广记》《聊斋志异》相比，《阅微草堂笔记》很少写爱情故事，写的多是生活在底层的男女的爱情悲剧。如卷十二第四则写了重情重义但却被愚夫射死的狐女的悲惨命运；卷十五第七则写佃户子女三宝、四宝自小由父母定为婚姻，青梅竹马，但长大后徒转坎坷，终未合卺，最后一死一狂；卷十二第十七则写一对年轻的窭人子夫妇因荒年生活所迫而生生分离，求破镜重圆而不得，最后夫病死妻殉情。这一个个故事都很令人伤感，作者也是以一种体恤惋惜的情感基调来叙写的，体现了作者的人文情操和民主思想。

作为一个大学者，纪昀对中国传统文化的清浊利弊看得很清，对于积垢深厚的理学流弊和宋儒学风有冷静的认识，因此，《阅微草堂笔记》中对理学家的虚伪和拘迂，进行了有力地揭发。如卷九第七十一则，写一未婚先孕的女子两次找某医生买堕胎药，而医生以"岂敢杀人以渔利"回绝，后女子被逼自缢身亡，在阴司诉医生杀人，连冥官也喟叹这种固执一理而不揆事势之利害的愚蠢做法。作者借此针砭了理学的迂腐害人。卷十六第三十五则，写一讲学者喜欢用礼法约束学生，而晚上被生徒暗中赇使来的艺妓迷住，最后讲学者的虚假面具被揭穿，只得逃遁。这种对宋儒理学的冷峻不苟的内容，构成了该书最有特色的成分之一。鲁迅称赞为"此先后诸作家所未有者也"[1]。

最能体现《阅微草堂笔记》卓尔不群的，是其艺术上的特色。

要理解其艺术特色，就必须明白纪昀的小说观。纪昀将笔记小说划归子部，而子部书的特征是"以议论为宗"。他不同意将笔记小说划归"以叙事为宗"的史部。当然，纪昀选择了"子部"，并非纯粹意义上的"子部"说，而是从实际出发，吸纳了"史部"的叙事功能，创造了一种复合型的表达体裁，因而自成一体。

首先，叙事简洁，章法谨严。纪昀师法晋、宋志怪，尚质黜华。记录见闻，多简笔勾勒，但能以简驭繁，即事见理。如卷十三第十八则，写狐狸媚住了一女子，女父则捕得了狐之子，相约归还对方；但狐狸负约，被女父设计毒死，群狐来索命，被老狐劝了回去。整个故事的叙述要而不繁，作者只

---

[1] 鲁迅.中国小说史略[M].上海：上海古籍出版社，1998：152.

择取了其中的核心信息加以介绍，而故事始末、前后因果及作者对这一事件的看法非常明了。少数篇目，叙事婉转，具有传奇笔法。如卷十五第三十六则，写张某之妻借婢尸再生，故事简洁而富有情致。所以邱炜蒦在《客云庐小说话》中说它："叙事说理，何等明净，每有至繁至杂之处，括以十数行十字句，其中层累曲折，令人耳得其声，目遇成色。"①

其次，通情达理，议论精微。纪昀作为一个学者兼达官，其处世准则是通情达理，因而《阅微草堂笔记》总是以通情达理作为论事的标准。如卷三第十九则，写农家妇郭六于大饥之年，在丈夫外出乞食以后，受夫之托代养其老病之父母与幼姑，但在无力赡养其父母又乞助无用的情况下不得不卖身聚资，既养活了全家，又为其夫备娶了一妇，在三年以后其夫回来之时，郭六不能忍耻而自杀了。如何评价这一尖锐的事件呢？从"节"的角度来看，郭六是一个伤风败俗的淫妇；而从"忠"的角度看，郭六委屈了自己，养活了夫家的老父母与幼姑，不但无罪，应该有功。作者没有机械地按理学家强调的"饿死事小，失节事大"之原则下结论，而是以通达的态度从更高的层面上剖析节孝难以两全。在礼教盛行的封建社会，纪昀有此开明的见解，殊为难得。同样难得的是，《阅微草堂笔记》在叙事析理之时，常常洋溢着一种理性的幽默。作品中的狐鬼形象，通常是以旁观者的身份，隐身于事后，悠然地扫视着人类的所作所为；而作者的识见，也显得深厚超拔，风趣自生。比如卷十第五十七则：

> 里人范鸿禧，与一狐友昵。狐善饮，范亦善饮，约为兄弟，恒相对醉眠。忽久不至，一日遇于秫田中，问："何忽见弃？"狐掉头曰："亲兄弟尚相残，何有于义兄弟耶？"不顾而去。盖范方与弟讼也。杨铁崖《白头吟》曰："买妾千黄金，许身不许心；使君自有妇，夜夜白头吟。"与此狐所见正同。

作品中的狐狸像一位世外高人，对范鸿禧在处理兄弟问题上舍本逐末、友狐狸而疏亲兄弟的做法非常反感，进行了嘲弄。作者又借《白头吟》一诗与此进行比照印证，含蓄而准确地表明了自己的观点。整个故事让人感到荒唐、滑稽，人性的弱点又让人沉重好笑，因而自有一种黑色幽默从文中溢出。

再次，语言简朴淡雅。纪昀著《阅微草堂笔记》的重要目的是为了有利劝惩，淑世益人，再加上其性情较为平和，又历经宦海沉浮，阅尽人世沧桑，

---

① 邵海清《阅微草堂笔记》前言[M]//纪昀.阅微草堂笔记.杭州：浙江古籍出版社，1998：5.

对一切早已见怪不惊，泰然视之，因而出语去尽粉饰，平和从容，别具一种练达素淡。比如卷四第十则：

> 戈太仆仙舟言：乾隆戊辰，河间西门外桥上雷震一人死，端跪不仆；手擎一纸裹，雷火弗爇。验之皆砒霜，莫明其故。俄其妻闻信至，见之不哭，曰："早知有此，恨其晚矣！是尝诟谇老母，昨忽萌恶念，欲市砒霜毒母死，吾泣谏一夜，不从也。"

本来是惊天动地，关乎人伦道德、善恶报应的大事，但作者只是不动声色地叙述。虽是三言两语，但褒贬尽含其中。又如卷十一第九则：

> 赵太守书三言：有夜遇狐女者，近前挑之，忽不见。俄飞瓦击落其帽。次日睡起，见窗纸细书一诗，曰："深院满枝花，只应蝴蝶采；嘤嘤草下虫，尔有蓬蒿在。"语殊轻薄，然风致楚楚，宜其不爱纨绔儿。

写夜遇者的遭遇，信笔叙事，而又情节跌宕，简练明净；中间一诗，更使文风朴中见雅。所以鲁迅评价《阅微草堂笔记》："叙述复雍容淡雅，天趣盎然，故后来无人能夺其席，固非仅借位高望重以传者矣。"[①] 并非过誉之词。

不过，从现代小说艺术的角度看，《阅微草堂笔记》确实有时议论说教过多，在有些作品中，作者不是为叙而议，而是为议而叙，甚至游离于故事情节，津津于高谈阔论。比如卷十八第四十六则，写盗匪行劫，众人追而未得的过程，只用了 70 字，而作者借梦议论的内容却多达近 200 字。但是，不管怎样，纪昀在《阅微草堂笔记》中表现了自己的人生见解和文学理念，自成一体，卓然成家。蔡元培在《详注〈阅微草堂笔记〉序》中指出："清代小说最流行者有三，《石头记》《聊斋志异》及《阅微草堂记》是也。"[②] 可见其影响之大。

第四节　中国现代微篇小说管窥

20 世纪初，中国文学界在长久的积累酝酿和中西文化的碰撞之下，掀起了一场号为"小说界革命"的文学运动。此后，小说的地位空前提高，各种

---

① 鲁迅. 中国小说史略 [M]. 上海：上海古籍出版社，1998：151.
② 陈文新. 文言小说审美发展史 [M]. 武汉：武汉大学出版社，2002：607.

形式的小说作品层出不穷，白话文小说蔚为奇观。作为有深厚渊源的微篇小说，在这种新变革中，当然不会寂寞。虽然从中国现代文学史的视角来看，微篇小说的数量不是很多，其文也不是特别耀眼，但是该时期的文学大家们，几乎都写过微篇小说。我们试以鲁迅等大家的十五篇作品为例来进行分析。①大家手笔，虽然不是篇篇珍品，但其内容和艺术均有自身特色，不容忽视。

一、内容上以"箴时与讽世"为基本格调的时代素描

中国现代作家们普遍有一种很强烈的"世纪意识"和"忧患意识"。从清末民初到五四运动，从大革命战争时期到抗日运动、解放战争，中华民族一直处在内忧外患、变革动荡之中。面对万方多难的现实，作家们没有回避矛盾，而是将笔触深入实际生活的真实层面，承担起"小说改良群治""文学为人生"的崇高使命。微篇小说虽然不如鸿篇巨制那么显眼，但仍以自己特有的方式，去实现其"箴时讽世"的大主题。

1. 坦陈知识分子的心灵轨迹

知识分子历来被誉为社会的良心，他们具有文化上的优势，往往对社会的认知更加快捷，对社会的变革更加敏感，但是自身的文化积淀、内心期望与社会现实常常产生很大的落差，因而经常处在一种矛盾痛苦之中。当然，优秀的知识分子能够正视现实，调适自我。

鲁迅的《一件小事》以少见的气魄来严格地解剖作为知识分子的"小我"。作者一反传统文化中知识分子的清高和优越感，没有将笔力停留于以悲天悯人的口吻叙述人力车夫的悲惨遭遇，而是重点发掘人力车夫不为浊尘所污染的高尚心灵。车夫看到老女人倒地后，虽然没发现她受伤，但不怕麻烦，也不怕误了赶路，拿不到车资，而是果断地放下车子，将老女人搀扶起来，向巡警驻所走去。车夫的举动对"我"产生了巨大的心灵震撼，面对他的背影，"须仰视才见""而且他对于我，渐渐地又几乎变成一种威压，甚而至于要榨出皮袍下面藏着的'小'来。"这种影响是长远的，"几年来的文治武力，在我早如幼小时候所读过的'子曰诗云'一般，背不上半句了。独有这一件小事，却总是浮在我眼前，有时反更分明，叫我惭愧，催我自新，并且增长我的勇气和希望"。这篇小说昭示的主旨就是，知识分子应该从劳动人民身上吸取高尚的精神营养。郭沫若的小说《他》，全文只有210多字，写一个

---

① 为保证所选作品的权威性和代表性，经过比较，以《微型小说三百篇》（李春林、郑允钦主编，百花洲文艺出版社1999年版）所选的15篇现代微篇小说为范例。

年轻的大学生上街买柴,受到了异性和同学的嘲笑,但他不为所动,相信在处理好家务的同时,诗神也会拥抱自己,因此,和同学分手后,一路上,"他又默诵起他自家的诗来"。这从另一个侧面,具体而形象地描绘了五四时代青年知识分子进行心性历练、自我改造的正确途径。

当然,现实总是不如人意,何况是当时那种政治黑暗、民不聊生的境况。因此,反映主观世界与客观世界相矛盾的作品不在少数。郁达夫的《寒宵》,写"我"为了打发百无聊赖的日子,不是借酒浇愁,就是寻花问柳。"我"也想尽力摆脱苦酒的麻醉和美女的纠缠,但最后又莫明其妙地回到妓院苦度寒宵。这种不加掩饰的暴露,通篇回荡着感世伤怀的忧郁情调,是当时那种自恋情结很重而又找不到出路的知识分子生存状态的真实写照。王鲁彦的《灯》以超现实的手法,写"我"面对惨淡的人生,无能为力,只得将自己的心挖出来放在母亲的心上,做一个无"心"的人,才能苟活于现实,而又不受良心的遣责。这种玩世不恭的处世哲学,反映了作者对容不得人心的罪恶的现实的极度愤慨。虽然处世态度不免消极,但主人公"我"激越的做法是很能拨动读者心弦、激发他们的正义感的。与《灯》的立意有相同之处的,还有石评梅的《余辉》。《余辉》中的女主人公苏斐,当年也曾经奋斗过,慷慨激昂过,但是面对横尸残骸,私见纷争,而又"陷溺同胞于水火之中"的残酷现实,她万念俱灰了,"宇宙呢?只是无穷罪恶无穷黑暗的渊薮"。苏斐的慨叹和忧愤,也是作者内心情感的宣泄。

2. 反映下层民众的生活

具有人文良知的作者,总会关注弱势群体的生存状况。现代中国社会下层民众的悲惨境遇,在作家们的笔下得到了真实的反映。

沈从文的《代狗》,反映的是湘西农村的生活。十岁的代狗,一大早就被父亲骂醒了,他本想以脚板心钻过牛茨还隐隐作痛为借口赖在床上不起来,但迫于父亲的压力,也是迫于生计,不得不早早起床,冒着被抓住示众的危险,去后山偷柴。十岁的孩子,本应该享受长辈的呵护和成长的欢乐,但稚嫩的肩膀过早地要承担生活的重荷。代狗的生活,既是湘西农家孩子生活的写照,也是当时中国农村民众生活的缩影。王任叔的《河豚子》反映的问题更让人触目惊心。"他"一家五口被连续三年的灾荒和租税逼得生活不下去了,"他"听说吃有剧毒的河豚子可以毒死人,便悄悄地买来一篮河豚子,嘱咐妻子将其煮熟,准备一家人吃了同归于尽,但由于煮得太久,河豚子的毒性消失了,全家五口一个也没有死,"他"不但高兴不起来,反而流泪感叹

"真是求死也不得吗?"作者将批判的矛头直指当时无法让人生活下去的黑暗现实。

胡也频的《便宜货》触及的是军队的腐败和妇女的命运。写的是一个上任不到两年的军需长已经"弄"了七个女人了,而且价格很便宜,少的二十五元,多的只有五十五元,他正准备"弄"第八个,价格是七十元。他在牌桌上不在乎输上两三百元,但总不肯"弄"一个女人用上一百元。他的格言是:"宁肯在一副麻将牌上尽输,却不能只和一个女人在床上尽睡。"而且他将自己玩够了的女人又让给士兵去撒野。作者借此揭露了反动军官的荒淫无耻和妇女被蹂躏的命运。黎锦明的《轻微的印象》则从人们心灵受损的角度来立意。十五岁的亢夫因为不谙世故,对玩伴四小姐说了句玩笑话"你的大姐和人家讲恋爱了",从此接二连三地遭到人们的歧视和侮弄,四小姐从此不再和他玩了,嫂子责怪他,哥哥要他去赔礼。为什么呢?"因为他侵犯了汪家寡妇的贞洁和庄严。"汪大小姐为了恪守妇道,也一直过着孤独的生活。封建礼教对人们心灵的摧残是那样的残酷而又无处不在。

李健吾的《私情》写的是摆估衣摊子的"我"这个年轻的小摊贩,与一个老摊贩及其女儿小叶子的"私情"故事。"我"和未来的岳父及未婚妻表面上总是斗嘴,又吵又闹,实际上心有灵犀,别有一种情趣。这种特殊的交流方式,反映了下层劳动者的生活态度和内心世界。冰心的《一个不重要的军人》体现的是作者一贯礼赞的爱的主题。军营里一个无足轻重的小兵丁看到一个同自己儿子年龄相仿的八岁男孩,便格外亲热,拿自己的枪给男孩玩,后来部队要开拔了,他临走之前也先给男孩做了一杆小木枪。兵丁因为思儿心切,把这位男孩当成自己的儿子一样看待。兵丁的爱子之心,思子之情,是那样的深沉,而又带有几分凄凉与无奈。

3. 敏锐反映现实中的新问题、新变化

沈从文的《早上———一堆土一个兵》以抗战为背景,通过战场上一老一少两位战士的谈话和浴血奋战的情景,既歌颂了以老同志为代表的普通中国士兵崇高而朴实的爱国主义精神,又借老同志之口和小战士之死,谴责了卖国谋私者的卑劣本质,"把受伤的填满一个北京城,让人知道抵抗了那么久,伤了那么多,就来讲和似的"。夏衍的《两个不能遗忘的印象》写的是上海战争中的两个故事。第一篇故事写"我"乘车途中遇到日本飞机撒传单,传单的内容有两种,一种是"署名中央党部的写着'打倒抗命的十九路军'",一种是"日本士兵革命委员会"表明要和中国士兵"握手"的反战宣言。两种令人深感意外的传单，反映了抗战时期敌、我阵营中某种错综复杂的矛盾。第二篇故事发生在一处伤兵医院里，写一个伤兵从为他写信的女学生的"白嫩的手"，想到自己布满"蚕豆大小的趼"的手，再联想到东洋兵"也和我们一样的捏铁耙、捏斧头"的手，说明东洋兵和中国士兵一样，也是劳动者出身。他们成为战争的牺牲品。罪魁祸首是谁呢？作者没有直接点明，但是批判的矛头很明显是指向这场侵略战争的发动者。

赵树理的《田寡妇看瓜》以土改为题材，写势单力薄的田寡妇在土改以前种的南瓜总被人偷，因此她每年夏秋两季总要到园地里去看守。土改以后，大家都分了地，种了瓜，但田寡妇仍怕人偷瓜，结果不但没发现人偷瓜，反而以前偷过她家瓜的人还要送瓜给她。这一小小的故事，反映了土改以后农村的新变化，表现了土地改革不仅给农民带来了土地，带来了财富，同时也改变了他们的行为心理，改变了他们的精神面貌。

此外，孙犁的《懒马的故事》虽然不是直接反映现实中的重大问题，但也是以抗战为背景，从人性的角度，以讽刺的笔调，写出了一个整日里"披头散发，手脸不洗，头也不刮"的懒婆娘的形象。妇救会分配她做一双抗日鞋，还没做出来，就到处张扬；做出来之后，由于质量太差，一直没有人要。她的所作所为，与抗日大义的要求相差万里；其形象卑琐丑陋，与正常人性的要求也格格不入。

二、艺术上突出特色、不拘一格

较之于古典文言微篇小说来说，现代微篇小说采用的语体是现代白话文，这是一个明显的标志。白话文自有其更贴近生活原生态的表达优势。同时，现代微篇小说的作家们处在一个相对开放的时代，其中一部分作家还出国留学过。中外文化的交流，域外文学作品的广泛译介，使他们的视野更加开阔。在这样的背景下产生的微篇小说，艺术上既脉承传统，又探索创新，更有现代意义。

1. 叙事模式的变化

小说的叙事模式，古今中外并不一致，陈平原在其名著《中国小说叙事模式的转变》一书中，将中国小说叙事模式由古至今的转变，精辟地分为三个层面：叙事时间、叙事角度和叙事结构。并且通过考证分析得出：

> 总的来说，中国古代小说在叙事时间上基本采用连贯叙述，在叙事角度上基本采用全知视角，在叙事结构上基本以情节为结构中心。……

现代中国小说采用连贯叙述、倒装叙述、交错叙述等多种叙事时间;全知叙事、限制叙事(第一人称、第三人称)、纯客观叙事等多种叙事角度;以情节为中心、以性格为中心、以背景为中心等多种叙事结构。①

这一结论也很切合微篇小说的实际情况。现代微篇小说的叙事模式与古代比起来,有了明显的变化。以鲁迅等人的十五篇作品为例,可以进行定性分析。见下表。

表1 十五篇作品的叙事模式

作家	作品	连贯叙述	倒装叙述	交错叙述	全知叙事	第一人称叙事	第三人称限制叙事	纯客观叙事	情节中心	性格中心	背景中心
鲁迅	《一件小事》		√			√				√	
郭沫若	《他》	√			√					√	
郁达夫	《寒宵》	√				√				√	
沈从文	《代狗》			√	√						
沈从文	《早上——一堆土一个兵》	√			√					√	
王鲁彦	《灯》	√				√					
王任叔	《河豚子》	√			√			√			
李健吾	《私情》			√	√						
胡也频	《便宜货》			√	√						
石评梅	《余辉》	√			√						
黎锦明	《轻微的印象》	√			√			√			
赵树理	《田寡妇看瓜》	√			√						
孙犁	《懒马的故事》	√				√				√	
冰心	《一个不重要的军人》	√			√					√	
夏衍	《两个不能遗忘的印象》	√				√		√			

说明:对以上作品叙事模式的判断,是根据其整体内容的侧重点来进行区分的;个别作品的叙事模式有交叉的情况,根据舍轻就重的原则,只选一种。

---

① 陈平原.中国小说叙事模式的转变[M].北京:北京大学出版社,2003:4.

从以上分析可以看出,叙事时间上突破传统的连贯叙述的叙事模式,而采用倒装叙述或交叉叙述的有4篇;叙事角度上突破传统的全知视角的叙事模式,而采用第一人称叙事的有6篇;叙事结构上突破传统的情节中心的叙事模式,而采用性格中心的有11篇。整体上的突破力度是很大的。

叙事模式的突破,提升了小说的表现力。比如,小说中加大了非情节因素,借用容易产生情感色彩的第一人称叙事,以及根据人物内心感受的变化来重新安排情节或时间,这样更有利于表现人物性格,也有利于凸显作家的主观色彩和艺术个性,从而为小说艺术创造了更大的发展空间。①

2. 营造诗意氛围。

重视诗情画意,本来是中国传统的主情类文学的强项之一,而在传统的小说作品中,更强调情节和人物,对于环境氛围的描写则相对比较单薄。现代微篇小说在艺术手法的运用上,是以一种开放、探索的态度来尝试各种表达方法的,散文诗歌常用的渲染氛围、营造意境的手法也在小说中得以成功运用。

郁达夫的《寒宵》写于1925年,写的是作者当时绝望的状态和苦闷的心境,贯穿全文的是一种浓郁的感伤情绪。与此相一致,作品花了相当的笔墨去叙写人物活动的环境:那烧得七零八落的煤块,阵阵冷风,黝黑的夜空,沉寂的空气,那杀杀冲破泥浆的汽车声,那黑黑的车座,被车灯照出来的雪片,溟溟蒙蒙,很远很远,像梦里似的。这种郁闷的环境和主人公不是借酒浇愁,就是寻花问柳的行为交融在一起,更加衬托了人物悲观失望的情绪。王鲁彦的《灯》是以诗一样的笔调来抒写"我"的内心痛苦的。为了强化诗的氛围,形成悲愤深沉的艺术境界,作品先从总体上设置了一个风雨交加、令人黯然神伤的大环境:"风凄凄地摇荡着窗外的枇杷树,雨萧萧地滴在我心上。"同时,作品又运用诗歌常用的反复手法,多次写到环境的凄苦,以及"我"和母亲的"哭",既哭现实,又哭自己,惨淡的人生,使"我"无力生存下去,只好将自己的"心"挖出来还给母亲,做一个无心的人。小说末尾,作品运用拟人手法,营造了一个"灯"的意象:"只有灯,只有站在壁上的灯,他知道我在母亲心中所做的什么,不忍见那微笑,渐渐地惨淡了下去……"从而定格了作品的基调,将作品的情思引向深远、空灵。而一代才女石评梅的《余辉》更像一篇优美的抒情散文,作品以诗一样的笔

---

① 陈平原. 中国小说叙事模式的转变 [M]. 北京:北京大学出版社,2003:12-15.

调，一方面礼赞了大自然的美景和天真的童心，"日落了，金黄的残辉映照着碧绿的柳丝，像恋人初别时眼中的泪光一样，含蓄着不尽的余恋。""天边晚霞，像绯红的绮罗笼罩着这诗情画意的黄昏。"在这金色的黄昏里，十几个活泼可爱的女郎在那里打球，欢声笑语，令人陶醉；另一方面，抒写了主人公苏斐的不尽忧思，即对于人与人之间自私自利的失望和愤恨，对于自身的懦弱和消极的不满和矛盾。作品追求的是一种情感宣泄的痛快淋漓和情景交融的意境美。

丁玲的《一个不重要的军人》，无疑是一首深沉低回、动人心弦的爱的赞歌，作品没有奇特的情节和浓烈的词采，而是选取兵丁与小玲交往的一段日常生活，娓娓而叙，在看似轻描淡写，实则匠心独具的叙写中，渲染了一种超越时空，超越血统，不是父子，胜似父子的天伦情趣，平淡却难得，朴实而真诚，作品的艺术魅力便在这种情感的聚合和别离中得以实现。

3. 以简驭繁，单纯中求丰富

现代微篇小说产生于小说的地位得到空前提高之后，作家们是以一种前所未有的心态和自觉行为来进行创作的，因而其构思表达很能看出各自的匠心和风格。统观各家之作，在艺术构思上，虽然风格迥异，但都能根据微篇小说的文体特点，在具体创作每一篇作品时，都以一种表达方法为主，兼及其他方法，不搞过多的花样。这样以简驭繁，在单纯中求丰富、求效果。

鲁迅的《一件小事》采用第一人称的写法，直陈其事，简洁自然。郭沫若的《他》以白描取胜，言约旨深。郁达夫的《寒宵》在情景交融中写"我"的无聊和苦闷。沈从文的《代狗》以场面描写为主，重点写了十岁的代狗清早起来与其父亲就要不要上山砍柴而引发的争执。沈从文的另一篇《早上———一堆土一个兵》，总体构思上是以对比的手法来写抗战时期的"好坏人事"。王鲁彦的《灯》强化的是一种浓郁的诗韵。王住叔的《河豚子》通过反差艺术，实现了以喜写悲的目的。李健吾的《私情》则运用戏剧性的表现手法（尖锐的矛盾冲突，富于动作的语言），形象地写出了一对年轻男女的私情。胡也频的《便宜货》和黎锦明的《轻微的印象》淡化情节，采用调侃、戏谑的笔调来写沉重的主题，举重若轻。石评梅的《余辉》富有散文诗的情思。赵树理的《田寡妇看瓜》以简洁明快的叙事见长。孙犁的《懒马的故事》，运用漫画式的笔法刻画了一个懒老婆的形象。冰心的《一个不重要的军人》，因情生事，以美好的人性、人情打动人。夏衍的

《两个不能遗忘的印象》，运用含蓄的对比来写抗战时期遭遇的两件事，意味深长。

　　这种"一技立身"的写法，切合微篇小说的文体特点，它克服了古代文言微篇小说创作在某种程度上的随意和漫不经心，具有现代意义上的自觉和超越，可以说在艺术上找到了微篇小说创作的感觉，同时也为以后微篇小说的发展提供了文本范式和良好的导向。

下编　微篇小说创作论

第八章 人物创作论

第一节 微篇小说的人物类型

人物是小说的基本要素之一,尽管微篇小说是一种立意的艺术,但是,从整体而言,既然微篇小说是小说大家族中的一员,那么人物也必然是微篇小说的基本要素之一,而且人物塑造的成功与否也直接关系到微篇小说的成败与否。不过,微篇小说中的人物不同于一般长、中、短篇小说的人物,而是一种独具特色的"冰山型人物"。如前所述,冰山型人物具有自身的审美特征,那么,根据其在微篇小说中的表现形态,我们又可以大致将其分为两种类型:性格型人物和理念型人物。

一、性格型人物

主要是指通过生动具体地描写人物的音容笑貌、言谈举止而塑造出来的人物形象。按照冰山型人物的观点,微篇小说中的性格型人物往往只写人物性格的一个侧面、一个点,通过有选择地对某一性格侧面、性格点的重点描写,来凸显人物的性格,从而实现写作意图。具体说来,这种冰山型的性格人物具有如下特点。

其一,所写人物具有鲜明生动的个性。虽然由于篇幅限制,微篇小说只能描写人物性格系统中的冰山一角,但真切具体,有血有肉。

汪曾祺的《陈小手》写了两个人物:陈小手和团长。陈小手是一位出名的男性产科医生,作者就抓住这一点进行描写。先写他得名的由来:"因为他的手特别小,比女人的手还小,比一般女人的手还更柔软细嫩。他专能治难产。横生、倒生，都能接下来（当然也要借助于药物和器械）。据说因为他的手小，动作细腻，可以减少产妇很多痛苦。"接着介绍陈小物喂了一匹浑身雪白，走起路来又快又细又匀的马，他常常骑着白马赶着到各处去接生，因而被称之为"白马陈小手"。然后描写陈小手接生的一般过程，"只要有人来请，立即跨上他的白马，飞奔而去。正在呻吟惨叫的产妇听到他的马脖子上的銮铃的声音，立即就安定了一些。他下了马，即刻进了产房。过了一会（有时时间颇长），听到'哇'的一声，孩子落地了。陈小手满头大汗，走了出来，对这家的男主人拱拱手：'恭喜恭喜！母子平安！'男主人满面笑容，把封在红纸里的酬金递过来。陈小手接过来，看也不看，装进口袋里，洗洗手，喝一杯热茶，道一声'得罪'，出门上马。只听见他的马的銮铃声'哗铃哗铃'……走远了。"这里有对陈小手跨马飞奔、下马进房、拱手致意、收接酬金、洗手喝茶及出门上马等一系列动作细节的描写，有对陈小手接生以后"满头大汗"的外貌细节的勾勒，有对孩子安全落地的"哇"声、陈小手"恭喜恭喜！母子平安！"的祝贺、出门前道一声"得罪"及白马行走发出的"哗铃哗铃"的銮铃声等语言声音的描绘，还有对呻吟惨叫的产妇听到銮铃声就心里安定及男主人满面笑容的简要交代。整个接生的过程写得有声有色而又动静相宜。这样，一个心系产妇、敬业负责、医术高超而又通情达理的男性产科医生陈小手的形象就表现了出来。

最后，作者具体描写陈小手的惨死，同样写得真切而具体，而且将团长的性格也刻画了出来。团长太太因为难产，接生的老娘束手无策，团长只得派人去请陈小手。团长一见陈小手就说："大人，孩子，都得给我保住！保不住要你的脑袋！进去吧！"接着写道：

> 这女人身上的油脂太多了，陈小手费了九牛二虎之力，总算把孩子掏出来了。和这个胖女人较了半天劲，累得他精疲力竭。他迤里歪斜地走出来，对团长拱拱手：
>
> "团长！恭喜您，是个男伢子，少爷！"
>
> 团长龇牙笑了一下，说："难为你了！——请！"
>
> 外边已经摆好了一桌酒席。副官陪着。陈小手喝了两盅。团长拿出二十块现大洋，往陈小手面前一送：
>
> "这是给你的！——别嫌少哇！"
>
> "太重了！太重了！"
>
> 喝了酒，揣上二十块现大洋，陈小手告辞了："得罪！得罪！"

"不送你了!"

陈小手出了天王寺,跨上马。团长掏出枪来,从后面一枪就把他打下来了。

团长说:"我的女人,怎么能让他摸来摸去!她身上,除了我,任何男人都不许碰!这小子,太欺负人了!日他奶奶!"

团长觉得怪委屈。

对陈小手给团长太太接生的描写,进一步强化了陈小手的性格。陈小手是在别的接生员无计可施的情况下被请来的,受命于危难之际赶来救人。他一来就接生成功,大人孩子都保住了,尽管累得精疲力竭,几乎连走路也走不稳了。这正好体现了他的高超技术和忘我的工作精神。而接生后应酬性的几句对话和举止,又形象地写出了他的通达人情与随和中的精明。至于他的惨死,不是由于性格造成的,而是他的行为触犯了传统文化和男性意识中男女之别的隐性戒条及团长残忍变态的性格综合作用而导致的悲剧。对团长的性格,刻画得也很生动具体。虽然只是写了团长在接生前后的言行表现,但人物的性格并不单薄。陈小手一来,团长就给他下了死命令,"保不住要你的脑袋!"可见其霸道蛮横,十足的军阀作风。得知接生成功,面对陈小手的恭贺,他也只是勉强地"龇牙笑了一下",说了几句应酬性的客套话,而骨子里却是恼羞成怒,恨得咬牙切齿的,所以,他恩将仇报,一枪将陈小手打死,还不解恨,还要骂骂咧咧,觉得怪委屈。一个愚昧残忍的旧军官形象就这样勾画出来了。

其二,读者接受作品时,不但易于产生如见其人、如闻其声、如临其境的审美效果,而且容易根据作品中的描写再造出活生生的人物形象。

作者刻画性格型人物时,注意从人物的肖像、语言、动作等外显性很强的特征方面去进行描写,必然使形象性更强,与生活中的人物形象更加接近,读者也更容易理解和进行艺术再造。汪曾祺刻画陈小手这一形象时,首先从他那双富有特征的小手写起,并且从大小、柔嫩方面将其和女人的手进行对比,读者很容易想象出一双比女人的手还小,比一般女人的手还更柔软细嫩的手,会是一双如何适合接生的妙手。接着,写陈小手喂养白马,也是为了从侧面形象地衬托陈小手的性格。"接生,耽误不得,这是两条人命的事。"正是出于这一朴实而崇高的救人目的,所以陈小手就特意喂了一匹白马,而且喂出的马,据懂马的行家说,走的脚步是"野鸡柳子",又快又细又匀。马似主人,马的细步与陈小手的小手一样,特别适合从事接生这职业,这样把陈小手的性格也写活了。然后作者集中笔墨两次描写了陈小手的接生过程，我们借助这些描写可以想象出陈小手接生的场面细节：随时做好接生准备的陈小手一见到有人来请之后，立刻牵出他那匹专用的白马来，跨上白马，飞奔而去，浑身雪白的马儿在乡间小道上奔驰，伴着马脖子上的銮铃声"哗铃哗铃"，像一道流动的风景。来到接生地以后，陈小手即刻进入产房，凭着他的高超技术，几经周折，孩子就会"哇"的一声，安全落地。而陈小手呢，累得满头大汗，走出产房，向等在外面的男主人拱手道贺。如释重负的男主人自然感谢不已，笑容满面地奉上用红纸包着的酬金。陈小手很熟练地接钱、洗手、喝茶，道一声"得罪"以后上马离去，"哗铃哗铃"的銮铃声犹不绝于耳。对于愚昧而残忍的团长这一形象，我们同样可以从作品的描写中想象出他在太太难产时焦虑不安的神态，对陈小手下命令的蛮横，接生成功以后对陈小手的虚为客套以及打死陈小手的凶相。

那么，通过以上对汪曾祺的《陈小手》这一典型作品较为详细的分析，我们可以得出这样的看法：性格型人物贴近现实人物，富有真实感，强调动作性和形象性，总之，具有明显的形而下的特性。

当然，有些微篇小说中的性格型人物并没有《陈小手》这么典型，但只要具有以上特征，尽管程度不同，也应该属于性格型人物之列。

二、理念型人物

微篇小说是一种特别强调立意的艺术，有些作家为了表达对社会人生的看法，为了形象地展示某种抽象的、带有思辨色彩的观点理念，往往运用象征、夸张甚至变形的手法来塑造人物，让人物成为某种观点理念的形象载体，这种人物我们可以理解为理念人物，它具有以下特点。

其一，以表意为主要目的，强化人物形而上的概括性。

凡小说都有一定的创作意图，有些小说通过塑造性格鲜明的人物形象来达到写作目的，有些小说则重在理念传达。为了在有限的篇幅内将某种理念表达得更加充分，微篇小说的作家们常常集中笔力描写某种观念性很强的人物言行。这种人物，古已有之。我们先看明代冯梦龙的《好好先生》：

> 后汉司马徽不谈人短。与人语，美恶皆言好。有人问徽安否，答曰："好。"有人自陈子死，答曰："大好。"妻责之曰："人以君有德，故此相告。何闻人之死，反亦言好？"徽曰："如卿之言，亦大好。"今人称"好好先生"，本此。

作者所要表现的是司马徽不谈人短的做人哲学，先概括地交代他与人谈话，美恶都说好的性格特点。然后以对话的形式，通过具体的事例来说明这一点，别人向他问安，他说"好"是可以理解的正常回答。别人告诉他儿子死了，满以为能够从他那里能得到一些理解安慰，他却说"大好"，则让人觉得逆情悖理到了荒唐的程度。妻子责怪他不该这样回答，他没有反驳，也说"大好"。在这里，马司徽是一个以明哲保身为出发点，不分善恶，不讲原则，遇事都说好的"好好先生"形象。所有的描写也都集中在这一点上。很显然，作者对"好好先生"是采取嘲讽和反对态度的。当然，如果联系得深广一点，从时代背景、文化传统方面去思考，其中也包含了许多的无奈和沉痛。而不管怎样，"好好先生"是一个涵括了丰富的人生社会意蕴，体现了作者从形而上的角度对人性进行形象思考的理念型人物。我们现在仍用"好好先生"来概括某类人物。

　　再看王蒙的《正确》中的老李这一形象，正如小说题目所标示的，是一贯正确的代名词。作品写了六件事来刻画老李这个一贯正确的形象。他逢人就说二十年前召开的一次会议方向是正确的；他的朋友老赵得肝病死了，他就说是因为老赵不听他的正确意见，不练气功，而要去动手术造成的；每次吃饭他也表白自己的正确，认为应该是选择一个更好的地方吃饭，让朋友觉得很费劲；每次看报，都认为报上的观点他早就讲过了，事实证明他是正确的；每次上厕所，他都认为别人尿得不是地方，拉屎没有他拉得正确；直到他重病临死前，朋友送了他一个"你永远正确"的匾，他才含笑而去。老李的一言一行无不在表明自己的正确。作者以近乎夸张的笔墨塑造的这一形象，概括了生活中自以为是，自我感觉特好，永远正确之类人物的本质特征，抽象程度很高，理性色彩很明显。当然，作者的褒贬态度也尽含其中。

　　其二，人物的类型化特征明显，而不太注重富有个性的具象化描写，读者接受作品时，往往会受到某种思想理念的感染，而难以再造出具体鲜明的人物形象。

　　类型化人物的性格是静态的，一般用简单的理性概念即可概括。《好好先生》中的司马徽三次回答都离不开一个"好"字，并且后两次回答一次比一次离谱，既令人感到滑稽好笑，又使他那种美恶不分、一切皆说好的"好好先生"性格醒目地凸显了出来。同样，《正确》中对老李的六次描写，也将他那种自以为一贯正确、至死不改的变态性格勾勒了出来。毫无疑问，"好好先生"的司马徽和一贯正确的老李的性格类型，我们一看便知。但是，他们的个性特征却很模糊，对于司马徽，除了有三次对话描写以外，对他的外貌神态、动作反应等，只字未提。对于老李，除了写他表现自己一贯正确的几段语言以外，仅写了他临死前的一个细节："老李看了匾，热泪盈眶，含笑而去。"其他有关他的身世、外貌及动作特征等方面的描写均未涉及。也就是说，有关人物的体态风貌、举止习惯等写实性的信息，基本上被作者忽略了。

我们在阅读该类作品时，在头脑中形成的也基本上是抽象的理性概念。读了《好好先生》，我们除了想到明哲保身、不讲原则、好坏不分等问题以外，还会想到不负责任、装好卖乖、糊弄他人、游戏人生等方面的含义。读了《正确》，我们也不仅会想到某些人的自以为是，永远正确，还会联想到自我中心主义者、老子天下第一、个人意志的恶性膨胀等问题。虽然各人理解的程度不同，但这些概念或多或少地会在我们的头脑中闪过，甚至留下难以忘记的理性痕迹。而我们要据此想象出具体生动的人物形象，那就勉为其难了。因为这些作品的描写很单调，缺乏引发想象的信息源，没有提供像汪曾祺的《陈小手》写到陈小手时对于他"柔软细嫩"的小手、跨上白马飞奔的身姿、下马即刻进产房的行为、满头大汗的模样、拱手道喜的神态、接钱收钱洗手喝茶的动作及白马发出的"哗铃哗铃"声这样绘形绘声的具体描写。

那么，根据以上分析我们可以得出这样的认识：理念型人物以表达思想理念为己任，强调概括性和类型化，具有明显的形而上的特性。

不过，性格型人物和理念型人物的区分也不是绝对的，在具体作品中，有些区别很明显，有些可能很模糊，难以简单地做非此即彼的划分，那就要从实际出发进行分析。我们为了理解方便，择其大概，而做以上辨析。

第二节　微篇小说人物的文本构成与表达要求

微篇小说的人物是一种冰山型人物。文本层面上的冰山型人物主要是由一些细节构成的。我们要研究微篇小说人物的创作艺术，必须先搞清两点：一是冰山型人物的构成细节；二是人物细节的表达要求。

一、冰山型人物的构成细节

现实生活中的人是由有形的物质层面的身体和无形的精神层面的思想有机构成的。具体而言，则表现为人物的性别大小、形貌体态、言语行为及心

理活动等。小说在塑造人物时,也离不开这些方面。美国著名小说理论家约翰·盖利肖在分析怎样刻画小说人物性格时指出:

归根到底,作者只有一定数量的方法,可以用来使读者知道小说人物是怎样对刺激因素做出反应的,不管这刺激因素是什么。

(1) 角色外貌或表情的变化。例如:微笑使他的脸开朗起来。他的脸孔涨得通红。他脸色变得苍白,几乎没了血色。

(2) 细微的或是以手势表意的动作:他抬起了手好像在保护自己。他用手猛擦了一下满是泪花的眼睛。他神气十足地打手势叫侍者过来。他疲乏地闭上了眼睛。

(3) 剧烈的或明显的反应:他把信扔向了房间的那一头。他用尽全身力气抡起了斧子。他向身材比自己高大的对手猛扑过去。

(4) 用来表达思想感情的话:"我有个好主意,把你交给警察。""你真是个傻瓜,为一钱不值的兄弟当牛做马。""只给你五百块钱,多一个子儿也不给。""我讨厌见到他。""要是能为她效劳,我真是活在世上的最幸福的人了。""我闷得难受。""过来抓我吧。"

以表现性格特征的方式使读者看到角色反应的第五种方法,是剧作家所不能用的。这就是分析角色的思想感情。……①

小说创作的事实正是如此,微篇小说也不例外。微篇小说的特点是,从以上方面结合自身的文体属性去构造细节,使之能够成为塑造人物形象的冰山一角。这些细节包括肖像细节、行动细节、语言细节和心理细节等。微篇小说常常以其中的一种细节描写为主,结合其他细节描写,来构成冰山型人物。

(一) 肖像细节

人物肖像是指人物的形貌神情、服饰装束和风度气质等。人物肖像总是与人物的遗传特征、成长经历、生活境遇、社会地位、职业习惯和个人性情等密不可分的。因此,从人物的外在肖像可以看出人物的内心世界,通过肖像描写可以展示人物的性格。微篇小说不可能对人物肖像进行全方位的系统描写,往往根据人物特点,三言两语,描绘出肖像细节,以此来刻画人物。

杨晓敏的《报复的缘由》,写一名军人为死去的战友向商店经理实施报

---

① [美] 约翰·盖利肖. 小说写作技巧二十讲 [M]. 梁森,译编. 北京:北京十月文艺出版社,1987:246-247.

复,购买一尊模拟米开朗基罗创作的古希腊英雄大卫的雕塑。因为那位战友原来在此购买雕塑时,商店经理嫌其穷酸,忙于应酬一个外国人,却不卖给他,反而将他辱弄一番。那位战友归队后殉职雪域,为此抱憾终生。作者写军人从遥远的雪国来到商店所在的这座城市时,是这样的:"他皮肤黧黑,面部粗糙,干裂的嘴唇嚅动着,用略带神经质的、野性十足的目光,审视着这个似曾相识的闹市。"写他揶揄商店经理,听到经理挖苦他当兵的穷酸样时,"他黑红的面孔一阵痉挛,几乎扭曲变形了""眉宇间两道寒光掠过",对经理讲话时,"军人的声调寒森森的,冷酷极了""两道目光逼过去";而一想到抱憾殉职的战友,"军人的眼圈红了"。这几句肖像描写,虽然着墨不多,但将一位献身边防,饱经边塞风霜,疾恶如仇,维护人格尊严,仗义重情的军人形象勾勒了出来。刻画那位商店经理时,则写他"眼泡下耷拉两条小肉坠儿,说话时双耳会像驴一样摆动""身材臃肿",对待有钱的老外,"像哈巴狗似的应酬不休",活脱脱的一个丑陋、猥琐、势利的小商人形象。

这种肖像描写有静态、有动态,可以写实,也可以饱含叙述者的主观感情,它所形成的肖像细节和其他的细节描写结合起来,能够使塑造出来的冰山型人物形神兼备。

(二) 行动细节

行为动作体现着人物生命的运动状态和价值取向。黑格尔说:"能把个人的性格、思想和目的最清楚地表现出来的是动作,人的最深刻方面只有通过动作才见诸现实。"① 因此,小说家们非常重视对人物行动的描写,通过人物的行为动作来展示人物性格。当然,行动有大小,描写有繁简。微篇小说更关注的是人物的行动细节,并以此来塑造冰山型人物。而对于读者来说,他们感兴趣的不仅是行动的结果,更主要的是行动的过程,因此,成功的行动细节既要写出人物做什么,更要写出是怎样做的,并以此构成冰山型人物的动态魅力。

许行的《断指》就是靠一个断指的行动细节将母亲的形象立起来的。侯三小时候长了双好手,手指又细又长,因家贫无以上学,却在同辈的游戏中练成了"三只手",且技高一筹,成为盗首。不过他因父亲过早逝世,全赖母亲哺育成人,所以对母亲颇孝顺。母亲得知侯三的情况后,平静地让侯三把他的扒手朋友一一请来,当着他们的面说不能让自己的孩子多出一只手,接

---

① 黑格尔. 美学·第一卷 [M]. 朱光潜, 译. 北京: 商务印书馆, 1979: 278.

着把菜墩、菜刀拿来放在地中央，然后攥着侯三的手一再抚摸，泪流满面。通过这些必要的交代和铺叙，作者便集中笔力写母亲究竟是如何断指的：

> 众扒手此时如梦方醒，大为骇然，一齐跪倒求老太太饶恕。
>
> 既然你们如此求情，我就从轻处治他了。她让侯三伸出行窃时最管用的右手中指和食指，然后举起菜刀来，众扒手都吓得闭上了眼睛，但母亲的菜刀却迟迟不能落下。她搂着侯三号啕大哭，她说你的手也是娘身上的肉啊！既然娘已给了你，你的路还远呢，还是留给你用它去做人吧！你的债就由娘去替还了……
>
> 众扒手愕然之间，母亲已剁下自己两截手指。

对母亲这一形象，作者没有从其他方面多加描写，而详细写她断指教子的细节。她让侯三伸出右手中指和食指来，然后举起菜刀，是要让侯三和众扒手明白，这两根手指犯下了不可饶恕的扒窃之罪，论罪应该砍掉，以免继续为患；而母亲的菜刀却迟迟不能落下，则形象地反映了母亲的犹豫不忍和内心煎熬。所以她接下来搂着侯三号啕大哭，正是她内心矛盾的表现。如果小说只写到这里打止，那么只塑造出了一个爱子情深、令人感动的慈母形象。但这位母亲更是一个是非分明，并且头脑清醒知道怎样爱儿子、怎样才能挽救儿子的不平凡的母亲，所以她把责任揽在自己身上，果断地剁下自己两截手指。这一触目惊心的举动，令人震撼，触人深思。联系上文所写的母亲得知侯三行窃的情况后不动声色地让他将扒手朋友请来，以及小说最后一句"从此这一方再无盗贼"的补充交代，读者头脑中就会展现一位爱子心切而又深明大义、富有心智、勇于自责、令人肃然起敬的母亲形象。

这种通过行动细节来塑造冰山型人物的写法，在微篇小说中屡见不鲜。

（三）语言细节

言为心声。小说中人物的语言一般要求能够直接或间接地反映其思想愿望，并透露出人物的出身经历、身份职业、教养习惯和精神状态等方面的信息，从而展现人物的性格。其表现形式主要体现为独白和对话两种。微篇小说总是充分地利用语言交流中彼此达成默契的语言场和语言伸缩自如的弹性特点，通过精短的人物独白或对话，创造精美的语言细节，来塑造冰山型人物。

前文所述的冯梦龙在《好好先生》中所塑造的"好好先生"司马徽和王蒙在《正确》中所塑造的一贯正确的老李这两个理念型人物形象，都是通过语言细节来完成的。

我们再看刘学林的《怪癖》是怎样创造语言细节来写人的。《怪癖》的主人公胡老是历尽磨难在三中全会后回到编辑部的,"去时年轻俊美似临风玉树,大难不惧;归时老态龙钟如风干烧鸡,噤若寒蝉"。因此,养成了一个怪癖:坐着办公时尤怕将脊背对着有人的地方。这样,在他身上就发生了一系列令人费解的行为,他刚回编辑部时只占到一张背对门口的办公桌,对背后的任何响动都提心吊胆,一有响声就回头窃视,几乎无法安下心来工作,后来办公室的人员有变动,他一连两次抢占位置,终于在两年后占住了一个背靠墙角的办公桌。尤其是他家写字台的摆法也很奇怪。作者重点写道:

> 一次,小丁有事到胡老家去,发现胡老的写字台摆得非常奇特。胡老背靠墙角坐着,写字台竟像小商店的柜台或经理的办公桌那样冲着门口。
>
> 小丁忍不住问:"胡老,您怎么这样摆法?"
>
> 胡老左眼下边的肌肉动了动,说:"我觉得这样挺好。"
>
> "您不怕面前有人影响您工作?"
>
> "不怕,我就担心背后有人。"
>
> 小丁一怔,一颤,想说什么,却没说什么。

这几句对话看似平平淡淡,实则是作者精心设置的。它不仅从情节上顿释了胡老养成怪癖的原因,尤其是通过这一语言细节由外入内、由表及里地将胡老的行为与动机、现在和过去联系了起来,写出了一位在特殊年代里由于不会设防而备受暗算、深受摧残,精神遭到严重创伤、行为习惯也有点扭曲变形、不合社会常态的老知识分子形象。一句"我就担心背后有人",包含了多少辛酸、伤痛和无奈,而人物的精神特征也得以凸显。

(四)心理细节

心理细节是指人物心理活动的细微之处。本来从互相联系的角度看,人物的肖像特征、行为动作、语言表达都或多或少地体现着人物的心理活动,那么直接的心理描写就更能深入广泛地展现人物的心理世界,从而为刻画人物性格服务。较之于传统而言,现代小说创作更重视心理描写,而且方法多样。比如内心独白、内心分析、潜意识描写、梦境显示以及感官印象等,都是常用的心理描写方法。

微篇小说往往抓住人物特定时间的心理活动,通过描写人物的心理细节来塑造冰山型人物。

小山的《刺猬》几乎没有什么故事，通篇写的是一种情绪。一对没有了爱的合法夫妻进行了一夜的"冷战"，彼此之间没有谩骂挖苦，没有相互指责，也没有大打出手，更没有沟通交流，由于价值观、人生观不同，双方难以相容，而且在不断积蓄着怨恨与仇视。小说从妻子"我"的角度，通过"我"的内心独白，将这一切断断续续地透露了出来。比如，从"我"的角度写到自己那姓邢的丈夫以及那时的感受：

> 那姓邢的人夜里来到我家。他以为他会写几首诗就和我同道，还以为他现在是大报记者，就可以使我觉得他有身份。他大谈爱，根本动摇不了我这颗自愿离婚的心。
>
> ……
>
> 可以肯定，一些夜晚自己胡思乱想确实比什么男人赖着你强。尤其他还弄着深沉。
>
> 我问姓邢的关于男人和友谊。姓邢的回答男人和女人没有纯粹的友谊。我想告诉他：男人和女人也没有纯粹的性关系，性的快活在于动之以情。可我怎么会跟他说我的观点！
>
> 音乐也倦了。一张呜咽般的提琴CD碟。

再如写到"我"养的刺猬："而且，我不是宠玩刺猬。它让我想起榛树和岩石。如果它能坚强活过这个我也孤寂的冬天，开春时我要亲自把它送到风吹羊齿草的山坡上。我就又一次进山了。"我们只要将以上内容联系起来分析，透过这位妻子絮絮叨叨的心理话语，就可以想象出她是一位有个性、有主见、还有点矜持，同时被夫妻不和搞得有点身心疲惫的女性。虽然其写实性的形象难以把握，但是她作为妻子这一角色在特定时期的性格特征则很明显。

二、人物细节的表达要求

从一定意义上说，微篇小说创作的成败在很大程度上取决于细节描写的成败，而人物细节描写又在其中起着至关重要的作用。那么怎样的人物细节才算是成功的呢？从艺术的规律和微篇小说创作的大量实践来看，我们可以从以下几个方面去衡量并将其作为人物细节的表达要求。

（一）个性化

个性化就是与众不同、独一无二。人物的个性是由其先天遗传与后天的经历教育综合形成的一种相对稳定的生命状态，具有不可替代性。小说家的任务就是要发现这种个性并将其表现出来，比如说曹操的奸雄本性，阿Q的精神胜利法。这样个性化的人物形象才有生命力。当然，这种个性化是建立在一般人性基础之上的，有其必然的规律性，而不是空穴来风，无中生有。小说写人最忌讳的是公式化、雷同化，因此凡是不利于表现人物个性的内容要尽量删去。短篇小说大师契诃夫在分析一个作家的作品时指出："您把人物塑造得正确，然而不活。您不肯或者懒得用刀子把一切多余的东西剔掉。要知道，在大理石上刻出人脸来，无非是把这块石头上不是脸的地方都剔掉罢了。"[1] 微篇小说更容不得多余的东西，写人的细节更要突出个性。

上文所述的刘学林的《怪癖》中胡老坐在背对门口的办公桌前时时提防身后，两次抢换办公桌及家里写字台的奇特摆法等细节，只有经过特殊年代、有过特殊经历、精神受过特殊打击的人，才会有这种特别的举止，因而是个性化的。同时，这种细节的产生又有其历史和人性的合规律性，人在特殊环境之下为了生存下去会采取某种非常态的行动来保护自己，这种行动在事过境迁以后还会有习惯性的延续，因此，胡老的怪癖也是经得起推敲的。这种个性与共性、偶然性与必然性有机统一的细节，体现了微篇小说人物细节个性化的真正内涵。

（二）趣味性

生活有趣味的人往往更有亲和力，使人接近起来感到轻松愉悦。小说创作也是如此。约翰·盖利肖说："越是能使读者感到小说中的角色是有趣的和可信的人，你就越是一个成功的小说家。"[2] 换一个角度说，如果小说所写人物索然寡味那是很难产生吸引力的。因此，小说家们总是想方设法去塑造让人喜欢、令人难忘的人物形象。为了达到这一目标，在刻画人物时写出人物的趣味来，是一种十分有效的方法。趣味性的产生来自多方面——选材的新奇，人物本身构成中诙谐幽默的性格元素以及巧妙的构思和叙述笔法，如误会、夸张等——都能构成或增加人物的趣味性。而其中最有效的则是发掘人物性格本身中的趣味成分。这些趣味成分主要是由各种细节构成的。猪八戒的大肚皮，阿Q"儿子打老子"的自我安慰，堂吉诃德把风车当作凶恶的巨

---

[1] 契诃夫. 契诃夫论文学 [M]. 汝龙, 译. 北京：人民文学出版社，1958：243.
[2] [美] 约翰·盖利肖. 小说写作技巧二十讲 [M]. 梁森, 译编. 北京：北京十月文艺出版社，1987：237.

人、把羊群当作来犯的军队而挥动长矛一路刺杀的举止，什么时候想来什么时候都让人觉得滑稽有趣。

微篇小说长于细节写人，若能写出细节的情趣来，所塑造的人物就可避免枯燥，成为耐人寻味的冰山型人物。《报复的缘由》中军人对商店经理的报复，《断指》中侯三母亲的自断手指，《怪癖》中胡老的怪癖行为，其构成细节均有不同程度的趣味性。我们再来看具有深厚民俗情趣的冯骥才的作品。冯骥才的《张大力》写的是举石锁测试力气打赌这样一个简单的故事。津门的张大力力大无穷。卖石材的店铺门口放着一把死沉沉的青石大锁，锁上刻着一行字："凡举起此锁者赏银百两。"从来就没有人能动它一下。张大力来此见到后便轻易地将其举到空中，并要老板看清才将石锁放回原地，然后向老板讨要百两赏银。老板要他再将石锁举起并看清石锁下边的文字，原来石锁下边另有一行字："唯张大力举起来不算。"众人见了，都笑起来。张大力也扔了石锁，哈哈大笑，扬长而去。这个故事谈不上有什么深刻厚重的政治思想意义，但是有趣。其一，比力气打赌带有一定的游戏性、刺激性，在民间也很普遍，容易提起人的兴趣。其二，张大力本身的形象构成带有很强的喜剧色彩。人们盛赞他力大无穷就让人在佩服中产生想见识一下的欲望；轻轻地将石锁举起，让人觉得名不虚传；讨要赏银，也是情理之中；搞清误会以后，他分文未得，也大笑而去，这是很轻松的结局。这些细节，写活了一个市井人物，平凡而富有生活情趣。这是该小说能够成功的主要原因。具有这种特性的作品自古以来就屡见不鲜。这也是冰山型人物形象能够产生吸引力的重要因素之一。

（三）震撼力

人的性格各有不同，对不同事物的处理方式也会千差万别。在一定的条件下，由于特殊因素的刺激，有些人的心理言行会超越常规，出现标新立异甚至惊世骇俗之举。这些举止往往出现在事情发展的关键时刻，或者关系到人物命运的转折点上，具有价值特别的信息含金量。小说若能找准并恰当地将其表现出来，就会产生非同一般的艺术效果。张飞立马长坂桥头大喝一声将曹军部将夏侯杰惊得肝胆碎裂倒于马下的细节，葛朗台临死前还想抢抓镀金十字架的行为，都给人以强烈的震撼，并使人留下过目难忘的印象。当然，具有震撼力的人物细节不一定都有如此的外在表现强度，它也可能是平常之事，但对特定人物而言同样会使心灵震颤。《红楼梦》三十二回，当黛玉听到宝玉背地里与史湘云、袭人说她从来不说那些"仕途经济"的混账话时而激动不已的心理细节描写,便是属于这种情况。

　　同样,在微篇小说创作中,作者若能发现或构思出这种具有震撼力的细节,整篇作品就会为之一亮。《断指》中最感人的地方就是侯三母亲自断手指的细节。侯三自小失父,贫穷而寡居的母亲能将他拉扯大就十分不容易。其难能可贵之处还在于:面对走入歧途的儿子,母亲没有将责任推卸到社会不良因素的熏染上,此其一;也没有对儿子进行痛责严惩就简单了事,此其二;而是一人独自承担挽救逆子的责任,此其三;不但要挽救儿子,还要教育好儿子的扒手朋友,承担更大的社会责任,此其四;为了更好地教育儿子,采取自断手指这种自我牺牲的做法,常人尤难做到,此其五。从这些层面上去理解,那么,母亲的爱子之切、教子之严、责己之苛、自残之酷、胸量之宽,形成了一阵阵的冲击波,超越了常人的心灵承受力,对人性、人情、责任、良心等重大而敏感的问题进行了高强度的拷问。这就是细节的震撼力所在。此外,微篇小说也和长中短篇小说一样,只是具有震撼力的细节没有如此惊险,但它特定的作用力对于特定的人物同样可以震动其灵魂,而且更显朴实真切。许行的另一篇小说《抻面条》写一位再婚的老太太为爱吃抻面条的老头而重学抻面条的手艺,人老了学艺很不容易,她悄悄地到饭馆去向抻面师傅学习,学和面,学揉面,学饧面,学抻面,学了一次又一次,还闭门苦练,终于能熟练地抻面条了。晚上老头子帮老太太脱下衬衫以后,作者写道:

　　　　他怔住了,天哪,老太太两条胳膊肿得像发面馒头了……他一切全
　　明白啦。心中震动非常,紧紧地搂着老太太,眼含热泪,不胜爱怜地抚
　　摸着她的胳膊。

　　　　"唉,这该死的抻面条啊!……"

　　在这里,老太太那两条肿得像发面馒头似的胳膊,在老头子看来,就如初恋情人第一次接到对方所送的礼物一样,是那么美好,那么样有触电的感觉,这是爱的见证、爱的奉献,因而震撼心灵,催人泪下。

　　这种具有震撼力的细节所塑造出来的冰山型人物,能够将人物性格的闪光之点醒目地定格下来,对读者产生高强度的刺激,从而增强其艺术感染力。

(四) 激发性

　　用人用兵之道讲究激将法,请将不如激将,即利用某一为行动主体所能认同的触动点,激发其内在的潜能和斗志,以实现某种目标。运文之法与之有相通之处。作者精心提供一定的能够为读者理解的文本信息,这种文本信

息又带有某种可燃性和未定点，能够点燃读者的创造力，激活读者的记忆和想象，让读者对文本内容进行延伸拓展，从而获得最大的审美信息。这是激发性的基本内涵，它是艺术家们普遍追求的一种境界。

对于微篇小说来说，激发性更有其特殊意义。要解决好微篇小说篇幅有限和读者对于审美信息要求无限之间的矛盾，并能达到化短为长、化劣势为优势的艺术境界，就得不断增强或提升文本的功能，而在创作时运用富有激发性的细节来塑造冰山型人物，是一种十分有效的方法。因此，是否有激发性，激发性的大小及其运用的得当与否，也是判断微篇小说人物细节质量高低的一个重要标准。

凌鼎年的《了悟禅师》成功地运用了激发性的细节。了悟禅师来到海天禅寺后，竟从来没扫过一次地，从来没关过一次门，众僧们就时不时斥责他，骂他是懒和尚。了悟不但不气不恼，而且在门口贴了一副对联，上联为"空门岂用关"，下联为"净土何须扫"。有一次，山洪暴发，木桥被毁，时近黄昏，一年轻山姑正在为无法过河而发愁，了悟见后便抱着山姑趟过了河。法眼方丈看到后，觉得不解，便以出家人应不近女色为由，问他怎可抱一个姑娘。了悟哈哈大笑说："我早把那姑娘放下了，你怎么反而老放不下呢。"让法眼闻之大惭。后来法眼方丈想把方丈之位传给了悟，了悟闻知后借口自己乃闲云野鹤，执意谢绝法眼方丈的美意，终于又云游四海去了。临走时，他留下一偈语："泥佛不渡水，金佛不渡炉，木佛不渡火，真佛内里坐。"遂头也不回地走了。这三个细节都充满了禅意。作者充分地利用语言的双关性、暗示性的特点，形成一种话不挑明、欲说还休的启发状态，启发读者去理解了悟禅师那种万事皆空、不偏执于一物、随缘而又超脱的个性形象。细节的激发性与所写人物的性格特点及作品所要表现的主旨有机地融为一体。

更多的微篇小说是将激发性细节安排在文末，以促人思考，延伸文意。我们不妨来看一篇百余字的微篇小说，陈放的《她的名字叫雅马哈》：

> 自从她有一辆日本雅马哈摩托车后，不知是谁起了个头，人们就不再叫她的名字，而叫她"雅马哈"了。"雅马哈，又去兜风啊？""雅马哈，车一开，你的头发都飘起来了，真神气！""雅马哈……"她总是点头答应。显然，她很满意这个有气派的外号。
>
> 一次，她双脚跨在雅马哈上，脚踩离合器，刚要去兜风，正好碰上邮递员来送信，邮递员把她的名字一连叫了好几声，她才怔怔地问：
>
> "你是叫……我吗？"

这篇小说的成功主要得力于后面这个激发性的细节。作者在进行了简洁而必要的叙述交代后，精心设置一个送信的细节来强化并启发读者去思考她的性格特点，她是谁？信送到了吗？这些问题并不重要，所以省略了。重要的是，透过这些表层问题，读者会进一步追问：她为什么连自己的名字也忘记了？说明了什么？当读者在觉得好笑之后经过思考，领悟到是拜物主义和虚荣心使她出现这种本末倒置的荒唐行为的时候，作者的创作意图也就实现了。这种启而不发的激发性细节所产生的艺术效果不但弥补了篇幅短小的不足，而且节省了阅读时间，培养了读者的理解创造能力，其整体生成机制，是一种小成本大收益的艺术生产方式，很能提升微篇小说的艺术表现力，为作者和读者所共赏。因此，我们要将富有激发性作为对微篇小说人物细节的一个表达要求。

需要注意的是，运用激发性细节，既要留有余地，不把话说尽；又要避免晦涩，故弄玄虚。关键是恰到好处。

那么，从以上分析中，我们可看出，要写好人物细节并不容易，其表达要求，大致可以概括为：

　　　　高质量的人物细节 = 个性化+趣味性+震撼力+激发性

其中的个性化强调的是独一无二，不与他人雷同，趣味性强调的是合乎读者胃口，震撼力强调的是刺激的强度，激发性强调的是艺术感染力的作用方式。在实际创作中，如果一个人物细节能做到均符合以上四个要求，那是非常难得的。不过，只要是成功的人物细节，总会或多或少地具备以上特性，而且还可能包含有另外的有待于我们进一步认识的艺术特质，只不过其艺术趣味或表达的侧重点各有不同而已，这需要我们在动态的实践中灵活地把握。

第三节　人物的表达技法

微篇小说的人物表达技法是与其所要塑造的冰山型人物的特点密不可分的，基本技法如下。

一、定点特写法

先选定所要表现人物的某一性格点，然后运用电影特写镜头的表现手法，对其进行适当的密集型的描写，使人物性格得到强化或放大，从而增强其艺术感染力。这是定点特写法的基本含义。简言之，就是集中笔墨，攻其一点，不及其余。

　　胡适的《差不多先生传》主要是刻画差不多先生糊涂马虎的性格。作者先交代差不多先生在中国各处都有，是中国全国人的代表，并指出："他有一双眼睛，但看得不很清楚；有两只耳朵，但听得不很分明；有鼻子和嘴，但他对于气味和口味都不很讲究；他的脑子也不小，但他的记性却不很精明，他的思想也不很细密。"同时，用他的自我表白，"凡事只要差不多，就好了。何必太精明呢？"来突出其思维方式和处事作风。然后按照他从小到大、一直到死的时间顺序，选取六个细节来描写他糊涂马虎、动辄出错而又不知改悔的性格特征。小时候，妈妈要他买红糖，他却买了白糖回来；上学时，他把位于直隶省西边的山西说成是陕西；在钱铺里做伙计时，常把十字写成千字，千字写成十字；搭火车时，迟到两分钟而误车；他急病求医时，请来了个治牛病的大夫，用医牛的法子来治他，结果一命呜呼；临死前，他还执迷不悟，认为活人同死人也差不多。这一系列典型细节，将差不多先生的糊涂马虎性格写足写透也写绝了。这一形象的认知意义也不言而喻：马马虎虎，害人又害己。

　　《差不多先生传》的时空跨度很大，其优势是定点特写时选材的范围广阔，显得从容不迫，但这种构思也容易带来散漫的弊端，因此特别讲究所选材料之间的内在一致性。在微篇小说创作中，采用定点特写法来写人的作品，更多的是将时空范围锁定在一个相对较小的界限之内，运用一个又一个的细节，对人物进行一层深一层的强化描写，以突出人物的某一性格。梁晓声的《大兵》，故事发生在一个冰天雪地、气温降至零下四十摄氏度左右的夜晚，一辆被困在公路上已经六七个小时的客车里。车上有二十几名乘客，作者重点写的是一名大兵，而且重点表现的是大兵那种无私献身的高尚品行。作者先指出，在那种环境下，每个人都快冻僵了。那个兵，原本是乘客中穿得最保暖的人：棉袄、棉裤、冻不透的大头鞋、羊剪绒的帽子和里边是羊剪绒的棉手套，还有一件厚厚的羊皮军大衣。然后通过七个细节一步步地来表现那个大兵：脱下大衣让给知道如何求援的司机穿着下车去找人；摘下帽子给一个冻得不停地淌鼻涕的老汉戴了；将棉手套送给一个少女戴；脱下棉袄，将一冻得嘴唇发青的孩子包起来；一乘客提出用200元买他的大头鞋，他不干，却主动提出用大头鞋换那位乘客的半瓶酒；他提着那半瓶酒从车厢这一端摸索着走向那一端，依次提醒人们，让所有的人都饮口酒驱寒，最后轮到自己

225

时，只剩下几滴酒；由于狂风作用，车开始悄悄地向悬崖倒滑，其他乘客浑然不觉，而他敏锐地感觉到了，悄悄地下了车……拂晓时，救援人员来了，人们在车后面发现了他——他用肩顶着车后轮，将自己的一条腿垫在车后轮下，以防车子下滑，而他已经冻僵了，像一座冰雕。行文至此，作为一个有形的生命体存在的大兵已经永远起不来了，但是一个无私无我，在灾难当头时挺身而出，勇于献身的军人形象却如雕塑般地立起来了。通过一个并不复杂的事件的发展过程，选用几个性质相同的有表现力的细节，就能把一个人物的性格浮雕般地塑造出来，这得力于定点特写法的表达优势。

定点特写法的表达策略，有点类似于军事上织地毯式的密集型轰炸，要充分发挥这一技法的表达功能，必须注意以下四点：第一，描写目标要集中，不能贪多，更不能出现偏差；第二，选用的材料要具有相同的属性，而且要具有相对足够的信息量；第三，细节内容的前后安排不能随意，要体现出一定的坡度和难度系数，一般应由易到难，由表及里，由浅入深，由简单到复杂，这样才符合生活规律，并保持叙述的张力，给读者以不断加强的审美刺激。《大兵》中作者把大兵送手套给少女戴的细节安排在第三步，而且一笔带过，显得有点勉强，值得商榷。第四，行文要注意变化，以避免单调。

二、瞬间传神法

瞬间传神法就是抓住人物在特定瞬间思想言行的显著变化，选取有意味的细节作为表现的重点，来塑造人物形象。当人处在一种陌生化的关键时刻，由于直接面对问题，没有更多的回旋余地，或者事先没有经历可资借鉴，往往难以掩饰自己；面对外在的刺激，便会以一种本能的发自潜意识的态度或积累日久并已内化成习惯的行为作出反应，从而将其真实的一面原汁原味地展露出来。所谓"士穷节乃见""烈火现真金""疾风知劲草、板荡识诚臣"等这些我们耳熟能详的名言，反映的就是这种认识。瞬间传神法能够成功的事理基础也在于此。与定点特写法相比，二者有共同之处，都是反映人物性格的某一点或某个元素；但是，定点特定法往往是通过若干个细节来进行描写，瞬间传神法一般是以一个重点细节为主来塑造人物。

司玉笙的《书法家》、许行的《断指》等都成功地运用了瞬间传神法。我们再来看凌鼎年的《剃头阿六》。阿六是个乡下剃头匠，对手艺精益求精，视剃头胜过自己的生命。作者选取了一次阿六冒着日本鬼子的飞机炸弹给田爷剃头的惊险时刻来表现这一点。阿六正进入角色给田爷剃头，飞机来了，人们哭喊着逃的逃、躲的躲，田爷顾不得刚剃的半截子阴阳头，起身欲走。作者写道：

剃头阿六不由分说，一把按住，说："慌啥，还没完。这模样，算出你自己丑还算我丑？"

天啊！炸弹跟屁股就来了，性命保不保都天知道，还剃什么头，真是的。田爷死活不肯再剃，再三表示剃头钱绝不少一个子。

剃头阿六仿佛受了极大侮辱似的，拿起一把磨得锃光锃亮的剃须刀在田爷面前晃了晃说："莫动，莫嚷。割了喉咙莫怨我手艺不精！"

由于那把明晃晃的剃须刀，令田爷不敢再动弹，只是浑身上下筛糠般抖个不停。"轰！轰……"日本人的炸弹在村头炸响了。

田爷惊出一身冷汗，头皮也湿得有水淌下。剃头阿六顾自剃头，一点不在乎可能出现的危险，仿佛压根儿没听见炸弹爆炸声，没看见村庄里乱糟糟一片逃难景象。

终于，剃头阿六收起剃须刀，取出一面破旧的镜子递给田爷照看，嘴里说："满意不满意在你，手艺绝不马虎在我。"

田爷哪有心思照看镜子，急欲付钱开溜。就在这当儿，飞机的呼啸声近了，炸弹从天而降。弹片击中了剃头佬后背，血染红了他整个背脊。田爷抱着血人般的剃头佬不知所措。

剃头阿六两眼死死地盯着田爷，断断续续地说："如……如不满……满意，可以不、不给钱。"

田爷连连说道："满意，真的很满意……"

可惜剃头佬永远听不见了。

在生死关头，最能考验出一个人的性格品行。剃头，在常人看来只不过是一件普通的手艺活，慢一点快一点甚至精一点粗一点并不是什么了不起的大事，更不用说以生命为代价了。但是在乡村剃头匠阿六心中，却是无与伦比的神圣工作。为了剃好头，哪怕飞机呼啸，炸弹横飞，即使是泰山崩于前，他仍然会脸不改色心不跳，一心只想剃头事。阿六追求的不仅仅是成为一名合格的、不出任何差错而受人称赞的手艺匠人，他追求的是一种境界、一种超越、一种图腾，容不得半点怠慢或亵渎，即使粉身碎骨也要捍卫它的圣洁，所以，阿六临死前吐露的是"如不满意，可以不给钱"。作者将这一切放在一个以生命为代价的特定瞬间来加以描绘，阿六的性格神韵也就活现于笔下了。

当然，这种传神的瞬间不只体现在惊心动魄的时刻，也大量存在于风平

227

浪静的日常生活的细节之中,我们若能发现并将其恰当地表现出来,同样能传神地刻画出人物性格。泰国司马攻的《敲钟的人》,写某中学的一位聋哑敲钟人对那口敲了二十多年的铜钟的眷恋,非常令人感动。敲钟人因年届六十被解雇了,铜钟也因学校合并被迁到离原址四公里的辅民中学去了。作者重点写了以下一个细节。一天,辅民中学来了一位老者,"他站在椅子上,紧紧地抱着那口铜钟",别人呼喝他,"他没有回答,只顾轻轻地抚摸着钟"。一位认识他的教师用哑语让他走,"他点了点头,眼光却还待在钟上"。通过这一细节,写出了聋哑人爱其所爱的执着精神,体现了一种难得的人生境界。一些正常人对工作的浮躁和随意,是不可能与敲钟的人同日而语的。这就说明瞬间传神不在于所写细节的大小,关键在于细节的信息含量具有特殊的价值和运用的得体巧妙。能做到这一点,平凡的细节就可点铁成金,传出人物之神韵。这也是成功运用瞬间传神法的奥妙所在。

三、概写传神法

人的性格形成要经过一定的过程,一旦形成以后又具有相对的稳定性,因此其性格特征会广泛地体现于各个方面。概述传神法就是基于此规律而运用的一种人物技法。即在塑造人物时,不仅从微观上注意人物的特征,更着眼于从宏观的角度,通过概括叙写的方法,化描写为叙述,或融描写于叙述之中,对一定时空内人物的言行事迹进行相对全面的叙写,以尽可能完整地传出人物的某种性格神韵。如果说"定点特写法"和"瞬间传神法"注重从某一条线上或某一个点上去状写人物性格的话,那么,概述传神法更强调从一个相对综合的面上去透露人物性格信息。

也许,概写传神法所选用的材料不一定富有感官刺激,所写人物的遭遇命运也很少大起大落,作者的叙写笔调会显得比较平和冲淡甚至有点调侃,但人物的性格会在平中见真,平中显奇,淡中出味,淡中生色。

陈大超的《老马的一生》,仅以千字左右的篇幅就从工作的角度概写了老马的一生,从他刚参加工作一直到去世,写得耐人寻味。为了清晰地显示老马一生工作的轨迹,作者选择了六个有代表性的阶段来进行叙写。前三个阶段都以一个长辈对老马的指点评价及老马领会或实施的效益程度作为描述的主要内容,来反映老马人生的阶梯性变化,不但节省了篇幅,避免了平铺直叙的呆板,而且带有一种人情的亲切和人生的玄机,又使叙写本身带有某种层层诱入的悬念性,增强了作品的吸引力。比如在第一阶段,作者开篇就写老马刚参加工作的时候,他的一个长辈向他传授了一个处世秘诀:"一定要学会多替领导着想。"悟透了这一点就会"前程似锦""终生受用",老马铭记于心。到底效果如何呢?第二阶段,写老马下了不少苦功,但反招领导讨厌,老马去请教长辈,长辈指出他虽然能站在领导的角度考虑问题,但是不能将那些有价值的主张和建议说出来,只能写出来。第三阶段,老马在"写"上下了功夫,但发表的文章越多,领导越不喜欢他,还处处给他小鞋穿。长辈就指出他不应该将那些文章发表,而要成为一个既为领导着想、又能默默地给领导当笔杆子使的人。经过这些历练以后,老马果然悟透了秘诀。到了第四阶段,老马如鱼得水,成为领导离不开的人,坐小车,住宾馆,吃宴席,收礼品,日子红火多了。但领导只把他当笔杆子用,他开始也有怨言,但后来认命了,越来越卖力。到了第五阶段,他退休之后,又被返聘回来苦写,病倒回家之后仍能站在领导的角度给单位去世的人写悼词,让领导很满意。到了第六阶段,他去世了,领导正愁找不到给他写悼词的人,老马的家属却递给了领导一份悼词。原来,老马已经提前将自己的悼词写好了。

《老马的一生》不仅从工作角度概写了老马一辈子的大致命运,而且其传"神"之处很丰富。其一,传出了人物性格之神韵。老马是个一心只想讨好领导,以领导的好恶为存在尺度,最后被扭曲得失去了自我,而形成了某种变态职业病的现代师爷形象。文中的长辈,虽然作者着墨不多,但从中也可看出他是一个精于世道的玩世高手。其二,大题小做,又能小中见大,体现了高超的艺术概括能力。老马从一个刚参加工作时不谙世故的纯朴青年,演变成一个甘愿认命、给领导当笔杆子使而且至死不悟的人物,这是一个漫长的过程,完全可以写成一部长篇。但是,作者将其浓缩以后又采取一种有意味的形式将其叙写出来,显示了微篇小说也具有化大为小,又能以小见大的文体表达潜力,从另一个角度说,正好体现了概写传神的艺术魅力。

当然,概写传神法看似平常,但要运用成功很不容易,倒是很容易失之于松垮浮散。要做到扬长避短,宜注意以下几点:第一,所写人物要有一定的时空跨度,这样才更有选材的余地,同时,时空的嬗变本身就能构成一种悬念;第二,所写的材料之间要前后关联,具有严谨的逻辑性;第三,大处着眼,小处下笔,立意构思上要放眼全局,不能不大,而行文切入时,要避免空泛,落到实处,富有生活情趣,就不能不小。夏曾佑曾在《小说原理》中谈到"作小说有五难",其中第二难是"写小事易,写大事难"[1]。概写传

---

[1] 黄霖,韩同文.中国历代小说论著选(下)[M].南昌:江西人民出版社,2000:110.

神法必须直面大与小的矛盾，若能按照上述要求处理好立意布局与行文切入之间的关系，就能化大为小，化难为易。

四、对比显示法

人生百态，千差万别，发现其中的差别并将其表现出来，正是小说写人的基本任务，而通过对比显示来实现这一任务，是一种十分有效的方法。因为有比较就有鉴别，通过比较，将客体对象置于读者可以了然的时空范围之内，将人物的善恶美丑，清浊高低，优劣长短等有关方面的信息以适当的方式展示出来，给人的印象会更加清晰显豁。正如恩格斯在给拉萨尔的信中所指出的那样，这样就可以"把各个人物用更加对立的方式彼此区别得更加鲜明些"[1]。

在微篇小说中，运用对比显示法塑造人物是最常用的方法之一。其具体的表现方式，大致有以下四种类型。

（一）性格相反或相对的人物之间的对比

这种方法，在我国古代长篇小说中被大量运用。金圣叹借用中国画在画幅的背面敷上一层铅粉来衬托正面的墨迹，或用石青来衬画面的绿色的绘画技法，将其概括为"背面铺粉法"。比如《水浒传》中用李逵的直率来对比宋江的奸诈，用杨雄的糊涂对比石秀的精细。[2]

微篇小说运用此法也很普遍。比如陶纯的《乞丐与富翁的传说》用对比法写了两种性格、两种命运。乞丐来到富人住宅区的马路边乞讨，变着花样对过往的人说自己的爹是个瞎子，娘瘫痪在床，老婆被人拐走，女儿得了白血病，或者女儿没钱住院，或者住进了医院又花光钱了。一富翁从乞丐身边经过，每次都甩给他一张百元大钞。最后一次，富翁对乞丐说："十年前我就是你现在这个样子，我已经给过你两千元钱了。十年前我就是靠两千元起家倒腾海产品的，如今，全市的海货基本上被我垄断了。记住，以后不要再朝我要钱了。"乞丐听后心生一计，十天后，乞丐见到富翁，哭着说自己用两千块钱倒腾海产品全砸了。富翁说："我没让你去也倒腾海货呀，瞧瞧吧，这就是富翁与乞丐的区别。"此后，富翁没再给过乞丐一分钱，乞丐又到另外的地

---

[1] 恩格斯. 致斐·拉萨尔 [M] //刘庆福. 马克思恩格斯列宁斯大林毛泽东文艺论著选讲. 北京：北京师范大学出版社，1986：116.

[2] 黄霖，韩同文. 中国历代小说论著选（上）[M]. 南昌：江西人民出版社，2000：293.

方乞讨去了，并对同伴说："咱他娘的挣不了大钱，就安心在这里一点点讨要吧。"

作者所写的这个乞丐不是那种丧失了其他生存能力、任人摆布、可怜兮兮的一般意义上的乞丐，而是一个狡黠贪婪、编造谎言、善于利用他人的同情心来谋取施舍的特殊乞丐，但无论怎样，他的胸襟手段也跳不出乞丐的心眼作为，所以永远只能是做乞丐的命。与此相对照，曾经做过乞丐的富翁，他的仁慈慷慨、胆识气魄、行事方式，无不显示出高人一筹的大气，所以自然是做富翁的命。在这里，乞丐与富翁的性格对比鲜明而又相得益彰，共同体现出一种耐人寻味的主题意蕴。

（二）同类人物之间的对比

雨果认为艺术特征区别明显的滑稽丑怪与崇高优美很容易形成对比，而"崇高与崇高很难产生对照"①。金圣叹则认为，写性格相似的同类人物的细微区别虽然是一条险路，但一旦走通，就别有一种境界。他在《水浒传》第二回评语中就说："此回写史进英雄，接手便写鲁达英雄；方写过史进粗糙，接手便写鲁达粗糙；方写过史进爽利，接手便写鲁达爽利；方写过史进剀直，接手便写鲁达剀直。作者盖特地走此险路，以显自家笔力。读者亦当处处看他所以定是两个人，不是一个人处，毋负良史苦心也。"② 小说创作的实践证明，金圣叹的见解是很深刻的。《三国演义》中用周瑜的聪明来比衬诸葛亮的智慧，就是同中写异的经典范例。

微篇小说也可以成功地运用这种对比法来写同类之人的不同性格。中村的《高手》写的是一剃头匠与一大汉相遇于荒山野岭之上，剃头匠给大汉剃头并轻松地收取了二十五块大洋的剃头费，大汉还拜称剃头匠为高手的故事。剃头匠与大汉实为同类之人，从身份上看，"既不是种庄稼的，也不是当官的，更不是做生意的"，干的都是"挣钱不费力气""把脑袋卸下系在裤腰带上"的活计，虽然操作方法各有不同，但其所作所为皆为常理所不容，同属黑道上的高手人物。作者重点运用对比法写出了二人的差别。其一，行貌反差对比。在写出各人的外表与自身言行的对比差别的同时，也使二人的形象差别不言自明。剃头匠，"身材瘦小，挑着一副剃头挑子"，与大汉交谈时，

---

① ［法］雨果.《克伦威尔》序［M］//伍蠡甫，胡经之. 西方文艺理论名著选编（中卷）. 北京：北京大学出版社，1986：129.
② 金圣叹. 第五才子书施耐庵水浒传回评［M］//宁宗一. 中国小说学通论. 合肥：安徽教育出版社，1994：1013-1014.

神态始终是"眯眼微微一笑",可以说是貌不惊人,平和亲切。但一言一行都非同一般。与大汉初次相遇,他一眼就看出大汉是什么人物。大汉问他敢不敢剃头,他答以"剃头匠以剃头为天职,没有不敢剃的"。剃起头来,"噌噌噌噌",刮起胡子来,刀锋在脖子了"疾速飞走,旋来旋去,嗖嗖生风"。剃一个头本当只收两吊钱的费用,他开口就要二十五块大洋,大汉还想还价,他把剃刀往上一抛,"剃刀在空中像风轮一样呼呼转了半天,落下时,剃头匠又轻轻接着",然后又要大汉仔细想想,大汉猛然醒悟,剃头匠未在剃头时下手是留了命给他了。而大汉呢,一出场,作者就写他"是一个彪形大汉,捎着一个沉甸甸的包裹",一见剃头匠就主动问话,声若"雷响",并挑衅似的问他敢不敢给自己剃头,大汉给人的印象是凶猛强悍,咄咄逼人。剃完头后,面对剃头匠明火执仗似的索要天价般的剃头费,大汉开始想不给,但见识了剃头匠的手段后,思前想后,"只觉得从脚底里冒出一股冷气""手脚冰凉",完全软了下去。其二,行为结果对比。经过了剃头这一事件不动声色的较量之后,剃头匠至少在三个层面上赢了,一是赢了面子,二是轻松地获取了二十五块大洋,三是赢得了大汉发自内心的敬畏,而且,他最后还是"微微一笑""轻飘而去",更显得举重若轻、高深莫测。大汉从开始时的目空一切,到后面讲话也浑身哆嗦,不但乖乖地交出了巨额剃头费,而且还给剃头匠跪下磕响头,尊称其为"高手",彻底输了。通过以上对比,作者写出了两位道上的同类高手人物的不同性格特征。剃头匠身手非凡,而又老练异常、深藏不露,是那种杀人不见血、咬不人露牙的笑面虎型的强人高手。大汉勇猛敢为,而又爽直痛快,是那种头脑简单、鲁莽草贼式的强人高手。两相对照,互为比衬,两个人物都能给人以深刻的印象。

(三)同一人物不同性格侧面之间的对比

黑格尔说,一个性格之所以能引起兴趣,就在于它一方面显出整体性,而同时在这种丰富中它却仍是它本身,仍是一种本身完备的主体。[①] 在每个独成整体的人的世界里,包含着非常丰富的性格内涵。而且一些相互对立的性格元素,诸如伟大与渺小、高尚与卑琐、文雅与粗俗、仁爱与凶残、聪明与糊涂、勇毅与怯懦、傲慢与谦逊、大方与吝啬,等等,往往矛盾而有机地统一在一个人身上,只不过各有其占主导地位的性格点,有时也会随着时空的迁移而有所变化。这就是人物性格的真实存在。长中篇小说容易写出人物的复

---

① [德]黑格尔. 美学·第一卷 [M]. 朱光潜, 译. 北京: 商务印书馆, 1979: 302.

杂性格，短微篇小说，尤其是微篇小说，则主要是写人物性格的一个侧面，甚至是一个性格侧面的某一性格元素。而运用对比法就可以从两个或两个以上的角度展示人物的性格，使之更加丰满真切。

我们先看一篇古代的微篇小说。

孝 贼 传

（明）王猷定

贼不详其姓名，相传为如皋人；贫不能养母，遂作贼。久之，为捕者所获，数受笞有司。贼号曰："小人有母无食，以至此也！"人且恨且怜之。

一日母死，先三日廉知邻寺一棺寄庑下。是日，召党具酒食，邀寺中老阇黎痛饮。伺其醉，舁棺中野，负其母尸葬焉。比反，阇黎尚酣卧也。贼大叫叩头乞免。阇黎惊，不知所谓，起视庑下物，亡矣！亡何，强释之。厥后不复作贼。

这个贼人的性格行为突出表现在两个方面。一是做贼行窃，为人不齿。他家里贫穷不能养活母亲，但他不去通过正当途径获取钱财养家糊口，而是以损人利己为目的通过偷窃的方式来获得不义之财。尤其是他竟然将别人寄放在寺庙里的棺材连骗带偷用来安葬了自己的母亲。这些都是为人情天理所不容。二是事母至孝，令人感动，他盗窃的目的是为了养母，偷棺材的目的是为了葬母，而且自从母亲去世并安葬好了以后他就不再做贼了。孝贼的罪行与美德本来是相互矛盾、相互排斥的，但在具体的时空背景下的具体人物的身上又统一在一起，不但不显得矛盾生硬，反而在特定条件下于情于理更加经得起推敲。

再看一篇现代作品。张桂生的《皮二》写的是一卖菜老农皮二的故事。三个细节写出了皮二的三个性格点。卖菜时，一贵妇人买一把菠菜实价应是一元二角四分，以没零钱为由提出少给四分，皮二说会找，并认真地给贵妇人递来的五十元大票找零，贵妇人不屑地说不买了。皮二连眼皮都没抬就让她把菜放下并把钱退给她。贵妇人说他吝啬鬼，同时也说皮二小气。卖完菜后准备坐渡船回家的皮二，碰到了当上镇长并带着吉普车荣归故里要回家给父亲填坟的侄子，旁人很艳羡，皮二则蹲在铁栏杆边打盹，直至侄子来叫他，才与之交谈。船主要按规定收取搭船过江的吉普车的八元过渡费时，司机想以镇里的公车为由不出钱，皮二一见立即掏出十元钱为其垫付了，其慷慨大方让在场的人都为之一惊。这个皮二确实有意思，与贵妇人为了卖菜的四分钱，他是那样的抠，锱铢必较；与做了官的侄子相见，他很注意自己的长辈身份，自尊自爱；坐船时，他不但不想借镇长侄子的威势揩船主的油以免交过渡费，反而主动分文不少地全交了。三个细节，前后比照，在反映了皮二的不同性格侧面的同时，也使皮二这一古板得可爱、耿直得可敬、处事很有分寸的普通劳动者的形象更富有立体感。

总的来说，对比写人运用广泛，除了以上三种基本类型以外，还可能细化为许多具体的表达技巧，在此难以一一举例分析。此法易学而难工，要运用得当，必须注意以下几点：第一，视野要宽，用来对比的东西不要拘泥于某一狭窄的范围，有关人物的一切方面，从外到内，由表及里，不管是有形的还是无形的，诸如肖像、语言、行动、心理、出身经历、周围环境等，都可以构成对比的要素；第二，要选准对比点，用来对比的材料，要力求文质俱佳，并具有可比性；第三，构成对比的方面，既应该是相反或相对的，具有互不相容的独自属性，又要具有某种内在的有机联系，互相之间具有一定的兼容性。这样，才能更好地取得相对相生、相反相成的艺术效果。

五、抑扬写人法

人无完人，好人不可能十全十美，总有这样或那样的弱项或缺陷；坏人也不可能一无是处，总有相对的长处或亮点。平常之人，往往是优点与缺点并存，长处与短处兼备。这种人性的复杂性，正是抑扬写人法得以成立的前提。所谓抑，即压抑、贬低，就是以消极或否定性的评价、贬抑性的笔调，对人物的某些方面进行描述。所谓扬，即昂扬、抬高，就是以积极或肯定性的评价、褒扬性的笔调，对人物的某些方面进行描述。抑扬转换，不但能构成反差比照，更好地刻画人物性格，而且能清晰地表明作者的立意取向，同时还能使文势跌宕起伏，对读者更有吸引力。

抑扬写人法可分为欲扬先抑和欲抑先扬两种。

（一）欲扬先抑

为了肯定和赞扬某人或人物的某些方面，先故意用抑笔对其不足之处进行描述，以造成假象，留下悬念，到一定的时候，笔锋陡转，用扬笔揭开真相，使所褒扬的对象更加突出、醒目。

叶大春的《岳跛子》在开头简要介绍了鞋匠岳跛子特爱慷慨激昂地讲岳飞，并炫耀自己是岳飞的第四十四代子孙，但却受到众人嗤笑他甘戴绿帽子的情况后，先用抑笔写岳跛子的无能："岳跛子倾囊从人市上买来的婆娘却无缘消受。他阳痿，婆娘熬不住，偷偷与木匠憨二相好了。岳跛子几次撞上，蹲在门外干咳嗽抽闷烟。憨二根本不把他放在眼里，从不跳墙爬窗，总是大摇大摆来去从容。憨二剽悍劲大，挥斧比岳跛子舞锥还轻巧，要揍扁岳跛子还不比捏瘪臭虫容易？众人耻笑他，他无奈苦笑，自嘲道：'天要下雨娘要嫁人，没法管，让她快活吧！'"按照一般人所能接受的道德评价尺度，这个岳跛子也确实窝囊透顶，不像一个男人。

然后，写日本人来了，鬼子小队长搂住岳跛子的婆娘就往房里拽，婆娘向憨二呼救，憨二却溜了。这时，作者以扬笔写岳跛子的愤然而起："岳跛子真想伏地痛泣仰天长啸耳边回荡起喧嚣的耻笑声唾骂声。他颤抖地操起那把锥了多年鞋的钢锥，橐橐地走进房里。鬼子小队长泄尽淫威后死猪般躺着，见岳跛子双目圆瞪走进来，一愣，腾地跳起叽里咕噜地怒吼。岳跛子冷冷地逼视他。鬼子小队长慌忙抓手枪，但岳跛子迅若脱兔捷若猿猴，飞起一锥，鬼子小队长惨叫一声砰然倒地，脑袋被锥了个透穿。岳跛子嫌不解恨，舞锥狂扎，不一会儿，鬼子脑袋成了马蜂窝……婆娘双手捂脸惊惧万分。岳跛子瘫软地坐在门槛上嗫嚅：'好汉做事好汉当！你快逃吧，跟憨二去……'婆娘猛地扑进他怀里：'不！我不逃！我不跟憨二去！你真正是我男人……'"作者以欣赏的笔调对岳跛子的杀敌报仇进行了描述，酣畅淋漓，让人感到痛快过瘾！

很明显，作者的意图在"扬"岳跛子，扬他的民族自尊心和危难时刻仗义救人的美德，但不轻易道出，而是先故意抑他：他既脚跛又阳痿同时也无能，而且他对这一切都认了。这样，岳跛子不但外表欠佳、身体不健全，而且口碑也不好，是一个猥琐的残疾人形象。抑到这个程度，就给人一种假象，岳跛子不可能有什么惊人之举。然后，笔锋陡转，写岳跛子在危急关头，在怒火攻心的情况下的挺身而出、不顾一切。这一举动并不牵强，只要联系开头关于岳跛子崇拜岳飞并且是岳飞后代子孙的介绍，那么，岳跛子的挺身赴难也是情理之中了。这样一扬，就扬得合情合理。在抑扬鲜明的对比中，一个虽然脚残，但是富有血性、通晓民族大义、富有民族自尊、敢作敢为的大丈夫式的岳跛子形象被凸显了出来。

（二）欲抑先扬

其原理和欲扬先抑是一致的，只不过先后顺序正好相反。为了否定或者鞭挞某人或者人物的某些方面，先从褒扬处落笔，对人物的优点或可取之处进行集中描述，给读者留下良好的印象。到了一定程度之后，笔锋突转，将人物不足或丑恶的一面抖搂出来，使其更加显眼、突出。这样，人物在读者心目中的美好印象也明显改变，甚至变丑变坏，一落千丈。作者写人的目的也就得以实现。这种方法又叫抬高跌重法，先抬举后跌下，抬得越高，落差越大，跌得越重。多用来表现作者所否定的反面性人物，也可用来描述有缺点的正面人物或一般性的中间人物。

　　从抑扬写人的角度来看，前文列举过的司玉笙的《书法家》运用的是典型的欲抑先扬法。先写在书法比赛会上高局长胸有成竹，从容不迫，"笑眯眯地提起笑"，很有风度；写起字来，"轻抖手腕"，动作潇洒；写出的"同意"二字，字体"劲秀"；众人称赞，"人群里发出啧啧的惊叹声"，并要求"请再写几个"。至此，已扬到极点了。然后转入抑笔，高局长不是不想再露几手，而是写不好其他的字，所以"面露难色地说：'不写了吧——能写好的就数这两个字……'"一下子就不打自招地现出了整天胡批文件，只会写"同意"以敷衍上下级的官僚主义者的原形。抑得入骨三分。

　　运用欲抑先扬法，往往要根据所写人物的具体情况，来把握抑扬的轻重高低。

　　何百源的《德叔落选》的立意重心是表现德叔落选支部书记的情况及其原因，但是前面用了五分之三左右的篇幅去扬他，表现他"纯朴正直"的一面。德叔从18岁当支部书记，30多年来一直保持本色。他为人朴素，"寡言少语，一副饱经风霜的基层干部形象""不分春夏秋冬，都光脚穿一双塑料凉鞋"；工作埋头苦干，"每逢有'情况'，比如台风、汛期、地震先兆，德叔就跑到办公室值夜，睡在办公桌上，用电话机当枕头"；利益上先人后己，"有一年分救济粮，分到最后差一户没分上，这一户人家就是德叔家"；荣获很多奖状，已"贴满整整一面墙"；深受群众信赖，"每一次改选支书，点票结果都是德叔差一票当选，事后都证明是德叔没选自己"，因而，30多年来，几乎次次以满票当选。这么好的德叔确实很难得。至此，作者用扬笔，已将德叔扬足扬够了。然后很自然地转入抑笔，写他为何落选，主要原因是他担任支部书记的管区近年来比相邻的管区落后了许多，和几十年前没什么两样。所以最后一次支部改选，德叔竟只得了一票而落选了，取代他的是一位毛遂自荐、勇于开拓进取、先富起来的年轻党员。不过，作者在用抑笔写到德叔时很注意用笔的分寸。先写了人们对德叔的态度，"人们仍不忍心埋怨德叔。因为谁都知道，德叔至今仍住破瓦房，两条条凳架三块木板做床"。最后写到德叔交权时，"德叔不无感伤地慢慢地将公章从裤头上解下来，双手递到郭文清手中，说：'可得把它保管好……'"这样，作者通过恰到好处地先扬后抑，塑造了德叔这样一个传统型的基层干部形象，既承认了他的美德和曾经的辉煌，又强调了他无法克服的致命弱点和被历史淘汰的必然命运。扬得真切，抑得也深刻。

运用抑扬法写人，能更加明确地显示作者对所写人物的褒贬评价态度，加深读者的印象，但在运用时要注意几点：第一，作者的抑扬态度既要明朗，又要巧妙地将其蕴含在描述之中，不能硬生生地直接站出来表明观点；第二，要把握抑扬的分寸，否则不但难以构成辩证的抑扬艺术，而且容易失真；第三，抑扬之间的过渡要合理、自然，要符合人物性格或事物发展的逻辑规律，这样才能经得起推敲。

六、藏头露尾法

微篇小说塑造冰山型人物，强调以小见大，见微知著，注重含蓄蕴藉。运用藏头露尾法，很适合塑造这种冰山型人物。其特点是：根据创作意图的需要，写人时将最能体现人物性格的核心信息故意掩藏起来，先描述一些与之相关的内容进行渲染烘托，等到时机成熟时，再将核心信息抖搂出来，以展露人物的性格。这种写人法，不但可以引起叙事的波澜、引发阅读的悬念，而且可以突出核心信息，强化人物性格。

在具体运用时，藏头露尾法可以是欲露先藏，也可以欲藏先露、藏藏露露、露藏结合，一切视人物性格和情节发展的需要而定。

林如求的《六叔秘事》先交代六叔1953年参军出国到朝鲜，1954年就复员回乡了。他到朝鲜时，美国已经坐到板门店的谈判桌上，因此没有赶得上同美国士兵交火。"不过六叔从没有因此而遗憾，他很自豪地向人夸口说，他杀了一个日本鬼子，这鬼子强奸妇女，十恶十赦。"这就露出了一个口子，也留下了一个疑团：六叔抗美援朝时怎么杀起日本鬼子来了？但是，作者接下来并不急于释疑，而是将这一疑团悬置，将答案藏起来，并集中笔力进行反反复复的掩饰。一是六叔回忆当时情景的逼真细节，"他说这事时眉飞色舞，挺得意，还做了一个端枪瞄准的动作，然后右手食指一勾——'砰'：'操他奶奶的，我用的是开花弹，把鬼子的心窝掏了一个大窟窿，真解恨！'"而且每年年关慰问退伍军人时六叔总要向人说起这个故事。这就让人不由得不信。二是当"我"上了中学从历史课上得知抗美援朝打的是美国鬼子而不是日本鬼子，并纠正他的说法时，"孰料六叔听了竟摇头不迭，说得铁板钉钉：'不是美国鬼子，是日本鬼子！那日本话我听得出来：米西米西，八格牙路，死啦死啦的，花姑娘的有……'"六叔说得如此确凿，这就更加让人深信不疑。三是当"我"继续辩解时，连乡亲们也帮着六叔说话，"什么美国鬼子，日本鬼子，反正都是鬼子，差不多"。而六叔呢，仍固执地坚持说他杀的是日本鬼子。这样，六叔的说法等于已经成了定论。至此，作者再继续藏下去就没有必要了。于是，借六叔的一个老战友在六叔去世后讲的故事揭开了真相："那是在朝鲜，大家都是第一次看电影，看的是一部抗日题材的影片。影片演到一个日本鬼子强奸一个怀了孕的中国妇女，当他狞笑着扑向那个妇女时，六叔忍无可忍，突然举枪，一枪干过去，把银幕烧了一个窟窿，还好没伤着人……"一下子疑团顿释，读者恍然大悟，在觉得有趣好笑之后，更会对六叔肃然起敬。而一个疾恶如仇，心中燃烧着烈火般爱国主义激情的战士——六叔——的形象，凸显了出来。

　　作者在藏露中所表现的六叔的行为性格既富有戏剧性，又经得起生活和艺术规律的推敲。六叔乃贫苦农家子弟，在中华人民共和国成立前自然没受过什么教育，地理概念不会很清楚，去朝鲜时是第一次看电影，当时战士所受的主要是保家卫国、抗敌御侮的教育，心中充满了报仇雪恨的思想，面对电影中特别富有刺激性的画面，在假戏真看的特定情景下，六叔受了感染进入忘我的境界而出现了枪打银幕中鬼子的举动，也是情理之中的事。现实生活中也出现过类似的事例。而六叔坚持说打死了一个日本鬼子，这和人的荣誉心或者说虚荣心有关，联系到六叔抗美援朝的实际经历及六叔和当时乡亲们一般的认知水平，六叔的说法自然能被接纳。何况生活中还充满了误会呢？而作为小说，无巧不成书，也是艺术构思和艺术接受的规律之一。这些就是《六叔秘事》经得起推敲的原因，也是该作能够成功地运用藏露法来写人的前提。

　　可见，藏头露尾法的实施是建立在符合生活情理和艺术规律的基础之上的，而在具体操作中还要注意几点：第一，作为最后露出来的核心信息要有一定的质量，既要有价值意义，又要有趣味性，这样才能体现人物性格，并吸引读者；第二，藏露要适度，只藏不露，或藏得太深，会使人不知所云，甚至产生误解，只露不藏，平铺直叙，一目了然，又会使人失去解读的兴趣，所以藏露得体，藏得自然，露得别致，才能有艺术感染力；第三，藏露之间的过渡要衔接自然，避免生硬做作。

七、一箭数雕法

　　成语有"一箭双雕"，比喻一举两得。后来演化为"一箭数雕"，比喻一举可以多得。借用到文艺作品中来作为一种人物描写的方法，是指通过描述一件事情、一个场面或一段对话，同时刻画出几个人物的性格特点。

生活中的人与人、人与事、事与事之间总是有着千丝万缕的联系，很多细小的事件往往关联方方面面的利益和纠葛，牵一发而动全身，抓住其关节之处来表现人物，则可以收到提纲挈领、事半功倍的效果，这就是一箭数雕法得以成立的事理基础。

这种方法在小说中普遍运用。比如鲁迅的《药》中的第三部分，通过茶馆里的一席谈话，既可以看出康大叔、夏三爷、红眼阿义等人的凶残卑鄙，又表现了夏瑜的英勇不屈，还反映了一般民众的愚昧麻木。一次谈话场面就写出了众多人物的性格。

微篇小说一般以一人一事为中心来构思情节、表现人物。但有些微篇小说为了扩大艺术表现力，达到以少总多、以简驭繁的目的，便往往采用一箭数雕的方法来刻画人物。虽然重点写的还是一人一事，或一景一物甚至一个细节，但与之相关的则不止一人，随着内容的逐步展开，多个人物的性格均会得到不同程度的展现。比如刘国芳的《杀人》，写的是女青年洋为了求得一份工作，先向钟局长送礼，再失身于他，最后工作没得到说要杀钟局长，实际上没杀人，而是洋变疯了。小说采用一箭数雕法，写出了三个人物的性格。一是女青年洋。洋是一个求工作心切，却想通过不正常的途径实现目的，受到严重摧残，最后失去一切而变成了疯子的悲剧形象。小说一开始就写洋见人就"烂漫地一笑"，因为她以为自己快要参加工作了。过了很久仍没有结果，她便向人借了500块钱，加上做临时工赚的500块，凑足1000块，送给答应给她找工作的钟局长。过了几个月，工作没着落，她却要求去医院流产，原来是钟局长在她去求问工作时强暴了她而使她怀了孕。她起初不想告钟局长，打算只要给安排工作就算了。几个月后工作还是没有落实，便去法院控告，因证据不足而未成。此后，洋就"一脸的憔悴，好像老了许多"。一天，她突然出去了，回来后说杀了钟局长，而过了一会儿钟局长正好从那儿经过，毫发无损。洋已疯了。二是钟局长。钟局长是一个贪财贪色、强暴民女、为百姓所痛恨而又逍遥法外的腐败官员形象。作者没有对他进行正面直接的描写，而是通过受害女青年洋的遭遇，借洋的叙述和群众的评价将其刻画出来的。他开始答应帮洋找工作，光说不落实，接了洋好不容易凑起的1000元重礼以后，也没有结果。不但不帮忙，反而趁机强暴了她。摧残逼疯了洋之后，群众都说钟局长这狗官该杀，但他不仅对洋没有一点关心交代，也没有受到任何惩罚，反而若无其事，还是夹只包，"冠冕堂皇"地照常上班。三是

"我"。"我"是女青年洋的遭遇的见证人。从作品透露的信息来看,"我"在医院工作,天天从洋的家门前经过,与洋关系很好,如同姐妹。"我"是一个富有爱心和正义感的人,面对父母早亡的洋,"我"同情洋的不幸,不但借钱给她送礼找工作,带她去医院刮宫,也批评她失身的愚蠢,陪她去法院控告钟局长,但是面对社会的腐败面,"我"也无可奈何。"我"不但见证了事态的发展,而且"我"的性格言行与洋和钟局长的性格交相衬托,使之更加鲜明,很好地体现了一箭数雕法写人的独特功效。

确实,运用一箭数雕法不但适合微篇小说这一文体的特性,而且可以增大其写人的容量,取得令人惊奇的艺术效果。而要成功地运用此法,关键是精心选择和构思具有典型意义并能把不同的人有机地联结起来的事件、场面或细节。

八、声东击西法

这是一种用曲笔写人的方法。作者表面上写的是此人此事,而实际用意却在彼人彼事,指东是为了道西,言张三是为了说李四。

生活中的人和事相互之间是一种复杂的互动关系,既互相影响又互相制约,每个人的性格既是环境的产物,又对周围的环境产生程度不同的辐射影响,因此,我们要了解某个人物时,从与其有密切关系的人物身上,可以探知其行为性情,甚至获取一些正面渠道难以发现的性格信息。那么,小说塑造人物,照样可以不拘一格,避实就虚,通过间接描写,达到曲径通幽、刻画人物的目的。所以,美国小说理论家约翰·盖利肖说:"最有效的表现性格的方法之一,就是让读者看到角色对其他人物的影响。"[①] 说的也是这个意思。

这种声东击西的间接写人法虽然不如其他直接正面写人的方法那么真切具体,但它也有独特之处:不仅写人的角度更灵活,表现的方法更自由,尤其是这种"隔一层"的写法在所写的不同人物之间构成了一定的弹性空间,给读者提供了艺术再造的想象余地。

声东击西法在文艺作品中运用广泛,也是微篇小说写人的有效方法之一。

比如苏联著名作家H·杜姆巴泽的《预演》用的就是典型的声东击西法。小说写"我"去拜访十五年来一直未见面的老同学,想了解他现在的生活状况。碰巧老同学不在家,只有他的两个孩子正在玩"爸爸和妈妈游戏"。男孩

---

① [美]约翰·盖利肖. 小说写作技巧二十讲 [M]. 梁森,译编. 北京:北京十月文艺出版社,1987:250.

玛穆卡八九岁，演爸爸，女孩姆济娅六岁左右，演妈妈。两个孩子都不懂事，不知道掩饰，更不知道家丑不可外扬的道理，因而就不加保留地将爸爸和妈妈平日在家争吵的场景内容模仿了出来。请看其中的关键部分：

"喂。孩子他妈！今天做了什么好吃的？"玛穆卡问道，显然是模仿某个人的腔调。

"吃个屁！我倒要问问你，我拿什么来做饭！家里啥也没有！"

"你的嘴可真厉害！骂起人来活像个卖货的娘儿们！"

"你怕什么！在饭馆一坐，就能吃个酒醉饭饱……可我怎么办？"

我登时出了一身冷汗。

"昨天夜里你跑哪儿逛去了？说！"姆济娅握着两个小拳头，叉腰站着。

"你管不着！"

"什么，我管不着？好吧，我叫你和那帮婊子鬼混？"

"你疯啦？！"

"我受够了！够了！今天我就回娘家去！孩子统统带走！"

"不准动孩子，你自己爱上哪就上那儿！"

"没那么简单！"

"把儿子给我留下！"

"不行，我已经说了！"姆济娅高声叫道。

"你听着：把儿子留下！要不然……"玛穆卡抱起枕头，一下子砸在姆济娅身上。

"好哇，你敢打人？畜生！"……

孩子们的这种模仿表演，直到"我"看不下去将他们吼住了才停止下来。文中写"我"离开朋友家的时候想着："看来，我的朋友生活得蛮快活的！"这显然是一句幽默的反语。在这里，作者虽然没有正面写老同学的家庭夫妻生活如何，但从他两个孩子的模仿游戏中读者可以想见，老同学夫妻之间不是互尊互爱、互让互谅，而是彼此猜疑为了一点小事就吵闹不断，并且已经不自觉地对孩子造成了很深的负面影响。对此，作者借两个孩子所说的"爸爸和妈妈游戏"来加以表现，更有意思。其一，童言无忌，天真无欺，孩子们的表演更显示了内容的真实性；其二，借孩子写其父母，避免了正面描写老同学夫妻吵架的尴尬和局促以及由于成年人的理性掩饰所可能带来的夫妻生活信息的隐蔽性和片面性，并且这一角度使整个叙事更显得活泛而富有情

241

趣；其三，写的是孩子，表现的是其父母，这一声东击西的写法无论从内容延伸的容量，还是艺术表现的委婉别致，都显得隽永而耐人寻味。

声东击西的写人法确实能给人耳目一新之感，但要运用得好，第一，所写目标要明确，才能有的放矢；第二，叙写角度要有特色，才有新意；第三，要体现出落笔所写的眼前人物与篇旨所在的目标人物之间的内在联系，才能避免牵强，同时写眼前人物要处处为写目标人物服务，以免分散笔力，旁逸斜出。

九、反常变形法

为了强化某种人物性格或表现某种理念，作者在宏观上遵循存在的基本规律的前提下，采用超越常规，甚至违反正常的生活逻辑、人情事理的思维方式，对所写人物进行夸张、变形或者荒诞的处理，使之更加鲜明突出。这种写人方法就是反常变形法。

处于日常原生态下的人物性格，即使再有特色，也容易为纷纷攘攘、形形色色的生活所遮掩而被人忽视，为此，作家们根据需要将其可写之处提取出来，进行虚构重组，这是文学写人的基本规律之一。虚构重组之道千差万别，但其基本模式不外乎两种：一是强化客观规则的拟实写法，二是重视心理规则的表意写法。当然，由这两种模式衍变而生的具体操作方法则是千变万化的。反常变形法是一种偏重于表意的写人之法。其构思的动因是以写人来表意，其逻辑起点是背离常规，其人物形态表现为人物的言行举止怪异化或神化、妖魔化、鬼怪化，或将动植物拟人化。其审美效果是荒诞不经而又反常合道的。正如《西游记序》中所言："其言虽幻，可以喻大；其事虽奇，可以证真。"[1]

微篇小说常用反常变形法来塑造人物形象。古代微篇小说，如神话传说、志怪志人小说和笔记小说，自不必说，现当代的小说家也很喜欢采用此法。沙叶新的《饱学之士》运用夸张描写刻画了绝代佳人黄娅和"饱学之士"的可笑而无知的形象。小说先交代时代环境，对姑娘们的择偶标准随着时代的不同而变化的情况作了简要的介绍，如今的姑娘们"只要学问高，就把彩球抛"。接着写"不同流俗"的黄娅，想找一个有真才实学的"饱学之士"做恋人，终于在书店邂逅了一位高深莫测像是很有才学的青年。然后，作者按

---

[1] [清]龙侗．西游真诠序［M］// [明]吴承恩，著．[清]陈士斌，译．西游记．上海：上海古籍出版社，1991：1.

他们感情发展的四个阶段,主要抓住人物所用的没有标点又故弄玄虚的语言来进行刻画。一是初次相见。黄娅在书店买书,一个男的不知何时来到她的身边,"用一种似乎转速不对的声音一口气说道:'浅表层次信息载体积淀于框架深层之书的群落耗散无序之网络淡化视像之走向致使文化消费呈现危机氛围'"。这一连文末句号也没有的令人不知所云的话,让黄娅认为遇到了有学问的高人。男子又说:"种姓符号余非社会角色诗人",让黄娅似懂非懂,猜想他在做自我介绍:他叫余非,是个诗人。又向黄娅伸出手来:"一丁角色期待使用非语言的重声姿态符号期待与另一角色系统的沟通 and 反馈",黄娅便也伸出手去。两人就这样认识了。二是第二次约会。余非向黄娅出示了题为《熵与性的倒错及孤独的裂变》的诗作,共四句:"绿色的乳房挂在透明的树枝上/在厕所尽量把蓝色的屁放响/叫春的猫排泄出一碗酒刺/负面超越人生穴"黄娅看不懂,诗人便拿出一纸宣言:"超前意识诗派主张诗歌是诗人超前意识的排泄是诗人边缘意识的错乱是诗人格分裂的击撞是诗人孤独情情感的呼吸是他妈的滚他娘的闹着玩。"这样,"越是不懂,黄娅越是对诗人崇拜"。三是女方的变化。经过几次接触,黄娅深感自己才疏学浅,就闭门苦读。不出半年,认为学有所成,便请诗人来家相叙。她一开口说的也是没有标点的话:"为了拓展你我之间的情感张力为了构建新的角色组合为了使我们两性之间的亚稳结构嬗变为超稳定系统特通过语言媒介向您传播爱的代码请求您多元的多层次的多视角的全方位的对我观照反思我多么期望我的爱能化释你被压抑的伊特能涵盖你的心能通过原发过程在你的口唇区获得心灵的对应物。"四是结局。"据说不久黄娅就与诗人结合了,而且也成了一位诗人。"

在现实生活中,像《饱学之士》中的黄娅和作为"饱学之士"的诗人在交往恋爱的过程中,是不可能用如此没有标点断句让人憋不过气来的话进行沟通的。但是,有些人由于无知盲从而出现食古不化、食洋不化的现象,或者出于虚荣为了抬高自己的身份而故作高深、自欺欺人的情况则是客观存在的。作者从语言描写入手,抓住"饱学之士"说话和写诗的不合常规、晦涩难懂这一特点,故意夸张其事、夸大其词,并且反复渲染,这样,就把他们的荒唐好笑表现得淋漓尽致,"饱学之士"的形象更加鲜明,这一形象给人的启迪教益也就更加深刻。作者采用这种反常变形的方法来塑造人物,也是有意而为的,正如他在《答读者问》中所写的:"我写这篇小说,是想对在文化开放过程中所出现的'消化不良'现象开一个友善的玩笑。对那些坚持改革开放、观念更新、文化引进的朋友们,我是引以为同道的,正因为如此,我就非常不希望我的朋友们出洋相、闹笑话,以至授人以柄,有损改革形象。

倘若我们确有辫子，无妨自己割去，免得别人揪住不放。"① 这十分有助于我们加深对这篇作品以及这种写人方法的理解。

反常变形法在具体作品中的表现方式是丰富多彩的，而要用好这一方法的关键可以概括为四个字：反常合道。它包含两层意思，一是反常，要不同于常规常态，所写人物要达到一定程度的新奇化、陌生化，才能对读者形成新的审美刺激，才有吸引力；二是合道，这里的"道"是泛化而呈动态发展的概念，指宏观的天地宇宙之道、人情物理之道和审美之道。如果只反常而不合道，那就会流于荒谬，让人无法理解而变得一文不值。因此，二者要辩证地结合起来，才能充分实现其写人的艺术功能。

十、象征暗示法

所谓象征暗示法，就是用某一具体的、有形的形象来表示某种抽象的、无形的人物性格或情感理念。

世界万物本来都有各自独立、不以人的主观意志为转移的客观属性，不管是日月星辰，还是草木虫鱼，都有其存在的规律。但是，人们在长期生产生活的实践过程中，必然与之发生这样那样的联系，并由于社会、民族、经济、文化等多种因素的影响而对客观万物产生各种不同的认识，这种认识往往是情感与理智、清晰与模糊、单义性与多义性等杂糅在一起的。一方面，客观事物有其不可更改的独立性，另一方面，人们又可根据自己的认识和需要将主观属性外加于客观事物身上，使主客一体、物我同性。象征暗示法便是在此基础上产生的。我们熟知的用橄榄枝、鸽子象征和平，用十字架象征基督教等，便是典型的例子。

作为一种表现手法，象征暗示法在文艺作品中运用广泛，在小说创作中也备受青睐，其表现形态丰富多彩。尤其是现代主义的象征小说，使这一手法得到了长足发展，并且产生了一批经典之作，如卡夫卡的《城堡》、博尔赫斯的《交叉小径的花园》等。当然，这类作品强调的是其整体的象征功能，而不是限于塑造人物形象的方法。

那么，我们所要说的象征暗示法作为微篇小说的一种写人之法，除了具有该法的一般特性之外，更强调其一人一事、一景一物、一点一滴的微中见著、小中见大的特征。

司玉笙的《中国算盘》写的是算盘的故事，象征的是算盘爷的性格和人

---

① 李春林，郑允钦. 微篇小说三百篇［M］. 广州：百花洲文艺出版社，1999：83.

生社会的种种玄机，十分耐人寻味。

算盘爷一生的经历和能表现他性格的事例，肯定很丰富，要将其充分地描述出来，不是微篇小说有限的篇幅所能完成的事。这篇小说的巧妙在于，作者抓住富有象征意蕴的算盘来写人寓理，以有形写无形，以一点突破胜面面俱到，不但写活了人物，而且含义丰厚。小说按情节的发展可分为四个部分。第一部分，写算盘爷名称的由来。因为他算盘打得好，家境富裕，没事的时候，腋下夹着个算盘，到处溜达，所以小镇里的人尊称他为算盘爷。在这一交代中，实际上已暗示了算盘爷会打算盘与其家境富裕的关系。民间治家俗语讲"吃不穷，穿不穷，不会划算一世穷"。算盘爷当然是那种精于划算的高人，从其名称由来及举止习惯，读者自可看得出来。第二部分，写算盘爷以打算盘来培养儿子的独特教子之法。他有七个子女，他启蒙孩子都是从打算盘开始的。尤其是两个儿子，"打算盘是必修课，作业可以不做，算盘是必须打的"。当大儿子问"非得打算盘才能成大器吗？"时，算盘爷直言不讳："乖乖，你现在不懂，人活一辈子就是活出把算盘来，时时刻刻得往上赶，掉下来你可就没有机会了——上边一个子儿抵下边五个！"这些描述，充分昭示了算盘爷的人生哲学。第三部分，写算盘爷家的鼎盛辉煌。两个儿子是名牌重点大学毕业。尤其是大儿子，善于经营人生，官场得意，算盘爷跟着沾光，"逢年过节或是有啥大事，小轿车成串地停在他家门口。"他家有喝不完的名酒。所以算盘爷更加珍爱算盘，"夜里睡觉都是放在枕边"。第四部分，写大儿子成为贪官，算盘爷毁掉算盘。正如算盘爷所感叹的："唉，成也算盘，败也算盘——没打好，没打好啊！"

算盘本是无生命之物，但是在这里作者将其人格化、寓意化了，算盘爷的性格就像算盘一样，精明、准确、善于算计，目的只有一个，一心往上赶，追求人生的最大值。而且，小说不只是停留在以算盘写人这一层面上，整体而言，还有多方面的象征暗示之义。其一，善于打"算盘"会带来人生的成功和满足。算盘爷家境好、受人尊重，是他会打"算盘"的结果；他的儿子的成才与发达，他之所以受到乡邻的羡慕，也是与他一辈子会打"算盘"分不开的。人生确实需要必要的"算盘"，稀里糊涂混日子将会浪费生命、一事无成。其二，"算盘"过头会适得其反，聪明反被聪明误。天地太宽，人生漫长，人算不如天算，任何人都不可能步步算计得逞，更何况欲壑难填，会利令智昏。算盘爷大儿子的贪污犯事正说明了这一点。其三，对待算盘的正确态度是，人不可能没"算盘"，也不可能事事精于"算盘"，关键要适度，适可而止，恰到好处。

象征暗示法所具有的这种化抽象为具体、化单一为丰富、化直露为委婉的优势，可以状难写之人如在眼前，含不尽之意见于言外，给人以反复咀嚼领悟的审美享受。而要成功运用此法，需要正确把握好三点：一是选好象征体，象征体既要形象直观，又要蕴含丰富，这样才有吸引力；二是象征体与所写人物及象征义之间要有相关或相似的属性，以免牵强附会；三是具体和抽象之间、形象和思想之间、有形和无形之间，既要避免浅露无遗、一目了然，以免平淡无味，又要避免晦涩深奥、故弄玄虚，以免无法理解。

　　微篇小说塑造人物的方法是独具特色而又丰富多样的，以上概括的是其中基本的方法，并且也只是就微篇小说在塑造人物时最明显的特点而进行的大致概括，还可以进一步细化、具体化。即使同一篇作品，站在不同的角度，也可以概括出不同的方法。在实际创作中，作者有时以一种方法为主再辅以其他方法，有时则各种方法杂交，难分主次，关键是运用得当，熟能生巧。而且，随着小说艺术的发展和人们审美情趣的变化，微篇小说塑造人物的方法还会不断推陈出新、优胜劣汰。创作时只有在动态中去灵活把握，才能创造出富有特色的冰山型人物。

第九章 情节创作论

第一节 微篇小说的情节类型

微篇小说的情节类型是丰富多彩的,既具有一般小说情节的共性,又具有作为一种独立的小说文体的个性,我们可以从不同的角度,将其划分出不同的类型。

一、故事型情节、人物型情节与心态型情节

这是从小说表现内容的侧重点来划分的。

故事型情节主要体现在以描述故事为重点的小说作品中。其特点是,侧重事件过程的描述,强调事件之间的因果联系、相对完整的时间流程和空间范畴,事件的发展常常是环环相扣、波澜起伏,因而显得紧凑生动、引人入胜。故事型情节在微篇小说中比较常见。王蒙的《扯皮处的解散》,汪曾祺的《尾巴》,孙方友的《霸王别姬》《泥兴荷花壶》《蚊刑》,等等,都是这方面的代表作。

人物型情节主要表现在以刻画人物性格为目的的小说作品中。从人物与事件的关系而言,如果说在故事型情节中是人为事设的话,那么在人物型情节中就是事为人设,事件情节是围绕人物而生发展开的。中国古代小说理论中所说的"文生情、情生文"[1],其中强调的是性格决定情节,很能说明写人小说中人物性格与情节的关系。人物不同,情节自然就因人而异。虽然人物

---

[1] [清] 金圣叹. 第五才子书施耐庵水浒传回评 [M] //陈果安. 金圣叹小说理论研究. 长沙:湖南师范大学出版社,1999:330.

型情节不如故事型情节那样强调精致巧妙，或起承转合、首尾呼应，但其由人物性情所产生的情节更显得自然鲜活。人物型情节在微篇小说中大量存在。这种情节在具体作品中要么表现为通过一个或若干个细节来表现人物某一方面的性格，如司玉笙的《书法家》只用一个细节就写活了高局长的官僚作风，何百源的《德叔落选》选用了六个或概括、或具体、或直接正写、或间接侧写的细节材料来塑造德叔的形象；要么表现为通过一个相对完整的情节来塑造人物，如陈建功的《娘家人》，写李老太太去世后，其娘家哥哥，即娘家人，在整个丧事过程中的刁难挑剔，写出了娘家人的威风和令人深思的举止性格。

心态型情节主要表现在以描写人物心态为基本内容的小说作品中。心态型小说是随着西方现代派小说的兴起而盛行起来的，着重表现的是人的心理世界。较之于外在世界，人的内在世界更加隐秘神奇、扑朔迷离。微篇小说常常抓住人物的一种心态、一片思绪、一丝感受来反映人生世界，其所写内容也是现实世界的一种折射，但这种内容经过人的内心加工以后变成了新的情节类型，我们不妨称之为心态型情节。与传统意义上的情节相比，心态型情节更显得复杂多变、难以捉摸，带有强烈的主观个性化色彩，情节的运行常呈跳跃性、非常规化状态，给读者增加了破解的难度。如前文谈到过的小山的《刺猬》写的是一个决定离婚、与丈夫进行"冷战"的妻子，在某个夜晚的心绪感受，从她喂养的刺猬，到和男人貌合神离的谈话，再到她临睡前锁死自己的卧室门，与男人分室而卧，都是从她心态感悟的角度来写的，断断续续，缺乏清晰严谨的连贯逻辑，甚至对二人婚姻来龙去脉的背景细节也只字未提，流露的仅仅是作为妻子的"我"的即时心态，显得任性而随意。

当然，这三种类型的情节在具体作品中有时区分明显，有时则有交叉重叠的情况，难以截然分开，我们就没有必要进行简单划分了。比如许行的《最准确的回答》，既叙述了一个相对完整的故事，写了"我"在整个面试过程中的表现，又刻画了人物性格，写活了一个十六岁的中国少年的尊严和机敏，给读者留下了深刻的印象。

二、写实性情节与表意性情节

这是从情节与现实常态是否同形同构的角度来区分的。

写实性情节的特点是，以现实生活为范本，按照正常的生活状貌和生活逻辑来叙事写人，所写内容具有和现实的一致性，让人感到真切可信。该类情节在微篇小说中占大多数。鲁迅的《一件小事》，沈从文的《代狗》，赵树理的《田寡妇看瓜》，汪曾祺的《陈小手》，雨果的《"诺曼底"号遇难记》，欧·亨利的《二十年以后》，等等，其中的情节均是写实性的。

表意性情节强调按照理想表现生活，带有强烈的主观色彩，因而情节内容常常超越现实，带有夸张、变形甚至荒诞的特性。刘以鬯的《天堂与地狱》，基本情节是写一只苍蝇从被视作"地狱"的垃圾桶飞到被认为是"天堂"的咖啡馆，见识了咖啡馆里衣冠楚楚的男男女女尔虞我诈、互相欺骗的情景后，心甘情愿再飞回垃圾桶里去，因为它觉得"天堂"里的人，外表干净，心里比垃圾还龌龊。这一情节的构思起点就是将苍蝇当作有人性的动物来写，很明显超越了现实，是为表意服务的。至于那些构思奇异的科幻小说或现代派作品，如郑允钦的《得天独厚的星球》，卡夫卡的《法律门前》，更是以表意为旨归的。

在具体作品中，常常出现写实性情节与表意性情节糅杂在一起的情况，有时写实的成分多一些，有时表意的成分多一些，一切视创作意图的需要而定。

三、戏剧化情节与散文化情节

这是从情节冲突的强弱和情节密度的大小来区分的。

戏剧化情节强调冲突，要求人物、事件、时间、场景高度集中，在有限的时空范围内展开激烈的矛盾斗争，情节变化追求奇妙巧合与跌宕起伏，往往给读者以强烈的情感反应。戏剧化情节生动有趣，易于产生动态的阅读快感，因而很受欢迎。传统写法的小说，很看重这种情节。我国一些微篇小说作家，如孙方友、申平等人，很善于营构这类情节。孙方友的《女票》，写身为匪首的他与女票先后用向对方开枪的办法来检验对方是否命大和彼此是否有缘分。他手下人去绑票，却错绑了一个女的；按规矩要杀了她，而他却看上了她；他咬牙向她扣动了扳机，碰巧遇上了空枪；他认为二人有缘分，而她却要反打他一枪；她向他瞄了很久，但又放下了枪，求他别再为匪，与她一起过日子；他竟然置匪首宝座于不顾，洗手不干，与女票一起下山了。整个情节充满了巧合与悬念，在富有戏剧性的叙事中，完成了一个精彩的故事演绎。

散文化情节正好相反，不强调激烈的矛盾冲突，也不强调时空的高度集中和事件的完整紧凑，而是以一种顺其自然的方式来处理情节，重视静态的描述，行文节奏显得舒缓散淡，有时还能营造出一种特别的意境，作品的人物形象和创作意旨也就在这样一种看似漫不经心实则别具匠心的情节模式中得以显示。这类情节在抒写心灵、传情达意类的小说中较常见。陈毓的《爱情鱼》，从"我"这个旁观者的角度，在一种气氛氤氲的情调中断断续续地叙说了一个缠绵而又无奈的爱情故事。这一故事的时间跨度较长，作者从中间部分入笔，片段式的情节点染，要经过读者的重新整理，才能合成故事的原貌：一个叫庄子的男人爱上了一个叫妙儿的姑娘，妙儿嗜鱼，庄子就每天给妙儿捕鱼熬汤喝。后来妙儿另择高技，庄子找了一个和妙儿长得很相像的人为妻，妻子并不喜欢吃鱼，而庄子依然每天要去捕鱼，捕回来就送人或用盐浸了挂到楼顶上去。他为何要这样做呢？正如他在一首诗中所写的："你走了以后，我把美丽的爱情养活在生命里。"这个故事从头到尾都带有一种诗意，散淡的情节融化在特殊的人生情爱意境里。

戏剧化情节与散文化情节在不同作家、不同作品中的区别是很明显的，但是它们也常常同时出现在同一作家的不同作品甚至同一作品中。而不管怎样，它们的构成特征和给读者的审美感受是不一样的。如果说戏剧化情节像麻辣烫，给人的刺激是痛快过瘾，那么散文化情节就像橄榄，细嚼慢咽，自有味道。

四、完整情节与片段情节

这是从情节构成要素是否完备的角度而言的。

完整情节是由一系列能显示人物与人物、人物与环境之间的错综复杂关系的具体事件和矛盾冲突构成的，包括开端、发展、高潮和结局等各个组成部分。这种情节体现了事物发展的一个相对完整的过程，能给人以持续的、比较清晰和全面的审美信息。一般而言，传统写法的小说和篇幅较长的小说，更强调完整的情节。作者叙述时更注意交代叙事要素及事情的来龙去脉。微篇小说虽然篇幅有限，但同样可以做到麻雀虽小，五脏俱全，写出精致而相对完整的情节来。鲁迅的《一件小事》，赵树理的《田寡妇看瓜》，汪曾祺的《陈小手》，贾平凹的《挖参人》，侯德云的《二姑给我过咱一袋面》，雨果的《"诺曼底"号遇难记》，星新一的《强盗的苦恼》，等等，叙述的都是完整的故事情节。

片段情节不计较事件、冲突的完整过程及情节要素的完备与否，它所强调的是"攻其一点不及其余"，在微篇小说中，主要体现为细节，包括人物细微的言行举止和事件精彩的细微之处。以精取胜，以少胜多，于不全中求特色。这种情节在古今中外的微篇小说中占相当大的比例。《世说新语》中的《王蓝田性急》只写了王蓝田吃鸡蛋的一个细节：吃鸡蛋时，用筷子夹不上来，气得拿起鸡蛋就扔在地上，鸡蛋在地上滴溜溜直转，于是下地用木屐去踩，未得，又从地上拾起鸡蛋放进嘴里，咬破皮就吐了出来。这一细节就把王蓝田近乎变态的狂躁性情活现了出来。奥莱尔的《在柏林》反复强调的也是一个在战争中失去了三个儿子而悲伤得几近崩溃的母亲，在被即将上前线的丈夫送入疯人院之前只会在车厢里机械地重复数着"一，二，三"的细节。

片段情节与完整情节并不是截然分离、毫不相干的两个概念，完整情节是由一系列情节片段组成的，片段情节也自有其独立性和完整性。这里仅仅是从一般情节要素的构成层面上，来区分微篇小说不同作品中的不同情节形态。

以上对微篇小说情节类型的划分，由于所持标准不同而有不同的分法，但也只是就我们常用的理论视角来进行界定的，目的在于对其情节类型有一个大致的认识。若要分析，还可进一步细化。而落实到每一篇作品而言，往往兼具几种情节属性。比如，司玉笙的《"书法家"》所写情节属于人物型情节、写实性情节、戏剧性情节和片段情节，小山的《刺猬》所写情节则属于心态型情节、表意性情节、散文化情节和片段情节。有些作品的情节类型不好简单划分，处于模糊界限，那也不必生拉硬扯、机械分类，关键在于把握其情节特征。能做到这一点，才更有实际的价值。

第二节 微篇小说情节的文本构成与表达要求

小说的情节一般由开端、发展、高潮和结局等四个主要部分或者说要素构成。虽然微篇小说的情节并不要求各个部分皆备，落实到具体作品中更是千差万别，或完整，或片段；或有头无尾，或有尾无头；或高潮即结局，或余音袅袅不绝如缕，等等。但我们必须先从一般意义上了解微篇小说情节各个构成部分的特性及表达要求，才能更好地把握其创作规律。

一、情节的开端——简

一般意义上情节的开端是指矛盾展开的第一个事件，它既要引出作品的主要矛盾，又要初步定下全文基调，并确定主要矛盾的性质及其发展趋势，预示人物性格命运和情节发展的走向。

微篇小说情节的开端除了具有一般叙事作品情节开端的功能意义以外，在表现形式上更具有自身的文体特性，我们可以将其概括为一个"简"字。"简"的含义可以理解为简要、简练、简明生动。其具体表现形式主要体现在两个方面。

其一，篇幅字数简。情节开端的交代，一般只有一小段、几句话。如中村的《高手》，在开头描述了荒山野岭的环境之后，情节的开端只有四句："此语自然夸张，说时就有两人沿着黄土小道走来。一东一西，相向而行。都是爬上了一面大坡，气喘吁吁，汗水涔涔。于是都不约而同地到一棵大树荫里歇憩。"两个陌生人相遇于荒山野岭的大树之下，预示着有好戏在后。有的交代情节开端仅一句话。如王任叔的《河豚子》："他不知从什么地方讨来了一篮的河豚子，悄悄地拿向家中走来。"河豚子是味美而剧毒的食物，他讨一篮子来干什么？为何要"悄悄地拿向家中"呢？这一句话既引出了故事，又设置了悬念，同时也暗示了故事的悲剧走向，可谓简练之极。

其二，信息相对简化。微篇小说不可能写繁复的事件，更多的是写一两个人物几个简单的事件，或一人一事，甚至一个事件的一个侧面或人物事件的一两个细节，因此一般不可能用一个完整的事件来作为情节的开端，其开端的情节信息往往是经过简化了的。如上文所举的中村的《高手》中情节开端的四句话，实际上省略了不少信息。他们两人沿黄土小道走来爬上大坡，他们的所历所见、所闻所思必然很多，但都省略了。因为那些信息与作品所要表现的主旨及下文所要展开的情节关系不大。同样，《河豚子》中，他讨来一篮河豚子的过程及将河豚子悄悄拿回家中的经过，也被简化成一个单纯的动作行为。这种简化是适应微篇小说文体特点的必然要求，其关键是要"简"得精要、"简"得生动。

二、情节的发展——快

情节的发展是指情节开端以后矛盾冲突逐步展开，人物性格逐渐鲜明，创作意图逐步显示，情节进一步推向高潮的过程。这一部分在作品中容量最大，通常占主要篇幅。要求写得充实饱满，使高潮的到来水到渠成，自然成文。

微篇小说情节的发展关键要体现一个"快"字，这一点常为一般人所忽视。谈到情节的发展，传统理论更强调其曲折和波澜，这也确实很重要。但微篇小说速率刺激的审美特征和有限的篇幅，使情节的发展在时间上和审美效益上更强调速战速决，以快取胜。主要表现在两个方面。

其一，时间设置短，故事发展快。微篇小说的故事大多发生在一个较短的时间内，即使时间跨度长的，也被包含或切割在一个一个的时间片段或瞬间里面，这就为故事情节的快速推进提供了条件。短促的时间可以使情节信息相对集中，也便于作者对情节进行浓缩或扩张。白小易的《客厅里的爆炸》整个故事就发生在父女俩到别人家做客及出来以后交谈了几句前后那么一点时间内。开端写主人为父女俩沏好茶，随手将暖瓶放在客厅的地板上就进里屋去了。情节的发展便是主人进里屋拿方糖那一会儿，恰巧暖瓶在没有人碰的情况下倒地爆炸了。时间估计也不过几分钟。作者也只交代了两个情节信息：一是父女俩待在客厅里一点也没有碰暖瓶；二是暖瓶倒下爆炸了。这样很快就将情节推向了高潮。《高手》的情节发展也就是剃头匠与大汉交谈并三下五除二地给大汉剃完头的那一段简短的时间。《河豚子》的时间稍长一些，也不过是他嘱咐妻子把河豚子煮熟来吃，自己托故外去一趟到下午回来这一段时间。有些微篇小说情节发展的时间较长，如茨园的《人的一生》写"我"从小学一直到成家以后一二十年来与一个叫芸的女孩的关系及对她、对自我婚姻的看法。开端写"我"上小学时初见芸的感觉。情节的发展是"我"在小学、中学与芸的关系，大学毕业工作后在同学聚会上的见面直到后来接到她请我参加其婚礼的电话。时间跨越了一二十年，但作者只抓住了这几个阶段中的典型细节进行点睛式地描述，很轻松地就将故事快速地推向了高潮。

其二，抓住核心信息，叙事传神快。这一点与时间设置短、故事发展快是不可分割地联系在一起的。分开来阐述，是为了突出"核心信息"这一关键词。求快是情节的发展适合微篇小说文体特点的必然要求，但快得必须有质量，否则就毫无意义。质量从何而来？关键是抓住核心信息，即写出典型细节。在此基础上加快叙事节奏，整个情节的发展才能快得有价值，快得有意义。《客厅里的爆炸》《高手》《河豚子》等都做到了这一点。《人的一生》中情节的发展跨越的时间那么长，但作者处理得很好，所写的每个阶段的典型细节既贴切，又有力地体现了创作意图。小学阶段，"我"因为喜欢芸，每次见到她时常会下意识地有些异乎寻常的举动，比如，迎面走过去咳嗽一声、两眼盯着她看什么的；小学毕业时生怕她和"我"分不到一个学校，毕业考试前总也集中不了精力而在上课时被老师点名批评。初中毕业时，"我"和芸故意不在彼此的通讯录上签名留念，而"我"特意留意了芸在别人本子上写下的地址。暑假时，"我"时常偷偷地在她家门口徘徊，给她写的信被"查无此人"退回。工作后在同学聚会上，彼此见面时又欲说还休。这些平常而真实的细节，微妙地传达出了人生不同阶段的各种况味，而这正是作者所要追求的创作旨趣。

三、情节的高潮——妙

情节的高潮是情节的矛盾冲突发展到最紧张、最激烈的部分。在高潮中，作品的主要矛盾冲突和主要人物的性格得到最集中的表现，作品的创作主旨也得到最充分的揭示。高潮往往是整个情节中最吸引人的部分，它是情节发展的必然结果。高潮过后，情节便自然而然地进入结局。

微篇小说情节的高潮难以像大篇幅的叙事作品那样波澜壮阔、气象万千，但自有其独特之处，在作品中常体现为一个精彩的高潮点。这个高潮点所占篇幅不多，但信息含量足，顺乎文情，发乎体性，以精当的细节将人物性格的特异之处和事件发展的精要之处重点凸显。这种高潮点的设置要求和所产生的审美效果，我们可以将其概括为一个"妙"字，妙笔写人，妙笔显事。

其一，妙笔写人。写人的高潮点既要顺乎情节发展的必然要求，又要合乎人物性格发展的内在逻辑，同时还要简洁生动，这样三全其美，才能谓之妙。

原非的《花婆》写了一个很有品位的女乞丐形象。一是"花婆讨饭不做穷相，依旧像过去一样拍爽端正""她不会喊叫，只朝敞开的大门前一站，静候着主人出来"；二是吃饱了之后还帮人做些应时的活儿，后来又替人传口信、捎东西，为商人携带银钱，且毫无差错。在叙写了以上内容后，作品设置了一个高潮点，花婆为一商贩转送款子被土匪劫了，她便尾随歹徒进入匪窝，向土匪头子张秀讨要款子。作品写道：

> 花婆向张秀讨款子。张秀从大烟坑上爬起来，双脚点在鞋口里，盯着花婆说："你上我这儿讨钱，你可知道我是干什么的？"
>
> 花婆说："你是土匪头子，洛河川没有人不知道。可你立过规矩，不抢邮差不抢贫，我是讨饭的。"
>
> 张秀拨弄着手下交上来的一百块银圆："你是叫花子，哪来这么多钱？还是硬货。"
>
> 花婆说："我替人家送的。"

张秀说:"那就不是你的。"

花婆说:"可在我身上带着呢。"

张秀一挥手:"别跟我啰唆了,走吧。"

"你叫我走就得把钱还我。"花婆迈着小脚上去撮银圆,"要不我就没脸见人了。"

张秀一拍桌子上的手枪:"你既然是叫花子,还什么脸不脸的,打出去!"

几条大汉一拥而上,架起花婆,凌空丢出山门。花婆挣扎着站起,一句话不说径直朝山崖走去。可惜她力气不足,一跃没有跳到沟底,而是落在不深的一个石牙上,只撞破了头。

土匪把花婆弄上来,撕了她的衣襟替她包扎。张秀看着山门前摔碎的破碗片,抠了一会儿鼻孔说:

"看不出,这婆子还这么重义!把那钱扔给她吧。"

这一高潮点的设置,从情节发展来看,是上文内容的具体延伸,从人物性格的逻辑来看,是花婆为人重义气、讲诚信的集中表现;从主题倾向看,除了盛赞花婆的舍生求义的精神外,也从匪首的反应中暗示了人性将战胜匪性,人道将战胜匪道;从行文表达看,人物的语言和举止,无不契合其身份性情,精练而传神。同样,《人的一生》中的高潮点是"我"在芸的婚礼上和芸的见面,这是一个令人刺激让人容易兴奋起来的场面,但作者重点只写了"我"发现芸家的门牌号不是记忆中的那个、芸的脸红及让我心颤的眼神,没有作更加张扬的描写。因为根据前文可知,"我"和芸虽心有灵犀但一直处于朦胧状态而未点破,双方又是内敛的人。只写到这一层,高潮的火候把握得很巧妙。

其二,妙笔显事。显事之妙,贵在合乎事态发展的内在必然性而又别出心裁,新人耳目。当然,事和人是密不可分的,我们且看《客厅里的爆炸》的高潮部分:

暖瓶的爆炸声把主人公从里屋揪出来。他的手里攥着一盒方糖。一进客厅,主人下意识地瞅着热气腾腾的地板,脱口说了声:

"没关系!没关系!"

那父亲似乎马上要做出什么表示,但他控制住了。

"太对不起了。"他说,"我把它碰了。"

"没关系。"主人又一次表示这无所谓。

从情节发展来看，上文已写到主人到里屋拿东西去了，那么听到爆炸声主人连忙出来是自然而然的。从人物性格的逻辑来看，主人的礼节性反应也很正常，总不能为了一个暖瓶而把客人得罪了；客人即那父亲的反应，虽然有悖于现场事实，但也符合为人处世规则。从行文来看，三言两语，似乎在不经意中写活了一个平常而惊险、尴尬而无奈的人际关系的瞬间。实在高妙！《河豚子》的高潮点是一家人欢欢喜喜吃河豚子的情景。这是以欢乐气氛写悲苦之事。本来，在无以为生的境况下，他买了河豚子准备让一家人吃了同归于尽，但又不忍心见到一家人临死的惨状，所以他先避开，准备等家里人吃了以后，他再吃。而与他同甘共苦且不明真相的妻子一直将河豚子煮着等他回来一家人同吃。于是，"一桌子争争抢抢地吃着。久未得到鱼味的他的一家人，自然分外感到鲜甜。"这一高潮点的设置，写足了特定时期特定人物的特定生活境况和心态，除了符合以上三全其美的要求外，还让人回味不已。这种高潮点具有不可重复性，正是微篇小说情节的高潮所追求的奇妙境界。

四、情节的结局——顺

结局是情节的矛盾冲突发展的最后阶段。在这部分中，人物性格刻画已基本完成，事件有了最后的结果，情节冲突中包含的社会人生的必然性内含最大限度得以显示出来。

微篇小说情节的结局既具有一般叙事作品情节结局的属性，又具有自身独特的表现形式。有些作品很重视结局的独立性，也有相当一部分作品不将结局作为一个独立部分，而是与高潮结合在一起，高潮即结局。但不管怎样，对结局的总要求应该体现在一个"顺"字上，即顺其自然，"止于不可不止"①。"顺"的原则是符合整体的表达需要。具体说来，主要体现在三个方面。

其一，顺应主题表达的需要。主题是通过作品的全部内容显示出来的，而且主题一旦确定以后就有一定的稳定性。微篇小说是一种立意的艺术，特别强调"意"即主题的传达。而在一些微篇小说中，结局部分常常是主题表达的重点部分，具有画龙点睛之功，因此，将情节的结局与主题的表达合而为一也就是顺理成章之事。《客厅里的爆炸》在叙写了主客之间对客厅里爆炸的暖瓶所进行的既正常又反常的对话这一高潮点之后，用了较长的篇幅来写

---

① 苏轼. 文说 [M] // 郭绍虞. 中国历代文论选（第2册）. 上海：上海古籍出版社，2001：310.

情节的结局,即做客的父女从主人家出来以后就刚才发生的事情的一场谈话。一方面天真好奇的女儿认为父亲没有碰暖瓶就不必说是自己碰的,另一方面深谙世事的父亲解释在当时境况下假说是自己碰的更顺溜些。作者故意将结局展开来写,是为了写出人在特定时刻的特别表现,凸显人情世故的复杂与微妙,以引起人们的观照和思考。所以,结局不是多余之笔,正是主题出彩之处。而陈建功的《天道》写结局仅一句话:"听说丁囡囡居然没死,直到今天。"同样是为了表达主题。因为上文写丁囡囡在社会转型后,常常愤世嫉俗,即使发了财以后也牢骚满腹,后来患了绝症进了医院才明白人生真谛,"我这辈子,争竞半天,管屁用""我活着时,给别人留的道儿太少"。这样,上文情节和末尾结局结合起来正好完整地体现了作品的主题:处处抢占他人的生存资源,贪得无厌者,天理不容;而为他人着想,与人为善,则能益寿延年——这就是天道!可以说,结局这一句交代,对表现主题至关重要。

其二,顺应人物性格刻画的需要。微篇小说虽然塑造的是冰山型人物,表现的往往是人物性格的某一侧面或某一性格点,但即使是一个性格侧面或一个性格点,也有其相对的完整性和前后一致性。因此,以刻画人物为主的小说,其情节结局必须符合性格发展的逻辑。《人的一生》中的"我"参加芸的婚礼虽然心潮起伏,但结局是回到家后,一个人喝闷酒,并对妻子说:"我将和你厮守一生。"这正好完整地体现了"我"在对待异性情感和婚姻问题上的性格:既情动于中,恋旧重情,又理智冷静,面对现实,是个感情丰富而又务实有责任感的男子汉。《高手》中的大汉最后爽快地摸出二十五块大洋交给剃头匠,并向他跪下磕头心服口服地尊称"大哥,你是高手",正是大汉那种直率外露型性格的反映;而剃头匠面对大汉的所作所为,只是微微一笑,最后飘然而去,也是他那种举重若轻、含而不露的性格的自然流露。有此结局的描写,人物性格才更加鲜明生动。

其三,顺应事件发展的需要。事件发展都有其内在规律,都有其生成转化的时间周期和前后相承的因果联系,而且不管事件大小,即使只是其中一个很短的阶段,甚至一个瞬间,也有其存在的相对独立性和完整性。因此,微篇小说在叙述事件时,情节结局的设置也必须遵循事件发展的规律,注意前后的呼应和完整一致。《河豚子》的结局写他一家求死不得,吃了河豚子却不死,只能继续过忍饥挨饿的日子,除了是表达主题的需要外,也是事件发展的必然结果。上文已写到,妻子一直将河豚子煮着等他回来一家人同吃,那么煮的时间一长,河豚子的毒素就被煮掉了,他们全家吃了都没有死,也是事理的必然。契诃夫的《横祸》中"我"的结局是被经理解雇了,这也是事态发展的必然结果。因为"我"下班回家睡觉时被隔壁宴会的声音吵得无法入睡，一怒之下边骂边冲进隔壁房间，却发现为首的正是我的顶头上司——公司经理。这样把经理得罪了，遭到报复也是预料之中的事。

当然，不管是顺应主题表达和人物性格刻画的需要，还是顺应事件发展的需要，在具体作品中，这三者都是融合在一起的，只不过不同的作品各有其侧重。这里还需要明白的是，情节的结局和作品的结尾不是一个概念，正像情节的开端和作品的开头不是一个概念一样，前者是着眼于情节的过程和环节而言，后者是从整个作品的环节而言。不过，二者也有重叠一致的情况，即结局就是结尾，开端就是开头，这要看具体作品而定。微篇小说开头和结尾的方法，详见后述。

第三节 微篇小说情节的表达技巧

从表达的范畴来说，微篇小说的情节就是作者在对生活进行感悟的基础上，根据立意的需要，对所写材料进行加工组合而采取的传达方式。换句话说，正如一些理论家所指出的，它是"小说家组织故事的规则和方法"[1]，是小说的"艺术性结构"[2]。这种传达方式是客观存在与主观选择的辩证统一，既与小说的其他样式有着相通的艺术规律，又具有微篇小说自身的艺术个性，是微篇小说得以生成和发展的重要因素之一。在具体作品中，则体现为各种各样的表达技巧。下面我们从线索的设置、偶然与巧合、情节变化和兴奋点形成、开头技法和结尾技法等几个最能体现微篇小说情节特征的方面，进行分析阐述。

一、线索的设置

线索是将作品的材料串联起来构成一个有机整体的内在脉络，是作者的创作思路在作品中的具体表现。线索可以是有形的，也可以是无形的，可以

---

[1] 刘海涛. 规律与技法：转型期的微型小说研究[M]. 北京：中国社会科学出版社，2002：192.

[2] 刘海涛. 规律与技法：转型期的微型小说研究[M]. 北京：中国社会科学出版社，2002：192.

是具体的人、物或事件，也可以是抽象的思想情感，甚至一句话、一个题眼。对线索的一般要求是贯穿作品始终。

凡叙事性文学作品，都十分讲究线索的设置。微篇小说情节线索设置的基本特点是以单线为主，偶尔也用双线，具体运用时，又和其他表达手法结合起来，各呈变化。

（一）单线悬念式

即以一条线索串联情节，而在情节的发展过程中，又故意把与人物命运或事件发展有密切关系且能激起读者兴趣的某部分内容先隐藏起来，留下悬而未决的疑念，同时又露出一点端倪，让读者去沿波讨源、寻根究底，在适当的时候，揭开疑团，抖搂真相。此法的好处，一是情节单纯，线索明晰；二是悬念设置，既能顿生波澜，又能满足读者的好奇心，从而使情节更加引人入胜。此法在运用时，其变化之妙，主要体现在结尾处。因此，我们又可以将其细化为以下几种。

1. 结尾释悬，前后一致

即在结尾解开悬念，其内容与上文具有一致性，并不出人意料。冯骥才的《刷子李》写的是天津码头专干粉刷一行的师傅刷子李的绝活。作者先在介绍他时就设下了一个悬念："他刷浆时必穿一身黑，干完活，身上绝没有一个白点。"这自然就引发出读者欲见识一下其手艺高下的好奇心。接着以一次刷子李带徒弟去干活的经历为线索具体描写了刷子李刷浆的情景。开始时除了写他刷墙刷得绝好之外，也写明了他身上连一个芝麻大小的粉点也没有。而当刷子李刷完最后一面墙时，徒弟瞧见刷子李裤子上出现了一个白点，黄豆大小。这下完了！师傅露馅了，他往日传说中那如山般的形象在徒弟心目中轰然倒下了！至此，读者也会觉得不过如此。同时，这又设下了一个新的悬念，到底那白点是什么呢？小说最后一转，"那白点原是一个小洞！刚才抽烟时不小心烧的！"这一结果释解了疑虑，和上文介绍刷子李时设下的悬念所含的信息是完全一样的，保持了前后的一致性。

2. 结尾释悬，出人意料

即结尾出现的情况与上文悬念暗示的结果并不一致，出乎读者意料之外。杨小凡的《李一刀》以李一刀为山陕会馆的戏台刻木雕为线索来写其出神入化的雕刻技艺和独特个性。先写会馆的当家人三请李一刀，李一刀才答应前往，但开的工钱是个天价，要求以木渣兑金银，"粗活剔下的一两木渣给一两银子，细活刻下的一两木渣给一两金子。"会馆的人也同意了。这样就设置了一个引人关注后事如何的悬念。李一刀果真非同凡俗，闭门雕刻四年后，仅剔下的木渣就有一千五百斤，而其鬼斧神工般的手艺更令人目瞪口呆。那么按正常思路，完工以后李一刀就该如约领取相应重量的金银。而结果正好相反，最后李一刀不但未要工钱，而且在会馆的当家人看得如痴如醉的时候不知去向。这一结尾出人意料，将作品的主旨引向了另一层境界。

3. 结尾释悬，暗示故事走向

刘国芳的《风铃》以风铃这一道具作为线索，叙写了一个平凡而感人的爱情故事。小说开笔就是："兵回家探亲时，小琪抱一个孩子来看他，兵屋里一屋子人，很热闹，小琪进来，把一屋子的热闹熄灭了。"这一开头即引发了悬念：兵与小琪是什么关系？为何小琪一进来气氛就变了？接着是小琪自叙被逼嫁给大狗，并提出要和大狗离婚跟兵结婚，只要兵将风铃挂在门口表示同意即可。兵则将风铃带到了部队。退伍后，得知小琪被大狗抛弃了，兵就将风铃挂在门口，但小琪不敢出屋看。兵便主动找上门去，告诉小琪不但把风铃挂在门口了，还挂在心上了。接着结尾写道："说着，兵又把手中的风铃晃起来，抱在小琪手里的孩子，4岁了，会说话，听见风铃声，孩子把一只手伸出来，还说：'妈妈我要。'"从兵的举动到孩子的带有双关意味的呼求，这一结尾的设置，已含蓄地暗示了二人的情感发展趋势。

4. 结尾留下新的悬念

其特点是：开头设置悬念，在对悬念的解答中展开情节，随着情节的发展，在结尾处又出现了新的悬念，对这一新的悬念，作者既不再追究解释，也不做任何暗示，而是留待读者去破解。邓洪卫的《庄保四寻妻》很有代表性，小说的标题就确定了线索，并设下了悬念。庄保四接到匿名信，说自己在外打工的妻子是在给别人下崽，便心急火燎地赶去寻妻。因为意外地捡到一个包而遇上了一个大款，被安排给大款的二奶当保安。二奶因为未能按大款所盼望的给他生个男孩而只生了个女孩，受不了大款的折磨，便跟庄保四回老家了。回到村里，庄保四找不到家了。"他家原本的草屋已经不见了，代之是两层漂亮的小楼。阳台上晾晒着花花绿绿的衣服和被单。一个女人的面容正从这花花绿绿中浮出，将目光向这边放过来。"这个结尾留下了一连串的悬念：庄保四家原来的草屋怎么不见了？两层小楼是谁盖的？阳台上的女人是不是庄保四原来的妻子？是不是妻子在外打工赚了钱回来盖的新楼？假如是妻子的话，那么她看到庄保四带回一个女人将又会产生多少恩怨是非？

（二）单线组合式

即围绕一个明确的主题，按照一条单纯的线索，将两个或两个以上的情节板块组合在一起，构成一个相对完整的故事。

与单线悬念式相比，二者都是以一条线索来串联情节，但是又各有特点。单线悬念式更强调悬念的设置，有时还不止一个悬念，如《刷子李》《庄保四寻妻》等，而且情节的前后之间具有一脉相承的有机联系，一般只有一个中心情节，难以从中再抽出第二个有独立意义的情节来。而单线组合式更具有组装的特色，各情节板块之间具有相对的独立性，一般有两个以上并列的中心情节，这些情节之间并无有机的联系，只有将它们放在一起的时候，才能相聚共生，完成一个新的叙事主题的表达。

于德北的《民谣》是以她的恋爱经历为线索，来写她在爱情生活中所体现出来的人生态度。小说由两个情节板块组成，实际上写了两次恋爱过程。一次是在大学时，她谈了一男友，二人情投意合，男友为她而设法留校了。她父母也默许了。另一次是，她毕业分配到中学后又与校办工厂的工人恋爱了，并将其作为男友领回家里吃饭，让父母愣了，父母问她原来的男友哪去了，而她只简单地说了两个字："黄了。"这两次恋爱本身并没有什么联系，但作者将其组合在一起，便不是简单的"1+1=2"的信息之和，而产生了"1+1>2"甚至">3"的新的信息功能，即体现了新的主题。那么，《民谣》就不能仅仅将其理解为写她的恋爱故事，而是正像于德北所获的首届中国小小说金麻雀奖的评语中所指出的："于德北的小小说是对诗意生存的表述……他不回避生活的复杂性，但赋予人物以隐忍、从容的生活态度；他不回避生活的矛盾性，但给予人物以乐观的单纯的理想精神。"[①]

同样，许行的《天职》，凌鼎年的《三代人的遗嘱》则是各由三个情节板块组成的。《天职》以海尔曼博士履行天职为线索来写其人格魅力。小说写了三件事，一是为深夜行窃摔折了腿的小偷治好了伤，伤愈后又将其送交警察；二是为夺走了自己的爱妻后又在车祸中受重伤的情敌施治了手术，自己却晕倒在手术台旁；三是将手术刀果断地插在法西斯歹徒的心脏上，最后自己也牺牲了。三件事从不同的侧面塑造了善良、正直、是非分明、疾恶如仇而又舍生取义的海尔曼的光辉形象。《三代人的遗嘱》则是以遗嘱为线索，分

[①] 百花园杂志社. 首届中国小小说金麻雀奖获奖作品集（上）[M]. 桂林：漓江出版社，2004：169.

别写了方氏家族三代人遗嘱的主要内容。曾祖父嘱咐后辈寒窗苦读，伺奉好老母，望小儿早日完婚。祖父嘱咐后辈永远忠于毛主席，一生交给党安排。父亲嘱咐后辈创一番事业，中兴家业等。这三部分遗嘱如果单独列出来，没有什么情节趣味，但将其组合在一起，结合其产生的历史背景，则折射了不同的时代内容，体现了不同时期人们不同的人生观、价值观，充满了厚重的历史沧桑感。

单线组合式还可以表现为一些更复杂也更零碎的情节片段的组合。作者在叙写时不注意片段与片段之间的环环相扣，而注重人物性格或事理本质的内在一致。因此，所写的情节片段之间从表面看来具有较大的跳跃性。陈毓的《名角》以名角陆小艺的一生为线索，选取了七个情节片段来写其戏剧化的人生：①陆小艺的出生是以母亲难产而死的生命代价换来的；②小艺长得美，深受父亲夸赞；③生长在演戏世家的陆小艺，偶然做替补演员，一举成功；④看到小艺的成功，爹含笑死去，小艺的哭声中透着艺术气；⑤小艺演戏获奖、出了名；⑥小艺结婚后与丈夫相处也像演戏一样；⑦小艺演《霸王别姬》时特别投入，爱上了项羽，后随特技中的"项羽"从高楼自坠身亡。这些看似断断续续的情节片段，将陆小艺从出生到死亡的主要信息都涵括了进去，而其显示的中心意义则是通过对陆小艺"成也演戏，败也演戏"这一生命个案的描述，来表现对生命意义的追寻。

这种单线组合式的情节安排策略，在某种意义上说，是对微篇小说情节表现力的一种扩张。它虽然不如单线悬念式那样显得紧凑和精致，但却多了一份自由和随意。一般而言，如果单独写一个中心情节，即使角度再妙，也难以达到组合情节的整体信息量。因此，选材面广和信息量大正是组合式情节的表达优势，也是其超越微篇小说有限的篇幅所带来的有限的信息量的一种追求目标。但是，组合式情节容易失之散乱，难以做到缜密无缝、扣人心弦，这也是其利弊共生的辩证之处和创作中需要权衡解决的关键所在。

（三）双线设置

双线设置是扩大微篇小说的情节容量，提升其表现力的有效途径。其具体方法是，设置两个行动主体，主体一般是单个的人，也可以是多人，每个行动主体的故事在围绕主题的前提下都有各自的运行线索。这些线索在作品中的存在方式随构思意图的需要而表现不一，有明线暗线之分、主线副线之别，交叉发展，摇曳生姿。将其综合起来，我们可以从三个不同的角度来分析双线设置的方法。

1. 交叉双线

这是从线索之间的关系而言的。有些研究者认为微篇小说中有平行发展的双线设置。笔者仔细研读了几千篇古今中外的微篇小说,未发现完全意义上的平行并列而不交叉的双线设置的情节。事实是,两条线索虽各有其独立性,但在作品中必有交叉之处,或开头,或中间,或末尾,或兼而有之。也就是说,这种交叉可以只有一处,也可以是多处。所以,说到双线就离不开交叉,有了交叉才有碰撞,有了碰撞才有情节的升华,才能更好地体现双线的优势和价值。比如,英国小说家威·毛姆的《蚂蚁和蚱蜢》,作者以第一人称的视角,先设置了"我"和乔治见面的场景——饭馆,然后以交叉叙述的笔法,分两条线索叙述了乔治和汤姆兄弟两人的故事。兄长乔治是一个有身份地位的律师,正直、勤劳、品格端正,一生白璧无瑕,希望到五十岁时能存下三万英镑,由于过度操劳,四十七岁的他看来像六十岁的老头。弟弟汤姆放弃了工作,离开了妻子,周游各国,花光了钱,就到处借债,赌博赛马,同漂亮女人鬼混,过着寻欢作乐、今朝有酒今朝醉的生活,四十六岁的他看来像三十五岁,而且最后同一老女人结婚,老女人死后,他得到了五十万英镑及房屋等巨额遗产。作为微篇小说,所叙故事发生的时间跨越二十年,故事的主人公又是两个性格迥然不同的人物,且故事的内容牵涉人物的许多方面,这确实是个不好处理的构思难题。作者以每个人物不同的性格及其经历为线索,并在交叉对比中进行描述,不但写出了人物性格,传达了丰富的社会内容,而且寓含了作者的理性思考和情感态度。这无疑是对微篇小说表达容量的一种超越。

不过,从外在形式来看,《蚂蚁和蚱蜢》的交叉双线显得参差不齐,而有的作品所设置的交叉双线显得匀整而富有节奏感。如德国作家奥托·纳尔华的《一个小偷和失主的通信》,全篇由十封短信组成,小偷和失主各写了五封,交叉出现,实际上是两条线索交叉变换,一条是小偷偷了汽车之后态度变化的线索,另一条是失主失了汽车之后态度变化的线索。小偷因为未拿到汽车证件、要付汽车税、耗油量过大、左后轮漏气、补交税款、坐垫已坏、指示灯不亮、昂贵的车房费等一连串伤脑筋的问题,由偷窃成功的喜悦到心甘情愿倒贴一笔赔偿费要求将汽车还给失主,而与其不断通信。失主则因放在汽车里而又急需的文件,嘱咐小偷交汽车税、换新胎和阀门、检查刹车和修理车篷等原因而给小偷复信,又因失了车之后改为步行、身体得到了锻炼不再看病、经济状况大有好转等原因而坚决拒绝接受被偷走的汽车。通信你一来我一往,两条线索也就交叉着匀整地向前推进,将一个平凡的故事叙述得波澜起伏、饶有兴味，充分显示了微篇小说情节艺术的多样性和生命力。

2. 明暗双线

这是从情节线索中的人物、事件是正面出现还是隐藏在后这一角度来区分的。明线是作品直接呈现出来的线索。作者对作品中的人物、事件进行正面直接的描述，使之清清楚楚、明明白白地显示出来，便构成了作品中的明线。暗线是作品中间接呈现出来的线索。作者对作品中的人物、事件采用间接描述的方法，使之断断续续、藏藏露露地暗示出来，便形成作品中的暗线。一般情况下，明线是作品的主线，暗线是作品的副线，但也有互换的情况。明线暗线的结合运用，可以产生虚实相生的艺术效果，既节省篇幅，又增强作品的表现力。

于德北的《杭州路10号》成功地设置了明暗双线。明线——"我"写信给"杭州路19号袁小雪"的前因后果。待业青年"我"因为觉得百无聊赖、生活乏味，便以一种玩游戏的心理，写了一封信，把想象中的女孩当上帝，虚构了自己身残的痛苦，向她诉说自己的一切，并且随意写了一个地址和收信人"杭州路10号袁小雪"，便将信寄出去了。"我"很快便把它忘却。但几天后，"我"竟然收到回信，袁小雪在信中鼓励"我"别放弃信念。以后，每个月初都能收到一封类似的信，信短而感人。四个月后，渐渐自醒的"我"去探访杭州路10号袁小雪，得知是一位身患绝症在两个月以前就已去世的病残心理学家将错就错自认为袁小雪给"我"写信，对"我"进行心理疏导。他还嘱咐家人将他写好的信在他去世后每月按时给"我"寄出一封。暗线——病残心理学家骆翰沙故意隐藏身份冒充袁小雪写信对"我"进行心理治疗。这篇小说的主要目的不是为了写"我"，而是为了塑造病残心理学家骆翰沙的形象，赞扬他那种虽身患绝症，但心忧他人的社会责任感和无私奉献的博爱心胸，因此，体现该作主题的暗线实际上是作品的主线。而作者故意在明线的描述中渲染"我"那种几乎要垮掉的精神状态，则更能显示暗线中所写的病残心理学家骆翰沙回信救人的爱的力量。从审美接受的角度来说，作者将体现作品主题的主线做暗线处理，进行虚化描述，可以避免直接描述骆翰沙受病魔煎熬的难堪场面而带来的负面信息，同时可以引导读者将审美注意力往能充分体现主题意蕴的积极方面去展开想象，达到以无写有、以少胜多的创作目的。

明暗双线的设置，关键要注意两点。一是要根据材料的特性，量体裁衣，确定明线或暗线。二是要把握好表达的方法和火候，恰当地处理好直接与间接、正面与侧面、实写与虚写的关系。明线所涉及的内容要写足写透，但又不能失之烦琐；暗线有关的内容要含而不露，既不能过于直白，又要避免失之晦涩。

3. 主副双线

这是从情节线索是否串联主要材料及与主题关系的程度而言的。主线是作品中串联主要材料、重点表现主题的情节线索。它表现作品中主要人物、主要事件的发展过程。主线一般体现为作品中的明线，但也可体现为暗线。副线是作品中串联次要材料，配合主线表现主题实现创作意图的情节线索。它表现作品中次要人物、次要事件的发展过程。副线一般体现为作品中的暗线，但也可以体现为明线。

主副双线的设置，在不同作品中方法各有不同。

徐光兴的《枪口》明写主线，暗写副线。主线为官复原职的N省建材局杨局长和李秘书在湖边打水鸭的过程。副线的设置则是在杨局长打中猎物以后高兴的时候借李秘书的口间接地传达出来的。副线指的是，杨局长的老部下王主任如何处心积虑为杨局长效劳以图得到五十吨建材物资的运作过程。王主任为了取悦杨局长，为他安排女儿的调动、调拨车子、送来猎枪并介绍打猎地点。主线和副线的有机结合共同完成了创作意图，即借主线中杨局长明确的表白写出了他那种头脑清醒、是非分明的党性原则和为官立场，借王主任、李秘书等人的拍马溜须和心怀不轨写出了不正之风的无孔不入和带来的危害，而作者的褒贬态度则寓含其中。

主副双线还可以都用明线的方式设置。孙方友的《女票》在主副双线的设置上就别具匠心。主线是作为匪首的他在即将处决被绑女票的生死时刻和女票的奇特交往及情感碰撞相互结缘的过程。副线则是旁观的众匪的六次反应。而且，主线和副线是交叉发展的，一忽儿是主线的情节，一忽儿是副线的情节，就像交替变换的镜头组合一样。如果用符号来表示，A代表主线，B代表副线，那么，其情节模式如下：

$A_1 \rightarrow B_1 \rightarrow A_2 \rightarrow B_2 \rightarrow A_3 \rightarrow B_3 \rightarrow A_4 \rightarrow B_4 \rightarrow A_5 \rightarrow B_5 \rightarrow A_6 \rightarrow B_6 \rightarrow$ 结尾

主线所体现的内涵是，产生于人性正当需要基础上的情爱和同情心，可以战胜匪性，取代仇恨，结出美好的人生果实。身为匪首的他和女票由仇视而举枪相向，由互相认同欣赏而达成默契走到一起，正是人性的胜利。副线中众匪的询问戏闹、呼啸窥视、担心惊悸、骚动跪求以及为他和女票的即将结合而慷慨掏钱送行，既真实地写出了众匪的匪性匪气，也深刻地体现了众匪的哥们义气及粗豪率直，在整体上是配合主线一同表现主题的。这种主副双线的设置，相当高明。

主副双线的设置，首先要服从主题表达的需要；其次要寻求最佳设置角度，既要新颖，又要贴切；再次，详细的安排要恰当地体现出主线副线的区别来。

以上我们简要分析了微篇小说情节线索设置的几种情况。这里还需要强调的是，这种分析是从其篇章组合的整体角度而言的。从整个微篇小说创作的实际来看，单线比双线多。而在单线中，单线悬念式又比单线组合式要多。落实到具体创作中，单线和双线又有许多共同的情节技巧，比如悬念的运用，这是小说乃至各种文艺作品常用的技法，在单线作品中的运用特别明显，我们便将这类情节的小说称之为单线悬念式，而它在双线中也得到了成功的运用，比如以明暗双线构思的《杭州路10号》等。对此，我们应该有清醒的认识。此外，一般而言，双线的设置比单线的设置要复杂一点，但这与作品艺术质量的高低没有必然联系。线索的设置与作者的创作意图、创作个性及题材的特性等多种因素有关，关键是要从实际出发，恰当得体，才能确定好作品的线索。对此，我们也应该有辩证的认识。

二、情节变化与审美兴奋点的形成

厘清了微篇小说情节线索设置的基本方法以后，面临的就是如何使情节更加有表现力和吸引力，那么，具体来说就是该如何处置情节并使其形成审美兴奋点而让读者喜欢。处置情节的基本原则是让其动起来，在运动变化中产生艺术的能量。当然，这种变化不是随心所欲的，而是"指一种有组织的变化，因为没有组织的变化，没有设计的变化，就是混乱，就是丑陋"[①]。这种经过设计的变化是作者在对生活进行感悟的基础上遵循艺术创作的规律创造出来的，其目的是要在动态中发挥情节的功能，以构成一种独具特色打动读者的审美兴奋点来实现创作意图。审美兴奋点从内容而言可以是理性上的深刻、精警，情感上的真挚、动人；从艺术而言可以是结构上的精巧独创，表达手法的别具一格，或者这些特点兼而有之。简言之，审美兴奋点就是一篇作品的亮点或特点。在中外优秀的微篇小说中，情节变化与审美兴奋点的形成，主要有以下几种方法。

---

① [英] 荷加兹. 美的分析 [M] //杨成寅, 译. 古典文艺理论译丛·第5期. 北京：人民文学出版社，1962：28.

（一）顺向变化——滚雪球

其含义是，小说的开头就定下了全文的基调或者明示了故事的走向，以后情节的发展尽管千变万化，但都是围绕预定的基调和走向运行的。构成作品的情节元素都具有单一同质的审美特性，随着情节的延伸，体现作品创作意图的核心信息，被不断得到强化扩张，直到构成一个具有相对完整性和激发性的情节整体。就像滚雪球一样，围绕一个核心按照既定的方向，越滚越大，有了一定的规模，作品的信息含量和审美张力自然就具备了。这种顺向变化的情节，目标集中而相对单一，叙述中不旁逸斜出，显得自信而从容，到作品的末尾会给人一种"果真如此"的认同感。其情节变化轨迹一般呈线性形态，如果用符号表示，可做如下理解：

$A \rightarrow A_1 \rightarrow A_2 \rightarrow A_3 \cdots\cdots An$

这种顺向变化，通过滚雪球的方式来形成审美兴奋点的情节模式，在微篇小说中比较常见。我们先来解剖一篇作品。许行的《立正》写的是一个国民党军队的被俘连长一听到"蒋介石"三个字就条件反射式地立正的故事。作品的开头是这样的：

"你说说，为什么一提蒋介石你就立正？是不是……"

我的话还未说完，那个国民党军队的被俘连长，早又"叭"一下子来了个立正，因为他听到我提蒋介石了。

这里交代了情节的核心细节：听到"蒋介石"三个字就立正。接下来作品的四个情节元素，都是围绕这一核心细节展开的。①"我"第二次提到"蒋介石"三个字时，他又"叭"一下子来了个立正。是对核心细节的重复印证。②借他的哭诉，写出他这种变态行为的前因后果。他是被国民党的团政训处长打出来的。一说到或听到"蒋介石"三个字就得立正，否则就要遭一顿毒打。③"我"也想仿效国民党军队的做法，用揍人的办法将他改造过来，但这一想法遭到了政委的批评。这个交代仍然是按照初始情节的走向来展开的，其目的是为了更好地衬托主题，同时在情节安排上起过渡作用，为高潮的到来做铺垫。④事隔三十年后，他的两条腿在"文革"中由于那毛病没改掉而被红卫兵打坏了，坐在轮椅上，与"我"相遇时，"我"说他这一辈子叫蒋介石给坑啦，作品紧接着写道："天啊！我非常难过地注意到：在我说蒋介石三个字时，他那坐在轮椅中的上身，仍然向前一挺，做了个立正的姿势。"这是情节的高潮，也是作品的结尾。情节止于高潮，就像一个特写镜头，定格了核心细节，呼应并强化了初始情节的内容。作品的前后情节顺向变化，审美兴奋点便不断得到强化。第一，从情节层次而言，开头设置的核心细节就富有传奇性，给人以新奇感，自然就具有悬念和吸引力，而悬念的步步推进，并没有消解核心细节，而是认定了某俘虏一听到"蒋介石"三个字就立正这一核心细节的审美价值以后，围绕这一点从各个不同的角度去进行描写渲染，使审美信息变得单纯而不单薄，丰富而不烦琐，既保持了核心细节的前后一致性，又满足了读者的审美期待。第二，从意义层面或者说主题表达而言，那个俘虏一听"蒋介石"三个字就立正，即使被打断了双腿坐在轮椅上，其上身仍然向前一挺做个立正的姿势，这种变态的行为完全是国民党军队以非人道的方式实行奴化教育的结果。这种以个人崇拜、专制集权为目的的奴化教育，对正常人性的戕残，其程度之深、危害之烈，具有不可逆转性，令人触目惊心。而从历史到现实，这种反人性的做法并不只是个案，常常恶性循环且惊人的相似。惨痛的教训还不值得我们痛定思痛，深深地反省吗？理解到这一层，读者就会有一种由具体到一般，由感性上升到理性而豁然明朗的兴奋感。

除了像《立正》这种在开头设置核心细节，然后围绕核心细节不断地进行滚雪球式的强化以形成审美兴奋点以外，还可以用作品的标题或开头设置的提示语作为引领全文的关键词，然后根据关键词的含义去演绎情节，以塑造人物或构成故事，自然而然地形成审美兴奋点。陈永林的《毒不死的狗》和英国小说家马克的《天堂之门》就属于这种情况。

我们且看《天堂之门》的首段：

> 一个人死后，升进了天堂。在天堂的门口，他遇见了圣彼得。圣彼得对他解释道："今天，这里实在太忙了，所以，我只能接受那些死得特别窝囊的人。"

这里引导下文情节的关键词是"死得特别窝囊的人"，接下来就围绕这一关键词写三个人先后自陈死因。第一个是得知妻子与情人幽会时，跑回家里未发现情敌，便将吊在阳台上的男人打下，又抱起冰箱将其砸死，不幸自己也恰遇心脏病突发而死。第二个是在自家阳台上给花草浇水时失足滑下又抓住了楼下阳台的栏杆，被人打下又被人用冰箱砸死。第三个是在与女人幽会被发现后一丝不挂地躲进冰箱，结果连同冰箱被人抱着从二十五层高楼上砸下而亡。这三个人正像圣彼得所感叹的："哇，确实死得窝囊。"毫无疑问他们将进入天堂。从情节的设置与变化来说，这三个人的遭遇都是在诠释着

"死得特别窝囊的人"这一关键词。而且他们的死都是由一件事情引发的,从抓奸夫时心脏病突发而死,到无故被人砸死,再到一丝不挂地在冰箱里被人摔下而死,一个比一个死得窝囊,也一个比一个死得滑稽,关键词所蕴含的信息如同滚雪球一样得以扩大,在构成了一个相对完整故事的基础上,再加上其诙谐幽默的特性,形成了情节的审美兴奋点,能够契合读者的审美期待。同时,这个故事的偶然性与巧合性,并不只是体现情节的组合技巧,它在让人读了发笑或感到滑稽有趣之后,还可以进一步思考生活的偶然和必然、世界的荒谬和反逻辑性、人生的无常与无奈。这样,又形成了内容意义层面上的审美兴奋点,等待着读者去破解。

这种顺向演进的情节变化模式,符合矛盾同一性的原理和人们求同思维的心理期待,其所采用的滚雪球的审美信息的累积和传达方式,显得自然而稳当。但是,辩证地看,也有其封闭和弹性不足的一面,因此,在实际运用时尤其要注意同中求变,才能扬长避短,不断创造出令读者喜爱的审美兴奋点。

(二) 意外突转——抖包袱

这是微篇小说中最常见的一种情节变化模式。

亚里士多德在分析悲剧所以能使人惊心动魄的原因时,认为主要是靠情节的"突转"与"发现"。[1] 而所谓"突转"是指"行动按照我们所说的原则转向相反的方面,……即按照可然律或必然律而发生的"。[2] 亚里士多德的这一观点在某种程度上具有艺术上的普遍适应性和指导性。对于不少微篇小说来说,这一见解同样切中肯綮。在微篇小说的创作实践中形成了一种成功的情节变化模式,我们将其概括为"意外突转——抖包袱"。其具体方法是,情节的开端即预示了情节的发展方向,故事按照先入为主的心理规律吸引着读者的审美关注,而且初始情节的内容被不断得到重复强化,读者也就像咬紧了钓饵的鱼一样被牢牢吸引住,沿着作者预设的情节思路去寻根究底,到了恰当的时候,突然,抖搂真相,情节改变了方向,出现了意想不到的结局。就像相声类艺术中的抖包袱一样,先进行铺陈诱导,故意遮掩,在受众产生了审美渴求甚至急不可耐的时候,将最有审美张力的信息抖搂出来,给人以

---

[1] 亚里士多德. 诗学 [M] //伍蠡甫,胡经之. 西方文艺理论名著选编(上卷). 北京:北京大学出版社,1985:56.
[2] 亚里士多德. 诗学 [M] //伍蠡甫,胡经之. 西方文艺理论名著选编(上卷). 北京:北京大学出版社,1985:64.

始料不及的刺激，产生瞬间爆发力，从而形成一种高强度的审美兴奋点。借助这种构思各异的审美兴奋点，作者的创作意图便得以巧妙地传达出来。

从情节变化的程度来看，意外突转大致可分为渐进式突转和抖然式突转。

渐进式突转的情节在一步一步向前推进的过程中带有演绎性，读者对情节的发展早有察觉，只是对最后的突转难以料及。魏金树的《配套》写的是从家具配套换新到人配套换新的故事。家里的两把旧椅子断了一把，我便做了一把新的，另一把就显得丑陋了，为了配套，又把另一把椅子改造一新。椅子变新了，中间的茶几却黑不溜秋，为了配套，又改造了茶几，后来又陆续将旧木箱改成酒柜，双屉桌变成写字台，床头柜变成高低橱，旧书架变成梳妆台，而且还增添了彩电、冰箱、放像机等，目的就是为了配套。对这种家具的配套换新，读者早有预觉并且可以推测得出来，并不让人感到惊奇。但是，接下来的情节突然发生了变化，由物到人。两年以后，老婆也配套换成年轻貌美的了。到了最后，我也搬了出去，被一位年轻英俊的男子配套替换了。后部分的情节出人意料，与前部分的情节构成落差，将文意引向了更加广阔的范围，形成了具有艺术爆发力的审美兴奋点，让读者在感到惊奇或者有趣之余，去思考更多的与《配套》类似的有关人生和社会的哲理。

与渐进式突转不同的是，抖然式突转是在情节的发展按照原有的轨道运行，读者难以察觉的情况下突然改变情节的走向，给人以猝不及防的意外冲击。其变化幅度更大，瞬间爆发力也就更强。

许行的《钱包》的情节模式，就是典型的抖然式突转。其情节变化可做如下分解：

A. 他晚上十一点多从饭店打工回家，在路上被一个小个子亚洲人撞了一下，他警觉地摸摸裤兜，发现钱包没啦。

B. 他立即大喊"站下！""Wallet, Wallet!"（钱包，钱包！）。那撞他的人不但没停，反而猛地跑开了。

C. 他边追边用英语喊"赶快站下，把钱包拿出来！"那撞他的人越加慌张，跑得也越快。

D. 他以百米冲刺的速度猛追，那撞他的人在快要被追上时，扔了钱包就跑。

E. 他捡起钱包回到住处，打开一看愣了：里面有八百多元美钞，几枚不同面值的硬币和一张工资结算单。原来那撞他的人也是个在饭店里打工的人，刚刚拿到这份最低的工资。这时他看看裤子，一下子想到早起后换了裤子，自己的钱包还在原来裤子的兜里呢！

按照情节发展的表层逻辑，作品一开端就将读者的思维注意力控制住了。他被小个子亚洲人撞了一下之后一摸裤兜发现钱包没啦，那么那个撞他的人毫无疑问就成为偷钱包的嫌疑犯，这是几乎所有的读者都会产生的第一个心理反应。在这种心理定式的惯性作用下，看到下文那个撞他的人一听到喊叫就逃跑，立即会根据做贼心虚的判断规则，认定那个人偷了钱包。他越追，那撞他的人跑得越快，更让读者坚信这一判断。到那人弃包而逃时，读者已是深信不疑了。而到他捡起钱包时，读者便有一种追贼获胜、如释重负的感觉。这是根据前部分情节变化的常规逻辑得出的读者的正常阅读心态。哪知道这一切都只是一个巧妙的圈套，正当读者满足于判断正确的喜悦之中的时候，情节发生了逆转，那个小个子亚洲人并不是小偷，而是一个和他一样应该让他同病相怜的打工仔，误会、冤枉、愧疚等一系列的心理反应瞬间就产生了，留给他，也留给读者。这样，一个富有特色的审美兴奋点自然也就形成了。

美国微篇小说大师欧·亨利特别喜欢采用抖然突转的情节变化模式。我们且看他的《汽车等着的时候》。一个穿灰色衣服的姑娘与一位衣着朴素的小伙子在夜幕初降时相遇于公园里。姑娘漂亮而矜持，她先是要求小伙子记住她是一个有身份的女人，然后表白，自己跑到公园来是为了接近群众，她讨厌金钱、讨厌享受、讨厌珠宝、讨厌旅行，她要爱的话就要爱一个普通的男人，并且问小伙子的职业是什么。小伙子则说姑娘是他见过的最漂亮的女孩子，金钱一定是一样很好的东西，自己是一个非常普通的人，在一家餐厅工作。一听到这里，姑娘就缩了回去，当听到小伙子说在餐厅里当出纳员的时候，就说要快点离开，因为晚上还有一个宴会和一个音乐会，有一辆白色汽车在等她，并且立即走了。从以上情节来看，一般的读者都会断定，那姑娘的身份来历肯定非同寻常，不是富家名门千金，就是事业成功的女强人，那派头、谈吐，在晚上参加宴会和音乐会的生活方式以及白色汽车，都表明了这一点。而那小伙子无疑就是一个餐厅的出纳员。那么，究竟他俩各是什么人呢？接下来的情节不但让人感到意外，而且情况正好相反，姑娘悄悄地走过那辆白色汽车，穿过大街，走进餐厅，走到出纳员的桌旁，接替了另一个下班的出纳员的工作；而小伙子呢，则跟在后面，跨进那辆白色汽车，吩咐司机开往俱乐部。情节到此戛然而止，包袱抖开，真相大白，在给读者留下始料未及的结局的同时，也留下了一连串的悬念：姑娘本是一个餐厅的出纳员，为什么要大言不惭地谎称是一个有身份的女人？本来她什么也没有，为什么说要讨厌金钱，要参加宴会和音乐会，还有汽车在等她？为什么一方面说要爱一个普通的人，而一听说小伙子在餐厅工作的时候就缩了回去，并借口离开了？小伙子本来很富有，还带了汽车和司机来，为什么却又衣着朴素，隐瞒真相，谎称自己在一家餐厅当出纳员？换一个角度说，姑娘为什么要图虚荣扮演一个如此拙劣的角色？小伙子为什么不诚实对姑娘玩花招？这一切又是谁造成的？当读者思考到这一层面的时候，情节的抖然突转所产生的审美效果已经由感性层面上升到了理性层面，瞬间爆发力将带给读者持久的思索。这样的审美兴奋点具有耐人咀嚼的艺术魅力。

通过"意外突转——抖包袱"的方式来设置情节变化的模式，往往在包袱抖开之后又留下新的悬念，其目的是为了让审美兴奋点不要撑饱，给读者提供可以进行审美再创造的新的艺术起跳板，实际上是让审美兴奋点变成一个活的具有再生能力的审美源。其原理正如德国文艺理论家莱辛所说的："最能产生效果的只能是可以让想象自由活动的那一顷刻了。我们愈看下去，就一定在它里面愈能想出更多的东西来。我们在它里面愈能想出更多的东西来，也就一定愈相信自己看到了这些东西。"[①] 以上许行的《钱包》、欧·亨利的《汽车等着的时候》，其情节突转设置的成功正好说明了这一点。

运用"意外突转——抖包袱"的情节变化模式，关键要注意两点。其一，情节的突转要达到一定的幅度，虽然不能用数学上的九十度或一百八十度来进行量化检测，但其基本标准是要让一般的读者感到意外，这样才能产生陌生化的效果，让读者兴奋起来。如果情节的突转似转非转，没有幅度，或者俗套得让人看了开头就知道了结尾，那么不但形成不了审美兴奋点，还会让读者感到厌烦。其二，情节的突转所抖开的包袱既要让人感到意外，又要合乎必然、合乎情理，即按照上文的情节发展的逻辑惯性来说，下文的情节令人意想不到，但是这种意想不到，从另一个角度、另一种情理逻辑来看，又是经得起推敲的，而且往往更真实更深刻。比如，《汽车等着的时候》中那位姑娘之所以有那么拙劣的表演，从女性交际需要的角度来说，是为了显示优越吸引异性满足虚荣的需要，从其当餐馆出纳员的身份来看，成天面对有钱人花天酒地的奢华生活，不能不在潜意识中受到熏染而心向往之，但是又求之不得便产生一种既羡又妒的复杂心态。那位小伙子的装贫献殷勤，则是富家公子讨好异性的一种手段。这样去理解，那么，意外也就不意外了，而是在情理之中。

[①] 莱辛.拉奥孔［M］//伍蠡甫，胡经之.西方文艺理论名著选编（上卷）.北京：北京大学出版社，1985：301.

（三）异动与变形——彰显特性

美国小说理论家约翰·D. 菲茨杰拉德在谈到小说情节的创造方法时说："最重要的是要懂得怎样使情节复杂化。"① "复杂小说表现并解决虚构作品中在一个或多个想象出来的人物的生活中的一个复杂因素，它必须比现实生活中见到的情形更有趣，同时要使读者觉得真实可信。"② 约翰·D. 菲茨杰拉德的这一观点虽然主要是针对短篇小说的情节创作而发，但它同样适合微篇小说乃至整个虚构性的叙事作品。事实上，微篇小说由于篇幅限制而具有单一性的情节特征，但为了避免单薄、单调，总是千方百计地使用各种艺术手段使有限的情节变得更加丰富多彩，以达到"杯水兴波""尺幅千里"的创作目的，因此，追求单一中的丰满、单一中的厚重、单一中的新奇，就成为微篇小说情节创造的重要目标。而情节的异动与变形便是大胆地使微篇小说情节变得复杂化的有效方法。如果说前面分析的顺向变化和意外突转，都是侧重指在与生活保持同向同态的前提下的情节变化模式，那么异动变形则解构了现实的常规逻辑，带有更强的艺术打造意味和主观色彩。其目的是为了制造陌生化，更加鲜明地凸显审美特性，形成审美兴奋点，以实现写作意图。下面我们分别从情节异动和情节变形两个方面来加以分析。

1. 情节异动

情节异动是相对于情节在正常时序下有条不紊地发展状态而言的。在正常的时空条件下，事物的发展按先后顺序进行，与之相应的是故事情节也呈线性形态依次展开。这种情节模式的优点是条理分明，一目了然，但也容易变得单调乏味，因此，为了使情节富于变化更有吸引力，作者故意打乱正常的情节链，改变情节构成要素原来所在的位置，变中求异，异中求新，让原有的情节在新的组合中产生更好的审美效果。这就是情节异动的基本内涵。情节异动在叙事性文学作品中是一种很常见的技法。传统写作理论中所讲的倒叙、插叙、补叙，或倒笔、插笔、补笔等，主要是指情节的异动。在微篇小说中，情节的异动既与传统的技法一脉相承，又有自身的文体特性，典型表现主要有以下两种。

---

① ［美］狄克森，司麦斯. 短篇小说写作指南［M］. 朱纯深，译. 沈阳：辽宁教育出版社，1998：139.

② ［美］狄克森，司麦斯. 短篇小说写作指南［M］. 朱纯深，译. 沈阳：辽宁教育出版社，1998：139.

(1) 倒叙

打破时间顺序，把故事的结局或某些发生在后面的情节片段提前叙述，然后再按故事发生、发展的先后顺序一一道来。运用倒叙，可以直面矛盾、凸显精彩、造成悬念、引人入胜。

倒叙又可分为部分倒叙和整体倒叙。

①部分倒叙是把故事的某个部分提前告诉读者，然后再按故事整体的先后顺序进行叙述。其情节变化主要有两种情况，可以用符号示意为两种表现模式：

B→A→C 或 C→A→B

部分倒叙中以第一种表现模式较常见，我们且看陈永林的《杨梅的婚事》，其情节安排如下：

B. 杨梅正在家门前喂鸡，突然来了一个男人，深情地叫着杨梅的名字，并且指着杨梅身旁的儿子石头，问："他是我们的儿子吧？"

A. 那时的杨梅18岁，认识了一个男人，有了身孕，去找那男人时，他却不辞而别。杨梅便把自己嫁给了一个患了癌症的男人，医生说他最多只活一年，但一年后，他活得好好的，而且癌细胞也消失了，尤其是他对杨梅和儿子极好，一家人过着幸福的日子。

C. 正在喂鸡的杨梅，面对那男人深情而急切地询问，虽然心尖酥痒痒的，但最后还是摇摇头，硬硬地从嘴里蹦出两个字，"不是"，那男人极度失望地走了。杨梅继续站在门前喂鸡。

这个故事，如果按照生活中原生态的先后顺序，应该是 A→B→C，但作者却将处于中间的 B 部分的情节提到前面，像特写镜头一样，将一个女人和一个男人推出来，而且男人提了那么一个令人感到唐突且富有刺激性的问题，一下子就点燃了读者的阅读欲望，吸引读者往下看。当弄清原委之后，杨梅对待婚事的那种态度，让我们觉得具有立足现实的合理性和走向成熟的真实感。杨梅已经走过了充满酸涩的浪漫青春期，知道该如何面对生活的选择和情感的挑战，懂得孰假孰真、孰冷孰热。杨梅的婚事给人以实实在在的启迪。作品的这些内在含义借助倒叙的情节模式，形成了更有张力的审美兴奋点。

②整体倒叙，就是将故事在自然状态下的先后顺序完全颠倒过来，从结局写起，逆流而上，一直写到开端。即：结局→高潮→发展→开端。用符号来表示就是：

D→C→B→A

蔡楠的《生死回眸》写某腐败的银行副行长从生到死的人生经历，采用了整体倒叙、反自然时序的情节模式,从死写到生:先写他因腐败被枪毙,次写他受贿的全过程,再写他青年、少年的奋斗历程,最后写他嗷嗷待哺、呱呱坠地。情节安排的别出心裁给人以耳目一新的审美冲击。同样,钱岩的《一个男孩生命的最后两小时》也是典型的整体倒叙模式。我们且将其情节分解来看:

D. 在麦苗拔节、油菜花怒放的美好时刻,一个四岁男孩端着水瓢蹒跚地走向远处池塘舀蝌蚪,一头栽进水里,再也没有起来。

C. 半小时前,男孩先在玩蝌蚪,后来蝌蚪被小鸭吃了,而妈妈正和几个大人在屋里忙着,男孩不敢去烦妈妈,哽哽咽咽一会儿后决定自己去舀几只蝌蚪,端起小瓢向池塘走去。

B. 一小时前,妈妈把舀来小蝌蚪的水瓢给男孩,让他一人在门口玩,在一旁的其他三个人发表了或赞赏或担心的议论。

A. 一个半小时前,男孩的妈妈看到原来约好的三个人没有来,便重新找人并先后说服张三、李四、王五等三个人到家里来打麻将,而男孩很悲伤,因为大家忽视了他。

这个故事发生发展的正常时序本来是 A→B→C→D,但作者却将其完全颠倒过来,将男孩因无人照看落水而亡的悲惨场景放在开头凸显出来,令人触目惊心,然后逆流追源,由果及因,将男孩的妈妈因为忙于打麻将而疏忽了对孩子的照管的情况一一抖搂出来,更令人悲哀和气愤。一个本来很平常的小孩意外死亡的事故,经过作者的精心和处理,变成了一个触动灵魂引人深思的故事。这样,构思的新奇带来了陌生的阅读效果,并且在内容上化平淡为奇崛,形成了令人难忘的审美兴奋点,给人以强烈的灵魂冲击。而这种艺术效果的产生,从情节设置的角度来说,主要是整体倒叙之功。

倒叙之法,虽然具有独特的艺术功用,但要运用得法,必须把握好以下几点。第一,倒叙情节的开头部分必须有较强的刺激性或趣味性,才能在阅读的第一时间吸引住读者的注意力。第二,倒叙情节的各个环节之间必须具有内在的逻辑性,能够经得起推敲。第三,各个情节片段之间的衔接要交代清楚,做到既巧妙又自然,既新奇又贴切,切忌故弄玄虚,晦涩费解。

(2)补叙

在叙述故事的过程中或在叙述的末尾,对人物、事件或有关情况做必要的解释、说明或交代,其作用是在突出作品主体的基础上补充有关信息,以释解情节链条上某些悬置的疑点,或丰富作品的内容,开拓文意,使作品更加完整严密。

一般文章的补叙可以安排在文中，也可以安排在文末。安排在文中的补叙实际上就是插叙的一种。在微篇小说中，补叙往往安排在文末。

冯骥才的《巧盗》写的是20世纪二三十年代天津卫最大的一家叫金满堂的金店失盗的故事。这家开张十五年来没出过事的店里，一天来了一对阔气十足的老爷太太，太太看过的一盘戒指中，少了一枚至少值一辆福特车的镶猫眼的钻戒，老板请警察来搜，不但未找着，反而和那太太打赌输掉了两个金元宝，并被奚落了一顿。到底戒指是如何被巧妙地盗走的呢？两个月后，伙计扫地时发现了一个干了的泡泡糖残块，谜团解开了，作者通过补叙交代了巧盗的真相：

> 原来那天，戒指就是那女人偷的，但她绝就绝在没把戒指放在身上，而是用嚼过的泡泡糖粘在了柜台下边，搜身当然搜不到。过后，不定哪天，来个同伙，伏在柜台上假装看首饰，伸手从柜台下把戒指神不知鬼不觉地取走。两个月后，泡泡糖干了，脱落在地。事就这么简单！现在明白过来，却早已晚了三春。可谁会想到那戒指粘在柜台下边，打古到今也没听说有这么一个偷法！

作者将最让人感兴趣的核心细节一直故意掩藏起来，等吊足了读者的胃口以后，才以补叙的方式将其释放出来。这样，既增强了情节的吸引力，又突出了审美兴奋点的独特情趣，让人恍然大悟而又会心一笑。

当然，同是补叙，由于构思不同，内容不同，产生的审美兴奋点不一样，效果也不一样。

相裕亭的《入匪》，写十七岁的黄泥头以阴毒的手段骗大表哥入匪的故事。黄泥头少年时即为匪首钱三爷当"送票"的信使，凭着他的狡黠胆识，敲大户、窝"回扣"，积攒了丰厚的钱财后，想另立山头，便离开钱三爷，逃到大表哥家窝下来。大表哥天黑回家发现在月子中的妻子和婴儿倒在血泊中，悲愤万分。黄泥头告诉他是钱三爷派来的人干的，要他随自己一起去找钱三爷报仇，大表哥摸起一根推磨棍就与表弟同行。那么，到底是谁杀害了大表哥妻儿的呢？作品最后的补叙回答了这一问题：

> 但，大表哥压根儿不知道，他的妻子和儿子，就是被眼前的这个看似要为他报仇的表弟黄泥头所亲手杀害的。黄泥头看大表哥是做土匪的料儿，便杀其妻子儿子，栽赃给钱三爷，让大表哥带着仇恨，随他入了匪道。

这篇小说由于内容带有传奇色彩，本来就具有较强的吸引力。作者只要按故事发生的自然时序平实地叙来，就很有看头。但作者不满足于这一点，而是将情节异动，将最能展示人物性格的核心细节放在最后出其不意地抖搂出来，这样，不但刻画出了黄泥头的狠毒、老辣，令人不寒而栗，而且给人以意外的震惊，同时，在震惊之余还会让人进一步思考匪性的戕残人性和人心的难以测度。这种补叙所形成的审美兴奋点提升了情节的表现力和作品的艺术品位。

运用补叙要注意以下三点：第一，要紧扣上文，不可疏离主题，节外生枝；第二，补叙的内容要有特色，如果平淡无奇，那么情节前后异动就难以产生令人兴奋的审美效果；第三，补叙的文字要简洁，不可拖泥带水，喧宾夺主。

2. 情节变形

如果说情节异动强调的是情节的各个环节之间前后位置的动态变化的话，那么情节变形主要是就情节生成的非常规属性而言的。

从艺术创作的基本规律来说，艺术的要义在于创造，创造的要义在于出新。既然要出新，就不能墨守成规，亦步亦趋。因此，艺术创造必然要超出常态，标新立异。艺术超常立异的范围是很广泛的。从小说情节的角度而言，追求新奇异趣，一直是小说家们的重要目标。为此，小说家们大胆地突破现实层面规则的束缚，充分展开想象，按照主观构思的需要，对人们习以为常的人、事、物进行越位重组，变形搭配，使之产生一种反常合道的陌生化的审美效果，让人们钝化了的、程式化了的感觉认知系统被激活起来，获得新鲜的情感满足或理性启迪。

同样，在微篇小说的创作中，运用超常思维，对情节进行变形处理，以形成审美兴奋点实现创作意图，是提高情节表现力和增强微篇小说艺术魅力的有效方法。

情节变形，往往是各种方法交错并用的，但根据其表现侧重点的区别，我们可以从不同的角度去探讨其情节生成的技巧。

（1）真幻交织

其方法是：一方面立足现实，对客观世界进行如实地状写，另一方面放眼主观世界，展开想象的翅膀，按照幻想的模式，将主观与客观、理想与现实交融在一起来构造情节。这种真幻交织而成的情节，既具有物质显现层面的逼真和实在，又具有主观幻化意义上的自由和空灵。因此，其幻化部分的情节往往超越现实时空的限制。作者在构思这类情节时，常常借助于神鬼精魅的故事，或借助梦境幻觉之类的描写，来叙事写人。

王海椿的《菊痴》，成功地运用了真幻交织的方法来构造情节，我们且将其分解来看：

A. 贫困书生王郎卖画为生，尤爱菊花，养菊、赏菊、画菊，如痴如迷。（真）

B. 老母患病，王郎向菊花诉苦，忽一女子出现，告诉他把砚台置于一株盆菊下，以清露水磨墨作画去卖。（幻）

C. 王郎用清露水磨墨调色，香气扑鼻，所作的画被抢购一空。有了钱抓药，老母病愈。（亦真亦幻）

D. 王郎酒后将画菊的秘密泄露给画友赵生。（真）

E. 赵生求神菊不得，便密告县令。县令求神菊不得，便将王郎打下死牢。（真）

F. 受刑之时，刀光一闪，王郎人头落地，却化成一缕青烟，尸首不见了。滴血之处冒出一朵菊花，灿烂地开着。（幻）

G. 王郎醒来，却见自己躺在床上，母亲正给他擦敷伤口。室外的神菊花朵落地，顶端分明有刀削之痕。（幻）

以上七个情节构成部分，ADE属于客观写真的情节，立足于现实的土壤，符合现实的人情物理、生存规则，王郎的卖画爱菊、酒后泄密及被人陷害，在现实中类似的情况完全有可能发生，读者也觉得真切可信。BFG属于主观幻想的情节，C则属于亦真亦幻的情节。幻想情节服从主观需要，随心而造，超越现实规则。在现实中不能或难以解决的问题，在幻想的星空下可以随心所欲地轻松处理好。母亲生病无钱医治时，神菊及时出现，告知王郎以清露水磨墨作画去卖，所作之画果然香气扑鼻，被抢购一空。王郎在受刑时，明明被砍落人头，却不见尸首，滴血处冒出一朵菊花。王郎本来已经被处死，却又躺在床上，母亲在给他擦敷伤口。而室外的神菊花朵落地，顶端处有刀削之痕。这些现实中不可能出现的情节，在幻想中则不受限制，它服从的是超现实的情理规则。这种真幻交织而成的情节，在让人感到既真实又新奇的审美刺激中满足了人们潜意识中的期待：痴心自有回报，为爱可以献身。这样，就形成了作品富有吸引力的审美兴奋点。

真幻交织情节的幻想部分也常常借助梦境来生成。非现实之事在梦境中可以随意组合，梦中所思所想虽然与现实有出入，但能折射深层的内涵。白旭初的《循环》，以一个七、八岁的男孩毛毛为中心，写毛毛的爷爷、爸爸和妈妈在对待自己进修学习与教育毛毛的问题上处理不当的故事。小说的开端、发展和结局部分都是写实求真性情节，高潮部分则是梦幻情节。傍晚时，毛毛在与一群孩子捉迷藏，被叫回家做作业。爷爷、爸爸、妈妈分别在读函大、电大、夜大，毛毛碰到难题向他们请教时，他们不但未耐心解答，反而只顾自己学习，采取或软或硬的方式将毛毛打发走了。满怀委屈的毛毛被晾在一边回到沙发上睡着了。接下来的情节高潮是：

（梦幻）毛毛在做作业，只是嘴上长出胡须，额头上布满皱纹，戴着眼镜，一副小老头模样。他正在挑灯苦读。一女孩推门进来：爸爸，这道题我不会做！

毛毛：去去去！自己去做！

突然，传来了孩子们清脆的嬉闹声。毛毛立刻跑到室外，兴致勃勃地与小朋友们捉迷藏……哈哈，捉住了！

最后的结局是毛毛被爸爸的一声断喝惊醒，这种梦幻交织的情节描写，构思精巧，含义丰富，既呼应了题目，照应了开头情节，又揭示了深刻的主题。如果长辈父母只顾及自己的学业前途，而忽视了对下一代的教育培养，那样必将影响下一代的健康成长而出现恶性循环的不良后果。这一深刻的主题，在层层铺垫的基础上，借一梦幻情节将其预兆出来，更显得醒目而耐人寻味。审美兴奋点的形成和作品主题的表达巧妙地统一起来了。

（2）夸张变形

对生活中某些司空见惯、习焉不察的事物现象或人情物理进行夸大其事、张扬其辞的叙写，就像采用高倍放大镜进行放大处理一样，使之超越常态，更加醒目突出。

薛涛的《古典人》，正如题目本身就给人一种穿越时空的陌生感一样，作品的整体情节具有一种超越现实的变形夸张。作品中的"我"就像"我"的一位朋友所说的，更适合在唐宋时期出生。"我"从不骑车、坐车，不管路有多远，一概用脚量。恋爱的条件更特别，恋爱期间不看电影，不进舞厅，不进公园，只可以到城市中央那家禅寺坐坐。结果谈了两个女朋友，都只见面走了一次路就没有第二次了。"我"索性在市郊盖了三间草房，做了一酒幌子，上书"稻香村酒家"，平时独自一人一边饮酒一边读古书。后来，来的人多了，"我"便雇了个小二，生意越来越红火，收入的"银两"越来越多，上门提亲的也越来越多，"我"只好像古人那样娶了三妻六妾。这样的故事在现实中不可能有完全相同的版本。这种追求"古典生活方式"的极端的人在现实中也很难找到。他的所作所为，并不让人感到真切，只让人感到新奇怪异。但是在这种变形夸张的情节后面却寓含了现代人厌倦物质文明，寻求返璞归真的精神意向，变形夸张是构成审美兴奋点的手段，而深刻的含义则是构成审美兴奋点的内在基质。

夸张常常抓住某一情节元素进行反复的渲染强化，将其推向极端，使之放大变形，产生触目惊心、引人深思的效果。

匈牙利作家莫尔多瓦·久尔吉的《遭殃的机关》，对专制权威给人造成的奴役变态进行了夸张的描写。勃朗特局长冷酷无情的专制，顺者昌逆者亡的手腕，在位六年换了十二批人的管理记录所形成的权威效应和个人崇拜心理，集中体现在他死后追悼会上人们的表现。副局长给他致悼词，从早晨八点钟开始，于次日下午六点半结束。悼词念完后，全体起立，默哀一分钟。一分钟早过去了，谁也不敢动，怕遭到局长来自另一个世界的处分。天破晓了，后来黄昏又来临了，但是一分钟的默哀还在继续进行。直到新任的局长到任，请大家节哀，请坐下或者请回家，但人们还是默默地站着。两个星期过去了，由于原来开追悼会的地方另有用途，新局长只好派人把开追悼会的人们装上卡车运到"最新现代史博物馆"的一个特别陈列室，默哀一分钟的人们一直在那里站着。作者将权势对人们所形成的威慑作用进行了极度夸张的描写，几乎荒唐到了令人难以置信的程度，但它鲜明地传达了作者的创作旨意。

（3）荒诞变形

荒诞变形与夸张变形的共同之处是情节都超越常规，二者在具体作品中常常有交叉重叠的情况，荒诞的实现常常借助夸张，夸张到一定程度往往显出荒诞来。但是夸张变形强调的是情节的放大和极端化，而荒诞变形更显示出表层情节的逆情悖理，不合逻辑，在这种反常规、反逻辑的情节发展中包含着更深刻的意蕴，从而形成由情节的陌生化和内涵的深刻性所共同构成的审美兴奋点。

蔡楠的《谋杀自己》，整体情节的构造都是建立在荒诞基础之上的。为了出去远游，"我"和"我自己"分离了，一个留着上班，一个出去游玩。"我自己"留在家里工作、恋爱，"我"则东西南北到处旅游。等"我"回来时，"我自己"已升了官，女友已有2个月身孕。为了让"我"和"我自己"合二为一，"我"谋杀了"我自己"。这种情节很显然是非现实性的，而且有点让人莫名其妙，"我"怎么能谋杀"我自己"呢？但是透过这荒诞怪异的情节，我们可以进一步思考人的需求和欲望的多重性和矛盾性，现实人生和欲望人生或者说理想人生之间难以调和的尴尬与冲突，人在这种生存的挤压中该如何摆正自己的位置，等等，这样就形成了富有价值的审美兴奋点。

在荒诞变形的创作基础上，什么样的情节都可能发生。鱼儿可以离开水在陆地上行走（蔡楠《行走在岸上的鱼》），少女的感情可以典当（深雪《当铺》），甚至死去很久的古人可以复活。比如，匈牙利作家厄尔凯尼的《有什么新鲜事吗？》，借一个从裂开的墓穴中复活过来又回到墓穴中去的人的遭遇，说明世界很无聊，古今都一样，没有什么有意思的新鲜事发生，体现了作者对现实的不满及看透人生的厌倦心理。

运用荒诞变形生成的情节，往往不注重形而下的细节真实，而带有更多的形而上的抽象性和思辨性。因此，其审美兴奋点的形成和解读，必须从宏观的角度切入，才不至于杂乱无章。

（4）科幻变形

科幻变形出现于科幻类微篇小说中。其特点是以科学幻想为题材，立足于科学上已取得的新发展、新成果，展开丰富的想象，描述人类利用已有的科学成果可能出现的各种情况。在此基础上产生的情节往往是超越现实，反常变形的。

科幻变形类情节审美兴奋点的形成一般需要两个条件：科幻性和哲理性，科幻性是其情节的显性特点，而哲理性使情节更有理性的厚度。

在具体写作时，科幻变形类情节总是把科幻和人的生活的现实情态结合起来表现。因此，其情节生成的大前提是超现实变形的，而具体的细节描写则是合情合理、与现实紧密相连的。

梁建明的《"电脑"爱人》写一对夫妻互相以电脑置换对方脑袋的故事。金博士认为自己爱人的脑袋太庸俗与她漂亮的身子不匹配，便以一部输入了所有尖端科学知识的电脑来置换，手术成功以后，她的言谈举止判若两人。但是，"已经是世界上最聪明、最具魅力、也最有情感"的她，则认为金博士放荡、浪漫、用情不专，便在金博士出外开会的一个月期间内，制造了一部超小型电脑，把刚回国的金博士绑在手术台上移植脑袋，以防止他拈花惹草、见异思迁，使他成为天下最安分、最专情的男人。这样，夫妻之间将成为"电脑"爱人。作品情节的构思是建立在电脑科技的发展之上的，但是科技还没有发达到电脑能置换人脑这一步，因而只是一种超现实的幻想。而金博士夫妻之间互相挑剔、彼此设防的心理及行为，在现实人生中并不鲜见，作品对其描写也显得细腻、逼真。这样，科幻与现实、异常与正常交融在一起，形成了独具特色的情节模式。而作品情节所体现的聪明反被聪明误、科技是一把双刃剑、人文伦理与科学技术孰主孰次等一系列问题，则大大增强了情节的价值量，给人以深远的思考。这些共同构成了《"电脑"爱人》的审美兴奋点。

正像《"电脑"爱人》一样，科幻变形情节构思立意的基本做法是，针对现实人生中某类普遍存在的问题或常见的现象，有感而发，寓深刻的思想于离奇的科幻情节之中。日本微篇小说大师星新一的不少科幻类作品就是这么构思的。如《礼品》《危机》《魅力药》等。譬如《危机》虚构了地球曾经面临的一次危机及危机被化解的故事。由于地球上居民们互相仇视，不断地发生纠纷，引起了宇宙人的不满，他们乘坐载着精锐武器的巨大火箭，从宇宙的远方来到了地球的边缘，准备消灭地球人。但是当他们在开火之前用高倍数的望远镜进一步核查落实时，却发现地球上的任何城市都洋溢着宁静的气氛，人们互相面带微笑，面对这么和平、文雅的人们所居住的地球，宇宙人停止了进攻。原来这一天正是一年一度快乐的日子——圣诞节。作品中所牵涉的外星宇宙人、巨大火箭、高倍数望远镜及他们从外星飞来等内容，都带有科幻成分，都具有超越现实的变形变色。但是，关于地球上居民的互相仇视、纠纷不断及祥和的圣诞节等内容，则是实实在在的。作者借此表达了对人类互不相容、同类相残的不满及向往和平安宁生活的美好愿望。这一主题借科幻变形的情节表达出来，使作品的审美兴奋点更有情趣。

三、开头常用方法

著名节目主持人杨澜在谈到主持的开头艺术时说，一个优秀的节目主持人应在三秒钟之内抓住观众。这一观点同样适合文学创作。美国小说理论家杰克·韦伯在论述小说创作的开头时指出："写好第一句、第一段、第一页，一步一个脚印，小说要卖得出去，这比什么都重要，仅次于一样，那就是，要有故事讲。"[1] 又说："五秒之内，你可以把天底下所有的读者、编辑丧失殆尽，或者把他们抓住。"[2] 对于微篇小说来说，有限的篇幅更要求其惜墨如金，在第一时间内抓住读者。要做到这一点，必须有一个高质量的开头。这个开头应该像元代乔吉所讲的"凤头"那样神奇美丽，才富有吸引力。在微篇小说的创作中，成功的开头方法，常用的有以下几种。

1. 背景交代——引出情节

任何故事的发生，虽然总是以偶然性的形式出现，但都有其必然性的前

---

[1] [美]狄克森，司麦斯. 短篇小说写作指南[M]. 朱纯深，译. 沈阳：辽宁教育出版社，1998：198.

[2] [美]狄克森，司麦斯. 短篇小说写作指南[M]. 朱纯深，译. 沈阳：辽宁教育出版社，1998：139.

提,这个前提实际上就是故事产生的背景,也就是故事得以形成的各种社会历史条件或自然环境条件。通过对背景的交代,从相对宏观或纵深的角度引出情节,可以更好地凸显情节的价值意义。当然,这种背景交代的范围是比较宽泛的,在微篇小说的开头中,主要体现为从社会人生背景切入,从自然环境切入或从背景入手,强调交代缘由等几个方面。

从社会人生背景切入的开头,侧重交代时代特征或人生履历。鲁迅的《一件小事》开头为:"我从乡下跑到京城里,一转眼已经六年了。其间耳闻目睹的所谓国家大事,算起来也很不少;但在我心里,却不留什么痕迹,倘要我寻出这些事的影响来说,便只是增长了我的坏脾气,——老实说便是教我一天比一天地看不起人。"交代"我"六年来的人生阅历及心态变化这一背景后,立即一转:"但有一件小事,却于我有意义,将我从坏脾气里拖开,使我至今忘记不得。"这样就使下文所叙的一件小事更具有特殊意义,小事不小,小中见大;同时也使下文情节更加引人关注。

意大利作家卡尔维诺的《黑羊》,以背景交代开头,内容更加宽泛:

从前有个国家,里面人人是贼。

一到傍晚,他们手持万能钥匙和遮光灯笼出门,走到邻居家里行窃。破晓时分,他们提着偷来的东西回到家里,总能发现自己家也失窃了。

他们就这样幸福地居住在一起。没有不幸的人,因为每个人都从别人那里偷东西,别人又再从别人那里偷,依次下去。直到最后一个人去第一个窃贼家行窃。该国贸易也就不可避免得是买方和卖方的双向欺骗。政府是个向臣民行窃的犯罪机构,而臣民也仅对欺骗政府感兴趣。所以日子倒也平稳,没有富人和穷人。

在此基础上,再写来了一个不偷不窃的诚实人,大家都不适应,结果导致了贫富分化,越偷窃有术的越富,而诚实的人最后饿死了。这一故事具有多方面的意蕴。而将其放在一个时空泛化、举国上下都以偷窃为乐的背景下去叙述,就使情节的内涵更有广泛的指代性和形而上的包容力。

以描述自然环境开头的写法,往往是将自然环境的渲染和情节的发生发展紧紧地联系在一起,自然环境的描写能够引出相应的情节。英国作家大卫·洛契费特的《魔盒》,开头写道:"在一抹缠绵而又朦胧的夕照的映衬下,我四周高耸着的伦敦城的房顶和烟囱,似乎就像监狱围墙上的雉堞。从我三楼的窗户鸟瞰,景色并不令人怡然自得——庭院满目萧条,死气沉沉的秃树刺破了暮色。远处,有口钟正在铮铮报时。"作者描绘的"缠绵而又朦胧的夕照""像监狱围墙上的雉堞"一样的"房顶和烟囱""满目萧条"的"庭院""死气沉沉的秃树"和暮色中的钟声,渲染了一种沉重、黯淡、令人揪心的氛围,所以,身处这种环境中,触景生情,自然就引发了下文所写的"我"的乡愁以及房东所讲的那只装满了天伦之乐的魔盒的故事。合情合理,不露痕迹。

从事物之间互相联系的角度而言,开头背景交代与下文情节之间总存在着这样或那样的必然关系,但是有一些作品的开头背景交代更侧重叙述故事产生的缘由,体现背景与下文情节之间的因果关系。刘璟的《清官之死》即是这种写法。起笔叙古时某县,知县廉洁奉公,爱民如子,百姓安居乐业,勤恳生产,但是因天灾频频,百姓们难以为生;知县便上书朝廷请求赈灾,均遭拒绝。交代了这一背景缘由之后,再写知县带人装扮成造反的盗贼以骗取朝廷平反的银两来赈济百姓而遭处斩的故事,上下文之间具有明显的因果关系。同样,美国作家罗伯特·斯特恩德利的《没有锁上的门》,其开头与下文情节之间也是典型的因果关系。开头写苏格兰南部的一位十几岁的姑娘离家出走的原因,因为她最讨厌父母对她的管束,也不接受家里的宗教信仰,想过一种自己的生活。下文写她出走以后穷途潦倒沦为妓女,又在母亲的思念期盼中返回家来,而家里的门从她离开家的那天起十来年里从来就没有锁上过的故事。开头的交代是引发下文情节的直接原因,前后衔接紧密,不可分割。

通过背景交代的方式来作为微篇小说的开头,以引出情节,便于将故事叙述得有头有尾,也容易满足读者知根知底的阅读心理。但这种开头方式也有一定的风险,因为微篇小说本来就字数有限,背景的交代写得过多就容易出现头重脚轻的情况,写得过少则容易导致交代不清、含糊其词。因此,以背景交代作为开头,既要注意开头与下文情节之间的有机联系,又要讲究简明扼要、生动有趣。

2. 开门见山——直陈其事

开头不绕弯子,而是紧扣题目直接导入正题,对准核心内容进行叙写,让读者在阅读的第一时间里就获得作品的基本信息,显得干脆利索。这种写法很适合本来篇幅就有限的微篇小说,因此运用得很普遍。

迟子建的《与周瑜相遇》开头即是:"一个司空见惯、平淡无奇的夜晚,我枕着一片芦苇见到了周瑜。那个纵马驰骋、英气逼人的三国时的周瑜。"这个开头不遮不掩、直接入题,再加上行文中"枕着一片芦苇"和"三国时的周瑜"这些文字本身所蕴含的富有时空穿透力的信息，就使得小说的起首简洁而富有吸引力，下文所叙的"我"与周瑜相遇的故事也就衔接得紧凑而自然。

又如生晓清的《奴才驾到》，开头为：

> 爷爷从局里回来，累得不行，到底年岁不饶人。刚坐下，小孙孙就蹿上来吊住他的脖子，闹着要做游戏。

接着很自然地叙述爷爷和小孙孙做"奴才驾到"这一游戏的故事。日本作家三藤英二的《出租小姐》的开头是：

> 三个小伙子是好朋友，同一家公司供职，又都爱上了新来的女职员优子。优子长得特别漂亮，而且那双眼睛含情脉脉。

直写其人其事，入题简洁明快而饶有情趣。

有一些微篇小说，本来就只有一个核心细节，那么，开头即导入细节的叙写。比如，司玉笙的《"书法家"》的开头仅一句话：

> 书法比赛会上，人们围住前来观看的高局长，请他留字。

接着写高局长表演书法的细节。又如法国作家哈巴特·霍利的《德军剩下来的东西》开头是：

> 战争结束了。他回到了从德军手里夺回来的故乡，他匆匆忙忙地在路灯昏黄的街上走着。

紧接着写他被一个女人捉住的细节。这类开头尽量精简文字，目的是更好地凸显后面的细节。

还有一些作品的开头已经和整个细节融为一体。比如，谌容的《总统梦》写妈妈要儿子早晨早点起床做作业的一段对话细节：

> "胖胖，快起来！"
> "天还没亮呢！"
> "你昨晚保证了，早晨起来把作业做完呀！"
> ……

以上开头，虽然写法并不完全一致，但都舍繁就简、节省了笔墨，而且这种开门见山的开头法，很快就将读者带入作品所写的情节之中，既可以尽快地给读者提供基本的审美信息，又易于引起读者的兴趣；但要运用得当，关键是找准开门见山的切入点，善于化繁为简。

通过背景交代和开门见山的方式来设置开头，是微篇小说中运用得最广泛的两种开头方法，此外，还常用到以下方法。

3. 概述情节——给人以整体印象

开头即对全文的基本情节内容做出简明扼要的概述或提示，给读者以整体印象，然后再叙述具体的情节。

蔡楠的《脸》，开头为：

> 叶芽到城里的时候，是带了几张脸去的。颜色、薄厚、质地不同的几张脸。叶芽想：在城里人生地不熟的，带上几张脸也许会有大用途的。今后很长一段的时间证明，叶芽的想法还是正确的。

接下来的情节正是开头内容的具体化，写叶芽换了不同的脸，从陪大款跳舞、接客到做二奶，一路顺利，只是最后父母来看她时，发现她没有脸了。

还有一些作品，开头的概述更为简练。如美国作家阿·戈登的《幸福的玫瑰》，开头仅两句话：

> 那年春天，每星期六的晚上我都要给凯洛琳·韦尔福小组送去一朵玫瑰。每星期六的晚上，无论刮风下雨，8点我准时送到。

接着叙述了送玫瑰的故事。

还有的作品以概述情节开头，仅一句话。如美国作家哈尔奥·柯斯来的《举起手来》的开头：

> 伯尼·斯苔哥的抢劫生涯在星期一晚11点开始，结束于11点20分。

接着叙述伯尼·斯苔哥在实施抢劫的20分钟内，反被遭抢者说服改邪归正的故事。

这种以概述情节开头的写法，一般用于情节性较强的作品，而要运用得当，关键是概述得既要准确，又要简洁而富有吸引力，才能激发读者阅读的兴趣。

4. 设置疑问——引出情节

开头提出疑问、设置疑团，使读者产生急于要知道结果的念头，然后根据疑问展开情节。这样的开头，既能顿生悬念，使读者的神经立即兴奋起来，又能使开头和下文情节之间的衔接紧凑自然。

有的以疑问设置的开头，则将必要的交代和疑问句式结合在一起。比如叶倾城的《麦当劳的礼物》的开头：

大一圣诞节前的那个周末，我回了家，喝着妈特地给我煨的排骨汤，我心里一直在犹豫：该不该向妈要这笔钱呢？

下文所叙述的就是围绕向妈要这笔钱所生发的故事。开头的交代使疑问的产生更显真实，疑问的设置则引发新的情节，使前后浑然一体。

5. 从关键细节入题——既刺激醒目，又引人入胜

关键细节是指反映人物性格，或关系人物命运，或影响事件发展走向的关键环节，也往往是矛盾的焦点和各种信息的集中点，其审美效果常常带有惊险刺激或离奇有趣的特征。从关键细节写起，能将读者一下子带入作品的精彩之处。

曹德权的《逃兵》，开头就扣人心弦：

"预备——"随着执刑官的一声厉吼，一排枪刺齐刷刷地抬起，对准了五米外被打得皮开肉绽的十一条汉子。

十一个战场逃兵有的耷拉着头，有的双目紧闭，有的瞪圆充血的双眼盯着执刑官，有的嘴角斜拉出一丝惨笑……

接着在追叙了十一个逃兵受刑的原因之后，叙写了他们被旅长释放的经过及被释放以后所发生的令人惊心动魄的故事。开头的描写就定下了全文惨烈的基调，让读者的阅读一直处于亢奋之中。

有的作品则从奇特有趣的关键细节入题。且看墨西哥作家阿雷奥拉的《换妻记》的开头：

"旧妻……换新妻！"商人吆喝着，在小镇上走街串巷，来回转悠，后面跟着几辆油漆彩画的带篷马车。

作者采用先声夺人的手法，以"旧妻……换新妻！"这样极富煽动力的语言作为开头的第一句话，让读者触目惊心，非看下去不可。在此基础上再叙述故事，就更容易引人入胜了。

以关键细节开头的微篇小说，往往可读性很强，但要运用得当，既让读者一见而兴奋，又能引领下文，关键在于根据构思和题材的特点，找准具有激发力的细节切入点。

6. 议论入题——凸显立意

一般而言，作为叙事文学的小说是不提倡议论的，小说也忌讳判断，小说家的观点宜隐蔽在文字后面，通过人物、情节或场面自然地流露出来。古今中外的小说家和理论家一般也是这么认为的。但是，在不少经典作品中，

287

一些精辟的议论确实有点睛之妙，启人心智，提升了作品的哲理品位。比如列夫·托尔斯泰的《安娜·卡列尼娜》，开篇就是："幸福的家庭都是相似的，不幸的家庭各有各的不幸。"备受称赞。像这种以议论入小说的写法也屡见不鲜。这说明，只要议论得当，就可和作品其他内容相得益彰，并得到读者的赞同。

同样，微篇小说以议论开头，也是一种成功的写法。如冯骥才的《多活一小时》，开篇即为议论：

> 时间有时像尘土，需要打发掉；有时确实比金银财宝还要珍贵，但它又和流光一样，抓也抓不住。活者和死者之间的区别，就看有没有时间；没时间，生命就结束了。

接着虚构了天神和10个渴望重返世界多活一小时的死人之间的故事，体现了对时间与人生百态的广泛思考，而这种思考在开头的议论中就已做了定性分析。

有的开头议论，既能表明立意，又注意导出下文，较之于纯粹的议论开头更能使上下文衔接自然。比如徐慧芬的《爱的阅读》的开头：

> 人很难把握生命。一位医生说，毛病不断的人，不见得短命。就像一只瓷瓶，纵然已显裂纹，但仔细爱护，亦可避免破碎。而一只好碗，一不当心也会粉身碎骨。这样的话应在他和她身上。

最后一句"这样的话应在他和她身上"便很自然地带出了下文故事。

以议论开头，能明确地赋予作品以理性的光芒，但也容易产生先入为主的局限，遭人非议；因此，运用此法，议论要力求入情入理、精辟生动。

以上是微篇小说常用的几种开头方法，并且已被创作实践证明是行之有效的。这些方法的区分当然是相对而言的，从不同的角度可以有不同的理解，在创作中也常有交叉并用的情况。随着微篇小说的发展，开头的方法还会不断翻新，但不管如何变化，都要符合两条基本规律，一是艺术的普遍规律，二是微篇小说的文体规律，在此基础上能够得到读者的认同和欢迎，就具有艺术的生命力。

四、结尾常用方法

结尾既是文本写作的结束，又是读者解读作品进行审美再创造的一个新的艺术起跳板。因此，历来为创作者所重视。我国传统的作文要求，结尾应像"豹尾"①,刚劲有力;或者如"临去秋波"②,勾魂摄魄,给人以无穷的意味。西方的人士也认为,艺术的"打击力要放到最后"③。这些观点同样适合微篇小说,而且有些作家和理论家认为,微篇小说是一种结尾的艺术。下面我们侧重从作品情节思路的前后关系上,来总结微篇小说常用的一些结尾方法。

1. 求异式——既出人意料之外,又全在情理之中

作品先是娓娓而叙,似乎事情就这样平平淡淡地结束了,而结尾突然来个出人意料的转折,异峰突起,平地惊雷,刺激读者的审美神经,给人以出其不意的新鲜体验和"别有洞天""柳暗花明"的审美快感。

以孙方友的《蚊刑》为例。《蚊刑》先叙述古代陈州城四周皆湖,蒲草丛丛,夏日蚊虫特多,陈州人必用火艾熏蚊才能度夏。而知县独揽火艾生意,大发其财。如有胆敢偷做火艾生意的,知县就将其抓来,处以蚊刑:扒光衣服,捆缚至河心,让蚊子叮咬吸血。一般不到天明,受刑者便浑身浮肿,一命呜呼。官逼民反,一队土匪夜袭县城,活捉了知县。匪首传令,处以蚊刑。——这是故事情节发展的逻辑和读者期待的必然结果;而且读者一定会预想到,知县一定会被蚊子活活叮死。但是,天明之后一看,知县竟然没死。——这是读者没有预料到的结局。在众人的惊异中,知县道出了原委:第一批蚊子来叮时不要晃动,等它们吸饱之后附在身体上就形成了保持层,第二批蚊子进不来,血就不会被吸干。——好狡猾的知县!蚊刑处不死,那就用其他酷刑来严惩知县吧。但匪首当下就放了知县。——这又是读者更没料到的结尾。这一结尾,既出人意料之外,又全在情理之中。那搜刮民脂民膏的知县不就是吸血的蚊子吗?杀死了这一个知县,将会有一个又一个像饥饿的蚊子一样的知县前来更加凶狠地搜刮。还不如让这个撑肥了的知县继续占住原位,对老百姓可能还有利一些。要从根本上解决问题,就必须砸烂那黑暗的旧制度。

这种求异式的结尾方式又称为"反转式""转折式""回环式""反弹式"或"欧·亨利式",因为它具有多方面的审美功能,而被不少人认为是微篇小说的最佳结尾方式。美国的欧·亨利、日本的星新一等微篇小说大师的作品

---

① [元]陶宗仪. 辍耕曲录 [M] //郭绍虞. 中国历代文论选(第2册). 上海:上海古籍出版社,2001:483.
② [清]李渔. 闲情偶记 [M] //郭绍虞. 中国历代文论选(第3册). 上海:上海古籍出版社,2001:280.
③ 蒋晓兰. 小说写作艺术与技巧 [M]. 贵阳:贵州民族出版社,2003:223.

大都是这种结尾。

运用求异式结尾应注意情节本身要具有不同寻常的特点，情节的转换应合情合理，不能给人以矫揉造作、故弄玄虚之感。

2. 求同式——水到渠成，自然收结

情节按照事物发展的正常顺序展开，首尾圆合；结尾不岔开笔墨，不另生枝节，"什么树开什么花，什么藤结什么瓜"，其好处是结构严谨，真切可信，一如生活本身，自然而然。

著名作家汪曾祺的微篇小说常采用这种结尾方式。比如《水蛇腰》，写家境平平但长得好看的崔兰高小一毕业就嫁给了洋面厂的小老板朱少爷。结婚三天后，夫妻俩去"看会"（赛城隍），两人打扮得时髦出众，引起众人的议论。结尾写很多人都认为"一夜之间，崔兰从一个毛丫头变成了一个少奶奶""这可真是糠箩跳到米箩了！"情节的发展正如读者预料的那样，波澜不惊，顺理成章。

求同式结尾容易满足读者的期待心理，但要注意选材的可读性，并要具备相当的语言功力，否则会流于平庸乏味。

3. 空白式——此时无声胜有声

古人品诗，讲究"不着一字，尽得风流"；书画家作书绘画，讲究虚实相间，或以虚写实。微篇小说也可在结尾时留出空白，让读者去进行审美再创造，以延伸作品的意蕴。

程鹰的《迷人的紫砂壶》，写"他"为了骗取老盲人的一把价值几百万元的紫砂壶，有计划、有步骤地接近老人，取得了老人的信任，终于把紫砂壶骗到手。老盲人洞若观火，仍然把"他"当成知己，临死前把已被换成假的紫砂壶当真的交给"他"保存。但"他"反而灵魂震颤，寝食难安。故事最后一句写"他"问道："现在，你说，我该怎么办才是啊？"这是一篇拷问灵魂的作品，结尾撕开口子，留下空白，促人深思，发人深省。

空白式结尾的作品在立意上常带有思辨色彩，主题的深化和情节的展开要力求水乳交融。

4. 暗示式——窥一知十，欲说还休

有一幅宋人小画，只于尺幅中画一宫门，一宫女早起出门倒垃圾，倒的全是荔枝、桂圆、鸭脚（即百果）之类的皮壳，完全没有画灯火笙歌，但是宫苑生活的豪华闲逸都表现出来了。微篇小说暗示式的结尾也常用此法，结尾提供一点线索，引人遐思。虽然它和空白式一样，不把话说完，给读者留下很多的东西，但又不同于空白式。空白式是一言难尽，作者对问题的走向并无明确的态度，留下悬念让读者见仁见智；暗示式是藏头露尾，作者已成竹在胸，只做一点提示，读者顺藤摸瓜，由点及面，就会得到合适的答案，所以，作者欲说还休。

李云良的《腹部刀口》的结尾一笔很精彩。丈夫在"她"的劝说下去澳洲打工，三年后衣锦还乡。望着密码箱里的十五万美金，她流着幸福的泪水。晚上，她摸着丈夫的腹部，发现一道很长的疤痕。她问丈夫怎么开过刀。丈夫说："我卖了一个肾，给美国人……"文章至此收住，一切都不用再说，读者什么都明白了。

空白式和暗示式结尾都显得很含蓄，含不尽之意于言外，体现了对读者审美能力的尊重，但切忌晦涩难解。

5. 强调式——特写聚焦，锦上添花

微篇小说篇幅有限，不可能采用多种手段从各个方面对人物进行刻画，常常是只写人物一个或几个性格侧面。为了强化这一性格特点，作品在层层渲染之后，于结尾处又浓墨重彩加以凸显。

祝春岗的《匠心》，写县"打假办"的老张来定做15个打假举报箱，老木匠亏本以6元一个和他说定。老木匠精工细做，如期完成。老张来取货时提出要在发票上写20元一个，老木匠不干，老张要拉走。最后老木匠"抡起斧头，使尽臂力对准一只只信箱狠狠地锤砸下去，霎时间，地上变成红红白白刺目的一片……"一个人老心红、嫉假如仇的老工人形象，随着最后一笔，刀刻斧削般地留在读者的印象中。

强调式要恰到好处，太嫩，则火候不够，浪费笔墨；太老，则过犹不及，令人难以置信。

6. 点睛式——点化情节，深化立意

微篇小说是立意的艺术，于结尾处画龙点睛、坦露主旨，从而使得整个情节活络起来，以实现写作意图，也是一种成功的结尾方式。

贾平凹的《药罐》，先是不动声色地叙述了全村人合用一个药罐的琐琐碎碎的故事，最后写道："药罐熬着苦口的汁水，苦水使全村人团结起来，滋润着生命，就这么活下去。"点出了药罐这一特定意象的含蕴。

点睛之笔，富含哲理，但要注意说到点子上，否则就会成为"蛇足"。

除了以上结尾方式以外，还有补充交代式、呼告式等，在此不再一一例析，今后肯定还会有新的结尾方式不断涌现出来。但不管是以何种方式结尾，关键是要有意味，并且有新意，这样才能真正地成为"豹尾"，成为最后的打击力。

第十章 叙事艺术论

叙事,在中国古代最早称为"序事",不仅有讲述的意思,而且暗示了时空顺序,隐藏着思维的多元性,包含了异常丰富的文体内容。而将叙事当作一门学科,并使其成为一门显学,则是20世纪60年代以后的事。叙事学的宏观研究范围是和人类历史一样悠久的叙事交际行为,但其基本范围是叙事文学作品。[①] 小说又是叙事文学中最有代表性的文体。叙事学的理论视野、思维体系、构成要素、调控机制及操作方法,为小说的研究和创作洞开了新的天地。人们发现,小说的叙事世界潜藏着巨大的升级换代空间和生生不息的表达活力。

落实到表达层面,当作者产生了创作冲动,并且已经积累了素材,确定了创作意图之后,如何进行叙事,并使这种叙事富有意味从而赢得读者的喜爱,就成了小说创作的关键问题。微篇小说篇幅短小,容量有限,这是其文体特性。那么,如何扬长避短,甚至化短为长,自然就成了微篇小说创作必须解决的课题。当代叙事学中所关注的叙事情境、叙事时间及叙事结构等方面的研究,为解决微篇小说创作中的叙事难题提供了有力的理论资源。而其中最为突出,也最为切中微篇小说叙事实际的,具体说来,就是叙事视角和叙事的强度、速度与节奏。

第一节 叙事视角

英国文学批评家帕西·拉伯克在其著名的《小说技巧》一书中指出:"在小说技巧中,我把视角问题——叙事者与故事之间的关系——看作最复杂的

[①] 罗纲. 叙事学导论 [M]. 昆明:云南人民出版社,1994:1-3.

方法问题。"①

确实，一个故事由谁来讲，也即叙事者与故事之间的关系，体现着小说一类叙事文学的本质功能。同一个故事，横看成岭侧成峰，不同的叙述方式，会产生截然不同的表达效果。即使是司空见惯，甚至平淡无奇的内容，但只要作者恰当地运用创造性的叙事谋略，也可能点铁成金甚至点土成金，将一个丑小鸭般的故事，叙述得像白天鹅般的迷人可爱或耐人寻味。

这种体现叙事者与故事之间关系的视角，在西方又被称为"叙事焦点""叙事体态"和"焦点调节"等；在我国又被称为"视点""视野"和"角度"等。意思大同小异，基本含义不外乎两个方面，其一，作者赋予叙述者的身份定位及权限范围，比如说叙述者的出身经历、性别年龄、性情教养、能力大小及扮演的各种社会角色等。以我们熟知的鲁迅的《孔乙己》为例，故事的叙述者是个小伙计，当年咸亨酒店的店员，年少不更事，是孔乙己悲剧人生的目击者。其二，叙述者是站在何种角度以何种口吻来讲述故事的。这种角度可以是不受限制的，也可以是受限制的。叙述的口吻可以是第一人称、第三人称，也偶尔有第二人称。我们一般所讲的叙事视角，主要是从这一层含义上来区分的。《孔乙己》以酒店小伙计"我"的口吻来叙述，用的就是限制第一人称视角。那么，根据叙事学的基本理论，结合微篇小说的创作规律，我们可以从以下几个方面来探讨微篇小说叙事视角的运用技巧。

叙事视角
- 全知视角
  - 第一人称
  - 第三人称
- 限制视角
  - 第一人称
  - 第三人称
- 纯客观视角
  - 戏剧性视角
  - 录像式视角
- 流动视角
  - 同一视角模式的流动
  - 不同视角模式的流动

一、全知视角

叙述者全知全能，犹如上帝一样君临一切，不受任何限制，无所不在，无所不晓。无论是过去、现在或将来，也无论是人物外在的言行举止，还是

---

① The Craft of Fiction [M] //陈平原. 中国小说叙事模式的转变. 北京：北京大学出版社，2003：62.

人物的内心隐秘，叙述者所掌握的信息可以超越时空，多于故事中的任何一个人物，因此又被称为叙述者人物。根据叙述者的口吻，也即人称的变化，我们又可以进一步将其区分为两种类型。

1. 全知第一人称视角

叙述者以"我""我们"这种第一人称的形式直接登场亮相来控制叙事进程，但叙述者并不进入故事情节，而是以凌驾于故事之上无所不知的外观者姿态，通过独白议论的方式进行宏观调控，故事中的人和事，无论是公开的还是隐蔽的，均在叙述者的视角之内。

侯德云的《二姑给过咱一袋面》，开头就用议论引出话题："我们有时候会对某个人心生怨恨，并不是由于他或她做过有损于我们的事情，其实，他或她，什么也没有做，没有做我们所期望他或她去做的事情，而已。……"然后明明白白地交代："蚊腿是我老家的一个人物。一辈子草草木木地活，几无可歌可咏之处。不过，他却在我心中留下了一处很深的烙印。""身为作家，总不能白端了国家的饭碗，隔三岔五，总要寻思着作点什么。今个有闲，不妨捏住蚊腿，作他一作。"在这里，作者特意点明了"我"这一叙述人的身份，等于告诉读者，以下的故事是由"我"来讲述的。然后叙述了一个很简单的故事：蚊腿一天早晨起来，想起二姑去年这个时候给过自己一袋面做了饺子吃，便把老婆叫醒做好了饺子馅，蚊腿赶往二姑家，以为二姑又会给他一袋面，但是他没开口，空着手回来了。从此，蚊腿就跟二姑断绝了往来，二姑直到死也没弄明白是怎么一回事。在结尾处，叙述人"我"又站出来发议论："很多年以后，我由一个乡下孩子，变成了一个城里人。我发现，即使是在城市里，拥有蚊腿那种思维方式的人，也很多，只是外在的表现形式，有所不同罢了。有时候也忍不住自问：'我是不是蚊腿那样的人呢？'"从叙事的角度来说，结尾实际上进一步强化了叙述人"我"的存在。

像《二姑给过咱一袋面》这种全知第一人称叙事视角的模式，脱胎于中国古代史传及笔记小说的笔法，但古代笔法基本上是开头结尾由作者发议论，而中间主体故事则由一个全知第三人称视角的叙述人讲述。《二姑给过咱一袋面》则除了开头结尾以外，在主体故事开始的地方也强调了全知第一人称叙述人"我"的身份和视角，因而所叙故事显得更加真切。其运用要点主要体现在两个方面。其一，叙述人不能进入故事，否则叙述视角将受到限制；其二，对主体故事的叙述不必像古笔记小说一样强调视角的转换，那样反而显得生硬，但要在行文中显示出叙述人"我"的存在，这样才不会失去视角特色。

2. 全知第三人称视角

这是小说中使用频率最高的一种视角模式。叙述者用第三人称"他"及其复数或姓名来称呼人物，叙述者一般不在文本中出现，而是以一种较为隐蔽的方式进行叙述，但是叙述者对于故事中人物各方面的信息了如指掌，不仅知道故事的前因后果，也知道人物的心理活动，有时还在叙述中注入自己的主观情感。

在沈祖连的《猪经理》中，叙述人以一种知根知底的视角讲述了猪经理从小到大的故事：小时候羡慕别人穿的新式鞋子，他后来有了；长成彪形青年，因自行车技术超群而被选为驮新娘的车夫，他想自己应该有老婆了，又由新娘给他介绍而有了中意的老婆；成家后，想发财的他靠贩猪苗致富，家业上远远超过了他父亲，并且为村里捐款修了桥；最后当记者采访时，他说只有一项比不上父亲，父亲娶了两个老婆，他却不能。除了这些外显的情节以外，叙述人还将笔触深入到人物的内心，以无所不知的视角抖搂人物在不同阶段的心声："他见别人穿那'水陆空'，心想我也应该有一双"；"他的心狂狂地跳：妈的，也应该有个老婆了"；"他看到别人开饭店大把大把进票子，心里也馋，便想，我也该有一笔钱了"；"他觉得，他并没辱没祖宗"。正是这种全知全能的视角，才不受局限地将猪经理的所作所为、所思所想表露无遗，立体地写出了一个不甘落后、不安于现状，能够有所作为，但又有种盲目攀比心理，不知道在人生道路上如何取舍的当代农民形象。如果不是采用这种全知全能的视角，很难直接提供这么多的人物信息，将人物写得如此有血有肉。

全知第三人称视角与全知第一人称视角相比，除了明显的人称不同以外，二者与叙述对象之间的距离及产生的审美效果也不同，后者与叙述对象之间的距离要近一些，给读者的感受要亲切真实一些，前者与叙述对象之间的距离要远一些，但更显得灵活自如。一般而言，运用全知第三人称视角的特点主要体现在两个方面：其一，叙述者是隐含的，不在文本中登场亮相；其二，叙述者又无处不在，他像皮影戏的幕后操作者一样，控制着以第三人称形式出现的人物的一切。

综合而言，无论是第一人称还是第三人称，全知视角拥有自身先天性的优势。首先，从叙述者来说，可以充分地、直接地进行自我展示，展示其洞察一切的先知和优越、博大或深邃，而不必小心翼翼缩手缩脚。其次，从创作过程来说，无所不知的话语机制，为创作提供了无限广阔的艺术空间，这种自由活泛的感知视角，正是文学创作的肥壤沃土。再次，从读者而言，全知视角提供的信息往往是全方位的而且易于解读，这样不仅容易满足于读者的期待心理，同时接受的过程也更加轻松愉悦，而追求轻松愉悦正是人们的审美天性之一，也是大多数普通读者的阅读选择。这样，全知视角的叙事模式就具有了旺盛不竭的艺术生命力。

但是，辩证地看，全知视角也是利弊共存的，不足之处主要体现在两个方面。一是不真实感。上帝式的全知全能本来就是虚构的，但又要将其写得逼真实在，让读者信以为真，实际上容易遭人质询和挑剔，反而更加认定其不真实。二是读者过于被动。叙述者无所不知，读者被当成灌输填充的对象，读者所能获得的艺术创造空间十分有限，难以满足独立性越来越强的读者的口味。

这样，具有独特审美效果的限制视角自然就受到了青睐。

二、限制视角

叙述者将叙述视角限制在作品中的某个人物身上，这个人物往往是主人公，也可以是一般见证人，可以是一个人，也可以是几个人轮流充当。然后借这个人物的视角去听、去看、去思考他所触及的人和物，作品一般只转述他从外部接收的信息和可能产生的内心活动。也就是说，叙述内容被尽可能严格地限制在人物所能观照感知的范围之内。因此又被称为"叙述者＝人物"。根据叙述者的口吻，也就是人称的变化，限制视角主要分为两种类型。

1. 限制第一人称视角

叙述者以"我"的口吻来进行叙事，"我"既是叙述者，又是故事中的人物，"我"在故事中承担的人物角色，可以是主人公，也可以是见证人。与全知第一人称视角相比，限制第一人称视角中的叙述者"我"直接进入故事，成为故事中的人物，不管是主人公还是见证人，总之要与故事中的人物或情节发生关系；而全知第一人称视角中的叙述者"我"，则只是以叙述者的身份出现，不进入故事，不与故事中的人物发生关系，如《二姑给过咱一袋面》中的叙述者"我"虽然全知全晓，但始终没有进入蚊腿和他妻子、二姑的故事中。

限制第一人称视角往往以亲历或亲见亲闻的语气来讲述故事。

美国作家尼尔·鲍尔特的《出色的业务员》，叙述者"我"是加州储藏室设计改装公司的创始人,这一视角身份的定位,才让我有资格认定那位业余时间开出租车,其实主要工作在从事储藏室的设计改造的司机是一位出色的业务员。"我"偶然在自己所住的公寓楼前拦下一辆出租车,友善的司机从赞扬"我"住的那栋公寓楼的漂亮开始,不断地与"我"攀谈,实际上是在介绍推销自己。他既不失时机地宣介了自己的业务范围、价格优势及操作办法,又处处体现了他为客户着想的良善用心,思路清晰而得体自然。接着"我"通过发送名片的方式透露了自己的身份,既让他感到意外,又在情节的安排上产生了一种戏剧性的表达效果,结果是他来到我们公司成为最优秀的业务员之一。这一切,均在"我"的视角之内,凡是"我"感知不到的人事场景及与此无关的信息,只字未提。这样,所叙的故事,自然就带有一种特殊的真实感和亲切感。

限制第一人称视角在微篇小说中运用得比较普遍。刘建超的《将军》,侯德云的《谁能让我忘记》,魏金树的《配套》等,都是运用这种叙事视角的名篇。区别仅在于,《将军》和《出色的业务员》一样,叙述者"我"在作品中承担的是见证人或者说配角的作用;而《谁能让我忘记》和《配套》中的叙述者"我"则是作品中的主人公,是描述的重点对象。但不管在作品中的主次位置如何,运用限制第一人称视角具有两个基本特点,一是叙述的内容带有叙述者强烈的主观色彩,这样更能彰显个性;二是叙述的语气风格虽然各异,但要具有第一人称的真切感和亲和力,才能更好地感染读者。

2. 限制第三人称视角

叙述者不在作品中露面,更不直接进入故事情节,而是用第三人称"他"或姓名来称呼人物,借人物的视角去感知叙述对象,讲述故事。人物知道多少,叙述者也就知道多少,人物不知道的,叙述者无权说出。这种限制第三人称视角人物在作品中一般是次要人物,常以见证人或者目击者的身份出现。

从维熙的《爱的墓园》,叙述的对象是电视剧《白蛇传》中扮演对爱情忠贞不渝的白娘子——白素贞的演员,叙述的是在现实中这一演员水性杨花先后与18个男人在伞槐下约会的故事。这么多的约会自然无法在作品中一一写出,显露这一信息的是每次约会时伞槐下出现的那对男女,女的总是同一人穿着同一双皮鞋,而男的换了18个穿着18双式样大小不一的皮鞋。所有这一切,均是借偶然从伞槐下经过发现这一隐秘的制革厂孟老师傅的视角观察出来的。作为制革厂的工人,孟老师傅自然有一双职业的眼光,对皮鞋特别敏感。作者以他作为视角人物,借写皮鞋来写人,既符合生活的逻辑,又别具匠心。其艺术优势至少体现在三个方面。其一，化大为小，而又小中见大。写一个女人在爱情问题上的朝秦暮楚，是要牵涉到许多的人和事的，何况那个演员竟然至少与18个男人有过约会呢！如果要按常规写法铺叙开来，写部长篇也不算长。作者巧妙地避开其他一切，只将笔力凝聚到一点上——写他们穿的皮鞋，在皮鞋的变与不变中透露人物的身份和性格信息。其二，便于形成富有特色的对比。一双女式白皮凉鞋与18双来自不同男人的男式皮鞋的对比，《白蛇传》舞台和"伞槐里另一个舞台"的对比，《白蛇传》中对爱情忠贞专一的白娘子与扮演她的演员喜新厌旧的个人品行之间的对比。在这些对比中，作品的意蕴也就更加充分地体现出来了。其三，孟师傅的职业身份和视角定位所进行的叙事，在营造了一种冷静客观的氛围中，增强了故事的可信度，同时未叙之事在有意的遮掩中更能激发读者的好奇心和想象力。这些艺术优势的形成，如果离开了孟师傅这一限制第三人称视角人物的设置，是很难实现的。

因此，我们发现，运用限制第三人称视角来进行叙事虽然不如限制第一人称视角那样具有主观意义上的亲切感，但另有一种借他人视角感知事物所产生的客观意义上的真实感。其运用要点，关键是找准视角人物，既要具有特色，又要使视角人物的身份经历、性别年龄等与所叙故事契合一致。

限制视角在志怪小说中就采用了，明清小说已用得比较普遍，金圣叹称之为"影灯漏月""影灯"者，即遮住部分灯光，使之有照不到的地方，"漏月"者，即漏下一线月光，使之能够照亮一些地方，也就是切断原有的全知视角，调整为限制视角。总的说来，限制视角具有以下优势。第一，有利于集中笔力攻其一点。限制视角的感知范围受到限制，被锁定在特定的范围内，可以使感知更加精致化和深邃化。第二，易于形成叙事的悬念和层次感。"由于采取限知视角，在事件原因、过程和结果的发展链条中出现了表现和隐藏、外在事态和深层原委之间的张力，使叙述委婉曲折，耐人寻味。"[①]《爱的暮园》正是借孟师傅的限制视角，才将有关的信息一点一点地释放出来，形成解谜般的一层又一层的解读流程，在多重对比中实现其艺术意图的。第三，较之于全知视角，限制视角具有一种"知之为知之，不知为不知"的自觉和内敛，因而给读者的可信度会高一些，读者接受起来会感到真切一些。

但是，限制视角同样带有与生俱来的不足，视角受到了限制，艺术感知的自由度必然受到影响，在反映生活时，既可留下供读者想象的一些空白，

[①] 杨义. 中国叙事学 [M]. 北京：人民出版社，1997：212.

也可以留下一些盲区。尤其是视角人物的个体素质和见识,直接影响到对生活的评价和取舍,如果他带有偏见的话,则不仅削弱读者对生活的把握,还很容易对读者产生误导。因此,为了避免这种弊端,作者在精心设置视角人物的同时,往往赋予其一些独特非凡的经历,或引用一些不受视角限制的书信日记之类的内容,有时还要根据需要,采取一些必要的视角补救措施,比如在以一种视角为主的情况下,适当地借用其他视角进行灵活的衔接。《爱的墓园》中的开头和结尾就用了全知第三人称视角做了简要的交代,使作品整体上顺畅一致。

三、纯客观视角

叙述者不进入故事情节,而是隐蔽在故事后面,只叙述作品中人物所看到和听到的,不做主观评析和心理描写,因为叙述者对于叙述对象的有关信息比作品中人物知道的还少。因而,这种叙事视角又被称为叙述者视角。根据不同的表现特征,我们又可以大致将其分为两种类型。

1. 戏剧性视角

作品只保留人物之间的对话,有如戏剧的脚本一样,因此称之为戏剧性视角。这些对话尽管潜含着丰富的内容,但只是被冷静地记录了下来,叙述者不做任何说明解释。比如,我们前面提到过的谌容的《总统梦》,全文仅由母子之间的12句对话构成:

"胖胖,快起来!"
"天还没亮呢!"
"你昨晚保证了,早晨起来把作业做完呀!"
"嗯——嗯,人家刚做了个梦……"
"别说梦话了,快穿衣服,看你爸打你!"
"妈,我真的做了个梦嘛!"
"好,好,好孩子,听妈的话,快点,抬胳膊!"
"我梦见呀,我当了总统了!"
"算术不及格,还当总统呢?伸腿儿!"
"不骗您,我还下了一道命令呢?我……"
"伸脚丫儿!"
"管学校的大臣跪在我面前,我坐在宝座上,可威风啦!我命令:给老师的孩子作业留得多多的!"

这中间，胖胖为什么天亮还不起来？为什么作业还没做完？为什么做了那样一个奇怪的梦？母亲对儿子的态度如何？除了作品对话中提供的信息以外，其他从未提及，而留待读者去想。

2. 摄像式视角

叙述者根本不进入人物的内心活动，既不能像全知视角一样知道一切，也不能像限制视角一样进入故事情节，而是像扛着一台摄像机一样只录照作品中人物外显的言行，并且恪守中立客观的原则，不做任何评价。在微篇小说中，摄像式视角在场面或片段式的描述中运用得较多。

高海涛的《狗·猴·人》写的是一个玩猴的场面，出场的是一条狗、两个耍猴人和三只饿得前心贴后背的猴子。锣鼓一响，大猴便向观众敬礼，有人就扔给它一块面包，但被旁边的小狗一口叼走了。耍猴人不管，只是一面敲锣一面喊："大猴顶大砖，小猴顶小砖。"大猴未听主人的话，向狗扑去，结果被耍猴人一拉绳子，连撞两个跟头。大猴不得不顶了小砖，狗则在旁边得意地叫，大猴向它扔砖，又被主人连打带踢，最后，"大猴瞪着血红的眼只管敬礼。"在这里，叙述者站在旁观者的角度，不动声色地凭耳闻目睹，将狗、猴和人在这一玩猴场面中的表现如实地录制下来，而对于狗、猴和人的来龙去脉及玩猴人的内心状态，则未提及，因为叙述者所知道的也仅限于彼时彼地的一次性见闻，且只管外，不问内，只停留在视野能够触及的表层上，这样在作品中出现的自然是报道式的场面信息。虽然，《狗·猴·人》出现的只是摄像式视角下的一个客观性的场面，但读者可以透过这一玩猴把戏，联想到现实人生的劳逸不均、待遇不公、是非不分、黑白颠倒，甚至历史的荒唐可笑之处等许多影射之义。

因此，纯客观视角确实有其独到之处。其一，逼近真实。近乎生活原始记录的叙事模式，使其最大限度地保留了叙述对象的本真状态。其二，给读者提供了尽可能大的审美再创造的空间。因为叙述者的主观能动性受到了严格控制，基本上只履行录音和摄像的功能，这样，留下的空白多，读者可以充分发挥想象，进行见仁见智的解读。但是，与这些优势相伴而生的，纯客观视角的弊端也很明显。其一，强调客观性的叙事，限制了叙事者主观能动性的发挥，激情的压抑和人物内心描写的空缺，不利于小说优势的发挥。其二，过于客观的叙事，把握不好，容易导致冷漠或读者的误解。

所以，在实际创作中，一些作家虽然在自觉地运用纯客观视角，但又出现了视角越界的现象。比如《狗·猴·人》在写到大猴看到小狗抢走了面包以后,"一贯驯服的大猴,第一次没有听从主人的命令,向狗扑去"。叙述者只是一个未进入故事情节的旁观者,偶然看到玩猴场面,他怎么知道大猴"一贯驯服",而且是"第一次"呢?很显然,叙述者越过了纯客观视角而采用全知第三人称视角来叙事了。当然,该文也仅此一句,点到为止,全文整体上运用的还是纯客观视角。不过,"说实话的是历史家,说假话的才是小说家。历史家用的是记忆力,小说家用的是想象力"[1],"小说家需在多大程度上'忠实于主观'可以讨论,可没必要也不可能绝对'忠实于客观'"[2]。这些分析非常精辟。

那么,总的说来,运用纯客观视角时怎样才能扬长避短呢?首先,要选择好富有吸引力的题材,让题材本身说话。富有吸引力的题材往往内涵丰厚、情趣盎然,更易激起读者的阅读兴趣。其次,叙述时强调客观性,但词句的运用不可能是科学式、公文式的中性语言,而应该是带有审美倾向性、富有暗示性和激发性的文学语言,词句篇段中要潜含丰富的审美信息。再次,虽然用的是纯客观视角,但为了衔接的自然和求得更好的表达效果,偶尔采用视角越界的方式,也是行文的灵活之举,而不必拘泥于形式的规范,以避免因文害意的遗憾。

四、流动视角

微篇小说在一般情况下只有一种叙事视角,但有的作品的视角是变动的,不只一种,我们称之为流动视角,大致有两种情况。

1. 同一视角模式的流动

一般是指在运用限制视角进行叙事时,为了多层次、多方位地展现故事内容,而让故事中的不同人物来叙述同一故事的不同侧面,这样,所叙故事既有限制视角条件下的真切感,又可以弥补限制视角的单调和拘谨,使内容更加丰富。

蔡楠的《千万别当小说读》写的是三个女人和一个男人的恩怨故事,四段话,四个人的内心独白,分别形成四个流动的限制第三人称视角。故事中的男人叫水,三个女人分别是水的妻子荷花、水的情人芦苇和小鱼。第一个叙述者是荷花,她从骂丈夫水"你这个狠心贼"开始,述说了自己当年不顾

---

[1] 杨振声. 玉君·自序[M]//陈平原. 中国小说叙事模式的转变. 北京:北京大学出版社,2003:95.
[2] 陈平原. 中国小说叙事模式的转变[M]. 北京:北京大学出版社,2003:95.

家庭阻拦，死心塌地嫁给水，为他生儿育女，而水"除了回家睡觉制造孩子，就是在外面东里西里地忙活"，有了钱之后就在外面包情人。第二个叙述者是芦苇，她述说自己当年饿倒在逃荒路上被水救起，而后又勾引了水成为水的情人，但随着水的事业的发达自己不得不退出水的生活的经过。第三个叙述者是小鱼，她述说自己被水招聘进来成为水事业上的帮手兼情人，受到水的欺骗后又对水实施了报复的经过。第四个叙述者是水，他不愿多说什么，因为他的故事前面已说到了，他只想离开那个地方。

这本来是一个司空见惯的故事，就其内容而言，可以说是俗之又俗的，但由于其表达方式，也就是叙述视角的独特，将一个平常的故事打造得有层次、有坡度、有悬念，而且富有意味。流动的视角使四个人得以轮流自叙故事，不但使内容相对集中，有利于展示人物性格，而且角度人物的替换使所叙内容在限制视角下既显得相对真切，又有各自的新颖性，给读者以动态的新鲜的审美冲击。因此，这是一种富有特色的视角模式，粗看起来好像很容易模仿，但要用好并不容易，除了选好叙述者和叙述内容以外，关键是叙述的语言要富有情趣，才能保证其审美吸引力而不至于失之呆板。

2. 不同视角模式的流动

又称之为混合视角或视角越界，指的是在同一作品中交叉使用不同的叙述视角。这种情况在长中短篇小说中经常出现，在微篇小说中也并不鲜见，其表现形式在不同的作品中则因文而异。不过其基本目的都是为了吸纳各种视角叙事的长处，提升作品的表现力。

孙一农的《台上台下》写的是戏迷马士厚老人几十年来在台下看戏和后来偶然一次台上看戏时截然不同的效果。作品是采用全知第三人称视角和限制第三人称视角相结合的方式来进行叙述的。马士厚特别爱看戏，而且特别"入戏""台上哭他哭，台上笑他笑"，因为他深信"戏上就是世上"。但是，他几十年来看戏仅限于台下，那幕后的台子上他从没去过，想看看幕布后面是咋弄的便成了他的夙愿。剧团的杨导演得知后便特意在一次演《铡美案》时将其请至台上，这样，马士厚就既能看到台前引人入胜的演出，又能看到幕后演员们的所作所为。这一系列概述，作品采用的是全知第三人称视角，将戏迷马士厚与戏有关的来龙去脉交代得清清楚楚，也为下文写马士厚目睹台后内幕而看法逆转做好了铺垫。接着从马士厚的视角写幕后情景："怎！你道怎的？原来那'包黑子'一回到后台，就嬉皮笑脸凑到'皇姑'跟前，跟那花枝招展、满头珠翠的娘儿们打情骂俏起来。再下来，更叫他吃惊：那早被押进牢监的'陈世美',正在另一边舒服地翘起二郎腿,悠悠然喝着高级饮料。……至于那曾叫自己惊慌失措出了丑的雷声,竟是拿棒子敲一块烂铁皮发出来的!上当了,几十年全上当了!"借马士厚这一限制第三人称视角来叙写后台内幕,不但使所叙内容更显得真切可信,而且使情节的变化更富有戏剧性,同时,也很自然地导向了结局:马老先生因为觉得反差太大,看不惯这些而"脑袋嗡嗡,双眼晕蒙",最后跟跄着步子走开了。写结局又回到了全知第三人称视角。不同视角的交叉流动,又很自然地使台上台下、台前台后形成了对比,在对比共生的艺术张力中,将作品所蕴含的关于"戏上就是世上"、看问题不可过于迂腐等多重意蕴含蓄而又饱满地表达出来了。

不同视角模式的混合使用确实可以实现各种视角叙事的优势互补,但在运用时要注意不同视角转换处的衔接自然,不要让读者产生误解。

以上我们结合具体作品,对微篇小说中叙事视角的运用技巧进行了初步的探讨,从中我们可以发现一些带有规律性的特点。

第一,视角设置以固定、单一的视角为主,以流动、多向的视角为辅。传统写法的微篇小说基本上采用的是固定、单一的叙事视角,这种视角很适合微篇小说篇幅短小、题材相对单一、情节相对简化、表达上注重以小见大的文体特点,因而很受欢迎,经久不衰。而在具有先锋探索性的微篇小说创作中,由于强调叙事意识,流动、多向的叙述视角便受到了注重文体实验的作家们的青睐,它在扩展了微篇小说容量的同时,也给读者带来了新鲜的阅读体验。但这两种类型的视角各有特点,本身无高低之分,关键是运用的水平。

第二,不同视角的叙述者与所叙故事的人物、情节之间的关系各有不同。全知视角的叙述者是不进入故事之中的,与故事中的人物、情节不发生任何联系,但他对故事中的一切又无所不知;限制视角的叙述者则非进入故事场景之中不可,不是故事的主人公就是故事的次要人物或见证人,但他的视野见识受其身份定位控制;纯客观视角的叙述者不但不进入故事里面,而且仅仅是充当隐含的录像机或录音机的功能,将故事中的场景和人物外在的言行原版录制。至于流动视角,严格说来不是一种纯粹的视角模式,而是操作状态中的一种表现方式,因而要看它具体使用的是何种视角,才能确定叙述者与故事情节之间的关系,也不外乎上述几种情况。

第三,各种叙事视角都有自身的审美特性,也各有利弊,但它们与各种题材的适应性、匹配性并无本质的区别,并不像有的研究者所认为的,某种视角模式只适合某类题材。事实上,任何一种视角都适合各类题材的叙事,而具体碰到某类题材时作者选择何种视角来表现，则与题材的特点、作者本人的阅历素养，尤其是作者的创作观和表达特长等多方面的因素有关。要提高创作水平，除了视角的选择不容忽视以外，关键还是整体提高。

第四，叙事视角落实到作品中，则具体体现为各个不同的叙述者，叙述者有时是隐含的，有时是公开的。在全知视角和纯客观视角中，叙述者常常是隐含的；在限制视角中，叙述者是公开的作品中的人物。隐含的叙述者因为不进入故事，所以不必要对他做出具体的要求。公开的叙述者要进入作品故事中，又被称之为视角人物。对于视角人物的选择是很讲究的。那么，如何选择好视角人物呢？中外的学者和作家们并没有统一的认识。不过，美国小说理论家路易斯·波杰斯在分析如何为短篇小说选择视角人物时，对此做过较为系统而深刻的论述。他认为，选定视角人物要看其能否具备六项功能：一是所选人物要能提供一种支配全篇小说的情感，而且是你作为作者希望传达给读者的那种情感；二是视角人物要能为小说提供冲突，这种冲突又来自视角人物的性格特征；三是视角人物应是小说中的悬念所系；四是视角人物必须使读者产生最快而且最强烈的同一感，使他身心卷进小说的情节；五是视角人物通过情节中的行动必须向读者显示作者的信息；六是视角人物应具有解决问题的能力。[①] 这里虽然是针对短篇小说而言，但是我们冷静分析，发现这些观点也很适合长中篇小说和微篇小说，只不过用在微篇小说中，则必须结合其文体特点而已。而不管采用何种视角人物，也不管采用何种叙事视角，根本目的就是为了形成一个富有审美张力的召唤结构。

第二节　强度　速度与节奏

美国著名小说理论家韦恩·布思在他那本被《美国大百科全书》誉为"20世纪小说美学的里程碑"的名著《小说修辞学》中，特别认同美国另一个小说家兼评论家亨利·詹姆斯所提出的观点，即实际上一个故事有"五百万种"讲述方法，其中每一种只要给作品提供一个"中心"，它就是正当

[①] 路易斯·波杰斯. 怎样为小说选择合适的视点 [M] //狄克森，司麦斯，合编. 朱纯深，译. 短篇小说写作指南. 沈阳：辽宁教育出版社，1998：175-177.

的。① 这一说法看似夸大其词，实则道出了真谛。我们仔细推究，一个故事如果从立意、选材、构思及表现方法等各方面去进行变化组合的话，可以说具有无限种可能性。而从叙事的强度、速度与节奏等极为敏感的方面去把握故事的讲述方法，则更容易领略小说叙事艺术的多姿多彩和精妙之处。微篇小说在这方面同样具有许多值得我们不断探索的成功之道。

一、强度

叙事强度指的是作者根据创作意图的需要，对所叙之事的重视程度，所叙之事在作品中所占的篇幅位置以及对读者可能产生的审美功效程度。叙事强度包含三个层面的意思，一是所叙之事本身具备足以表现作者创作意图的审美信息，二是作者对所叙之事予以足够的重视并以恰当的方式将其叙述出来，三是所叙之事能够发挥出相应的审美作用。韦恩·布思很看重这一点。他认为，一个小说家要学会"用多种不同形式的强度和强度准备措施"② 来讲述故事。

那么，如何确当地处理好叙事强度呢？"在故事强度的安排上，作家所要做的第一件事就是使他希望读者看到的部分凸显出来，而不使读者在另外一些枝节上久作停留。"③ 它所体现的是一种有所为有所不为的叙事策略，在操作层面上则表现为繁简得宜、重点突出。

司玉笙的《高等教育》中的主人公强是一个出身穷苦的普通打工仔，作者旨在叙写、赞扬并促人思考强的身上所具备的那种立身行事的基本而又难得的教化素养。为此，作者根据时间顺序，按照由轻到重、逐层加码的强度处理方式，从不同的方面来实现这一意图。叙事的进程分六步完成。

①高考落榜的强随本家哥去沿海城市打工，对本家哥说，自个儿瞧得起自个儿就行。——初现强的自信自爱。

②强在码头仓库给人家缝补篷布，干活精细，看到丢弃的线头、碎布也拾起来，留以备用。——概写强的能干和爱惜财物的主人翁心态。

③夜遇暴雨，强从床上爬起，冲到雨中，在露天仓垛里加固被掀动的篷布，被淋成了个水人儿。老板见他实诚，提出将另一个公司交给

---

① 韦恩·布思. 小说修辞学 [M]. 华明，等译. 北京：北京大学出版社，1987：27.
② 路易斯·波杰斯. 怎样为小说选择合适的视点 [M] //狄克森，司麦斯，合编. 朱纯深，译. 短篇小说写作指南. 沈阳：辽宁教育出版社，1998：64.
③ 格非. 小说叙事研究 [M]. 北京：清华大学出版社，2002：60-61.

他。——表现强的工作责任感和奉献诚实。

④强当了公司的经理后，本家哥想来谋求美差，强认为他不能把公司当成自个儿的家而拒绝了他。本家哥骂他没良心，强说把自个儿的事干好才算有良心。——表现强的不徇私情和对"良心"的独特见解。

⑤公司里几个有文凭的年轻人得知强没有受过高等教育之后，表现出不服。强坦诚交心，只求把事办好，并说，经理的帽儿谁都可以戴，可有价值的并不在这顶帽子上。大学生不吭声了。——表现强的开阔心胸和对"经理""价值"的独特理解。

⑥外商前来洽谈合作，与外商相见，强得知他是位外籍华人之后，提出用母语交谈，外商很高兴。与外商共进晚餐，简单而有特色。餐后，强又将吃剩的小笼包带走。看到这一切，外商抓住强的手，连说OK，主动提出明天就签合同。事成之后，在老板款待外商的宴会上，外商问强受过什么教育，为什么做得这么好？强说了自己的身世，父母对他的教育是从一粒米、一根线开始的，母亲不指望他高人一等，要求他能做好自个儿的事就中。在一旁的老板听了感动得眼里溢出亮亮的液体，认为强受过人生最好的教育，并提议把强的母亲接来。——表现强处理重大事情的能干得体及强的一言一行所蕴含的人格的影响力，感动了外商，也感动了老板。

以上六个部分，如果单从篇幅而言，最后的部分几乎占了全文的一半，很明显，它是全篇的叙事重心所在。作者先从其他方面对强的行为性格进行恰到好处的叙写，但都只是点到为止，让叙述保留一定的弹性和进一步延展的余地，在情节上也构成了一定的悬念性。也就是说，前面的五个部分或者说五个情节单元的叙事强度并不大，作者将叙事的笔墨留待后发制人。而当前面的简笔铺叙到了适当的火候，强这一人物的性格已经显山露水，读者已经对他产生了兴趣并渴求进一步了解他的高人之处时，作者便不失时机地在微篇小说篇幅允许的范围内加大叙事强度，重笔叙写主人公强在处理与外商洽谈这一事关公司发展前景的重大问题上的举重若轻和人格魅力，并释解他所受的人生"高等教育"的来之不易。这样，很自然地就将故事推向了戏剧化的顶峰。不但实现了作者的创作意图，也让读者感到知足过瘾。

像司玉笙的《高等教育》这样采取由淡到浓、由略到详、由轻到重的叙事强度安排方式，是一种经典而又传统的叙事模式，在微篇小说中大量存在。它符合人们认知事物时由浅入深、由简到繁、由低到高的一般规律，因而具有强大的艺术生命力。但是，有些作家在叙事强度的安排上故意消解这种主次分明的传统模式，不将笔墨过多地集中在一处，而在一些并非"高潮"的地方却赋予它应有的强度，体现出一种独特的美学趣味。比如当今一些活跃的微篇小说作家，像侯德云、蔡楠等人就很喜欢叙事创新，并且取得了巨大的成功。他们往往在一些容易被人忽视的地方倾注笔墨，加大叙事强度，使本来难以出彩的地方也妙趣横生。前文提到的侯德云的《二姑给过咱一袋面》，写主人公蚊腿早晨起床的情景是这样的：

> 蚊腿的一泡尿水，愣是把个天儿呲得大亮。把家伙藏进裤子，蚊腿的心情就无缘无故地好了起来。轻飘飘地扭回屋去，一只糙手伸进被窝，使劲拍拍老婆的两片白腚，叫："起来起来，收拾收拾，今晌儿咱家包饺子吃。"

这段叙事给我们的第一感受是有趣，甚至还会发出会心的微笑，并不会觉得它分散了笔墨或冲淡了主题。这种写法在侯德云等人的作品中很普遍，叙事强度的适当稀释和分散，给作者提供了更多的表现才情的机会和进行叙事实验的可能性。而作者正是以此作为一种自觉的美学追求的。侯德云很信服一位西方作家曾经说过的，"个人表达的可能性是无限的……当这种表达非常有意思的时候，我们就管它叫文学"[①]。实际上这种"非常有意思"就他在作品中的叙事强度安排而言，体现的往往是化整为零、全面兼顾，追求的是整体叙事效果上的情趣盎然。事实证明，这种叙事方式是很成功的。它符合亨利·詹姆斯在《小说的艺术》中所提出的观点，即对优秀小说唯一绝对的要求就是"它应当有趣"[②]。

从以上微篇小说中处理叙事强度的两种基本方式来看，其强度布局和审美效果各有特色，很难说孰高孰低。但是相对而言，第一种方式乃传统写法，影响更大一些；第二种方式具有现代色彩，对语言的趣味性更看重一点。作者在选择何种方式安排叙事强度时，一般依据的是本人的美学情趣和处理故事的经验。而不管采用何种方式，在具体操作时，叙事强度的安排都要有整体意识，不要顾此失彼。运用第一种方式，既要保证重点，突出高潮，又要注意叙事的前后连贯，水到渠成。采用第二种方法，在分散叙事的强度，疏淡中见品味时，也要避免平均用力，缺少波澜。当然，这种区分也只是相对而言的。实际创作中两种方式常可以结合起来，取长补短，这样更容易出精

---

① 侯德云. 语言本身就是艺术 [J]. 小小说选刊, 2004 (20): 1.
② 韦恩·布思. 小说修辞学 [M] 华明, 等译. 北京: 北京大学出版社, 1987: 27.

品佳作。

二、速度

小说是一种时间艺术，叙事速度正是从时间的角度来探讨小说的叙事艺术。小说的时间如果从文本和接受的角度而言，一般包括故事时间、叙事时间和阅读时间。故事时间是指小说所叙故事发生的自然时间状态，叙事时间是指经过作家处理的呈现在小说文本中的时间状态，阅读时间则指读者阅读该作品时所要花费的时间长度。对于具体作品而言，这三种时间一般是难以一致的。比如，一篇微篇小说，其所叙故事实际发生的时间为五十年，作者将其加工后在作品中呈现的时间为五天，而读者的阅读时间不过为几分钟。叙事速度就是从故事时间与叙事时间的一种比较关系而言的。英国著名小说家伊·鲍温在《小说家的技巧》中指出："我认为时间同故事和人物具有同等重要的价值。凡是我能想到的真正懂得或者本能地懂得小说技巧的作家，很少有人不对时间因素加以戏剧性地利用的。"[1] 这种对时间的利用，从叙事层面而言，主要体现为对叙事速度的调控。

在微篇小说中，叙事速度的调控技巧主要表现在缓事急写和急事缓写两个方面。

缓事急写是采用加速的处理方式，对发生在某一特定时间段的故事进行压缩，使其符合整体构思的需要。在这种情况下，故事时间要长于叙事时间。其所采用的表达方式主要是概述和省略。

概述和省略在微篇小说中具有特殊的意义，因为微篇小说在叙述故事时由于篇幅限制，难以充分展开，往往选择那些有特色的、容易形成审美兴奋点的精彩部分作为叙事的重点，而对其他部分只能采用概述或省略的办法，所以，学会概述和省略，在微篇小说的叙事中是至关重要的。就概述而言，它能浓缩时空，超越琐碎，集中有效信息；也能交代背景，衔接前后，更好地实现作品的整体功能。因此，概述是加快叙事速度，有利于发挥微篇小说以少胜多的文体优势的有效方式。一般情况下，这种概述是以略写的形式出现，三言两语勾画基本事实，传达出基本信息，为情节兴奋点的形成或高潮的到来做好铺垫。上文分析了的《高等教育》，前五部分就以概述为主，作者以加速度交代了主人公强从初去打工、雨夜查仓，到担任经理、管理公司的

---

[1] [英]伊·鲍温．小说家的技巧[M]//吕同六，编．傅惟慈，译．20世纪世界小说理论经典（上）．北京：华夏出版社，1995：602.

简单经过，虽然不是重点部分，但就全文来说是必不可少的。

有的概述，速度更快，叙事时间远远少于故事时间，作者往往以独特的技术处理方式，借助特定的视角来叙述。沙毛农的《每件事的发生都有着特殊的背景》叙述的是母女两代人拾物交公的故事，故事并不新鲜，如果按传统的方式有条不紊地叙述出来，更难有什么新意。但作者巧妙而果断地将其压缩在一个特殊时刻，即女儿捡到一个装有一万多美元的皮包交给民警以后，面对记者的采访时，借女儿之口将这一切叙说了出来。叙述的内容主要包含三个信息："我"在夜里捡到包以后没有其他想法，只想交到派出所；"我"妈妈是个清洁工，扫了40年大街，捡到的值钱的东西多得无法统计，全都交公了；妈妈当年还在马路上捡到一个刚出世的女孩，这个女孩就是"我"。这些事实发生的故事时间跨越了几十年，作者采用加速和浓缩的方式，将其放在答记者问这样一个简短的时刻概述出来，有效的审美信息就像压紧的弹簧被捆绑在一起一样，产生了超越常态的审美张力。

省略是加速的一种特殊方式，其功用表现在相反相成的两个方面，要么是为了摒弃无效信息，给有效叙事提供更大的存在空间；要么是引而不发，故意沉默，以激起读者更多的好奇心和思考，达到以无胜有的目的。省略的方式有跳跃和空白两种。跳跃的写法常常是一笔带过式的，中国古代小说常用的"一夜无话"或"一别十年"式的叙述话语就是典型的跳跃写法。空白则是故意隐去情节中的某些环节或片段，不予提及。在微篇小说中，常常将跳跃和空白结合在一起来加快叙事速度，增大作品容量。如前文分析过的美国作家马克·吐温的《丈夫支出账单中的一页》，仅用七句话，写了丈夫的七笔开支，就写出了丈夫从"花心"到"收心"的全过程，跳跃和空白的手法使整个叙事流程快速而简洁。

急事缓写是采用减速的处理方式，对于发生在短时间内，具有特殊意义能充分地表现作者创作意图的情节内容进行缓冲处理，慢慢描述，细细道来。正如金圣叹所说的，"写急事，须用缓笔""偏是急杀人事，偏要故意细细写出。"[1] 其目的在于延长叙事时间，或蓄养撩拨读者的好奇心，以使作者所希望表达的审美信息得以充分地传达出来。因而，作者总是加大叙事强度进行详写。这在长中篇小说中很普遍。微篇小说虽然与之有相通之处，但由于体制短小，即使再缓写，也只有那么多的篇幅可供腾挪铺展，因此，微篇小说的急事缓写，主要用于表现场面片段，且故事的内容发生在现在进行时的作

---

[1] 宁宗一. 中国小说学通论 [M]. 合肥：安徽教育出版社，1995：1097.

品中，该类作品故事发生的物理时间很短，但作者往往将笔触转向人物的心理，通过延长心理时间为缓写提供存在基础，从而增加叙事的容量，达到急事缓写，缓中见心灵万象，缓中见波澜起伏的目的。这种写法在表现心态情绪、揭示人性人情的微篇小说中很常见。吴金良的《老木》，写老木送处长出差上火车前的所作所为、所思所想，时间前后只有几分钟，但作者将重点放在老木的心理活动上，写出了作为下属的老木与上司处长之间由于地位的不对等而难以沟通的心理压力，举止不自然、无话找话说的尴尬，猜疑犹豫、度日如年的无奈，因此，短短的几分钟，老木感到"大约过了一个世纪"。正是这种急事缓写的减速处理，拉长了时值，写出了特殊时刻人生的特殊况味。

当然，不管是缓事急写还是急事缓写，二者不是截然对立的，在具体作品中常常统一在一起交替出现，只不过各有侧重。而匀速叙事很难获得成功，因为它违背了"文似看山不喜平"的基本创作规律，难以形成波澜，所以一般不宜采用。事实也是如此，加速与减速辩证统一，才符合小说叙事的成功之道。微篇小说自然也不例外。不过，就微篇小说而言，要求以短小的篇幅容纳尽量多的信息这一文体特征，决定了加速叙事、缓事急写的情况要多于减速叙事、急事缓写的情况。缓事急写，关键要综观全局，对所有的信息了然于胸，概述时才能取精用宏，将基本信息叙述出来而不至于失之浮泛；省略时，才能恰当地设置好跳跃和空白，做到笔断意连，空而不泛。急事缓写，则要选择好心理时间的切入点，才能有效地拉长时值，展开叙述；展开以后，又要注意避免琐碎，失去现场感。这样才能在增加作品有效信息量的同时，又有利于保证叙事的鲜活生动。

三、节奏

节奏就是有规律的运动变化。宇宙万物都存在着节奏，天地运行，四季交替，潮涨潮退，花开花落，无不体现着大自然的节奏。社会形态的兴衰变化，纷纭人生的喜怒哀乐，也无不展现着人类生存的起伏节奏。生活的脉动反映在艺术上，音乐的旋律变化，绘画的比例搭配，舞蹈的动感组合，一点也离不开节奏。文学作品，无论是诗歌、散文，还是小说、戏剧，都有其独特的节奏。节奏，反映的是生活，体现的是美感，成就的是艺术。所以，著名作家兼小说理论家曹文轩说："好的小说，都是那种在节奏的掌握上很有算计亦很娴熟的小说。从某种意义上讲，一位小说家是否是修炼到家的小说家，仅从他在节奏的掌握一项上看便可认定。"①

叙事的强度与速度能够形成作品的节奏，但是，除此以外，小说的节奏还有更为广泛的意义，既包括作品思想情感律动的内在节奏，又包括丰富多彩的艺术手法和语言形式所产生的外在节奏。而就微篇小说来说，这种内外节奏共同体现出来的基本特点是单纯求变、迅捷简洁。

单纯求变、迅捷简洁的节奏特征是由微篇小说的文体特征和审美功能所决定的。微篇小说篇幅短小，叙述的人物、事件和场景等具有单一的特征。当然，这种单一不是一成不变的单一，而是单一中寓丰富，单纯中有变化。同时，微篇小说要扬长避短，承载更多的审美信息，发挥其以小见大的表达优势，只能在"短平快"上做文章，才能化短为长，实现其独特的审美功能。这样，微篇小说整体上显示出来的节奏特征必然是单纯求变、迅捷简洁。当然，在具体作品中，其节奏构成的方式又是多种多样的，既有一般小说的共性，又有微篇小说的独特性。

1. 悬念中产生节奏

悬念的构成包括设悬和解悬两个基本环节，由设到解，自然就产生了波澜和节奏。小的悬念，小的节奏，大的悬念，大的节奏，悬念不断，波澜和节奏也不断。同时，从读者的接受心理来看，悬念的设置，会引起读者的疑问、好奇或不安，悬念的解开，会带给读者坦然、满足或惊喜。这样，必然会形成一种且疑且惊、且奇且喜的接受心理节奏。

微篇小说的悬念节奏虽然相对单纯，但同样具有一波三折之妙。

薛涛的《黄纱巾》写的是一个女孩、一个中年人和一条黄纱巾的故事。作者设置了二次悬念。开头写女孩看上了一条10元钱的黄纱巾，卖货的中年人建议女孩向家里要钱买下，女孩自知家境不好未向家里提及此事，这就留下了悬念：女孩还想不想要这条黄纱巾呢？中年人怎么对待这件事呢？中间写女孩第二次又慢慢走向了黄纱巾，中年人提出免费送给她，但女孩坚决不收。那么，到底女孩还喜不喜欢这条黄纱巾呢？中年人又怎么处理这条黄纱巾呢？结尾写道，女孩从此不再从卖黄纱巾的地方经过，每次写作业累了，就往楼下看那条舞动的黄纱巾，而黄纱巾始终在那里挂着，因为中年人挂了个标签在旁边，标签上写着"永不出售"四个字。悬念的一设一解，构成了情节的三次变化，也形成了三次艺术节奏，把一个简单的故事打造得起伏有度，也让读者在这种节奏分明的营构中去体会美好的人情。

---

① 曹文轩. 小说门 [M]. 北京：作家出版社，2003：157.

2. 突转时构成节奏

突转很容易构成节奏。情节本来按照一定的轨迹运行着，发展到一定的时候，突然改变了方向，出现了意想不到的情况，前后构成巨大的落差，这样自然会形成大的节奏。这种突转构成的节奏，在一篇微篇小说中可以出现几次，但更多的是出现一次，而且往往在结尾。这种情况在微篇小说中很常见。

孙方友的《蚊刑》有两处突转，一是知县被脱光了衣服让湖中的蚊子里三层外三层叮了一个通宵竟然没死，二是匪首在听了知县未死的原因之后不但没有处死他，反而将其放了。两次突转，给读者以两次大的意外，也构成了两次大的节奏，在给读者以更强烈的审美刺激的同时，也给读者以更多的思考。余小惠的《格子》则只在结尾设置了一次突转。丈夫升为处长，作为妻子的她办了家宴款待丈夫和他的老同学，这本应是喜事，但她却没有举杯，而是离开了饭桌。面对丈夫仕途无量，她理应梦中含笑，而她晚上却做噩梦，哭醒后一把抱住丈夫；"死后我俩要放在一块儿，不要分开……"这一表面上令人费解的举止实际上合乎情爱发展的正常逻辑，突转变换的节奏，具有一唱三叹的功效。

如前所述，这种突转是求异思维的一种体现，也常常和抖包袱的情节变化手法合为一体，其构成的独特的节奏美感在微篇小说中十分具有生命力。

3. 对比中形成节奏

对比是一种常用的表现手法，简言之，就是将相互对立的两个事物或同一事物的两个不同方面并举出来加以比较，以达到对比相生、对比相成的目的。在小说中，人物与人物、事件与事件、场景与场景之间都经常用到对比。如果细化起来，对比还可以具体运用于小说的方方面面。对比，不仅可以彰显特性，而且可以在相互比照中形成对称感、层次感和节奏感。微篇小说对比形成的节奏特点是节奏分明、单纯清晰。

马宝山的《尼姑庵》，写的是山上一老一小两个尼姑和山下农家一对年轻夫妇所发生的故事。作者设置了三种对比。一是人物及其命运结局的对比。前部分写青年夫妇男耕女织的幸福生活，引起小尼姑的羡慕；后部分写与佛门缘分已尽的小尼姑被老尼送出庵门后，落脚农夫家，结果与农夫的关系突破了禁区，农夫之妻发现后受了刺激，寻死觅活，最后落身尼姑庵。二是三次对话场面的对比。第一次是农夫与小尼姑的对话：

农夫问："小师傅每天庵里做什么？"

尼姑答:"作课、修道、求来世……"

农夫又问:"求美满姻缘?"

尼姑又答:"出家人清心寡欲。"

"求高官厚禄?"

"僧尼戒律,淡泊名利。"

"那么,求荣华富贵。"

"佛门讲究宁静致远,幽意闲情。"

农夫哈哈大笑:"莫不是小师傅还修来世再做小尼姑?"

小尼姑眼里就多了一些迷惑……

第二次是农夫与妻子带着戏谑的对话:

男的问:"假如真有来世,你求什么?"

女人说:"你猜猜……"

"求高官厚禄?"

女人摇头。

"求荣华富贵?"

女人又摇头又摆手。

男人"噢"了一声:"我明白了,你一定是来世做个清清静静的小尼姑……"

女的就用小拳头在男人的胸脯上捣捶:"你坏,你坏,你真坏!"

男的就捉住女的手,追问:"那你到底求什么?"

女人面如霞霓,说:"不求高官,不求富贵,只求来世好姻缘,只求来世再做你娘子……"说着女人就投进男人的怀中,两人在小河滩上嬉作一团。

第三次是老尼姑与新来要求做尼姑的农夫原来的妻子之间的对话:

青灯独处,很寂寞了些日子的老尼姑很想知道眼前这个女子对今世和来世的企望是什么:"女施主,你在小庵里是暂住还是久留呢?"

女人说:"久留,请师傅收我为徒吧。"

老尼又问:"你进佛门求高官厚禄?"

女人摇头。

老尼再问:"求荣华富贵?"

女人还是摇头。

"那么求来世美满姻缘了?"老尼的话未落,女人伤心的泪从她眼睛里流了出来。

三是首尾呼应构成的对比。开头和末尾都出现了交代："山上有竹，竹是紫竹。山下有庵，庵是尼姑庵。"

这些对比很有特色。在这三种由大到小、不同层面的对比节奏的起伏中，不但写出了人生命运的不可预测和世事的变化无常，也体现了作者对这一问题的深深思索。对比构成的跌宕节奏在暗寓了人物命运的起落变数的同时，也别具一种回环对称的韵律美。

4. 张弛中体现节奏

事物的发展，生活的变化，是在量变质变的过程中交替循环的，不同的阶段、不同的环节快慢有别，疾徐有度，作者在叙述故事时，叙事的强度、速度，也会因事而异，因人而异，不断变化，这样必然会出现时而紧张激烈，时而轻松舒缓，有张有弛、有紧有松的行文节奏。这种张弛相间的节奏构成方式，在我国传统小说理论中被称之为"舒气杀势"或"冷热相济"。它有利于调控并保持读者的最佳阅读心理，避免单调和疲乏。微篇小说的张弛节奏一般不太复杂，往往张在高潮部分，弛在开端、发展和结局，其张弛的变化比例，可以是张中有弛、弛中有张或张弛交替。

《尼姑庵》的整个叙事节奏比较从容舒缓，但在写到农夫之妻发现丈夫与还俗的小尼姑发生那一幕的时候，节奏就紧张急促起来了：

> 茅草屋的女主人从集市中买盐回来，一进茅屋就"噢"的一声尖叫，接着"哇"的一声长哭，哭声一直伴着疯了似的女人的脚步跌跌撞撞来到河边。她想跳河，河水却浅。女人又跌跌撞撞爬上山崖，她想跳崖，崖却不高。后来女人就跑进山下那座尼姑庵。

这种紧迫的节奏，符合人物性格的发展逻辑，体现了人物在始料不及的巨大刺激之后六神无主、寻死觅活的行为特征，在给读者留下深刻印象的同时，与前后从容淡定的节奏构成强烈的反差，弛中有张，缓急相生，增强了作品的艺术表现力。

因此，张弛节奏的构成是与人物的性格、情节的发展、作品的整体布局以及作者的叙事风格紧密联系在一起的，宜张则张，宜弛则弛，才能获得张弛相间的最佳效果。

5. 抑扬中出现节奏

抑扬之法不仅能够刻画人物、营造情节，而且可以兴波起澜，构成褒贬分明的节奏。不过,微篇小说的抑扬节奏比较简单,往往在一张一扬之间喜怒爱憎,自然流露,节奏显然。

最常见的抑扬构成方式是欲扬先抑,或欲抑先扬。这些我们在前文已论及过,不再赘述。从节奏形成的角度来说,不管是抑还是扬,都要达到一定的程度,才能形成对比度,出现节奏感,对比愈大,落差愈大,节奏感愈强。这一类型的节奏在那种抑扬各部分之间分工很明确的作品中表现得很明显,先抑后扬或先扬后抑,节奏随内容的变化而清楚地显示出来了。如叶大春的《岳跛子》,先用抑笔写岳跛子的窝囊,再用扬笔写岳跛子的男子汉血性和民族气节,前后之间形成的节奏显豁而分明。

微篇小说中还有一种很有特色的抑扬构成法,它不是前后各部分之间构成抑扬,而是表里之间构成抑扬,其表现方式是似抑实扬或似扬实抑。这种表里抑扬同样会构成富有特色的叙事节奏。苏果的《爱上一个老财迷》,通篇以戏谑甚至埋怨的语气,写"我"的丈夫从十岁就开始做买卖,见钱眼开,一心只想赚钱,赚钱上了瘾,而且有些"奋不顾身",甚至给待出世的孩子的取名也离不开"钱"字,他说如果是男的就取名郑钱,女的就取名郑钱花,如果是双胞胎的话就取名为郑美元和郑欧元。如此迷恋钱财,让人哭笑不得。但是在这种看似贬抑的笔调中,又写到了丈夫能赚会花,富有经商才能,慷慨大方,富有爱心,给小舅子的结婚红包就是五万,还赞助了几个失学儿童。这又是实实在在的褒扬了。这种抑中有扬、扬中有抑、正话反说、反话正说的叙事风格,既切合作为妻子的"我"这一特定叙述人的身份特征,又形成了一种表里结合的抑扬节奏,抑扬交错的叙事节奏使行文更为生动活泼。

6. 虚实中显出节奏

微篇小说追求以小篇幅包含大信息量,很看重虚实手法的辩证运用,因为它可以大大提高叙事的表现力。实写能对叙事对象进行正面、直接的叙写,使之具体可感、鲜明生动,虚写能对叙事对象进行侧面、间接的叙写,超越故事的具体形态,给人留下想象的空间,取得以少胜多的表达效果。同时,这种或实或虚、或露或藏的叙事方法,在其一实一虚,一露一藏之间也就形成了别具一格的节奏感。

马新亭的《谁的手》,写的是女秘书美美傍晚时一个人在办公室加班,突然一双手不声不响地捂住了她的眼睛,她猜来猜去也没猜出是谁,直到捂她的人轻轻地吻了她一下,她才知道是谁了。但当那双手松开,她去看那人时,到处是空荡荡的。这里实写的表层情节还只是一个捂眼开玩笑式的小小场景,出场的人物虽然有两个，但只点明了女秘书美美一人。而作者没有明白点破却又通过这一情节透露出来并能让读者窥破的内容，是非常丰富的。美美猜捂她双眼的人的名字时，一连猜了五个男人：

"你是王国。"

看来不是，那双手没动。

"你是李星。"

不是，那双手没拿下来。

"张总吧。"说一出口，她又觉得不是，因为张总的手软若无骨像一双女人的手。

"冯总对吗？"还不是，冯总的手很硬，好像全是骨头没有肉。

"高总！"她很坚定地说，也不是，高总的手特别大。

这五人与美美有什么关系？美美为什么首先想到的是他们？美美为什么对他们手的软硬大小那么熟悉？思考到这一层的时候，那么未写出的内容也就不言而喻了，美美与他们肯定有某种暧昧关系。那个真正捂她的人直到吻了她一下，她才知道是谁，作者也未点明，实际上她忘记了应该最熟悉的丈夫的手，这个不被妻子熟稔的男人有理由拂袖而去。这些本来很复杂的内容被作者进行了虚化处理，除了可以节省篇幅，调动读者的想象并避免正面描写不雅之事的尴尬以外，还和实写的情节很好地结合了起来，在露露藏藏、或隐或显中，让读者时而感到具体明朗，时而感到空灵不定，形成一种虚实交错的节奏感。

虚实节奏的形成，强调实要实得具体，才能结实有力，虚要虚得有回味，才能摇曳情思。实中有虚，虚中有实，构成的节奏才自然而有美感。

7. 重复构成节奏

作者在叙事中为了某一特定目的，对特定的情节或语句进行有规律的反复叙写，不但可以突出所写内容，而且易于形成一种单纯而有特色的节奏感。微篇小说的这类重复，基本上是间隔重复，大致可分为两种情况。

一是不同位置的细节重复。主要是前后细节重复。邓江卫的《谢冬玉的生活》，开头写大三学生谢冬玉握着一个算盘，来到教务处，前来考察选拔毕业生的省某银行人事处处长很温和地对她说："准备好了吗？好，一，二，开始。"谢冬玉精熟的算盘技艺令人事处长非常满意，此时的谢冬玉，"心里却无声地流淌着家乡后门外那条波光粼粼的小河"。结尾写到谢冬玉工作后经过两次婚变，最后又嫁给已丧妻的原人事处处长如今已升迁的副行长，新婚之夜,"谢冬玉的心里又无声地流淌起家乡屋后的那条波光粼粼的小河"。而且当年那熟悉的声音又在耳边响起:"准备好了吗?好,一,二,开始。"这前后细节的重复,不仅从外在形式上构成了一种节奏感,而且从内容上,从对人物命运和人生因缘巧合的思考中,体现了多重象征和情感律动的内在节奏。其他如曹德权的《老龙滩有条大乌棒》、迟子建的《与周瑜相遇》、墨白的《怀念拥有阳光的日子》等,均具有借助细节的重复来构成节奏感的特点。

二是同一位置上细节重复。一般出现在具有文体实验意义的微篇小说中。何葆国的《命运敲门声》,作者将其标分为"1""2""3"三节,每节自成一个独立的故事,虽然每节故事的发展不同,但开头都是一样的:"房门上响起持久、顽固的声音,看来我要是不开门,它就是三天三夜也不肯停下来。"同一细节都在每节开头这一位置有规律地重复,自然在全文构成了一种节奏感。当然,这种节奏的构成是和作品的结构板块密不可分的,偶尔为之,让人觉得有新意,运用过多,整个节奏就容易失之僵化和沉闷。

运用重复手法来构成节奏,关键要把握好两点:重复内容的选择和重复位置的选择。用来重复的内容,在微篇小说中主要是细节,应该是富有新意并且能引发其他情节或激发读者想象的。重复的位置更要求恰如其分,有利于发挥重复的最佳功效。在此基础上形成的重复节奏,才会既有美感又有内涵。

8. 语言风格与节奏

不同作家由于语言感悟不同,语言趣味有别以及运用语言习惯的差异,在遣词造句时会形成不同的风格,有的纯净洗练,工整典雅,有的舒缓散淡,甚至还有欧化的句式。这些特点在作品中会形成各具特色的语言节奏。微篇小说也不例外。

整饬中自成节奏。作者讲究炼词炼句,善于使用字数、结构大致相同或相近的句式和对偶、排比等手法来叙事写人,文句显得比较整齐,读来铿锵上口,节奏朗然。我们看看冯骥才《刷子李》中开头一段:

> 码头上的人,全是硬碰硬。手艺人靠的是手,手上就必得有绝活。有绝活的,吃荤,亮堂,站在大街中央;没能耐的,吃素,发蔫,靠边待着。这一套可不是谁家定的,它地地道道是码头上的一种活法。自来唱大戏的,都讲究闯天津码头。天津人迷戏也懂戏,眼刁耳尖,褒贬分明。戏唱得好,下边叫好捧场,像见到皇上,不少名角便打天津唱红唱紫、大红大紫;可要是稀松平常,要哪没哪,戏唱砸了,下边一准起哄

喝倒彩，弄不好茶碗扔上去……

文中用语简洁干脆，两组对偶句不但使文句更显整齐，而且比照鲜明，褒贬爽快，于简练传神中自成节奏。

参差中别具节奏。作者使用长短不一、结构相异的句式来叙事写人，节奏显得随意自然。这种情况很常见。有的作者还故意减少停顿拉长文句，在行文中形成信息密集、鼓胀饱满的叙事节奏。如魏永贵的《先生》，写一个山里的教书先生交了辞职书到南方去找工作，在花花世界里碰壁以后，只得又回到原来的学校。作者多用长句进行叙述。且看最后两段：

他就趔趔趄趄出了校长的门。他就看见有背着书包的孩子跳跃着出现在对面的山脊。他就听见早晨的空气里传来孩子脆生生的歌声。小呀嘛小儿郎啊背着那书包上学堂不怕太阳晒不怕那风雨狂只怕那先生骂我懒呀没有学问啰无颜见爹娘唢哩个哩个唢个哩个唢。

那一刻他的鼻子一酸眼泪就流了下来，也一时不知道为什么他就干脆让它流了个痛痛快快。

作者以一种从容而舒缓的笔调，叙写了人物在特定情景下的见闻和反应，被故意拉长悠悠晃晃而又一气呵成的句式，在生动地刻画了人物形象的同时，也别具一种自得其趣的节奏感。

从以上关于微篇小说节奏构成方式的探析中，我们发现，其节奏的构成是与微篇小说的文体特征、情节特征和表达方式紧密地联系在一起的，不同的作品有不同的节奏，同一作品也可能兼具多种节奏，但总体上会形成一种整体节奏。而不管怎样，微篇小说的节奏不宜繁复，应以契合其文体特征的单纯简洁为主，否则会不堪重负，甚至不伦不类。在创作中只有从整体上去进行把握，才能发挥微篇小说的文体优势、节奏优势，写出节奏优美、耐人寻味的佳作。

余论

文学大众化的奇观

——关于微篇小说的繁荣与思考

一

微篇小说，又称"微型小说""小小说""极短篇"等，有20余种称法。① 这种文体在中外古已有之。在中国，其发展轨迹从远古的神话传说、先秦诸子寓言、魏晋志怪志人小说，一直到唐代以后的笔记小说，可谓源远流长。具体而言，像《山海经》《淮南子》里的一些作品已经有了微篇小说的萌芽，《庄子》《列子》《孟子》《韩非子》《战国策》《吕氏春秋》等作品里的一些篇章，已经有了微篇小说的雏形，《搜神记》《世说新语》里的不少作品已经是基本成熟或成熟的微篇小说，而《太平广记》《聊斋志异》《阅微草堂笔记》等作品里已经有大量的、现代意义上的微篇小说。② 只是当时不以微篇小说称呼而已。

20世纪初期，吴趼人、包天笑、天虚我生、周瘦鹃、恽铁樵等人写过微篇小说。"五四"后，鲁迅、郭沫若、郁达夫、叶圣陶、刘半农、许地山、王任叔、冰心等名家都写过千字左右的小说。"左联"以后，出现过"墙头小

---

① 龙钢华. 关于微篇小说文体名称的思考 [J]. 写作, 2003 (11): 21-22.
② 龙钢华. 神话传说先秦寓言与微篇小说 [J]. 邵阳学院学报, 2004 (4): 85-88; 龙钢华. 志怪志人小说与微篇小说 [J]. 邵阳学院学报, 2004 (5): 71-73, 79; 龙钢华. 笔记小说与微篇小说——以《太平广记》《聊斋志异》和《阅微草堂笔记》为例 [J]. 邵阳学院学报, 2005 (1): 100-105; 龙钢华, 陈中华. 中国现代微篇小说管窥——以鲁迅等大家的十五篇代表作品为例 [J]. 邵阳学院学报, 2005 (6): 91-93;

说""小小的短篇",茅盾、老舍、沈从文、臧克家、叶紫、蒋光慈、靳以、赵树理、孙犁、夏衍等作家都发表过该类作品。20世纪50年代,老舍、茅盾等文坛巨匠都曾先后撰文倡导过微篇小说。老舍写过《多写小小说》,茅盾写过《一鸣惊人的小小说》。巴金还写过微篇小说作品。不少作家积极响应,微篇小说创作出现过一个小高潮,但由于多种原因,持续时间不长,没有形成更大的气候。

进入20世纪80年代以后,微篇小说"顺乎文情,应运而生"①,崛起于文坛。其发展速度之快,影响范围之广,取得成就之高令人瞩目。

从发表园地和发行量来看。1981年上海的《小说界》首次打出了"微型小说"这个名称,并开辟了"微型小说"栏目。1982年10月,郑州的《百花园》编发了新时期以来全国第一个小小说作品专号,以后专发小小说作品及评论。1984年10月,《中国微型小说选刊》在江西南昌创办,成为中国微篇小说创作的一个中心,后改称《微型小说选刊》,由于发行量上升,1996年改成半月刊。1985年1月,《小小说选刊》在郑州创办,从此,在中国形成了以《小小说选刊》《百花园》为阵地的又一中心。由于刊物供不应求,1995年《小小说选刊》改成半月刊,2003年《百花园》也改成半月刊。事实上,从20世纪80年代以后,微篇小说的发表园地迅速扩大,《人民文学》《中国作家》等几乎所有的文学刊物,《人民日报》《中国青年报》《文艺报》等各种类型的报纸,几乎没有不发微篇小说的。有人估算,全国有千余家报刊登载微篇小说。② 此外,网络文学上也登载该类作品。从发行量来看,以《小小说选刊》和《微型小说选刊》为例,《小小说选刊》于1995年的月发行量为32万册,1996年达50万册,2001年月发行量最高时达64万册③,2002年至2004年的月发行量一直在50万册以上④。《微型小说选刊》于1996年的月发行量为52万册⑤,到2003年时已达70万册⑥。如果按全国凡是刊载微篇小说的千余家报刊来计算的话,其发行量将更加惊人。

从创作队伍来看,微篇小说的作者主要由三部分人构成。一是名家名人。

---

① 晓江. 微型小说初论 [J]. 小说界,1981 (3):221.
② 胡平. 小小说能否设大奖 [M] //小小说理论(2004年增刊). 郑州:百花园杂志社,2004:50.
③ 胡平. 小小说能否设大奖 [M] //小小说理论(2004年增刊). 郑州:百花园杂志社,2004:128.
④ 2004年10月14日,《小小说选刊》总编杨晓敏回答作者龙钢华的电话采访时提供的数字。
⑤ 凌鼎年. 小小说杂谈 [M]. 济南:黄河出版社,1998:181.
⑥ 郑允钦. 中国当代微型小说精选 [M]. 北京:人民文学出版社,2004:1.

像冰心、林斤澜、汪曾祺、王蒙、刘绍棠、冯骥才、刘心武、蒋子龙、贾平凹、陈建功、史铁生、刘震云、航鹰、叶文玲、陈国凯、毕淑敏等,绝大部分活跃在中国当代文坛的著名作家都或先或后、或多或少写过微篇小说。他们虽只是客串性质,但客观上起到了示范作用,提高了微篇小说的声望,具有不可低估的号召力。二是骨干力量。产生了一批以创作微篇小说为主的作家,其中不少已成为省作协或中国作协会员,具有一定的知名度,像许行、孙方友、白小易、凌鼎年、侯德云、滕刚、司玉笙、陈永林等,有一百人左右,而且队伍在不断壮大。他们创作的数量和质量都比较高,多的已创作了一千多篇,出了十几本集子,而且势头强劲,新作不断。这些人矢志于微篇小说事业,以自己的实绩引领潮流,展示微篇小说的魅力。三是业余作者群。这是一支十分庞大的队伍,人数成千上万,且不断增减更新。他们基本上是出于对文学的爱好一试身手,有些人创作成功了,在文学这条路上坚定地走下去,但更多的人只是一种业余爱好而已,浅尝辄止。虽然他们个人的创作成就不一定很大,但人多势众,对微篇小说的发展起到了推波助澜和绿化养护的作用,同时也培养了一批又一批创作后备力量。

从倡导者来看,有识之士越来越多。一种文体的崛起与发展,除了要顺应时势和艺术规律,并有一大批实践者(作家)为之努力外,还要有一批目光敏锐、富有胆识的倡导者来进行组织运作。20世纪80年代以来,江曾培、凌焕新、许世杰、王保民、邢可、杨晓敏、李春林、郑允钦、刘海涛、张炯、雷达等一大批学者、编辑人先后站出来积极倡导微篇小说,并且身体力行,做了大量拓荒性的工作,使之规范发展起来,赢得了自身的地位,与长、中、短篇小说并立于文坛之上,且具有独特的风采。

从学会建设及有关活动来看。1992年6月,中国微型小说学会在上海成立。1992年12月,金陵微型小说学会在南京成立。1995年1月,郑州小小说学会在郑州成立。此外,浙江、四川、广东、山东、新疆等地也先后成立了一些区域性的微篇小说学会。这些学会建立以后,都分别定期或不定期召开了年会、作家作品研讨会或笔会,有些学会还和其他报刊联合举办文学作品创作学习班或微篇小说函授学习班。更有影响的是全国各地报刊经常举办的微篇小说征文竞赛活动,其中影响最大的是郑州《百花园》《小小说选刊》杂志社和南昌《微型小说选刊》杂志社每年都举办的该类竞赛。这些有组织的活动团结了队伍,培养了人才,扩大了影响,有力地促进了微篇小说的繁荣。

从作品产量及影响看,新时期以来,微篇小说的发展由小到大,由弱到强，由一种默默无闻的小文体变成了生机勃勃的"朝阳事业"①，这一切都是靠自身的实力赢得的。仅从数量而言，现在全国千多家报刊发表的微篇小说每年都在数万篇以上，且稳中有升。各种微篇小说的作品集，现在至少在千部以上。从质量而言，当然和其他文体一样良莠不齐，但已有数十篇作品被选入了含海外汉语教材在内的各类大中小学教材，有不少名篇译介到国外。还有一些作品被改编成电视短剧。在一些高校中文系已开设了关于微篇小说研究的选修课，有些本科生和研究生就以微篇小说为研究课题来分别写作学士论文和硕士论文。在全国影响最大的高考中，不少中学教师就以微篇小说作为主要的应试文体进行考前强化训练，以应付高考作文。至于它凭着自身精短灵巧、雅俗共赏的文体优势而深受读者喜爱及由此带来的读者覆盖面之广，更是其他文体所钦羡的。2002年4月20日，中国作家协会、《小小说选刊》《百花园》杂志社在北京人民大会堂召开了当代小小说庆典暨理论研讨会，《文艺报》在头版以《为小小说举行成人礼——当代小小说庆典暨理论研讨会在京召开》为题进行了报道②，标志着微篇小说已经正式长大成人，登堂入室了。所以，有的学者认为，中国文学界在20世纪80年代以来，有两种文体可以拿到世界文坛上去争一些风光，这两种文体就是中篇小说和微篇小说。③我们甚至还可以做一些很有意思的联想，中国人擅长小巧的项目，比如在体坛上，小球项目，如乒乓球、羽毛球，我国选手总能逞雄夺冠，那么微篇小说在我国的繁荣兴旺，是更适合我国的国情？还是巧合呢？

外国微篇小说的发展同样由来已久。在西方，其渊源可上溯到公元前六世纪的《伊索寓言》和公元二世纪的《圣经》故事。14世纪文艺复兴时期，薄伽丘的《十日谈》和乔叟的《坎特伯雷故事集》等"框形故事"中的一些片段已经具备了微篇小说的雏形。俄国作家阿·托尔斯泰也认为"小小说产生于中世纪"④。19世纪时，短篇小说兴起，有"短篇小说之王"之称的法国小说大师莫泊桑，因创作了一些经典的微篇小说，所以又被视为微篇小说的鼻祖。同一时期，法国的波特莱尔，俄国的屠格涅夫、契诃夫，英国的王尔德，匈牙利的卡尔曼，美国的霍桑、爱伦坡，都创作了微篇小说，而以契诃夫最为著名。1901年以后，微篇小说逐渐变成一种独立的文体，美国的海明威、欧·亨利、凯瑟琳·安·波特都积极进行这种文体的创作，其中欧·亨

---

① 凌鼎年. 小小说杂谈［M］. 济南：黄河出版社，1998：2.
② 贝佳. 为小小说举行成人礼［N］. 文艺报，2002-04-23（001）
③ 姚朝文. 世界华文微篇小说在21世纪初的发展指向［J］. 学术研究. 2002（10）：110-113.
④ 张春荣. 极短篇的理论与创作［M］. 台北：尔雅出版社，1999：81.

利的成就最高，而被认为是现代微篇小说的创始者。而后，在欧美出现了微篇小说创作的热潮。像卡夫卡、布莱希特、瓦尔泽等大师及其他许多诺贝尔文学奖获得者都创作过微篇小说。

在亚洲，自20世纪以来，微篇小说成为一种很受欢迎的文体，发展很快。日本的川端康成、都筑道夫创作了不少名篇，尤其是星新一，全力创作微篇小说，以一千多篇作品而被公认为日本微篇小说之王。印度的泰戈尔、普列姆昌德、邦德都有传世的微篇小说名篇。

尤其值得注目的是，海外华文微篇小说创作在东南亚各国影响很大，特别是新加坡。在新加坡，80%是华人，汉语是官方通用语言之一，交流很方便。新加坡的文学刊物基本上只发一两千字篇幅的作品，新加坡作协主席黄孟文先生十分热衷于微篇小说，新加坡作协还于1992年7月创办了后来具有国际影响的《微型小说季刊》。这些都有力地促进了微篇小说的发展，因而涌现了黄孟文、周粲、张挥、林高、林锦、南子、希尼尔、怀鹰、洪生、董农政、李龙、方然、胡月宝等一大批具有实力的微篇小说作家。在泰国，原作协主席司马攻及白翎、钟子美、子帆等作家都是微篇小说的热心倡导者，并写过不少作品。在马来西亚，作协副主席孟沙及陈政欣、朵拉、驼铃、小黑、雅波、丁云、章钦、李国七等作家的微篇小说创作十分具有影响力。

值得一提的是，对世界华文微篇小说发展起了很好促进作用的国际性学术会议——世界华文微型小说研讨会，已开了十二届。第一届于1994年12月在新加坡国立大学召开，第二届于1996年11月在泰国曼谷召开，第三届于1999年12月在马来西亚吉隆坡召开，第四届于2002年8月在菲律宾马尼拉召开，第五届于2004年12月在印度尼西亚的万隆召开，第六届于2016年10月在文莱召开，第七届于2018年12月在上海召开，第十届于2014年10月在马来西亚吉隆坡召开，第十一届于2016年9月在泰国曼谷召开，第十二届于2018年2月在印度尼西亚雅加达召开。

二

面对这一壮观的文学现象，评论界还没有给予足够的理论关注。为什么在文学刊物整体生存状态不佳、纯文学作品读者份额普遍减少的情况下，微篇小说却能像一匹黑马一样脱颖而出呢？这绝对不是一个简单的偶然现象。

既有文学大环境变化的外部原因，又有小说艺术发展的内部规律，同时也是人们审美层次动态变化选择的必然结果。我们有必要从宏观文化视野的角度对其进行探索分析，以把握其生成转化的规律，更好地促进微篇小说的健康发展和文学事业的繁荣。

（一）泛文学时代的必然产物

泛文学时代是相对于传统文学时代而言的。

传统文学时代是一个相当宽泛的概念，其"文学"一词的内涵和外延在上下几千年的流变中呈动态发展，但不管是先秦时代包罗了文、史、哲等在内的"文学"，还是魏晋南北朝时期强调的有韵之文，无韵之笔，抑或是西洋的 Literature 一词引进之后，人们普遍所认同的小说、诗歌、故事、戏剧等四种文体；不管是用文言文写作，还是用白话文写作，传统文学的特征都非常明显。第一，文学的功能被过分强化。源头还得从孔子说起，孔子在谈到诗的功用时，告诫他的学生，诗可以"兴""观""群""怨"，尤其是他对儿子说的"不学诗，无以言"，把诗的作用提高到事关在社会上立足生存的高度。以后各个时代关于文学作用的论述很多，但占主导地位、影响最为深远的观点还是"文以载道""文以明道"。现当代以来，文学的作用更是在各种政治斗争中表现得淋漓尽致。而单从小说这一文体来说，虽然在历史上小说的作用曾被贬低，但到了近代以后，发生了根本性的改变。尤其是戊戌维新的领军人物康有为、梁启超极力推崇小说。梁启超认为"小说有不可思议之力支配人道"，可以改良群治、唤醒国魂。这种观点的影响是巨大而深远的。第二，文学具有崇高的地位。文学事业乃名山事业，文章被看作"经国之大业，不朽之盛事"，作家则被誉为塑造人类灵魂的工程师。以小说而言，近代以来，梁启超推崇小说为"文学之最上乘"，黄小配认定小说为"文坛盟主"。虽然这些均为一家之言，但却代表了当时的主流话语。第三，作者和读者对文学普遍怀有一种神圣的心态。自古以来，文学总是与国家的兴亡、民族的盛衰、大众的苦乐紧密相连，作家普遍具有强烈的使命意识，承担着民族"代言人"、民众"启蒙者"的重大责任。读者则常以虔诚的目光，自觉地接受文学的熏陶，文学阅读成为人们认知世界、观照自我、提升品位的重要内容之一，文学成为读者的精神家园。

但是随着社会的发展、科技的进步、经济的繁荣和人们文化素养的嬗变，文学逐渐走向了一个泛化的时代。

首先，功能泛化、地位平民化。文学的功用不只停留在传统意义上的认识作用、教育作用和美感作用上，其物化的功利色彩愈来愈明显。文学不再具有那种可望而不可即的神秘性。文学不仅是人类精神的普泛形式，它也和人间烟火一样，普通而实在。其次，界限泛化，阵地扩大。文体的创新成为作家的一种自觉的追求，原有文体的规范被不断打破，文体交叉的现象司空见惯。尤其是文学与其他现代性的载体相结合，发生了转移或"滥用"的现象。报纸、广播、电视和网络的发展，改变了文学，也成全了文学，使文学有了更多的立身之地。再次，运作方式改变。文学的生产与传播不满足于传统意义上的顺其自然，而是充分地利用各种技术和载体进行联姻组合，在市场规律的支配下，走产业化、商业化的道路。

这样，文学的生存格局已发生了很大的变化，不再矜持，也不再神秘，从救世之道变成了一种普通的消费方式，在比过去更为广阔的文化场景中显示其生命的风采。各种文体审时度势，寻求自己的发展之路。微篇小说正是在这种大气候下应运而生、兴旺起来的。

（二）小说艺术与时俱进的成功范式

小说从滥觞、发展到繁荣兴旺，从受人歧视的弱势文体到风光四溢的强势文体，经历了一个漫长而曲折的过程，无论在东方还是西方，都经历了两千年左右的时间。在这一过程中，影响小说发展的因素有很多，从小说本身来说，是其自觉或不自觉地完善自我，不断地适应时代发展的必然结果。

从中国小说艺术的发展史来看，先秦时期的神话传说、诸子寓言和史传杂传中的小说因素与小说技巧（如虚构手法、生动曲折的故事、人物塑造的意识与方法等）的产生，与当时科技生产力落后的状况，人们渴望认识自然、认识自我的强烈愿望以及春秋战国诸子和史家们表现事理的需要密不可分。志怪小说的产生，源于国人当时的神鬼观念和对怪异故事的认同与期待，同时佛教的传入也起到了推波助澜的作用。志人小说的产生，与魏晋时期的清淡与品评之风盛行及远实用而近娱乐的创作心态有着必然的联系。唐代传奇的兴起，与文人们为了科举温卷及相互间的娱乐把玩而竞相创作密切相关。宋元话本的兴盛，是与当时繁荣的城市生活和愈来愈庞大的市民阶层联系在一起的。明清章回体长篇小说的繁荣，更源于多种因素，讲史艺术的自然延续，小说内部由简而繁、由短而长的发展规律，戏曲说唱的影响等，都对长篇的发展起到了相应的促进作用。[1] 在18—19世纪，长篇小说顺时而兴，鳌

---

[1] 宁宗一，等. 中国小说艺术史[M]. 杭州：浙江古籍出版社，2003：1-251.

头独占。

20世纪以来,电影、电视和报刊的迅猛发展,尤其是以网络技术的普及为代表的信息爆炸时代的到来,彻底改变了既往人们在与外在世界进行沟通时以案头阅读为主的交流模式。信息化在给人们带来极大便利的同时,也改变了人们从前那种平和从容的阅读心态;节奏的加快给了人们更多选择的权利,也使人们变得更加急功近利。这样不仅将传统意义上的小说(主要是长中短篇小说)挤到了生存的边缘,同时也给小说的发展提出了新的任务。

不进则退,怎么办呢?关键是把握自我,用米兰·昆德拉的话来说,就是把握自我的存在密码。① 小说作为一种语言艺术,其争取读者的唯一优势是靠文字本身的魅力去满足读者的审美需要。这是一个具有无限可能性的领域,无数的选择远远没有被穷尽。那么在当今人们的时间被现代性切割得零零碎碎的境况下,微篇小说以其精短的篇幅发挥其四两拨千斤的艺术功用,从而赢得读者的青睐,这完全是小说艺术顺应时势发展的必然结果。

从另一个角度来说,现在是市场经济时代,任何一种艺术要想站稳脚跟并有所突破和发展,必须面对市场。而市场就是供需双方的各取所需和相互满足。微篇小说越做越大、越做越强的事实在确证了小说艺术与市场接轨的巨大成功的同时,也印记了米兰·昆德拉在《小说的艺术》一书中所表明的观点:"市场成了美学价值的最高评判者。"②

(三) 高雅性与通俗性的辩证生成

雅与俗是艺术中一个古老而常新的命题,牵涉到艺术大众化、市场化这一现实而又敏感的问题。小说也不例外,小说的发展史从来就是雅俗互动、辩证生成的历史。因此,微篇小说的发展必须直面这一问题。

从当今微篇小说兴盛的实际情况来看,与高雅性相比,通俗性和大众性是其更加明显的特征。具体表现在三个方面。

其一,作者创作微篇小说的门槛不高。微篇小说作者来自社会的各个阶层、各个领域,不同年龄阶段、不同文化层次的人,不管你是文学修养很深的鸿儒大家,还是刚刚入门的业余爱好者,只要你灵感来了,兴趣所至,都可以尝试写作微篇小说,或许能获得令人意想不到的惊喜。事实也是如此,你方写罢我登台,各领风骚一二篇的情况多的是。这样正好调动了创作的积

---

① 米兰·昆德拉. 小说的艺术 [M]. 董强,译. 上海:上海译文出版社,2004:37.
② 米兰·昆德拉. 小说的艺术 [M]. 董强,译. 上海:上海译文出版社,2004:170.

极性，新生力量层出不穷，作者队伍日益壮大。

其二，作品。微篇小说的篇幅、内容和创作数量是其走向大众化的三大法宝。就篇幅而言，少则几十、百把字，多则一、两千字，显得短小而轻灵，几分钟就可以完成一个阅读流程，再忙的人在时间上也消遣得起，读者阅读时不要背时间包袱，作者创作时也不要花很多的操作时间。就内容而言，微篇小说的题材、主旨和风格当然千变万化，但其总的倾向是清浅而轻灵，活泼而时尚，通俗而易懂，不会给人以沉重的接受压力而拒人于门槛之外。微篇小说事业家杨晓敏说她是一种"平民艺术"，可谓切中肯綮。就创作数量而言，当今没有任何一种纯文学文体的创作发行量可以和微篇小说相比。以2002年为例，据《文艺报》报道，该年仅《小小说选刊》《百花园》和《微型小说选刊》三家刊物的月发行量就达到160万册以上。可以说，凡是有文学阅读的地方就有微篇小说的存在。在小说领域，微篇小说已成为一个品牌，走进了千家万户。将当年盛赞柳永词流传之广的"凡有井水饮处，即能歌柳词"，用来形容当今微篇小说的盛况，是再恰当不过了。

其三，读者。作品的发行量也正好反映了读者的数量。如果按照通常计算读者量的办法，以1本普通读物对应3个潜在读者来估算的话，那么微篇小说的读者量之大更不必说了。微篇小说的大众性或者说繁荣的最大表现就是受众的扩大。微篇小说的读者定位也主要是面向民间、面向基层和大众。从读者的构成来说，各种层次的读者都有，但以年轻人居多，以喜欢单纯通俗作品的读者居多。同时，大多数读者的这种阅读取向也稳定和强化了微篇小说的大众性。

但是，通俗性或者说大众性，是与高雅性相对而言的，高雅性是在通俗性的基础上建立起来的，通俗性也必须以高雅性为方向不断地向前发展，才不会退化。那么，微篇小说的高雅性应该高在何处？雅在哪里呢？

首先，立意上要超越平庸，避免小气。立意是作品的灵魂，是决定作品品位的核心要素。优秀作品应以有利于社会进步，有利于人性完善为宗旨，弘扬真善美，反对假恶丑。微篇小说虽然篇幅小，但在立意上和其他大部头作品一样，无大小之分，无高低之别。因此，要充满自信，不要小看了自己，降低了要求，不要只满足于柴米油盐、世情百态、趣闻传奇等故事的一般意义的叙写上，而要意存高远，以真诚的、高尚的、科学的眼光来打理故事，给平凡的故事以不平凡的意义。这样才能避免小家子气，所写的作品才能超拔脱俗，具有灵魂的高度。

其次，艺术上要超越浅陋，避免粗糙。微篇小说是一种精致的艺术，更加追求尽善尽美。因为在微篇小说有限的篇幅里，任何一点微小的失误都特别显眼，所以在某种意义上微篇小说比篇幅长的作品更难写。而微篇小说最容易出现的失误是浅陋粗糙，具体表现为思想含量稀薄，选材缺乏特色，构思单一雷同，情节陈旧乏味，语言干瘪，总之，审美韵味不足。这些弊端必须改变。要充分发挥微篇小说文体本身的优势，扬长避短，在单一中求精美，在单纯中见丰富，在短小中求厚重，在瞬间中求永恒。

再次，创作上要有自觉的精品意识，避免急功近利。微篇小说易写而难工，篇篇有不同的写法，不要以为写出了几篇作品以后就可以批量复制了。艺术的生命在于创新，在于个性，在于精益求精。因此，艺无止境，作为微篇小说的作者必须调适好自己的心态，以高雅美好的品性、积极向上的格调、隽永耐读的故事和优美流畅的文笔作为创作的自觉要求，切忌浮躁轻率，这样才能出精品佳作。

当然，大众性与高雅性的互动发展，其过程是曲折而呈螺旋式上升的。历史上很多种类的艺术都是从俗走向雅，从卑微走向高贵，如词、曲和小说均如此。微篇小说要想立于不衰之地，就必须在俗与雅的关系上找准其契合点，才能良性循环、生生不息。

附录1

傻眼看世界

——谈长篇小说《尘埃落定》的独特视角

获第五届茅盾文学奖的《尘埃落定》自问世以来,就得到了读者广泛的好评,并且正在产生世界性的影响。作者阿来在赴美参加会议的时候签下了该书英语版权的第一份合约,版税15万美元。同时美国的经纪人还希望代理该书另外14个主要语种的译介出版事宜,也得到了阿来的认可。一个正值盛年的中国作家的作品突然间在东西方世界都得到重视,这在中国当代历史上是罕见的。该书究竟是靠什么引起东西方世界共鸣的?它拨动读者心弦的奥秘在哪里?关于该书的评论不少,但作者阿来并不满意,他认为"我们的批评家很少作文本批评"[1]。那么,我们不妨从《尘埃落定》的文本实际出发,去探讨一个它独特的写作视角。

《尘埃落定》写的是一个以权力为中心的故事。小说借"我"这个傻子的见闻和感受,以麦其土司一家为重点,写出了土司制度崩溃阶段的历史,尤其是人心的流变史。全书的人物群大致可以分为三种类型:以麦其土司一家为代表的土司层,以管家和桑吉卓玛等为代表的奴仆层和以黄特派员(军师)等为代表的围绕麦其土司一家活动的其他人。书中主要人物活动的主要目的几乎都是为了两个字:权力。争取权力、拥有权力、保住权力、扩大权力和显示权力,成为他们朝夕追逐的目标和自觉或不自觉的行为准则。当然,对于不同的人来说,权力的内涵和外延是不同的,但主要还是基于自己的地位所渴求的生存权和发展权,包含地位、权势、财富、声望等多方面的内容。

作为父亲的麦其土司是个土皇帝,但还是害怕儿子对他的权力构成威胁,大儿子被杀死后,反而"恢复了精神",至死都未交出土司的权柄。"我"的哥哥处处想要权力,临死前只想当几天土司。土司茸贡怕女婿夺了权,竟然

---

[1] 亚辰. 尘埃落定: 一本神秘的书 [N]. 南方周末, 2000-10-19, E2版.

在分别几年后写信不要独生女儿和女婿回去看她。"我"家的下人奴仆同样为了各自的权力明争暗斗。即使三个僧人,也并未超脱红尘,而是互不服气,互相攻讦,囿于门户之见,纠缠于权力圈内,哪怕被冷落或被割了舌头,也乐此不疲,执迷不悟。

权力在作品中被突出到了如此程度,扭曲了天伦之情和理智良心,突破了生活的常态,违逆了现实的逻辑,超越了常人的承受能力,令人感到震惊,感到恐怖,感到不可思议!但细细思量之后,我们发现,小说借助各种人物形象将权力进行浓墨重彩的曝光,对权力的神奇与腐朽进行淋漓尽致的解剖,让人警醒,促人深思!

权力是什么?何来这么大的魅力?

权力是一种支配力量,也是一种存在形式。从世界的本源来说,世界是物质的,物质世界的根本属性是运动,运动必然需要力的作用。因此,力是使物质得以成为物质,使运动得以实现的必备要素。力的内涵与外在形式随着它所依附的存在形式而有别。力是形而上的,也是形而下的。从哲学意义上说,权力与力的本质是相通的,权力是力在人类社会的一种表现形式。人类社会的运动离不开权力的作用,人们追求权力是符合人类历史发展规律的。在不同历史阶段,不同地域、不同阶层的人基于自己的身份而寻求权力的份额也是理所当然的。从某种意义上说,人类的前仆后继,生生不息,也是在寻找自己的权力;同时,正像植物有趋肥性一样,人的行为具有趋利性。因此,权力总是和利益联系在一起的。这种利益当然是与人生息息相关,是人所需求的。按照马斯洛关于人的生存需求的理论,无论是第一梯级的生理需求,还是第二梯级的安全需求、归属需求和尊重需求,抑或是第三梯队高级阶段的发展需求,人生要实现这些需求,在未臻完美的社会存在中,权力是最有效的利器。而权力又像一把双刃剑,既可维护正当的权益,又有伤害他人的权益,谋取不义之利。只要冷静客观地看待这个问题,我们就能心平气和地面对人类历史上的风云变幻的霜刀血剑了。作为意识形态的文学作品在反映这一问题时,能否正视并正确地把握它,是作品能否成功的要素之一。《尘埃落定》在这一点上正好写出了人性的某种真实状态,同时带有一定的寓言性和批判性,显得自然而富有意蕴。

除了残酷而冷漠的争权夺利以外,小说还宣扬了一种博爱与宽容的人文精神。这种博爱与宽容的性格在作为全书灵魂人物的"我"这个傻子的身上体现得最为突出。对人的理解、关爱和大度,使"我"傻得可亲,傻得可爱,具有了他人无法取代的人格魅力。

"我"是麦其土司酒后与汉族太太生下的傻瓜儿子，虽然相貌堂堂，也不是痴呆，但说话做事常显出傻气来。虽然"我"是傻子，但人们并不歧视"我"，父母对"我"很关心，哥哥待"我"并不薄，下人们对"我"也很尊重，即使"我"说错了话，做错了事，他们顶多说一句"傻瓜"也就释然了。正是这种相对比较宽松的成长环境，使"我"的个性得以发扬，人性得以涵养，天良得以保留。首先，"我"与人为善，不对任何人怀有敌意。即使对下人，"我"也把他们当人看。"我"与身边的两个小厮索郎泽朗和小尔依，虽然是主仆关系，但"我们"情同手足，建立了兄弟般的情谊。其次，理解他人。在"我"的思维和能力所及的范围内，"我"也善解人意，替他人着想。"我"成全了桑吉卓玛与银匠的爱情，特别是对于僧学博士翁波意西处处关照。再次，乐养好施，不图回报。粮食丰收后，"我"便建议父亲免除了百姓一年的贡赋。春天闹饥荒时，"我"打开粮仓，赈济饥民。久别归家时，"我"给家人每人一份厚礼。第四，宽容大度。"我"开辟了市场以后，不计前嫌，借地方给予"我"家长年为敌的汪波土司做生意，理解并宽容了杀手含冤按规矩为父复仇的行为，尤其是对妻子塔娜的性情乖戾，红杏出墙，"我"最后也忍谅了，足以显示出人性中善良博大的一面。

人性本身是真善美与假恶丑并存的，关键是要我们不断去发现、引导、扶持并强化美好的品性，人的生存质量才会不断优化。联合国近10年发表的数份关于人的发展的报告中，探讨了人的发展的概念，达成了广泛的共识，其中首要的一条是："在发展过程中，对人的关心应当占据中心地位。"[①] 随着社会生产力的发展，物化的成果不断挤占人的生存范围，人类的精神状态一方面呈现出一种身不由己的不可预测性和浮躁情绪，另一方面潜意识中又渴望珍爱生命的人文关怀。博爱众生，善待他人，襟怀大度，正是《尘埃落定》借傻子"我"这一形象，向人们昭示的一个简单而又颠扑不破的生命密码，一个能引起中外读者广泛共鸣的生存话语。

最能体现《尘埃落定》独特视角的是"我"似傻非傻、令人捉摸不定的傻子性格。俄国当代作家邦达列夫说："有时我们用十分肯定的语气谈论某一人物类型的复杂性，你可以在善中寻找恶，在恶中发现善，在爱情中看到贞洁和淫乱，在两个极端的冲突中找到真理。""一个人身上可以同时存在几种性格，这些性格经常是完全对立的，相互排斥的。"[②]《尘埃落定》中"我"

[①] 洪新. 怎样理解人的发展的概念[J]. 新华文摘, 2000 (5): 177.
[②] 邦达列夫论创作[N]. 文艺报, 1986-06-07, 第7版.

的形象正是这种复杂性格的对立统一体：既天性善良，又染有土司少爷的劣性；既愚蠢好笑，又聪明过人。尤其是在傻与不傻的矛盾对立中，将"我"这一形象刻画得个性卓异而又丰满厚实。

说"我"傻，确实理由充分，而且傻得可以。其一，酒后所生，先天不足，"我"母亲原是一妓女，被人买来送给麦其土司做二太太，麦其土司酒后和二太太有了"我"。"我"来到人世后，一个月时不知道笑，"两个月时任何人都不能使我的双眼对任何呼唤做出反应"。其二，思维怪诞，不合常理，说话常令人哭笑不得，与现实世界格格不入。母亲对"我"从小灌输等级观念，强调出身门槛，"我"却说："门开得那么高，难道我们能从云端里出入吗？"母亲只能失望地苦笑。早上醒来，"我"常常弄不清"我"在哪里，"我"是谁。麦其家的世仇找到"我"将刀搁在"我"脖子上又收回去说不杀"我"了，"我"却反问他："那你来干什么？""我"的朋友翁波意西再次失去舌头以后，"我"气得不想说话，穿着一件死人穿过的紫色衣服到处游荡，结果将妻子吓得投入了哥哥的怀抱，将父亲吓得倒在地上。最终麦其土司的官寨被攻破，尘埃落定之后，麦其家的世仇来谋杀"我"时，"我"虽然看出了意图，但没有想办法逃脱，说出的话反而激起了对方的仇恨，加速了自己的灭亡。

与傻相对的，是"我"的聪明达事，超前预见，颖悟过人。虽然人们叫"我"傻子，但"我"第一次显示社会角色，十三岁时指挥小家奴们逮画眉就初露锋芒，"这样地成功而且完美"。以后发生的一系列大小事情都说明了"我"不是一般意义上的傻子，许多聪明人都在"我"面前相形见绌。小说从第二章开始一直到结束所叙述的给麦其土司家族带来财富权势和兴旺荣耀的几件大事，都是按"我"这个傻瓜儿子的思路或由"我"亲自处理做成的。其一，主张种粮食。在鸦片价格下跌，到底是种罂粟还是种粮食的问题上，父亲采纳了"我"的建议，全部种了粮食。有大量粮食的麦其土司成为其他土司求借的财神菩萨。其二，"我"建议免除百姓一年赋税，父亲也采纳了。百姓们感激不尽。这一措施赢得了民心。其三，开辟市场。"我"在北方边境上拆了堡垒建立了一个繁荣的市场，货物一来一往，"我"可以得到十倍的报偿，很快暴富起来，超过了任何土司。其四，对付女土司，得到绝色美女做妻子。"我"几乎是不经意间的一纵一擒，竟成神来之笔，让女土司乖乖就范。傻子自有傻福，父亲满意，我也得福。正像"我"回家时父亲所说的，"我"得到了最多的财富，也带回了最美丽的女人。因此，僧学博士翁波意西在反对土司逊位给大少爷而不给"我"时说："没有任何重要的事情证明小少爷是傻子，也没有任何重要的事情证明大少爷是聪明人。"确实是铁的事实。

尤其令人吃惊的是，"我"还具备一种超越常人的预见力（尽管有点让人不可思议）。比如父亲设计等待拉雪巴土司抢粮的埋伏战，"我"事先并不知晓，睡梦中"我"冲出来大喊："开始了！"果然不久就传来激烈的枪声。杀手来复仇时，"我"又躺在床上大叫"杀人！"果然哥哥被杀了。特别是对于土司制度，"我"早就预言了土司将会消失，土司们是没有未来的，历史也证明了这一点。

对"我"这种似傻非傻，看似懵懵懂懂，实则聪明过人的矛盾性格，很多人都怀疑过，都觉得不可理解，父亲说"我"是天下最聪明的傻瓜，妻子也对"我"琢磨不透，连"我"自己也搞不清楚"我是谁"。当"我"搞清了自己的身份，不再迷惑的时候，是在"我"凭着自己的聪明才智，顺应时势人心，开辟市场，拥有了巨大财富，能够主宰自己命运以后。"我"其实不傻，只不过"我"不谙世故，剔去了人世的虚伪客套和繁文缛节，行为举止超越了常人的评价眼光，"我"就是真实的"我"。人们说"我"是傻子，傻就傻吧，让别人去说吧。这反而成全了"我"，使"我"不必按着一般人的生存规则去修饰自己。真实的我面对真实的世界，流露出来的是真实的表现，这才是真实的人生。这也是《尘埃落定》给我们的重要启迪吧。

人，如何正确地认识自己，是人作为存在的质量前提之一，也是人类探求的一个永恒的话题。人的智商是个体得以生存、实现自我从而获得社会群体认同的基本资源。因此评价一个人是傻子还是聪明人，对于评价者和被评价者来说是互动的，都很重要。在一定程度上说，断定一个人是傻子，等于降低或消解了他的存在价值，而评定一旦不准确，那也说明社会的衡量标准、价值观念出了问题，该改一改了。尤其是现实生活中，聪明与愚蠢、真理与谬误，往往仅一步之隔，微妙而复杂，并不是非此即彼、界线分明的。如何在动态中去把握这一点，这才是个体与社会良性互动的关键所在。《尘埃落定》用傻子的眼光来看问题，用傻子的脑袋来思维，站在傻子的角度来说话行事，可以超越正常人的拘束，视野更加开阔，似是而非，似非而是，反而更贴近世界的本质。这是一个悖论，但悖论中存在着合理性。正如韦勒克所言："世界就其本质而言，是似非而是的；只有凭借一种矛盾态度才能抓住其互相抵牾的总体性。"[1] 从审美效果来说，这种傻眼看世界的写作视角，更能

---

[1] ［美］雷纳·韦勒克. 近代文学批评史（第二卷）［M］. 杨自伍，译，上海：上海译文出版社，1989：17.

留住读者的注意力，使读者在高人一筹、轻松愉快的阅读氛围中去把握作品，更深一层思考什么是真正的傻子，什么是真正的聪明，是什么遮住了人们的视野，扰乱了人们的判断力，进而探本溯源：是傻子言行的落差太大，还是人们的评价标准失衡？是人类劣根性作祟，还是不合理的社会制度造孽？或者兼而有之？从而反思自身，反思我们的生存环境和生存质量，提高甄别是非的能力，激起人们对假恶丑的厌恶，对真善美的追求。这样，作品的审美意图得以实现，读者的审美快感更加丰富。因此，从审美的意义上来说，这样的作品更有举重若轻的立体感和厚重感，更容易使读者得到理性的提升，从而获得读者的认可。

　　文学史上，以独特的写作视角去进行文本实验，反映特定的生活，从而产生特定的审美效果的小说不乏其有。无论是古代的神魔志怪小说，还是现代派的小说，都有不少佳作。《尘埃落定》以其独特的话语方式审视了人生几个很重要的生存规则，既创造了一种"有意味的形式"，也构建了一道独特的风景，值得我们弥足珍视。

附录 2

艺事　人事　天下事

——长篇历史小说《盂兰变》解读

孟晖的《盂兰变》（作家出版社 2001 年作家珍藏版）给我们提供了一个全新的视角。小说写的是唐代武则天时代一段惊心动魄的宫闱故事，但它不是以煽情凶杀取胜，而是纵观历史的风云变幻，着眼人性的七情六欲，以工艺服饰作为切入点，由艺事的神奇莫测演绎出人事的恩怨兴衰。在把读者的视线引入那鲜为人知的金线、织锦及织鸟羽技术时，又把人的目光带入了那幽深的时光隧道，领略形形色色的宫中生活；让我们在为巧夺天工的工艺文明发出赞美时，又不得不为生死难测的情天恨海、权利纷争发出喟叹。

一

小说中有名有姓的人物有百余人，重要人物只有三五个，首先出场的是两个贯串全书始终的主要人物：武则天的孙子宜王李玮（或称武玮）和九成宫才人柳贞凤。宜王之父，即太子李弘，早年暴薨，宜王之母幽居哀逝，宜王长于深宫，在缺乏母爱的环境中成人。柳才人曾侍奉太子夫妇，太子故去，宫人多不知所终，唯有柳才人奉旨移居九成宫，日夜机杼为伴。这是小说启动情节发展的人物命运基础。

宜王虽然贵为皇孙，表面上过的是奢华富足的生活，但是在武则天的铁腕高压之下，实与囚徒相似。他没有言论行动的自由，他和好朋友在眺云阁登窗绕行，便被认为是败坏纲纪，罚在井里面壁思过。他得不到真正的爱情滋润，他和王妃的婚姻貌合神离，实际上是武李联姻的政治交易，何况王妃还依仗娘家的势力红杏出墙呢？他当然可以对侍婢纵欲寻欢，但那是一种异化了的情欲发泄,更谈不上胸怀大志,取代武氏,效法先祖,经纶天下,一展宏图。畸形的生存环境和人生体验磨蚀了他作为李唐皇孙的豪情与霸气,他不敢也无能与强大的武氏政权抗衡。

但是,宜王旺盛的生命在享受了锦衣玉食和声色犬马之余还得释放能量,寻求寄托。于是,他选择了逃避现实,躲在自己准备的棺材里,燃起熏香球,打发多余的时光。在香烟氤氲,半梦半醒中,宜王发现了一个令他陶醉的景象:一位宫装美人或在梳妆打扮,或在织机前穿梭。这位美人就是柳才人。于是宜王的心思常常定格在这一点上,不能自拔。一有机会,他就躲在棺中寻梦,在梦中他才能激荡情思,爱其所爱。梦中的奇遇改变了宜王的人生轨迹。他竟然以皇孙之尊,视功名富贵为粪土,视江山社稷如尘芥,一心一意跟随波斯金匠施利学制金缕线,为梦中的美人提供织锦的材料。当朝中重臣筹备已绪,策动他推翻武氏政权时,他却咬牙切齿地说,但求做一好金匠。

另一方面,柳才人幽处于九成宫后,心无旁骛,将似水年华与无限才情尽赋予一件件锦乡织品。漫漫长日难度,却时有小金蛇为伴,启悟她的灵思。当她织锦力图创新正遇难题之际,小金蛇竟不断地衔来一团团前所未见的圆金缕线,恰如雪中送炭,使柳才人的技艺有了新的突破。而这金缕线正是宜王在梦中受启发后托小金蛇送来的。

这似真若幻的叙事角度如何解读呢?宜王与柳才人素昧平生,却似有灵犀相通,相通的原因至少可以从三个方面去理解:一是两人的命运都受宜王父母命运的影响,冥冥中恩怨难解;二是两人的性格虽男女迥异,但都聪敏而受压抑,柔弱中又不乏刚性,且缺乏对正常情爱生活的真诚体验;三是两人的生活寄托都是对织锦或制金线工艺的忘我投入。尤其是后一点,小说借人蛇因缘,将两人联系在一起,成为带动全书情节、表达作者审美取向的主要线索。

首先,作者是带着浓浓的喜爱之情来写工艺服饰的。彩丝、锦饰、图案……甚至一个小小的鞶包,虽是不动声色的叙写,但难掩作者的钟爱之情。用作者文外的话来说"那真是太美了!"因而作品中甚至出现了力求穷形尽相地表达工艺服饰的美妙而描述失度的险笔。其次,工艺服饰是作品叙写的基本内容。作品的结构主线——人蛇因缘——是由织锦工艺而促成的。主要人物的主要事迹围绕工艺服饰展开,柳才人的不测命运,宜王的寄托选择,武则天的妇人本性,皆由此而引发展现。与之相关的次要人物,如先帝遗妃赵贵人,尚仪陈素素,老胡匠施利,匠人张成,绣女桂娘,其身家性命也因此而悲欢其中。再次,象征性的工艺服饰形象在文本中不是一种无意识的物态展示，而是叩探人物隐秘心灵、彰显人物性格的外在密码，并且与作品主题的哲理性思考相得益彰。宜王的金薰球即是他入梦寻觅美人的工具，也是皇族公子身份的象征，那缥缈的薰香体现了宜王在情爱问题上的无奈与花心。而宜王为自己打造的巨棺，更寄托了其颓废的心理和对所处环境的消极抗争。柳才人所用的巨大的织锦花机，色彩绚丽的锦丝和她与绣女们织成的巧夺天工的织锦，则揭示了她们的命运寄托和生存价值。而王公贵族们所用的各种服饰器物，除了体现他们的身份地位外，更标志着当时工艺文明所达到的水准。这一切又正好揭示了作品主题的取向。那流光溢彩的织锦和精妙绝伦的器物寄托了作者对物质文明的由衷赞美；作品重笔描写艺人工匠们的多舛命运和辛劳智慧。更体现了作者对物质文明创造者的深情讴歌，超越了一般历史小说专写震撼力的人物和易于媚俗的权财情色的窠臼，体现了作者别样的眼界气派。

二

当然，艺事因人事而生，就艺事论人事，由家事而国事，生活与政治同在，生存、情感与权欲相依相悖，成为《盂兰变》的又一特色。

随着一缕缕金线，牵出了唐代武则天时代一幅幅五光十色的社会生活图。从处于下层、辛勤劳作而又命比纸薄的绣女工匠，到享尽荣华、骄奢淫逸而又勾心斗角的王公贵人；从出卖色艺的歌妓，为富不仁的商贾，厚颜无耻的走狗到风情可人的佳丽，恪奉职守的捕快，深谋远虑的朝臣——都活跃在作者笔下。从儿女私情到经国大事；从宴筵游猎到风味小吃；从梦中地狱到法藏讲经；从塞外哥舒少妇的毡房到京都金碧辉煌的皇宫；从咬臂为盟、义结金兰到明堂政变、刀光剑影；从宜王恋母、宫闱惨案到酷吏整人、诸王争权——由艺事而人事，由人事而天下事，纷至沓来，波澜迭起。情也，仇也？欲也，权也？孟晖的笔触直指人性的要害之处——情与权。

罗丹说，艺术就是情感。情感当然是繁复的。《盂兰变》侧重写了亲情与友情。亲情是什么？小说以宜王为中心涉及了人伦人情的许多方面。武则天与宜王之间既是祖孙关系，也是君臣关系。为人祖母尚存的一丝仁慈使武则天在除掉了对自己皇位构成威胁的长子李弘后，没有斩草除根灭掉孙子李玮（宜王），但在武则天的掌心下，宜王只有循规蹈矩，否则动辄得咎。宜王与武仙鸾（宜王妃）的夫妻关系作为一种政治婚姻，不存在真正的爱情，只存在一些表面的礼节和牵挂。宜王对生母的刻骨铭心的眷恋乃人子正常人情，但也是他身处高压之下别无所求的一种情感寄托。在那些王公贵人中不存在真正动人的亲情，一切都异化了。

作品着力描写的宜王与永宁、崔文徽间的友情，是作品写情中的一个亮点。三人出身高贵，但都是无母之人，又加上年纪相仿，皆性情中人，因而一拍即合，相与交游，同欢乐，共图谋，打发了很多美妙的时光。但三人的本质并不相同，宜王是个胸无大志且抑郁、偏执、懦弱的皇孙，永宁是个不知天高地厚、玩世不恭的花花公子，崔文徽则是性情诚笃，胸有大志，智勇双全的世子，因而他们的友情根基不牢，最后兄弟相残也是情理之中。

作品着墨不多，但却真正体现了人性之美、人性之善的则是那些小人物。来自胡地的工匠施利，孤身一人，劳累不堪，脚有重疾，难以自保，但他的技艺精湛令人钦佩，他对身处不幸的弱女子的关照和宜王脸面的照顾令人感动，同在工坊院干活的工匠张成与绣女桂娘，兄妹情深，殊为感人。

为什么身处底层的小人物珍重情义，而生活优裕的王公贵人却蔑视真情、游戏人生呢？权欲成为最根本的蛊惑。宜王的扭曲人生，柳才人的孤独命运，永宁的无法无天，文徽的悲喜婚变，皇室的兴衰荣辱，百官的擢升黜迁，均源于女皇的权力渊薮。人生因权力而升值，但人性因权力而变形。女皇为了权谋，铲除亲生子嗣，连孙子也不放过，还怨艾后继无人，连低等动物也有的呵护后代的天性也不存在了，人还成其为人吗？而这一切又那么荒唐而当然地存在着。这便成为一个悖论。这是孟晖的《盂兰变》对历史、对人性的又一深层次的叩问。

这一悖论怎么解答呢？权财色欲，情缘孽债，红尘滚滚，身无定性，只能随缘成相，小说借法藏讲经，让宜王顿悟，散尽家财，架起盂兰盆山，完成精神的超脱。当最后柳才人自挂高楼，宜王举刀向己时，所有的爱欲嗔痴都归于虚无。《盂兰变》的厚重轻灵也让人唏嘘不已。满纸荒唐言？信耶，虚耶？毕加索说："艺术是一种谎言，它教导我们去理解真理。"或许让读者心有戚戚也。

因此，从总体上看，《盂兰变》的立意题材、构思运笔确实匠心独具。但正因为出新，因而难尽如人意。作为主要人物的宜王在明堂政变中的怪异表现缺乏必要的铺垫，因而显得突兀而费解；对女性的言行举止写得很微妙，但对男性的精神世界刻画尚未到点到位；作品结构的前舒后促谈不上从容有机；工艺服饰等专业知识的介绍，有追慕《红楼梦》的笔法，但显得过于表白；文笔追求一种与历史内容相谐的典丽高雅的风格，但难度太大，文白语体未能有机相融。

附录 3

贼眼看人　人眼看贼

——谈《女贼》的叙述张力

叙述视角是小说艺术的重要命题之一，也是现代叙事学的关键问题，西方的小说批评家认为这一要素的地位甚至超过了人物、情节与主题。因此，从 19 世纪末以来，小说的变革以及后来风起云涌的现代主义小说进行了大量的文体实验，其中明显的标志就是叙述角度的求新求变。在这一点上，不少作者充分利用微篇小说"船小好掉头"的篇幅优势，大胆地进行探索创新。陌上初寒的《女贼》（见《微型小说选刊》2004 年第 1 期）就是一篇成功之作，其别具一格的叙述魅力，让人耳目一新。

其一，对立相成的叙述视角。作品通过两个对立人物的内心独白来叙述，一个是穿便装的警察，一个是美丽的女贼，双方在街上都第一眼就识出了对方的职业，都想达到各自的目的：警察想等女贼出手的那一刻将她铐住，而女贼则想偷警察的一样东西。两人的目的针锋相对，而又互为情节存在的条件，使故事在矛盾中得以顺利展开。

其二，跳跃式的结构形成了一种动感节奏。《女贼》中的人物是一男一女，一正一反，一刚一柔，两个人物，两个目的，两个视角，交错叙述，人眼看贼，贼眼看人，既构成了作品的悬念，又使作品在有规律的跌宕起伏中具有超越文字本身的节奏美和轻松感。

其三，出人意料的戏剧性结尾。女贼主动走向警察，要警察铐住自己，令警察始料不及，结果两人幸福地坐在幽雅的咖啡厅里，女贼最后抖出心声："我确实是一个贼，可是我只偷男人的心。这一次，我又成功了。"这一结局既出乎警察的意外，又出乎读者的预料，让人感到新奇刺激，而又合乎情理，在幽默温馨的审美体验中发出会心的微笑。

这样，《女贼》以其富有特色的视角、结构和戏剧性结尾，拓展了微篇小说的审美空间，形成了一种味道很足的叙述张力。从某种意义上说，《女贼》的构思与美国小说大师欧·亨利的《警察与赞美诗》有异曲同工之妙，虽然《女贼》不如《警察与赞美诗》那么厚重，但是《女贼》更显得轻灵而富有喜剧效果。难得。

参考文献

1. 鲁迅. 中国小说史略 [M]. 上海：上海古籍出版社，1998.
2. 陈平原. 中国小说叙事模式的转变 [M]. 北京：北京大学出版社，2003.
3. 陈平原. 中国散文小说史 [M]. 上海：上海人民出版社，2004.
4. 赵炎秋. 文学形象新论 [M]. 长沙：湖南师范大学出版社，2000.
5. 曹文轩. 小说门 [M]. 北京：作家出版社，2003.
6. 马振方. 小说艺术论 [M]. 北京：北京大学出版社，1999.
7. 刘安海. 小说"小说" [M]. 武汉：华中师范大学出版社，1999.
8. 宁宗一. 中国小说学通论 [M]. 合肥：安徽教育出版社，1995.
9. 王蒙. 王蒙谈小说 [M]. 南昌：江西高校出版社，2003.
10. 杨义. 中国叙事学 [M]. 北京：人民出版社，1997.
11. 石昌渝. 中国小说源流论 [M]. 北京：生活·读书·新知三联书店，1994.
12. 李修生，赵义山. 中国分体文学史·小说卷 [M]. 上海：上海古籍出版社，2001.
13. 罗钢. 叙事学导论 [M]. 昆明：云南人民出版社，1994.
14. 格非. 小说叙事研究 [M]. 北京：清华大学出版社，2002.
15. 黄霖，韩同文. 中国历代小说论著选 [M]. 南昌：江西人民出版社，2000.
16. 刘勰. 文心雕龙注释 [M]. 周振甫，注. 北京：人民文学出版社，1981.
17. 郭绍虞. 中国历代文论选 [M]. 上海：上海古籍出版社，2001.
18. 陈果安. 小说创作的艺术与智慧 [M]. 长沙：中南大学出版社，2004.
19. 陈果安. 圣叹小说理论研究 [M]. 长沙：湖南师范大学出版社，

1999.

20. 王笠耘. 小说创作十戒 [M]. 北京：人民文学出版社, 2001.

21. 申丹. 叙述学与小说文体学研究 [M]. 北京：北京大学出版社, 2001.

22. 祖国颂. 叙事的诗学 [M]. 合肥：安徽大学出版社, 2003.

23. 王安忆. 小说家的十三堂课 [M]. 上海：上海文艺出版社, 2005.

24. 刘荣林. 小说艺术的魅力 [M]. 北京：中国文联出版社, 2003.

25. 傅道彬, 于茀. 文学是什么 [M]. 北京：北京大学出版社, 2002.

26. 蒋晓兰. 小说写作艺术与技巧 [M]. 贵阳：贵州民族出版社, 2003.

27. 吴礼权. 中国笔记小说史 [M]. 北京：商务印书馆, 1997.

28. 陈文新. 文言小说审美发展史 [M]. 武汉：武汉大学出版社, 2002.

29. 王汝梅, 张羽. 中国小说理论史 [M]. 杭州：浙江古籍出版社, 2001.

30. 孟昭连, 宁宗一. 中国小说艺术史 [M]. 杭州：浙江古籍出版社, 2003.

31. 黄霖, 等. 中国小说研究史 [M]. 杭州：浙江古籍出版社, 2002.

32. 张锦池. 中国古典小说心解 [M]. 哈尔滨：黑龙江人民出版社, 2000.

33. 刘上生. 中国古代小说艺术史 [M]. 长沙：湖南师范大学出版社, 1993.

34. 毛德富, 等. 中国古典小说的人文精神与艺术风貌 [M]. 成都：巴蜀书社, 2002.

35. 石钟扬. 性格的命运 [M]. 合肥：安徽教育出版社, 1998.

36. 李裴. 小说结构与审美 [M]. 贵阳：贵州人民出版社, 2003.

37. 龚翰熊. 欧洲小说史 [M]. 成都：四川大学出版社, 1997.

38. 苏宏斌. 现代小说的伟大传统 [M]. 杭州：浙江文艺出版社, 2004.

39. 李咏吟. 创作解释学 [M]. 桂林：广西师范大学出版社, 2004.

40. 傅修延. 文本学 [M]. 北京：北京大学出版社, 2004.

41. 金开诚. 文艺心理学概论 [M]. 北京：北京大学出版社, 1999.

42. 杨义. 中国古典小说史论 [M]. 北京：中国社会科学出版社, 2004.

43. 陈洪. 中国小说理论史 [M]. 天津：天津教育出版社, 2005.

44. 严家炎. 严家炎论小说 [M]. 南昌：江西高校出版社, 2002.

45. 谢昭新. 中国现代小说理论史 [M]. 合肥：安徽大学出版社, 2003.

46. 陈颖. 中国英雄侠义小说通史 [M]. 南京：江苏教育出版社，1998.

47. 王平. 中国古代小说叙事研究 [M]. 石家庄：河北人民出版社，2001.

48. 齐裕. 中国古代小说演变史 [M]. 兰州：敦煌文艺出版社，2002.

49. 王洪岳. 现代主义小说学 [M]. 南昌：百花洲文艺出版社，2004.

50. 李建军. 小说修辞研究 [M]. 北京：中国人民大学出版社，2003.

51. 汪靖洋. 当代小说理论与技巧 [M]. 南京：江苏教育出版社，1989.

52. 饶芃子，等. 中西小说比较 [M]. 合肥：安徽教育出版社，1994.

53. 刘世剑. 小说叙事艺术 [M]. 长春：吉林大学出版社，1999.

54. 吴功正. 小说美学 [M]. 南京：江苏人民出版社，1985.

55. 徐岱. 小说叙事学 [M]. 北京：中国社会科学出版社，1992.

56. 刘世剑. 小说概说 [M]. 长春：东北师范大学出版社，1986.

57. 李洁非. 小说学引论 [M]. 南宁：广西教育出版社，1991.

58. 吴志达. 中国文言小说史 [M]. 济南：齐鲁书社，1993.

59. 啸马. 中国古典小说人物审美论 [M]. 上海：华东师范大学出版社，1990.

60. 李春梅，等. 中外著名文学人物鉴赏 [M]. 长春：东北师范大学出版社，1995.

61. 赵士奎. 走进文学殿堂 [M]. 石家庄：花山文艺出版社，1997.

62. 吴功正. 小说情节谈 [M]. 北京：文化艺术出版社，1985.

63. 侯民治. 小说创作研究 [M]. 济南：山东教育出版社，1987.

64. 俞汝捷. 小说二十四美 [M]. 北京：中国青年出版社，1987.

65. 叶朗. 中国小说美学 [M]. 北京：北京大学出版社，1982.

66. 凌焕新. 微型小说艺术探微 [M]. 南京：南京师范大学出版社，2000.

67. 许世杰. 小小说艺术浅探 [M]. 南宁：广西民族出版社，1993.

68. 杨昌江，甘德成. 微型小说技法与鉴赏 [M]. 北京：学苑出版社，1990.

69. 王国全，关仪. 中外微型小说美欣赏 [M]. 广州：花城出版社，1992.

70. 吕奎文，郑贱德. 小小说创作技巧 [M]. 广州：广东高等教育出版社，1988.

71. 袁昌文. 微型小说写作技巧 [M]. 北京：学苑出版社，1988.

72. 叶茅. 世界微型小说精选简评集［M］. 南宁：广西民族出版社，1988.

73. 许世杰. 微型小说艺术初探［M］. 郑州：河南人民出版社，1987.

74. 于尚富，许廷钧. 小小说纵横谈［M］. 文化艺术出版社，1991.

75. 刘海涛. 规律与技法：转型期的微型小说研究［M］. 北京：中国社会科学出版社，2002.

76. 顾建新. 微型小说学［M］. 北京：中国文联出版社，2000.

77. 邢可. 怎样写小小说［M］. 北京：中国华侨出版社，1996.

78. 姚朝文. 华文微篇小说学原理与创作［M］. 北京：中国文联出版社，2002.

79. 张春荣. 极短篇的理论与创作［M］. 台北：尔雅出版社，1999.

80. 百花园编辑部. 小小说理论（2004年增刊）［M］. 北京：百花园杂志社，2004.

81. 侯刚、张宏渊. 历代微型小说欣赏［M］. 北京：作家出版社，1992.

82. 乐牛. 中国古代微型小说鉴赏辞典［M］. 北京：中国妇女出版社，1991.

83. 蒋星煜，等. 古代小说鉴赏辞典（上册）［M］. 上海：上海辞书出版社，2004.

84. 胡永其，文春. 微型小说佳作欣赏［M］. 南昌：百花洲文艺出版社，2004.

85. 伍蠡甫，胡经之. 西方文艺理论名著选编［M］. 北京：北京大学出版社，1985.

86. ［美］戴卫·赫尔曼. 新叙事学［M］. 马海良，译. 北京：北京大学出版社，2002.

87. ［俄］巴赫金. 小说理论［M］. 白春仁，晓河，译. 石家庄：河北教育出版社，1998.

88. ［英］爱德华·摩根·福斯特. 小说面面观［M］. 苏炳文，译. 广州：花城出版社，1984.

89. ［美］伊恩·P·瓦特. 小说的兴起［M］. 高原，董红钧. 译. 北京：生活·读书·新知三联书店，1992.

90. ［美］布斯. 小说修辞学［M］. 华明，等译. 北京：北京大学出版社，1987.

91. ［美］亨利·詹姆斯. 小说的艺术［M］. 朱雯，等译. 上海：上海译文出版社，2001.

92. 米兰·昆德拉. 小说的艺术［M］. 董强，译. 上海：上海译文出版社，2004.

93. ［美］浦安迪. 中国叙事学［M］. 北京：北京大学出版社，1996.

94. ［美］华莱士·马丁. 当代叙事学［M］. 伍晓明，译. 北京：北京大学出版社，2005.

95. 崔道怡，等. "冰山"理论：对话与潜对话［M］. 北京：工人出版社，1987.

96. ［苏］谢·安东诺夫. 短篇小说写作技巧［M］. 白春仁，等译. 重庆：重庆出版社，1985.

97. 中国社会科学院外国文学研究所《世界文论》编辑委员会. 小说的艺术［M］. 北京：社会科学文献出版社，1995.

98. 吕同六. 20世纪世界小说理论经典［M］. 北京：华夏出版社，1995.

99. ［美］约翰·盖利肖. 小说写作技巧二十讲［M］. 梁森，译编. 北京：北京十月文艺出版社，1987.

100. ［美］狄克森，司麦斯. 短篇小说写作指南［M］. 朱纯深，译. 沈阳：辽宁教育出版社，1998.

101. ［英］乔纳森·雷班. 现代小说写作技巧［M］. 戈木，译. 西安：陕西人民出版社，1984.

102. 乔向东，等. 外国超短篇小说赏析［M］. 上海：上海教育出版社，1993.

后记一

拙作《小说新论》得以完成，我只想发自肺腑地说一声："万分感谢！"

该书从选题、搜集资料、课题立项、撰写到出版，前后将近10年，得到了众多的师长、领导、朋友、同事和亲人的鼎力相助，让我感激不尽。

感谢湖南师大的博导赵炎秋教授，1997年我在师大参加文艺学专业硕士课程学习，正为自己的科研方向和科研选题而四处张望，我便将自己的困惑向赵老师进行了汇报，他仔细分析了我的情况，根据我的兴趣意向及文艺理论研究的队伍分布，认为我的选题很有价值。这样，我才下定决心研究这一课题。事实证明，我进入的领域，有着丰富的矿藏。

感谢邵阳学院的傅治同教授、邹琦新教授、程凯华教授、邹豪生教授、曾阳素教授、华玉明教授及科技处和中文系的领导与同事们，他们长期以来给我提供全方位的指点与帮助，是他人无法替代的。

感谢《文艺报》《理论与创作》《求索》《湖南社会科学》《写作》《阅读与写作》《微型小说选刊》《小小说出版》《广西社会科学》《江汉论坛》和《邵阳学院学报》的有关编辑们，正是他们的厚爱，使我的点滴成果能够不断地得到社会的承认。

感谢国际著名学者、北京大学中文系的陈平原教授，2004—2005年，我在北京大学做访问学者期间，陈先生担任我的导师，他很赞赏我从事该课题的研究，而且对我的研究思路、研究方法悉心加以指点。访学结束后，他又鼓励我继续研究下去。同时应我的请求，欣然应允我等书稿写完后，他从哈佛讲学归来就为之作序。

感谢湖南人民出版社的责任编辑张人石先生，他为本书的出版付出了辛勤的劳动。

感谢我的父母、妻子、孩子和全家亲人，父母身上那种质朴坚韧的遗传基因，永远是我人生的根基。妻子唐向阳在我工作期间，承担了大部分家务劳动。孩子的欢笑和进步，更提高了我工作的动力。亲人们的多方支持成为我的力量之源。

最后要说明的是，本书从初步选题到最后成型，虽然历经十年，但中间大部分时间又在从事其他工作或研究，且又出现了这样或那样的杂事缠身。因此，对该课题的研究远远谈不上深入，也远未达到自己预期的目标。纰漏之处，恳请方家指正。我将万分感谢。今后研习有得，再做整理完善。

2006 年 4 月 11 日于北京天骄宾馆

后记二

《小说新论》于2006年由湖南人民出版社初版，初版以后，产生了良好的影响，获评邵阳市优秀社科成果一等奖，被美国哈佛大学、耶鲁大学和世界上最大的美国国会图书馆收藏。该书当时是作为本人开设的专业选修课"小说研究"用书的，很快就发完了。倒是网上出现了不少盗版或复印品。学生建议我重版此书，开始没打算，但是，现在又打算修订再版。原因是学校申硕、双一流专业建设、专业认证、新文科建设、教学成果建设急需；同时，经过16年的检验，本书的学术创建，依然独具一格，所以，拟再版此书，既助相关之需，又更便于就教于行家。

再版之际，更想重复强调一点自己的体会，该体会在我的另一本论文集《学海探赜》的后记里谈过，得到了有关学者好友的赞赏，认为对年轻人很有启发，不妨稍做修改再录于此。

在读书和做学问上，虽然我与前辈及同代佼佼者相比，惭愧得很，但我一直以一个初学者的虔诚和热情，对一切问题保持着好奇心，因而日积月累，也就有了一点收获，有了一些感触，归纳起来有以下几点：

第一，与工作结合起来，在工作中学，在工作中提高，在工作中读书做学问。

这一点常常被一般人忽视。其实，我们每个人有了具体的工作岗位后，工作中的问题往往是事业赋予我们的最直接、最需要解决也最有价值的问题。我们当代几位伟大的科学家像钱学森、钱伟长、袁隆平等，都是服从工作的需要干一行、爱一行、精一行而成为科学大师的。钱伟长就表示，祖国的需要就是我的专业。这种结合工作搞科研的好处，一是直接提高了工作质量，带来了效益；二是避免了工作目标和科研方向不一致可能带来的矛盾和阻力。我的一些论文，都是结合工作需要而写的，既解决了工作中的问题，提高了工作质量，又积累了科研经验，提升了科研水平，一举两得，实现了工作和科研的双赢,皆大欢喜。

第二,从实际出发,广泛请教,形成适合自己的最佳科研方向。

我的学习经历和工作经历比较丰富,不像大部分人一样先集中完成学校教育再进入工作岗位。我是学习和工作交替进行。我从教已40年,其中做中学教师11年,做大学教师29年,从初一教到大学本科,根据工作需要,上过20多门课。我的求学经历也涵盖了各种层次的大学,先后就读或进修深造于邵阳师专(现邵阳学院)、北京师大、湖南师大、北京大学,师承多门,志趣各异。我的爱好或者说业余取向也很丰富。开始喜欢文学创作;后来又喜欢篮球、武术,替人打抱不平,夺过屠刀抓过抢劫犯,1990年被新宁县公安局授予"见义勇为先进标兵",还在著名的武术杂志《武林》上发表过2篇"豆腐块"文章;然后又想当律师,还参加过法律自学考试,并且替人打过几次官司。当然,立足点还是在自己的中文专业上,1993年参加中国人民大学文艺学专业硕士研究生招生考试,上了委培线,联系委培单位邵阳师专时,邵阳师专对我进行了综合考察后干脆把我直接调进来了。进入高校后,强调科研成果,而我连明确的科研方向也没有,试着就熟悉的问题写了一二篇,但找不到更大的科研空间,心中也无底。当时,我教"写作"课,为了言传身教,自己也下水写文章,诗歌、散文、杂文、微型小说等多种文体都发表了一点,准备再写下去的时候,学校领导和同事好友劝我不要写了,说没用,因为高校的评价指标是不看重文学作品的,高校教师的科研成果强调的是学术论文、学术专著和科研课题,评职称必须在科研方面达标,否则一票否决。为了在高校能站住脚,为了自己发展,为了上职称,也为了能成为一名合格的高校教师,必须重视科研。而提高科研水平的途径主要有三条:第一条是通过学历深造(读研、读博)来训练自己的科研能力,确定自己的科研方向,这是最能得到社会承认且最容易出成果的道路;第二条是将工作、个人兴趣与脱产深造结合起来,以提高科研水平;第三条是基本靠自学。后两条路都更加辛苦。我根据自己的实际情况,从全面兼顾工作、自我发展、家庭经济及不影响孩子的成长发展等综合需要出发,选择了第二条道路。那么,科研方向怎么确定呢?我前期积累最熟悉的是语文教学法,但我不上这门课。我上的是写作课,可以研究写作,但千百年来研究写作的人太多,要出新意出大一点的成果很难。而其他领域我也没有积累的优势。想来想去,我觉得自己选择科研方向的原则应该是:首先,选题有价值,有发展空间;其次,符合工作需要和自己的兴趣;再次,能与他人处在同一起跑线上,也就是说在省内外甚至国内外对该课题的研究还处于孕育初级阶段。而符合这些选题原则的就是从事微型小说（小小说）研究。微型小说从20世纪80年代以后在我国兴旺起来了，但研究的人少，我从小就特别喜欢看小说，小说又是我学的汉语言文学专业的范围，专业对口，从文艺学或写作学的角度都能研究，尤其是对微型小说研究的弹性特别大，范围可小可大（小到一时一地一个作家、几篇作品，大到省内外、国内外），时间跨度可短可长（近的就在眼前，远溯则可至古代的神话传说、志怪志人小说及历代浩如烟海的笔记小说），研究的程度可浅可深，且无论从哪个角度、哪个层面，都可以出成果。我把这个想法同周围一些师友说了，他们没有细想，不是很支持，认为太小了。我真有点拿不准，但我思考了很久的想法又不愿随便放弃。请教的机会来了。1997年我去湖南师大进修文艺学专业研究生课程，特意到给我们上课的赵炎秋教授（时住中文系主任）家里，请他给我把脉科研方向，在听完了我的打算后，他果断地说，搞科研应有自己的一块园地，你的这个选题很好，做下去吧！于是我一连写了几篇系列论文，2000年评上了副教授，在国内的微型小说领域也有人知道了我的名字。我接着又在中文系开设了"小说研究"这门选修课，我想把原来的研究深入下去，做大一点。2004年我到北京大学访学，师承著名学者陈平原教授。他一看到我的选题就连说"好！"更坚定了我的决心。我先后围绕这一课题，成功申报了省教育厅重点课题、省社科基金课题，并于2006年出版了一部35.7万字的研究微型小说为重点的专著《小说新论》。陈平原先生打破了不给人作序的惯例，特意给我写了序，还将"序"放到《文艺报》上发表了。著作出版后引起了良好的反响。2008年12月，我应邀赴上海参加了"第七届世界华文微型小说研讨会"，在会上做了专题发言，收效甚好，国内外的微型小说作家与研究者纷纷向我索要该书。2009年，我想把这一课题做得更大、更深一些，于是以"世界华文微型小说综合研究"为题申报了国家社科基金项目，没想到的是，一举成功。先后做了十五六年的微型小说研究，终于得到了国家主流学术界的共同认可。2010年7月我又应邀赴香港参加"第八届世界华文微型小说研讨会"，就该课题做了专题发言，畅谈这一朝阳文体的美好前景，与会海内外作家学者倍受鼓舞，大力支持，会后纷纷给我寄书，为我提供了研究资料。至此，该课题已产生了良好的国际影响力。

除了以微型小说为重点的小说研究外，我还根据自己的兴趣或所上的课程，如古代文论、西方文论等里面的一些有价值的问题进行探讨，分别撰写了《从价值定位看孔子文艺思想的当代意义》《魏源〈《诗比兴笺》序〉》中的文艺担当意识及其当代意义》和《复调小说中的二律背反》等论文,发表在《学术论坛》《求索》等刊物上,教研相长,一举两得。

第三,胆识是关键,也是瓶颈。

人要立足于社会,并进而有所作为,就主观条件而言,由低到高需要具备四个要件:一常识,二知识,三见识,四胆识。常识是基础,胆识最难得。我们祖先造词很有深意,"胆识"一词"胆"在先,"识"在后,"胆"比"识"更重要。兵法上讲究"狭路相逢勇者胜"。习武的人最重要的不是"技法",而是"胆",武谚云:"一胆二力三技巧。"胆为第一。文武之道是相通的,为文也讲究胆,没有文胆只能成为跟屁虫,人云亦云。当然,这种胆不是昧着良心的胆大包天,不是胡作非为式的逞匹夫之勇,而是具有人性道义高度的担当意识或献身精神,是在审时度势、尊重客观规律的前提下的敢想敢说、敢作敢为。与"胆识"伴随而来的往往是敢于冲破樊篱的勇气和生生不息的创新精神。

而在学术研究中就要敢于提出自己的观点,形成自己的理论话语。这样写出来的文章才有新意,才具有生命力和影响力,从而真正有利于对问题的认识,能够促进学术的进步和社会的发展。即使一个人的力量微不足道,但大家都这么做了,滴水成河,也能汇成汪洋大海。有了这种正确的想法,就能更好地避免无效劳动,更有利于确保科研方向的正确和科研成果的产生。当我选定了微型小说作为近期的科研重点以后,我就想该从何处入手进行研究,并能提出富有创见的理论观点。这好像有点自不量力,但我是这么想也是这么做的,事实证明这种想法和做法是对的。从宏观来说,研究微型小说要涵盖文体理论、作家、作品和史论四个层面,其中具有根基和定性作用的就是文体理论。而论到小说文体,西方对小说含义的认识经历了从"epic-romance-fiction-novel"的过程,其中包含了"虚构""想象""散文体""故事"等含义在内。中国小说的发展则经历了"神话传说—志怪志人—传记—话本—现代意义小说"的过程,中间还有一种贯通古今的笔记小说在内,包含了"想象""记实""虚构""故事""人物"等多种含义。而当代中国文艺理论的话语中,将"人物""情节"和"环境"作为小说的三要素,人物理论又是起关键作用的理论。谈到人物理论,中外有影响的主要是三种理论,且都是西方的,一是类型人物理论,二是1926—1927年英国剑桥大学的讲座教授福斯特提出的扁平人物和圆形人物理论,三是1988年恩格斯在给哈克奈斯的信中强调的典型环境中的典型人物理论。后者在我国理论界影响更大。一分析叙事文学尤其是小说中的人物形象，就以是否塑造了典型环境中的典型人物来作为评价标准。对于篇幅长的长、中、短篇小说尤其是长篇小说来说，这种分析人物的标准肯定是放之四海皆可行的。但对于1500字左右的微型小说来说，要塑造典型环境中的典型人物，那就勉为其难了。事实上，很多经典的微型小说都没有注重塑造典型环境中的典型人物。典型人物理论一用在微型小说上就显得捉襟见肘，力不从心，基本上不适合微型小说的文体实际。这就留下了一个理论空白，而空白就是新的学术生长点。那么，如何科学地去填补这一空白呢？我想了很久，将微型小说的人物塑造标准定义为"瞬间人物""闪光人物""尖型人物""片段人物"甚或一滴水折射太阳光辉的"滴水人物"，都觉得不够满意。后来，从海明威的冰山型理论中受到启发，确定为"冰山型人物"，于是撰写了论文《冰山型人物——谈微篇小说的人物形象特点》，投寄到《文艺报》，很快，《文艺报》将其作为重点论文，在"文学评论"版的头条刊出（见2000年11月21日《文艺报》）。这样就正式提出了"冰山型人物"理论。这一理论突破了传统的"类型人物""扁平人物和圆形人物"的窠臼及恩格斯"典型环境中的典型人物"的局限，创造性地丰富了人物形象理论，因而得到学术界的高度评价，被有关学者誉为对于构建微型小说人物形象理论具有"奠基作用"（见阎占士《中国当代小小说理论批评史论》第23页）。

有了良好的开端以后，一方面解决了微型小说研究理论的一个关键问题，起到了纲举目张的作用；另一方面，积累了思考问题的经验，增强了研究的自信心。在微型小说研究中，我又先后提出了"滴水藏海的情节特征""审美兴奋点的形成""似有若无以精取胜的环境特征"等一系列新颖的理论观点；并且在撰写专著《小说新论》中，又提纲挈领地从小说三要素的角度对古今中外的小说进行了梳理，这也是别人从未做过的。我坚持这样一种力求创新的科研精神，根据工作需要，不断拓宽自己的研究范围，在后来涉及的小说其他问题研究、写作研究、高等教育及古代文论、西方文论等一些问题的思考和写作中，敢于在充分思考的基础上发出自己的声音。事实证明，这种做法是完全正确的。这又让我想起了英国大哲学家培根说过的一句话：世界上有许多做事有成的人，并不一定是因为他比你会做，而仅仅是因为他比你敢做。

第四，直面难题，竭尽全力。

人生处处有难题，科研也不例外。碰到难题的最佳处置方法是：直接面对，然后想尽办法解决之。不要让难题永远挡在前进的路上，成为拦路石，而要将这块拦路石变成垫脚石，助你跃上新的台阶。

说起来容易，做起来很辛苦。

当我确定了以微型小说为重点的研究方向以后，我觉得有两个问题亟须解决：一是理论积累与学养见识的提高，二是资料搜集。

要提高自己，最好是拜一流的名师，于是我申请到北京大学中文系深造做访问学者，拜著名学者陈平原先生为师，并先后听过曹文轩、龚鹏程、钱理群、温儒敏、王蒙、袁行霈、董学文、王岳川、杨义、陈晓明等著名学者或作家的讲课。名师们深湛的学养，让我饱饮甘霖，大开眼界。

拜陈平原先生为师是师大的赵炎秋老师给我拿的主意，他比较了全国的学者，并结合我的科研实际，认为选择陈先生对我的发展最有利。当我将申请材料寄给陈老师后，不久就获得了他的同意。到了北大后，我和同门首先到圆明园花园别墅陈老师家中拜访，陈老师和师母夏晓虹教授均是北大中文系博导，具有国际声望的著名学者。两人都很和蔼，拉家常、谈学问、说趣闻，轻松而又随意。坐在他们那从客厅到书房到卧室满墙壁都设了书柜的家中，呼吸的都是书的清香，聆听的都是学问的声音。陈老师对我有形和无形的教导与提携是多方面的。首先，科研上给我进一步指明了方向，传授了方法，优化了思维，使我的科研触角更加敏锐而有效。其次，进一步夯实了专业基础，拓宽了视野。陈老师在我一进校时就说，到北大来不要急着写文章，要抓住机会多听课、多听讲座、多方拜师、多获取资源，先充实自己，提高自己，今后做学问才有格局和高度，写出的文章才有质量。因此，在北大访学时，我像个永不知足的饿汉见了美味佳肴一样，如饥似渴地吸纳方方面面的营养。北大是一所面向全世界的大学，全球的顶尖学者包括各国的总统政要，只要访问中国，都以北大演讲为荣。北大每年举办的讲座仅学校统计的就有800多场，所以，只要是个有心人，都可以在这里找到对自己有启迪和帮助的信息。同时，北大将来访的各个院系各个专业的访问学者、进修人员安排在圆明园的一个大院子里统一住宿，学员之间的交流沟通更加能互通有无、取长补短，使我们受益良多。再次，陈老师的声望和弟子群对我的助益也让我受益匪浅。国内一些同领域的知名学者看到《文艺报》上发表的陈老师为我的《小说新论》写的序以后，纷纷来电来函向我索要此书。参加各种学术活动只要一提到陈老师，气氛就亲热许多。比如，2011年10月，我随中国微型小说家代表团出访美国，在哈佛大学做学术交流，正遇到全球著名学者、哈佛大学讲座教授王德威先生也来发表演讲，我给他送书，他看到陈平原老师给我写的序得知我是陈老师的弟子后，特别高兴，说他和陈老师是好朋友，并热情地对我的科研方向与思路提出了宝贵的建议，让我受益终生。以后每年春节，陈老师还常常先给我们学生辈发来电子贺年邮件，真让我们感动而又无地自容。同时也让我省悟到做人做学问的许许多多。

曹文轩先生开的"小说艺术"和龚鹏程先生的"中国文化史"，均开了一学期，我也听了一学期。听课时我很认真，课间休息时又想法和老师交流，向他们请教一些在课堂上不便讲的问题。

来自台湾地区的龚鹏程先生我接触较多，感佩不已，为什么呢？他年岁不高，生于1956年，但学问高深莫测，已经出版了七八十种著作，主编书刊数百种，每年著述有百万字左右；不到30岁就在台湾评上了教授；同时还承担过大量的社会工作，当过大学中文系主任和多所大学的校长。尤其是在课堂上体现出的综合功力和风采更是难得：一口标准的普通话，一手漂亮的行楷繁体粉笔字，讲起课来，举凡文、史、哲的古今典籍，倒背如流，信手拈来，而且洞幽烛微，见解精辟，启人心智。上课时穿一件很中国的对襟布扣衫，从容典雅。讲课时声音平和中有抑扬，显得中气十足。这些素养如果只要其中几个指标达标，在全国还不难找，而像龚鹏程先生这样兼备完美的学者，却极罕见。每次上课前2个小时就有人到教室占座位了，每次上完课后听众都自发地鼓掌致谢。听众中不但有北大各院系的学子，京城其他高校像清华、人大，乃至全国其他各地的学子，都有慕名前来听课的。清华大学在聘请龚先生前去演讲的海报中干脆称其为"当今天下第一才子"。后来才弄清来历，龚先生是北京大学特聘的"蔡元培讲座学者"，该职位面向全球选拔，每年只遴选1人，还宁缺毋滥。除了这些学问学识上的超人之处外，龚先生还让人羡慕的是他那强健的体魄和出众的武功。他不像一般学者一样，多少有体弱之状，而是气色红润，满头乌发，讲起课来举重若轻。他自幼练习武术，身手不凡，担任过中国少林禅武协会理事长。出于探奇和仰慕，每次课间休息时，我便找龚先生聊天。他也很健谈。我问他的成长背景，也问他怎么有这么多时间写出这么多东西，一天睡几个小时。他说，他小时候，父亲要求很严，也很懂教育之道，从5岁起每次生日时，父亲就送他一本古书，要他背完，小学中学阶段年年如此。他对国学的兴趣及文史哲的根基也从小就培养出来了。上大一时就开始写学术专著。现在写东西觉得很好玩，每天都写，但休息时间都是充分保证的。交流多了，也随意了很多，他后来提出要我给他帮个忙，说北京大学出版社已向他约稿，要将当期讲课的录音稿整理出版，龚先生想让我将其整理成书稿，出版社负担整理书稿的费用。我想这是一个很好的锻炼学习机会，但我自己要限期完成课题任务，确实力不从心，怕两边都做不好，误了事，便推荐了一同访学的河南某高校的一位副教授来担当此事，很快就联系好了。事情虽做好了，也过去了，但心里总有一种愧对先生的期许之憾。写在这里，立此存念，心里也好过些。

其他学者，都给我留下了深刻的印象，不一一述说了，留在心里感念吧。他们对我的启迪、触动与提高，是全方位的，读书、做学问、处事、做人，每一个细节都有其特别的含金量，时间愈长，愈见功效和芳香。

在资料搜集上，我采用的是竭泽而渔、一网打尽的办法，除了定期在北京各大书店采购之外，还将北大图书馆、国家图书馆所有有助于我的科研课题研究的小说理论类的著作，成本成本地全部复印了。在北大复印只有五六分钱一张，在国图复印要伍角钱一张，有时复印1本要上百元，那也毫不犹豫地复印。此外，我还将中国知网上所有关于我这课题的论文全部下载打印出来。在资料占有上，我真正做到了心中有底气。

当然，更重要的是写。记得当年著名学者陆耀东先生在邵阳学院中文系讲学时说，他每写一篇论文都反复推敲，竭尽全力，争取超越前人，写了以后，至少几年内别人不敢写同题的论文。他这句话我一直铭记于心。别人写论文，总说很快，而我总快不来，一篇论文从酝酿、构思、查阅资料、撰写初稿到修改、定稿，少则二三个月，多则半年以上，有的从最初写作的萌芽到最后完成要几年工夫，当然这中间常有同时开辟几条工作线路精力分散的情况。而且我虽然会用电脑，但一直习惯于笔写，手工操作不仅环保，味道也好些，一天很难有上千字，常常只能写几百字，甚至几十字的。每一篇文章都力图不重复已有的观点，总想有所突破，效果怎么样不敢说，但我一直是这么追求的。写的时候绞尽脑汁、不吐不快，写完之后有释负之感，但不久又忍不住披挂上阵，转向另一论题，累也快乐着。

这三四十来，对我提携、指导、帮助的人有很多很多，像邵阳学院的胡良甫校长、傅治同教授、邹琦新教授、程凯华教授、曾阳素教授、姚志钢教授等；湖南师大的赵炎秋教授、谭桂林教授、湘潭大学的季水河教授、中南大学的欧阳友权教授、复旦大学的聂付生博士后、中山大学的姚朝文博士、新加坡国立大学的黄孟文博士、世界华文微型小说研究会的凌鼎年会长，等等；还有我的同事及亲朋好友，尤其是我的家人的大力支持，不一一详述了，在此一并表示衷心的感谢！我会永远记住他们对我的帮助和关照！

由于本人才疏学浅，纰漏之处，肯定很多，敬请各位专家指正，感激不尽！

2010年国庆于邵阳学院李子园（初稿）

2022年元旦于邵阳学院李子园（修改稿）